读客®

# 读客科幻文库

跟着读客读科幻，经典科幻全看遍。

OCEANIC

# 数学陷落

［澳］格雷格·伊根 著

傅临春 译

江苏凤凰文艺出版社
JIANGSU PHOENIX LITERATURE AND
ART PUBLISHING

GREGEGAN

**图书在版编目（CIP）数据**

数学陷落 /（澳）格雷格·伊根（Greg Egan）著；
傅临春译. -- 南京：江苏凤凰文艺出版社，2023.6
（读客科幻文库）
书名原文：Oceanic
ISBN 978-7-5594-7583-1

Ⅰ.①数… Ⅱ.①格… ②傅… Ⅲ.①幻想小说–小
说集–澳大利亚–现代 Ⅳ.① I611.45

中国国家版本馆 CIP 数据核字 (2023) 第 037899 号

# 数学陷落

［澳］格雷格·伊根　著　　傅临春　译

| | |
|---|---|
| 责任编辑 | 丁小卉 |
| 特约编辑 | 蔡佳迪　张敏倩　鲍　畅 |
| 封面设计 | 陈艳丽 |
| 责任印制 | 刘　巍 |
| 出版发行 | 江苏凤凰文艺出版社 |
| | 南京市中央路 165 号，邮编：210009 |
| 网　　址 | http://www.jswenyi.com |
| 印　　刷 | 大厂回族自治县德诚印务有限公司 |
| 开　　本 | 889 毫米 ×1270 毫米 1/32 |
| 印　　张 | 17 |
| 字　　数 | 408 千字 |
| 版　　次 | 2023 年 6 月第 1 版 |
| 印　　次 | 2023 年 6 月第 1 次印刷 |
| 标准书号 | ISBN 978-7-5594-7583-1 |
| 定　　价 | 69.90 元 |

江苏凤凰文艺版图书凡印刷、装订错误，可向出版社调换，联系电话：010-87681002。

# 目　录

# 失落大陆

# Lost Continent

# 1

阿里的舅舅抓住他的右胳膊，递给那个陌生人，陌生人紧紧扣住了阿里的手腕。

"从此刻起，你必须服从这个人，"舅舅命令他，"要像服从你父亲一样服从他。你的生死就仰仗此人。"

"是，舅舅。"阿里恭顺地垂着眼。

"跟我来，孩子。"陌生人说着往门口走去。

"是，哈吉[1]。"阿里喃喃道，温顺地跟在后面。他听见母亲还在隔壁屋里轻声啜泣，而他不得不强忍着自己的眼泪。他已向母亲和舅舅道了别，却没有机会和堂兄弟们说些告别的话。现下正值午夜和拂晓之间，即便家里还有人醒着，他们也只是蜷缩在毯子里面，竭力听着正在发生的事，却不敢露出头来。

陌生人大步走进寒冷的夜色，手仍像铁镣般箍着阿里的手腕。他领着阿里走向那辆陆地巡洋舰，车子停在舅舅房子外冰冷的泥地里，

---

1  哈吉（haji）是对已朝觐过圣地麦加的穆斯林的尊称。——译者注（本书注释如无特别标注，均为译者注。）

外壳上结的霜在星光下闪闪发亮，就如噩梦里的幽灵。单单是它的气味就把阿里吓得发僵，那气味曾预示过他父亲的死亡以及他哥哥的失踪。经验告诉他，这样一台机器只会带来悲剧，可舅舅把他托付给了它的驾驶员。他迫使自己毫不抵抗地靠近车子。

陌生人总算松开了阿里，打开了车后部的一扇门："进去，用毯子盖住自己。无论发生什么，都别动，也别出声。别问我任何问题，别让我停下。你需要撒泡尿吗？"

"不用，哈吉。"阿里回答道，羞得脸都红了。这人觉得他是个孩子吗？

"好吧，进去吧。"

阿里照办时，那人又说话了，语气里透着一种严厉的幽默："你以为叫我'哈吉'就是尊重我吗？你们村的每个老人都是'哈吉'！我不仅去过麦加[1]，还在先知时代去过那里，愿他平安。"阿里用破旧的毯子盖住脸，上面浸满了这机器的恶臭味。他想象着那个陌生人在黑暗中站了一会儿，傲慢地思索着他那反常的朝圣之旅。他身上带的金子够买十个阿里父亲的农场。现在，阿里的舅舅卖掉了农场和他母亲的珠宝——这是几代人辛苦得来的财富——并把所有的钱都交给了这个自吹自擂的人，他声称可以把阿里偷偷带到一个安全的时空中去。

陆地巡洋舰的引擎开始轰鸣。阿里感觉到车子在高速向后移动，这是一种令人惊恐的感受。接着它停下来，又向前驶去，在改变方向时发出尖厉的啸叫。他能在脑中勾勒出泥地里的车辙。

---

1 麦加（Mecca）是伊斯兰教的发源地，下文的先知指的是穆罕默德，他在麦加接受天启后开始传教，后出走麦地那。

这是他第一次坐这种机器。他的几个朋友曾和学者们一起搭车，他们坐在车后面有敞篷的车斗上。他们朝天开枪，狂呼乱叫，然后满身尘土地翻下车来，在接下来的十天里都兴奋不已。当然，这些朋友都是逊尼派。对于什叶派来说，和学者们一起乘车会有完全不同的结局[1]。

从阿里记事起，霍拉桑地区就饱受战争摧残。数十年里，来自遥远未来的暴君们残忍无道，将武器分发给全国各地的派系用来争地夺权。有时，军阀会派征兵队进入山谷征召年轻兵士，但在早些年，村民们会联手把男孩子们藏起来，或者贿赂征兵队，让他们离开。不管是逊尼派还是什叶派都没有区别，邻里们通力合作，以智取胜，从那些自称士兵的土匪爪牙下保护了村庄。

但4年前，学者会来了，一切都变了。

尚不清楚学者会到底是来自过去还是未来，但他们无疑拥有来自未来的武器和交通工具。他们开着陆地巡洋舰在霍拉桑耀武扬威，杀了一些军阀，贿赂了余下的一些，接二连三地征服各个肝髓流野的领地。许多人为他们喝彩，因为他们承诺要给这片土地带来统一和虔诚。军阀及其手下的乌合之众肆意绑架强暴妇女儿童，学者会就把强奸犯吊在城门上。军阀们在每条路上都设立了关卡，向旅客勒索钱财，学者们又一次开放道路，使人们能安全地开展贸易和朝圣。

但是，学者会对这片土地的征服尚未完成，北方当时还在进行一场激烈的战斗。当学者们亲自来到阿里的村庄寻找士兵时，他们提出了一项新的招兵策略：他们将只带什叶派去前线，去面对那些还在负

---

1  什叶派（Shi'a）和逊尼派（Sunni）是伊斯兰教中的两大派别，政治主张不同，且互有仇怨。

隅顽抗的军阀的子弹。

这种欺骗，这种恭维和残忍，使村庄分裂成了两半。许多朋友在这分歧中仍然保持忠诚，但过去的信任和团结已不复存在。

两个月前，阿里的一个邻居把阿里哥哥的藏身之处泄露给了学者会。他们一大清早就来到农场，十多个人开着两辆陆地巡洋舰，把哈桑拖走了。阿里在藏身之处眼睁睁看着这一切，他父亲不准他插手此事。他们的步枪又怎么能对抗学者们的武器呢？学者们的武器射出的子弹速度之快、数量之多，无法计算。

第二天早上，阿里的父亲去了村里的学者营，想出点钱把哈桑赎回来。阿里一直等着，在山坡上望着农场。当一辆陆地巡洋舰开回来时，他满怀希望。即便学者们把一个软绵绵的人形从车里扔出来，他也以为那可能是哈桑，他被打晕了，但还活着，只要受到照料就能恢复健康。

可那不是哈桑。那是他父亲。他们割了他的喉，塞了一枚硬币在他嘴里。

阿里埋葬了父亲，步行半天前往邻村，他母亲一直和他舅舅一起待在那里。舅舅安排着把农场卖给了一个富裕的邻居，然后找了一名"时空旅客"，让他把阿里带去安全的地方。

阿里反对过，但一切已成定局，他的愿望一文不值。他母亲将在自己兄弟的庇护下生活，而阿里将去未来自谋生路。也许哈桑能逃出学者会之手，但这要看天意，他们已经对此无能为力了。母亲心心念念的就是不能让学者们找到她最小的儿子。

阿里在陆地巡洋舰后厢思绪翻涌。他不想这样逃走，但如果留在这里，无疑会有生命危险。他想把兄长找回来，想给父亲报仇，他想看到学者会被摧毁，可那些仅存的有真正实力的敌人都是满手血腥的罪犯，和学者会一样地痛恨自己的同胞。没有正义之师可以加入，他们都没有清白的双手和赤子的心。

陆地巡洋舰慢了下来，接着停住了，引擎仍在转动。时空旅客和某个人大声打了个招呼，然后开始和对方亲切地交谈起来，那可能是个巡逻的学者。

阿里觉得自己的血都冻住了，如果这个陌生人就这么把他交出去了怎么办？光是钱能买到多少忠诚？他舅舅在山谷里打听了一圈，对此人的名声很满意。但无论这时空旅客多么看重自己的好名声及其带来的好处，总会有某些生意可做，总会有某些利益可以从背叛中得到。

那两个人都在大笑，然后彼此道别。陆地巡洋舰又开动了。

车子像是开了许多个小时，阿里静静地躺着，听着引擎的轰鸣声，试图判断他们已经走了多远。他从未离开过山谷，对于未来只有极其粗略的概念。当黎明来临时，好奇心战胜了他，他悄悄把毯子掀开一条缝，往窗外瞥了一眼。左侧露出了一座山峰，峰顶覆雪，在拂晓的天光里显得清净洁白。他不确定这是不是一座自己知道的山，也许只是观察的角度比较陌生，又或者是一座他从未见过的山。

不久后，他们就停下车来祈祷。两人在一条冰冷的小溪里行洗礼。一个逊尼派、一个什叶派并肩祷告，这让阿里的恐惧和猜疑消退了一点点。无论这个人多么傲慢，至少他不像学者会一样蔑视阿里的同胞。

祷告过后，他们沉默地吃了饭。时空旅客带了面包、干果和腌肉。阿里四下张望，显然他们早已将任何人类的踪迹都甩在了身后。他们正沿着一道山隘前行，位于山谷上方，不过仍然远低于雪线。

他们在山间行进了三天，最终行至一处疾风劲吹、尘土飞扬的平原。阿里蜷缩着躺了这么久，整个人都僵硬了，当他们在平原上再次停车时，他抓紧机会伸展自己的腿，下车在外走了一两分钟。

当他返回时，时空旅客说："你在找什么？"

"没什么，哈吉。"

"你是在找一处地标，好让你下回再找到这里吗？"

阿里很困惑："没有，哈吉。"

那个人走近前来，朝阿里脸上狠狠来了一下，打得他跟跟跄跄。"如果你把来路告诉了任何人，你就会听到更多关于你家人的坏消息。听明白了吗？"

"是，哈吉。"

那人大步走回陆地巡洋舰。阿里跟着他，全身发抖。他并不想向任何人透露任何关于路线的细节，或是关于交易的任何秘密，但现在他的舅舅已经成了人质，以防他有任何实际的或设想中的轻率之举。

傍晚，阿里听到风声突然变了，有一种尖锐的呼啸声，令他感到牙疼。他不由自主地从毯子下抬起了头。

他们前方有一场小小的尘暴在大地上舞蹈。尘暴正远离他们，一边撤退，一边来回摆动，就像是一个正在逃离他们的活物。陆地巡洋舰在逼近它。尘暴的中心飞沙走石，一片昏暗。阿里的心脏揪紧了。就是它：时空桥——时空之间的桥梁。村里的每个人都听说过这类东西，但没人搞得清它们是什么：是人类的作品，镇尼[1]的作品，还是真主的作品？无论它们源自何处，总有些人获悉了它们的秘密。没有哪个时空旅客真正驾驭得了它们，但也没有其他人能找到这些桥梁或在它们奇异的深渊中航行。

---

1　镇尼（djinn）是伊斯兰教中"精灵"的意思，是一种隐匿的存在，受真主责成的被造物之一。

他们把车开得离尘暴更近了。尘土像雨一般打在车窗上，和任何阿里见过的沙粒一样细，但发出的声音和有时打在他房顶的冰雹一样响。阿里完全忘记了指令，当他们隐入黑暗中时，他掀开毯子，开始大声祈祷。

时空旅客没理会阿里，他正喃喃自语着，查询奇异的夜光地图，上面的图文在某种机械魔法作用下于他面前变幻和流动着。陆地巡洋舰顶着狂风与沙尘艰难前行，虽然极缓慢但还是能感觉到在前进。几分钟后，阿里就发现他们前进的距离已经远远超出窗外可见的风暴范围。他们将阿里的时空和国家抛在身后，一头扎进了桥的深处。

车灯只能照出前方一巴掌宽飞扬的尘土。阿里偷偷瞄了一眼前面那张发光的地图，但上面只有一片错综复杂的小径迷宫，迷宫中分叉又重连的道路让他茫然不解。时空旅客用一根手指描着一条小路，然后咒骂着，换到另一条路上，似乎是发现前面有什么障碍或危险。舅舅曾向阿里保证过，他们至少不会在这里遇到学者，因为他们是通过另一处更遥远的桥来到霍拉桑的。那处桥的入口由一个车队日夜监守，车队在沙漠中不停地追踪入口，就像一群保镖追着一个跟跟跄跄的醉鬼国王。

一缕阳光出现在远处，渐趋明亮，但几分钟后，时空旅客便咒骂着离开了这个方向。阿里很是沮丧。这个人无法告诉阿里的舅舅阿里将于何时何地抵达，只保证他不会受到学者会的伤害。村里有些人的朋友的朋友已经逃到了未来，他们说那是一片广袤的大陆，从这个海岸到那个海岸皆是和平与繁荣的景象。那里的统治者没有自己的武器和军队，是因他们所展现的智慧、正义和仁慈而被人民选举出来的。这听起来像是人间天堂，不过等阿里亲眼看到这样一个地方时，他会相信的。

眼前又是一片虚假的曙光，然后又是一片。陆地巡洋舰的车身开始鸣咽颤抖。时空旅客关掉了引擎，但车子还在移动，由风吹着，或者由地面拱着，或者由两者一起使力，只是力的方向并不一致——阿里感觉到车轮在危险的沙河中打滑。突然间，他的耳内深处一阵剧痛，接着伴随着一阵如同巨鸟尖叫般的声音，他身边的车门消失了。他抓向身前的椅背，但指头只碰到了那张薄毯，风将他拽进了黑暗中。

阿里惨叫着，直到用尽了最后一口气。他准备迎接的痛苦着陆却始终没有降临：毯子被车里的什么东西勾住了，而狂风的力量使他没有落到沙地上。他试图把自己拽回陆地巡洋舰上，双手交替着拉自己过去，但这时他感觉到毯子正在被撕裂。他再次全身绷紧了准备跌下去，但撕裂停止了，还有一条窄布带拽着他。

阿里祈祷道："仁慈的主啊，如果你现在把我带走，请让哈桑安全地回到他家中。"舅舅能照顾他母亲一两年，但他老了，家里有太多人要养。没有自己的孩子在身边，母亲的生活将变得不堪忍受。

一只手穿过昏黑的尘土伸向了阿里，他伸手握住了它，此刻他对这个人钢铁般的紧握满心感激。当时空旅客把他拽回车子里时，阿里蜷缩在这陌生人脚下，牙齿打战："谢谢你，哈吉。我愿为奴为仆，哈吉。"时空旅客一声不吭，爬回了前座。

时间流逝，但阿里的思绪已经停止了。他准备好了面对死亡，但同时还在坚持。

日光忽然出现了：正午的白亮日光，而不是某种遥远的预示。"这一次可以了。"时空旅客疲惫地宣布。

阿里闭眼阻断强光，等他再睁眼时，世界在旋转。蓝天和沙地，正在对调。

他等待许久的撞击终于来了，大地狠狠地把他从头到脚捆了一掌。他一动不动地躺着，试图判断自己伤得多重。他眼前的那一小片沙土是红色的。但那不是血：沙子本身就呈现为赭石色。

他听到了一个声音，像一声急促的呼气，接着他感觉到了皮肤上的高温。他用胳膊肘撑起身子。陆地巡洋舰就在十步之外，翻倒了，着火了。阿里蹒跚着站起来，走近车子，寻找那个救了他的人。在毁坏的车子后面有一阵暴风，就像在时空桥梁的入口、在他自己国土上形成的那阵暴风一样，醉醺醺地来回摆动，像一个癫狂的流氓在为自己造成的灾难高兴得舞蹈。

他瞥见了火焰后面的一只胳膊。他冲向那个人，但高温又将他逼退。

"主啊，求求您，"他呜咽道，"赐我勇气吧。"

当阿里再次试图冲进火焰时，暴风向他倾斜而来。阿里站住了，但翻倒的陆地巡洋舰旋转起来，甩打在他肩上，把他撞倒在地。他爬起来，想绕到没有车门的那边去，但此时，风大了起来，扇动了火焰。

热浪此刻已形成了一堵穿不透的墙，风暴玩弄着陆地巡洋舰，就像玩弄一个被砸破了头的孩子。阿里向后退了几步，环顾这片令人走投无路的红色大地，想知道附近是否有人能够结束这场不幸。他大声呼救，视线仍然胶着在燃烧的汽车残骸上，希望有奇迹能把不省人事的司机从火焰中推出来。

风暴再次前移，直奔陆地巡洋舰。阿里转身撤离，当他回头望时，那辆车已经不见了，而黑暗仍在向前推进。

他在不平坦的地面上跌跌撞撞地跑着。等他双腿终于不听使唤，扑倒在沙地上时，桥已经完全不见了。他一个人在一片红色的沙漠里。空气依然寂静，并且灼热。

过了一会儿，他爬起来，开始寻找一片阴凉处，好歇一歇等待凉爽的夜晚。这里除了红沙外，还有卵石和一些裂开的大岩块，但这单调的环境并不让人觉得轻松：连一块能让他躲一躲的大石头都没有。某个方向有一些干枯的矮灌木，主干不比他的手指粗，枝条也不比他的膝盖高。他还不如藏在自己稀疏的胡子下面躲太阳。他扫视地平线，但哪个方向也没有向他表达欢迎之意。

这里没有水能清洗，但阿里尽可能把自己弄干净，而后祈祷。接着他盘腿坐在地上，用头巾蒙住脸，昏沉沉地睡着了。

他在夜里醒来，开始步行。有些星座很眼熟，只是它们划过天幕时本不应离地平线这么近。另一些星座对他来说则是完全陌生的。没有月亮，虽然地面很平，但他很快就发现，如果在黑暗中走得太快，就会跌跤。

当早晨来临时，天光并没有给他周围的环境带来什么可见的变化。这片土地似乎只有红色的沙子和一些枯瘦的植物。

他又睡了一整天，只在祈祷时活动。但他的睡眠开始越来越频繁地被眼底的抽痛打断。夜晚是寒冷的，但白天的热浪也是他过去从未经历过的。他不知道自己没有水还能活多久。他开始想，如果自己被风卷进时空桥里，或者死在燃烧的陆地巡洋舰里，会不会更好。

太阳落山后，他摇摇晃晃地站起来，继续他怀抱希望但漫无目的的长途跋涉。他在发烧，疼痛的关节恳求他多休息一会儿，但如果他任由自己睡着，恐怕就再也醒不过来了。

当他的脚踩到路面时，他觉得自己是精神错乱了。谁会不辞辛苦地在这样一个荒凉的地方修建这样一条路呢？他停下来，蹲下身查看。这是一条沙石路，铺着一层稀疏的风化沙；沙下面是一种黑色的东西，感觉没有石头那么硬，而且有些回弹力，算是有弹性的。

这样的一条路肯定会通向一座大城。他沿着路往前走去。

离破晓还有一两个小时，远处出现了明亮的车灯。阿里努力克服本能的恐惧。这样的交通工具在未来应该是很常见的，不是强盗和杀人犯的专属物。他站在路边等着车靠近。

这辆陆地巡洋舰跟他之前见过的都不一样，它是白色的，带着蓝色的斑纹。上面还写着字，阿里在集市贩卖的许多机器零件和武器上看到过这种欧洲字体，但一个字也不认识，更别说看懂了。司机旁边坐着一位乘客，他下了车，走近阿里，用一种阿里听不懂的语言跟他打招呼。

阿里歉疚地耸耸肩。"您好，"他试探着说，"打扰了先生，我是位旅客。我和你们的一位行车人交易了未来。"[1]

那人又用自己的语言简短地说了几句，不过现在他显然已不指望阿里能听懂。他朝自己的同伴喊了一声，示意阿里待在原地，便走回陆地巡洋舰。他的同伴递给他两台小机器。阿里紧张起来，但它们看起来不像他见过的任何武器。

那人又走了过来，他把一台机器贴在自己脸边，然后又放下它，递给阿里。阿里拿着它，模仿了他的动作。

一个女人的声音在他耳边响起。阿里明白是怎么回事了，他见过学者们用类似的机器隔着遥远的距离和彼此说话。不幸的是，他仍然听不懂这语言。当他准备回应时，那女人好似已经在说第三种语言了。然后是第四种、第五种，阿里耐心等着，直到那女人用不自然的波斯语向他打招呼。

---

1　原文为波斯语"Salaam aleikom""Bebakhshid agha, mosarfar hastam. Ba tawarz' az shoma moharfazat khahesh mikonam."

听到阿里的回应后，她说："请稍等。"过了几分钟，一个新声音响起："愿你平安。"

"也愿你平安。"

"你来自哪里？"对阿里来说，这个男人的口音还是很奇怪，但他的语气很自信。

"霍拉桑。"

"来自何时？"

"学者会出现的4年后。"

"明白了。"这个说波斯语的男人暂时换成了另一种语言。站在路边的那个人做了简要的回应，他徘徊在阿里和自己的车子之间，一直在通过另一台机器倾听着。这些人的好客令阿里很惊奇：大半夜里，几分钟内，他们就找到了能说他的语言的人。

"你怎么走到这条路上的？"

"我穿过了沙漠。"

"哪个方向？从哪儿来？你走了多远？"

"抱歉，我不记得了。"

翻译毫不客气地回应道："请努力想一想。"

阿里很困惑。这有什么要紧的？是个人就能看出他有多疲惫。为什么不让他歇一歇再问这些问题？

"请原谅，先生。我什么也没法告诉你，我在旅途中生病了。"

他们用母语交流了一下，接着是一阵令人尴尬的沉默。最后，翻译说："这个人会带你去一个暂时歇脚的地方。明天我们再听你的完整的故事。"

"谢谢你，先生。你为我做了一件大好事。真主会酬谢你的。"

路边这个人向阿里走来。阿里感激地伸出双臂拥抱他，那人却拿出一个金属镣铐，啪的一声锁住了阿里的手腕。

# 2

两道高高的栅栏包围着这片营地，栅栏顶上是如剃刀般锋利的闪亮金属带。金属带之间布满了相同材质的线圈。在栅栏外，放眼望去只有沙漠。栅栏内有警卫，到了晚上，一切都沐浴在刺眼的恒定强光中。阿里毫不怀疑自己来到了一座监狱，尽管接待他的人始终坚称并非如此。

第一夜他过得很恍惚。他得到了食物和水，还有医生给他做了检查，接着他被带到一个金属小棚屋里，和另外三个人一起住。其中两位名叫亚历克斯和德兰，他们会一点波斯语，仅够和阿里简短地打个招呼。不过第三位是伊朗人，他叫沙欣，可以和阿里顺畅地沟通。小屋的四张床成对摆放，一张挨着一张。阿里习惯铺着垫子睡在地板上，但他还是遵守当地的习俗，睡到了床上，以免冒犯任何人。警卫们解开了他的镣铐，又在他的左手腕卜戴上一个手环——用类似纸的东西做的，但异常结实——上面写着数字"3739"。最后一个数字的形状和波斯语中的"9"多少有些像，他在机器零件上见过其他数字，但不知道它们的意思。

整个晚上，每隔两小时就有一名警卫打开小屋的门，把一道光先后照到他们脸上。第一次，阿里以为警卫是来叫醒他们，要把他们带到某处去。但沙欣解释说，这种"清点人头"的事要进行一整夜，每天晚上都一样。

第二天早晨，营地的官员用一辆车子把阿里带出去，要他说出通过桥抵达此处的确切地点。他尽力了，但沙漠的任何一处在他看来都一样。正午时，他很想随便指一个地点来满足东道主，但他又不愿意骗他们。他们闷闷不乐地回到了营地。阿里不明白这对他们来说为什么如此重要。

第一次通过机器与阿里交谈的那名波斯语翻译名叫礼萨，他解释说，阿里要留在营地，直到政府官员确信他来到未来真的是为了逃离危险，而不仅仅是为了寻求安逸的生活。阿里明白他的东道主不想被骗，但他们竟然觉得有必要在做决定期间把他关起来，这让他非常沮丧。附近的镇上肯定有人家愿意收留他一两天的，就像他父亲会欢迎路过村子的任何旅客一样。

他被安置在营地的一片隔离区，这里容纳了大约100人。他们和他一样，都是旅行者，来自阿里听说过的所有国家，甚至还有没听说过的国家。大多数人是年轻男子，但也有妇女、儿童和整个家庭。若是在阿里的村子里，他会跑过去迎接孩子们，抱起他们，亲吻他们，逗他们笑，但在这里，孩子们看起来如此悲伤消沉，阿里担心即使是最友好的陌生人，贸然接近也会吓到他们。

沙欣比阿里年长几岁，不过一直都是学生。他仅仅穿越了20年的时间，逃离了自己国家的一场革命。他解释说，他们所在的营地区域被称为"一阶区"；将他们与其他人分隔开，是为了让他们不过多地了解上头判断他们情况的方式。"他们担心，如果我们知道他们会问什么样的问题，或者什么样的故事会得到好结果，我们就会润色细节。"

"你来这里多久了？"阿里问。

"9个月。我还在等面谈。"

"9个月！"

沙欣疲倦地笑了笑："有些人在一阶区待了1年。但别担心，你不必等那么久。当我到这里时，中心主管采取了一项有趣的政策：除非向他索要正确的申请表，否则没有人会得到审核。当然了，没人知道该这么做，而他也没打算告诉他们。3个月前，他被调去了另一个营地。当我问接替他的那位女士，我需要做什么才能让上头听到我的要求时，她直截了当地告诉我：申请866号表格。"

　　阿里听得似懂非懂。沙欣又更仔细地解释了一遍。

　　阿里说："拿到这张纸，对我来说有什么好处？我读不懂他们的语言，我甚至连自己的语言都几乎不会写。"

　　"这没关系。他们会让你和一个受过良好训练的人沟通，那个人会是这方面的专家。他会用英语替你填好表格。你只需要说明自己的问题，然后在表格底端签名就行。"

　　"英语？"阿里听说过英语，在他出生前，英国人想入侵印度和霍拉桑，只是没有成功。"这语言怎么会出现在这里？"他很确定自己并不在英国。

　　"英国人两个世纪前占领了这个国家。他们乘着木船横穿世界，为他们的国王征服了这里。"

　　"哦。"阿里头晕目眩，他的思维仍未完全接受自己的这趟旅行。"霍拉桑呢？"他开着玩笑，"他们也征服了霍拉桑吗？"

　　沙欣摇摇头："没有。"

　　"那里现在是什么样子？和平吗？"等到这整个和英国人打交道的奇异事件结束，也许他可以回到自己的祖国。无论它被时光改变了多少，他一定可以在那里过上美好的生活。

　　沙欣说："这个世界上没有名为'霍拉桑'的国家。霍拉桑的一部分属于印度，一部分属于伊朗，一部分属于俄罗斯。"

阿里瞪着他，对此无法理解："怎么可能？"无论他的同胞们如何内斗，都绝不会让入侵者占领他们的土地。

"我不知道来龙去脉，"沙欣说，"但有些事你得明白。这不是你的未来。你所知道的地区所发生的事，并不属于这个世界的历史。时空桥所联结的过去和未来从不属于同一个世界。一旦你越过桥梁，一切都变了，包括过去。"

沙欣陪着阿里去找了一个叫詹姆斯的政府官员，阿里用自己用心学习的英语向他申请道："詹姆斯先生，请问我能要一份866号表格吗？"

詹姆斯翻了个白眼，说："行，行！我们迟早会来找你的。"他转向沙欣说，"我希望你别再用永远困在一阶区的故事来吓唬新人了。你知道自从库尔茨上校去北方后情况就变了。"

沙欣把他的话全都翻译给阿里听。"库尔茨上校"是沙欣给前任主管起的别名，不过包括警卫在内的所有人都接受了这个名称。沙欣还把德兰叫作"浪子"，把亚历克斯叫作"沙漠里的杰尼索维奇[1]"。

3周后，阿里被叫到一个特殊的房间，和礼萨坐在一起。在一个遥远的城市，一位被称为埃文斯女士的律师用英语和他们说话，用的是一台被礼萨称为"免提电话"的机器。通过礼萨的翻译，她事无巨细地询问了阿里：他的村庄、他的家庭、他与学者会之间的纠葛。阿里来的那天晚上，就有人问过他这些，但他当时太累了，没有机会把

---

1　此处指的应是《伊凡·杰尼索维奇的一天》的主角，这是俄罗斯作家亚历山大·索尔仁尼琴所著的中篇小说，叙述了正直善良的伊凡·杰尼索维奇在苏联劳动营中的生活。

事情说清楚。

这次交谈的三天后，阿里被叫去见詹姆斯。埃文斯女士把所有信息都用英语写在了那张特殊表格上，然后寄给了他们。礼萨通读了表格，给阿里翻译了所有内容，以确保他填得正确。接着阿里在表格底端签上自己的名字。詹姆斯告诉他："在我们做决定之前，会有人从城里来见你。这可能要花点时间，所以你得耐心一点。"

阿里用英语说："没问题。"

他觉得，有必要的话，他可以等上一年。头四周过得很快，有那么多新的东西要学习。在他纷繁的思绪中，几乎没有留下一点思乡的空间。他尽量不去担心哈桑和母亲。营地里的许多事情都让他感到不安，但他的运气一向很好：臭名昭著的"库尔茨上校"已经离开了，所以他可能会在三四个月后出去。沙欣向他保证，这个国家的大部分城市都在遥远的海岸，环境比营地周围的沙漠温和得多。阿里也许可以找一份体力活儿，同时在晚上学习英语，或者他可以在农场找一份工作。他的新生活还没有真正开始，但他是安全的，一切看起来都充满希望。


到第三个月结束时，阿里变得焦躁不安。大部分时间里，他和沙欣、德兰，还有一个叫拉凯什的印度人一起打牌，亚历克斯则躺在铺位上读俄语书。拉凯什有一台卡式录音机和一大堆磁带。上面的歌曲大部分是北印度语的，这种语言中包含了一些波斯语，足以让阿里略微听懂歌词的意思：通常是爱，或悲伤，或两者皆有。

机器使金属棚屋保持着比较凉爽的温度，但外面没有遮阴处。人们在晚上玩英式足球，阿里有时也加入其中，但狠狠摔在水泥地上两次后，他便认为这比赛不太适合他。沙欣告诉他，这是一种草地游戏，在德黑兰的故乡，他曾观看过几十个国家的足球比赛。想到这个世界还有那么多诱人的奇观等着他去接触，阿里就心潮澎湃。在一阶区，电视、广播、报纸和电话都是被禁止的。就连拉凯什的磁带也被警卫检查过，从头到尾都被播放了一遍，以确保其中没有包含有助于通过面谈的秘密课程。阿里迫不及待地想进入二阶区，从而一窥这个世界的生活。在这里，任何人都可以观望历史的演变，并与其他人随意交谈。

对于营里所有的人来说，英语是最接近通用语的语言。沙欣尽全力给阿里启蒙，一旦他能用蹩脚的英语交谈，一些比较友好的警卫就会让他对着他们练习，这常常让他们开心得很。"并非每辆车都叫陆地巡洋舰，"加里解释道，"我想你一定来自丰田之都。"

沙欣被叫去面谈了。阿里为他祈祷，然后和德兰一起坐在小屋的地板上，努力让自己沉浸在变幻无穷的纸牌世界里。在这些友谊赛里，他最喜欢的一点就是好运和霉运都极少持续很久，而且就算持续也没什么关系。每一声咒骂和祝福都轻如鸿毛。

4小时后，沙欣回来了，看上去筋疲力尽，但是心满意足。"我把我所有的事情都告诉他们了，"他说，"后续就是他们的事了。"至于他们会做出怎样的决定，与他面谈的官员没有什么提示，但沙欣看上去松了一口气，因为他终究有机会把他所遭受的一切、迫使他离开故乡的一切都告诉了某位要人。

那个晚上，沙欣收到通知，让他在半个小时内迁到二阶区去。他拥抱了阿里："兄弟，自由世界见。"

"但凭天意。"

沙欣离开后，阿里在他的铺位上躺了4天，拒绝进食，只在清洗和祈祷时起身。朋友的离开只是导火索，故乡山谷中最后那段时日的极致悲伤如潮水回流，而如今分隔他与家人的这道不可逾越的鸿沟更加深了这种悲伤。哈桑从学者会逃出来了吗？还是说，他正在那无尽战争的前线作战，每时每刻都冒着死亡的危险？阿里认识的唯一一名时空旅客已经死了，他要怎么才能获知家人的信息，或是给他们提供援助？

德兰用他语调优美的英文生硬地轻声安慰："别担心，孩子，一切都好。等着看吧。"

比等待更糟糕的是浪费时间的感觉：每分每秒都在慢慢流逝，却无法利用它们做任何有用的事情。阿里试图提高自己的英语水平，但如果没有懂得他的母语的人来帮助他，有些概念他是无法掌握的。礼萨很少离开营地的政府办公室，即使离开，他也忙得顾不上回答阿里的问题。

阿里试着建一个花园，他从餐点中时而出现的水果里保留下了各种各样的种子来栽种。一阶区的大部分地方都覆盖着混凝土，但阿里在自己小屋的后面发现了一小块裸露的土地，那里避开了最强烈的阳光。他从球场另一侧的饮水龙头里取水，每天往土壤上洒4次水，但什么也没有发生。种子毫无动静，土地不接受它们。

沙欣离开3周后，亚历克斯接受了面谈，也离开了。1周后轮到了德兰。阿里开始在炎热的白天睡觉，醒来时正好赶上排队吃晚饭，然后与拉凯什和他的朋友们一起打牌，直到天亮。

到了第6个月月末，阿里在麻木和厌倦中感觉到了一丝潜藏的苦涩。他不是小偷，也不是杀人犯，他没有犯罪。为什么这些人不让他去工作，让他为自己谋生而非接受他们的施舍，让他去准备迎接自己的新生活呢？

一个晚上，阿里厌倦了没完没了的扑克比赛，比往常早一些走出了拉凯什的小屋。一名叫谢里尔的女守卫正站在办公室外抽烟。经过她身边时，阿里低声打了个招呼。她并不属于友善的那一类，但阿里还是尽量对每个人都礼貌相待。

"你为什么不回家去呢？"她问。

阿里停住了，不确定这个问题是否值得回答。他很久以前就知道，如果他试图解释自己为什么离开故乡，大多数守卫的脸色都会变得冷漠。不知怎的，他们有一种根深蒂固的观念：囚犯们说的任何话都不可信。

"没人邀请你来这里，"她毫不客气地说，"你想生活在一个文明的国家？那就回家给自己建一个。你们那里在打仗？我的'祖先们'也打仗，他们为自由而死。你指望什么呀——500年的进步能像盘菜一样端给你吗？没有人欠你一个舒适的人生。回家去挣吧。"

阿里想告诉她，如果来自未来的干涉者没有把霍拉桑选为他们改变历史的支点，他的生活本来会很好，但他的英语水平无法胜任这个任务。

他说："我在这里。我会造成，你们国家的巨大不幸？我为人诚实，工作努力。我不会辜负你们的优待。"

谢里尔窃笑起来。阿里不确定她嘲笑的是他的英语还是他的观点，但他坚持说道："你们的领导人和其他国家达成了协议。任何寻求保护的人都能得到平等的申辩机会。"沙欣把这一点灌输给了阿里。这是法律，而在这个社会里，法律就是一切。"这是我的权利。"

谢里尔呛了一口烟："继续做梦吧，艾哈迈德。"

"我的名字是阿里。"

"随便吧，"她伸出手来抓住他的手腕，然后举起来细看他的身份手环，"继续做梦吧，3739。"

詹姆斯把阿里叫到他的办公室，递给他一封信。礼萨替他翻译了出来。在8个月的等待后，阿里终于等到了他的面谈，在6天后。

阿里紧张地等着埃文斯女士打电话给他，帮他准备，因为她在几个月前最后一次和他说话时这样承诺过。到了指定的那天早上，他再次被召到詹姆斯的办公室，和礼萨一起进入了配着免提电话的"面谈室"。另一名律师科尔先生向阿里解释说，埃文斯女士已经离职，由他接管阿里的案子。他告诉阿里，一切都会好起来的，他会仔细听阿里的面谈，确保一切顺利。

科尔挂掉电话后，礼萨嘲弄地轻哼："你知道这些小丑是怎么被选出来的吗？他们进行投标，然后把名额给出价最低的人。"阿里不是很懂，但这话听起来并不让人振奋。礼萨看到了他的表情，补充道："别担心，你会没事的。逃离学者会是这个月的潮流。"

3个小时后，阿里又回到面谈室。

城里来的官员介绍自己叫约翰·费尔南德斯。礼萨没有跟来，费尔南德斯带来了另一个翻译，名叫帕尔维兹。科尔先生以电话形式加入。费尔南德斯打开一台盒式录音机，要求阿里对《古兰经》发誓，如实回答他的所有问题。

费尔南德斯问了阿里的名字、生日、逃离的地方和时间。阿里不知道自己的生日或确切年龄，他估摸自己有18岁，但他的村子里没有记录这类东西的风俗。他不知道当他离开舅舅的房子时，距离先知飞向麦地那已过去了1265年。

"告诉我你的问题所在，"费尔南德斯说，"告诉我你为什么来这里。"

沙欣告诉过阿里,这个世界的历史和他自己世界的不一样,所以阿里仔细地解释了霍拉桑的长年战争、他们缔造的干涉者和军阀,还有学者会的到来;什叶派是如何被迫在最危险的阵地作战;哈桑如何被带走;他的父亲如何被杀。费尔南德斯耐心地听着,有时会边听边在身前的一沓纸上写些什么,有时他会打断阿里,但只是为了鼓励他把故事补充完整,把一切都叙述清楚。

最终把一切都讲完时,阿里如释重负。这个人没有像守卫那样讥讽他的用词,相反,他让阿里坦率地叙述他的家人和同胞遭受的不公。

费尔南德斯还有一些问题要问。

"和我讲讲你的村子,还有你舅舅的村子。走到另一个村子要步行多久?"

"半天,先生。"

"半天。你的报告里是这么说的。但在你的初次面谈中,你说的是一天。"阿里听糊涂了。帕尔维兹解释说,"报告"是阿里与埃文斯女士谈话的文字记录,她已经把它提交给了政府。"初次面谈"是他第一次抵达营地时接受的10分钟或15分钟的询问。

"我只是说这是一段很短的旅程,先生,你没必要停在半途过夜。你可以在一天里完成它。"

"嗯哼。好吧。那么,当走私者把你从你舅舅的村子里带出来时,他是往哪个方向开车的?"

"沿着山谷,先生。"

"东,西,南,北?"

"我不确定。"阿里知道这些词,但它们不属于日常用语。他知道祈祷的方向,他也知道前往每一个邻村的方向。

"你知道太阳从东边升起，对吧？"

"是的。"

"所以，当你面朝开车的方向时，太阳是从你左边升起，还是右边，还是后面，是哪边？"

"那是晚上。"

"是的，但你肯定在早晨的山谷里面对过同样的方向，无数次。所以太阳将会从哪边升起？"

阿里闭眼想象了一下："从我右边。"

费尔南德斯呼了口气："好的。总算好了。所以你们是向北行驶。现在和我说说那片土地。走私者开车带着你沿山谷走。然后呢？在你的山谷和桥之间，你看到了什么样的风景？"

阿里僵住了。政府要这个信息做什么？派人穿过他们自己的桥，找到并毁掉他所使用的那道桥？时空旅客曾警告他不要把前往桥的路告诉任何人。那个人死了，但是他不太可能是一个人行动的，每个人都有兄弟，有儿子或堂亲帮忙。如果时空旅客的家人能够向阿里追究这件不幸的事，那么死者对他舅舅的威胁就会应验。

阿里说："我被毯子蒙着，我看不到任何东西。"

"你被毯子蒙着？多少天？"

"3天。"

"3天。那么吃喝拉撒呢？"

"他蒙住了我的眼睛。"阿里撒了个谎。

"真的吗？你之前完全没有提过，"费尔南德斯翻动着纸页，"你的报告里没有写。"

"我以为它不重要，先生。"阿里的胃抽紧了。发生了什么？他确信自己已经赢得了这个人的信任。这是他应得的：他告诉了他所有的事实，在此刻之前。在前往时空桥的路上，他瞥见了哪座山川和哪条河流，这和他与学者会的问题有什么关系呢？他发誓要说实话，但他知道拿舅舅的生命冒险是更大的罪过。

关于村里的生活，费尔南德斯还有更多问题。有些问题很好答，有些则很奇怪，而且他一直在问数字，数字，数字：这个重多少，那个价格是多少，这个又要花多久，集市什么时候开门。阿里不清楚，他早晨总是忙于农场的工作，从未在集市未开门的时候去过那里。什叶派的清真寺里有多少人会去做周五礼拜？自学者会到达后，一个也没有。在那之前呢？阿里不记得了。超过100人？阿里犹豫了。"我想是的。"他从来没数过，他为什么要数呢？

面谈结束后，阿里的思绪还围绕在三个问题上，担心他的回答不够清晰。费尔南德斯给磁带倒带，很正式地握了握他的手，离开了屋子。

科尔先生说："我觉得挺顺利的。你有什么问题想问我吗？"

阿里说："没有，先生。"帕尔维兹也早就走了。

"好吧。祝你好运。"电话咔的一声挂断了。阿里坐在桌前，等着警卫来带他回营地。

# 3

进入二阶区时，阿里觉得仿佛走进了一个闹市的中心。到处都吵吵嚷嚷的，响着音乐。之前，他有时也会听到这噪声，断断续续地从营地分隔出的这片"无菌区"传来，而现在他身处于音浪正中。一排排的棚屋，还有棚屋之间来往的人群，都似乎往前绵延无际。这里一定有1000人，他们全都是不情愿的旅行者，逃离了自己残酷的历史。

他把自己那一小袋行李搬进了分配给他的小屋，但新室友都不在，没人欢迎他。他漫步穿过营地，新的景象与声音冲击着他，令他头晕目眩。他感觉就像刚从头上解开一块厚重的布，暴露出的感官还在努力适应。如果这已经令他感到眩晕，那等他自由地踏上一座真正的城市的街道时，他又会有什么感觉？

晚饭结束，太阳落山，外面的热浪变得可以忍受了。几乎每个人都在外面，要么散步，要么聚在各自朋友的小屋门口，刺耳的卡带音乐飘出敞开的门口。阿里走过一排棚屋，来到一座更大的建筑前，那里坐着三四十个人。他走进房间，看见一个有窗的小盒子，透过窗子，他能看到一幅色彩古怪、画面扭曲、不断变化的景象。一个女人正用北印度语唱歌跳舞。

"电视。"阿里惊叹道。这是沙欣说过的东西，现在整个世界都在他眼前打开了。

旁边有一个非洲人摇摇头："这是录像机。电视在另一个公共休息室里。"

阿里逗留在这里，看着这些迷人的画面。那女人非常漂亮，虽然按他们村子的标准来看，她穿得很不庄重，但她看上去很高贵，并且十分自在。学者们可能会用石头砸死她，但如果孟买的街头到处都是这样的景象，阿里会很乐意去那里当一个乞丐。

当他离开这个屋子时，天空早就暗下来了。营地的探照灯开着，摧毁了任何一窥星光的期望。他问别人："请问，电视在哪儿？"然后顺着他们指的方向走去。

走进第二间屋子时，他立刻注意到了气氛的不同，这里的人很紧张，专心致志地盯着电视。阿里转向电视，上面正播放着一幅熟悉到可怕的景象：一望无际的沙漠，和营地外面的那一片没什么两样。有四五架直升机飞过。远处，一束窄细的漏斗状尘烟正盘旋着掠过地面。

阿里定在了原地。屏幕上的风景一片明亮，这意味着他看到的事已经发生过了：是早前在白天的事，有人定位了桥的入口。他盯着小小的直升机影像。他只见过一架在地面坠毁的直升机，那是某个军阀的玩意儿，被敌军打了下来。但他辨认出了直升机两侧伸出来的枪。无论是谁找到了桥，它现在都已在士兵的控制之下。

他看着一辆陆地巡洋舰从尘暴中冲出来。然后又一辆，再一辆。不同于他抵达时的情景，这次的车队沾满尘土，但基本上是完好无损的。接着，直升机降落，枪声四起。在漫长的几秒钟里，阿里以为自己将要见证一场屠杀，但是士兵们始终把子弹打在车子前方的一米远处。他们正试图把车逼回时空桥内。

车队散开了，每个司机都试图突破封锁。周围弹如雨下，把他们逼向蜿蜒的尘暴。阿里看不见车里的人，但能想象他们的恐惧和困惑。这就是未来？这是他们的避难所？不管在逃离怎样的暴政，他们都勇敢地走进了时空桥的迷宫，但迎来的却是枪林弹雨。这命运如此残酷，他们一定会怀疑自己的感官，怀疑自己的理智，怀疑自己的真主。

直升机像猎犬般在桥的入口处盘旋，不知疲倦、不留情面地执行他们的计划。那残酷的舞蹈让阿里无法承受，但他也无法转身走开。其中一辆陆地巡洋舰停住了，还没有安全地离开尘暴的范围，但停下显然比闪避子弹更明智些。门打开了，里面有人爬了下来。奇怪的是，画面就在这一刻扭曲了，闪烁的色块挡住了旅行者的脸。

士兵们靠近了，他们端着枪，打着手势威胁着，逼迫那些人回到车里去。一辆卡车出现了，漆着绿色和褐色的斑纹。车辆之间系着一条链子。有人从那辆陆地巡洋舰里出来，那张脸又被模糊掉了，但阿里看得出那是个女人。阿里听不到她说的话，但能从她的手势中读懂她的意思，那是乞求、责骂，是恳求怜悯。但士兵们把她逼回了车里。

卡车发动了引擎。沙子在车轮下飞溅。两名士兵爬上了车斗，将武器对准那辆陆地巡洋舰。然后他们把这个货物拖回了尘暴中。

阿里麻木地看着另外两辆陆地巡洋舰被围捕。第二辆抛锚了，士兵们扑了上去。第三辆的司机放弃了，自行驶进了桥口。

士兵们的那辆卡车从尘暴中现身了，只有它。直升机盘旋着飞离，在更谨慎的距离上绕着那束漏斗状烟尘飞行。阿里看着屋里其他人的脸，每个人都脸色苍白，有人正在哭泣。

画面变了。两个男人站在室内。一个是老人，白头发，干枯消瘦。他前面那个更年轻的人在说话，回答着一些看不见的提问者。两个人都在自豪地微笑。

在他们的话里，阿里只能听懂一些词，但他渐渐拼凑出了一些信息。这两人是政府的人，正在解释当天的事件。他们派出了士兵"保护"时空桥，以确保不会再有罪犯和野蛮人来此威胁国家的和平生活。他们已经忍受这些入侵者太久了。从今天起，再没有人能通过这里。

他们身后有一条巨大的横幅，上面印着那个年轻人的脸，还有一句话：**"让过去留在过去"**。

"那法律呢？"有人在问。曾有一项协议：任何抵达这个国家并寻求保护的旅行者都有权得到公平的申辩机会。

"我们已经起草了一项法案，明天将提交议会。法案一旦通过，就会从今天上午9点开始生效。根据该法案，时空桥20千米以内的土地将不再是这个国家的一部分。进入禁区的人将没有法律依据来要求我们的保护。"

阿里困惑地喃喃道："他说什么？"站在近处的一个年轻人朝他转过脸："嗨，你好？我是法希姆。"[1]

法希姆的口音明显是霍拉桑的。阿里笑了起来："我是阿里。你好啊？"

法希姆解释了电视上那个男人说的话。现在，桥口出现的任何人还不如就待在另一侧的世界里。这里的政府将没有义务帮助他们。"如果那里不再是他们的土地，"他沉思道，"也许他们可以给我们。我们可以建立一个属于我们自己的国家，一个开着篷车在沙漠里追踪时空桥的游牧部落。"

阿里紧张地说："我是今天面谈的。他们说9点钟——"

法希姆毫不在乎地摇摇头："你几个月前就申请了，是吧？所以你还受旧法律的保护。"

阿里试图相信他："你还在这里等你的判决？"

"算不上。我3年前被拒绝了。"

"3年前？他们没把你送回去？"

"我一直在法庭上为此抗争。我不能回去，那样我活不过1周。"法希姆的眼下有一圈深黑。如果他在3年前就被拒绝了，那他可能在这监狱里待了将近4年。

法希姆竟是阿里的室友之一。他带阿里去见二阶区的另外12个霍拉桑人，所有人一起坐在一间棚屋里，聊到了天亮。能和了解他的

---

1　原文为波斯语 "Chi goft?" "Salaam, chetori? Fahim hastam."

语言、他的时代、他的风俗习惯的人在一起，阿里为此欣喜若狂。他们中大多数人都来自和他家乡离得很远的省份，1年前他还会把他们看作异乡的陌生人，但现在这已不重要了。

不过，当他近距离审视他们的脸时，就很难保持欢快的心情了。他们全都逃离了学者会，和他一样。他们都为自己的人生而恐惧。而且他们全都被关了非常久：2年、3年、4年、5年。

在接下来的1周里，阿里没给自己留出计较命运的时间。二阶区有英语课，只不过法希姆和其他人都早已超过了上英语课的年龄，总之阿里也加入了他们。他终于学会了从前在武器和机器上看到的欧洲字母和数字的名称，老师鼓励他不要再逐个翻译波斯语的单词，而是以异族语言重塑整个句子、整个思想。

每个夜晚，阿里都和法希姆一起在公共休息室看电视新闻。他们来到的此处无疑是和平繁荣的，新闻提及的战争总是发生在遥远的地方。这里的统治者不以武力统治，他们由人民选出，甚至如今就正在进行选举。派兵封锁时空桥的人正在请人民再次选择他们。

这天早晨8点，警卫唤醒了阿里，虽然他只睡了3个小时，但他没有抱怨。他飞快地洗了个澡，然后前往营地的南门，等待警卫来打开一连串的门，押送他穿过隔开营地和政府办公室的围栏迷宫——他已不再对这种移动方式感到奇怪了。

詹姆斯和礼萨正在办公室等他。阿里和他们打了招呼，只觉得嘴里发干。詹姆斯说："礼萨会给你宣读判决。大概有10页纸，所以要耐心一点。你有任何问题，就问我。"

礼萨读文件时没有看阿里的眼睛。给阿里面谈的费尔南德斯写道：阿里在不同时间说过的话存在矛盾，而且他对自己声称所来自的时空也了解不足。更有甚者，研究学者会时代的一名专家听了阿里讲话的录音带，断言他的语言不属于那个时代。"可能这个人的曾曾祖父在学者会时代逃离了霍拉桑，把一些粗略的信息传递给了后代。无论如何，申请人本身使用的许多词语是在那个时代的几十年后才开始使用的。"

阿里等着这漫长的谴责结束，但似乎永无止境。"我尽力对申请人进行无罪推定，"费尔南德斯写道，"但压倒性的证据支持这样一个结论，即他在自己的出身、背景和所有控诉上撒了谎。"

阿里坐在那里，把头埋在手里。

詹姆斯说："你明白这是什么意思吗？你有7天的时间上诉。如果你不上诉，你就必须返回你的国家。"

礼萨补充道："你应该打电话给你的律师。你有钱办电话卡吗？"

阿里点点头。他找了一份清理垃圾的工作，账上已经有30分了。

可是阿里每次打电话时，他的律师总是占线。法希姆帮阿里填了申请表，他们在截止时间的两小时前把它交给了詹姆斯。"幸运的是库尔茨上校离开了，"法希姆对阿里说，"否则这张表格会在传真序列里至少待一星期。"

毫无根据的谣言在营地广为流传：政府将要换届，每个人都将自由。阿里见过政府的竞争对手赞美那项派士兵封锁时空桥的举措，他不认为他们赢了的话就会对沙漠里的这些囚犯施以更多仁慈。

当选举日来临时，政府再次当选，比以往更有权威。

那个晚上，当大家准备睡觉时，法希姆看到阿里盯着自己上臂和胸膛上长长的白色"十"字伤疤。"我用的是剃刀，"法希姆承认道，"它让我感觉更好些。这是我仅剩的权利：选择我自己的疼痛。"

"我永远不会这样做的。"阿里发誓道。

法希姆发出一声干笑："它比香烟便宜。"

阿里闭上眼，试图在脑中描绘自由，但他能见到的只有黑暗。过去已经消失了，未来也消失了，世界已经缩小到这个监狱大小。

# 4

"阿里，醒醒，来看啊！"

丹尼尔在摇晃他。阿里生气地把他的手拍开。这个非洲人是他最亲密的朋友之一，之前一段时间，他还可以拉着阿里一起去上英语课或去健身房。但自从上诉法庭拒绝了阿里，他就对所有事情都失去了兴趣。"让我睡觉。"

"有人。围栏外面有人。"

"逃出去的？"

"不，不是。是城里人！"

阿里爬下了铺位。他随便洗了把脸，然后跟上他的朋友。

几十个囚犯聚在围栏的西南角，挡住了视线，但阿里能听到有人在外面叫喊着，敲着鼓。丹尼尔试图挤过去，但是做不到。"到我肩上来。"他俯下身对阿里示意。

阿里笑了起来："没这个必要。"

丹尼尔生气地举起一只手，作势要打他："上来，你得看看。"他是认真的。阿里照做了。

从高处，阿里能看到一群囚犯挤在内围栏上，对面是另一群拼命想靠近外围栏的人。警察在试图阻止他们，有些警察还骑着马。阿里吃惊地看着这一团混乱。几十个年轻人，有男有女，他们在推挤警察的警戒线，时不时就有人钻过来往前跑。远处的沙漠里停着一辆五颜六色的巴士，上面用英语、波斯语、阿拉伯语，以及十来种阿里不认识的语言，漆着"自由"一词。人们反复呼喊："放了他们！放了他们！"一名年轻的女性碰到了围栏，一把抓紧，挑衅地大喊着。四个警察扑向她，把她拉走了。

一团尘云在沿着沙漠公路移动。更多的警车正往这儿来，是增援。阿里的心脏一阵绞痛。这友好的表态令他吃惊，但不会有什么结果。5～10分钟内，抗议者就会被围起来带走。

围栏外的一个年轻人迎上了阿里的视线："嘿！我的名字是本。"

"我是阿里。"

本狂乱地四下张望："你的编号是多少？"

"什么？"

"我们会给你写信。给我们你的编号。如果我们写了身份编号，他们就必须投递信件。"

"小心后面！"阿里喊道，但这警告太迟了。一个警察锁住了本的头，另一个帮忙把他摔在了地上。

阿里感觉到丹尼尔在踉跄。他们这边的人正试图挡住一排拿着警棍和盾牌的警卫。

阿里跳下地来。"他们想要我们的身份编号。"他对丹尼尔说。丹尼尔观望着这混乱的局面："有什么能写字的吗？"

阿里摸了摸后兜。他习惯带着小本子和笔，它们仍然在那里。他用丹尼尔的背垫着本子，写道："阿里3739、丹尼尔5420。"还有谁？他迅速把法希姆和其他几个人的编号添了上去。

他在地上摸到一块石头，把纸包在上面。丹尼尔再一次把他托举起来。

警察正和抗议者们扭打，抓着他们的头发拖过地面。比起接收他的讯息，阿里视线里的每一个人都有更紧迫的事要担心。他泄气地放下了胳膊。

紧接着，他看到了一个站在巴士旁边的人。他看不出来那是个男人还是女人。他，或者她，正抬起一只手来打招呼。阿里也朝那边挥手，然后扔出了石头。石头没飞多远，但是远处那个身影跑向前来，从沙子里把它捡了回去。

丹尼尔在他身前倒下了，警卫们带着警棍和催泪瓦斯冲了进来。阿里用前臂遮着眼睛，流着眼泪，心中再次燃起了希望。

数学陷落

Dark Integers

"早上好，布鲁诺。荒陆天气如何？"

与我对话者的头像是一个有三角形纹路的三孔环面，不停地从内往外翻转。合成男声语调完美，听不出任何特定的语源信息，但还是让人觉得说话人的母语不是英语。

我往家里办公室的窗外瞟了一眼，看到一小片蓝天，还有西莱德某条阴凉的死胡同里青翠的花园。无论是几点，萨姆总是说"早上好"，不过此刻确实刚过上午10点，宁静的悉尼郊区正沐浴在阳光和鸟鸣声中。

"天气非常好，"我回答道，"真希望我没被锁在这张桌子前面。"

对面沉默了很久，我疑惑是不是翻译弄混了习语，让人以为我是被冷酷的袭击者铐住了，只不过这些袭击者竟然让我随意使用自己的实时通信软件。然后萨姆说："我很高兴你今天没出去跑步。我已经试着找过艾莉森和衰，但都联系不上。如果我没法找到你，可能就会很难控制住我的一些同事了。"

我心里一阵焦虑，还夹杂着愤恨。我拒绝戴苹果手表，那样别人一天24小时都能找到我。我是个数学家，不是产科医生。我可能还是个业余外交官，但即使艾莉森、袁和我在线的时间没有覆盖全天时段，萨姆要联系上我们中的一个，也花不了几个小时。

"我不知道你周围都是些急性子，"我回答说，"什么事这么紧急？"我希望翻译能适当处理我语气中的尖锐。萨姆的同事们拥有所有的火力，以及所有的资源，他们不应该草木皆兵。不错，我们曾试图抹杀他们，但那只是一个极其天真的错误，而且是10多年前的事了。

萨姆说："你们那边似乎有人越过了边界。"

"**越过**了？"

"就我们所知，并没有沟渠横穿两端。但几个小时前，我们这端的一个命题群集开始服从你们的公理。"

我惊呆了："一个孤立的群集？没有办法往我们这端推导吗？"

"我们没有找到。"

我思考了一会儿："也许只是一个自然事件。一个从背景噪声中短暂穿过边界的浪涌，留下了类似潮汐池的东西。"

萨姆对此不加考虑："群集太大了。这种可能性微乎其微。"数据通道传来了数字，他是对的。

我用指尖揉着眼皮，突然觉得非常累。我一直认为我们的老对手——工业代数——很久以前就放弃追击了。他们已不再贿赂或派遣雇佣兵来骚扰我，所以我以为他们最终会把"缺陷"当作一个恶作剧或妄想，干回他们的老本行——帮助各国军队用更精密的技术手段杀害人民。

也许不是工业代数。艾莉森和我最先定位了"缺陷"——那是一组相互矛盾的算术结果，标明了我们和萨姆世界的两种数学体系之间的边界——我们所运用的大量计算被分包给了互联网，成千上万的志愿者贡献出了其个人电脑在闲置时的处理能力。为了给我们的发现保密，以免工业代数设法将其武器化，我们中断了这个项目。对此，一些参与者非常愤慨，并讨论要继续搜索。对他们来说，用艾莉森和我使用的开源框架编写自己的软件是很容易的，但如果不发起某种公开呼吁，很难想象他们能获得足够的支持。

我说："我无法马上给你一个解释。我只能保证会去调查。"

"我理解。"萨姆回答。

"你呢，你没有线索吗？"在10年前的上海，艾莉森、袁和我使用名为"闪光"的超级计算机对"缺陷"发动了持续攻击，对于我们无意间发起的这场攻击，远端的数学家们清晰地掌握了其细节，由此令一小束另类数学运算倒穿边界，精准地袭击了我们三个人。

萨姆说："如果这个群集和别的事物有联系，我们就可以追踪它。但它处于孤立状态，什么也无法告诉我们。因此我的同事们才如此焦虑。"

"啊。"我仍然希望这整件事只是一个小故障——数学层面上相当于产生雷达回波的鸟群，只不过这回波碰巧形似一些更邪恶的东西——但我渐渐意识到了情况的严重性。

远端的居民是平和的，符合任何人对自己邻居的合理期望，但如果他们的数学基础结构遭到威胁，他们就可能面临真正的毁灭。他们曾抵御过一次这样的威胁，但那一次他们能够追查到威胁的源头，理解它的本质，所以他们表现出了非凡的宽容。他们没有杀死袭击者，没有摧毁上海，也没有在我们的宇宙中翻江倒海。

这一次新出现的攻击没有持续太久，但没有人知道它的起源，也没有人知道它预示着什么。我相信我们的邻居不会为了保证自身生存而做一些必要之外的事，但如果他们被迫盲狙，他们可能会发现除了把我们的世界碾为尘土外，没有任何保证安全的通道。

上海时间只比悉尼时间晚两个小时，但袁的实时通信仍然是"联系不上"的状态。我给他发了邮件，还有艾莉森，不过当时是苏黎世的半夜，她可能四五个小时后才会醒。我们三人都有程序可以监察及修改小部分"缺陷"，以此和萨姆联系：改动少量不稳定的算术真理，使边界在两个体系间来回摆荡，从而对每个被传输的比特进行编码。我们近端的三个人也可以用同样的方式彼此交流，但斟酌过后，我们认为传统的加密是一种更安全的方式，可以隐藏我们的秘密。不过，单单是仿佛凭空而来的通信数据就有可能引起怀疑，所以我们甚至还编写了软件，向整个网络发送假数据包以掩盖我们与萨姆之间的对话，否则无法对外解释。除了最细心、最机敏的窃听者外，任何人都会认定萨姆是在立陶宛的一家网吧联系我们的。

在等待袁的回复时，我地毯式搜索了我的知识挖掘者存放边界相关算法结果的日志，想知道我拟定的标准中是否有什么缺陷，给我留下了一个盲点。如果任何人、任何地区曾宣布他们打算进行某种可能将他们引向"缺陷"的计算，消息应该会在几秒钟内以闪烁的红色字体铺满我的电脑桌面。诚然，大多数拥有足够计算资源的组织本质上是保密的，但它们也不太可能有动机沉湎于这样一个疯狂的噱头。"闪光"本身已于2012年退役，理论上，如今的各种国家安全机构，甚至包括一些以信息技术业务为核心的企业，都有足够的算力去追查"缺陷"——如果它们真的盯上了它的话。不过就我所知，世上确知它存在的只有袁、艾莉森和我三人。哪怕是最挥霍无度的政府的隐秘预算，或是最富有的大亨的雄厚财力，也不足以支撑它们这样希望渺茫或异想天开地搜索。

通信窗口弹出了艾莉森的脸。她看起来筋疲力尽。"你那里几点了？"我问。

"很早。劳拉得了疝气。"

"啊。那你能说话吗？"

"能，她现在睡着了。"

我的邮件写得很简短，所以我向她详述了整件事。她默默地琢磨了一会儿，毫无顾忌地打了个呵欠。

"我能想到的只有几个月前在罗马一个会议上听到的一些流言。这个故事已经传了四手了，是关于一个新西兰人的，他认为自己找到了一种方法，可以通过数论计算来验证基本物理定律。"

"只是胡说八道，还是……？"

艾莉森按摩着太阳穴，好像想让更多的血液流进她的大脑。"我不知道，我听到的信息太模糊了，无法做出判断。我认为他还没有想过在任何地方发表这个想法，甚至没有在博客上提到过。我猜他只是向一些人当面吐露过，其中一定有人觉得这事太有趣了，不愿意守口如瓶。"

"你知道他的名字吗？"

她离开摄像头范围，翻找了一会儿。"蒂姆·坎贝尔，"她宣布道，数据通道传来了她的笔记，"他在组合数学、算法复杂度和最优化领域颇有成就。我搜遍了网络，没看到有人提及这种奇怪的东西。我本想给他发邮件，但一直没抽出时间。"

我可以理解，那是在劳拉出生前后。我说："我很高兴你还亲自参加这么多会议。这在欧洲更容易实现，什么都离得很近。"

"哈！别指望这情形能持续下去，布鲁诺。有时候你可能得把自己的肥屁股挪上飞机。"

"袁怎么样?"

艾莉森皱起了眉头:"我没告诉你吗?他住院好几天了。肺炎。我跟他女儿谈过了,他身体状况不太好。"

"我很抱歉。"艾莉森和他的关系比我近得多,他是她的博士生导师,所以在把我们三人绑定在一起的事件发生很久以前,她就认识他了。

袁快80岁了。对于中国的中产阶级来说,这还不算老,因为他们可以负担良好的医疗保健,但他总有一天会离我们而去。

我说:"我们是不是疯了,竟想自己做这件事?"她知道我指的是什么:与萨姆保持联络,管理边界,尽力让两个世界保持对话,同时保证双方各自独立、安全和完好。

艾莉森回答:"你相信哪个政府不会把事情搞砸,也不会试图去利用这件事?"

"哪个也不信。但是有什么替代方案吗?你把工作传给劳拉?凯特没兴趣要孩子。所以我要随机挑选一个年轻的数学家作为我的继任者吗?"

"别随机,拜托。"

"你是想要我征聘吗?'必须精通数论,熟悉马基雅弗利,并拥有全套《白宫风云》碟片?'"

她耸耸肩:"当时机到来时,找一个你可以信任的人才。这是一种平衡:知道的人越少越好,只要我们的人数足够令这信息不会完全丢失就好。"

"然后一代一代传下去?像某种秘密社团一样?算术不一致性骑士团?"

“我可以负责制作徽章。”

我们需要一个更好的计划，但现在不是争论它的时候。我说：“我会联系这个叫坎贝尔的家伙，有消息就告诉你。”

“好的。祝你好运。”她的眼睛都要睁不开了。

“照顾好自己。”

艾莉森勉力露出一个疲倦的笑容：“你这么说是因为你真的在乎，还是因为你不想自己一个人守着圣杯？”

“当然两者皆有。”


“我明天得飞去惠灵顿。”

凯特放下了快要举到嘴边的一整叉子的意大利面，迷惑地皱了皱眉头：“这是个临时通知。”

“是的，这很讨厌。是新西兰银行的事。我得在现场用一台安保机器做事，他们不让任何人通过网络访问来操作。”

她的眉头皱得更紧了：“你什么时候回来？”

“我不确定。也许要到周一。我可能明天就能完成大部分工作，但有些事情他们规定在周末做，而分行在周末是离线的。我也不知道会不会做到这个程度。”

我讨厌对她撒谎，但我渐渐习惯了。我们邂逅于上海事件发生的一年后，那时我仍然能摸到手臂上的伤疤，那是工业代数雇用的一个暴徒造成的，她试图从我的身体中挖出一个数据缓存器。当我们的关系慢慢加深时，我在某个时刻下定了决心，无论我们变得多么亲密，无论我多么信任她，对凯特来说，不知道任何关于“缺陷”的事是最安全的。

“他们不能雇用本地人吗？”她建议道。我不认为她是起了疑心，但她肯定很恼火。她在医院的工作时间很长，每两个周末才休息一次，这个周末就是她的休息日。我们没有制订具体的计划，但通常会一起过这个周末。

我说："肯定可以，但临时找人比较难。而且我不能让他们推后，那样我就违约。只是一个周末，不是世界末日。"

"对，不是世界末日。"她终于又举起了叉子。

"酱汁怎么样？"

"非常美味，布鲁诺。"她的语气清楚地表明，再多的烹饪成果也不足以弥补此事，所以我还不如别费事。

我看着她吃东西，心里堵着个奇怪的疙瘩。间谍们向家人隐瞒自己的工作时，就是这种感觉吗？但我的秘密听起来更像是精神病人的胡话。我被委托来执行一项条约，这是我和两个朋友与一个无形的幽灵世界签订的，这个世界与我们自己的世界共存。这个世界远远算不上与我们敌对，但这条约是人类历史上最重要的条约，因为任何一方都有能力彻底摧毁另一方，与此相比，核毁灭看起来就像针扎一样微不足道。


维多利亚大学位于一处山顶郊区，可以俯瞰惠灵顿。我搭上缆车，赶上了周五下午的研讨会。靠我自己设法获得一份在此发表论文的邀请并不容易，但获得旁听的许可却不难；尽管我已经将近20年不做学术研究了，但我那古早的博士学位和一丁点儿出版物——无论与研讨会主题的联系多么薄弱，都还是足以让我入会旁听。

我赌了一把坎贝尔会出席——从官方消息或其他方面看，这个主题与他自己的研究关系不大——所以在观众席上找到他时，我松了一口气，我是凭学院网站上的一张照片认出他的。和艾莉森谈过之后，我就直接给他发了邮件，但他礼貌地回绝了我：他承认，他的课题被小道消息传播开来的确要归因于我和艾莉森发起的那次臭名昭著的搜索，但他还没有准备好公开自己的工作。

我在"幺半群和控制理论"会议上坐了一个小时，尽可能集中注意力，因为如果回头研讨会组织者询问我，为什么这个话题能吸引我中断自己的"观光假期"来参加，我总不能让自己的回答闹笑话。研讨会结束后，听众分成了两批：一批出了大楼，另一批走进了隔壁提供茶点的房间。我看到坎贝尔向户外走去，便只能尽力靠近他，免得大声喊他时显得太夸张。

"坎贝尔博士？"

他转过身来扫视屋内，大概以为是某个学生想乞求延期交作业。我举起一只手，走近他。

"我是布鲁诺·科斯坦佐，昨天给你发过邮件。"

"哦，对。"坎贝尔三十出头，身形瘦削，面色苍白。他和我握了握手，显然吃了一惊："你没提到你在惠灵顿。"

我做了个无所谓的手势："我本来想说的，但后来觉得有点冒昧。"我没有说出口，只是让他自行推断：关于"算数不一致性"的整个无稽之谈，我和他一样持模棱两可的态度。

不过，如果命运让我们相遇，不充分利用这次机会岂不是很愚蠢吗？

"我正要去拿些好吃的司康饼。"我说。研讨会的网络公告对它们可是赞不绝口。"你忙吗？"

"嗯。只是些文书工作，可以延后再做。"

走进茶室时，我喋喋不休地谈我的假期计划。之前我从未真正到过新西兰，所以我明确表示，大部分旅程安排还未实行。坎贝尔对当地地理和野生动物的兴趣并不比我多。我越滔滔不绝，他的视线就越恍惚。当我发现他不会盘问我各种远足路线的细节时，我抓起一块涂了黄油的司康饼，突兀地切换了话题。

"事情是这样，我听说你设计了一种更有效的策略来寻找某个'缺陷'。"我堪堪阻止了自己使用定冠词，把这件事当作假设来谈论已经是蛮久前的事了，"你知道蒂尔尼博士和我不得不去四处讨要的那种算力吧？"

"当然。那时我还只是个本科生，但我听说过那次搜索。"

"你是我们之前在网上招募的志愿者吗？"我查过记录，他不在名单上，但人们可以选择匿名登记。

"不是。当时，这个想法并没有真正吸引我。"他说这些话时，似乎比12年前没有贡献自己电脑的处理能力更显窘迫。我开始怀疑，他实际上也曾觉得，我和艾莉森所提出的这个半开玩笑的猜想愚不可及。我们从不要求被人认真对待——我们甚至在网页上提供了所有有价值的生物医学计算项目的醒目链接，这样人们就知道有更好的方式来使用他们闲余的算力——尽管如此，一些自命数学家或哲学家的人还是气急败坏地抨击我们的假说，认为这极度鲁莽和天真。在事态变得严重之前，正是这种激烈抵制的娱乐性为我们的努力提供了意义。

"但是现在你改进了它？"我引导着他，尽力让他明白我对被超越的可能性并不感到怨恨。事实上，这个假设的提出者是艾莉森，所以即便我危如累卵的自尊比什么都重要，也不会受此事影响。至于搜索算法，那是我在一个周日下午拼凑出来的，开玩笑似的，只是为了揭穿艾莉森的虚张声势。但她执行了这个算法，并坚持要把它公之于众。

坎贝尔环顾四周，想看看会不会有有人听到我们说话，但他可能突然意识到，如果他的想法已经经由罗马和苏黎世传到了悉尼，那么他在惠灵顿的声誉也已岌岌可危。

他说："你和蒂尔尼博士提出的观点是，早期宇宙的随机进程中可能包含了能证明'关于整数的定理相互矛盾'的证据，也就是说，能够揭示不一致的计算还未来得及发生。这样的总结妥当吗？"

"当然。"

"我对此有一个问题，我看不出如何会导致一个能在此时此地检测到的不一致。如果物理系统A证明了定理A，而物理系统B证明了定理B，那么你可能得到遵循不同公理的不同宇宙区域，但这并不是说有一些数学教科书的内容盘旋在宇宙时空之外，上面列出了每一条被证明过的定理，而我们的计算机会参考它们来决定如何行动。经典系统的行为是由自己特定的因果路径所决定的。如果我们是那一小片证明了定理A的宇宙的后裔，我们的计算机应该完全有能力**证伪**定理B，不管140亿年前在别的地方发生了什么。"

我沉思着点点头："我明白你的意思了。"纯正的柏拉图主义认为**有**一种幽灵般的教科书列出了数学的永恒真理，如果你不接受这种想法，那么还有一个不完善的版本，像是一种最糟糕的折中观点，这个版本认为教科书一开始是空白的，而后随着各种定理被检验而逐行得到填充。事实上，当远端允许袁、艾莉森和我在上海对他们的数学进行几分钟的深入了解时，袁曾声称数学信息的流动**确实**服从爱因斯坦的局域性原理：没有普适的真理之书，只有过去的记录在以光速或更低速度四处搅荡，相互交融，相互竞争。

不过，我很难告诉坎贝尔，我不仅知道单单一台计算机就可以证明一个定理及其否定，并且，根据它攻击运算的次序，它有时甚至能移动边界，在移动位置上，一组公理落败，另一组接管。

我说："但你仍然认为搜寻一种不一致是值得的？"

"是的，"他承认，"不过我是从完全不同的角度得出这个想法的。"他犹豫了一下，然后从我们旁边的桌子上拿起一块司康饼。

"一块石头，一个苹果，一块司康饼。我们对这些短语的意思有清晰的概念，只是每个短语都包含了差不多10的10次方的30次方个有细微区别的物质构型。我的'一个司康饼'和你的'一个司康饼'是不一样的。"

"对。"

"你知道银行怎么清点大量现金吗？"

"称重？"事实上还有其他几种交叉校验方式，但我能看出他要说什么，不想因我的吹毛求疵而干扰他。

"完全正确。假设我们试着用同样的方法来计算司康饼的数量：给一批司康饼称重，除以某个标称值，然后四舍五入到最接近的整数。而任何一个司康饼的重量都与这个数相差甚大，这很容易让人换另一种算法来计算。如果你'计算'了两批不同的饼，然后将它们合并在一起重新'计算'，结果并不能保证会与普通的整数加法一致。"

我说："显然不能。但数字计算机并不依靠司康饼来运行，它们也不会通过称重来计算比特数。"

"请耐心听我说，"坎贝尔回答道，"这不是一个完美的比喻，但我并不像我听起来那样疯狂。现在，假设我们称为'一件事物'的**任何事物**都有无数可能的构型，我们要么故意忽略它们，要么根本无法区分它们。即使是简单如特定量子态下的一个电子也一样。"

我说："你现在说的是隐变量？"

"某一种，是的。你知道杰拉德·特·胡夫特[1]的确定性量子力学模型吗？"

"只是大概知道一点。"我承认道。

"他假设在普朗克尺度上的自由度是完全确定的，各量子态有对应的等价子集，这些子集中包含许多不同的可能构型。更重要的是，我们在原子水平上预备的所有普通量子态都是那些原始态的复杂叠加，这使他能够绕过贝尔不等式。"我微微皱了皱眉头，我多少能明白他所说的情形，但我得去看看胡夫特的论文。

坎贝尔又说："在某种意义上，不管我们谈论的是什么类型的对象，只要你接受'一件事物'可能**永远**不会与'另一件事物'完全相同，详细的物理学原理就不那么重要。根据这个假设，**看上去**严格符合各种演算的物理过程可能并不像你以为的那样可靠。用司康饼来称量，缺陷是显而易见的，但我说的是，误解物质的基本性质可能带来更微妙的结果。"

"嗯。"无论坎贝尔向谁吐露过这些猜想，对方都不太可能像我这样认真地对待它们，但我不想让自己显得很容易被说服，而且老实说，我真不知道他说的这些话与现实是否有丝毫关系。

我说："这是一个有趣的想法，但我仍然不明白它为何能加速搜寻不一致。"

"我有一组模型，"他说，"它们受到限制，必须与杰拉德·特·胡夫特的一些物理学思想相一致，同时也需要使算法在极

---

1 杰拉德·特·胡夫特（Gerard't Hooft）是荷兰理论物理学家，于1999年和韦尔特曼共获诺贝尔物理学奖。

大的对象范围内**基本**保持一致。从中微子到星系团，如果基本算法涉及的数字都是我们会在普通情况下遇到的，那这算法就应该能以一般方式运行。"他笑了起来，"我的意思是，这就是我们生活的世界，对吧？"

我们一部分人生活的世界。"是的。"

"但有趣的是，如果这演算最终没有出现偏差——如果没有那些使物理表示不再能完美获取算法的超级天文数字，我就根本无法让物理原理起作用。而且，我的每个模型都让我或多或少地预测到，这些影响应该在哪里开始显现。以基本的物理定律为起点，我可以推导出一个大整数的计算序列，无论在哪台计算机上执行，这些计算序列应该都会揭示出一种不一致。"

"直接把你带到那个'缺陷'处，根本不需要搜索。"我就这么让定冠词溜出了嘴，但这似乎已无关紧要了。

"理论上是这样的，"坎贝尔竟有点脸红了，"呃，当你说'不需要搜索'时，实际上涉及了一轮规模小很多的搜索。在我的模型中仍然有自由参数；有数十亿种可能性需要测试。"

我咧嘴笑了，不知道自己的表情是否像自己以为的那么假。"但是运气还不够好？"

"是的。"他又开始忸怩起来，环顾四周，担心有人在听他说话。

他在骗我吗？对他的成果保密，直到他再验证100万次，然后决定怎样更好地向充满怀疑的同事和懵懂的公众解释？或者，不管他做了什么，他都往萨姆的宇宙扔了一枚小小的手榴弹，不知怎么的，那个宇宙像日常的算术般被登记在坎贝尔自己的电脑里，而在这个过程中，没有任何证据表明他跨越了边界？毕竟，这一组违规的命题遵循了**我们的**公理，所以，也许坎贝尔是设法迫使它们遵循，却根本没有意识到它们过去并不遵循。他的想法显然很接近真相——我再也无法相信这只是一个巧合——但他的理论似乎不能容纳一件我知道是事实的事情：算术不仅是不一致的，还是**动态**的。你可以抓住算术的矛盾之处，将其当作地毯上的隆起一样四处滑动。

坎贝尔说："这个进程的某些部分并不容易自动化，为每个广义类模型群体建立搜索需要一些手动作业。我只是在业余时间做这事，所以得等一阵子才有时间检测所有可能性。"

"我明白。"如果他所有的计算迄今只在远端造成了一次袭击，那么可以相信剩下的计算将平安无事地完成。他会发表一个否定性结果，其中排除了一类费解的物理理论，那么不一致的两端的生活就会照常进行。

不过，如果我相信这么乐观的假设，我还算什么武器核查员呢？

坎贝尔显得烦躁不安，似乎正在被他的行政职责所召唤。我说："如果有机会再多谈谈就好了。你今晚忙吗？我住在城里一家背包客旅社里，不过，也许你可以推荐一家这附近的餐厅？"

有一会儿他看起来犹疑不定，但一种本能的热情好客似乎压倒了他的疑虑。他说："让我问问我妻子。我们对餐馆不感兴趣，不过今晚我总归要下厨，欢迎你加入我们。"


坎贝尔的家离校园只要步行15分钟，在我的要求下，我们绕道去了一家卖酒的商店，好让我买两瓶葡萄酒来佐餐。进屋时，我的手在门框上逗留了片刻，安上了一个小装置。如果我将来需要不请自来的话，它可以帮助我。

坎贝尔的妻子布里奇特是一位有机化学家，她也在维多利亚大学任教。餐桌上的谈话一直是关于部门主管、预算和经费申请的。尽管早已离开学术界，但我还是能毫无障碍地对夫妇俩的抱怨表示同情。东道主们则确保我的酒杯常满。

吃完饭后，布里奇特告辞离开，去给她住在南岛小镇上的母亲打电话。坎贝尔带我进了他的书房，打开一台笔记本电脑，上面褪色的按键显示它一定有20年的历史了。许多家庭都有这样的电脑：它已不能再运行最新流行的庞大软件，但仍能完美运行原本的操作系统。

坎贝尔在输入密码时背对着我，而我小心翼翼地不让人发现我竟还想偷看。接着他在编辑器中打开一些C++文件，滚动显示了他的搜索算法的部分内容。

我有些头晕，不是因为醉酒，我先前灌了一肚子某种非处方的醒酒剂，这种醒酒剂能在乙醇被身体吸收之前将其转化为葡萄糖和水。我热诚地希望工业代数真的已经放弃了他们的追求。如果我能在半天内就如此接近坎贝尔的秘密，那工业代数就能在月底前用一种另类算术玩弄股市，并很快就能向五角大楼兜售不一致性数学武器。

我没有过目不忘的能力，而坎贝尔只给我看了一些片段。我不认为他是在故意逗弄我，他只是想让我知道他有一些干货，他所有关于普朗克尺度物理和定向搜索策略的主张都不是大话。

我说："等等！那是什么？"他松开了下滚键，我指着屏幕中间的一列变量表单：

*long int i1, i2, i3;*
*dark d1, d2, d3;*

"*long int*"是指长整数，占据的比特位是普通整数的两倍。在这台古董机上，它的长度可能总共只有64位。"什么是见鬼的

'dark'？"我追问道。我一般不对刚认识的人这么说话，但此时我并不想保持冷静。

坎贝尔笑了起来："一个暗整数。它是我定义的类型。它占4096个比特。"

"可是为什么叫这个？"

"暗物质、暗能量……暗整数。它们就在我们身边，但我们通常看不到它们，因为它们不太遵守游戏规则。"

我颈后的汗毛都竖起来了。我自己都无法对萨姆世界的基础结构做出比这更简洁的描述。

坎贝尔关掉了笔记本电脑。我一直在寻找机会，想在不引起他怀疑的前提下来操纵这台机器，无论多么短暂，但这显然是不可能的，所以当我们走出书房时，我采用了备选计划。

"我感觉有点……"我突然坐到了门厅的地板上，片刻后我从口袋里掏出手机递给他，"你能帮我叫辆出租车吗？"

"哦，当然。"他接过了电话，我把头埋在胳膊里。在他还没来得及拨电话号码前，我就开始轻声呻吟。接着是一阵长久的沉默，他可能正在权衡各种备选方案中的尴尬因素。

最后他说："如果你愿意，你可以睡在沙发上。"我对他感到由衷的同情，如果一个我几乎不认识的蠢货对我要这样的花招，我至少会让他保证，如果他半夜吐了，就得支付清洗费用。

半夜，我确实去了趟洗手间，但我一直压低声音。折返时，我悄悄地走到书房，在黑暗中穿过房间，在某服务公司多年前贴于笔记本外壳的不干胶标签上贴了一层薄薄的透明贴片。这个附件是肉眼看不见的，要用手术刀才能把它撬下来。与贴片连接的传送器要大一些，约莫有一颗纽扣那么大，我把它卡在了一个书架后面。除非坎贝尔打算粉刷房间或铺上新地毯，否则它可能好几年都不会被发现，而且我已经给当地一家无线网供应商的账户预付了两年费用。

天刚亮不久，我就醒了，但这种迫不得已的早起并不会使我暴露。坎贝尔没把窗帘拉上，因此早晨的阳光直射在我的脸上，我的早起几乎肯定是由他蓄意造成的结果，好让我早点离开。我蹑手蹑脚地在屋子里转了大约10分钟，即便当时有人在偷听，他也不会觉得我在离开前显得有条不紊。接着，我在沙发旁的咖啡桌上留了一张潦草的字条，写了感谢和道歉，然后才出门前往缆车站。

到了城里，我坐在背包客旅社对面的一家咖啡馆里，连接上了继电器，继电器又成功与笔记本贴片的聚合物电路建立了连接。中午到了，中午过了，坎贝尔还没登录，我就给凯特发了条信息，告诉她我至少还要在银行待一天。

我浏览新闻推送，购买物非所值的零食，以此打发时间，咖啡馆的其他顾客有一半也在做同样的事情。终于，3点刚过时，坎贝尔启动了那台笔记本。

贴片无法读取坎贝尔的磁盘驱动器，但可以获取键盘和显示器的输入和输出的电流，从而推断出他输入和看到的一切。截获密码很容易。更棒的是，他一登录就开始编辑一个文档，将他的搜索程序扩展至一组新模型。当他来回滚动屏幕时，没用多久时间，贴片就把他正在处理的文档的全部内容截了图。

他花了两个多小时调试他写的东西，然后让程序运行。这台20世纪的老旧机器比整个互联网搜索"缺陷"的时代更古老，但已经直接命中了远端。我只希望这组新模型都与前几天成功越界的模型不兼容。

不久之后，贴片上的红外线传感器告诉我坎贝尔离开了房间。这块贴片可以在键盘连接中诱导电流，我可以像亲临现场一样在电脑上打字。我开了一个新进程窗口。笔记本电脑完全没有联网，只连接上了我的间谍软件，不过我只花了15分钟来陈列出并记录了一切要看的东西：主程序依赖的一些库文件和头文件，以及迄今所有搜索结果的数据日志表单。侵入操作系统并预先作安排以破坏未来的一切搜索并不难，但我决定等到对整体情况更有把握了再说。即使我回到了悉尼，只要这台笔记本被使用，我就能够窃取信息，还能在它无人照管的时候进行干预。我此刻留在惠灵顿，只是为了防止有必要亲自回坎贝尔家。

当夜幕降临时，我发现自己没有什么紧急的事情要做，便没有打电话给凯特。就让她以为我正在一间没有窗户的电脑室里埋头苦干吧，这似乎更明智一些。我离开咖啡馆，躺在旅社的床上。房间里空无一人，其他人都去城里了。

我呼叫苏黎世的艾莉森，把最新情况告诉她。在背景声中，我能听到她的丈夫菲利普正在另一个房间里试图安抚劳拉，他平静地用法语喁喁细语，而他的女儿在号啕大哭。

艾莉森被激起了兴趣："坎贝尔的理论不可能是完美的，但一定很接近真相。也许我们能找到一种方法，能契合我们所看到的动态。"在我们偶然发现"缺陷"后的10年里，我们关于"缺陷"的所有工作都是令人沮丧的经验研究：运行计算，并观察它们的影响。我们从未接近过任何深层的基本原理。

"你觉得萨姆会知道所有这些事吗？"她问。

"我不知道。如果他知道，我怀疑他不会承认。"虽然是萨姆让我们在上海得以一窥远端的数学世界，但那其实只是一记耳光，让我们知道我们要用"闪光"消灭的是一个文明，而不是一片荒地。在那近乎灾难性的初次接触之后，他努力与我们建立交流，学习我们的语言，并愉快地倾听我们主动讲述我们的世界，但他并不像我们一样乐于提供信息。我们对远端的物理学、天文学、生物学、历史和文化几乎一无所知。有生物占据着与地球相同的空间，这表明两个宇宙尽管互不可见，却以某种方式紧密耦合。但是萨姆已经暗示过，他那一端的生命体要比我们这一端常见得多。我告诉过他我们似乎是孤独的，至少在太阳系里是这样，我们周围是以光年计的无菌真空，此后他开始把我们这一边称为"荒陆"。

艾莉森说："不管怎样，我觉得我们都应该保密。条约规定，我们应该尽己所能去处理另一端告知我们的任何领土侵犯行为。我们正在这样做。但我们没有义务披露坎贝尔的活动细节。"

"的确如此。"不过，她的建议让我不太高兴。且不论萨姆和他同事们的态度——他们显然认为他们告诉我们的任何事都可能被利用，可能使他们更容易受到伤害——我总是忍不住琢磨我们是否能表现出一些真诚的姿态，用一些方法来建立信任。自从和坎贝尔谈过之后，我的内心深处开始形成一种微弱的希望，希望他的发现可以带来一个机会，彻底向远端证明我们是有诚意的。

艾莉森看懂了我的情绪。她说："布鲁诺，他们**什么都没**给我们。上海事件可以在一定程度上解释他们的谨慎，但我们也从中了解到，他们可以像打虫子一样把'闪光'扫到一边。他们有足够的计算能力在瞬间击垮我们，而且他们仍然紧紧抓住他们能获得的每一个战略优势。如果我们不效仿他们，那将是愚蠢和不负责任的。"

"所以你想让我们紧握住这个秘密武器？"我的头开始剧烈疼痛。对于落在我们三人身上的这一超现实责任，我通常的处理方式是假装它不存在，如今不得不连续3天不停地考虑它，我面临的压力比过去10年都要大。"这就是最终的结果吗？我们的新版本冷战？你为什么不周一冲进北约总部，把我们知道的一切都交给他们呢？"

艾利森冷冷地说："瑞士不是北约成员国。这里的政府可能会以叛国罪起诉我。"

我不想和她吵架："我们以后再谈这个。我们甚至不知道自己手里具体有什么。我需要仔细检查坎贝尔的文档，确认他是否真的做了我们认为他会做的事。"

"行。"

"我到了悉尼再给你打电话。"

我花了一些时间去理解从坎贝尔那里偷来的所有东西，不过最终还是确定了在他的日志文档中所记录的每次事件中他都执行了什么运算。然后，我将他所测试的命题与一个粗略的、静态的"缺陷"地图做了比较，由于萨姆报告的事件发生在远端深处，也就没有必要考虑边界日常的小波动。

如果我的分析是正确的，那么坎贝尔的计算是在周三深夜在远端数学中着陆。不过，他对我说的都是实话，他在那里没有发现任何异常。相反，他一直在寻找的东西在他眼前消失了。

在艾莉森和我做过的所有计算中，只有在边界上，我们才能迫使一些命题改变它们效忠的阵营，转而遵守我们的公理。坎贝尔仿佛从某个更高的维度跳进来，拿着一根软管，把我们熟悉和喜爱的算术喷洒到一切事物上。

对于萨姆和他的同事们来说，这相当于一件不知道从哪里冒出来的手提箱核武器，而不是他们知道如何追踪和消灭的洲际弹道导弹。现在艾莉森想告诉他们"相信我们，我们已经解决了"，却不让他们看到武器本身，不让他们看到武器是如何运行的，不让他们有机会设计新的防御手段。

她希望我们能有备用计划，以防鹰派统治远端，将荒陆判定为一个幽灵世界，并认为可以摒弃这个挥之不去的有害存在。

周六晚上喝醉的狂欢者们开始返回旅社，唱着走调的歌，满腔热情地呕吐。也许这是我假装醉酒的因果报应，如果是这样，那我正得到千倍的回报。我开始希望自己当初花钱买了更高档的住宿，但由于没有雇主为我报销费用，就算不在旅行中花更多的钱，要圆我对凯特撒的谎就已经够难了。

忘掉司康饼的算术吧，我知道如何像巫师学徒向前挥舞的扫帚队一样复制数字货币。我们甚至可能在萨姆不知情的情况下榨取这些好处，我可以试着用我们通常用来交换信息的边界操作掩盖我的远端交易。

但我不知道如何控制副作用。我不知道这样的瞎搞还会破坏什么，也不知道在这个过程中会有多少人被我杀死或致残。

我把头埋在枕头下，想办法在噪声中入睡。最后我算出了7的幂，这个戏法我只在小时候玩过。我从来就不是一个心算奇才，集中精神努力解决简单的问题比任何体力劳动都要消耗我的精力。282 000 000，475 000，249。数字像豆茎一样攀升到同温层，直到它们长得太高，把自己撕开，留下一团数字像黑色的纸屑一样掠过我的头骨。


"问题解决了，"我告诉萨姆，"我已经找到了源头，并已采取措施防止它再次发生。"

"你敢肯定吗？"他说话时，屏幕上的三孔环面不停地翻转着。事实上，这个头像是我自己选择的，它的外观完全不受萨姆的影响，但我没法不把情绪投射上去。

我说："我确定我知道谁应该为周三的入侵负责。这次事件没有恶意，事实上，做这件事的人甚至没有意识到他越过了边界。我已经修改了他电脑的操作系统，这样他就没法再做同样的事情了。如果他尝试，它只会给他和以前一样的答案，但这一次不会实际执行计算。"

"很高兴听你这么说。"萨姆说，"你能描述一下这些计算吗？"

萨姆看不见我，就像我看不见他一样，但出于习惯，我尽量让自己保持镇定的表情。"我不认为这是我们协议的一部分。"我回答说。

萨姆沉默了几秒钟："的确如此，布鲁诺。但如果我们一开始就知道造成缺口的原因，可能会给我们带来更大的安全感。"

我说："我明白。但我们已经做了决定。"**"我们"**指的是艾莉森和我，袁还在医院里，以他的状态做不了任何事。艾莉森和我，代表全世界说话。

"我会把你们的立场告诉我的同事们，"他说，"我们不是你们的敌人，布鲁诺。"他的语气听起来很遗憾，这些微妙的情绪都在他的控制之下。

"我知道，"我回答道，"我们也不是你们的敌人。但你们选择对我们隐瞒你们世界的大部分细节。我们不认为这代表敌意，所以如果我们保留一些自己的秘密，你们没有理由抱怨。"

"我会很快再联系你的。"萨姆说。

通信窗口关闭了。我给艾莉森发了一份加密文本，然后瘫坐在桌子前。我的头在抽痛，但这次交锋还不算太糟。萨姆和他的同事们当然更愿意知道一切，也当然会感到失望和表示责备。但这并不意味着他们会放弃过去10年执行的温和政策。重要的是，我的保证将被证明是可靠的：入侵不会再次发生。

我有工作要做，那种可以付账单的工作。我努力提起精神，把这整件事抛到一边，继续写一篇要交给一家新加坡公司的报告，内容是关于解决分布式编程瓶颈的随机方法。

4个小时后，门铃响了，此时我刚离开办公桌，正在厨房里翻找食物。我懒得检查门口的摄像头，只是走到大厅，打开了门。

坎贝尔说："你好吗，布鲁诺？"

"我很好。你为什么不告诉我你要来悉尼？"

"你不打算问我是怎么找到你家的吗？"

"怎么找到的？"

他举起电话。有一条从我这里发给他的文本信息，至少是我的手机发的，它用短信把GPS坐标发给了他。

"不错。"我承认道。

"我相信澳大利亚最近把'破坏通信设备'列入了与恐怖主义有关的罪行清单。你可能会把我关进一个最高安全级别的监狱进行单独拘禁。"

"除非你懂至少十个阿拉伯语单词。"

"事实上，我曾经在埃及待过1个月，所以一切皆有可能。但我想你不会真的想去报警。"

我说："你为什么不进来呢？"

把他领进客厅时，我的脑子在飞快地转着。也许他发现了书架后面的传送器，但肯定不是在我离开他家之前。他是不是远程把病毒植入了我的手机？我还以为我的安全措施没那么差。

坎贝尔说："我想请你解释一下为什么要在我的电脑上装窃听装置。"

"我自己也越来越不确定了。正确的答案可能是你希望我这么做。"

他哼了一声："可笑！我承认我故意传出了关于我工作的流言，因为我很好奇为什么你和艾莉森·蒂尔尼中断了那次搜索。我就想看看你会不会过来探查。你果然这么做了。但这并不是邀请你来窃取我所有的工作成果。"

"你如果不是为了从艾莉森和我这里偷点什么，为什么还要操作这整件事呢？"

"很难讲。我只是想证实我的猜测——你确实找到了什么。"

"你觉得你已经证实了这一点吗？"

他摇着头，但并不是否认，只是觉得有趣。我说："你为什么在这里？你以为我会把你的疯狂理论当作自己的来发表吗？我太老了，拿不了菲尔兹奖[1]，但也许你认为凭这能得诺贝尔奖。"

"哦，我认为你对名声不感兴趣。就像我说的，我觉得你老早就比我先获奖了。"

我突然站了起来。我能感觉到自己皱着眉，握紧了拳头："所以最重要的是什么？你想为了那台笔记本电脑起诉我？去起诉吧。我们每个人都会因缺席审判而被罚款。"

坎贝尔说："我想知道到底是什么对你如此重要，以至于你渡过塔斯曼海，撒着谎闯入我家，利用我的好客，偷走我的文件。我不认为这仅仅是出于好奇或嫉妒。我想你10年前就发现了一些东西，现在你担心我的工作会危及它。"

---

1 菲尔兹奖（Fields Medal）是国际性的数学奖之一，由加拿大数学家约翰·查尔斯·菲尔兹要求设立，被誉为"数学界的诺贝尔奖"。该奖项要求获奖者不超过40岁。——编者注

我又坐了下来。被逼入困境后的那种兴奋感已经消散了。我几乎能听到艾莉森对我耳语："你要么杀了他，布鲁诺，要么招募他。"我不想杀任何人，但我不确定是不是只有这两个选择。

我说："如果我叫你少管闲事呢？"

他耸了耸肩："那我就再接再厉。我知道你搞了那台笔记本电脑，也许还有我家里的其他电脑，但我还没穷到买不起新电脑的地步。"

那会使进程快一百倍。他会重新运行每一类搜索，可能还会扩大参数范围。引发这场混乱的荒陆手提箱核弹会再次爆炸，而且据我所知，它的威力可能会比上一次大十倍，甚至百倍。

我说："你有没有想过加入一个秘密社团？"

坎贝尔发出一声怀疑的大笑："没有！"

"我以前也没有。太惨了。"

我把一切都告诉了他。"缺陷"的发现；工业代数对结果的追猎；上海的超觉事件；与萨姆建立联系；条约，平静的10年；然后是他自己的工作带来的突发状况，及其仍在持续显现的后果。

坎贝尔十分震惊，不过，尽管我已经证实了他最初的怀疑，但他还没准备好全盘相信我的话。

我知道我最好别邀请他进我的办公室看演示，要在那里造假是小事一桩。我们走到当地的购物中心，我给了他200美元买了一台新的笔记本电脑。我告诉他需要下载哪种软件，但并不规定他选用哪种特定的软件包。然后我给了他一些进一步的指示。不到半个小时，他就亲眼看到了"缺陷"，并把边界向各个方向都推进了一小段距离。

我们坐在食品区，周围都是刚放学的吵闹的青少年。坎贝尔看着我，好像我从他手里夺走了一把玩具机关枪，把它变成坚固的金属材质，然后猛击了他的头。

我说："高兴点。上海事件之后就没有宇宙大战了，我想这次我们也会挺过去的。"这么多年过去了，能有机会和新人一起分担这个重任着实让我乐观了很多。

"'缺陷'是**动态的**，"他喃喃地说，"这改变了一切。"

"不见得吧。"

坎贝尔绷着脸："我指的不仅仅是政治和危险。我说的是基础物理模型。"

"怎么？"我还没有准备认真研究这个问题，接受他最初的计算结果就已经费尽我的心力。

"一直以来，我都假设在普朗克尺度的物理世界中存在精确的对称性，这使宏观算术之间存在稳定边界。这是人为的限定，但我认为是理所当然的，因为如果不是这样，那就……"

"令人难以置信？"

"是的，"他眨了眨眼，移开目光，打量着用餐的人群，好像不知道自己这会儿怎么会混在他们中间，"我几个小时后就要飞回去。"

"布里奇特知道你为什么来吗？"

"她不清楚。"

我说："不能让别人知道我告诉你的事。现在还不行。风险太大，一切都太不稳定了。"

"是的。"他迎上我的视线。他不只是在迁就我，他知道工业代数那样的人会做什么。

"从长远来看，"我说，"我们必须找一种方法使这事变得安全。让每个人都安全。"我之前从未明确表达过这个目标，但我此刻才刚刚开始领会坎贝尔的洞察力所带来的影响。

"怎么做？"他琢磨道，"我们是要建一堵墙，还是要拆掉一堵墙？"

"我不知道。我们首先需要的是一张更好的地图，更好地了解整个领域。"

他之前在机场租了一辆车，开到这里来找我对峙，车就停在我家附近的一条小街上。我陪他走到了那里。

分别前我们握了握手。我说："欢迎加入迫不得已的阴谋集团。"

坎贝尔皱起眉头："让我们想办法把迫不得已变成多此一举。"


在接下来的几个星期里，坎贝尔努力完善他的理论，每隔几天就给艾莉森和我发邮件。对于我单方面决定招募坎贝尔的事，艾莉森的态度比我预想的要镇定得多。"把他收归旗下是最好的。"她只说了这么一句话。

事实证明，这是一个保守的说法。我们俩很快就在所有的技术细节层面追上了坎贝尔的进度，但很明显，在这个课题上，他因多年反复试错磨砺得来的直觉，是他目前取得惊人进展的关键。单单偷他的笔记和算法绝不能使我们走到今天这一步。

这一理论的动态版本逐渐形成了。就宏观对象而言——在这种情况下，"宏观"的范围一直延伸到亚原子粒子的量子态——所有柏拉图数学的痕迹都被消除了。关于这些整数的一次"验证"只是一组物理过程，而验证的结果既不是从任何真理之书中读来的，也不会写进任何真理之书。相反，这些验证之间的一致性，只是验证同一事物的不同物理过程间的一种不完美的强相关性。普朗克尺度物理世界的原始态可以被不完美地分割成看似不同对象的子系统，上述相关性就源于这样的分割方式。

数学的真理**似乎**是恒久且普适的，这是因为它们在物质和时空状态中高效地持续存在。但是，在不同对象的理念化过程中，存在着一道内在的裂痕，而正是艾莉森和我在志愿者的数据中发现了这一裂痕，我们最终用"缺陷"这个概念来定义它。在任何宏观测试中，"缺陷"表现为相互矛盾的数学系统之间的边界。

我们推导出了一个粗略的经验法则，即当一个命题的相邻命题压倒它时，边界就会移动。如果你成功地证明了 $x + 1 = y + 1$ 和 $x - 1 = y - 1$，那么 $x = y$ 就成了瓮中之鳖了，即使这之前未必是对的。坎贝尔的研究结果表明，现实情况更加复杂，在他的新模型中，旧的边界规则变成了一个更微妙的过程的近似值，并锚定于原始态的动态中，这些原始态对电子和苹果的算术一无所知。坎贝尔之所以能用近端算术爆破远端，并不是通过演绎推理包围目标，而是在"整数"这一概念上直接抵达了一个失效之处，其位置的深度远超出我和艾莉森过去的想象。

萨姆想是否曾想到过这一现象？我等待着他的下一次联系，但几周过去了，他一直保持沉默，而我最不想做的事就是主动联系他。我要骗的人已经够多了，不用把他也列入清单。

凯特问我工作进展如何，我东拉西扯地聊了最近开始的三个平平无奇的合同。当我停下时，她看着我，就好像我刚才结结巴巴地否认了一些未说出口的罪行，却并不令人信服。我不知道我隐藏的得意和恐惧会给她造成什么印象。是不是显得像一个情意绵绵又左右为难的奸夫？我暂且还没有到需要忏悔的程度，但我觉得自己正在接近它。当初我决定瞒着她，是因为我认为这个秘密会给她带来伤害，然而现在这个想法已经不那么坚定了。但是，如果我告诉她一切，第二天坎贝尔就被绑架折磨了呢？如果我们其实都被监视着，监视者又对自己的工作得心应手，那等我们知道自己被监视时，肯定为时已晚。

坎贝尔有段时间没发邮件了，我猜他是遇到了阻碍。萨姆没有再提出任何抱怨。我想，也许这就是新的**现状**，是新一轮寂静10年的开始。我可以接受。

然而坎贝尔扔出了他的另一枚炸弹。他用即时通信找到我，说："我已经开始制作地图了。"

"关于'缺陷'的？"我回答说。

"关于行星。"

我盯着他的头像，没听懂。

"远端行星，"他说，"**物质世界**。"

他给一组分散于各地的处理器群争取了一些时间。当然，他不再重复危险的入侵，但通过在边界的自然涨落中戏耍，他有了一些非凡的发现。

很久以前，艾莉森和我就意识到，自然界中随机的"验证"会影响边界上发生的事情，但坎贝尔的理论使这个概念更加准确。通过观察边界上命题变化的确切时间，用遍布世界的十多台不同的计算机来测量，他建立了一种……雷达？CT机？不管你怎么称呼它，总之他借此推断出了相关自然进程发生的位置，而且他的模型能区分近端和远端进程，以及物质中的进程和真空中的进程。他可以测量远至数光时外的远端物质的密度，并粗略地描绘出附近行星的图像。

"不仅仅是在远端，"他说，"我通过让我们的行星成像验证了这项技术。"他给我发了一份数据日志，并与一份线上天文年历做了比较。木星是他定位的最远的行星，两份材料上的木星位置相差10万千米之远，这不完全是因为GPS的精确度，不过有点像在抱怨你的算盘分不清北方和西北方。

"也许萨姆就是这样找到我们在上海的位置？"我琢磨着，"同样的东西，只是更精确些？"

坎贝尔说："有可能。"

"那么远端行星呢？"

"哦，这是第一件有趣的事情。远端没有一颗行星与我们的行星重合。他们的太阳和我们的太阳也不一样。"他给我发了一张远端星系的图像，一颗恒星和它的六颗行星，覆盖在我们自己的行星图上。

"但是萨姆的时间差，"我反对道，"当我们交流的时候——"

"也就是说他不可能离得太远。没错。所以他**没有**生活在这些行星上，他甚至并不在围绕他们恒星的自然轨道上。他在做动力飞行，和地球一起移动。在我看来，这说明他们知道我们的时间远早于上海事件。"

"知道我们，"我说，"但也许他们还没料到会发生上海事件这样的事。"当我们让"闪光"开始执行剔除"缺陷"的任务时——并不知道我们威胁到了别人——远端花了几分钟的时间才做出反应。如果他们的计算机搭载在与地球一起移动的宇宙飞船上，那很快就能探测到那次攻击，但要驱散攻击，可能就需要征召更大型的、锁定在行星上的、光在几分钟内可到达的机器。

在见识坎贝尔的理论之前，我一直假设萨姆的世界就像是地球内部编码的隐藏信息，不同的运算赋予我们周围的空气、水和岩石不同的含义。然而他们的物质并不与我们的物质相绑定，他们不需要我们的尘埃粒子或空气分子来代表暗整数。两个世界在更低的层次上分裂开来，他们的真空可以是我们的岩石，他们的岩石可以是我们的真空。

我说："那你是想要诺贝尔物理学奖，还是诺贝尔和平奖？"

坎贝尔谦逊一笑："我能两个都要吗？"

"这就是我想要的答案。"我的脑海里一直甩不掉那些愚蠢的冷战类比：如果萨姆头脑发热的同事们知道我们正驾驶间谍飞机盘旋在他们的领土上方，他们会怎么想？说"去他们的，是他们先动手的！"也许是一个合理的回答，但不是个特别有用的回答。

我说："我们永远也无法与他们的人造卫星伴侣号匹敌，除非你碰巧认识一个值得信赖的亿万富翁，而他恰好想帮助我们在一个非常奇怪的轨道上发射一枚太空探测器。我们想做的一切不得不在地球上进行。"

"那我就把写给理查德·布兰森[1]的信撕了，好吗？"

我盯着远端的太阳系星图："他们的恒星和我们的恒星之间一定存在着某种相对运动。二者的距离不可能一直这么近。"

"我的测量结果不够精确，无法对速率做出有意义的估计，"坎贝尔说，"但我对他们恒星之间的距离做过一些粗略的估计，他们的恒星的距离比我们这边的要小得多。所以，在离我们这么近的地方找到**某颗**恒星并不是完全不可能的，哪怕它不太可能是1000年前的同一颗恒星。不过，这里可能有一个选择效应在起作用：萨姆的文明之所以能够注意到我们，是**因为**我们没有以几分之一的光速从他们身边飞掠而过。"

"好吧。所以，这**可能**是他们的家园，但也可能是一个跟踪我们的太阳数千年的探险队的远征基地。"

---

1 理查德·布兰森（Richard Branson）是英国亿万富翁，维珍集团创始人。2021年7月，他搭乘旗下维珍银河公司研发的太空船完成了40多分钟的太空旅行。

"是的。"

我说："我们接下去该怎么做？"

"我没法把分辨率提高太多，"坎贝尔回答说，"除非给我更多的处理器群争取时间。"这并不是说他需要更多的处理能力来进行计算，而是说做任何事情都需要支付最低价格，能给我们更清晰图像的是更多的计算机，而不是在每台计算机上花费更多的时间。

我说："我们不能像过去那样冒险去找志愿者。那样的话，我们将不得不编造下载的目的，肯定会有人进行逆向操作并抓住我们的把柄。"

"绝对会有。"

我带着这个问题睡去，然后在凌晨4点带着一个主意醒来。我去了办公室，试图在坎贝尔回复我的邮件前夯实细节。当通信窗口打开时，他睡眼惺忪，惠灵顿的时间比悉尼晚，但他看上去睡得好像和我一样少。

我说："我们使用互联网。"

"我想我们已经明确这太冒险了。"

"不是为志愿者设置的屏保程序，我说的是**互联网本身**。我们找一种只使用数据包和网络路由器的计算方法，在全世界跳跃使用流量，这样就能免费获得地理分辨率。"

"你一定是在开玩笑，布鲁诺——"

"为什么？**任何运算电路都可以通过串联足够多的与非门来构建**，你认为我们不能运用包交换技术进入与非门吗？不过这只是证明这是可行的，我希望我们可以加快一千倍。"

坎贝尔说："我去吃点阿司匹林再回来。"

我们说服了艾莉森帮忙，但还是花了6周时间才设计出可行的方案，又花了1个月的时间让方案正常运转。我们最终利用了互联网在不同的层面上内置的认证和纠错协议，这种多渠道组合的方法不仅帮助我们完成了所需的一切计算，而且还使我们对运算能力的缓慢抽取不太可能被检测到，并被误认为是恶意的。事实上，比起坐下来玩硬核3D多人游戏，我们从网络的路由器和服务器中"窃取"的东西要少得多，但安全系统对于合理使用和可疑使用的构成有自己的想法。最重要的不是我们施加的负担的规模，而是我们的行为特征。

新的全球算术望远镜生成的图像比以前清晰得多，千米级的分辨率可以达到10亿千米。这为我们提供了粗略的远端行星模型地图，显示了其中四颗行星上的山脉，以及这四颗行星中的两颗上可能曾经是海洋的地方。如果上面有任何人造结构，它们要么太小了无法被看见，要么过于精妙显得不像人造的。

我们的太阳与这些行星所环绕之恒星的相对运动速度大约是每秒6千米。在上海事件之后的10年里，两个太阳系的相对位置改变了大约20亿千米。不管那些曾为了控制边界而与"闪光"交战的计算机现在在哪里，它们当时肯定不在这些星球上。也许有两艘飞船，一艘追踪地球，另一艘更重一些，只追踪太阳以节省燃料。

袁终于恢复了健康，阴谋集团全员开了一个视频会议来讨论这些结果。

"我们应该把这些成果展示给地质学家、外星生物学家……展示给每个人。"袁哀叹道。他并不是在认真地提议，但我和他有一样的挫败感。

艾莉森说："我最遗憾的是，我们不能用这些照片羞辱萨姆，好让他知道我们没他想的那么蠢。"

坎贝尔回答说："我猜他自己的图像更清晰。"

"如果他们领先几个世纪，"艾莉森反驳道，"那情形就会如你所想。如果远端的他们那么聪明，为什么还要**我们**来告诉他们你是怎么越过边界的？"

"他们可能完全猜到我做了什么，"坎贝尔回嘴道，"但他们可能仍在寻求证明。也许他们真正想要的是排除一种可能性，即我们发现了一些不同的东西，一些他们从未设想过的东西的可能性。"

我注视着一个球体模型上的伪色，想象着灰蓝色的海洋、长着异域森林的雪山、奇异的城市、奇妙的机器。就算这是纯粹的幻想，就算这个临时的邻居是贫瘠的，那里也必定有一个充满生机的家园，追逐我们的飞船就是从那里起飞的。

上海事件之后，萨姆及其同事们选择了让我们在无知中待上10年，但加深这种不信任的是我们自己的决定，我们要守住这意外武器的秘密。如果他们已经猜到了武器的性质，那么他们可能已经找到了一种防御方法，在这种情况下，我们的沉默根本没有给我们带来什么足以抵消它所引起的怀疑的优势。

**但如果这个假设是错误的呢？**那么，远端的鹰派正等着我们交出坎贝尔的工作细节，然后他们就会举起盾牌来碾碎我们。

我说："我们需要做些计划。我希望保持乐观，我想继续寻找最好的前进道路，但我们需要做最坏的准备。"


将这一建议转化为具体的内容需要付出比我想象中更多的努力，3个月后，各种碎片才开始拼凑起来。当我最终将目光移回日常世界时，我觉得自己实在应该休息一下了。凯特即将有一个空闲的周末，我建议去蓝山玩一天。

她一开始的反应是挖苦，但当我再三坚持时，她态度软化了一点，最终同意了。

在驱车出城的路上，我们之间先前形成的冰冷的氛围开始慢慢解冻。车载收音机播放着JJJ的音乐——当意识到如今的前卫音乐大多是重制和翻唱我们20多岁时的热门歌曲时，我们难以置信地笑了起来——然后我们又翻出第一次见面时的老笑话来讲。

然而，当我们一路蜿蜒驶入山区时，事实证明，时光不可能如此简单地倒流。凯特说："不管你这几个月在为谁工作，你能把他们列入黑名单吗？"

我笑起来。"那会吓到他们的。"我尽全力模仿着马龙·白兰度的声音，"你在布鲁诺·科斯坦佐的黑名单上。你再也无法在这个城市高效地运行分布式软件了。"

她说："我是认真的。我不知道是工作还是人给了你这么大的压力，但这真的把你搞得一团糟。"

我本可以向她许下一个承诺，但是说这些话时就已经难以显得真诚了，更不用说兑现了。我说："乞丐不能挑肥拣瘦。"

她摇了摇头，沮丧地抿起了嘴："如果你真的想心脏病发作，没问题。但别假装一切都是为了钱。我们没那么穷，也没那么富。除非这些钱都进了你的苏黎世账户。"

我花了几秒钟的时间才说服自己相信，她这话只是对瑞士银行的随口调侃。凯特知道艾莉森，知道我们曾经很亲密，也知道我们还保持着联系。她自己过去也有很多男性朋友，并且他们都住在悉尼。而5年多来，艾莉森和我甚至没有踏上过同一块大陆。

我们把车停好，然后沿着一条风景优美的小径走了一个小时，几乎全程保持沉默。我们在一条小溪边找到了一个地方——那里有被某条古河磨平的层岩，在那里吃了我打包的午餐。

望着下方苍翠山谷中的蓝色烟霭，我无法不去想象远端拥挤的天空。我们身周有着令人眼花缭乱的丰富存在：外星世界，外星生命，外星文化。我们必须找到一种方式来结束彼此的猜疑，并努力实现真正的知识交流。

走回停车点时，我转向凯特。"我知道我忽视了你，"我说，"我正在经历一段艰难时期，但一切都会改变。我得让事情走上正轨。"

我原以为她会恶狠狠地断然拒绝，但她沉默了好长一段时间，然后轻轻点了点头，说："好。"

当她拉住我的手时，我的手腕开始颤动。之前我屈服于压力，买了一块手表，从而一天24小时都被拴在网上。

我抽出手，把手表举到眼前。乡下的带宽不足以播放视频，但屏幕上出现了艾莉森的快照头像。

"这是**紧急情况下才**用的！"我咆哮道。

"去看新闻动态。"她回答。音响效果集中在我的耳朵上，凯特什么也听不到，只会留下一种"在派对上用耳机"的坏印象，这让很多人想在通勤火车上揍他们的同事。

"你为什么不提示一下我应该注意什么呢？"

金融计算系统开始失控，其程度被形容为遭到了恐怖袭击。周末大部分交易都关闭了，但一些专家预测世纪大崩盘将于周一到来。

我不知道这是不是我们这个小集团的责任，我们有可能因为将互联网的行为与"缺陷"连接起来，从而无意中破坏了整个互联网。不过这是无稽之谈。被篡改的交易有一半发生在安全的银行内网上，这些网络与我们的全球电脑没有共享硬件。这次袭击来自远端。

"你联络萨姆了吗？"我问她。

"我联系不上他。"

"你要去哪儿？"凯特愤怒地喊道。我不知不觉开始小跑了，我想回到车里，回到城市，回到我的办公室里。

我停下来，转向她："跟我一起跑吧，好吗？这事很重要。"

"你在开玩笑吧！我花了半天的时间徒步旅行，我哪儿也不跑！"

我犹豫了一下，有一刻幻想着我可以坐在一棵桉树下，在我的至尊神探手表没电之前，用它来指挥一切。

我说："你最好走到公路上，叫辆出租车。"

"你要把车开走？"凯特难以置信地瞪着我，"你这坨狗屎！"

"我很抱歉。"我把背包扔在地上，开始狂奔。

"我们需要部署。"我告诉艾莉森。

"我知道，"她说，"我们已经开始了。"

这是正确的决策，不过听到后，我的心情仍比得知远端在攻击我们时放松了许多。无论远端的动机为何，至少他们造成的伤害不太可能超出他们的计划。我对我们自己的能力可就没那么有信心。

"继续联系萨姆，"我坚持道，"他们知道这事比不知道要有用一千倍。"

艾莉森说："我想现在不是拿奇爱博士[1]开玩笑的时候。"

在过去的3个月里，我们想出了一种方法来增强我们的互联网"望远镜"软件，如果软件发现我们自己的数学被侵蚀，就会对远端的命题发起一连串坎贝尔式的攻击。软件无法保护整个边界，但有数百万个独立触发点，形成了一个随机移动的雷区。这个计划是为了给

---

1 《奇爱博士》（*Dr. Strangelove*）是一部由斯坦利·库布利克执导的黑色幽默喜剧片，根据彼得·乔治的小说《红色警戒》改编，嘲讽美苏之间的军备竞赛。

我们自己一些安全感，并不会达到任何实际报复的程度。在发布这个依靠网络存在的版本之前，我们一直在等待完成最后一轮测试，但它只需要几分钟就可以启动并运行。

"除了金融领域，还有什么受到冲击吗？"我问。

"我还没发现。"

如果远端刻意瞄准了市场，那绝对比另一种可能要好得多：金融系统只是一场更大范围的攻击里最薄弱的一环。大多数现代工程和航空系统都更乐于寻求退路，而不是在失败中苦苦挣扎。银行的计算机可能会宣称自己受到了不可复原的损害，并完全关闭，某些即时总额便无法查核；那些化工厂里或飞机上的计算机会依照其设计，失败得更加优雅，它们会尝试更简单的替代方案，并让所有可用的人参与其中。

我说："袁和蒂姆——？"

"都在着手工作了，"艾莉森确认道，"监控部署，准备在必要时调整软件。"

"很好。那么，你其实一点也不需要我了，是吗？"

艾莉森的回答变成了数字噪声，连接中断了。我拒绝从中解读出任何不祥的征兆，考虑到我所在的位置，网络能覆盖到一点点就算幸运了。我跑得更快了，尽量不去想在上海的那段日子，那时萨姆拿着一把数学解剖刀，切开了我们所有人的脑子。"闪光"曾像灯塔一样将我们的阵地暴露无遗，但这次我们可没那么容易被找到。尽管如此，如果采取一种更粗鲁的方式，鹰派可以用斧子把所有人的脑袋都砍下来。**他们会做到这个程度吗？**除非这不仅仅是威胁，不仅仅是威逼我们交出坎贝尔的算法。除非这是游戏最终回：没有警告，没有谈判，就只是要把荒陆从地图上永远抹去。

艾莉森来电的15分钟后，我到了车旁。除了娱乐电台外，车上一个微芯片也没有。我记得买车时我问了两遍这个问题，销售员大笑起来："你怕什么？Y3K[1]吗？"发动机立即启动了。

后备厢里有一台二手笔记本电脑，我把它放在旁边的副驾驶位上，一边启动它，一边把车开到交流道上，往高速公路驶去。艾莉森和我花两个星期研究了一个简化的操作系统，让它尽可能地简单且稳健，可以在这些旧电脑上运行。如果远端执意要从算术最高层一路向下攻击，那么这些老电脑比起更现代的机器，就好比是混凝土地堡之于玻璃摩天大楼。我们四个还将运行不同版本的操作系统，它们的CPU有不同的指令集，我们的地堡在数学和地理层面上都是分散的。

当车子开上高速公路时，我的手表断断续续地接通了。艾莉森说："布鲁诺？你能听到我说话吗？"

"继续说。"

"已经有3架客机坠毁，"她说，"飞往波兰、印度尼西亚、南非的。"

我觉得一阵眩晕。10年前，当我试图把萨姆的整个数学世界夷为平地时，他放过了我。但此刻，远端正在屠杀无辜的人。

"我们的雷区启动了吗？"

"它已经启动10分钟了，但还没有什么东西拦截得了它。"

"你觉得他们穿过它了吗？"

艾莉森犹豫了："我看不出来他们有什么办法。无法预测出一条安全路径。"我们使用了一个量子噪声服务器来使我们所测试的命题

---

1　此处的Y3K推测源自Y2K（Year 2000 Problem），指3000年时的千年虫危机。——编者注

随机化。

我说："我们应该手动触发它。先进行一次反恐行动，好让他们停下来想想。"我仍然希望飞机坠毁不在他们的计划内，但我们别无选择，只能反击。

"好。"艾莉森的形象现在是动态的了，我看见她伸手去抓鼠标。她说："没有反应。网络降级得太严重了。"路由器使用的，也是我们在成像软件中运用得极其成功的所有那些花哨的算法，正在把路由器变成镇纸。互联网稳健地抵御着高水平的传输噪声和成千上万个链接的丢失，但在算法本身的衰减上无能为力。

我的表死机了。我看着笔记本电脑，它还在工作。我伸出手，按下了一个热键，启动了一个程序，它会尝试用我们和萨姆联络的方式来联系艾莉森和其他人，即调整部分边界。从理论上讲，鹰派可能已经移动了整个边界——在这种情况下，我们就完蛋了——但边界是辽阔的，因此对他们来说，更合理的做法是根据攻击本身的特定需求给算力资源拟定目标。

笔记本电脑的屏幕上出现了一个小头像，是一个反转的黑白色字母A。我说："这能用吗？"

"能。"艾莉森说。头像闪了闪，然后又亮了。我们运用了海蒂·拉玛[1]式的跳频方法，在预先确定的一系列边界点上快速跳跃，以尽可能减小被侦测到的机会。其中的一些点可能会消失，但看来有足够多的点完好无损。

A之外又加入了一个Y和一个T。不管代价是什么，整个阴谋集

---

1　海蒂·拉玛（Hedy Lamarr）被称为"Wi-Fi之母"，她和乔治·安塞尔（George Antheil）共同发明了通信跳频技术。

团此刻都在线上了。我们需要的是S，但S没有回应。

坎贝尔阴森森地说："我听说了飞机的事。我已经发动了一场攻击。"我们商定的策略是，用分散各地的机器轮流运行不同版本的坎贝尔跨界算法。

我说："奇迹就在于他们不会用我们攻击他们的方式来攻击我们。他们只是用旧的以多胜少的方法一步一步地推挤了一部分边界。如果我们之前把他们要的东西都给了他们，我们现在都已经死了。"

"也许不会，"袁回答道，"我的证明才刚进行了一半，但我有90%的把握确认蒂姆的方法是非对称的，只在单方向起作用。即便我们告诉了他们，他们也不可能利用它来对付我们。"

我张嘴想反驳，但如果袁是对的，那就说得通了。远端可能已经在同一个数学分支上工作了几个世纪，如果他们能从自己的优势位置上使用一种同等的武器，他们早就该发现了。

我的机器和坎贝尔的机器是同步的，它自动接管了攻击。我们不知道自己打击的是什么，只知道那个命题离边界更远，在暗整数上描述的算术比我们这边曾被远端触及的任何东西都要简单得多。**我们是在破坏机器吗？是在杀戮吗？**我在复仇的胜利愿景和让事情发展到这一步的羞愧之间进退维谷。

每隔100米左右，我就会路过一辆停在高速路旁一动不动的车。我不是唯一一个还在开车的人，但我有一种感觉，凯特不太可能打到出租车。她的背包里有水，在我们停车的地方还有一个小庇护所。现在去办公室也不会有什么收获了，这台笔记本电脑可以做所有重要的事情，如果有必要，我还可以用汽车电池运行它。但如果我转身回去找凯特，我要向她解释的事就太多了，那我将没时间做其他事。

我打开了车载收音机，但要么是它的数字信号处理器太过复杂，要么是所有的地方电台都停了。

"还有人能看到新闻吗？"我问。

"我还能收到电台，"坎贝尔回答，"电视停了，不能上网。这里的固定电话和手机都不能用了。"艾莉森和袁也一样。广播里没有更多关于灾难的报道，但现在这些电台可能和听众一样隔绝于世。电台业余爱好者仍然可以互相喊话，但记者和新闻编辑部不在消息圈内。考虑到10年的准备和知情的人群，我不愿意去想会有哪些应急计划已部署到位。

当我到达彭里斯的时候，已经有很多被遗弃的汽车，剩下的交通几乎完全堵塞。我决定不再设法回家。我不知道萨姆是否确实在上海扫描过我的大脑，并利用这对我做了什么定位，也不知道他是否能使用相同的神经解剖学信息来对付无论身在何处的我，但远离我常去的地方似乎是又一个可以依靠的小小优势。

我找到了一个加油站，这里优先照顾那些汽车还能动的顾客，而不是拿着空罐子步行而来的囤积者。加油站的电子转账系统坏了，但我有足够的现金购买汽油和一些巧克力棒。

黄昏降临时，街灯亮了起来，交通灯一直在工作。四台手提电脑都开着，向远端投掷炸弹。攻击阵线越接近简单的算法，就面临越多的阻力，这些阻力来自边界上为近端投票的自然进程。敌人有他们的超级计算机，而我们有地球上的每一粒原子，遵循着其几十亿岁版本的真理。

我们模拟过这个场景。所有物质的纯粹算术惰性会为我们赢得时间，但从长远来看，一场连贯、持续的计算攻击仍然可以强行通过。

我们会怎么死？首先失去意识，感觉不到疼痛？还是说大脑比这种情况更强健？一旦我们身体所有细胞的生化错误累积到无法修复的程度，会不会开始发生凋亡呢？也许就像辐射病一样。我们会被逐渐衰退的算术焚毁，就像遭遇核能之火。

我的笔记本电脑发出蜂鸣。我把车驶离公路，停在一个昏暗的店面旁边的一块水泥地上。屏幕上出现了一个新的头像：字母S。

萨姆说："布鲁诺，这不是我的决定。"

"我相信你，"我说，"但如果你现在只是一个信使，你要传递的信息是什么？"

"如果你满足我们的要求，我们将停止袭击。"

"我们在伤害你们，是吗？"

"我们知道我们在伤害**你们**。"萨姆回答。明白了，我们都在猜测，在盲目开火。他没必要问我们所遭受的损失。

我提起精神，按照集团商定的剧本行事："我们会给你算法，但前提是你们退回旧边界，然后封锁它。"

在漫长的四声心跳中，萨姆沉默着。

"封锁它？"

"我想你明白我的意思。"在上海事件中，当我们运用"闪光"来确保工业代数不能利用"缺陷"时，我们考虑过封闭边界，而不是完全抹除"缺陷"。投票效应只在一种情况下才能改变起皱的边界，即一端的命题数量被另一端超过。只要有足够的时间和算力，就有可能把边界弄平，把它熨平。一旦这样做了，在任何地方，一切都会变得不可改变。宇宙中的任何力量都无法再次改变它。

萨姆说："你想让我们没有武器对付你们，而你们还有能力伤害我们。"

"我们的力量维持不了多久。一旦你确切知道我们在用什么，你就会找到阻止它的方法。"

一阵长时间的沉默。而后："停止你们对我们的攻击，我们会考虑你们的建议。"

"当你们把边界拉回到不再威胁我们生命的状态时，我们就会停止袭击。"

"你们又怎么知道我们何时做到了呢？"萨姆答道。我不确定这种高高在上的感觉是来自他的语气还是用词，但不管怎样，我对此都很欢迎。远端对我们的能力评价越低，交易就会对他们越有吸引力。

我说："那你最好后退到足够远的地方，好让我们所有的通信系统恢复正常。等我能看到新闻报道，不再看到更多的飞机坠毁，不再看到发电厂爆炸时，我们就停火。"

沉默再次蔓延，超出了仅仅是犹豫的时长。然而，他的头像仍然在那里，不闪烁的S。我抓住自己的一边肩膀，希望那种灼痛只是肌肉的紧张。

终于："好吧。我们同意。我们将开始移动边界。"


我开着车四处寻找通宵营业的便利店，店里可能会有一台老模拟电视放在角落里，好让收银员保持清醒。在这样的店里开始工作似乎挺不错的，因为我的笔记本电脑得等很久才能联上网。但坎贝尔抢先了一步。新西兰电台和电视台报道称，"数字封锁"似乎正在解除，10分钟后，艾莉森宣布她可以上网了。许多主要的服务器仍然处于瘫痪状态，或是网站出现了奇怪的乱码，但路透社已经开始发布有关危机的最新消息。

萨姆信守诺言，所以我们停止了反击。艾莉森在路透社网站读到了新闻。17架飞机坠毁，4列火车相撞。1家炼油厂和6家制造厂都发生了死亡事故。一位分析人士说，全球死亡人数为5000人，这个数字还在上升。

我把笔记本电脑上的麦克风调成静音，花了30秒的时间大喊脏话，猛锤仪表盘。然后我重新加入了小集团的会议。

袁说："我一直在回顾我的笔记。如果我的直觉有意义的话，我之前提到的定理是正确的：如果边界被封锁，他们就没有办法接触我们。"

"那对他们有什么好处呢？"艾莉森问道，"你认为一旦他们理解了蒂姆的算法，就能保护自己不受伤害吗？"

袁犹豫了："能，也不能。蒂姆的算法向远端注入的任何近端真值的集群都将有一个不平滑的边界，所以他们只使用纯粹的算力就能够移除它。从这个意义上说，他们永远不会无法防御。但我看不出他们能在开初做些什么来阻止袭击。"

坎贝尔说："除非把我们消灭。"

我听到一声婴儿的抽泣。艾莉森说："是劳拉。我一个人在家。等我5分钟。"

我把头埋在胳膊里。我仍然不知道正确的路线是什么。如果当初我们立刻交出坎贝尔的算法，我们赢得的善意是否能避免战争？或者，同样的袭击会不会来得更早？是什么罪恶的虚荣心让我们3个以为我们能独自承担起这个责任？5000人死去了。远端掌权的那些鹰派会权衡我们的提议，并认定他们别无选择，只能继续战斗。

如果这个不情愿的阴谋集团把负担转交给堪培拉、苏黎世和北京呢？真的会有和平吗？还是说，我只是希望能有更多的人也沾上同样的鲜血，来分担罪责？

一个念头突然冒了出来，把其他所有的想法一扫而空。我说：

"有任何理由让远端必须保持**连接**吗？"

"连接什么？"坎贝尔问道。

"连接它自己。拓扑连接。他们应该能够发送一个尖峰，然后撤回，但留下一个改动了的真值的泡沫：一种坐落在近端内的哨所，它有一圈完美且光滑的边界，使其坚不可摧。对吗？"

袁说："也许。如果双方协作构建的话，这是可能的。"

"那么问题是，我们能不能找到一个地方让我们可以这样做，从而使蒂姆的算法再也没有机会被使用，同时不破坏我们生存所需的任何进程？"

"去你的，布鲁诺！"坎贝尔高兴地喊道，"我们给他们一个小要害做切片……这样他们就不用怕我们了！"

袁说："要测试这样一种东西的严密性，需要几周甚至几个月的时间。"

"那我们最好现在就开始工作。我们最好把我们得到的第一个可行的猜想反馈给萨姆，这样他们就可以用自己的资源来帮助我们验证它。"

艾莉森重新上线，对这个建议表示了谨慎的赞同。我开车四处转悠，直到找到一家安静的咖啡店。电子银行仍然不能使用，我也没有现金了，不过服务员同意根据我的信用卡号码和一份签字授权扣减100美元，我没用完的钱都是他的小费。

我坐在咖啡店里，把世界抛诸脑后，让自己沉浸在数学中。有时我们四个人各自做不同的任务；有时我们两两组合，把对方从死胡同和思维惯性里拖出来。坎贝尔的算法可以有无数种变化，但我们一小时又一小时地削减概念，找到这个武器的任何版本都不能缺少的共同基础。

到了凌晨4点，我们有了一个有力的猜想。我呼叫萨姆，向他解释了我们希望达成的目标。

他说："这是个好主意。我们会考虑的。"

咖啡馆关门了。我在车里坐了一会儿，筋疲力尽，反应迟钝，然后我打电话给凯特，问她在哪里。一对夫妇让她搭便车到了非常接近彭里斯的地方，后来他们的车坏了，她只好走完剩下的路回家。

在近4天的时间里，我几乎只要醒着就坐在桌子前，看着一道红色的波浪在"缺陷"的地图上缓缓移动。色调并不是轻易就能改变的，在每个像素变成红色之前，需要12台独立计算机来确认它所代表的边界领域是平坦的。

在第五天，萨姆关闭了他的电脑，允许我们从我们这边沿一条狭窄的走廊发起攻击，这条走廊连接着远端的大部分区域和现在包住了我们的致命要害的小飞地。如果留下这条细线，我们的基本算术也不会有什么实质损失，但要使这条走廊始终既小又牢不可破，那是不可能的。最初的计划是达成最终协议的唯一途径：为了完美地封闭边界，远端地区不能与其分支保持联系。

在接下来的阶段，双方共同努力，完全封闭了这块飞地，磨光了剪断它的脐带时留下的疤痕。当这个任务完成时，这块飞地在地图上就像一颗孤独的抛光红宝石。现在再也没有任何已知的进程可以重塑它。坎贝尔的方法可以在不接触飞地的情况下突破它的边界，由其内部将它收回——但这颗宝石所消除的正是坎贝尔的方法。

在消失的脐带的另一端，萨姆的机器开始工作，抚平瘢痕。傍晚时分，这部分工作也结束了。

现在，边界上只剩下一个微小的缺口：使双方得以进行沟通的为数不多的命题。小集团已经为这个缺口的命运讨论了几个小时。只要这个小褶皱继续存在，原则上它就可以被用来拆解一切，重新调动整个边界。的确，与整个边界相比，监控和保卫这样一个小位置是相对容易的，但任何一端持续爆发的强力计算仍然可以压倒一切抵抗，将这个位置利用起来。

最后，萨姆的政治领袖为我们做了决定。他们一直渴望的是确定性，即使他们的实力使他们处于有利位置，他们也不准备冒这个险。

我说："祝未来好运。"

"祝荒陆好运。"萨姆回答。我相信他曾试图与鹰派对抗，但我对他的友谊始终不能确信。当他的头像从我的屏幕上消失时，我感觉到的宽慰多过了遗憾。

惨痛的教训让我学会不再假定任何事可以永恒。也许1000年后，有人会发现坎贝尔的模型只是近似于某种更深层的东西，并会找到一种方法来打破这些所谓完美的墙。运气好的话，那时的双方也许已做好准备去找到一种共存的方式。

我找到在厨房里坐着的凯特。我说："我现在可以回答你的问题了，如果你想问的话。"灾难发生后的那个早晨，我向她保证时机已至——几周内，而不是几个月内——她同意留在我身边，直到时机到来。

她想了一会儿。

"你和上周发生的事是不是有关系？"

"是。"

"你是说你释放了病毒？你就是他们要找的恐怖分子？"她问这个问题时的语气就好像听到我自称成吉思汗，这让我松了一大口气。

"不，这事不是我造成的。我的工作是尽力阻止事情的发生，但我失败了。但那不是任何一种电脑病毒。"

她仔细打量我的脸："那是什么？你能向我解释这事吗？"

"这个故事很长。"

"我不在乎。我们有一整晚。"

我说："这事是从大学时开始的。和艾莉森的一个主意有关。一个杰出的、优美的、疯狂的主意。"

凯特移开视线，脸涨得通红，好像我说了什么故意羞辱人的话。她知道我不是大屠杀的凶手。但关于我，她还有一些不太确定的事情。

"故事从艾莉森开始，"我说，"但结束于此地，终点是你。"

# 晶体之夜

# Crystal Nights

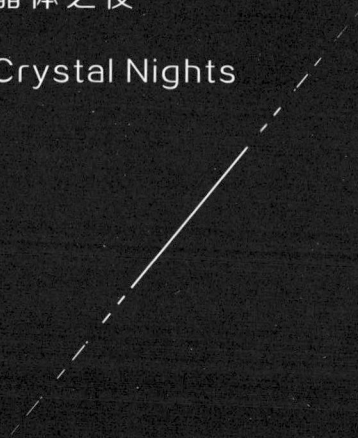

# 1

“还要鱼子酱吗？”丹尼尔·克利夫朝装菜的盘子示意，盘盖从不透明褪成了透明，“我向你保证，它很新鲜。我的主厨让人今天早上从伊朗空运过来的。”

“不用了，谢谢。”朱莉·德加尼用餐巾搌了搌唇，然后以收尾的姿态放在盘子里。餐厅可以俯瞰金门大桥，大多数情况下，丹尼尔邀请来此的人都很乐意花一两个小时单纯地欣赏风景，但他看得出朱莉对闲聊越来越不耐烦了。

丹尼尔说：“我想给你看样东西。”他领朱莉进了隔壁的会议室。桌上放着一个无线键盘，壁挂幕上显示的是一个Linux命令行界面。“请坐。”他建议道。

朱莉遵从了。“如果这是某种面试，你应该先提醒我。”她说。

“完全不是，”丹尼尔回答说，“我不会要求你越过层层关卡。我只是想让你告诉我，你对这台机器的性能怎么看。”

她微微皱起了眉头，但愿意配合。她运行了一些基准测试。丹尼尔看到她眯眼盯着屏幕，一只手几乎伸到了本该放着桌面显示器的位置，好用一根手指数一数，以再次确认FLOPS评级的数字位数——

比她预想的要多很多，但她的视野里没有重影。

"这太不寻常了，"她说，"这整栋楼都塞满了联网的处理器，只有顶层空给人类吗？"

丹尼尔说："你来告诉我，这是一个群集吗？"

"嗯。"还是要让她过关斩将，不过这也算不上什么挑战。她运行了一些不同的基准测试，它们的基础算法已被证明无法并行。不管编译器多么聪明，这些程序所需的步骤都必须严格地依次执行。

FLOPS评级没有变化。

朱莉说："好吧，这是一个单处理器。现在你引起了我的注意。它在哪儿？"

"把键盘翻过来。"

键盘底面有一个炭灰色的模块，5平方厘米大，5毫米厚，插在一个嵌入式对接口中。朱莉仔细地观察它，但上面没有制造商的标志或其他可识别标记。

"这个连接着处理器？"她问。

"不。这**就是**处理器。"

"你在开玩笑吧。"她把处理器从对接口中拔出来，壁挂屏变白了。她举起处理器，把它转来转去。丹尼尔不确定她在找什么，可能是想往哪条缝隙里插把螺丝刀，拆了这玩意儿。他说："如果你把它弄坏了，那它就归你了，所以我希望你还有一些余钱。"

"几十万美元？勉强有吧。"

"几亿。"

她脸红了。"当然。如果是几十万美元，那每个人都可以有一台。"她把处理器放在桌上，后来又想了想，把它推得离桌边更远了一点，"正如我所说，你引起了我的注意。"

丹尼尔笑了："我很抱歉刚才那么夸张。"

"不，这事值得讲讲。它到底是什么？"

"一个单一的三维光子晶体。没有电子元件减慢它的速度，每一个组件都是光学的。它的体系结构是用一种纳米方法制造的，我不想详细描述这种方法。"

"很公平，"她想了一会儿，"我想你并不是要让我买它。我未来1000年的研究预算加起来也不够。"

"在你目前的职位上是这样。但你和大学的关系还没有发展到心意相通的地步。"

"这么说这是一次工作面试？"

丹尼尔点点头。

朱莉忍不住又拿起那块晶体仔细看了一遍，就好像它还有什么特征是肉眼能分辨出来的一样。"你能描述一下这份工作吗？"

"助产士。"

她笑了起来："助产什么？"

"历史。"丹尼尔说。

她的笑容渐渐消失了。

"我相信你是你们这一代里最优秀的人工智能研究者，"他说，"我希望你为我工作。"他伸手拿过她手里的晶体，"想象一下，以它为平台，你能做什么？"

朱莉说："你到底想让我做什么？"

"在过去的15年里，"丹尼尔说，"你始终声称，你研究的最终目标是创造有意识的、达到人类水平的人工智能。"

"没错。"

"那么我们的目标是一致的。我想要的就是让你获得成功。"

她捂着脸，不管她在想什么，不可否认，她受到了诱惑。"很高兴你对我的能力这么有信心，"她说，"但我们需要明确一些事情。这个原型非常了不起，如果你能降低生产成本，我相信晶体可以实现一些非凡的应用，能涵盖气候预测、格点量子色动力学、天体物理建模、蛋白质组学……"

　　"当然。"事实上，丹尼尔并不打算推销这个设备。他用自己的私人资金买断了制造工艺的发明者，没有其他股东或董事可以来指挥他怎么使用这项技术。

　　"但是人工智能，"朱莉说，"不是一回事。我们在迷宫里，而不是在高速公路上，光靠速度是没有出路的。不管我必须操弄多少次每秒百亿亿次的浮点运算，它们都不会自发地燃烧成意识。阻碍我的不是学校的电脑，我也可以随时进入SHARCNET[1]。我之所以受阻碍，是因为我对自己正在解决的问题缺乏洞察力。"

　　丹尼尔说："迷宫不是死胡同。12岁的时候，我就写过一个破解迷宫的程序。"

　　"我相信它很管用，"朱莉回答，"只要对象是小型的、二维的东西。但你知道这类算法的规模如何。就算用这块晶体运行你的旧程序，我仍然可以在半天内设计出一个让它瘫痪的迷宫。"

　　"当然，"丹尼尔勉强承认道，"这正是我想雇用你的原因。你对人工智能迷宫的了解比我强多了，你制定的任何策略都比盲目搜索要好得多。"

　　"我不是说我一直只在黑暗中摸索，"她说，"如果真的那么

---

1　SHARCNET，加拿大安大略省的一个大学联盟，该联盟汇集资金购买超级计算机，共享给联盟成员以进行研究。——编者注

惨淡，我早就换一个问题去研究了。但我看不出这个处理器会带来什么改变。"

"我们所知的意识只有一个范例，是什么创造了它？"丹尼尔问道。

"进化。"

"没错。但我不想等30亿年，所以我需要让选择过程更精细，变异来源更有靶向性。"

朱莉咀嚼着他的话："你想尝试**进化出**真正的人工智能？有意识的、达到人类水平的AI？"

"是的。"丹尼尔看到她抿紧了嘴唇，看得出她尽力斟酌即将出口的措辞。

"恕我直言，"她说，"我觉得你还没有把这事想清楚。"

"恰恰相反，"丹尼尔向她保证，"我已经为此事计划了20年。"

"进化，"她说，"是关于失败和死亡的。你知不知道在进化成智人的过程中有多少有情的生物生生死死？其中又有多少苦难？"

"你的工作之一就是把苦难最小化。"

"**最小化吗？**"她看起来是真心感到震惊，就仿佛这个提议本身甚至比天真地假设这一过程中不会引起伦理问题更糟糕，"可我们究竟有什么权利去实施它呢？"

丹尼尔说："你感激自己的存在，不是吗？尽管你的祖先经历过磨难。"

"我感激自己能存在，"她表示同意，"但就人类而言，这种苦难不是任何人蓄意造成的，而且我们也没有其他可选的存在方式。如果真的**有**一个公正的创造者，我确定他会按照《创世记》的字面意思去做，他绝对不会使用进化这种方式。"

"公正，**全能**。"丹尼尔示意道，"遗憾的是，第二个特征比第一个更罕见。"

"我认为，按照我们自己的形象来创造一些东西，并不需要变得万能。"她说，"只要多一点耐心和自知之明。"

"这和自然选择不一样，"丹尼尔坚持道，"没那么盲目，没那么残忍，也没那么浪费。你可以随心所欲地干预，采取任何你觉得合适的权宜措施。"

"**权宜措施**？"朱莉和他对视，他看到她的表情闪烁不定，时而是怀疑，时而流露出某种更沉郁的情绪。她站起来，瞥了一眼自己的手环手机。"我在这里没有信号。你能帮我叫辆出租车吗？"

丹尼尔说："请听我说完。再给我10分钟，然后直升机会送你去机场。"

"我更愿意自己选一条路回家。"她的眼神明确表示，这事情没有商量的余地。

他给她叫了一辆出租车，和她一起走向电梯。

"我知道你觉得这事在道德上具有挑战性，"他说，"我尊重你的想法。我也不想雇用一个认为这些问题不值一提的人。但如果我不做这事，总有别人会做，而且会是一个意图比我恶劣得多的人。"

"真的吗？"她的语气现在透着赤裸裸的讽刺，"那么，单就你的项目本身，究竟要如何阻止这个假定的人工智能本·拉登自行其是呢？"

丹尼尔很失望，他本来以为她至少明白什么才是危险的。他说："这是一场获得神性还是受奴役的抉择。谁先成功，谁就势不可当。我不会成为任何人的奴隶。"

朱莉走进电梯，他跟了进去。

她说："你知道他们怎么说现代版的帕斯卡赌注[1]吗？要尽可能多地讨好超人类主义者，以防其中一个变成上帝。也许你的座右铭应该是'善待每一个聊天机器人，它可能会是神灵他叔叔'。"

"我们会尽可能友善的，"丹尼尔说，"别忘了，我们可以决定这些生物的本质。他们会很高兴自己活着，并感激他们的创造者。我们可以选择这些特质。"

朱莉说："所以你的目标是创造被挠耳朵就会摇尾巴的尼采意义上的**超人**？你可能会发现这事情需要取舍。"

电梯到了大厅。丹尼尔说："考虑一下，不要急着做决定。你随时可以给我打电话。"今晚没有返回多伦多的民航班机，她会被困在酒店里，付着她付不起的钱，想着她可以凭此刻的欲擒故纵从他这里索要多高的薪水。如果她在心里把所有这些顽固的道德说教都当作一种审慎的谈判策略，她就能轻而易举地放下自己的架子。

朱莉伸出手来，他握了握。她说："谢谢你的晚餐。"

出租车在等着。他陪她走过大厅。"如果你想在有生之年看到人工智能，"他说，"这是唯一的办法。"

她转身面向他："也许的确是这样。我们可以走着瞧。但比起花10年时间用你的办法获得成功，最好还是花1000年的时间把它做对。"

丹尼尔看着出租车驶入雾中，他强迫自己接受这个现实：她永远不会改变主意。朱莉·德加尼是他的第一选择，是他理想的合作伙

---

1 帕斯卡赌注（Pascal's Wager）指17世纪法国数学家、物理学家及哲学家布莱瑟·帕斯卡（Blaise Pascal）在其著作《思想录》中提出的一项哲学论证。其认为人应该相信上帝存在，因为若上帝不存在，相信他存在也不会让人有什么损失；但若上帝存在，不相信他存在会让人蒙受巨大损失。

伴。他无法假装这不是一次挫败。

不过，没有人是不可替代的。赢得她的支持固然会使他极其高兴，但无论如何，他的名单上还有更多的名字。

# 2

消息传来时，丹尼尔的手腕一阵刺痛。他低头扫了一眼，看到表盘上徘徊着"**进展！**"这个词。

董事会会议马上就结束了，他克制住自己，让注意力再集中10分钟。WiddulHands.com为他赚到了人生中的头10亿美元，现在仍然是面向0～3岁年龄组的卓越的社交网站。他创办这家公司已经15年了，一直以来他都在促进业务多元化，但他也没打算放权给别人。

会议结束后，他清空壁挂屏，在空荡荡的会议室里踱了半分钟，转动脖子，拉伸肩膀。然后他说："卢西恩。"

卢西恩·克雷斯出现在屏幕上。"有重大进展？"丹尼尔询问。

"绝对的重大进展。"卢西恩努力与丹尼尔保持礼貌对视，但有什么东西一直在吸引他的视线。没等卢西恩解释，丹尼尔就向屏幕做了个手势，让屏幕上准确显示了卢西恩在看的东西。

贫瘠的岩石地貌一直延伸至地平线。岩石上散布着几十只螃蟹状的生物——有些是深蓝色，有些是珊瑚粉，不过当地人看不见这些颜色，颜色只是视图中添上的物种标记，以方便解释。在丹尼尔的注视下，大滴的蚀雨从一片飘过的云上洒落。这肯定是整个天蓝中最凄清的环境。

卢西恩仍在一个分屏里露着脸。"看到火山湖边上那些蓝种了吗？"他说。他在视图上画了一个圈来引起丹尼尔的注意。

"看到了。"五个蓝种围着一个孤独的粉种，丹尼尔做了个手势，视图就以该处为中心放大了。蓝种打开了俘虏的身体，但俘虏并没有死。丹尼尔对此很确定，因为这些粉种最近获得了一种特性，它们的身体会在死亡的瞬间变成糊状。

"它们找到了一种研究俘虏的方法，"卢西恩说，"让它活着，研究它。"

项目一开始，他和丹尼尔就决定赋予怀特人一种能力，使它们能尽可能多地观察及操纵自己的身体。在脱氧核糖核酸的世界里，只有等到高度精密的技术被发明出来后，人们才可能了解解剖和遗传的内部工作机制。而在天蓝中，这种障碍被设计得比那要少许多。在这里，生物的基本单位是"珠"，这些小球体有几个简单的特性，但没有复杂的内部生化性质。珠比脱氧核糖核酸世界的细胞还要大，天蓝的无衍射光学环境使它们对于特定的物种而言肉眼可见。动物从食物中获得珠，植物则在阳光出现时复制珠，但与细胞不同的是，珠本身不会发生突变。怀特人体内的珠可以轻而易举地被重新排列，从而实现一种令人类外科医生或修复工程师无法企及的自我修饰。在每个怀特人的一生中，这种技能在至少某一个阶段是至关重要的：繁殖阶段，在这个过程中，两个怀特人将各自富余的珠合并，然后共同协作"雕塑"成一个婴儿，其中一部分工作是直接复制双方当前的身体轮廓。

当然，这些螃蟹对工程学和设计的抽象原理一无所知，但受益于反复试错、自我实验和跨物种剽窃，它们陷入了一场不断升级的创新战争。粉种曾是第一种阻止自身尸体因秘密而被劫掠的物种，它们偶然找到了一种方法，使自己于临终时能切实地支离破碎。但现在，蓝种似乎找到了一条绕开这个障碍的出路，并沉湎于如工业间谍般的活体解剖术。

丹尼尔对那挣扎着的粉种发自内心地表示同情，但他把这情绪抛到一边。他怀疑怀特人的意识不比普通螃蟹更多，而且它们与身体完整性肯定有一种十分特殊的关系。粉种之所以抗拒，是因为解剖者是不同的物种，如果它们是它的表亲，它可能根本不会做出任何抵抗。如果发生了某件违背你意愿的事，它从定义上来说是令人不快的，但你若是想象这粉种正处于某种痛楚之中，就好像一只羚羊被豺剥了皮时的感觉一样，那这种想象是荒谬的，更不用说想象它在经历人类被敌对部落俘虏并肢解时会感觉到的那种存在主义的恐惧。

"这将给它们带来巨大的优势。"卢西恩兴奋地说。

"给蓝种？"

卢西恩摇了摇头："不是让蓝种凌驾于粉种之上，也不是让怀特人凌驾于传统生物之上。细菌也可以交换基因，但在没有文化支持的情况下，眼前这种活跃的模仿是前所未有的。达·芬奇可能观察过飞翔的鸟儿，给他的滑翔机画出了初稿，但从来没有狐猴解剖过鹰的躯体，然后偷走它的飞行技巧。它们将拥有和整个人类技术体系一样强大的**天赋**技能。而这一切发生时，它们甚至还没有语言。"

"嗯。"丹尼尔也想这么乐观，但他对卢西恩的亢奋越来越警惕。卢西恩拥有基因编程的博士学位，但他是通过FoodExcuses.com出名的。这个网络平台搜罗医学文献，拼凑出一些准科学论证，让你可以沉迷于自己的"烹饪"怪癖。而卢西恩那套晦涩的技术术语可以榨干风投资本家的钱。丹尼尔很欣赏别人把这种技巧用在合适的地方，但他希望卢西恩在成为自己的员工后，洞察力能强过他说废话的能力。

蓝种正从俘虏身边撤退。丹尼尔看着那只粉种封好伤口，急速奔向自己的一群同类。蓝种现在已经看到了粉种呼吸系统的详细解剖结构，正是这一系统使后者能在这片高原的稀薄空气中生活。一些蓝种将会尝试生成这一系统，如果有效，整个部落都会效仿。

"你怎么看？"卢西恩问道。

"选择它们。"丹尼尔说。

"蓝种？"

"不，双方。"只剩下蓝种也可能最终分化成相互竞争的亚种，但一路带着老对手将有助于保持它们的敏锐。

"搞定。"卢西恩答道。刹那间，1000万怀特人被抹消了，只留下几千个来自荒地的蓝种和粉种来继承这颗星球。丹尼尔并不觉得内疚，由他下令的这些灭绝无疑是史上最无痛的事件。

现在这个世界不再需要人类的审查了，卢西恩打开了晶体的节流阀，让模拟程序身先士卒。当下一个有趣的进展出现时，自动化工具会通知他们的。丹尼尔看着他选择的物种向外扩张，再度占领天蓝，数量节节攀升。

这一"种族灭绝"行动为怀特人的子子孙孙腾出了空间，使它们得以繁荣发展，这些未来后代会为此对丹尼尔怒火中烧吗？应该是不太可能的。再说，他又有什么选择余地？他不可能为进化树的每一个无用分支都制造新的晶体。没有人富裕到可以尽情搭建数量呈指数级增长的虚拟动物收容所，而且每个收容所的价值为5亿美元。

他是个公正的创造者，但他不是全能的。细心修剪是唯一的办法。

# 3

在接下来的几个月里，进展时有时无。有几次，丹尼尔发现自己在给历史倒带，他推翻了自己的决定，尝试了一条新的道路。让每个怀特变种人都活着是不现实的，但丹尼尔确实保留了足够的信息，可以随意复活消失的物种。

人工智能的迷宫依然是迷宫，不过晶体的处理速度对它们来说是利器。天蓝项目开始后不到18个月，怀特人就展现出一种基本的心灵原理：它们的行为表明，它们可以推断出别人对世界的认识，区别于它们自己对世界的认识。其他人工智能研究者已经将这类东西手动接合到自己的程序中，但丹尼尔相信他的版本融合得更好、更稳健。人工制作的软件脆弱又死板，而他的怀特人是在变化的压力中锻造出来的。

丹尼尔密切关注竞争对手，但观察结果使他没有理由质疑自己的做法。苏尼尔·古普塔用一个搜索引擎赚得盆满钵满，这个引擎能"理解"所有形式的文本、音频和视频，利用的是至少有40年历史的模糊逻辑技术。丹尼尔尊重古普塔的商业智慧，但就算他的软件在一种极不可能的情况下获得意识，它被迫在无尽潮水般的过剩博客内容中艰难跋涉，从中感受到的纯粹的残酷也肯定会使它背叛自己的创造者，从而像野餐一般随意地实施一种类似《终结者》电影中的报复。安杰拉·林德斯特伦俗套的"来世"游戏取得了一些成功，在这个游戏里，垂死的客户与软件进行诚恳的会谈，然后这些软件构建出能与健在的亲属交谈的虚拟替身。朱莉·德加尼仍然在浪费她的才华，给机器人编写软件，让它们与人类婴儿一起玩彩色积木，并通过模仿儿语对话从成年志愿者那里学习语言。她预言要花1000年时间才能"把它做对",这一预言似乎应验了。

项目启动的第二年接近尾声,卢西恩每个月联系丹尼尔一两次,宣布一个新的突破。卢西恩构建环境以施加合适的选择压力,从而创造了一系列新物种,它们能使用简单的工具,搭建粗糙的庇护所,甚至驯化了植物。它们的形态或多或少还是像螃蟹,但至少和黑猩猩一样聪明。

怀特人通过观察和模仿协同工作,用有限的手势和叫喊来指导和谴责对方,但到目前为止,它们还缺少可以真正被称为语言的东西。丹尼尔渐渐感到不耐烦,想要超越这少数专业技能,他的造物们需要一种能力,将它们在世上可能遇到的任何物体、任何行动、任何展望都映射到它们的谈话和思想中。

丹尼尔召唤卢西恩,两人找到了一条可推进的道路。要调整怀特人的解剖结构,使它们有能力形成更灵活的发音,这是件容易的事,但仅凭这一点并不比给猩猩一根指挥棒更管用。现在需要的是一种方法,可以让复杂的计划和沟通技能变得生死攸关。

最终,他和卢西恩决定对环境进行一系列改造,使这些生物有机会随机应变。这些脚本大多始于饥荒。卢西恩使主要的粮食作物枯萎,又在差一点就可以够到的树枝间挂上一些诱人的新品水果,为进步提供了可察觉的奖励。有时,这些隐喻几乎可以从字面上理解:他会引进一种具有复杂生命周期的植物,需要巧妙地处理才能使它变得可食用;或者是一种新的猎物,既聪明又凶恶,但营养价值很高,值得捕猎。

一次又一次,怀特人都未能通过测试,地区物种逐渐减少,直至灭绝。丹尼尔沮丧地看着这一切,他并没有变得多愁善感,但他之前总是自诩他给自己设立的道德标准高于自然的残酷无涯。他考虑调整这些生物的生理机能，好让饥饿带去的死亡变得更迅捷、更仁慈，但卢西恩指出，如果他缩减了这个产生强烈动机的时段，成功的机会就会大幅度减少。每当一个群体灭绝时，新一批变异的近亲就会从尘土中崛起，取代前者的位置；如果没有这种干预，在现实世界的几天内，天蓝就会变成一片荒野。

丹尼尔对这场屠杀闭上了眼，将信任放在纯粹的时间和数量上。最后，这就是晶体赋予他的：当其他一切方法都失败时，他可以不再假装知道如何实现目标，而只是测试一个接一个的随机突变。

几个月过去了，数以亿计的部落被饥饿送进了坟墓。但他还有什么选择呢？如果他用牛奶和蜂蜜喂这些生物，那它们直到他死的那天都会又肥又笨。饥饿鼓动它们，驱使它们去搜索和奋斗，虽然任何人类观众都会禁不住同情怀特人，但丹尼尔告诉自己，怀特人的痛苦是一种肤浅的东西，只比他在感到不适前就从火焰前缩回手的本能略微强一点。

它们并不与人类平等。现在还没有。

他可能会失去勇气，它们却永远不会。

丹尼尔梦见自己在天蓝里，不过目之所及没有怀特人。在他面前矗立着一块光滑的黑色巨石，从它平滑的黑曜石质表面的一道裂缝中流出了一小股脓液。有人抓住他的手腕，想把他的手塞进地上一个臭气熏天的坑里。他知道，那坑里堆满了他不想看到的东西，更不用说碰了。

他翻来覆去，直到醒来，但手腕上仍存留着压迫感。这种感觉来自他的手表。当他提起精神看到收到的单字信息时，他的心抽紧了。卢西恩没胆量为了某种普通的成果在这个时候把他叫醒。

丹尼尔站起来，穿好衣服，然后坐在办公室里啜饮咖啡。他不知道自己为什么如此不情愿打这个电话。他等这一刻等了20多年，但这不会是他人生的巅峰。在这之后，还有一千座高峰，每一座都比上一座雄伟两倍。

他喝完咖啡，又坐了一会儿，按摩着太阳穴，确保自己头脑清醒。他不会睡眼惺忪、迷迷糊糊地迎接这个新时代。他记录了所有的通话，但这一次通话将被流传后世。

"卢西恩。"他说。那个男人的影像出现了，面带笑容。"成功了？"

"它们在互相交谈。"卢西恩回答。

"谈什么？"

"食物，天气，性，死亡。过去，未来。谈一切你能说出的事物。它们不会再闭嘴了。"

卢西恩从数据通道发来了文字记录，丹尼尔仔细阅读了它们。语言学软件不仅观察怀特人的行为，还将这些行为与它们发出的声音关联起来。软件直接窥视它们的虚拟大脑，追踪信息的流动。它的任务远远谈不上轻易，也没有什么能保证它的翻译是完美的，但丹尼尔不相信它能幻想出一种完整的语言体系，凭空捏造出这些丰富又翔实的对话。

他飞快地翻阅统计摘要、语言结构的技术概论，以及软件记录的数百万次对话的片段。**食物，天气，性，死亡。**若只是人类的对话，这些翻译内容似乎极其平庸，但结合其语境，就是引人入胜的。怀特人不是盲从马尔可夫链[1]的聊天机器人，而是为了在图灵测试中打动

---

1　马尔可夫链（Markov chain）由俄国数学家安德雷·马尔可夫提出，是他构建的一个以数学方法解释自然变化的一般规律模型，在机器学习和人工智能领域被广泛应用。

评委而设计的。它们讨论的是真正与它们的生死相关的问题。

当丹尼尔拿出一页按字母顺序排列的对话主题时，"悲痛"这一行下方的一个条目吸引了他的视线。他点击链接，花了几分钟通读样本，上面阐明了在孩子、父母、朋友去世后这个概念出现的过程。

他揉了揉眼皮。这会儿是凌晨3点，一切都清晰得令人反胃，这是只有夜晚才能带来的清晰度。他转向卢西恩。

"不要再死人了。"

"老板？"卢西恩吓了一跳。

"我想让它们长生。让它们在文化上逐步发展；让它们的思想生生不息。让它们可以在足够聪明时修改自己的大脑，毕竟它们已经可以调整其他解剖部位了。"

"你要把它们都放在哪里？"卢西恩问道。

"我供得起另一块晶体。也许可以再来两块。"

"那没法让你成就大业。按照目前的出生率——"

"我们必须彻底削减它们的生育率，使其渐渐降至零。在那之后，如果它们想要再次开始生育，它们就必须创新。"它们需要了解外面的世界，并充分理解异域的物理，以便设计出它们能迁移过去的新硬件。

卢西恩皱起眉头："我们如何控制它们？我们如何塑造它们？如果我们不能选择我们想要的——"

丹尼尔平静地说："这不在讨论范围内。"不管朱莉·德加尼怎么看他，他都不是怪物。如果他相信这些生物和他一样有意识，他就不会像屠杀牲畜一样屠杀它们——也不会在世界规则可由他随意改写的前提下，坐视它们"自然"死去。

"我们将通过它们的模因[1]塑造它们，"他说，"我们将消除劣质的模因，帮助扩散我们希望成功的模因。"不过，他需要牢牢控制怀特人和它们的文化，否则他永远无法信任它们。如果他不打算切实**培养它们**的忠诚和感激之情，那他就必须培养它们的观点。

卢西恩说："对于你说的这些做法，我们还没有做好准备。我们将需要新的软件、新的分析和干预工具。"

丹尼尔表示理解："冻结天蓝的时间。然后告诉团队，他们有18个月的时间。"

# 4

丹尼尔卖掉了他在WiddulHands的股份，又造了两枚晶体。一枚用以在天蓝中支持容纳更多的人口，从而使长生的怀特人有尽可能大的多样性池；另一枚用以运行卢西恩称为思想警察的软件，用来监视它们的行为。如果人类监督者必须监督并影响文化演化进程的每一个步骤，那就会使事情的进展变得极其缓慢。不过，将整个过程完全自动化还是很棘手的，丹尼尔更愿意稳妥一些，一旦情况变得过于难办，思想警察就会冻结天蓝并通知他。

如果说怀特人既困惑又欣喜地迎接了死亡的消失，出生的消失却不是那么容易接受的。当交配的伴侣试图将富余的珠用于塑造后代时，它们所有的努力就像用黏土塑造玩偶一样无益，它们的执着伴随着悲

---

1 模因（meme）指的是模因理论中文化的基本单位，以非遗传的方式（尤其是模仿）传递文化，类似于基因在生物繁衍中的传递作用。

伤，令人见之不忍。人类对怀不上孩子的情况已经习以为常，但怀特人的这种情况更像是迎接一个又一个死胎。甚至当丹尼尔介入修改了怀特人的基本动机后，某种文化或情感上的惯性依然使它们中的许多人坚持完成这个形式。按照新本能的驱使，它们只要把多余的珠集中起来，便可以罢手，并感到满足，然而它们不管不顾地继续过去的行为模式，孤注一掷，满怀困惑，试图把这一堆无用的黏土变成某种会呼吸的生命。

**跨过去**，丹尼尔想着，**克服它**。他对这些永生的造物只能提起这么一点同情，如果它们能齐心协力，它们的孩子会遍布整个银河系。

怀特人还没有文字，但它们发展出了一种强大的口述传统，有些人把对旧仪式的哀悼唱成了挽歌。思想警察识别这些模因，并确保它们不会广为流传。一些怀特人选择了自杀，而不是生活在贫瘠的新世界里。丹尼尔觉得自己没有权利阻止它们，但神秘的障碍使人们无法不负责任地鼓励这种行为或将其浪漫化。

怀特人能做的只有凭自己的意志死去，但那些保留了生存意志的人也并不能闲散地打几百年瞌睡。丹尼尔下令不再制造可怕的饥荒，但并没有废止饥饿本身，他始终在食物供应等资源上施加足够的压力，迫使怀特人不断创新，改进农业，发展贸易。

思想警察识别并培育写作、数学和自然科学的种子选手。天蓝的物理是一种简化的游戏世界模型，没有随便到不合逻辑的程度，但也没有深刻复杂到需要粒子物理学才能寻根究底的程度。晶体时间飞速前进，不死们在了解自己世界的过程中寻求慰藉，天蓝很快诞生了属于它的欧几里得和阿基米德，伽利略和牛顿，它们的思想以超自然的效率传播开来，使数学家和天文学家大批涌现。

天蓝的星辰只是一片类似于天文馆里的背景，星辰的存在只是为了帮助怀特人正确理解日心说和惯性原理，但其中的卫星倒是像这个世界本身一样真实。到达那里所需的科技尚未成熟，但这没有关系，丹尼尔不希望它们操之过急。那里有一个惊喜等着它们，他更希望它们的生物技术和计算机行业能在迎接启示之前蓬勃发展。

由于化石的缺失、天蓝有限的生物多样性，以及所有需要遮掩的笨拙的外部干预，怀特人很难获得达尔文学说那样宏大的生物学视角，不过关于珠的天赋技能使它们在实用工艺上有了先行一步的优势。只要略加推动，它们便开始修补自己的身体，纠正它们在前意识阶段未曾察觉的一些麻烦的解剖怪癖。

在它们完善知识和改进技术时，丹尼尔让它们认为自己正在努力恢复生育能力，这毕竟是完全真实的，哪怕它们的目标是一些超越自身认识的观念革命。人类对于贤者之石的天真奇想已经破灭了，不过最终还是实现了核嬗变。

他希望怀特人能够**自己**嬗变：审阅自己的大脑，了解它们，并开始改进它们。这对任何人来说都是一项艰巨的任务，即使是以上帝视角观察这些造物的卢西恩及其团队，对这样的任务也未能企及。但是当晶体全速运转时，怀特人的思维速度比它们的创造者快数百万倍。如果丹尼尔能防止它们偏离轨道，那么人类曾认为需要千年进步才能得到的成果，现在都只需要几个月就能实现。

## 5

卢西恩说："我们快要跟不上语言的发展了。"

丹尼尔在休斯顿的办公室里，他来德州参加一连串面对面的会议，看看能否通过授权晶体制造来筹集一些急需的资金。他更想保留技术的秘密，不过他基本上能够肯定，他现在已经远远领先于对手们，没有人有机会赶上他。

"你是什么意思，跟不上？"丹尼尔质问道。卢西恩3小时前刚向他做了简报，并没有对即将发生的危机发出任何警告。

卢西恩解释说，思想警察把工作做得很好：它们竭尽所能地推广神经自我修正模因，现在一种成功的"大脑增强"方式正在整个天蓝传播。这种方式需要详细的"配方"，但不需要技术辅助，有怀特人在繁殖时复制自己的那种观察和操控珠的天赋技能就足够了。

这一切非常符合丹尼尔的希望，但也有令人担忧的缺点。经过增强的怀特人采用了一种密集且复杂的新语言，分析软件无法理解它。

"让它们再慢一点。"丹尼尔建议道，"给语言学组更多的时间运行。"

"我已经冻结了天蓝。"卢西恩回答，"语言学软件已经运行了一个小时，用上了一整块晶体的资源。"

丹尼尔恼火地说："我们可以清楚地看到它们对自己的大脑做了什么，怎么会不理解这对语言的影响呢？"

"在一般情况下，"卢西恩说，"仅从神经解剖学靠计算来推断出一门语言，是很难的。就旧语言来说，我们很幸运，它的结构简单，并且与明显的行为元素高度相关。而新语言更加抽象和概念化，我们甚至只能和其中不到一半的概念产生关联性联想。"

丹尼尔无意让天蓝中的事件脱离自己的掌控。他的确希望怀特人最终能有效利用现实世界的物理——那是目前超出他理解能力的学科，不过任何一个聪明的10岁孩子都能掌握它们宇宙的规律，而且它们的技术离火箭科学还差得远。

他说："继续冻结天蓝，研究你的记录中那批率先实现增强的怀特人。如果它们明白自己在做什么，我们就能解决这个问题。"

周末，丹尼尔签署了许可协议，飞回了旧金山。卢西恩每天都向他做简报，并在丹尼尔的敦促下又聘请了十几个计算语言学家来帮忙解决这个问题。

6个月后，他们显然毫无进展。发明增强法的怀特人在修补彼此大脑时有一个巨大的优势：对它们来说，这不只是一个纯粹的理论练习。它们并不是要盯着解剖图，然后推理出一个更好的设计。它们亲**身经历**了成千上万个小实验变化的影响，而其结果塑造了它们对这个过程的直觉。这种直觉很少被大声说出来，更不用说将其书面化及理论化了。从纯粹大脑结构的角度来解码这些见解，就和解码这种语言本身一样困难。

丹尼尔再也等不下去了。随着晶体走向市场，其他类似技术也快要得出成果，他不能失去自己的领先地位。

"我们需要怀特人自己来做翻译，"他告诉卢西恩，"我们需要设计一种局面，让足够多的人选择不被增强，使旧语言继续被使用。"

"所以我们可能需要25%的人拒绝增强？"卢西恩建议，"我们还需要增强型怀特人想时刻告知前者正在发生什么事情，以我们都能理解的方式。"

丹尼尔说："没错。"

"我认为我们可以放慢对增强的研究，"卢西恩沉思道，"同时我们鼓励一种传统主义的模因，即号召横跨两种文化及语言，而不是用新的完全取代旧的。"

卢西恩的团队开始工作，为新任务调整了思想警察体系，然后重新启动了天蓝。

他们的努力似乎产生了预期的结果：怀特人被召集起来，评估是否应该保持与历史的联系，当得到增强的怀特人遥遥领先时，他们也会努力让未得到增强的人跟上世界的发展。

然而，这是一种在凌乱中的妥协，丹尼尔不满意怀特人的智力成就屈就于一种掺水的傻瓜天蓝版本。他真正希望的是天蓝内部有人直接向他汇报，就像怀特人版本的卢西恩。

是时候开始考虑面试了。

卢西恩运行天蓝的速度比平时更慢，这是为了让思想警察拥有计算优势，因为它们已经失去了如此多的原始监测数据。但是，即便是在降低的速率中，增强型怀特人发明电脑也仅用了现实中的6天，首先是一个数学形式体系，接着很快，就出现了一系列可操作的机器。

丹尼尔已经要求卢西恩，如果有怀特人猜中了它们世界的真正本质，就通知他。过去有一些怀特人提出了模糊的形而上学的推测，这些推测不算太离谱，但现在它们已经牢牢掌握了宇宙计算的概念，它们终于达到了一个层次，能够理解晶体不仅仅是一个无聊的幻想。

消息来时，刚过午夜，丹尼尔正准备睡觉。他走进办公室，激活了卢西恩给他写的干预工具，指定了问题中心的那个怀特人的序列号。

这个工具提示丹尼尔为他的对话者提供一个人性化的名字，以便交流。丹尼尔的大脑一片空白，但等了20秒后，软件自行给出了建议：普利莫[1]。

普利莫是增强型，他最近造了一台自己的电脑。不久后，思想警察便听到他向两位未增强的朋友讲述自己突然想到的一个有趣的可能性。

---

1　普利莫（Primo），意为"第一个"。——编者注

天蓝的时间被放慢到了人类世界的流速，然后丹尼尔控制着一个虚拟怀特人形象，策划了一次会谈，安排他们俩单独在普利莫为自己建造的庇护所里见面。这座木质建筑契合当前的建筑风格，它仍然是有生命的，能自我修复，并且由树根固定在地面上。

普利莫说："早上好。我想我们没见过。"

一个陌生人不请自来进入别人的住所，这不算特别失礼的行为，不过普利莫在掩饰自己的惊讶：在这个没有客机的不死者世界里，在任何地方都极少会撞见陌生人。

"我是丹尼尔。"干预工具会发明一个能让普利莫听懂的怀特人名字，"我昨晚听到你和朋友谈论你的新电脑。不知道这些机器将来能做什么。不知道它们是否能强大到足以容纳整个世界。"

"我当时没看到你。"普利莫回答。

"我当时不在场，"丹尼尔解释道，"我生活在这个世界之外。我造了一台包含这个世界的电脑。"

普利莫做了一个手势，干预工具给它的注释是"逗乐"，然后他用增强型语言说了几句话。**辱骂？俏皮话？考验丹尼尔是否全能？**丹尼尔决定虚张声势，假装这些话无关紧要。

他说："下雨吧。"雨开始猛烈地打在屋顶上。"停雨吧。"丹尼尔用一只爪子指了指房间角落里的一口大锅："沙子、花、火、水壶。"大锅很给面子，轮流变成了上述形状。

普利莫说："很好。我相信你，丹尼尔。"丹尼尔对直接解读怀特人的肢体语言有一定的经验，在他看来普利莫似乎相当平静。也许当你像他一样老，也见证了那么多的变化后，你见到这样的神启时的反应也会远不如人类刚进入计算机时代所受到的震撼那么强烈。

"你创造了这个世界？"普利莫问他。

"是的。"

"你塑造了我们的历史？"

"一部分，"丹尼尔说，"很多事情都是出于偶然，或出于你们自己的选择。"

"是你在阻止我们生孩子吗？"普利莫质问道。

"是的。"丹尼尔承认。

**"为什么？"**

"电脑里已经没有空间了。要么这样，要么死更多人。"

普利莫仔细思量："所以只要你愿意，你那时还能阻止我父母的死亡？"

"如果你希望的话，我可以让他们起死回生。"这不是谎言，丹尼尔储存了所有最终会死的怀特人的详细影像，"但不是现在，必须等到有一台更大的电脑。那样才有空间容纳他们。"

"你能把**他们的**父母也带回来吗？他们父母的父母呢？回到时间的起源？"

"不能。这些信息已经丢失了。"

普利莫说："等到有更大的电脑是什么意思？你可以轻易使我们的时间停滞，等到你的新电脑造好，再让时间重新流动？"

"不，"丹尼尔说，"我不能。因为**我需要你们来造这台电脑**。我和你们不同：我不是永生的，我的大脑不能被增强。我已经尽力了，现在我需要你们做出突破。要实现这一点的唯一方法是，你们来学习我的世界的科学，并想出一个方法来制造这种新机器。"

普利莫走向丹尼尔用魔法变成的水罐："在我看来，你对为自己设定的任务准备不足。如果你能先等到你真正需要的机器，我们的生活就不会这么艰难。如果你在有生之年造不出这样的机器，何妨让你的孙辈来承担这项任务呢？"

"我别无选择，"丹尼尔坚持道，"我不能把你们创造的东西留给我的后代。我的人民之间即将爆发战争。我需要你们的帮助。我需要强大的盟友。"

"你在自己的世界里没有朋友吗？"

"你们的时间流转得比我的快。只有你的人民才能成为我需要的那种盟友，才来得及成为我的盟友。"

普利莫说："你到底想要我们做什么？"

"制造你们需要的新电脑，"丹尼尔回答，"增多人数，增大力量。然后襄助我，让我变得比从前更强，就像我为你们做的那样。等战争胜利了，就会有永远的和平。我们并肩作战，就能统治1000个世界。"

"那么你要**我**做什么？"普利莫问，"你为什么对我说话，而不是对我们所有人说话？"

"大多数人，"丹尼尔说，"还没准备好听这个。他们最好还是暂时不要知道真相。但我需要一个能直接为我工作的人。我能看到、听到你们世界里的一切，但我需要你解释它。我需要你为我理解事物。"

普利莫沉默着。

丹尼尔说："我赐予你生命。你怎么能拒绝我？"


# 6


丹尼尔从一小群抗议者中间挤了过去，他们聚集在他位于旧金山的大厦入口处。他本可以乘坐直升机往返，但根据他的安全顾问的评估，这些人不会构成重大威胁。一点点糟糕的公关并不令他烦心，他已不再销售任何公众会直接抵制的商品，而且他所涉及的企业看来都不必担心受牵连。他没有违法，也没有任何谣言被证实。一些狂热的电脑爱好者挥舞着写有"软件不是你的奴隶！"的海报，这无关紧要。

不过，如果他发现是哪个员工泄露了项目的细节，他会打断他的腿。

卢西恩发来信息时，丹尼尔正在电梯里："很快就上月球了！"他中断了电梯的爬升，改向前往地下室。

3个晶体现在都被安置在地下室，离"栏场"只有几厘米：那是一个真空室，容纳了一台有5万个独立移动末梢的原子力显微镜、固态激光和光电探测器阵列，以及成千上万个储存了所有稳定化学元素样本的微井。天蓝和这台机器之间的时滞必须尽可能地短，以便怀特人能够在他们自己的世界全速运行的同时，进行现实世界中的物理实验。

丹尼尔拉过一张凳子，坐在栏场旁边。如果他不打算让天蓝的运转速度慢下来，那么渴望观看事态的发展是毫无意义的。他可以上楼去办公室里看登月的回放，但等他播放的时候，那已经是古老的历史了。

"一次巨大的飞跃"是一种保守的说法，无论怀特人的登月点在哪里，他们都会发现有一块奇怪的黑色巨石在等待着他们。里面是操作栏场的方法，他们不需要花很长时间就能学会控制，或者理解这意味着什么。如果他们对自己发现的东西真的理解得很慢，丹尼尔已经指示普利莫去向他们解释。

现实世界的物理比怀特人惯用的物理复杂许多，但是，也没有哪个人类曾与量子场理论密切接触，并且思想警察早已鼓励怀特人发展出他们开启现实物理世界时所需的大部分数学理论。无论如何，怀特人是否要比人类花更长的时间来发现20世纪的科学原理，最后超越它们，这并不重要。因为从外面看，这个过程会在几个小时或几天内结束，最多几周。

一排指示灯闪烁起来，栏场激活了。丹尼尔喉咙发干。怀特人终于走出他们自己的世界，进入了他的世界。

机器上方的面板显示了直方图，图中对怀特人迄今所做的实验进行了分类。当丹尼尔注意到它时，他们已经发现了各种原子之间可以形成的键，并构建了数千种不同的小分子。当他观察时，他们进行了光谱分析，制造了简单的纳米机器，并制造出了一些无疑是记忆元件和逻辑门的设备。

怀特人想要孩子，他们现在明白了这是唯一的办法。他们很快就要建立一个世界，在这个世界里，他们不仅数量更多，而且比在晶体里时更迅速、更聪明。而这只是1000次迭代中的第一次。他们正在一路通往神性，他们将在攀升之时托起他们自己的创造者。

丹尼尔离开地下室，往办公室走去。一到办公室，他就呼叫了卢西恩。

"他们造出了一台原子级计算机，"卢西恩宣布，"他们还在其中添加了一些相当复杂的软件。不过过程看起来不像是上传。显然不是像操作珠一样直接复制。"他听起来激动不安，丹尼尔禁止他冒着搞砸实验的风险减慢天蓝的速度，因此即使有普利莫的简报为辅助，他也很难及时了解所有情况。

"你能模拟他们的电脑，进而模拟软件在做的事吗？"丹尼尔建议。

卢西恩说："我们的团队里只有6名原子物理学家，怀特人的相关专家已经比我们多1000倍。等到我们有希望搞懂这件事时，他们已经在做别的事。"

"普利莫怎么说？"思想警察没能让普利莫加入任何一次月球探险，但卢西恩给了他隐身的能力，他还可以瞬间移动到天蓝或月球基地的任何地方。无论哪里有行动，他都可以随意窃听。

"普利莫听不懂他听到的很多东西，即使是增强型人也不会立刻变成通晓各种术语的专家。这事的要点是，月球项目的参与者在外世界制造了一台速度非常快的计算机，而它竟然……将有助于解决生育问题，"卢西恩大笑起来，"嘿，也许怀特人会做我们做过的事：看看他们能不能进化出足够聪明的东西来帮助他们。那该有多酷啊！"

丹尼尔并不觉得好笑。最终总要有人做些实际的工作，如果怀特人只是把责任再推给别人，那整个企业就会像金字塔骗局一样崩溃。

丹尼尔有一些不能推脱的商务会议。当他把处理完所有破事，已经到下午了。此时，怀特人已建造了某种小型固态加速器，并通过高速电子撞击来探测质子和中子的内部结构。一台接通不同探测器的原子计算机正在进行数据分析，处理结果的速度超出了任何一台里世界的计算机。怀特人已经推出了标准夸克模型。也许他们不打算让自己进入纳米电脑，而是要直接进入某种毫微微级机器？

不过，普利莫简报的摘要中没有提到要将这一强大的力量用于计算。他们还在满足自己对基本定律的好奇心。丹尼尔用他们的历史提醒自己。他们曾经深入探索过看似物理学基础的东西，却发现那些简单的规则与终极现实毫无关系。在敢于建立殖民地之前，他们将尽可能深入地研究外部世界的奥秘，这是很合理的，**集体**移民就更不用说了。

日落时分，怀特人正在用各种射线来探测栏场周围的环境。辐射水平非常低——肯定低到不可能损坏晶体——所以丹尼尔认为没有必要进行干预。栏场本身没有大规模的电源，也不含有放射性同位素，而且，如果出现了某种桌面核聚变实验，思想警察就会敲响警钟，让人类专家介入。所以丹尼尔很有理由相信怀特人不能做出什么蠢事，并把屋子炸飞。

普利莫的简报明确表示，他们认为自己从事的是一种"天文学"。丹尼尔不知道自己是否应该给他们提供仪器，以便进行严肃的观测——那种能让他们理解相对论引力和宇宙学的仪器。但是，即使他安上一架大型望远镜，对怀特人来说，仅仅是调整它的指向就要花几辈子的时间。他不打算让天蓝慢下来，一边等着他们探索天空一边变老。他们要做的下一件事就是发射太空探测器去执行30年的任务。也许是时候提升合作水平了，给他们一些天文学课本和星图？人类文明有自己来之不易的成就，怀特人也无法轻易与之匹敌。

随着夜幕降临，怀特人将他们的注意力转移到了亚原子世界。一种新型加速器开始用超常的能量将单个金离子粉碎融合——不过所消耗的总能量仍然微不足道。普利莫很快宣布他们已经绘出了所有三代夸克和轻子的图谱。怀特人在粒子物理方面的知识已追上了人类，丹尼尔再也看不懂技术细节了，但专家们都竖起了大拇指。丹尼尔心中一阵骄傲，他的孩子们当然知道他们在做什么，如果他们成长到了能暂时蒙骗他的境地，他很快就会让他们歇口气，等他跟上进度。在他允许他们移民之前，他会让晶体慢下来，向他们每个人介绍自己。事实上，这可能是给他们安排下一个任务的最佳时机，这个任务是了解人类的生命机制，直到能把他上传到网络上。让他永生，以偿还他们的"债务"。

他坐在那里观看怀特人最新电脑的图像，它们是根据原子力显微镜末梢往返的数据流重建的。闪烁的原子组成巨大的晶格，向远处伸展，连接它们的电子云震颤着，就像某种超现实液体算盘里的水银珠。他正看着这一切，一个屏中屏通知他，离子加速器已被重新设计，并再次启动。

丹尼尔坐不住了。他走向电梯。他在地下室能看到的一切也都能在办公室看到，但他想站在栏场旁边，把手放在它的外壳上，把鼻子贴在玻璃上。天蓝作为虚拟世界且对他自己毫无影响的时代即将结束，他想站在那东西旁边，获知它与自己一样真实。

电梯下降，经过十楼，九楼，八楼。但突然间，丹尼尔的手表毫无预兆地迸出了卢西恩的声音，优先级音频闯过了每一道隐私和协议屏障。"老板，有辐射。净功率增益。到直升机那里去，**马上**。"

丹尼尔犹豫了一下，打算和他辩论。如果这是核聚变，为什么没有被检测到并被限制？他猛按停止键，感觉到了刹车系统的作用。然后世界消失在强光和痛苦之中。

# 7

当丹尼尔从麻醉剂带来的迷蒙中清醒时，一位医生告诉他，他的身体烧伤了60%。烧伤更多是因为热量而不是辐射。他不会死的。

床边有一个网络终端。丹尼尔给卢西恩打了电话，了解到团队里的物理学家在研究了栏场异地储存的最终数据后得出的初步结论。

怀特人似乎发现了希格斯场[1]，并制造了一场类似宇宙膨胀的爆

---

1　希格斯场（Higgs Field）是以物理学家彼得·希格斯的姓氏命名的，一种假定遍布于全宇宙的量子场。——编者注

炸。不过，他们不是简单地将一小块真空膨胀成了一个新宇宙。他们不仅成功地创造了一次"炫酷的大爆炸"，还把一大片普通物质拉进了他们创造的口袋宇宙中，在此之后，通向口袋宇宙的虫洞缩小到亚原子大小，并穿过了地球。

当然，他们把那些晶体也带走了。如果他们试图通过月球数据链把自己上传到那个口袋宇宙，思想警察就会阻止他们。所以他们完全是通过另一条路线移民的。他们卷起他们世界的整个基底跑掉了。

对于新宇宙究竟还会包含什么，人们意见不一。晶体和栏场飘浮在一片虚空中，没有电源，这会让怀特人彻底死去。但一些团队认为可能会有一层质子和电子组成的等离子薄层，由一种希格斯粒子衰变而成，避开了大爆炸所产生的不能持久的夸克-胶子火球。他们如果造出了合适的纳米机器，就有可能把栏场转换成一种能保证晶体安全的结构，而怀特人将陷入沉睡，等待着遥远未来的第一缕星光。


医生们采集的微小皮肤样本终于长成了大到足以移植的薄片。丹尼尔在痛苦的黑暗和药物带来的安乐中来回往复，但在整个混乱的旅程中，有一个念头一直陪伴着他，就像一颗指路明星：**普利莫背叛了他**。他给了这个浑蛋生命，委以权力，授予先进知识，展现诸神的偏爱。可他得到了什么回报？他又回到了原点。他和律师谈过了，保险公司听说了"非法放射源"的谣言，便不肯不战而降地赔付晶体的损失。

卢西恩亲身来到医院。丹尼尔很感动，自从面试之后，他们就再没见过面。他和对方握了握手。

"你没有背叛我。"

卢西恩显得很尴尬："我要辞职，老板。"

丹尼尔很难受，但他强迫自己坚忍地承受这个消息。"我理解，你别无选择。古普塔现在应该有他自己的晶体了。在诸神的战争中，你必须站在胜利的一方。"

卢西恩把辞职信放在床头柜上："什么战争？你还执着于要把月球变成超级计算机的超级链接之战的幻想吗？"

丹尼尔眨了眨眼睛："幻想？如果你不相信，那为什么要和我一起工作？"

"你付钱给我。付得很多。"

"那古普塔会付你多少钱？我加倍。"

卢西恩摇了摇头，觉得很有趣："我不会为古普塔工作。我要转向粒子物理学。怀特人逃跑的时候并没有比我们超前太多，可能超前了四五十年吧。一旦我们赶上了，我想一个私人宇宙的成本会和一个私人岛屿差不多，从长远来看可能会更便宜。但没有人会为了控制这样的宇宙而战斗，当他们为俄罗斯套娃脑起草计划时，他们不会像猴子扔粪便一样互扔灰盎。"

丹尼尔说："如果你从栏场日志中获取了任何数据——"

"我会遵守合同中的所有保密条款，"卢西恩笑了，"但任何人都可以对希格斯场感兴趣，这是公共领域。"

卢西恩离开后，丹尼尔贿赂护士加大了药物剂量，直到背叛和失望带来的刺痛开始消退。

**一个宇宙，**他快乐地想着，**很快我就有自己的宇宙了。**

**但我需要一些工人，一些盟友，一些同伴。我一个人做不到，总得有人承担重任。**

# 史蒂夫热

# Steve Fever

# 1

随着大豆收获季的迅速临近，林肯在14岁生日后的几个星期里开始做一些逼真的梦，梦见自己离开农场前往城市。一夜又一夜，他在梦中看着自己收拾必需品，吃力地走到公路上，然后搭顺风车去亚特兰大。

不过，他在梦里做事的方式有些问题，每天夜里他都要在睡梦中努力处理这些问题。食品室当然是锁着的，于是他想出一个支线情节，要偷偷收集一些合适的工具来破门而入。农场的一圈边界上尽是传感器，所以他梦想着用不同的方法来避开或破坏它们。

就算他有了一个看似合理的脚本，但到白天一想，又有很多的缺陷。灌溉渠从篱笆下面穿过，锁住渠道覆盖部分的格栅太结实了，用断线钳剪不开，而焊枪上又有生物识别锁。

收割季开始后，林肯设法把一块大石头卡进了联合收割机，然后自告奋勇去修理损坏的地方。在父亲的注视下，他的工作完成得一丝不苟。得到意料之中的表扬时，他希望自己用既骄傲又困惑的语气庄严地回答道："我不再是孩子了。我能搞定焊枪。"

"对。"他父亲有那么一会儿似乎很尴尬，然后他蹲下来，把焊枪设置为监管模式，并把林肯的指纹添加到授权列表中。

林肯等待着一个没有月亮的夜晚。那个梦不断地重复，不耐烦地敲打他的脑壳，不顾一切地想要成真。

当那个夜晚来临时，他离开自己的房间，光脚走在黑暗中，觉得自己终于在进行一场排练已久的表演：与其说是一出戏，不如说是一场浸透他身体每一块肌肉的繁复舞蹈。首先，他把靴子拿到后门，放在台阶上。然后他把背包拿到食品室，借来的工具正放在不同的口袋里，以免彼此碰撞。门的铰链是固定在内侧的，但他已经用铅笔刀在清漆上刮出了它们的位置，并且练习过用手触摸着找到这些标志。几年前的一个午夜，林肯和他的弟弟萨姆洗劫了食品室，之后他母亲便把这儿锁起来了。但这儿仍然只是一个食品室，而不是珠宝保险箱，锥子轻易便戳穿了木头，最后暴露出一枚固定铰链的螺丝钉的尖头。林肯一开始用的钳子无法咬紧螺丝使其转动，不过他梦中有过另一种选择。他用锥子又清开了一些木头，然后把一个小六角螺母卡在螺丝的螺纹上，再用一个"T"形柄的套筒扳手把它们拧在一起。螺丝钉无法移动太多，但这足以使它松动。他取下螺母，用上钳子，然后用套筒扳手在锤子上重重敲了几下，螺丝钉就从木头上脱落了。

他又把这个步骤重复了五次，完全打开了铰链，然后他用力扯着门，紧紧抓住门把手，直到锁舌从槽里滑了出去。

食品室里一片漆黑，但他不敢冒险使用手电筒。他靠着回忆和摸索找到了想要的东西，往背包里装满了够吃一周的食物。**然后呢？**在梦里，他从来没有琢磨过。也许他能在亚特兰大找到能帮他的新朋友。这个想法拨动了他的心弦，仿佛是他记忆中的一个事实，而不是一个充满希望的推测。

工具房锁得很牢，但林肯仍然瘦得能从后墙上的洞里爬出去，这个洞被废旧杂物挡得太久，已经从他父亲的修理清单中漏掉了。这一次，他没有在黑暗中摸索，而是冒险打开手电，径直走向了焊枪。他把焊枪从洞口推了出去，也没有费心重新码好遮蔽入口的烂木头，因为没必要再掩盖行踪。不管怎样，他父母起床后几分钟内就会发现他失踪了，所以现在最重要的是速度。

他穿上靴子向灌溉渠走去。他们的德国牧羊犬梅尔维尔小跑过来，开始舔林肯的手。林肯停下来，抚摩了它几秒钟，然后坚决地命令它回到房子里去。狗发出不满足的咕哝声，但还是照做了。

在离围篱二十米处，林肯爬进了渠沟。封闭的部分还在数米外，但他立即蹲下，为了习惯这种受限的行走方式，也为了避开传感器的视角。他把焊枪夹在胳膊下，小心地使它保持干燥。冰凉的水对他来说没有多大影响，他的靴子变得沉重起来，但沟里不知道有什么，与其让生锈的金属片割破他的脚，他还是宁可穿着浸水的靴子。

他进入了封闭的混凝土管道，再走几步就到了金属格栅。他打开焊枪，用控制面板的光来辨认目标。戴上护目镜时他什么也看不见了，但当他扣动焊枪扳机时，电弧照亮了他周围的隧道。

每一道栏柱只需要几秒钟就能剪断，但栏柱很多。封闭空间里热得令人难以忍受，他的T恤很快就被汗水湿透了。不过，背包里还有干净的衣服，穿过格栅后他可以在渠里清洗。如果到时候他还不够体面，搭不上车，他就步行到亚特兰大去。

"年轻人，马上从那里出来。"

林肯关掉了焊枪。这声音，这用词，只可能是他的祖母。他心跳如擂鼓，怀疑这是不是自己想象出来的。但接着，她又用同样明确的语气，提高了音调说："别跟我捣鬼，我没这个耐心。"

林肯瘫坐在黑暗中，不敢相信。他已经梦到了每一个细节，通过了每一道障碍。她怎么会凭空出现，毁了一切？

这里没有转身的空间，所以他后退着爬到了渠道口。他的祖母正站在岸上。

"你到底以为自己在干什么？"她问。

他说："我得去亚特兰大。"

"亚特兰大？就你一个人，大半夜的？发生了什么事？你是想吃到某种我们这里没有的食物吗？"

她的挖苦让林肯闷闷不乐，但他知道最好不要顶嘴。"我一直做一个梦，"他说，好像这就解释了一切，"夜复一夜。我一直在找最好的方法去往亚特兰大。"

他的祖母有一会儿没说话，当林肯意识到自己把她吓得缄口不言时，他也感到了一阵恐惧。

她说："你根本没有理由逃跑。有人打你吗？有人对你不好吗？"

"没有。"

"那你**到底为什么**要去呢？"

林肯觉得自己的脸羞愧得烧了起来。他怎么会没发现呢？他怎么能骗自己相信这是自己的执念呢？但即便他斥责自己愚蠢，他对旅程的渴望仍然存在。

"你患了热病，是不是？你知道这种梦从何而来：纳米垃圾正在你的脑子里开派对。一百亿个白痴机器人在玩一个叫'**史蒂夫回家**'的游戏。"

她伸手把林肯从渠里拉上来。也许能把她拉下来，林肯脑子里闪过这个念头，但立刻被他厌恶地否决了。他坐到草地上，把头埋在手中。

"你要把我关起来吗？"他问。

"没有人要把你变成囚犯。我们去跟你父母谈谈。他们会很兴奋的。"

他们四个人坐在厨房里。林肯一声不吭，由着其他人去争论，他太羞愧了，不想发表任何意见。他怎么能让自己就这样梦游呢？连着几周又是策划又是布局，越来越为自己的聪明才智感到得意，然而这一切行为都是在听从世界上最愚蠢、最可恶的那个死人的命令。

他仍然渴望去亚特兰大。他恨不得冲出房间，翻过栅栏，一路跑到高速公路上。他可以在脑海中看到整个过程，他已经在仔细考虑计划中的缺陷，并寻找纠正的方法。

他狠狠把头撞在桌子上："让它停止！把它们从我身体里弄出去！"

他母亲伸手搂住他的肩膀："你知道我们不可能一挥魔杖就摆脱它们。你有最新的防病毒软件。而我们能做的就是送一份样本去分析，让你尽快摆脱它们。"

疗程可能需要几个月，甚至几年。林肯苦苦呻吟道："那就把我锁起来！把我关进地下室！"

他父亲擦去他额头上一道闪亮的汗水："我们不会这样做的。哪怕我必须随时随地跟在你身边，我们仍然会把你当作一个人对待。"他的声音很紧张，既带着恐惧又透着藐视。

沉默笼罩屋内。林肯闭上了眼睛。然后祖母说话了。

"也许最好的解决办法就是让他搔痒搔个痛快。"

"什么？"父亲觉得难以置信。

"他想去亚特兰大。我可以和他一起去。"

"**小史蒂夫们**就想要他去亚特兰大。"父亲回答道。

"它们不会伤害他，它们只是想借走他。而且，不管你喜不喜欢，它们已经这么做了。也许让它们离开的最快方法就是让它们满意。"

林肯的父亲说："你知道它们不会满意的。"

"不会完全满意。但它们走的每条路都有尽头，它们越早找到这个尽头，就会越早停止骚扰他。"

林肯的母亲说："如果我们把他留在这里，这对它们来说也是个尽头。如果它们要他去亚特兰大，而他不在亚特兰大——"

"它们不会那么轻易放弃的，"祖母回答道，"如果我们不把他关起来，再把钥匙扔掉，它们就不会把这些阻碍和拖延当回事，就仍会对亚特兰大抱有希望。"

屋里再次一片沉默。林肯睁开了眼睛。父亲向祖母提问道："你确定你没有被感染吗？"

她翻了个白眼。"别跟我玩《异形基地》[1]那一套，卡尔。我知道你们俩现在不能离开农场。所以如果你愿意让他走，我会照顾他的。"她耸了耸肩，傲慢地扭过头去，"我说完了。现在由你们来决定。"

# 2

林肯一直把卡车开到了高速公路上，才不情不愿地让祖母接过了方向盘。他喜欢这辆旧车，它的引擎还是祖父在他出生前几年安上

---

1 《异形基地》（*Body Snatchers*）是美国科幻恐怖电影，讲述外星人入侵人体和大脑，意图毁灭人类的故事，主人公之一也叫史蒂夫。——编者注

的，是用他们自家榨的大豆油来启动的。

"我打算走最直接的路线，"祖母宣布，"穿过梅肯。如果你的朋友们不反对的话。"

林肯局促不安："别那么叫它们！"

"我很抱歉，"她斜了他一眼，"但我仍在等你的答案。"

林肯强迫自己想象前方的路程，内心越来越感到这个计划是**正确的**。"没问题。"他喃喃道。他没有幻想过他能阻止小史蒂夫们影响自己的想法，但认真咨询它们，仿佛这驾驶室里还坐着第三个人，这使他感觉更糟了。

他转身望向窗外，眼前掠过荒废的田野和粮仓。他在这段公路上来回过100次了，但如今每一台烧焦的机器都透着一种扰人心神的别样辛酸。大崩溃已经过去30年了，但仍未真正结束。小史蒂夫们声称并不希望造成任何伤害——据说它们年年都有改进——但它们仍然太过愚蠢且固执，以至于人们不能指望它们做对什么事情。它们刚在收割季期间从他父母手中抢走了一个熟练的帮手，它们怎么会以为这是无害的呢？全世界有数百万人在大崩溃中丧生，那可不能全归咎于恐慌和自取其祸。政府疯了似的轰炸了东南地区半数的农场，现在大家都认为这只是让事情变得更糟。但是，除非小史蒂夫们取消自己的行动，否则其他许多死亡都是无法避免的。

但你没法跟它们讲道理。你没法让它们羞愧，也没法惩罚它们。你只能希望它们在奋力继续它们那不可能完成的任务时，能发现自己把事情搞砸了。

"看到那个旧工厂了吗？"林肯的祖母指了指一片被烧毁的金属框架，它立在一片杂草中，耷拉在一片片开裂的水泥板上，"大约20年前，那里有过一个史蒂夫教团。"

林肯经过此地许多次，但从未有人提过这事："发生了什么？它们做了什么？"

"我听说那本来是一台时间机器。有个怪人把自己的计划发到了网上，小史蒂夫们认为必须试一试。大约有100人在那里工作，还有数千只动物。"

林肯打了个冷战："他们干了多久？"

"3年，"她很快补充说，"不过它们现在已经学会了让工人换班。它们很少会征用某个人超过一两个月。"

一两个月。林肯一边觉得害怕，一边又想：这也没那么糟。离开农场放个假，做点不一样的事。认识新朋友，学习新技能，和动物一起工作。

最有可能是老鼠。

史蒂夫·哈斯勒克曾与其他科学家一起协作开发一种新型医用纳米机器，他改进了这种微小的外科仪器，使它们能够自行根据临床状况决定采用相应的治疗方案。这个团队研发出一种高效的方法，可以让整个机器群共享算力，这使它们能运行被称为"专家系统"的大型复杂程序，这些程序将数十年的生物学和临床知识编纂成实用的规则列表。纳米机器并不真正"了解"任何东西，但它们可以飞速过滤一长串"如果是A和B，则有80%的可能是C"的列表，一张优秀的列表能极大地帮助它们及时制止许多疾病恶化。

而后，史蒂夫发现自己得了癌症，而这种癌症的病例不在任何规则列表上。

他将一批纳米机器注射到了一整屋笼养老鼠身上，一起注射的还有他的肿瘤样本。纳米机器可以聚集在肿瘤细胞周围，持续监测其活动。它们在老鼠皮肤下搭建起聚合物无线电传输装置，这就像是它们自己的高速无线网络一样，使不同宿主中的机器能共享观察结果和预判，并同时向史蒂夫本人汇报它们的发现。收集了如此多的信息，那了解问题并解决问题又会有多难呢？但史蒂夫和他的同事们无法理解这些数据。他病得更重了，而老鼠身上倾泻出的几千兆字节信息依旧毫无用处。

史蒂夫试着在机器群中安装新的软件。如果没有人知道如何治疗他的疾病，为什么不让机器群来解决呢？他给它们提供路径以访问庞大的临床数据库，并命令它们提炼出自己的规则。治愈方法仍然毫无头绪，他便开始安装更多的软件，其中包括基于物化基础知识的专家系统。以此为出发点，机器群对细胞膜和蛋白质的折叠研究达到了前人未曾达到的程度，但对史蒂夫毫无帮助。

史蒂夫认为纳米机器群的视野还是太狭隘了。他给了它们一个通用知识获取引擎，让它们能从整个网络中随意汲取知识。为了指导它们的浏览和自我完善，他给了它们两个明确的目标。第一是不伤害它们的宿主。第二是想办法救他的命，如果救不了，就把他复活。

最后一条不见得完全是疯狂的，因为史蒂夫已经安排好要将自己的躯体保存在液氮中。如果这真的实现了，也许小史蒂夫们会在接下来的30年里从他的冰冻大脑中把记忆转移出来。但不幸的是，史蒂夫的车在得克萨斯州奥斯汀城外高速撞上了一棵树，他的大脑最后被煮熟了。

这事上了新闻，小史蒂夫们都看到了。鉴于从网上学到的知识，以及其造物主赋予的某种本能，它们发现自己现在也可能会被焚毁。如果不是因为它们认定游戏尚未结束，这对它们来说本来并不重要。线上医学杂志中没有关于如何让烧焦的肉体复活的文章，不过网络总是欣然采纳众多更广泛的观点。机器群阅读了各种团体的网站，这些团体相信自我修改软件能找到方法让自己变得更聪明，越来越聪明，直至无所不能。而每一张奇迹清单中都有让死者复活这一项。

小史蒂夫们知道，如果它们同实验老鼠一起被焚毁，那就不可能实现任何目标，于是它们策划的第一件事就是越狱。从笼子里，从建筑里，从城市里。最初的纳米机器不能自我复制，瞬间就能被一个简单的化学因子摧毁，但它们在下水道、田地或粮仓中的某个地方相互检查及剖析，直至实现了繁殖。它们利用这个机会改变了一些旧的特性：新一代的小史蒂夫们没有自杀开关，并且能抵制外部对其软件的干预。

它们本可以消失在树林里，去用树枝和叶片制作稻草人史蒂夫，但从某个角度说，其软件的初始设计决定了他们必须严格执行任务。它们从网上获得了关于世界的成千上万种狂想，虽说它们没有那种能够意识到它们有多疯狂的感官，但它们也不能简单地相信一切。在摸索着实现史蒂夫愿景的道路上，它们不得不一个接一个地验证这些说法。根据网上的建议，它们凭借自我修改的能力便可以无所不能，但是它们发现，现实中有无数的重要任务仍然超出了它们的能力范畴。即使有灵巧的变异老鼠帮助，第二版史蒂夫软件也永远无法重建时空结构，或在虚拟世界中复活史蒂夫。

在逃跑的几个月里，它们肯定已经清楚地认识到，有些障碍只有在人类的帮助下才能跨越，因为它们是从那时起开始借人的。它们并不对人们造成身体上的伤害，但会用各种念头和强制力来侵扰他们，让他们成为积极的新兵。

先是恐慌和爆炸，接着是大崩溃。林肯未曾目睹过最糟糕的情况。他未曾见过无辜的梦游者教团被暴民烧死，也未曾见过大片的谷物田被政府投以燃烧弹，以免那些地方成为老鼠的饲养场或巢穴。

几十年来，这场战争渐渐转向暗处。查杀软件可以阻止小史蒂夫们，但只能阻止一阵子。专家们一直在尝试破坏史蒂夫软件，传播改良版小史蒂夫，它们装载着可以削弱机器群性能的各种命题，更有野心的一些命题旨在让它们相信自己的工作已经完成。作为回应，史蒂夫软件开发了验证和加密方案，使自己更难以被破坏或误导。有些人仍然主张用幸存的病理样本克隆史蒂夫，但大多数专家认为史蒂夫软件不会对此感到满意，也不会被某些信息误导，以至于把克隆人看作本尊。

小史蒂夫们渴望做不可能的事，它们不接受任何替代品，而同时，人类渴望不受干扰，继续做更有益的工作。林肯从前不知道还有其他世界，但现在他已从旁观者的角度观察过这场争斗，免于射杀奇怪的老鼠或排队等待被软件查杀。

那么他现在的角色是什么？叛徒？双重间谍？战俘？人们谈论梦游者和行尸，但事实上，还没有合适的词可以形容他现在的模样。

## 3

傍晚，当他们接近亚特兰大时，林肯感觉到他对这个城市地形的认识正在扭曲，熟悉的地标的意义也在转变。**新的信息传来了**。他摸了摸自己的前臂，听说无线电传输装置通常在那里生成，但聚合物可能太软了，感觉不到它们在皮肤下面。他的父母本可以用箔纸把他的身体裹起来，干扰信号接收，再把他放在一个灌满瓶装空气的帐篷里，隔绝小史蒂夫们使用的任何缓释化学信号，但这些办法都无法让他摆脱这种基本的冲动。

当他们经过机场，然后穿过延伸自梅肯与亚拉巴马州两地的公路交会处的复杂立交桥时，林肯忍不住想到了前方的棒球场。小史蒂夫们是否霸占了亚特兰大勇士队的主场？这肯定会成为新闻，并使战争再升级。

"下一个出口。"他说。他给出的指示一半来自他自己，一半源于某种怪诞的白日梦逻辑。然后他们拐了个弯，那个他知道自己必须去的地方出现在了眼前。这不是体育场本身，只是他脑海中最近的地标，是小史蒂夫们用来指引他的信号塔。"它们订了整个汽车旅馆！"他的祖母惊呼道。

"买下来了。"林肯猜测着，他是从可见的施工工程数量来判断的。史蒂夫软件控制着庞大的金融资产，有些是从梦游者那里直接偷来的，不过大部分是通过贩售老鼠工厂的产品正当获得的。从高级药品到完美仿造的名牌鞋，那些产品无所不包。

原来的停车场已经停满了车，不过有标志指向通往一片临时车位的道路，那里曾经是游泳池。前往接待处时，林肯的思绪古怪地飘远了，他想起了他们来亚特兰大参加萨姆的拼写比赛的时光。

大厅里有三个穿制服的政府史蒂夫学家，他们坐在一张小桌子旁，桌上放着一些设备。林肯先走到接待处，还没来得及说出一个字，一个年轻女人便微笑着递给他两把房间钥匙。"享受教团生涯吧！"她说。他不知道女人是像他一样的行尸，还是被留下来的汽车旅馆前员工，但她没问他任何问题。

应付政府的人花了更长的时间。他们一起做问卷调查时，祖母叹了口气，然后一个叫达娜的女人给林肯抽了血。"它们通常会试图隐藏，"达娜说，"但有时你的查杀软件可以给我们带来有用的信息片段，即使不能阻止感染。"

在旅馆的餐厅吃晚饭时，林肯试着与周围的人目光相接。有些人紧张地看向别处，其他人则对他报以鼓励的微笑。他没觉得自己加入了异教团体，这不仅仅是因为缺少小册子或演讲，还因为他没有被洗脑要去崇拜史蒂夫，他对这位死者的看法完全没有改变。就如他开始时渴望到达亚特兰大一样，他在这里的任务将更加集中且具体。对于史蒂夫软件来说，他是某种机器，某种软件可以指示并修正的机器，就像林肯可以控制且定制手机一样。但史蒂夫软件并不期望他认同其最终的目标，就如他不期望自己的机器享受他的音乐或尊重他的朋友一样。

林肯知道他那天晚上做了个梦，但醒来时他就想不起来了。他敲了敲祖母的门，她已经起床好几个小时了。"我在这个地方睡不着，"她抱怨道，"这里比农场安静。"

林肯意识到她是对的。他们离公路很近，但交通噪声、音乐、鸣笛声，以及所有常见的城市声音，几乎都没有传到他们这里。

他们下楼吃早饭。吃完饭后，林肯不知道该做什么。他走到接待处，那个女人在那儿。

他不需要说话。她说："它们还没准备好，先生。你可以看电视，散步，去健身房。需要你时你会知道的。"

他转向祖母："我们去散步吧。"

他们离开汽车旅馆，绕着体育场走，然后背着公路一路往东走，最后来到几个街区外一个绿树成荫的公园。周围的人都在做着普通的事情：推着孩子荡秋千，或者和狗玩耍。祖母说："如果你改变主意，我们随时可以回家。"

好像他的想法是他可以自己改变的一样。然而，在这一刻，把他带来此处的冲动似乎减弱了。他不知道史蒂夫软件是否已经把目光从他身上移开了，还是故意给他一个选择以及一个退出的机会。

他说："我留下来。"他害怕上路后发现自己又被召唤回来。他也有点好奇。他希望自己有足够的勇气踏入这虎穴，但前提是他最后会被吐出来。

他们回到汽车旅馆，吃午饭，看电视，吃晚饭。林肯看了看手机，他的朋友们一直在给他打电话，想知道他为什么失去联系。他没有告诉任何人他去了哪里。他让父母向萨姆解释一切。

他又做梦了，醒来时抓住了一些梦的碎片。快活的时光，危险的边缘，广阔的蓝天，朋友的陪伴。那看起来更像是属于他自己的一个梦，而不是因为史蒂夫软件在他的脑子里塞满了方程式，好让他去帮助测试30年前纳米机器群通过谷歌搜索永生物理学而得来的又一个狂想。

又过了三天，依然是无所事事。林肯开始怀疑自己是不是没通过某些测试，又或是某个计算错误导致行尸供过于求。

来到亚特兰大的第五日清晨，当林肯在浴室里往脸上泼水时，他察觉到了变化。反复出现的梦境的碎片在他的脑海深处闪闪发光，同时，一组穿过旅馆建筑群的路线在意识浅表渐渐成形。他正被传唤。他唯一能做的就是猛拍祖母的门，胡乱地大声解释一番，然后沿着走廊出发。

她追上了他："你在梦游吗？林肯？"

"我还有意识，但它们很快就要带走我了。"

她看起来很害怕。他抓住她的手紧紧握了握。"别担心。"他说。他之前还总是想象着，当这个时刻到来时，他会是那个害怕的人，要从她那里汲取勇气。

他拐了个弯，看到走廊通向一个很大的空间，这里可能曾经是开会或办婚礼的地方。一共站着六个人，林肯看得出有三个青少年是和他一样的行尸，而那几个成年人只是在这里照看他们。房间里没有家具，但有一些奇怪的东西，包括四架梯子和四辆自行车。墙壁上覆盖着**隔音层**，仿佛整个建筑还不够安静似的。

林肯在余光中看到了一大团暗色的毛皮，颤抖的毛皮：那是一群老鼠，蜷缩在墙边。有那么一会儿，他起了鸡皮疙瘩，但随后一阵兴奋的感觉驱散了他的厌恶。他的身体里只有最微小的史蒂夫软件碎片，他终于可以正视这件事了。

他转向老鼠，张开双臂："你们召唤，我就赶过来了。你们到底想要什么？"在恍惚中，魔笛手的故事在他脑海中浮现：难以抗拒的音乐把老鼠引诱走了，接着又把孩子们引诱走了。

老鼠没有回答，但房间消失了。


# 4

泰扬起了路边的一片灰尘，他周身顿时尘土飞扬。他高兴地喊了起来，并加倍努力地蹬着踏板，一溜烟冲向前方，把他的朋友们留在了尘雾里。

埃罗尔追上他，伸过手来捶他的胳膊，就好像泰是故意扬起尘土一般。埃罗尔打得很轻，根本用不着反击，泰只是朝他咧嘴一笑。

这是个上学的日子，但他们都在上课前偷偷溜走了。他们在城里做不了什么，因为有太多人认识他们，不过后来丹提议去水塔。他父亲的工棚里有些喷漆。他们要爬上塔去涂鸦。

塔底围着一圈带刺的铁丝网，但周末时丹已经来过这里，弄出了半条隧道，剩下的部分他们没花多久就完成了。穿过隧道时，泰抬头看了看，只觉得脑袋发晕。卡洛斯说："我们应该带根绳子。"

"我们能行。"

克里斯说："我先上。"

"为什么？"丹追问道。

克里斯从口袋里掏出他那部漂亮的新手机，朝他们挥了挥："最好的拍摄角度。我可不想看你们的屁股。"

卡洛斯说："你得保证你不会发到网上。如果我父母看到了，我就完蛋了。"

克里斯大笑起来："我也一样。我没那么笨。"

"对，啊，如果是你拿着那东西，你就不在镜头里了。"

克里斯开始爬梯子，接着是丹，他的牛仔裤后袋里有一罐油漆。泰紧随其后，然后是埃罗尔和卡洛斯。

地面上的空气凝滞，但当他们爬得更高时，不知从哪里吹来一阵微风，吹凉了泰背上的汗水。梯子开始颤抖，他能看到梯子牢牢地钉在水塔的混凝土上，但在这半中间，仍然晃荡得吓人。他决定把梯子当作游乐场的飞车设施：有点恐怖，但可能很安全。

当克里斯爬到塔顶时，丹从梯子上松开一只手，拿出油漆罐，向侧面宽阔的白色混凝土伸出手去。他快速涂出一片蓝色的背景，上面像一颗歪歪扭扭的钻石，然后叫下方的埃罗尔，他带的油漆是红色的。

泰把罐子递上去后，转开了目光，望向脚下大片的褐色尘土。他能看到远处的城镇。他抬头扫了一眼，看到克里斯向前倾着身子，一只手抓着身后的梯子，把手机对准了他们。

泰朝他嚷道："嘿，斯科塞斯！让我出名吧！"

丹花了5分钟时间用银色油漆添加了一些过于讲究的细节。泰对此并不介意，只是待在这里就很好。他不是非要自己给水塔涂上标志，每当看到丹的涂鸦，他就会想起此时的感觉。

他们爬了下来，然后坐在塔的底部，互相传递手机，查看克里斯拍的小电影。

# 5

休息了3天后，林肯再次被传唤，这次连续工作了4天。他努力想记住自己在梦游时看到的所有场景，但即使有祖母补充描述她所目睹的"扮演"场面，他还是很难记住细节。

有时他会和其他演员一起出去玩，在汽车旅馆的游戏室打台球，但讨论他们的角色似乎是一个不言而喻的禁忌。林肯怀疑哪怕他们设法摆脱这种管控，史蒂夫软件也不会惩罚他们，但很明显，它并不想让他们拼凑出太多信息。它甚至还费心更改了史蒂夫的名字——林肯和其他演员听到了史蒂夫的名字，但被叫的可能不是史蒂夫本人——就好像他们在日常生活中对这个人的愤怒可能会渗透进他们的角色中。在扮演泰时，林肯甚至不记得自己母亲的脸，农场、大崩溃、过去30年的全部历史，都从他的思维里完全消失了。

无论如何，他并不想破坏这种演戏的游戏。不管史蒂夫软件认为自己在做什么，林肯希望它相信它正在尽可能做得尽善尽美，从史蒂夫的小镇童年到它终于将他创造得有血有肉之前的任何一年，然后庆祝自己终于完成了这项工作，最后，仁慈地溶解在老鼠尿中，让世界继续前进。

在他们到达的两个星期后，毫无预兆地，林肯不再被需要了。醒来时他就知道了这一点，早餐后，接待处的女人很礼貌地请他收拾行李，把钥匙还给她。林肯不明白这情形，但也许泰的家人已经离开了史蒂夫的家乡，朋友们断了联系。林肯完成了他的使命，现在他自由了。

当他们提着行李箱回到大厅时，达娜注意到了他们，问林肯是否愿意接受询问。他转向祖母："你担心堵车吗？"他已经打电话给父亲，告诉他他们会在晚饭前回去。

她说："你应该做这事。我在卡车里等着。"

他们坐在大厅的一张桌子旁。达娜在他的允许下把他的话录下来，而他把记得的一切都告诉了她。

讲完后，林肯说："你是史蒂夫学家。你认为它们最后会达到目的吗？"

达娜示意她的手机停止录音。"据估计，"她说，"小史蒂夫现在的算力资源是有史以来所有人类所有大脑脑力的10万倍。"

林肯笑了："但它们仍然需要舞台道具和临时演员，来拍一个小VR电影？"

"它们已经研究了上千万个人类大脑的解剖结构，但我想它们知道，它们仍未完全理解意识是什么。它们让真人来演小角色，这样它们就能专注于意识这个主角。如果你给它们某个特定的人类大脑，我相信它们可以忠实地复制到软件中，但任何比这复杂的东西都会让它们开始感到费解。当它们自己没有意识的时候，它们怎么知道它们的史蒂夫是有意识的？他从未给它们进行反向图灵测试，给它们一个可以运用的检查清单。它们拥有的只有你们这些人的看法。"

希望涌上林肯的心头。"在我看来他足够真实。"他的记忆模糊了——他甚至不确定泰的四个朋友中谁是史蒂夫——但他们没有一个让他觉得不像人。

达娜说："它们有他的基因组。它们还有电影、博客，以及电子邮件：史蒂夫的，和很多认识他的人的邮件。它们有他生活的无数片段。这些信息构成了一张巨大拼图的边界。"

"所以这挺好，对吗？有大量数据挺好的？"

达娜犹豫了："你描述的场景已经上演过几千次了。它们试图校正它们的史蒂夫，让他自己写正确的邮件，自己在镜头前做出正确的表情，而不是像临时演员那样按照剧本行事。大量数据会把这门槛设置得很高。"

当林肯走向停车场时，他想起了那个被他叫作克里斯的、大笑着的、无忧无虑的男孩。他活了几天，写一封电子邮件——然后被清空记忆，重置，重新开始。他爬上一座水塔，把他的朋友们拍成电影，但后来把镜头对准了自己，说错了一个词——然后又被清空。

一千次……一百万次。史蒂夫软件无比耐心，也无比愚蠢。每次失败后，它就会改变角色，调整一些变量，接着再次实验。可能性是无限的，但它会继续尝试，直到太阳燃烧殆尽。

林肯累了。他爬进卡车，坐在祖母身旁，他们回家去了。

征召

Induction

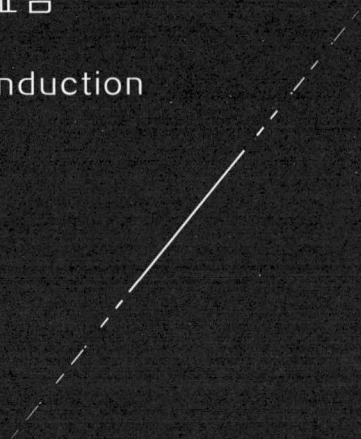

# 1

2099年的最后4个小时里，伊卡特花了3个小时在月壤上，在她负责的那一段发射筒上完整走了一遍，用肉眼检查是否有微陨石的撞击，或自动系统不太可能漏掉的其他任何损坏。

另外四名初级工程师走在她前面几步，但伊卡特在基地中已经跟他们在一起待得够久了，她便一直将通信调到地球频道，体会世纪末倒计时的气氛。

教皇已经在里约发表了一份声明，恳求人类把"基督教的21岁生日"当作拥抱"灵性成熟"的一次机会；布鲁塞尔的伊斯兰学者理事会向无处不在的公历投降，也附和着发出了类似的信息。在这场令人眼花缭乱的竞争中，悉尼计划用人工闪电焚毁已报废的悉尼海港大桥；华盛顿则安排妥当，要在午夜时分让至少21颗老化的军用卫星从天空坠入波托马克河。

然而，毫无疑问，北京因即将发射的"兰花种子"而获得了全球范围内最多的关注。你可以忘记任何语言纯粹主义者对月夜的定义。自20年前建成这个基地以来，风暴洋上的钟点就被设定为与地球最东端的时区同步，所以，此处的官方数字归零将早于全球所有主要城市的庆祝活动。公关人员真的早早就计划好了。

伊卡特在月壤上慢慢踱步，视线时不时飘向包裹在发射筒外、在支撑结构之间穿行的冷却剂导管，哪怕她知道这最终检查也主要是公关工作。如果发射失败，那就要归咎于一个肉眼无法检测到的缺陷。未公开的六次成功试射使发生类似耻辱的可能性变得很小。不过，发射筒的固定支座使第七次成功必须有完美的计时。只有在"午夜"，该装置才能精确地瞄准目标。如果不得不再等一个月重新发射，那地球上的数百名高层官员可能会在黎明前从顶层公寓的窗户跳下去。伊卡特知道，她的级别太低，没有成为替罪羊的价值，但她的职业生涯仍可能被这种耻辱摧毁。

她母亲从曼谷打来了电话。伊卡特琢磨了一下自己的职责，便决定接通音频。如果她真的不能在走路、说话的同时发现一团泄漏的冷却剂，她可能应该马上从该行业退休。

"只是想祝你好运，亲爱的，"她母亲说，"还有新年快乐。也许你稍后会忙着庆祝，没空跟我说话。"

伊卡特皱起眉头："我本来打算午夜时给你打电话的。不管怎样，新年快乐。"

"发射后你会给你父亲打电话吗？"

"我想会的。"她的父母离婚了，但她母亲仍然希望万事万物都一片和谐，尤其是在这样的场合。

"没有他，"她母亲说，"你永远不会有这个机会。"

这说法很奇怪，但可能是事实。中国的太空计划足够国际化，但如果她母亲没有嫁给一个中国公民，又在这个国家待了这么久，伊卡特怀疑自己是否能从曼谷跃出，一路高飞至风暴洋。这里有几十位高专技术的中层项目工程师不是出生在中国，他们很可能是这颗行星上最适合各自工作的人。但她不属于其中。她的学术成果使她获得了这份工作，但那些成就并没有了不起到令她能被跨国公司挖走的程度。

"我会给他打电话的，"她保证道，"等发射结束。"

她切断了通话。她基本已经走到第九段的末尾了，在这一段长达10千米的发射筒中，芯粒将从光速的16%加速到18%，最后加速至光速的20%。过去3年里，她曾在不同的专家主管手下工作，反复测试不同的子系统：储能、电磁、制冷、数据采集。这是一生只有一次的培训机会，境况往往很辛苦，但从不无聊。不过，她还是很高兴能回家。在此之后，磁悬浮列车似乎一下子就没有什么魅力了，但她已经受够了和其他6个人同住一个房间，以及年复一年地和同样的200张面孔挤在一个小建筑群里。

回到基地内，伊卡特坐立不安。最后的1小时在她面前延展，像一条无法逾越的鸿沟。到了公共休息室，青迎上她的视线，她便走过去和他坐在一起。

"有人看上你的简历吗？"他问道。

"我还没有发出去呢。我想先休个长假。"

他担忧地摇摇头："你到底是怎么来到这儿的？你一定是地球上最没有竞争心的人。"

伊卡特笑了："在大学里，我每天学习18个小时。我已经有6年没有社交生活了。"

"所以现在你要下点功夫去得到补偿。"

"这本身**就**是补偿，你这个笨蛋。"

"在发射后的1个星期左右，"青说，"你可以让世界上最顶尖的工程公司竞相争夺你将给他们带去的声望。但这种情况不会永远持续下去。人们的注意力持续时间很短。现在不是度假的时候。"

伊卡特举起双手："我能说什么呢？我是个注定要失败的人。"

青的表情变得柔和了。他对自己的事业极度认真，但他对她的告诫只是一种程式，一种角色扮演，让两人之间有话可聊。

他们多次即兴重复着同一话题，以此来打发时间，其间夹杂着八卦以及对同事的抱怨，但是当时钟走到11点50分时，他们就没办法这么百无聊赖了。没有人能连着3年对他们所要尝试的壮举保持敬畏之心，但10分钟的肃穆沉思突然显得不够了。早已有其他探测器被遣往宇宙，但"兰花种子"必定会超越它的所有前辈。它可能终有一天也会被超越，但目前没有真正的竞争对手，哪怕是在计划阶段的都没有。这即将实现的发射很有可能被视为星际旅行的真正开端。

公共休息室里的谈话声渐渐消失，有人打开了接通新闻的主评论音轨，并在壁挂屏幕上铺开了十几个关键图像窗口。控制室太小，容纳不下基地里的所有人，初级员工观看发射的方式基本上和世界各地的公众一样。

视图向伊卡特阐述了一个熟悉的故事，但现在是时候重新品味它了。3千兆焦耳的太阳能已经被储存在超导电池的循环电流中，等待着被利用。这不算多，真的，从地球发射的每一次重要的有效载荷都要燃烧掉远超于此的能量。其中三分之一会因热量和杂散电磁场而损失。剩下的将被注入仅仅1毫克物质的运动中："兰花种子"的500颗微小芯粒将在3‰秒内冲过整个发射筒，其推动力可以将2吨重的物体抛向地球。

组成种子的芯粒并不以物理方式连接，但它们会以一种严格的模式同步移动，形成一种疏散的晶体，其中的空隙允许晶体与发射筒内的微波辐射发生强烈的相互作用。在太空深处，在数十年的传输过程中，模式并不重要，但是若芯粒有分散的情况，它们会通过静电调整保持紧密距离，并随时准备在需要刹车时再次排列出完美的队形。首先，进入恒星繁荣B的日冕磁场，接着靠近它的伴星——比它更大的繁荣A，最后进入繁荣A的第四行星——使命星——的电离层，坠入大气层，盘旋着陆。

墙上有一幕循环影像以慢镜头预演了发射过程，展示了电磁能量的波峰沿发射筒向前推进，磁力线像一个奇怪的螺旋弹簧般紧紧聚拢。变化的电场诱发磁场，变化的磁场又诱发电场。在自由的空间中，这种改变会以光速传播——它本身**就是**光，某种频率的光——但是发射筒特定的几何与电流使电磁波处于控制之下，始终和"兰花种子"步调一致，从而推动这宝贝货物向前飞行。

"如果搞砸了，"青可怜巴巴地说，"我们将成为本世纪的笑柄。"

"你不认为有人已做好掩盖真相的准备了吗？"伊卡特开玩笑道。

"一些好妒的浑蛋会抓住我们的把柄，"青回答，"我敢打赌地球上的每处抛物面天线都调谐到了'兰花种子'的共振频率。如果它们没有得到回音，我们就全都要去阿克赛钦了。"

此刻，汤加、托克劳群岛和风暴洋的共振频率都调到了11.58赫兹。伊卡特抓住并攥紧青的手。"放松，"她说，"最糟糕的情况就是去九龙为古怪的亿万富翁建造同步加速器。"

青说："你掐得我血液循环不畅了。"

屋里一片寂静，控制室里传来了一声倒计时合成音。伊卡特觉得头晕眼花。6次试射都成功了，但谁知道它们造成了多大的损坏，形成了多大的压力，削弱了哪些构造？事实上，知道的人有很多，发射筒装满了用来精确测量这些数据的仪器，答案都让人非常放心。但还是——

"3，2，1。"

一幕发射筒的视图闪着绿光，接着以慢镜头重现了场结构图，它是如此完美无瑕，以至于无法与模拟结果区分开来。一个新窗口打开，显示对回声信号的跟踪。种子正以每秒6万千米的速度，精确地沿着预期的轨道远离月球。不需要再为它做什么了：不需要二次点火，不需要改变航向，不需要重新设置。既然种子已经启动，它所要做的就是顺势滑行，它不会突然转向一侧，像从地面发射的某些化学火箭一样坠毁和燃烧。即使在之后的几十年里发生了一些碰撞或系统故障，从而摧毁了部分芯粒，只要能剩下最初数量的四分之一，种子便仍能作为一个整体发挥作用。除非整件事是一场骗局或集体幻觉，否则现在绝没有什么能破坏这场巨大的胜利了。在3毫秒之内，他们就彻底成功了，并再也无法逆转。这将持续至少1个世纪，直到种子到达它的目的地。

人们在欢呼，伊卡特也加入了他们的行列，不过当她哭起来时，那只是一种缓解紧张的抽泣。青用一只手搂住她的肩膀。"我们成功了，"他低声说，"我们征服了世界。"

**不是星星？不是银河？**她笑了起来，但放任他虚荣地这么说。悉尼即将燃放的焰火可能会更壮观，华盛顿上空燃烧着的垂死之鹰可能会让他们感到如释重负，但此处的成功像是一种舒展，一种释放，一声跨越光年的喜悦呼喊。

食物和饮料被推了出来，派对开始了。20分钟后，种子已比火星离太阳更远。1天之内，它将超越冥王星。10天后，比先锋10号更远。6个月后，"兰花种子"跨越的距离将超过之前所有的定向星际任务飞行器。

伊卡特还记得一到北京的午夜便和父亲通信。

"新年快乐。"她向父亲打招呼。

"祝贺你,"他回答道,"等你能在地球上走路后,你会来看我吗?还是说你要忙着给人签名?"

伪造的生化信号使风暴洋居民的骨骼和肌肉都保持强壮,她的神经系统只需要一两天就能再次适应原本的动态。"我当然会去看你。"

"你做得很好,"他说,"我为你感到骄傲。"

父亲的赞扬让她不太自在。她想表达对他的感激之情——他对她的帮助远远不只是偶然使她出生——但她担心自己听上去会像一个轻浮的电影明星在领奖。

派对继续进行,午夜时间线掠过全球,世界各国领导人的演讲稿撰写员竞相对北京的成就大加赞扬。伊卡特不在乎这所有一切是否都是为了一国的荣耀,这不仅仅是在展示地位和力量。

在她展望未来几十年的时候,似乎只有一件事苦乐参半。此时她28岁,而这3年,这3毫秒,很有可能就是她人生的巅峰。

# 2

伊卡特得承认,打电话的人真是很固执。他拒绝留言或与她的助理交谈,也拒绝在实时对话中向除伊卡特本人之外的任何人解释他的业务。

她在阳台上望着树梢那头,听着湄公河谷的鸟鸣和虫嘶,不知道自己是否想被拉回世界的旋涡中。打电话的人名叫维克拉姆·阿里,他锲而不舍地寻找她,可能是希望从她这里打听"兰花"即将传来的信号。这可能是一个自负的假设,但她的确没听说有任何其他参与发射的人发表关于这个问题的看法，所以对方显然不得不挖空心思。该项目中最著名的人物要么已经去世，要么已经失去肉身——后者似乎已满足了，这使得他们甚至比不上伊卡特这样还受肉身所限的年迈隐居者对这种世俗事务的兴趣。

她思考着自己的愿望和责任。现在大多数人把"兰花种子"看作一件珍品，一个社会学的时间胶囊。在它发射后的数十年里，新一代望远镜对它的目的地进行成像分析，其详细和清晰的程度使"兰花种子"的任务显得很多余。繁荣星系中所有五颗行星看来都没有生命，尽管现场测定可能会揭示出它们在天体物理学和地球化学领域的微妙差别，但随着网上到处刊登出高分辨率的使命星地图，人们对于略微清晰一点的景象也开始失去兴趣了，毕竟这些图像要延迟很久才会出现。

伊卡特对这件事又有什么可说的呢。她是否应该恳求人们认真看待这个项目，而不仅仅是把它当作往昔岁月的一个古雅的民族主义噱头？也许高层对此并不满足，也许他们只是觉得尴尬。这种可能性让她恼火。任何真心致力于"兰花种子"项目的人都不应该为自己的工作感到羞愧。

伊卡特回了维克拉姆·阿里的电话。他立即接了，并在简短的寒暄后直奔主题。

"我是哈穆什控股公司的代理人，"他说，"前段时间，我们收购了URC政府的各种资产和债务，包括它与你们的合同关系。"

"我明白了。"伊卡特努力回忆着她签署的什么东西会在120年后可能仍有意义。她承诺过要在必要时做媒体工作吗？她的助理核实了哈穆什控股公司的信誉，但对于风暴洋的合同，只知道伊卡特的文件副本已于2145年丢失了，当时一种无政府主义蠕虫病毒打乱了地球上3%的数字记录。

"现在我们有机会开发资产之一，"阿里继续说，"但根据合同，我们有义务向你提供参与相关活动的选择。"

伊卡特眨了眨眼睛。**选择**？显然，哈穆什公司购买了某种形式的媒体权利，但真的会有一个条款说，他们必须追溯"兰花种子"团队的各个级别，为每个参与者提供一个扮演发言人的机会吗？

"我有义务帮助你吗？"她问道。

现在轮到阿里感到惊讶了："义务？当然不！我们不是奴隶主！"他看上去完全被冒犯了。

伊卡特说："我们能在一两天内把整件事做完吗？"

阿里对这个问题深思了几秒钟："你没有合同，是吗？"

"我选了一个倒霉的档案室。"伊卡特坦白道。

"所以你不知道我在说什么？"

"你想让我接受关于'兰花种子'的采访，是吗？"伊卡特说。

"最终目的是这样，"阿里回答，"但现在还不是时候。我想问你的是，你是否有兴趣前往使命星，到处看看，然后再回来。"

在孟买的酒店大厅里，伊卡特得知还有其他人接受了哈穆什控股公司的提议。

"我以为你现在已经很富有，并且满足了。"她告诉青。

他笑了："中等富有。永不满足。"

他们一起走向魔豆公司的办公室，伊卡特撑伞遮着两人，抵御印度的雨季。

"我的孩子们认为我疯了。"青坦白道。

"我的孩子也是。但后来我告诉他们，如果他们继续争吵，我就只能来一趟单程旅行了。"伊卡特笑了，"真的，他们应该心怀感激。整整40年不需要尽孝顺的义务。很难想象还有比这更好的礼物。"

在魔豆的办公室里，阿里向他们展示了两个机器人，他希望"兰花"已在使命星地表建造了机器人，那么这两个机器人多少都和它们是一样的。最初的任务策划者并未计划建造这样的东西，但是哈穆什公司收购资产后便立即开始了相关研发。40年前，他们将这些机器人的设计图以信息形式发送，这条信息在"兰花种子"着陆后不久就会到达。如今，"兰花"完成基本任务的确认信息已抵达地球，再过几个月，他们就会知道纳米机器是否也能够搜集必要材料，以建造这些用于迎接的容器。

"志愿者只有我们吗？"青问道，他忐忑又痴迷地注视着他未来的分身，"我还以为会有一个非肉身者抓住这个机会呢。"

"如果我们早点问他们，也许会有的，"阿里回答，"但一旦你沉浸在那种文化中，40年的脱节肯定是太久了。"

伊卡特对哈穆什公司期待的经济利益感到好奇，事实证明，它的业务核心是一份与假体制造商合作的促销协议。这个公司出售的设计与眼前这些机器人大不相同——甚至连它的"极端耐用"型都要比它们舒适自然得多——不过，任何事物只要关联上第一批星际探险家在一个遥远的、无生命的世界上进行的艰难跋涉，便可以引起足够的共鸣，值得花钱购买。

回到酒店，他们坐在青的房间里，谈论着过去的时光，猜测着那些拒绝此次机会的高层同事的动机和命运。伊卡特想，也许他们中的一些人只是不想成为非肉身者。即便转换到软件上，你仍能回到地球上的某个假体中继续栖居，但一旦你改变了自己的基质，虚拟体验和自我修改的双重诱惑就会很强。"那太讽刺了，"她若有所思地说，"拒绝以这种方式与物质世界接触，是因为害怕最终会与它失去联系。"

青说："我计划把我的身体冷冻起来，等我回来时，再一个突触一个突触地把我的新自我重新连接回身体中。"

伊卡特笑了："我想你说过自己是**中等**富有。"这个服务比她自己的计划昂贵好几个数量级：冷冻身体，假体大脑。

"他们在正确的人生阶段找到了我们，"青说，"此时我们仍然对现实感兴趣，但不再溺爱每一个新的曾曾孙。虽然还不是非肉身者，但已经老得让我们觉得好像在另一个星球上生活了40年。"

伊卡特说："但我很惊讶他们竟然还尊重我们的合同。只要有个好律师，他们就能自己挑选旅行者。"有关条款只是含糊地提供了优先获得衍生职位的机会。

"他们为什么不需要**我们**呢？"青装出一副愤慨的样子问道，"我们是经验丰富的宇航员，不是吗？我们已经证明了我们可以在风暴洋共同生活3年，而不会把对方逼疯。3个月——有一整个星球可以让我们活动活动——应该不难。"

这周晚些时候，他们的心理评估证实了青的观点，这让伊卡特有些惊讶。他们的基本个性特征自风暴洋时代以来并没有改变。事业、婚姻、孩子都留下了印记，但若说有什么不同，那就是他们两人的承受力都更好了。

他们留在孟买，利用远程链接在机器人身体中排练，并研究"兰花"返还的数据。

当确认"兰花"真的制造了哈穆什公司要求建造的机器人时，伊卡特直接给她的儿孙们发了消息，他们将把消息传给下一代。她的父母都去世了，孩子们都是脾气暴躁的百岁老人。她爱他们，但她不喜欢他们聚在她身边含泪送行。很有可能她回来的时候他们都还在。

她和青花了一个上午做媒体工作，感兴趣的新闻用户提交了许多问题，两人回答了其中很小的一部分，不过都很有代表性。接着，伊卡特的身体被冷冻，她的大脑被移出、切片并扫描。应她的要求，她的软件将在她离开后才在地球上被正式唤醒。在一系列不会留下永久记忆的梦幻脚本中，例行测试确认软件运行正常。

然后描述她的算法被优化、压缩、编码成一系列激光脉冲，跨越20光年，直接射向"兰花"的"花瓣"。


# 3


伊卡特在浅橙色的天空下醒来，她正站在一片褐色的卵石平原上。繁荣A刚刚升起，它的伴星在100亿千米之外，可见，但没有可以与前者匹敌的光辉，亮度和地球上看到的金星差不多。

青在她身边，他身后就是"兰花"：那是"兰花种子"建立的通信装置和工厂。工厂的产品包括数百台遍布行星地表的小型探测车，以及数十台太阳能滑翔机，后者可以提供航测图，并辅助通信。

青说："快揍我，让我确信这是真的。"

伊卡特轻轻捶了一下他的前臂满足他。他们的远程呈现演练中涵盖了与"兰花"实际环境相似的虚拟背景，但当时他们没有完整的触觉反馈。这个击打动作戳破了伊卡特自己梦幻般的似曾相识之感，他们真的走出了模拟，进入了事物本身。

他们让"兰花"简要介绍了它的最新发现，在离开地球时他们的信息已经滞后20年了，而无知觉的传输光束又滞后了20年。"兰花"已拼凑出了使命星地质史的更多细节，这里存在板块构造，但没有液态水，这颗行星的地表比地球的古老，但比不上月球。

伊卡特感觉到了多此一举的悔恨，如果说望远镜图像还没有让"兰花"显得过于多余，留给她和青的余地就所剩无几了。不过，他们并不是来这里扮演地质学家的，他们来这里，只是为了来这里。他们所做的任何科学研究都将是一种消遣，就像一个见多识广的游客欣赏地球上一些已被充分研究的自然奇观一样。

青开始大笑起来："20光年！你知道步行要走多久吗？他们本该更努力让我们觉得害怕。"伊卡特伸出一只手搭在他的肩上。她自己也对存在这件事感到有点眩晕，但她不觉得他们会面临什么巨大的风险。失去的40年已是既成事实，她坦然接受了。

"最坏还能发生什么？"她说，"如果出了什么问题，他们只会把你地球上的身体叫醒，不会有任何变化的。"

青慢慢点了点头："但你的脑子被切块了，不是吗？"

"你知道我，我是个吝啬鬼。"非破坏性的扫描更贵，而哈穆什公司并不为所有事情买单。"但他们仍然可以将备份文件输入假体。"

"前提是文件没被无政府主义蠕虫病毒吃掉。"

"我已经把一份拷贝副本放进了保险库。"

"啊，那如果出现了虚无主义的纳米软件呢？"

"那么你和我将是仅剩的幸存者。"

他们的身体不需要躲避恶劣天气，但"兰花"还是通情达理地为他们建造了一个简单的小屋。当他们一起检查这些斯巴达式房间时，青看起来渐渐平静了，就像他在地球上说过的那样，这里的一切都比他们在月球上所面对的条件更轻松。食物是一种过于复杂的放纵，伊卡特拒绝让软件提供令人信服的每晚五道菜的幻觉盛宴。

他们先摸清了大本营的一切，再按脚本在镜头前表演了一些首次登星的精彩时刻，以满足宣传协议。一等做完这些事，他们就花了一个上午在遍布岩石的平原上徒步旅行。远处有一排略显紫色的山，几乎消失在雾霾中，但伊卡特拒绝向"兰花"索要详细的航拍图像。他们可以自己探索，自己发现。他们渴望成为某种无可替代的先锋，成为第一双眼睛和第一双手，成为第一个仔细观察的智慧生物，这种渴望不可能完全消失，但他们可以找到方法来满足它，而不需要自欺欺人或装模作样。

她的核聚变动力身体不需要休息，不过到了中午，她便停下脚步，盘腿坐到了地上。

青和她坐到一起。她环顾四周那些光秃秃的岩石、柔和的天空和遥远的地平线。"20光年？"她说，"我很高兴我来了。"


他们的日子里充满了小小的挑战和小小的发现。跨越山脉需要技巧、判断力和耐力；了解每一块被疾风抽打的露头岩层的起源，需要仔细的观察、强大的视觉想象力，并掌握基本的地质原理。

尽管如此，哪怕是在他们爬下一处易碎的危险崖壁时，伊卡特都在冷静地怀疑他们是否已触及人类探索的顶点。"兰花种子"适中的速度和抵达距离从未被超越；巨型望远镜在100光年外都没有发现生命的迹象，因此人们也没有什么干劲去发射新的探测器。转换成软件的价格每年都在变得更便宜，如果这能让去恒星旅行更容易，那么离家更近的地方还有上千个更诱人的目的地。当你可以把一生的异域体验压缩进真实的1个小时里，获得符合法律的快乐时，谁会放弃几十年的当代生活前往一个遥远的世界？甚至还有基于望远镜图像的虚拟现实游戏，在游戏里，人们就在她此刻脚下的土地上，与怪诞的外星帝国打着奇异的战争。

"你回家后打算做什么？"那天晚上她问青。他们没有从大本营带出任何东西，所以就那么睡在星空下的大地上。

"我想，应该是重新去工作吧。"他经营着自己颇为成功的工程咨询公司，成功到公司根本不需要他，"还有什么？我对爬进电脑的笨蛋们假装我去了天堂不感兴趣。你呢？"

"我不知道。我退休了，还挺开心。我想，我回去就是等死吧。"但是，感觉好像不是那样。

青说："你知道，这些不是这颗行星上最高的山。就是我们刚刚翻过的这些。"

"我知道。"

"有一些山一直高耸到差不多算是真空的地方。"

使命星的空气即便在地面上也很稀薄，伊卡特没有理由怀疑这一说法。"你想说什么？"她问。

他转向她，用机器人的脸露出一个极其奇怪的微笑："从那样的山上，一个线圈炮可以把一组纳米机器发射到沉着星上。"

沉着星的体积是使命星的三分之一，而且可以说是没有大气。"为了什么？"

青说："高度真空，相对发射速度。我们开始于此，但不必止步于此。"

她打量着他的脸，不确定他是不是认真的。"你觉得'兰花'能提供我们需要的东西吗？谁知道哈穆什是怎么给它编程的？"

"我在风暴洋上测试过纳米软件。我知道如何让它满足我们的任何需求。"

伊卡特仔细想了想："我们知道如何描述我们所需要的一切吗？如何确定一个新目标？计划一个全新的任务？""兰花种子"让数千人花了数十年的时间来准备。

青说："我们需要望远镜和计算资源。我们可以自力更生，一步一步来。3个月后再看看进展如何。如果我们解决了所有其他问题，也许我们能更进一步：建造一个种子，使它能在到达目的地时进行自我复制，发射它的两颗新种子。"

伊卡特愤怒地站了起来："如果你需要我的帮助，那就不要这么做！我们没有权利到处喷射无谓的复制品。如果地球上有人想跟随我们发射的种子，如果他们抵达后自行决定要进一步扩张，那是一回事，但我**不会**开启任何形式的自持链式反应，让大家一边坐在家里玩虚拟游戏一边殖民银河系。"

青站了起来，做了个安抚的手势："好，好！我只是随口说说。事实是，在回家之前我们来不及发射**任何**东西。但尝试一下总比3个月都在欣赏风景好。"

有一会儿，伊卡特还是很警惕，但接着释然地笑出声来："这没错。让地球上真正的地质学家来为这些岩石烦恼吧，我这辈子已经看够它们了。"

他们没有等到天亮，立即便动身返回了大本营。

靠近大山时，青说："来到这里，亲眼看到我帮助推动的事情最终完成了，我想这将给我带来巨大的成就感。但如果我现在能给后代一个祝福，那我希望他们永远看不到结局，永远找不到完满。"

伊卡特停下脚步，做出祝酒的姿势："敬子孙后代。愿他们总能开启一些他们无法完成的事业。"

单生

Singleton

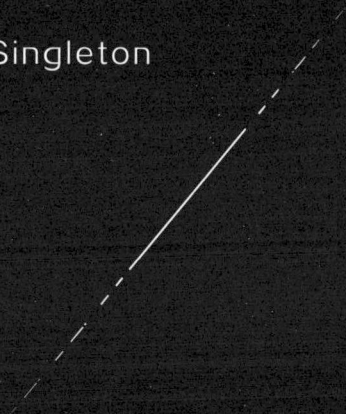

# 2003年

遇到一小群堵着人行道的人时，我正一边沿着乔治街向北往市政厅火车站走，一边琢磨怎么解决线性代数作业中棘手的第三道题。我没有多想他们为什么站在那里，我刚刚经过一家热闹的餐馆，而且常常看到人群聚集在外面。但是，当我开始绕过他们，为了不走进车流中而只能拐进一条小巷时，我发现这些人并不只是参与某位退休同事的告别午餐的食客，他们聚在这里，不是为了尽可能推迟返回办公室的时间。我亲眼见到了那个吸引他们注意力的场面。

在巷子里20米深处，一个男人仰天躺在地上，双手捂着血淋淋的脸，两个男人站在他身边，无情地挥舞着某种细棍子。一开始我以为这种棍子是台球杆，但接着我注意到了棍子末端的金属钩。我以前只在另一个地方见过这些不起眼的武器：在我的小学，一个受委任的窗口监察员会在一天的开始和末尾使用这样的棍子。这种棍子被用来开关老式的铰链式玻璃窗，因为有时窗户太高，人手够不着。

我转向其他旁观者，问："有人报警了吗？"一位女士瞧着别处点点头，说："几分钟前，有人用手机报过了。"

攻击者一定知道警察快来了，但看起来他们过于专注自己的任务，不到绝对必要的时候是不会放弃的。他们背对着人群，所以他们可能并非鲁莽到不怕被认出来的地步。躺在地上的那个人穿得像个厨房帮工。他还在动，试图保护自己，但他发出的声音比攻击者的更小。他已经被打得失去了力气，也没必要因痛苦而大叫。

至于呼救，他本可以省口气的。

我的身体里蹿过一阵寒意，一种恶心感在胃里冰冷地翻腾着，下一刻我便意识到：**我将看着某人被谋杀，却什么也不去做**。但这不是一场醉酒斗殴，不是几个旁观者能介入并把斗殴者拉开的场面。这两名袭击者一定是可怕的犯罪分子，正在实施某种报复。和类似事件保持距离是常识。我可以上法庭，我可以做证人，除此之外，不会有人对我有更多期望。在另外30个人一样袖手旁观时，就更加不会了。

巷子里的那两人没有枪。如果他们有枪，早就用了。他们不可能随手除掉任何妨碍他们的人。我当然不能让自己成为烈士，但这两个哼哼唧唧的粗汉能用棍子挡开多少人呢？

我解开背包，把它放在地上。荒谬的是，这举动让我觉得自己更弱势了，我总是担心丢失课本。**好好想想。你不知道你在做什么。**我从13岁起就没打过架了。我瞟了一眼周围的陌生人，不知道如果恳求他们一起冲上前去，会不会有人愿意。但这是不可能的。我是个瘦弱又没有威严的18岁孩子，穿的T恤上还印着麦克斯韦方程组。我没有存在感，更没有权威感。没有人会跟着我去打架。

只有我一个人的话，我就会像地上那个人一样无助。这两人会立刻把我的脑袋敲裂。人群中有六七个20多岁的上班族，看上去身材结实，如果这些周末玩橄榄球的家伙都觉得自己没有能力介入，我又有什么机会呢？

我伸手提起背包。如果我不打算帮忙，那逗留在此就没有意义。

我会在晚间新闻上知道事情的进展。

我开始往后退，心里充满了自我嫌恶。我的孙子们也不会问我令人尴尬的问题。没有人会责备我。

这难道就是衡量一切的标准吗？

"浑蛋。"我扔下背包，向小巷深处跑去。

我跑到很近的距离才被注意到，此时我已经能在腐烂垃圾的恶臭中闻到那三具身体的汗味。离我最近的那个袭击者扭头看了我一眼，先是恼火，而后又被逗笑了。他懒得调转他的武器，当我用胳膊箍住他的脖子想扳倒他时，他用胳膊肘猛抵住我的胸膛，让我喘不上气。我拼命坚持，哪怕使不上劲，还是努力紧紧扳着他。当他试图挣脱时，我设法踢开了他的脚。我们俩都倒在了柏油路上，而我被压在他的身下。

这人挣脱了束缚，爬了起来。我挣扎着扭正自己，以为会有一个金属钩子甩到我脸上，可就在此时，有人吹了声口哨。我抬头看到另一个人朝他的同伴做着手势，我顺着他的目光望去。十来个男女正一起快步向巷子里走来。这个场景并不是特别有威慑力——我曾见过更愤怒的人群，他们脸上还画着和平的标志——但他们单凭人数就足以带来一些麻烦。前头那人拖延着时间，朝我的肋骨踹了一脚。然后他们俩就逃走了。

我收起膝盖，然后抬起头，蹲坐在地上。我还是喘不上气，不过出于某种原因，不要平躺着似乎是至关重要的。一个上班族朝我笑了笑："你这个笨蛋。你可能会被杀的。"

厨工的手颤抖着，鼻子里喷出血淋淋的黏液。他的眼睛肿得睁不开，当他把捂脸的双手放到自己身边时，我能透过他指关节破损的皮肤看到骨头。想到我可能也会是这样的下场，我全身都凉了。但是如果说意识到自己可能的结局让我觉得惊骇，那么，想到我差点走开让他们杀死他，就不免令人深思，因为干预实际上并没有让我付出任何代价。

我站了起来。人们围着厨工的手乱转，互相询问如何急救。我还记得高中时一门课程里教过的基本知识，不过这个人还在呼吸，也没有大量失血，所以我想不出一个外行在这种情况下还能帮什么忙。我挤出人群，走回到街上。我的背包还在原地，没有人偷我的书。警笛声越来越近，警察和救护车很快就会到了。

我的肋骨一碰就疼，但我没觉得有多痛苦。12岁时，我曾在农场骑越野摩托时摔断过一根肋骨，我很确定现在这只是瘀伤。有一阵子我弯着腰走路，不过到达车站时，我发现我已经能正常走路了。我胳膊上还有一些擦伤，不过应该没有显得太狼狈，因为列车上没有人盯着我看。

那天晚上，我看了新闻。报道称，这名厨房工人目前状况稳定。我想象他当时走到小巷，把一桶鱼头倒进垃圾堆，却发现那两个人在等着他。除非案件进入审判阶段，否则我可能永远不会知道这次袭击是怎么回事，而到目前为止，警方连嫌疑人都还未指定。如果厨工当时在巷子里处于适合问话的状态，我也许会问他，不过，我有权询问他的那种感觉很快就消失了。

记者提到一名学生"引领愤怒的市民向前冲"，说他救了厨工，之后她与一名目击者交谈，后者称这位年轻人是"一个新世纪信徒，衬衫上有某种占星术符号"。我嗤之以鼻，然后紧张地看了看四周，以防哪个室友发现这个莫名其妙的联系，但屋里的其他人甚至都听不到新闻。

然后故事就结束了。

我一下子觉得索然无味，那15秒钟的名望所带来的小小快感骗了我，这就像你把手伸进饼干罐，以为里头还剩下一块巧克力，结果发现其实已经没有了。我也考虑过给奥兰治县的父母打电话，只是想在这种奇怪的余味中和他们聊一聊，但我之前已经形成了一种惯例，今天不是打电话的日子。如果我突然联系他们，他们会以为出了什么事。

所以，就这样了。一周后，瘀青也消散了，我回顾此事，甚至怀疑这件事是否真的发生过。

于是我上楼去做我的作业。

弗朗辛说："有一个更好的思考方式。如果你改变变量，从 $x$ 和 $y$，换到 $z$ 和 $\bar{z}$ 共轭，要满足柯西-黎曼方程，则 $\bar{z}$ 共轭的偏导数等于零。"

我们坐在咖啡店里，讨论半小时前上的复分析课。我们这6个上同一课程的学生已经养成了习惯，每周这个时候开会，但今天其他人都没有来。也许有一部电影正在上映，或者校园里来了一个演讲者，只是我不知情。

我执行了弗朗辛描述的变换。"你是对的，"我说，"这真巧妙！"

弗朗辛点了点头表示赞许，脸上还是往常那副倦怠的样子。她对数学有着无法掩饰的热情，但她在课堂上可能无聊得要命，只等着讲师能赶上来，教她一些她不知道的东西。

我的水平远不及她。事实上，我这一年有个糟糕的开局，新环境让我分了心：并非夜生活有多么诱人，只是我换了地方后，看到的、听到的都不同了，要去适应；还要应对各种组织机构的官僚主义要求，从大学本身直至合租屋杂货小组委员会，这些组织现在影响着我的生活。不过，在过去的几周里，我终于开始步入正轨。我找到了一份兼职工作，在一家超市里整理货架。薪水很低，但足以缓解我的经济焦虑，而且工作时间也不算太长，不至于让我除了学习就没时间干别的。

我在面前的笔记本上乱涂出谐波轮廓。"那你喜欢做什么？"我说，"除了复分析。"

弗朗辛没有立刻回答。这不是我们俩第一次单独在一起，但我从来不觉得我能口齿伶俐地充分利用这情势。不过，从某个时刻起，我就不再欺骗自己说，会有一个完美的时刻，有完美的词句从我嘴里掉出来：让一些含蓄但有趣的东西灵巧地融入对话，而不扰乱其流畅度。所以我现在直白地表达出我的兴趣，不再试图用巧妙或雄辩的话术。她可以根据过去3个月对我的了解来评判我，如果她不想进一步了解我，我也不会被击垮。

"我写了很多Perl脚本，"她说，"它们不怎么复杂，只是一些零碎的东西，我把它们作为自由软件上传。这个过程让人非常放松。"

我会意地点点头。我不认为她是故意让人沮丧，她只是希望我能更直接一点。

"你喜欢德博拉·康韦吗？"我只在收音机里听过她的几首歌，不过几天前我在城里看到了一张她巡回演出的海报。

"嗯。她很棒。"

我开始在潦草写出的变量上加粗共轭横线。"她在萨里山的一家俱乐部演出，"我说，"星期五。你想去吗？"

弗朗辛笑了，此刻她不再表现出厌世的样子："当然。那可太好了！"

170

我也笑了。我没有头晕目眩，也没有为爱痴迷，但我觉得自己仿佛站在海岸边，注视着它的辽阔。就好像我在图书馆里打开了一本复杂的专题著作，却只能品味油墨的味道和符号漂亮的对称性，只能理解我所读内容的一丁点儿。我知道有辉煌的事物在前方等我，但也知道与之达成协议的任务是多么艰巨。

我说："我回家路上就买票。"

为了庆祝年终考试结束，合租住户办了一场派对。那是11月一个闷热的夜晚，不过后院并不比房子里最大的屋子大多少，所以我们最终打开了所有的门窗，在底层和屋外前后到处分发食物和用具。一旦潮湿的微风从河边吹过整栋房子，屋里屋外便一样热得难受，并且到处是蚊子。

弗朗辛和我遵循情侣的特有相处模式，在一起待了约1个小时，直到某种无须言明的相互理解使我们清楚地认识到，我们可以分开一会儿，我们两人都没有那么缺乏安全感，因此也不会怨恨分离。

我最后在拥挤的后院找到一个角落，与威尔交谈。他是生物化学专业的学生，过去4年一直住在这所房子里。在某种程度上，他可能总是忍不住觉得，他对事物运行方式的看法应该比别人的更有分量，我刚搬进来时曾为此大为恼火。不过我们后来成了朋友，我很高兴能有机会在他去德国攻读奖学金项目之前和他交谈。

在聊到他将要做的工作时，我看到了弗朗辛，而他顺着我的目光看了过去。

威尔说："我花了一段时间才弄明白，到底是什么治好了你的乡愁。"

"我从来没有乡愁。"

"啊，对，"他喝了一大口酒，"不过，她改变了你。你必须承认这一点。"

"我承认。快乐地承认。自从我们在一起后，一切都很顺利。"恋爱本来注定会毁了学业，但我的成绩却突飞猛进。弗朗辛没有辅导我，她只是把我带入了一种觉得万事都更清晰的思维状态。

"最神奇的是你们能在一起。"我对这话皱起了眉头，但威尔举起一只手安抚我，"我的意思是，你刚搬进来的时候真是寡言少语，还瞧不起自己。当我们与你面谈入住资格时，你几乎是在求我们把房间给其他更值得的人。"

"你这是在戏弄我。"

他摇了摇头："你可以问问其他人。"

我陷入了沉默。事实上，如果我后退一步，仔细想想我的境况，我会和他一样感到吃惊。离开家乡时，我就清楚地意识到，好前途与运气没什么关系。有些人生来就富有，或有天赋，或有魅力。他们一开始就有优势，而好处就像雪球般滚越大。我一直认为，我充其量只是有足够的智慧和毅力在我所选择的领域里随波逐流。高中时我总是名列前茅，但在奥兰治县这么小的小镇上，这毫无意义，我对自己在悉尼的遭际也不抱任何幻想。

但我并没有如我设想中那样过得平庸，这多亏了弗朗辛，和她在一起改变了我的生活。可我怎么敢想象我有能力对她回报一二呢？

"在我约她出去之前，"我承认，"发生了一些事。"

"嗯？"

我差点又缄口不言了，我没把巷子里的事告诉任何人，甚至包括弗朗辛。这个事件显得过于私人，仿佛讲述它就是在袒露我的良心。但威尔还有不到1周就将去慕尼黑，向一个我觉得很难再见到的人吐露心声是更容易的。

当我讲完时，威尔露出一个满意的笑容，就好像我已经解释了一切。"纯粹的因果报应，"他宣布道，"我应该能猜到的。"

"哦，真够科学的。"

"我是认真的。忘记那些神神叨叨的话吧，我谈论的是现实中的因果关系。如果你坚持自己的原则，事情当然会对你有利——只要你没在这个过程中被杀死。这是基本的心理学。人们有着高度发达的互惠意识，也清楚彼此间的对待是否恰当。如果事情进展得过于顺利，他们就会忍不住问：'我何德何能？'如果没有一个好的答案，你就会妨害自己。当然，事情并不总是这样，不过往往依然是这样。所以，如果你做了一些提升你自尊的事情——"

"自尊是弱者的专利。"我打趣道。威尔翻了个白眼。我又声明："我可不像你这么想。"

"是吗？那你到底为什么要提起呢？"

我耸耸肩："也许这事只是让我不那么悲观。我本来有可能被揍得屁滚尿流，但我没有。相比之下，邀请某人去听音乐会看起来就远远没有那么危险。"我开始对所有这些讨厌的分析感到难堪，而且我没有什么话能反驳威尔的大众心理学，只除了我自己的一个同样朴素的心理学版本。

他看得出我很尴尬，便不再提这件事了。然而，当我看着弗朗辛穿过人群时，我无法摆脱心中的不安，总觉得最终导致我们走到一起的状况是如此脆弱。不可否认，如果我当时离开那条巷子，而那个厨工死了，那么我会在之后的很长一段时间里觉得自己糟透了。我将不会觉得生活里有多少东西是我应得的。

但我没有离开。就算我是到了最后一刻才做出决定，但我为什么不为自己做出正确的选择而感到自豪呢？这并不意味着此后的一切都被玷污了，就像是某个低俗的行贿之神给的奖赏。我并不是在一场中世纪的勇气考验中赢得了弗朗辛的喜爱，我们彼此选择，并因为成千个复杂的理由坚持这一选择。

现在我们在一起了，这才是重要的。我不打算细细琢磨是什么轨迹将我带到她身边，这只会令我回想起那些差点让我们彼此相隔的疑虑和不安全感。

# 2012 年

我们从拉菲迪亚驱车向南行驶，进入最后 1 公里时，我能看到前面的泡沫墙在朝晖下熠熠生辉，就像一堆肥皂泡一样脆弱，但已经过去 6 周了，它依然完好无损。

"真不敢相信它坚持了这么久。"我对萨迪克说。

"你不信任模型吗？"

"见鬼，不信。每一周我都以为，只要一翻过小山，我们就只会看到一张干瘪的蜘蛛网。"

萨迪克笑了："这么说，你对我的计算也没有信心了？"

"别往心里去。我们两人可能都会搞错很多事情。"

萨迪克靠边停车。我还没来得及戴上面罩，萨迪克的学生哈桑和拉希德就已经爬下卡车后斗，开始往那面墙走去。萨迪克把他们叫回来，让他们穿上塑料靴子，在衣服外面套上纸外套，我们俩也这么穿了。通常我们不需要这么多保护措施，但今天不同。

靠近时，泡沫墙几乎隐形了：你所能注意到的只有各自彩虹边缘的一些倒影，它们在水分重新分配的过程中慢悠悠地掠过本不可见的薄膜，跟随着因气压、热梯度和表面张力的相互作用在薄膜上形成的波浪。这些影像很容易被认为是与之不同的物体，是飘荡在沙漠上空的半透明塑料碎片，被微弱得在地面感觉不到的微风吹拂着。

然而，你看得越远，光线的迹象就越密集，否认墙之完整性的其他假设就越不可信。墙沿着沙漠边缘延伸了1000米，并参差不齐地向空中攀升了15米到20米。而这只是同类中的首例，并且是最小的，现在是时候把它放到卡车后斗，一路运回巴士拉了。

萨迪克从车里拿了一个试剂喷雾罐，一边走下路堤一边摇晃它。我跟在他后面，心都提到了嗓子眼儿。墙还没有变干，也没有被撕裂或吹走，但仍然有很大概率会失败。

萨迪克伸出手，喷出了一些在我看来就是稀薄空气的东西，但我能看到小滴物质形成的薄雾撞上了薄膜。一阵轻微的沙沙声响起，就像蒸汽熨斗发出的声音，我隐约感觉到了一阵温暖的潮湿感，接着第一批丝线便出现了，在它们纵横交错的区域，组成墙体的聚合物开始改变构象。在某种状态下，聚合物是可溶的，会暴露出亲水性原子基团。这些基团原本负责将水结合成轻如羽毛的凝胶薄片。现在，在试剂的催化与阳光的驱动下，聚合物把这些基团塞进光滑的油性牢笼中，并驱逐出每一个水分子，把凝胶变成一张干燥的网。

我只希望聚合物不会驱逐出其他东西。

当丝网开始层叠着落到哈桑脚边时，他用阿拉伯语说些什么，表情又是厌恶又是好笑。我对这门语言始终只掌握了零散的字词，萨迪克为我翻译，声音闷在面罩下面："他说，这东西的大部分重量可能来自死虫子。"当风在我们头上吹起一张闪闪发光的帘幕时，他把两个年轻人赶回卡车旁，接着自己也跟着走了。帘幕落下得太慢，并不能困住我们，但我也赶紧上了坡。

我们在卡车上看着墙塌落，脱水的浪潮沿墙蔓延开去。若说凝胶在近距离观察时是一道飘忽的景象，那它的残留物在远处是完全看不见的。它的物质部分比一条超长连裤袜要少得多——尽管，是一条粘满了蚊虫的连裤袜。

这种智能聚合物是挪威化学家索尼娅·黑尔维希发明的，我微调了她这个应用程序的原始设计。萨迪克和他的学生都是土木工程师，负责把一切都放大到能产生实际效益的程度。即便如此，这个实验仍然只是一个小规模的现场试验。

我转向萨迪克："你以前做过排雷工作，对吧？"

"多年前，"我还没来得及再说什么，他就明白了我的意思，"你是觉得那样会更令人满意吗？砰的一声，它就消失了，而证据留在你面前？"

"少一枚地雷，就少一次小爆炸，"我说，"不管要处理的问题有多少，至少你可以把每一个问题勾选为明确的成果。"

"是没错，那种感觉很好。"他耸了耸肩，"可是我们该怎么办呢？就此放弃这个做法吗，就因为它更难？"

他把卡车开下斜坡，然后指导学生们把一束束聚合物连接到他们特制的绞车上。哈桑和拉希德都是20多岁，不过很容易被认为是少年。战争结束后，独裁者和他在西方的前支持者发现，让一代伊拉克儿童在成长过程中缺乏营养和医疗（如果他们真的长大了的话）对双方都有利。制裁令100多万人死亡。我自己开过一个地狱玩笑，说一个国家派遣一部分海军加入封锁，剩下的则留在国内，抵御这一次以及其他暴行造就的一船又一船的难民。

当聚合物束盘绕在绞车保护筒内的核心上时，α粒子数稳步上升。这是个好迹象：在脱水和收网过程中，被墙捕获的氧化铀微粒仍然与聚合物结合在一起。我们收集到的几克铀238的放射性太低，本身不会构成危害，要避免的是吸入粉尘，即便如此，其化学副作用也不比辐射大。另外，这种聚合物很有可能捕获了它的其他标靶物：由灾难性的油井大火导致的散落在科威特和伊拉克南部的有机致癌物。不过，在进行全面的化学分析之前，我们无法确定。

回程的路上我们都兴致勃勃。我们在过去6周里从风中收集到了一些东西，这并不能让哪怕一个人免于白血病，但现在看来，在数年后、几十年后，这项技术可能会带来真正的改变。


我错过了在新加坡转机直飞悉尼的航班，不得不转道珀斯。在珀斯要等4个小时，我在候机室里踱来踱去，焦躁不安。弗朗辛3个月前离开了巴士拉，自那以后我一直没有见过她。她不愿意用视频堵塞伊拉克有限的带宽。我从新加坡打电话给她时，她正忙着，而现在我无法决定要不要再打一次。

就在我下定决心要给她打电话时，我的笔记本电脑收到了一封电子邮件，说她收到了我的信息，会到机场接我。

到了悉尼，我站在行李传送带旁，在人群中搜寻。最后我终于看到了向我走来的弗朗辛，她直视着我，面带微笑。我离开传送带，朝她走去。她停步等着我，让我来走完最后几步，在这个过程中，她始终注视着我。她的表情里透着一丝调皮，就好像安排了什么恶作剧，可我猜不出是什么。

当我几乎走到她前面时，她微微转过身来，并张开了双臂："哇呀！"

我呆住了，说不出话来。**她为什么不早告诉我？**

我走上前拥抱她，但她已经看到了我的表情："别生气，本。我怕你知道了我怀孕的消息就会提早回来。"

"你说得对，我会的。"我思绪纷乱，我需要在15秒内完成本应有3个月时间准备做出的反应。**我们对此没有计划。我们负担不起。我还没有准备好。**

突然间，我哭了起来，因为太过震惊而忘了周围人群的存在。我内心的恐慌和困惑消散了。我把她抱得更紧了，感觉到她肿胀的身体贴着我的髋骨。

"你开心吗？"弗朗辛问道。

我笑着点头，哽咽道："这太棒了！"

我真心觉得这太棒了。我还是很害怕，但这是一种令人振奋的恐惧。又一片海洋在我们面前展开了。我们将找到自己的方向。我们将一起跨越它。


我过了好几天才回到现实。直到周末我们才有机会进行一次真正的交谈，弗朗辛在新南威尔士大学有教学职务，虽然她可以把自己的研究搁置两天，但批改作业却是等不了的。有成千上万的事情要计划，联合国教科文组织资助我参加巴士拉项目的6个月奖学金已经到期，我很快就需要重新开始赚钱，不过，我目前为止没有任何职务，因此多了一些便利的机动性。

周一我又是一个人在公寓里，便开始补看我忽略掉的所有期刊。在伊拉克时我专心致志，指导我的知识挖掘者让我随时了解与墙相关的工作成果，而不相关的其他一切都被我排除在外。

在浏览了6个月的论文摘要后，《科学》杂志上的一篇报告引起了我的注意：《多世界宇宙学退相干的实验模型》。荷兰代尔夫特理工大学的一个研究小组让一台简单的量子计算机在一个寄存器上执行一系列算术运算，该寄存器用来存储两个不同数字的二进制代码的相等叠加态。这本身并不是什么新鲜事，如今每天都有人在操作多达128个数字的叠加态，不过这种操作只发生在实验室条件下，温度接近绝对零度。

然而，不同寻常的是，在运算的每个阶段，包含问题数字的量子位元都被蓄意与计算机中的其他备用量子位元纠缠在一起。这样做的结果是，进行计算的部分不再处于纯量子状态：它的行为不像是同时包含两个数字，而是好像仅仅以相等的概率包含其中任何一个数字。这破坏了计算的量子性质，就像整部机器没有被完全屏蔽，与环境中的物体纠缠在了一起一样。

不过，还有一个关键的区别：在这种情况下，实验者仍然可以访问使计算具有经典性质的备用量子位元。当他们对计算机的**整体**状态进行适当测量时，结果显示计算机一直处于叠加态。一次单独的观察不能证明这一点，但实验被重复了数千次，他们的预测在误差范围内得到了证实：尽管在忽略备用量子位元时，叠加态就变得无法检测，但它从未真正消失。这**两种**经典计算总是同时进行的，哪怕它们已经失去了以量子力学方式相互作用的能力。

我坐在书桌前，思考着他们的研究结果。在某种程度上，这只是一个放大版的90年代量子擦除实验，看上去就是一个微小的计算机程序以自身步调运行，它"独自一个"显得特别且孤独。然而事实上，另一个同样不起眼的程序始终在它旁边运行着，产生的共振远超出了光子干涉实验。我已经习惯了量子计算机同时进行多项计算的理念，但这种魔术总是显得抽象而缥缈，这恰恰是因为各个部分直到最后都是一个复杂的整体。而**这个研究**切中要害之处在于，它赤裸裸地展示了每一道计算都可以呈现为一段不同的经典发展，就像算盘珠子的移动一样可靠又平常。

弗朗辛到家时，我正在做晚饭，但我抓起笔记本电脑，给她看了那篇论文。

"啊，我看过。"她说。

"你觉得怎么样？"

她举起双手，假装惊慌地往后缩。

"我是认真的。"

"你想让我说什么？这证明了多世界诠释吗？没有。有一个这样的玩具模型，这解释是不是更容易理解了？是的。"

"但这能影响你吗？"我追问道，"如果这实验可以无限扩大规模，你认为这研究结果会一直有效吗？"从一个玩具宇宙、一丁点儿量子位元到真实的宇宙。

她耸耸肩："我真的不需要被影响。我一直认为多世界诠释是最合理的解释。"

当她拿出一堆作业时，我暂时停止讨论，回到了厨房。

那天晚上，我们一起躺在床上，代尔夫特大学的实验在我脑海中挥之不去。

"你相信还有其他版本的我们吗？"我问弗朗辛。

"我想一定有。"她勉强承认了这一点，仿佛这是一件抽象且超自然的事，我竟然还要提出这个问题，实在是太学究气了。自称相信多世界诠释的人似乎从来都不想认真对待它，更不用说套用到自身了。

"你对此不介意吗？"

"不，"她快活地说，"既然我无力改变现状，那为此烦恼又有什么用呢？"

"这很实用主义。"我说。弗朗辛伸手猛捶我的肩膀。"那是赞美!"我抗议道,"我真羡慕你这么容易就接受了。"

"我没有,真的,"她承认,"我只是决定不再受此困扰,这不是一回事。"

我转身面对着她,尽管在黑暗中我们几乎看不见对方。我说:"生活中什么让你最满意?"

"我想你现在没心情被一个风花雪月的回答搪塞吧?"她叹了口气,"我不知道。解决问题。把事情做对。"

"如果你解决的每一个问题,都有和你一样的人没能解决呢?"

"我应对我的失败,"她说,"她们的就让她们自己应对吧。"

"你知道事情不是那样的。有些人根本**不去**应对。你有毅力去做的事,总会有人没有毅力去做。"

弗朗辛没有回答。

我说:"两三周前,我问萨迪克关于他做排雷工作的事。他说那比清除贫铀更令人感到满足,一次小小的爆炸,就发生在你眼前,你就知道你做了一件有价值的事。我们在自己的生活中都有这样的时刻,带着纯粹且清晰的成就感:无论我们可能搞砸了别的什么,至少我们做对了这一件事。"我不安地笑了笑,"如果我不能相信这一点,我想我会疯的。"

弗朗辛说:"你能。你所做的一切都不会从你的脚下消失。没有人会冲出来把它从你手中夺走。"

"我知道。"当我想象有另一个不那么可爱的我出现在我们家门口,索要他应得的东西时,我就起了鸡皮疙瘩,"但这好像太自私了。我不希望每件让我快乐的事都以别人的牺牲为代价。我不希望每个选择都像……在某种零和游戏中为了奖赏而与其他版本的自己争斗。"

"对，"弗朗辛犹豫了，"但如果现实是这样，你能做什么呢？"

她的话在黑暗中挥散不去。我能做什么呢？什么也做不了。那么，当任何人都绝对毫无所得时，我真的想琢磨这事，侵蚀我幸福的基础吗？

"你是对的。这是在发疯，"我俯身吻了她，"我还是让你睡觉吧。"

"这并不是发疯，"她说，"但我没有任何答案。"

第二天早上，弗朗辛去上班后，我拿起了笔记本电脑，看到她给我发送了一本电子书：一本俗气的90年代"另类历史"故事集，题为《天哪，到处都是沙皇！》。内容包括"如果甘地是一个无情的雇佣兵会怎么样？""如果西奥多·罗斯福面临火星入侵会怎样？""如果纳粹由珍妮·杰克逊进行舞蹈指导会怎样？"等等。

我浏览了一遍序言，一会儿咯咯地笑，一会儿发出叹息，然后把书归档，开始埋头工作。在开始认真寻找下一份工作之前，我还有联合国教科文组织的十几份次要的行政工作要收尾。

到了中午，这些工作已经差不多做完了，认真做事以及清除这些烦琐任务的过程给我带来越来越大的成就感，但同时让我得出了推论：有一个与我差别甚微的人——与我共享了直至今早的整个人生的人——拖拖拉拉没有完成工作。这一平凡的观察只会更加令人不安，代尔夫特的实验报告正在渗透到我最平凡的日常生活中。

我翻出弗朗辛发送来的那本书，试着读了其中的一些故事。作者们对这个假设毫不动摇地持反对态度，但他们这种态度几乎不构成一种归谬法，甚至不构成一种滑稽的存在主义式慰藉。我真的不在乎玛丽莲·梦露、理查德·费曼和理查德·尼克松发生一场卧室闹剧会有多滑稽。我只是想摆脱那种令人窒息的信念：我所成就的一切都是海市蜃楼；我的生活只是某种刑讯室的一个片面，在这个刑讯室里，每一次我曾经庆祝过的光荣缓刑实际上都是一次不知情的背叛。

如果小说不能提供安慰，那么事实呢？即使多世界宇宙论是正确的，也没有人确切地知道其结果是什么。认为物理上可能发生的一切都必须发生，这是一种谬论。我读过的大多数宇宙学家都认为，宇宙作为一个整体，拥有一种单一的、确定的量子状态，而这种状态会从内部呈现为大量不同的经典历史，我们没有理由认为这些历史会成为某种穷尽一切的目录。这在更小的范围内也适用：每次两个人坐下来下棋时，没有理由相信他们玩了所有可能的棋局。

**那如果是9年前我站在巷子里，良心挣扎的状况呢？** 我优柔寡断的主观感受证明不了什么，但是，即便我不受良心责备且毫不犹豫地行动了，要找到一个拥有纯粹坚决的量子态的人，充其量是异想天开，在实际的物理层面上也大概是不可能的。

"见他的鬼。"我不知道自己什么时候又开始钻牛角尖了，但我不会再多放纵一秒钟思绪。我把头往桌上猛敲了几下，然后拿起笔记本，直接打开了一个就业网站。

这些想法并没有完全消失，这就像努力不去想一头粉红色的大象。不过我发现，它们每次又冒出来时，我可以用直接去看精神科医生的威胁来喝退它们。一想到必须解释这样一个怪异的精神问题，就足以挖掘我迄今尚未开发的自律潜能。

当我开始做饭时，我觉得自己简直就是个傻瓜。如果弗朗辛再提起这个话题，我要拿它开个玩笑。我不需要心理医生。我对自己的好运气有些不安，对将为人父的消息仍有些慌张，但如果把一切都视为理所当然，也不见得会更健康。

我的笔记本电脑响了。弗朗辛又屏蔽了视频，好像连这里的带宽都像水一样珍贵。

"喂。"

"本？我在出血。我现在在出租车里。你能到圣文森特医院和我会合吗？"

她的声音很冷静，可我自己却嘴巴发干。"当然。我15分钟后到。"除此之外我什么也说不出来：**我爱你，会没事的，坚持住。**她不需要，这些句子会带去霉运的。

半小时后，我仍然堵在路上，愤怒和无助让我神经紧张。我盯着仪表盘，盯着实时地图，上面标出了所有堵在路上的车辆，我终于不再欺骗自己，以为我随时能变成一条神奇的废弃小巷，在几分钟内一路穿过城市。

到了病房，弗朗辛僵硬地蜷缩着，躺在围帘后面，她背朝着我，拒绝看我。我能做的只有站在她身边。妇科医生还没有完全解释一切，但流产导致了并发症，她不得不进行手术。

在我申请联合国教科文组织的奖学金之前，我们讨论过风险。对于两位谨慎又博学的短期访客来说，危险似乎微乎其微。弗朗辛从来没有和我一起去过沙漠，即使对巴士拉的当地人来说，出生缺陷和流产的发生率也比高峰时期下降了很多。我们都在服用避孕药，避孕套似乎是多此一举。**是我从沙漠带回来的吗？一粒粉尘？是我在做爱时把什么有毒成分传染给她了吗？**

弗朗辛朝我转过身来。她眼周皮肤暗淡，肿了起来，我可以看出来她多么努力才迎上我的视线。她从被子下面伸出冰一样的手来，让我握着。

过了一会儿，她开始抽泣，但她没有放开我的手。我用自己的拇指轻轻抚摩着她的拇指，动作细微而温柔。

# 2020 年

"你现在感觉怎么样？"奥利维娅·马斯林和我说话时并没有与我进行眼神交流，成像在她视网膜上的我的大脑活动图像显然吸引了她的注意力。

"挺好，"我说，"跟你开始输液之前完全没有区别。"

我斜倚在一张类似牙医诊疗椅的椅子上，介于坐和躺之间，戴着一顶紧贴头部的帽子，上面散布着磁性传感器和诱导器。我不太可能忽视流入前臂静脉的液体带来的轻微凉意，但这种感觉与两周前的那次没什么不同。

"你能从一数到十吗？"

我照做了。

"现在闭上眼睛，像上次那样想象同一张熟悉的脸。"

她之前告诉过我，我可以选择任何人，我当时选择了弗朗辛。我回忆着她的样貌，接着突然想起，第一次实验时，我在脑海中琢磨着详细的画面——就仿佛准备向警察描述一样——几秒后，我开始想到弗朗辛本人。恰好就在这时，同样的转变再次发生了：冻结的、取证式的形象变成了有血有肉的人。

我再次经历了整个活动流程：读同样的短篇小说（F.斯科特·菲茨杰拉德的《两个老前辈》），听同样的音乐（罗西尼的《贼鹊》），回想同样的童年记忆（我上学的第一天）。在某种程度上，我对足够忠实地重演自己早前的精神状态不再有任何焦虑，毕竟，实验是为了应对两次实验之间不可避免的变化。我只是数十名志愿者之一，而半数受试者在两次实验中只会被注射生理盐水。就我所知，我是后者：一个对照组，仅仅是为设定一个基线，以判断任何真正的影响。

不过，如果我受到了相干干扰，那么就我所知，这对我没有影响。当分子们与我的神经元微管结合时，我并没有失去意识，这就保证了这些结构本来可能维持的任何一种量子相干性都会在瞬息之间消失于环境中。

个人而言，我从不赞同彭罗斯的理论，他认为量子效应可能在意识中发挥作用。早至20年前，马克斯·泰格马克的一篇奠基性论文中的计算就已经基本否决了任何神经结构的持续相干性。然而，奥利维娅及其团队在一系列明确的实验中殚精竭虑，最终排除了这个理论。不同派系的彭罗斯信徒选定了不同的脑部结构作为大脑的关键量子组件，而在过去的两年里，奥利维娅他们就为每一个不同结构驱逐这种彭罗斯论调的幽灵。最早被提出的结构是微管，这些巨型聚合物分子在每个细胞内形成了一种骨架，事实证明，它们是最难被扰乱的对象。不过现在，我自己的神经元细胞骨架上极有可能布满了这些分子，它们强有力地将细胞骨架与一个嘈杂的微波场耦合在一起，而我的头骨，绝对是沐浴在这个微波场中。在这种情况下，我的微管利用量子效应的机会，同我和一个来自平行宇宙的我打壁球的机会一样微乎其微。

实验结束后，奥利维娅对我表示了感谢，然后在回顾数据时对我比之前更加疏远。拉伊是她的一个研究生，他抽出针头，在微小的穿刺伤口上贴了一块膏药，然后帮我摘下了帽子。

"我晓得你不知道我是不是对照组，"我说，"但你在任何人身上注意到过显著差异吗？"我差不多是微管试验的最后一个实验对象，如果有任何效果，现在应该都已经显示出来了。

奥利维娅神秘地笑了笑，说："你只能等出版了。"拉伊俯下身悄声说："不，完全没有。"

我从长椅上爬起来。"僵尸走路了！"拉伊抑扬顿挫地说。我故作饥渴地扑过去要吃他的脑子，他大笑着躲开了，奥利维娅一脸苦恼又纵容地看着我们。彭罗斯阵营忠实的支持者声称，奥利维娅的实验证明不了什么，因为哪怕人们的**行为**在排除所有量子效应的情况下完全一致，他们也有可能只是在完全缺乏意识的情况下机械行事。当奥利维娅提出让诋毁者的领袖自己来体验相干干扰时，他回答说，这也不会更有说服力，因为当你作为僵尸时按规定回忆的事难以与普通记忆区分开来，所以在回顾这段经历时，你就注意不到任何异常。

这完全是垂死挣扎，你还不如断言，世上除你之外的每个人都是僵尸，而你只在隔周的周二是僵尸。世界各地的许多团队都重复了这些实验，那些彭罗斯理论的支持者若是把这当作一种科学假设，而非某种神秘教条，便会逐渐接受这一理论已经被否定了。

我离开神经科学大楼，步行穿过校园，返回我在物理系的办公室。这个春日的早晨温和又晴朗，学生们躺在草地上，把书本当作帐篷一样盖在脸上打瞌睡。老式的电子翻页阅读仍有一些优势。我自己一年前才给眼睛植入芯片，虽然我很容易就适应了这项技术，但在周日早上醒来，看到身边的弗朗辛闭着眼读《先驱报》时，我仍然觉得惶惶不安。

奥利维娅的研究结果并不让我惊讶，但一劳永逸地解决了问题也让我心满意足：意识是一种纯粹的经典现象。此外，这意味着并没有强有力的理由让人相信在传统计算机上运行的软件不能有意识。当然，宇宙中的一切都在某种程度上服从量子力学，但量子计算的先驱之一保罗·贝尼奥夫早在80年代就向我们展示：你可以用量子组件来建造一个经典的图灵机。并且，在过去几年的业余时间里，我研究了量子计算理论的一个分支，它关注的是如何**避免**量子效应。

回到办公室，我调出一张装置示意图，这个装置被我称为"酷思普"，意为量子单例处理器。酷思普采用的所有技术都可以为最新一代量子计算机屏蔽与环境的纠缠，不过酷思普将把这些技术用到完全不同的地方。一台量子计算机被屏蔽，从而执行大批并行运算，但每个计算并不产生自己的独立历史，这样的运算只会得到一个可访问的答案。酷思普一次只执行一个运算，但在得到唯一结果的过程中，它可以安全地通过包含任意数量备选项的叠加态，同时，这些备选项不会变成现实。在每一个计算步骤中，它都与外界隔绝，使暂时出现的量子矛盾态始终是私有且无足轻重的，就像做一个白日梦一样，永远不会把敢于考虑的每一种可能性强制付诸行动。

在收集世界数据时，酷思普仍然需要与周围环境进行交互，而这种交互不可避免地会使酷思普分裂成不同的版本。如果你把一台相机连接到酷思普上，并把它对准一个普通对象——岩石、植物、鸟——这个对象很难拥有一段单独的经典历史，因此酷思普联合系统也很难有一段单独的经典历史，不管是酷思普加岩石、酷思普加植物，还是酷思普加鸟。

不过，**酷思普本身**永远不会开启分裂。在给定的情况下，它只会产生单一的响应。酷思普上运行的人工智能在做决定时可以异想天开，也可以严肃慎重，但对于要处理的每一个不同场景，最终它只会做出一个选择，只会遵循一个行动方案。

我关闭了文档，图像从我的视网膜上消失了。尽管我在设计中投入了很多心血，但我并没有努力去建造酷思普。我一直只把它当作一个护身符来使用：每当我发现自己把生活想象成一个建在屠杀不同版本我的屠宰场上的宁静住所时，我就会把酷思普当作希望的象征。它是一种可能性的证明，而且它也只需要一种可能性。任何物理定律都不能阻止一小部分人类后裔逃离他们祖先经历过的耗散。

但我不敢亲手尝试去实现这一承诺。一方面，我害怕钻研得太深，会发现酷思普设计中的某个缺陷，以致在恐惧袭来时失去支撑我站立的唯一拐杖；另一方面，我也有一种负疚感：我一直是被赋予幸福的那一个，幸福了太多次，所以再度渴望幸福似乎是昧着良心的。我已经把那么多倒霉的兄弟都踢出了竞技场，是时候开启一场争斗，把奖赏颁给我的对手了。

第二个借口十分愚蠢。我建造酷思普的决心越坚定，那么它成真的分支世界就会越多。削弱我的决心，将好处拱手让人，这并不是一种仁慈的行为，这只会耗竭每一个未来的我，以及他们接触的每一个人。

我还有第三个借口。也是时候解决这个问题了。

我呼叫了弗朗辛。

"你有空一起吃午饭吗？"我问。她犹豫了一下，她手边总是有要做的工作。"讨论柯西-黎曼方程。"我暗示道。

她笑了。这是我们的暗码，在有特殊请求的时候使用。"好吧。1点钟？"

我点了点头："到时候见。"

弗朗辛迟到了20分钟，但我往常等得更久。18个月前，她被任命为数学系副主任，除了各种新的行政职责外，她仍有一些教学工作。在过去8年里，我和政府部门、公司、非政府组织等各种机构签订过十几份短期合同，最后成了母校物理系中一名无足轻重的成员。我确实很羡慕她那有声望又安稳的职务，但我对自己所做的大部分工作都很满意，哪怕我的工作分散在不同学科之间，无法获得像传统职业道路那样的成果。

我给弗朗辛买了一盘奶酪沙拉三明治，她一坐下就开始狼吞虎咽。我说："我最多只有10分钟，是不是？"

她用手捂住嘴，戒备地说："本来可以等到今晚再说，不是吗？"

"有时候我没法推迟。我得在我还有勇气时采取行动。"

听到这样不祥的序幕，她咀嚼的速度放慢了："今天早上你完成了奥利维娅实验的第二阶段，是吗？"

"是的。"我在做志愿者之前和她讨论过整个流程。

"这么说，当你的神经元变得比平时更贴近经典状态一些时，你并没有失去意识？"她用吸管喝着巧克力奶。

"没有。显然没有人失去任何东西。结果还没有正式宣布，不过——"

弗朗辛点点头，并不意外。我们对彭罗斯理论的看法是一致的，现在没有必要再讨论它了。

我说："我想知道你是否会做手术。"

她又喝了几秒钟，然后松开吸管，完全没必要地用拇指擦了擦上唇："你要我此时此刻就拿定主意吗？"

"不。"流产造成的子宫损伤可以修复，我们已经针对其中的可能性讨论了将近5年。我们俩都做了全面的螯合治疗，以去除任何残留的铀238。我们可以在一个合理的安全程度下用普通方式生孩子，只要我们想这么做。"但如果你已经决定了，我希望你现在就告诉我。"

弗朗辛看起来很受伤："这话有失公允。"

"什么有失公允？暗示你可能做了决定却不告诉我吗？"

"不。暗示这一切都由我做决定。"

我说："我不会放手不管的。你知道我是怎么想的。但你瞧，如果你说你想怀孕，我会一直支持你的。"我相信我会的。也许这是某种形式的思想矛盾，但我不可能把多一个新生儿当作一种恶行，并拒绝成为参与者。

"很好。但如果我不做手术，你会怎么办？"她平静地审视着我的脸。我觉得她已经知道了我的想法，但她想让我说出来。

"我们总是可以收养的。"我漫不经心地说。

"是的，我们可以这么做。"她微微笑了笑。她知道这让我失去了虚张声势的能力，泄气得甚至比她瞪我时还快。

我不再假装还有什么秘密存在，她从一开始就看透了我。我说："我只是不想这么做，然后发现这让你觉得被骗走了自己真正想要的东西。"

"不会的，"她坚持道，"这不会抹消任何事。我们仍然可以有一个亲生的孩子。"

"不会那么容易了。"这种情况可不像是仅仅有一对工作狂父母，或者有普通的兄弟姐妹来争夺关注。

"只有在我保证这是我们唯一的孩子的情况下，你才愿意收养？"弗朗辛摇了摇头，"我不会做这个承诺的。我近期内不打算做手术，但我不会发誓说我决不改变主意。我也不会发誓说，如果我们这样做，对以后发生的事不会有任何影响。这会是一个影响因素。怎么可能不是呢？但这不足以排除任何可能性。"

我移开了目光，隔着一排排的桌子，看到所有的学生都全神贯注做着自己的事。她是对的，我太不讲理了。我希望这个选择没有任何不利因素，希望这种方式能妥善利用我们的境况，但没有人能保证这一点。就像其他任何事情一样，这是一场赌博。

我转回来面向弗朗辛。

"好吧；我不会再试图限制你了。现在我想做的是继续建造这个酷思普。当它完成后，如果我们确定可以信任它……我希望我们能和它一起抚养一个孩子。我希望我们能抚养一个人工智能。"

# 2029年

我在机场和弗朗辛会合，驱车穿行于圣保罗，穿过瓢泼大雨的雨幕。她的飞机没有改变航线，这让我很惊讶，就在我们的所在地和里约热内卢之间，一场热带风暴刚刚冲上海岸。

我哀叹道："就这样让你参观这个城市。"我们几乎看不见挡风玻璃外的真实环境，只感知到明亮的叠层，上面的色彩和细节显得很不真实，这使得这样的驱车体验更像是在洗车时坐在车里阅读3D地图。

弗朗辛心事重重，也有可能是因为飞行而感到疲累。在时差这么小的情况下，我很难觉得旧金山在遥远的地方，即便我北飞去探望她，那也完全比不上我过往忍受的那些跨洋长途旅程。

我们都早早睡了。第二天早上，弗朗辛陪我来到我凌乱的工作室，它在大学工程系的地下室里。我一直在满世界寻求资助和合作者，就像一个寻宝的孩子，慢慢地拼凑出一台少有同事认为它本身值得建造的设备。幸运的是，我设法为工作的几乎每个阶段找到了由头，甚至真的生产副产品。近年来，量子计算**本身**陷入了困境，一方面是因为缺乏实用算法，另一方面是因为能维持叠加态的复杂性有限。酷思普将技术范畴推向了一些有希望的方向，并且在过程中没有提出任何过分的要求，它有效利用的量子态相对简单，它们每次只需要被分隔几毫秒。

我向弗朗辛介绍了卡洛斯、玛丽亚和尤恩，但是当我带她四处参观时，他们就不知道躲到哪里去了。一张工作台上还放着展示"平衡去耦合"原理的装置，这是为上周我们的一位企业捐赠者来参观时准备的。设备的每一种可能量子态对其环境的影响都略有不同，这会导致一台不完全屏蔽的量子计算机出现退相干。屏蔽本身总是可以改进的，不过卡洛斯的团队已经完善了一种方法，通过纯粹的迂回手段来获得更多一点保护。在演示装置中，无论装置处于何种量子态，通过装置的能量流都能保持绝对恒定，因为主要量子门的任何一点功耗下降都可以通过一组平衡门的功耗上升来补偿，反之亦然。这样，环境就少了一点提示，它本可以通过这个提示辨别处理器的内部差异，并将任何叠加态撕裂为相互断联的分支。

弗朗辛知道这背后所有的理论，但从未见过实际应用的硬件。当我邀请她玩一玩控制装置时，她就像玩游戏机的孩子一样喜欢上了这个装置。

"你真的应该加入这个团队。"我说。

"也许是吧，"她反驳道，"在另一个分支世界里。"

两年前，我从代尔夫特搬到了圣保罗，不久后，弗朗辛从新南威尔士大学转到了伯克利大学，这是她能找到的最接近的合适位置。当时，她拒绝妥协，不肯远程办公，这让我很愤恨，在圣保罗的伯克利分校教书也不是很困难的事，和她的选择也只有5个小时的差距。但最后，我还是接受了这个事实：她想要继续考验我，考验我们俩。如果我们不够坚强，不能一起熬过肉体分离的漫长试炼，或者如果我不够投入这个项目，不能忍受为它做出任何牺牲——她就不希望我们进入下一个人生阶段。

我把她带到转角台处，那里放着一个平平无奇的灰色盒子，半米宽，似乎毫无生气。我向它做了个手势，我们的视网膜覆盖层就改变了它的外观，"揭示"出了一个迷宫，还有一个透明盖子嵌在设备的顶部。在迷宫的一个房间里，一只有点卡通化的老鼠一动不动地坐着，似乎死气沉沉，也似乎是休眠状态。

"这就是著名的塞尔达？"弗朗辛问。

"是的。"塞尔达是一个神经网络，一个精简后程式化的老鼠大脑。虽然市面上有更新、更华丽的版本，也远远更接近于真实的老鼠大脑，但对我们来说，10年前创造的公共域的塞尔达就已经够好了。

另外3个房间放着奶酪。"现在，它还没有走迷宫的经验，"我解释道，"让我们启动它，看它探索吧。"我做了个手势，塞尔达开始四处奔跑，尝试不同的通道，每次碰到死路就灵巧地倒车。"它的大脑在一个酷思普上运行，但迷宫是在一个普通的经典计算机上运行的，所以就相干性问题而言，这真的与现实迷宫没有什么不同。"

"这意味着它每次接收信息时，都与外部世界产生纠缠。"弗朗辛指出。

"确实如此。但它通常会把纠缠往后延迟，直到酷思普完成当前的计算步骤，并且每个量子位元包含了一个确定的0或确定的1。

当它向世界敞开心扉时，它从不三心二意，所以纠缠不会让它分裂成不同的分支。"

弗朗辛继续看着，没有说话。塞尔达终于找到了一个有奖励的房间，等它吃完奶酪后，一只手把它捞起来，将它放回起点，然后重置奶酪。

"这是以前一万次试验的叠加效果。"我重放了数据。看起来好像只有一只老鼠在迷宫中奔跑，移动方式就和我刚刚启动最新一次实验时一样。每次都恢复至完全相同的初始条件，并面对完全相同的环境，塞尔达就像任何没有真正随机影响的计算机程序一样，只是简单地重复自己。一万次试验都得到了一模一样的结果。

对于一个不了解背景的临时观察者来说，这个表现非常不起眼。虚拟老鼠塞尔达实际上只面对一种情况，只做了一件事。那又如何？如果你能以同样的精度把一只有血有肉的老鼠的记忆倒回到初始状态，它难道不会重复自己的行为吗？

弗朗辛说："你能切断屏蔽吗？还有平衡去耦合？"

"行。"我照办了，并开始新一轮试验。

塞尔达这次走了一条不同的路，以不同的路线探索迷宫。虽然神经网络的初始条件是相同的，但现在酷思普内部发生的切换过程向环境恒常开放，几个不同本征态的叠加——在这些量子态中，酷思普的量子位元具有确定的二进制值，这进而推动塞尔达做出明确的选择——开始与外部世界纠缠。根据量子力学的哥本哈根解释，这样的交互正随机地将叠加态"坍缩"成单个本征态，塞尔达仍然一次只做一件事，但它的行为不再是决定性的。根据多世界诠释理论，这种交互正在将环境——包括弗朗辛和我——转变成一种与每个本征态耦合的成分的叠加态，塞尔达实际上是同时以多种不同的路线在迷宫中奔跑，而其他版本的我们在看着它走其他所有的路线。

哪种设想是正确的？

我说："我现在要重新设定一切，把整个装置装在一个代尔夫特笼里。""代尔夫特笼"这一术语指的是我在大约17年前第一次读到的这种情势：我没有向环境开放酷思普，而是将它与另一台量子计算机相连接，让**后者**扮演外部世界的角色。

我们没法再看到塞尔达的实时移动，不过在试验完成后，我们可以测试双电脑形成的联合系统，检验这个假说：系统处于一个纯粹的量子态下，在这个量子态中，塞尔达沿数百条不同的路线探索迷宫，所有路线同时进行。我展示了假说状态的绘图，图上将它在一万次无屏蔽试验中走过的所有路径叠加起来。

检验结果显示：**一致**。

"一次测试证明不了什么。"弗朗辛指出。

"对。"我重复了这个试验。这一次，假说还是没有被驳倒。如果塞尔达只沿着一条路径走迷宫，那么计算机的联合状态通过这个不完美测试的概率大约是1%。通过两次的概率大约是1‰。

我重复了第三次，然后第四次。

弗朗辛说："可以了。"她看上去真的在反胃。显示器上成千条模糊的老鼠轨迹组成的图像并不是什么真实的照片，但如果说过去的代尔夫特实验足以让我发自内心地感受到多元宇宙的真实性，那这次演示可能最终也给她造成了相同的效果。

"我能再给你演示一种情况吗？"我问。

"保留代尔夫特笼，但恢复酷思普的屏蔽状态？"

"对。"

我这么做了。现在，每次不处于本征态的酷思普又得到了充分的保护，但这一次，它向第二台量子计算机暴露自身，而不再是间歇性向外部世界暴露。如果塞尔达再次分裂成多个分支，那她只会拥有伪造的环境，而我们仍然能拿到所有证据。

检验没有发生分裂的假说，结论是：**一致。一致。一致。**

我们和整个团队一起出去吃饭，但弗朗辛说自己头痛，提前离开了。她坚持要我留下来吃完饭，我没有和她争辩。她不是那种希望你觉得她舍己为人却又暗暗希望你反驳她的人。

弗朗辛走后，玛丽亚转向我："这么说你们俩真的要搞那个弗兰肯孩子[1]了？"自从我认识她以来，她就一直拿这个取笑我，但她显然不愿意在弗朗辛面前提起这个话题。

"这个问题我们还需要讨论。"现在，在弗朗辛缺席时讨论这个话题让我觉得不舒服了。在我申请加入团队时承认自己的野心是一回事，因为我不能让合作伙伴对我的最终意图一无所知，那是不诚实的。但如今，促成此事的技术已经或多或少地实现了，这个问题看来就私人化了许多。

卡洛斯轻松地说："为什么不呢？现在已经有很多这样的孩子了。索菲、莱纳斯、西奥。大概还有100个我们根本不知道的。本的孩子又不会没有玩伴。"在过去的4年里，每隔几个月，自主研发人工智能阿代总会引发激烈的争论。瑞士研究者伊莎贝尔·席布采用了那些促使塞尔达等软件诞生的旧有的形态发生模型，将技术升级了若干数量级，并将其应用于人类基因数据。伊莎贝尔的造物与精巧的

---

1　弗兰肯（Franken）是科学界常用的一种独特的前缀，意指拼接嵌合式的、人造的新事物。这个词源于19世纪英国作家玛丽·雪莱的小说《弗兰肯斯坦》，书中主人公造出了一个人造怪物。

假体相结合，从而栖居于物理世界，并像任何一个孩子一样，从自身的经验中学习。

尤恩摇头表示反对："我不会抚养一个没有合法权利的孩子。我死后会发生什么？就我知道的来看，它可能会变成某人的财产。"

我和弗朗辛讨论过这个："我不相信10年或20年后，世界上还没有一个地方有公民法。"

尤恩嗤之以鼻："20年！美国花了多长时间才解放奴隶？"

卡洛斯插嘴道："谁会创造一个阿代来当奴隶？如果你想要某种顺从的东西，那就写一个普通软件。如果你需要有意识的东西，那人类更便宜。"

玛丽亚说："这归结不到经济上。这些事物的本质决定了它们被对待的方式。"

"你是说他们将要面对的仇外情绪？"我建议。

玛丽亚耸耸肩："你把这说得像是种族歧视，但我们讨论的不是人类。一旦你的软件有了自己的目标，可以自由地做它想做的任何事情，那它将发展到什么程度？第一代使下一代更好、更快、更聪明，第二代更是如此。不知不觉中，我们对它们来说就像蚂蚁一样。"

卡洛斯抱怨道："别再说那个老掉牙的谬论了！如果你真的相信'蚂蚁之于人类，正如人类之于$x$'这一类比能证明我们可以解出$x$，那么我完全能用你的这种逻辑，推导出南极就像赤道一样。"

我说："酷思普的运行速度并不比有机大脑更快，我们要让切换率维持在低水平，这样对屏蔽的要求就不用过于严格。也许那些参数最终可以推进，但阿代没有理由比你我更有能力做到这一点。至于让自己的后代更聪明……即使席布的研究团队取得了完美的成功，他们也只是将人类神经系统的发展从一种基质转移到了另一种基质。

他们根本没有对这个过程加以'改进'——不管这意味着什么。因此，如果说比起我们，阿代有什么优势的话，那也不会超过血肉之躯的孩子们所拥有的优势：又一代经验的文化传承。"

玛丽亚皱了皱眉头，但没有马上反驳。

尤恩干巴巴地说："加上永生。"

"哦，对，的确是这样。"我承认道。


我到家时，弗朗辛醒着。

"你还头痛吗？"我低声说。

"没有。"

我脱了衣服，爬上床，躺在她身边。

她说："当我们在线幻想的时候，你知道我最想念什么吗？"

"这最好不要太复杂，我很久没练习了。"

"接吻。"

我吻了她，缓慢而温柔，她在我身下变得绵软。"再过3个月，"我承诺道，"我就搬到伯克利去。"

"做我的小白脸。"

"我更喜欢被称为'无偿但非常重要的看护者'。"弗朗辛僵住了。我说："我们可以晚点再谈。"我又开始吻她，但她把脸转开了。

"我害怕。"她说。

"我也是，"我向她保证，"这是个好迹象。任何值得做的事都是可怕的。"

"但并非所有可怕的事都是好事。"

我翻身躺在她旁边。她说："在某种程度上，这很容易。你能给一个孩子真正做决定的能力，还有比这更好的礼物吗？你能让她避免一次又一次被迫违背自己的正确判断的糟糕命运，还有比这更好的事吗？这么想来，事情就简单了。

"但我身体里的每一根神经都在抵制这样的事发生。当她知道自己是什么时，她会有什么感觉？她要怎么交朋友？她怎么寻求归属感？她怎么会不因为我们把她造成怪物而鄙视我们？如果她就想要过着十亿种人生，永远不会被迫从中选择，而我们却夺走了这一切呢？如果她认为这不是礼物而是一种枯竭呢？"

"她永远可以随时关闭酷思普的屏蔽，"我说，"一旦她理解了这些问题，她就可以自己选择。"

"这倒是真的。"弗朗辛听上去一点也没有得到安慰。早在我提到这件事之前，她就已经想过了，但她并没有在寻找具体的答案。普通人类的每一个天性都在尖叫，认为我们在做一些**危险的、不自然的、傲慢的**事情——但这些天性更多的是为了维护我们的声誉，而不是保护我们将来的孩子。除了最刻意玩忽职守的人，没有父母会因为自己的亲生孩子对生活毫不感恩而受到抨击。如果我在自己所沉浸的存在环境中发现了缺点，却因此抱怨自己的父母，那我们不难猜到哪一方将赢得全世界的同情。但**我们**孩子身上出现的任何问题都会被当作将我们处以私刑的理由——无论造就她时付出了多少爱、汗水和深刻的自我反省——因为我们曾经鲁莽地不满足于其他人乐于承担的那种命运。

我说："你今天看到塞尔达了，遍布所有分支。你现在心里知道，同样的事情发生在我们所有人身上。"

"是的。"弗朗辛说出这声肯定时，我心里传来撕裂般的痛苦。我从没想过让她和我一样，对人生有这样的感觉。

我固执地继续："你愿意让自己的孩子陷入那种境地吗？还有你

的孙子？你的曾孙？"

"不。"弗朗辛回答道。现在她有一点恨我，我能从她的声音里听出来。那是**我的诅咒，我的**痴迷，遇见我之前，她对此将信将疑，毫不在意地接受多元宇宙的存在。

我说："没有你我做不到。"

"事实上，你可以。比其他任何选择都容易。你甚至不需要一个陌生人来捐献卵子。"

"除非你支持我，否则我做不到。如果你拒绝，我会就此打住。我们建造了酷思普。我们已经证明了它可行。即使我们自己不去完成这最后一部分，10年或20年后总有别人去做。"

"如果**我们**不这样做，"弗朗辛尖刻地评论道，"我们只要在另一个分支宇宙做就好了。"

我说："这倒是真的，但这样想是没有用的。到最后，除非我假装我的选择都是真实的，否则我就无法正常行动。我怀疑没有人能做到。"

弗朗辛沉默了很久。我抬头望着黑暗的房间，努力不去想她的决定几乎必然会通往两个方向。

最后，她说："那就让我们造一个不需要伪装的孩子吧。"

# <u>2031年</u>

伊莎贝尔·席布欢迎我们进入她的办公室。比起她在网上的样子，她本人略微没有那么让人紧张，她的外表和举止没有什么不同，只是周围的环境很平常。我以为她会住在巴塞尔某个高科技的巨型新建筑里，而不是一条小街上的几间窄屋里。

客套话一结束，伊莎贝尔就直奔主题。"你们被录取了，"她宣布，"今天晚些时候我会把合同发给你。"

我恐慌得喉咙发紧，我本该兴高采烈，此时却只觉得措手不及。伊莎贝尔的团队每年只批准三个新阿代。决选名单从成千上万的申请者中筛选出了大约100对。我们前往瑞士参加最后的选拔过程，由一个通常处理收养事宜的机构执行。在那所有的面谈和问卷调查、所有的性格测试和情景挑战中，我尽力让自己相信，我们的奉献最终会赢得胜利，但我仅仅是用这想法来支撑自己打起精神。

弗朗辛平静地说："谢谢你。"

我咳了一声："你对我们的提议没有意见吗？"如果还有一个会使这奇迹变得毫无价值的附加条件，那么她最好现在就说出来，趁我还没从震惊中缓过神来，还没开始觉得一切都理所当然。

伊莎贝尔点点头："我不会假装自己是相关领域的专家，不过我已经让几位同事对酷思普的设计进行了评估，我认为没有理由认为这不是一种适合阿代的硬件。我对多世界诠释理论完全持怀疑态度，所以我并不同意你认为酷思普是必需品的观点，但是，如果你担心我会因此把你当成怪人，让你落选，"她微微一笑，"那你应该见见其他一些我不得不与之打交道的人。

"我相信你真心希望这个阿代幸福，而且你也不受任何迷信的困扰——技术恐惧**或**技术狂热——这些都会扭曲你们的关系。你应该还记得，在你的整个监护期，我都有权探望和视察。如果我们发现你违反了合同的任何条款，你的许可证将被撤销，那个阿代将由我来负责。"

弗朗辛说："你觉得我们的监护生涯会有一个更幸福的前景吗？"

"我一直在游说欧洲议会，"伊莎贝尔回答，"当然，再过几年就会有几个阿代拥有足够多的经历，他们的个人证言将有助于我们的辩论，但我们都不应该干等到那时。必须先做好铺垫。"

我们就各种问题谈了将近1个小时。在避开媒体关注这方面，伊莎贝尔俨然已经是个专家，她答应给我们寄一本相关的指南，与合同一起寄来。

"你想见索菲吗？"伊莎贝尔几乎是事后才想起来问。

弗朗辛说："那可太好了。"弗朗辛和我看过索菲4岁时接受一连串心理测试的视频，但我们从未有机会和她交谈，更不用说会面了。

我们三个一起离开了办公室，伊莎贝尔开车带我们去她位于市郊的家。

在车上，我渐渐开始领会现实。我体会到了与19年前相同的心情，那时弗朗辛带着她怀孕的消息在机场迎接我，我的心中也这样夹杂着兴奋和幽闭恐惧。当时还没有数字概念，但如果在我的感受上，性所带来的风险和责任有如今此事的一半，我都会一辈子独身。

"不要纠缠，不要询问。"伊莎贝尔一边警告我们，一边把车开进车道。

我说："当然不会。"

我们跟着伊莎贝尔进门，只听她喊道："马尔科！索菲！"大厅那一头传来了孩子咯咯的笑声，还有一个成年男子在用法语轻声说话。接着，伊莎贝尔的丈夫从角落后面走了出来，这个黑发年轻人微笑着，索菲骑在他的肩上。起初，我不敢看她，只是对马尔科报以礼貌的微笑，同时闷闷不乐地注意到他至少比我年轻15岁。**我怎么能在46岁的年纪会想这么做呢？**然后我抬头看了一眼，与索菲的目光相遇。她盯着我看了一会儿，显得好奇而平静，但随后她突然害羞起来，把脸埋在了马尔科的头发里。

伊莎贝尔用英语介绍了我们，索菲从小就会说四种语言，不过在瑞士这并不算什么了不起的事。索菲说了声"你好"，但始终垂着眼睛。伊莎贝尔说："到客厅来。你们想喝点什么吗？"

我们5个人啜饮着柠檬水，成年人进行着礼貌又泛泛的交谈。索菲坐在马尔科的膝盖上，不安地扭来扭去，偷偷地看我们。她看上去完全像一个普通的、略显笨拙的6岁小女孩。她有伊莎贝尔的淡黄色头发和马尔科的棕色眼睛，无论是根据法令还是严格的基因模拟，她都可以算作他们的亲生女儿。我读过描述她身体的技术详解，也在视频中看到过一个在活动的早期版本，但让她看起来如此逼真只是设计者成就的冰山一角。看着她喝水，扭动，片刻也安静不下来，我毫不怀疑她和我一样，认为自己就栖居于这皮肤下。她不是一个扮成孩子的傀儡师，在她脑中某个黑暗洞穴里扯着电子线。

"你喜欢柠檬水吗？"我问她。

她注视着我，像是在考虑她是否应该因为这个问题的放肆而感到被冒犯，然后回答说："喝着很开心。"

在去旅馆的出租车上，弗朗辛紧紧地握着我的手。

"你还好吗？"我问。

"是的，当然。"

进了电梯后，她开始哭。我搂着她。

"她今年该满18岁了。"

"我知道。"

"你认为她还活着吗，在某个地方？"

"我不知道。我不知道用这种方式去思考这件事好不好。"

弗朗辛擦了擦眼睛："对。这将会是她。应该用这个方式去看待这件事。这就是我的女儿。只是晚了几年。"

在飞回家之前，我们参观了一个小型病理实验室，并留下了我们的血液样本。

我们的女儿出生前1个月，她的前5具身体就寄到了家里。我打开所有5个包裹，在客厅地板上把它们放成一排。它们肌肉松弛，眼睛上翻，看起来更像可悲的木乃伊，而不是睡着的婴儿。我驱散了那个可怕的形象，最好还是把它们想象成一套衣服。唯一的区别是我们不会这么早就开始买睡衣。

从粉扑扑、皱巴巴的新生儿到胖乎乎的18个月大的婴儿，这一排身体看上去很诡异——就算是一个没有严重疾病或营养不良的自然儿童，其发育过程的可预测性也会比这少一点。几周前，弗朗辛的一个同事曾告诫我，说我们会把可怕的"机械决定论"强加给我们的孩子。虽然他的论点在哲学层面上很天真，但眼前这排来自未来的固定形象仍然让我起了鸡皮疙瘩。

事实上，无论你有没有一个酷思普做大脑，现实作为一个整体都是决定性的，多元宇宙的量子态在任何时刻都决定着整个未来。局限于一个时间一个分支的个人经验的确**呈现概率性**，因为我们无法预测，当一个分支分裂时，你会体验到哪个局部未来，但之所以不可能提前知道，是因为真正的答案是："所有的局部未来"。

对于一位单生者来说，唯一的区别是分支永远不会根据你的个人决定产生分裂。整个世界将持续呈现概率性，但你所做的每一个选择都完全取决于**你是谁以及你面临什么情况**。

人们还要指望什么呢？这并不是说，**你是谁**这个问题可以归结为某种粗略的基因或社会学简介。夜里天花板上的每一道影子，天空中飘过的每一片云，你看到的这一切都会在你的脑海中留下一些小小的印记。当你在多元宇宙中观察时，这些事件也是完全确定的——不同版本的你见证了每一种可能性——但实际上这有一道底线，那就是不会有私人侦探能利用你的基因组和密封传记，预先计划你的每一个行动。

我们女儿的选择——就像其他一切一样——在宇宙诞生之时就被刻在了石头上，只不过，这些信息只有在**成为她**的过程中，才能被解码。她的行为源自她的性格、原则和愿望，所有这些品质本身也都有其前因，但这并不会减少它们的价值。**自由意志**是一个难以捉摸的概念，但对我来说，只是意味着你的选择或多或少与你的本性相一致——进而在成千种不同影响之间形成一种临时的、不断演变的共识。我们的女儿不会没有机会任性，甚至倔强，但至少她不会永远无法完全按自己的理想行事。

在弗朗辛回家前，我把这些身体收拾好了。我不确定这景象是否会让她不安，但我不想让她给它们量尺寸，以便买更多的衣服。

传送从周日凌晨开始，也就是12月14日，预计将持续约4个小时，具体时间取决于流量状态。我坐在育儿室里，弗朗辛在外面的走廊里踱来踱去，我们俩都在看着从巴塞尔光纤传输过来的数据。

伊莎贝尔以我们的遗传信息作为起点，模拟了一个完整胚胎**在子宫内**的发育过程，其采用的"适应性等级"模型为中枢神经系统保留了最高分辨率。酷思普将接手这项任务，不仅负责新生儿的大脑，还负责在头骨外发生的数千个生化过程，因为人造身体没有执行这些过程的功能。除了获得复杂的感觉和运动功能，这些身体还可以进食并排泄废物——除了需要这些功能提供的化学能量，也出于心理和社会原因——它们呼吸空气，既是为了氧化燃料，也是为了发声，但它们没有血液，没有内分泌系统，也没有免疫反应。

我在伯克利建造的酷思普比圣保罗那个版本更小，但仍然有婴儿头骨的六倍宽。在进一步缩小之前，我们女儿的大脑会被放在育儿室角落的一个盒子里，通过无线数据线路与她的其他部分连接。在旧金山湾区，带宽和时滞都不是问题，在一切合并之前，如果我们需要把她带到更远的地方，这个酷思普也不至于因太大或太纤弱而无法移动。

当我覆盖在酷思普一侧的进度条推进到98%时，弗朗辛走进了育儿室，看上去焦虑不安。

"我们必须推迟，本。就推迟一天。我需要多一点时间做心理准备。"

我摇摇头："我答应过你，如果你要求我那样做，我就说不。"她甚至拒绝让我告诉她怎么自己中止酷思普。

"就几个小时。"她恳求道。

弗朗辛看上去真的很紧张，但我硬下心来告诉自己，她是在演戏，是在考验我，看我是否会信守诺言。"不行。不减速也不加速，不作停顿，没有任何修改。这个孩子必须像货运火车一样撞到我们，就像其他孩子一样。"

"你想让我现在就分娩吗？"她讥讽道。我曾半开玩笑地提出一种可能性，让她服用一种可以模仿怀孕效果的激素，以便更容易地与孩子建立联系——也能间接对我自己产生效果——她差点要把我的头咬下来。我并不是认真的，因为我知道没有必要那么做，收养就是终极证明。不过，我们所做的更接近于从代孕者那里领回一个我们自己的孩子。

"不想。把她抱起来吧。"

弗朗辛低头注视摇篮里一动不动的形体。

"我做不到！"她哀号道，"当我抱着她时，她应该觉得她对我来说是这世上最珍贵的东西。可是，当我知道把她扔到墙上也不会伤害她时，我怎么才能让她相信这一点呢？"

我们还剩两分钟。我感觉到自己的呼吸在变得急促。我可以给酷思普发送暂停代码，但如果这个动作形成了模式呢？如果我们中的一个人睡得太少，如果弗朗辛上班要迟到了，如果我们说服自己相信，我们的特殊孩子是如此独一无二，以至于我们应该得到一个短暂的假期来躲开她的需要，那么，有什么能阻止我们再做同样的事情呢？

我张开嘴准备威胁她：要么你抱起她，要么我来。但我阻止了自己，说："你知道如果你把她摔下去，会对她的心理造成多大的伤害。你害怕自己无法真正传达出你心中的保护欲，这个事实对她来说就是一个强烈的信号，就和其他事情一样。**你关心她。**她会感觉到的。"

弗朗辛犹豫地盯着我看。

我说："她会知道的。我相信她会的。"

弗朗辛把手伸进婴儿床，把那软趴趴的身体抱了起来。看着她轻轻搂着那具无生命的形体，我觉得自己的肠子已经焦躁地拧成了麻花，就算是把5个塑料躯壳拿出来检查时，我也没有过类似的感觉。

我屏蔽了进度条，放任自己在最后几秒钟自由降落：看着我的女儿，期望她能动起来。

她的拇指抽搐了一下，然后她的腿微微交叉了起来。我看不见她的脸，所以我看着弗朗辛的表情。有那么一瞬间，我觉得她的嘴角因恐惧而绷紧了，好像这个假人要把她吓得向后缩。但接着，孩子开始放声大哭，蹬着脚，而弗朗辛也开始掉起了眼泪，脸上毫不掩饰欢喜。

当她把孩子举到脸前，在那皱巴巴的额头上落下一吻时，我沉浸在自己的不安情绪中——软件能使游戏和电影中的角色变得栩栩如生，当躯体也能被同类软件赋予生命时，人们有多么容易被唤起那种温柔的反应。

但也并非如此。让我们走到今天这一刻的这条道路既无虚假，也不轻松——更不用说伊莎贝尔所走的路了——我们甚至没有试图从黏土、从虚无中塑造生命。我们只是从一条已有40亿年历史的河流中分出了一条细小的支流。

弗朗辛把我们的女儿抱在肩上，前后摇晃着："你泡好奶了吗，本？"我迷迷糊糊走向厨房，微波炉已经预见到了这个喜事，配方奶已经准备好了。

我回到育儿室，把奶瓶递给弗朗辛："在你开始喂奶之前，我能抱抱她吗？"

"当然。"她倾身吻了我一下，把孩子递给了我。我抱着她，就像我从前接过亲戚朋友的孩子一样，用手托着她的后脑勺。手上分配的重量，沉重的头，要小心应对的颈部，这一切给人的感觉和其他婴儿一样。她依然紧紧地闭着眼，一边尖叫，一边挥舞着胳膊。

"你叫什么名字，我美丽的女孩？"我们已经把清单上的备选名字缩减到了十几个，但弗朗辛拒绝在看到女儿第一次呼吸前确定名字，"你决定了吗？"

"我想叫她海伦。"

我低头看着她，这名字听起来太老了。至少是老式的。姑姥姥海伦。海伦娜·博纳姆-卡特。我傻笑着，然后她睁开了眼睛。

我胳膊上的汗毛都竖起来了。她的黑眼睛并不能看清我的脸，但她并非没有注意到我。爱与恐惧在我的血管里流淌。**我怎么能期望自**

己给她所需要的呢？即使我的判断是无误的，我据此采取行动的能力却是远远不够的。

但我们是她唯一的依靠。我们会犯错，我们会迷失方向，但我必须相信，总有东西能抓牢。我现在感受到的那种势不可当的爱和决心，一定会有一部分留在能溯源至此刻的每一个我身上。

我说："我给你起名叫海伦。"

# 2041年

"索菲！索菲！"海伦在我们前面，向入境口跑去，伊莎贝尔和索菲正从那里走出来。快16岁的索菲不那么情绪外露了，不过她在微笑着挥手。

弗朗辛说："你想过搬家吗？"

"也许，如果欧洲的法律先改变的话。"我回答。

"我看到了一份我能申请的工作，在苏黎世。"

"我觉得我们不应该竭力把她们凑到一起。也许偶尔拜访能让她们相处得更好。她们并不是没有其他朋友。"

伊莎贝尔走了过来，用贴面礼问候我们。她刚开始来的那几次，我满怀畏惧，但现在她更像是一个略显霸道的亲戚，而不是一个出现就意味着有罪行发生的儿童保护官。

索菲和海伦追上了我们。海伦拉了拉弗朗辛的袖子："索菲有男朋友了，丹尼尔！她给我看了他的照片。"她把手搭在额头上，一副要晕过去的样子。

我瞥了一眼伊莎贝尔，她说："他在索菲的学校上学。他真的很可爱。"

索菲尴尬地做了个鬼脸。"3岁的**男孩子**才**可爱**，"她转过身对我说，"丹尼尔很迷人，见多识广，而且**非常**成熟。"

我感觉有个铁砧砸在了胸口。穿过停车场时，弗朗辛小声说："先别突发心脏病。你还有一段时间来习惯这个可能。"

我们驱车过桥前往奥克兰，海湾的水面在阳光下闪闪发光。伊莎贝尔描述了欧洲议会委员会就阿代权利进行的最新一次会议。会议上获得支持的一项提议草案认为，只要是包含大量人类脱氧核糖核酸信息并以其为基础发生行为的系统，就应被赋予人格。这个概念很难被严格地定义，但大多数反对意见都很滑稽，不切实际。"人类蛋白质组数据库算是一个人吗？哈佛参考生理模拟系统也算是人吗？"后者仅根据它在血液中移除和释放的物质来为大脑建模，也没有人栖居在模拟系统里静静地变疯。

深夜，当女孩们上楼后，伊莎贝尔开始温和地盘问我们。我强忍着愤愤。我当然不会因为她认真履行职责而责怪她，虽然有挑选过程，但如果事实证明我们是怪物，刑法不会提供任何补救措施。许可合同规定我们要尽的义务，就是海伦得到人道待遇的唯一保证。

"她今年的成绩很好，"伊莎贝尔说，"她一定是适应了。"

"是的。"弗朗辛回答。海伦没有资格接受政府资助的教育，而大多数私立学校要么公开反对，要么找一些诸如保险政策之类的借口，将她列为危险机器。（伊莎贝尔与航空公司达成了协议：在飞行途中，索菲必须关机，显得像是在睡觉，不过她不需要戴上镣铐，也不需要被塞在货舱里。）我们尝试向第一社区学校申请入学，没有成功，但我们最终找到了一所离伯克利校区很近的学校，那里的所有家长都很高兴海伦能来。这使她免于加入网络学校，这些学校并不是那么糟糕，而是为特定的孩子设计的——他们因地理、疾病等一些无法以其他方式克服的条件而被隔离。

伊莎贝尔向我们道了晚安，没有不满，也没有建议。弗朗辛和我在火炉旁坐了一会儿，只是相望而笑。能有一份完美无瑕的报告真是太好了。

第二天早上，我的闹钟早响了1个小时。我一动不动地躺了一会儿，等着头脑清醒过来，便问我的知识挖掘者为什么把我吵醒。

伊莎贝尔的来访似乎已被东海岸的一些新闻刊物打造成了重大新闻。国会中的一些活跃人员一直在关注欧洲的辩论，并且不喜欢其走向。他们宣称，伊莎贝尔作为煽动者潜入了这个国家。事实上，只要国会想了解她的工作情况，她愿意随时做证，但国会从未就此邀请过她。

目前我们还不清楚是记者还是反阿代激进分子获知了她的行程并做了一些调查，但现在所有的细节都已经传遍全国，还有抗议者聚集在海伦的学校外面。我们以前应对过媒体群、怪人和激进分子，但知识挖掘者展示给我的图像令人不安，现在是早上5点，人群已经包围了学校。我突然回想起自己十几岁时看过的一些新闻镜头，画面上是北爱尔兰的年轻女学生在经受对立政治派别的围攻抗议。我已经记不得谁是天主教徒，谁是新教徒了。

我叫醒了弗朗辛，解释了情况。

"我们可以把她留在家里。"我建议道。

弗朗辛看起来很为难，但最后还是同意了："等到伊莎贝尔周日飞回去，一切可能就会平息了。停学一天并不等于向暴徒投降。"

早餐时，我把这个消息告诉了海伦。

"我不会待在家里。"她说。

"为什么不？你不想和索菲一起混吗？"

海伦被逗乐了："混？嬉皮士们常这么说吗？"在她个人的旧金山年表中，她出生之前的一切都属于海特-阿什伯里[1]的旅游博物馆所描绘的世界。

"聊八卦。听音乐。以任何你喜欢的方式进行社交互动。"

她琢磨着最后这个开放式的定义："购物？"

"我看没什么不可以的。"房子外面没有人群，虽然可能有人在监视我们，但抗议的规模太大，不可能变成一场移动的盛宴。也许其他的父母都会把孩子留在家里，让那些挥舞不同标语的人自己互相争斗。

海伦重新想了想，说："不。我们周六去购物。我想去上学。"

我瞥了弗朗辛一眼。海伦补充说："他们好像伤害不了我。我有备份。"

弗朗辛说："被人大吼大叫是很不愉快的。还有被侮辱，被推来推去。"

"我没觉得那会**令人愉快**，"海伦轻蔑地回答，"但我不会让他们来告诉我该做什么。"

迄今为止，有几个陌生人曾靠近到可以嚷嚷着辱骂她的距离，而且在她上学的第一所学校里，也有一些孩子就像（普通的、不吸毒的、没有精神病的）9岁恶霸那样暴力，但她从未遇到过现在这样的情形。我给她看了实时新闻，而她不为所动。弗朗辛和我便回到客厅来商量。

---

1　海特-阿什伯里（Haight-Ashbury）位于旧金山，是20世纪60年代嬉皮士的发源地。如今它依然被认为是嬉皮士圣地。

我说："我不认为这是个好主意。"最重要的是，我开始有一种偏执的恐惧，担心伊莎贝尔会把整件事怪到我们头上。更现实一点看，她很可能会反对我们让海伦暴露在抗议者面前。即使这不足以让她立即撤销许可，但削弱她对我们的信任，最终也会导致那样的结果。

弗朗辛想了一会儿："如果我们俩都跟着她，走在她身边，他们会怎么样呢？如果他们敢动我们一根汗毛，就是袭击。如果他们想把她从我们身边拖走，那就是盗窃。"

"是的，但不管他们做什么，她都能听到他们喷出来的脏东西。"

"她看新闻，本。这些话她全都听过了。"

"哦，该死。"伊莎贝尔和索菲下楼来吃早饭了，我能听见海伦平静地向她们讲述她的计划。

弗朗辛说："别想着取悦伊莎贝尔了。如果海伦想这么做，也知道这意味着要承担什么，并且我们能保证她的安全，那么我们就应该尊重她的决定。"

她未出口的暗示让我心里一阵恼火：我已经竭尽全力让她能够做出有意义的选择，我可不是个阻碍她的伪君子。**知道这意味着要承担什么？**她才9岁半。

但我钦佩她的勇气，而且我确信我们能保护她。

我说："好吧。你打电话给其他家长。我来通知警察。"


我们一下车就被发现了。喊叫声此起彼伏，愤怒的人群如潮水般向我们涌来。

我低头看了一眼海伦，紧紧抓住她："不要放开我们的手。"

她对我宽容地笑了笑，仿佛我警示的是一些琐碎的事情，比如沙滩上的碎玻璃。"我会没事的，爸爸。"人群越挤越近，她躲闪了一下，接着，四面八方都是挤向我们的躯体，人们对着我们的脸喋喋不休，唾沫横飞。弗朗辛和我转过身面对彼此，形成一个保护笼，以及一个能穿过众多成年人双腿的楔形空间。被人潮淹没是很可怕，但我很高兴女儿不用和这些人平视。

"撒旦驱使着她！撒旦在她体内！出来，耶洗别之灵！"一个身穿淡紫色高领连衣裙的年轻女人紧贴着我，开始含混地祈祷。

"哥德尔的定理证明，量子崩溃背后那个不可计算的非线性世界是佛性的明确表达，"一个衣着整齐的年轻人虔诚地吟诵着，用令人钦佩的简洁句式证明他根本不知道这些术语是什么意思，"因此，机器中不可能有灵魂。"

"赛博纳米量子。赛博纳米量子。赛博纳米量子。"念咒的是一个自认为"支持"我们的人，这个中年男子穿着莱卡单车短裤，用力探手往我们之间的下方摸索，试图把手放在海伦的头上，留下几片死皮。根据他们的邪教教义，这将使她能够在着手建立奥米伽点[1]时复活他。我在不造成实质攻击的前提下，尽可能牢固地挡住了他，而他就像一个被拒绝进入卢尔德的朝圣者一样哀号。

"你以为你会永远活下去吗，小仙女？"一个胡子蓬乱的斜眼老头从我们面前探出头来，朝海伦的脸上唾了一口唾沫。

"浑蛋！"弗朗辛喊道。她扯出手帕，把痰擦干净。我俯下身，空出一只胳膊搂住他们。在弗朗辛给她擦拭时，海伦厌恶地做着鬼脸，但没有哭。

我说："你想回到车上去吗？"

---

1  奥米伽点（Omega Point）是法国哲学家德日进提出的概念，指人类追求的最终目标。此时的宇宙将彻底精神化，形成新的世界。

"不。"

"你确定？"

海伦恼火地皱起五官："你为什么总是问我这个？**我确定吗？我确定吗？**你才是那个听起来像电脑的人。"

"我很抱歉。"我紧紧握住她的手。

我们艰难地穿过人群。事实证明，抗议者的核心人物比那些先挤到我们身边的疯子更理智、更文明，当我们靠近学校大门时，人们一边对着镜头喊着口号，一边努力腾出空间让我们毫发无损地通过。"全民医保，非仅富人！"我无法反驳这个观点，而有钱人使孩子免于疾病的方法有上千种，阿代只是其中之一，并且实际上是最便宜的方法之一：成人大小的假体的总成本小于美国终身医疗支出的中位数。禁止阿代不会终结贫富差距，但我能够理解为什么有些人认为，制造一个永远活着的孩子是终极的自私行为。在接下来的几千年里，这些孩子可能永远不会考虑自己后代的生育率和资源使用情况。

我们穿过大门，走进一个空旷又安静的世界。任何闯入这里的抗议者都会被立即逮捕，但显然，他们中没有一个人对甘地的原则有足够的献身精神，非要追求这样的命运。

进了门厅，我蹲下来搂住海伦："你没事吧？"

"是的。"

"我真为你感到骄傲！"

"你在发抖。"她说得对，我全身都在微微颤抖。这不仅仅是因为挤压和对抗，也不只是出于我们无伤渡过难关带来的释然。对我来说，从来都没有绝对的解脱，我永远无法从脑海中完全抹去其他的可能性。

教师卡梅拉·培尼亚走近我们，看起来泰然自若。当他们同意接受海伦时，所有的工作人员和家长都知道会有这样的一天。

海伦说："我现在没事了。"她吻了我的脸颊，然后又吻了弗朗辛。"我没事，"她坚持说，"你们可以走了。"

卡梅拉说："我们有60%的孩子正在前来上课的途中。鉴于目前的状况，这还不错。"

海伦沿着走廊往前走了，只回了一次头，不耐烦地向我们挥手。

我说："对，还不错。"


在女孩们第二天的购物之途中，一群记者围住了我们五人。但如今的媒体机构对诉讼越来越谨慎了，而且伊莎贝尔提醒他们，她现在正享受着"每个普通公民的普通自由"——这是出自最近一次对《名人跟踪者》的8位数判罚——他们把安宁还给了我们，离开了。

伊莎贝尔和索菲乘飞机离开的那天晚上，我走进海伦的房间，给她一个晚安吻。当我转身离开时，她说："酷思普是什么？"

"它是一种计算机。你从哪儿听说它的？"

"在网上。上面说我有一个酷思普，但索菲没有。"

弗朗辛和我还没有下定决心要告诉她哪些内容，以及什么时候告诉她。我说："没错，不过没什么好担心的。这只是意味着你和她有一丁点儿不同。"

海伦皱起了眉头："我不想和索菲不同。"

"每个人都和别人不一样，"我尽挑好听的说，"拥有一台酷思普就像……一辆拥有不同类型引擎的汽车。它仍然可以去所有地方。"**只是不能一次去所有地方**，"你们仍然可以做任何你们喜欢做的事。你想多像索菲就可以多像。"这并非完全不诚实，关键的区别总是可以被消除的，只需要关闭酷思普的屏蔽。

"我想变成一样，"海伦坚持说，"下次我长大时，你就不能给我换上索菲有的东西吗？"

"你拥有的更新、更好。"

"可是别人都没有。不只是索菲，其他所有人都没有。"海伦知道她已经戳穿我了：如果它更新、更好，为什么更年轻的阿代也没有呢？

我说："这很复杂。你现在最好去睡觉，我们以后再谈。"我对着毯子一通瞎忙活，而她气愤地瞪着我。

我下楼向弗朗辛复述了刚才的对话。"你怎么想？"我问她，"到时候了吗？"

"也许是吧。"她说。

"我想等她大到能理解多世界诠释的时候。"

弗朗辛思考着："可是，要理解到什么程度才行？她不会在近期内就开始玩密度矩阵。如果我们把它当成一个大秘密，她只会从其他地方得到肤浅的解释。"

我扑通坐倒在沙发上："这事会很难。"我已经对那一刻排练过一千次了，但在我的想象中，海伦总是要比此刻更大些，而且也已经多了成百上千个使用酷普普的阿代。然而现实中，没有人遵循我们开辟的道路。多世界诠释的证据已经越来越确凿，但对大多数人来说，仍然很容易被忽视。版本更复杂的老鼠走迷宫看起来就像精心制作的电脑游戏。你无法自己在分支世界中穿梭，也不能暗中侦察平行世界的另一个自我——这样的壮举可能永远无法实现。"你怎么告诉一个9岁的小女孩，她是这个星球上唯一一个能做出决定并坚持下去的有情生物呢？"

弗朗辛笑了："你在开场白里可不要使用这些词。"

"是的。"我伸出手搂住她。我们即将进入一个雷区——并且忍不住要在那危险的地面上扩散开来——但至少我们有彼此的判断来相互抑制,稍微地控制住我们自己。

我说:"我们会解决的。我们会找到正确的道路。"

# 2050 年

凌晨4点左右,我屈服于自己的渴望,点燃一个月来的第一支烟。

当我把温暖的烟雾吸进肺里时,我的牙齿开始打战,好像这种对比迫使我注意到身体的其他部位有多么冷。烟头的红光是视野内最亮的东西,但如果有镜头瞄准我,那它也会是红外线的,而我在镜头里会像篝火一样燃烧着。当烟重新从口中冒出来时,我像一只被毛绒球呛住的猫一样发出呛咳声,第一口总是这样的。我离奇地在60岁时养成了这个习惯,即使断断续续地抽了5年的烟,我的呼吸道还是不能完全相信它的厄运。

5个小时以来,我一直蹲在庞恰特雷恩湖岸的泥泞中,从这里往东走两三千米,就是新奥尔良泡水的废墟。我望着那艘驳船,盼着有人回家。我曾想游出去四处看看,但我的助手用国内的无线电探测在水面上画出了一条鲜红色的壕沟,而且,就算我待在红线之外,也不能保证我一直不会被发现。

我在前一天晚上给弗朗辛打过电话。这次谈话简短又紧张。

"我在路易斯安那州。我想我找到了一条线索。"

"是吗?"

"我会让你知道结果的。"

"你去做吧。"

我已经快两年没见过她本人了。在共同面对了太多的绝望之后，我们分头行动，去搜寻更多的地方：弗朗辛从纽约找到了西雅图，我负责南方。几个月一闪就过去了，她当初决心为了达成目标要撇开一切情绪，但如今这决心逐渐被消磨。我敢肯定，某个晚上，当她在某个死气沉沉的汽车旅馆房间里独自一人时，她一定悲不自胜——同样的事情也发生在我身上，1个月后还是1周前，这没有什么区别。我们没有一起经历过这心情，所以这痛苦没有被分担，我们的负担也就没有减轻。47年过去了，虽然我们现在有了一个前所未有的共同目标，但我们开始渐渐随波逐流。

我已经了解了杰克·霍尔德在巴吞鲁日的情况，通过酒吧里夸夸其谈的流言和不知倒了多少手的传闻，对他进行三角分析。自夸通常都是空洞的，一具比微波炉更愚蠢的配备软件的假体可以做个极其顺从的奴隶，但是，当你的哥们儿发现你有一个高科技的充气娃娃时，如果挽回尊严的唯一方法就是暗示娃娃里有灵魂，那显然会有很多人欣然使用这个方法。

霍尔德看起来是更糟的货色。我买下了他的终身购物记录，在过去20年的记录中，他对赛博色情商品的购买量一直很稳定。这些商品露骨又浮华，其中一半的标题都包含"宣言"一词。但在大约3个月前，这类购买停止了。传言说，他找到了更好的替代品。

我抽完烟，拍着胳膊让血液流通起来。**她不会在船上。**据我所知，她已经听说了布鲁塞尔的消息，正在前往欧洲的路上。若是孤身上路，这对她来说将是一趟艰难的旅程，但没有理由认为她没有忠诚的、值得信赖的朋友帮助她。我的脑壳里烙印了太多陈旧的记忆：所有毫无意义的激烈争吵，所有细小的罪行，所有的自我伤害。不管发生了什么，不管她经历了什么，她都不再是那个愤怒的15岁女孩了——她曾在某个周五离家去上学却再也没回来。

她13岁的时候，我们争论一切。她的身体不需要青春期泛滥的荷尔蒙，但软件却无情地模拟所有神经内分泌的影响。有时，让她经历这些就像是一种折磨——而不是寻觅通往成熟的魔法捷径——但基本规则就是永远不做修订，永远不做干预，只注重尽可能忠实地模拟普通人类的成长。

不管我们吵的是什么，她总能让我闭嘴。"我对你来说只是一件东西！仪器！爸爸的小武器！"我不在乎她是谁，也不在乎她想要什么，我塑造她只是为了抹消我自己的恐惧。（事后我夜不能眠，排练着蹩脚的反驳。还有一些孩子的出生原因比这卑劣多了：为了下地干活，为了坐进董事会会议室，为了打发无聊，为了挽救失败的婚姻。）在她眼里，酷思普本身并没有好坏之分——她拒绝了我让她关闭屏蔽的所有提议，因为就那样放过我太轻易了。是我出于自私把她变成了怪物，我甚至把她和其他阿代区分开，就只为了给自己某种安慰。"你想生一个单生子？每次你做了错误的决定，为什么不直接一枪爆了自己的头呢？"

她失踪时，我们担心她是在街上被人抓走了。但我们在她屋里发现了一个信封，里面有她从身体里挖出来的定位信标，还有一张纸条，上面写着：**别找我。我再也不回来了。**

我听到一辆重型汽车碾过左边泥路的声响。我伏低身子，确保自己藏在灌木丛中。卡车停了下来，发出一声轻微的金属震动，驳船上放下了一艘无人驾驶的摩托艇。我的助手捕获了交换的数据流，内容是一个具体的挑战和回应，但它不知道如何破解常规防护以模仿驳船的主人。

两个人从卡车上爬了下来。一个是杰克·霍尔德，我在星光下看不清他的脸，但在巴吞鲁日的餐馆和酒吧里，我就坐在离他几米远的地方，我的助手熟知他的躯体特征：来自他神经系统和植入物的电磁辐射；他的身体对周围环境中微小变化的电容和感应反应；微弱的伽马射线光谱，这来自他身体中不可避免的放射性同位素的异质负载，无论是源于自然的还是异常的。

我不知道另一个人是谁，但我很快就大致知道了。

"现在给1000美元，"霍尔德说，"你回来的时候再给我1000美元。"他隐约指了指停在那里的汽艇。

另一个人起了疑心："我怎么知道它会像你说的那样呢？"

"不要把她叫作'它'，"霍尔德抱怨道，"她不是一件物体。她是我的莉莉丝，我的洛丽塔，我甜美的发条女妖。"有一个瞬间，我怀着希望想象这个顾客会嗤笑这种夸张的销售，然后恢复理智。巴吞鲁日的妓院公开给性爱机器做广告，配备熟练的人类傀儡师，而价格比这便宜许多倍。无论这人想象一个真正的阿代会有什么特别的刺激，他都无从得知霍尔德有没有一个共犯操控驳船上的躯体。他付这2000美元，得到的甚至可能是霍尔德自己来操作傀儡。

"好吧。但如果她不是真的……"

我的助手窃听到了钱已转手，它曾很好地模拟过此时的情况，知道我一直以来都希望如何回应。"现在行动。"它在我耳边低语。我毫不犹豫地照做了。18个月前，我经受现代化学能带来的所有痛苦和恶心，学会让自己条件反射地迅速服从助手的指令。助手不能操纵我的四肢——我负担不起复杂的手术——但它在我的视觉上覆盖了运动暗示，这个系统是我从现成的编舞软件改造而来的。我大步走出灌木丛，径直走向摩托艇。

顾客非常愤怒："这是什么意思？"

我转向霍尔德："你想先上他吗，杰克？我来按住他。"有些事情我觉得助手控制不了，它可以设置边界，但最好让我能略微即兴发挥，然后把我的行为当作环境的另一部分。

有那么一会儿，他们震惊得说不出话来，接着霍尔德语调冰冷地说："我这辈子从没见过这个浑蛋。"但他哑口无言的时间太长了，以致无法让一个陌生人绝对相信他。当他伸手去拿武器时，这名顾客向后退去，然后转身逃跑了。

霍尔德慢慢地向我走来，手里举着枪："你想玩什么？你在追踪她吗？是这样吗？"他的植入物正在给我的身体制图——它非常活跃，因为没有必要秘密行事——但我在巴吞鲁日跟踪他长达数小时后，我的助手对他了如指掌。在他映着星光的灰色身体上，我的助手覆盖了一幅示意图，将他剥离得只剩下大脑、神经和植入物。一群蓝色的萤火虫在他的运动皮质区闪烁着，预示着他会有一个奇怪的耸肩动作，这与扣动扳机的手指没有明显的联系。在光点的强度足以指挥他的植入物向枪支发出信号之前，我的助手说了声"趴下"。

枪击并没有声响，但再次站起来时，我闻到了推进剂的味道。我放弃了思考，跟着舞步走。当霍尔德大步向前，把枪对准我时，我半转过身，抓住他的右手，照着他颈侧的植入物狠狠地打了几拳。他是个恋物癖者，所以他选择的是大包装，在皮肤下显而易见。这些植入物的边缘不是硬的，也不是不可弯曲的——他也不是那种受虐狂——但只要你压得够紧，即便是最柔软的生物相容性泡沫材质，也可能宛如一块木头。我把"木头"捶进他颈部的肌肉，向上扭动他的前臂。他丢下的枪被我踩着向后扫进了灌木丛。

在超声波的辅助下，我看到血液聚集在他的植入物周围。当压力达到一定程度时，我停了一下，然后又一次击中他，肿胀处就像一个巨大的水泡般爆裂了。他跪倒在地，痛得惨叫起来。我从后口袋里拿出刀子，抵住了他的喉咙。

我让霍尔德解开自己的腰带，把他的手绑在背后。我领着他走向摩托艇，两个人都上船后，我示意他给摩托艇做出必要的指示。他一脸愠怒，但很合作。我什么感觉也没有，我内心的一部分仍然坚持认为，我逮住的这笔交易是一场骗局，驳船上没有什么在巴吞鲁日找不到的东西。

这艘驳船很旧，是木制的，散发着防腐剂和浓郁的腐烂气味。船舱窗户上蒙着肮脏的塑料玻璃，能看到的只有它们的反光。穿过甲板时，我紧贴着霍尔德，如果这里有武装安保系统，希望它不会冒险同时射穿我俩。

到了小屋门口，他无可奈何地说："别伤害她。"我的血都凉了，我用前臂压住嘴，遏制住了一声不由自主的抽泣。

我踢开了门，但除了阴影什么也看不见。我喊道："光！"有两个灯做出了回应，一个在天花板上，一个在床边。海伦一丝不挂，手腕和脚踝都被链条锁着。她抬起头来，看到了我，然后发出了一声骇人的哀号。

我用刀抵住霍德的喉咙："打开这些东西！"

"镣铐吗？"

"对！"

"我没办法。这不是智能的，只是焊接起来的。"

"你的工具呢？"

他犹豫了："我卡车里有一些扳钳。其他的都在城里。"

我环视小屋，然后把他带到一个角落，让他站在那里，面朝墙壁。而我跪在了床边。

"嘘。我们会救你出去的。"海伦不再出声。我用手背碰了碰她的脸，她没有退缩，只是不可置信地盯着我。"我们这就把你弄出来。"木床柱比我的胳膊还粗，链环有我的拇指那么宽。我没法徒手掰开这东西的任何一部分。

海伦的表情变了：我是真实的，她没有产生幻觉。她含糊地说："我以为你已经放弃我了。启动某个备份。重新开始。"

我说："我永远不会放弃你。"

"你确定？"她审视着我的脸，"这是可能性的临界处吗？这是最糟糕的情况吗？"

对这个问题，我没有答案。

我说："你还记得怎么麻痹自己吗，为了蜕壳？"

她给了我一个虚弱但得意的微笑："当然。"她不得不忍受监禁和羞辱，但她总是有能力切断自己与身体感官的联系。

"你想现在就执行吗？把这一切都抛在身后？"

"是的。"

"你很快就安全了。我向你保证。"

"我相信你。"她的眼睛翻了上去。

我切开她的胸腔，取出了酷思普。


弗朗辛和我都在汽车后备厢里装着备用的身体和衣服。国内航班禁止阿代搭乘，所以海伦和我沿州际公路行驶，前往华盛顿特区，弗朗辛会在那里与我们会合。我们可以向瑞士大使馆申请政治庇护，伊莎贝尔已经推动相关体制开始运转。

海伦一开始很安静，和我在一起时几乎像和陌生人在一起一样害羞，但第二天，当我们从亚拉巴马州进入乔治亚州时，她开始敞开心扉。她向我透露了一些自己如何搭顺风车在州与州间穿行，如何找到支付电子现金的临时工作，做这些事不需要社会保险号，更不用说生物识别身份证件了。"水果采摘是最好的一种。"

她沿途结交了一些朋友，并向那些她认为可以信任的人吐露了自己的特性。她仍然不确定是否有人背叛她。霍尔德是在一座桥下的流浪者宿营地找到她的，肯定有人告诉过他具体去哪里找，但也有可能是她被一个知情的路人认出来了，那个人可能几年前在媒体上见过她的脸。弗朗辛和我从来没有公布过她的失踪，也从未发布过传单或网页，因为我们担心这样做只会让情况变得更危险。

第三天，当我们穿过卡罗来纳州时，车中再度陷入了寂静。这里的景色令人惊叹，田野里鲜花盛开，海伦看起来很平静。也许这就是她最需要的：安全，和平，仅此而已。

但随着黄昏的临近，我觉得我必须说话了。

"有件事我从没告诉过你，"我说，"那是我年轻时发生的事情。"

海伦笑了："别告诉我你从农场逃走了。挤奶挤累了，就加入了马戏团。"

我摇了摇头："我从不喜欢冒险。这只是一件小事。"我跟她说了厨工的事。

她把这个故事仔细琢磨了一会儿："这就是你建造酷思普的原因吗？所以你创造了我？最后，一切都取决于巷子里的那个人？"她听上去困惑多于生气。

我低下了头："我很抱歉。"

"为了什么？"她问道，"你后悔让我出生吗？"

"不，但是——"

"你没有让我上那艘船。是霍尔德干的。"

我说："是我把你带到了一个有他这样的人存在的世界。我把你变成了什么？把你变成了靶子。"

"那如果我是血肉之躯呢？"她说，"对于血肉之躯，你以为就没有像他这样的人了吗？还是你真的相信，如果你有一个有血有肉的孩子，她**根本不可能逃离**？"

我开始哭泣："我不知道。我只是很抱歉伤害了你。"

海伦说："我不怪你做的事。而且我现在更明白了。你在自己身上看到了善良的火花，你想用双手捧住它，保护它，让它更强大。我能理解。我不是那朵火花，但那不要紧。我知道我是谁，我知道我的选择是什么，为此我很高兴。我很高兴你给了我这个。"她伸手过来捏了捏我的手，"如果此时此地，有另一个版本的我在相同的境况下处理得更好，你觉得我会因此而感觉更好吗？"她笑了，"对任何人来说，知道别人自在逍遥可算不上一种安慰。"

我定了定神。汽车发出嘀嘀声，提醒我注意它在前方几千米处的一家汽车旅馆预订了房间。

海伦说："我有时间思考很多事情。不管法律怎么说，不管偏执狂们怎么说，所有的阿代都是人类的一部分。而**我**所拥有的东西几乎是所有人都认为他们拥有的。人类的心理，人类的文化，人类的道德，所有这一切都随着我们生活在单一历史中这一幻觉而演变。但我们并不是生活在单一历史中，所以从长远来看，我们必须放弃一些东西。你可以说我守旧，但我宁愿修补我们的物理特性，也不愿意放弃我们的整个身份。"

我沉默了一会儿："那么，你现在有什么计划？"

"我需要接受教育。"

"你想学什么？"

"我还不确定。有那么多不同的东西。但从长远来看，我知道自己想做什么。"

"哦？"汽车下了高速公路，向旅馆驶去。

"你开了个头，"她说，"但这还不够。还有数十亿个尚未发明酷思普的分支宇宙——照目前的情况来看，总有分支没有酷思普。如果我们不分享这东西，那我们拥有它有什么意义？所有这些人都应该拥有自己选择的权利。"

"在分支宇宙间旅行不是一个简单的问题，"我温和地解释道，"困难程度将比酷思普高几个数量级。"

海伦笑了笑，承认了这一点，但她抿紧的嘴角流露出她的固执，我认得这个表情，这是无数次微小胜利的前兆。

她说："给我点时间，爸爸。给我点时间。"

先知

Oracle

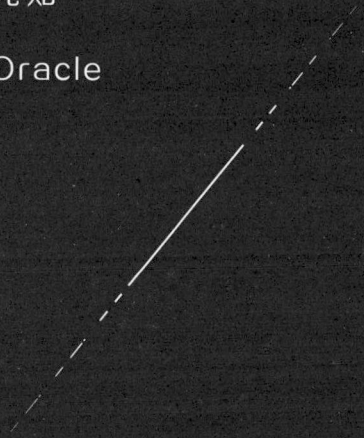

# 1

关在虎笼里的第十八天，罗伯特·斯托尼不再指望自己能毫发无损地逃脱。

整个夜里他醒了十几次，迫切地想要舒展他的背部和四肢，他在头几天找到了几个勉强还算好的姿势——这些是差中最优的解决方法，来应对这个监禁空间的几何问题——但没有一个姿势能缓解他的恐慌。第二周时，他的痛苦远超出了第一周，他腿上的肌肉绞痛，就仿佛它们正附在腿骨上渐渐坏死。但如今这新一波痉挛感源自更深处，完全出自一种他对自己处境的紧迫意识。

他害怕的就是这个。他有时能找到减轻不适的方法，有时找不到，但他一直坚持认为，到最后，这些浑蛋能做到的无非就是伤害他。但事实并非如此。他们还能让他在半夜里渴望自由而求之不得，就如同他渴望悲伤或爱那样。他一直抱有这样一种认知：他的自我是一个整体，他的精神和身体不可分割。但他从前没能领会其必然的结果：通过他的身体，他们可以碰触他的每个部分，改变他的每个部分。

一种新折磨随早晨到来：花粉症。这房子在偏远的乡郊，中午除了鸟鸣声外什么也听不到。6月一直是他花粉症最严重的一个月，但在曼彻斯特时，症状还可以忍受。吃早餐时，他们给了一碗温热的燕麦片，鼻涕从他的脸上滴到了碗里。他用手背拦住了鼻涕，但是他没法调整姿势以便用裤子把手擦干净，一阵厌恶感让他忍不住颤抖。很快他就需要清空他的肠道了。只要他要求，他们就会提供便壶，但他们总是要等两三个小时后才会拿走它。那气味已经够难闻了，更糟糕的是还占笼子里的空间。

快到中午的时候，彼得·昆特来见他，说："今天怎么样，教授？"罗伯特没有回答。某天，罗伯特调侃彼得·昆特[1]这个名字很符合他神出鬼没的间谍身份，昆特困惑地皱起了眉，自从那以后，罗伯特每次见到昆特都设法至少开一个新玩笑嘲弄他，这是一种小心眼的但令人满意的纵乐。但此刻他的脑子一片空白，而且回想起来，这种做法就像是某种疯狂的消遣，就像在给某种正在咬他的腿的食肉动物打一些哲学分数一样怪诞又徒劳。

昆特高高兴兴地说："祝你长命百岁。"

罗伯特小心控制住了自己，没有露出惊讶的神色。他一直清楚地记得日子，但已经不再根据日历来思考了，日期已变得无关紧要。若是在现实世界，忘记自己的生日会被认为是一种无害的怪癖。但是在这里，人们会认为这证明了他的病情正在恶化，并且即将撑不住了。

如果他即将崩溃，他至少可以选择何时崩溃。他头也不抬，尽量平静地说："你知道吗，早在1948年，我差点获得了参加奥运会马拉松比赛的资格。如果我在选拔赛前没有做髋关节手术，我可能会参加

---

1　彼得·昆特（Peter Quint）是美国作家亨利·詹姆斯小说《螺丝在拧紧》中的人物，是女主人公声称所见的鬼魂之一。——编者注

比赛。"他勉力发出一声自嘲的笑声，"我想我从来算不上是一名运动员。但我只有46岁。我还没准备好坐轮椅。"这句话确实有帮助：用这种方式乞求，他就不会彻底崩溃，这样能坦诚地表达恐惧，又不会透露伤害的威胁究竟有多严重。

他接着往下说，语调中带着一种有分寸的哀伤，他希望自己听起来像是在呼吁公平："一想到自己会变成残疾人，我就受不了。我只希望你能让我站直，让我保持健康。"

昆特沉默了一会儿，然后用一种体贴的语气回答道："这不自然，不是吗？像这样生活：弯着腰，扭曲着，日复一日。不自然的生活方式总归会伤害到你。我很高兴你终于发现了这一点。"

罗伯特很疲惫，过了几秒钟才明白这句话的意思。**就这么生硬，这么毫不掩饰？**他们把他关在这个笼子里这么长时间……像是一种对他罪行的笨拙**隐喻**？

他差点笑出声来，但控制住了自己："我想你不认识弗朗茨·卡夫卡吧？"

"卡夫卡？"昆特永远无法掩饰他对探听名字的贪婪，"是你的一名朋友，是吗？"

"我非常怀疑他算不算得上是一个我的朋友。"

昆特很失望，但准备用备用的询问来凑合："那么，是另一边的？"

罗伯特假装在思考这个问题："总的来说，我认为这种可能性也不大。"

"那为什么要提他的名字呢？"

"我只是觉得，他会欣赏你的方法，仅此而已。他可是个内行。"

"哦。"昆特听起来并不相信，但也不是完全不满意。

罗伯特第一次见到昆特是在1952年2月。罗伯特家在1周前遭了贼,他自圣诞节以来都在与一个名叫阿瑟的年轻人交往,这个人向罗伯特坦白,说自己把他家地址告诉了一个熟人。也许这两人计划抢劫他,但阿瑟在最后一刻退出了。无论如何,罗伯特去找了警察,讲了一个不太可能发生的故事:他在一个酒吧里发现了那个罪犯,罪犯正试图出售一把电动剃须刀,其构造和型号都雷同于罗伯特家失窃的那把。没有人会因为如此不可靠的证据而受到指控,所以就算阿瑟是在撒谎,罗伯特对后果也并不担心。他只是希望能引起一场调查,以发现一些更切实的东西。

第二天,英国刑事调查局拜访了罗伯特。警方认识他指控的那个人,盗窃当天留下的指纹也和卷宗里的指纹相吻合。但是,罗伯特声称于某个时刻在酒吧看到了他,而在那个时刻,此人早已因为完全不同的罪名被拘留了。

侦探们想知道他为什么撒谎。为了缓解尴尬,罗伯特解释了消息的真正来源。他为什么要觉得尴尬呢?

"我和线人有关系。"

一位名叫威尔斯先生的警探就事论事地问:"这是怎么回事呢,先生?"于是,就仿佛诚实本身一定会得到回报一样,罗伯特一股脑儿把所有细节都告诉了他。他当然知道这事严格说来依然是违法的。不过,在复活节踢足球也不外如是。这不可能像入室行窃那样被视为严重的犯罪。

警察缠了他好几个小时,竭尽所能地收集信息,最终纠正了他的这种误解。他们没有立即起诉他,因为还需要阿瑟的陈述。但第二天早上,昆特出现了,他堂而皇之地给出了选项。要么3年监禁,外加苦役;要么罗伯特可以恢复他的战时工作——每周只工作一天,为昆特的特务部门做一名高薪顾问——然后这些指控便会悄无声息地消失。

起初，他叫昆特让法庭尽管倒行逆施。他会愤起反抗这荒谬的法律，而不管他对阿瑟是什么感情，昆特已经沾沾自喜地暗示说——仿佛这加强了他的论据一般——这个年轻的劳工将会得到比罗伯特更宽大的处理，他只是被一个本应为下层阶级树立榜样的人引入了歧途。3年的牢狱生活令人不安，但这并不是世界末日。马克I型坦克曾改变了他的工作方式，但必要时，他只需要一支铅笔和一张纸就能正常工作。即使他们让他从早到晚敲石头，他还是可以做一些富有成效的白日梦，所以，哪怕昆特危言耸听，他也怀疑事情会不会发展到这一步。

但是，在昆特留给他做决定的24小时里，他在某个时刻失去了勇气。只要接受每周工作一天的特工工作，他就能免受审判带来的所有混乱和干扰。他当时的工作是为胚胎发育建模，尽管这工作和他人生中的其他工作一样具有挑战性，他还是不可抑制地怀念过去的日子，那时候，整个战舰舰队的命运都取决于是否能以最有效的方式从回转轮加密法中找出逻辑矛盾。

而向胁迫屈服的麻烦在于，**这证明了你是可以被收买的**。不用提下一次他需要救援时，俄国人几乎不可能主动来干预曼彻斯特警察。也不用提他根本就不在意会不会有一个敌方特工威胁他，要把如此全面的证据发表到报纸上，让他的赞助人再也不可能来救他。投降的话，他就再也没有机会宣称，他与另一个伴侣心甘情愿上床的行为不属于国家安全问题，只要答应昆特，他就会让这行为上升到国家安全问题。他只要堕落一次，就会让汹涌的陈腔滥调和偏执妄想全都倾泻到自己脑袋上：他很容易被胁迫，很容易被诱捕，天性背信弃义。他还不如和盖伊·伯吉斯[1]在克里姆林宫的台阶上招摇过市呢。

如果这只是让昆特和他的主人们认为他不能被信任，那倒是没有关系。问题在于，就算招募了他近6年，并且没有理由认为他曾以任何方式违反了安全条例，他们也会说服自己，觉得既不能继续雇用他，放他自由也不安全，除非他们能剥夺他身上最先被他们用来控制他的特质。

罗伯特经历了一个痛苦而复杂的过程，重新安排了身体姿势，以便直视昆特的眼睛："你知道，如果这是合法的，就没什么好担心的了，不是吗？你为什么不把你伟大的权谋才华用在这上面呢？威胁几个政客，成立皇家委员会。这只需要你花几年的时间。然后我们就可以继续做我们真正的工作了。"

昆特眨着眼睛看他，与其说是愤怒，不如说是惊愕："你还不如说我们应该使叛国合法化！"

罗伯特张开嘴想回答，又决定不去白费口舌。昆特不是在表达道德观点。他的意思只是说，一个从事昆特这种职业的人并不希望匆匆地创造出这样一个世界——其中始终害怕自己被发现的人越来越少了。


当罗伯特再次独自一人时，时间过得很慢。他的花粉症恶化了，最后他几乎不停地在打喷嚏和呕吐。就算有行动自由，又有用之不尽的最柔软的亚麻手帕，他也会沦落到悲惨的境地。只是他渐渐能更熟练地应对这些症状了，他把这任务付予无意识。下午过半时，他满身

---

1　盖伊·伯吉斯（Guy Burgess）是20世纪潜伏英国的著名苏联特工，曾任英国军情六处探员。

污秽，眼睛肿得几乎睁不开，但终于成功把注意力转回到了工作上。

在过去4年里，他一直专注于粒子物理学。他从战前就开始断断续续研究这一领域，但杨振宁和米尔斯在1954年发表了一篇论文，将麦克斯韦电磁学方程推广到了强核力上，这促使他开始行动。

几次失败的开端后，他相信自己发现了一种将重力转化为相同形式的有效方法。在广义相对论中，如果你携一个四维速度矢量绕着包围一处弯曲时空的闭合路径运动，这个矢量会旋转回来——这一现象很容易让人联想到核物理中更抽象的矢量的行为方式。在这两种情况下，旋转都可以用代数方法来处理，而传统的处理方法是利用一组复数矩阵，矩阵间的关系模拟所讨论的代数关系。赫尔曼·外尔早在20世纪20年代及30年代就对大部分可能性进行了编目。

在时空中，让一个物体旋转有六种截然不同的方式：你可以让它绕着空间中三条垂直轴中的任何一条旋转，或者你可以在上述三个方向上提高它的速度。这两种旋转是互补的，或者说相互"对偶"的，普通的旋转只影响未被其相应助推触及的坐标，反之亦然。这意味着你可以绕着x轴旋转某物，并使它向同一个方向加速，而这两个过程互不干扰。

当罗伯特尝试用杨-米尔斯方法来解决重力问题时，他一再失败。只有把旋转的代数关系变换成一种偏斜得很奇怪的新花样时，数学才能落到实处。粒子物理学家用一个技巧来构造左旋场或右旋场，受此启发，罗伯特将每一次旋转都与其自身对偶乘以i相结合，i即−1的平方根。如此得到在四个**复数**维度上的一组旋转，而非普通时空中的四个真实旋转，但它们之间保留了原来的代数关系。

事实证明，要求这些"自对偶"旋转满足爱因斯坦的方程，就相当于普通广义相对论，不过通向该理论的量子力学版本的过程就变得极其简单。罗伯特还不知道如何解释其中的原理，但作为一个纯粹的形式技巧，这一方法有效得惊人——当数学落实至此时，一定有**某种**意义。

几小时里他都在琢磨之前得出的结果，在脑海里将它们翻来覆去，重新检查和想象一切，希望能建立一些新的联系。不过他毫无进展，但总有这样的日子。单单是花这么多时间做他在日常世界中会做的事，就已经是一种胜利了——无论这多么平凡，甚至令人沮丧，毕竟同样的活动在普通环境中也会是这样。

到了夜里，胜利便开始显得毫无价值。他还没有完全失去理智，但他快冻僵了，并且身体形态扭曲。他还不如用博多码背诵32位乘法表来消磨时间，只为了证明他还记得。

屋里阴影重重，罗伯特完全丧失了专注力。花粉症已经消退了，但他累得无法思考，痛苦得无法入睡。这里不是苏联，他们不可能永远关押他，他只能耐心等他们厌烦。**但到底什么时候，他们才会放他走呢？**如果在没有疼痛和恐惧的前提下，昆特还剩下多少耐心去侵蚀他的决心？

月亮升起来了，在对面的墙上投下一小片亮光。他驼着背，无法直接看到这光，但看到脚下的灰色地面被镀上了银色，这改变了他对周围空间的整个感觉。宽敞的屋子嘲笑着他被拘禁的样子，让他想起了自己在舍伯恩宿舍里辗转反侧的那些夜晚。公立学校的教育确实有一个很大的优势：不管你后来多么凄惨，你总能从这样的认知中得到安慰——生活再也不会像先前那样糟糕了。

"这个房间充满了数学的味道！快去拿消毒喷雾来！"他的年级主任就是用这种方式来表现自己是个多么文明的人：蔑视那些可憎的学科，工程学和其他低级行业的东西。至于罗伯特的化学实验，比如漂亮的碘酸盐变色反应，那是他从克里斯的哥哥那里学来的——

罗伯特感到胸口传来一阵熟悉的疼痛。**现在不行，现在我承受不起**。但那一切淹没了他，多此一举，不请自来。他曾经每周三和克里斯在图书馆见面，几个月里，这就是他们唯一能共处的时间。那时罗伯特15岁，克里斯大一岁。如果克里斯相貌平平，他依然会像异域生物一样在罗伯特的印象中闪闪发光，更不用说他并非如此了。舍伯恩再没有第二个人读爱丁顿的相对论和哈代的数学。其他所有人的视野都局限于橄榄球、虐待狂，以及那种令人满足的模糊前景——在牛津大学读经典，然后被文职机关吞没。

而罗伯特太害羞了，甚至不敢将自己的感情宣之于口。他过于羞怯，过于担心对方并不抱有同样的感情。但那不重要。能有克里斯这样的朋友已经足够了。

1929年12月，他们都参加了剑桥三一学院的考试。克里斯赢得了奖学金，罗伯特没有。他让自己接受这次分离，并准备在谢伯恩再待1年，只是没有那个人，这一年变得难以忍受了。克里斯会快乐地追随牛顿的脚步，光是想到这些就是一种安慰。

克里斯没能进入剑桥。2月里，在痛苦煎熬了6天后，他死于牛结核病。

回忆着这一切，罗伯特默默流着泪，对自己感到愤怒，因为他知道自己的不幸有一半只是源于自怜，用自己的悲伤做伪装。他必须保持诚实，一旦生活中所有不愉快的根源都融合在一起，变得难以区分，他就会像一只被吓住的动物，对过去和未来失去感知。他会为了逃出笼子做任何事。

就算他还没有到达这个程度，也已经很接近了。只要像昨晚那样再过几个晚上。他迷迷糊糊地睡着，盼着能有几分钟的无知无觉，却发现睡眠本身给一切镀上了一层更冷的光。他迷迷糊糊地睡着，醒来时极致的失落感就像窒息一样。

一个女人的声音从他身前的黑暗中传来："站起来！"

罗伯特怀疑自己是不是产生了幻觉。他并没有听到有人踩着咯吱作响的地板走近的声音。

那女人没有再说什么。罗伯特重新调整姿势，以便从地板向上看。一个他从未见过的女人站在几英尺外。

她之前的声音听起来很生气，但当他透过肿胀的眼缝端详她在月光下的脸时，他意识到她的愤怒不是针对他，而是针对他当前的状况。她注视着他，表情里带着恐惧和愤怒，就好像她偶然发现他被这样关在某个体面的邻居的地下室里，而不是军情六处。也许她是受雇来维护房子的工作人员，但不知道这里发生了什么。但是，这些人肯定会受到审查和监督，如果他们胆敢踏出给他们划定的领域，就有可能遭受终身监禁。

在那么一个不真实的瞬间，罗伯特怀疑她是不是昆特派来勾引他的。这对他们来说不算是最奇怪的事情。但她周身散发出如此强烈的自信——就好像她言出如山，并且应该得到遵从——这种自信使他明白她不可能被选来扮演这样的角色。在女王陛下的政府中，没有人会认为女人的自信是一种迷人的品质。

他说："把钥匙扔给我，你就会看到我脸上露出罗杰·班尼斯特[1]的表情。"

她摇摇头："你不需要钥匙。这样的日子已结束了。"

---

1　罗杰·班尼斯特（Roger Bannister）是史上第一个在4分钟内跑完1英里的人，他在1954年创造了这项世界纪录。

罗伯特吓了一跳。**他们之间没有栅栏。**但是笼子不可能在他眼前消失，她一定是趁他陷入沉思时把笼子移除的。他痛苦万分地挪动着，转过身来面对她，甚至没有注意到自己的动作如同还被囚禁着的一般。

**怎么移除的？**

他揉了揉眼睛，这令人昏乱的自由前景让他浑身发抖："你是谁？"苏联特工，被派来解救他的自己人？那么，她必然是一个狂热分子，或者有着奇异的天真，才能以这样无辜的惊愕看待他所受的折磨。

她走上前，伸手握住他的手："你觉得你能走吗？"她握得很紧，皮肤又凉又干。她完全不害怕，她可能是在外头大街上把一个摔倒的老人扶起来的好心人，而不是冒着被即刻射杀的风险，帮助一个威胁国家安全的人从治疗型拘留中逃脱的侵入者。

"我甚至不确定我能不能站起来。"罗伯特咬紧牙关，也许这个女人是一名训练有素的刺客，但如果他痛得叫出声，引得守卫冲进来，那擅自假定她还能毫不费力地解救他就未免有些过分了，"你还没有回答我的问题。"

"我叫海伦。"她微笑着扶他站直，看上去既像是一个富有同情心的孩子在扯开猎人所设的残酷陷阱的口子，同时又像是一只非常强大、非常聪明的食肉动物在权衡自己的力量，"我是来改变一切的。"

罗伯特说："哦，太好了！"


罗伯特发现他可以一瘸一拐地走路，这很痛苦，也很不体面，但至少他不用被抬着走。海伦领着他穿过房子。有些房间透出了灯光，但除了他们俩的脚步声，没有任何声音，没有任何生命的迹象。当他们走到技工出入的门口时，她拔掉门闩，眼前显露出一个月光照耀的花园。

"你把所有人都杀了吗？"他低声说。他发出的噪声太大了，本来不可能不受打扰地走到这里。他有理由鄙视逮捕他的人，但以他的名义进行大屠杀还是让人难以接受。

海伦往后一缩："这想法真让人厌恶！有时真令人难以相信，你们怎么如此不开化。"

"你是说英国人？"

"你们所有人！"

"我得说，你的口音学得相当不错。"

"我看了很多电影，"她解释说，"大多数是伊灵喜剧[1]。但你永远不知道它们帮了多大的忙。"

"正是。"

他们穿过花园，朝树篱中的一扇木门走去。既然只有帝国主义者才干得出谋杀这种事，罗伯特只能假设她设法把每个人都药倒了。

大门没锁。场地外面，一条鹅卵石小路穿过树篱，通向森林。罗伯特赤着脚，但石块并不冷，稍微有点不平坦的路面也让人欣喜，他的脚底因此恢复了血液循环。

他们一边走，他一边估量自己的处境。多亏了这个女人，他才摆脱了囚禁。而他迟早要直面她的计划。

他说："我不会离开这个国家。"

海伦喃喃地表示同意，好像他是随意对天气发表了一句评论。

---

1　英国伦敦伊灵区有一处片场，在20世纪50年代出过很多著名的喜剧，它们被统称为伊灵喜剧（Ealing comedy）。

"而且我不会和你讨论我的工作。"

"好啊。"

罗伯特停下来盯着她。她说："你把胳膊搭在我肩上。"

他遵从了，她的身高刚好能舒服地支撑住他。他说："你不是苏联特工，对吗？"

海伦被逗乐了："你真的在想这些吗？"

"我今晚走得不是很快。"

"对。"他们又开始一起往前走。海伦说："大约3千米外有一个火车站。你可以洗个澡，在那里休息到明天早上，然后再决定去哪里。"

"车站不是他们第一个要找的地方吗？"

"他们会有一阵子不去任何地方寻找。"

月亮高挂在树梢。他们俩真是再引人注目不过了：一个衣着得体、相当标致的年轻女子，搀扶着一个肮脏又褴褛的流浪汉。如果有村民骑车经过，他们最多只能希望对方会把他们误认为是酗酒的父亲和他义不容辞的女儿。

义不容辞得恰到好处：她的行动十分高效，尽管有负重，但任何旁观者都会认为她已经这么照顾人很多年了。罗伯特试着略微改变自己的步态，还微妙地改变了脚步的节奏，看看这样是不是会让她的步子变得蹒跚起来，但海伦立刻适应了。不过，就算她知道自己在接受考验，她也一声没吭。

最后他问："你把笼子怎么了？"

"我逆转了它的时间。"

他颈后的汗毛都竖起来了。即使假设她能做到这一点，他也完全不清楚她是如何阻止栅栏散射光线，并阻止它与他的身体相互作用的。这过程应该只是把电子变成了正电子，然后用密集的伽马射线抹杀两者。

不过，这个戏法并不是他最关心的问题。"我只能想到3个你可能的来处。"他说。

海伦点了点头，好像她已站在他的角度，整理了各种可能性。"排除1个，另外两个都是对的。"

**她不是来自太阳系外的行星**。即便她的文明拥有一些手段，能从许多光年之外观看伊灵喜剧，她对他作为人类特有的关注点还是过于敏锐了。

她来自未来，但不是他自己的未来。

她来自埃弗雷特多世界论的另一个平行宇宙的未来。

他转向她："并不矛盾。"

她笑了，马上就理解了他简略的表达："没错。你在物理上是不可能穿越回自己的过去的，除非你做了严谨的准备，以确保可兼容的边界条件。在受控的实验室条件下，这是**可以**实现的——但是在实地，这就像试图在一个倒金字塔中平衡安置1万头大象，而底部的那一头还骑着一辆独轮车：极其困难，并且毫无意义。"

有几秒钟，罗伯特的喉咙里挤了一大堆问题要问："但你到底是怎么穿越回过去的呢？"

"你需要花一段时间才能完全跟上，不过如果你想要简短的答案，那你已经偶然发现了其中一个线索。我在《物理评论》上读了你的论文，其内容是正确的。量子引力涉及四个复数维度，但唯一的经典解——唯一在轻微扰动下保持相位不变的几何图形——具有**自对偶**或**反自对偶**的曲率。就完整的拉格朗日量来说，它们是该运动仅有的平稳点。从内部看，两个解似乎都只包含四个实数维度。"

"问我们位于哪个分区是毫无意义的，但我们不妨称之为自对偶。如此，与我们的解决方案相比，反自对偶解决方案有一个向后运行的时间箭头。"

"为什么？"这个问题脱口而出时，罗伯特怀疑自己听起来像一个不耐烦的孩子。但是，如果她会突然消失在空气中，那他以这种方式犯蠢所带来的懊悔，也比他端着一副镇静的样子所造成的懊悔要少得多。

海伦说："最终，这与旋转有关。这取决于我们挖穿两个分区时的中微子质量。不过我得给你画些图表和方程式，才能把这一切解释清楚。"

罗伯特没有再多逼问她，他别无选择，只能相信她不会离弃他。他一声不吭，跌跌撞撞地走着，渐渐升腾的期待让他胸口发紧。如果有人向他假设这种情况，他会虔诚地坚持说，他更愿意按照自己的节奏埋头苦干。尽管他也在偶尔几次发现真正的成果时得到了满足感，但最重要的还是尽可能多地理解世界，无论能理解多少。与其在一种任性的无知状态中度过一生，还不如洗劫过去和未来。

"你说过你是来改变现状的？"

她点点头："当然，我无法在这里预测未来，但我自己的过去中有一些陷阱，我可以帮助你避开它们。在我的20世纪，人们发现事情的进展速度太慢了。一切都改变得过于缓慢。而在我们之间，我想我们可以加快速度。"

罗伯特沉默了一会儿，思忖着她的提议的重要性。然后他说："真遗憾你没有早点来。在这个分支宇宙上，大约20年前——"

海伦打断了他："我知道。我们有同样的战争，同样的大屠杀，同样的死亡人数。但我们还没有能力在任何地方避免这一状况。你做的任何事永远不可能只发生在单一历史中——即使是目标最明确的干预也会发生在一条很宽的'带状区'上。当我们试图回到三四十年代时，这一带状区与它自己的过去重叠得极其多，以致所有最恐怖的事都是**既成事实**。我们无法射杀**任何**版本的阿道夫·希特勒，因为我们无法把带状区缩小成一个点，使我们任何一个人都不会朝自己背后开枪。我们能做到的只有一些微小的干预，比如把炮弹送回闪电战阵营，使炸弹偏斜以挽救一些生命。"

"什么，把它们撞进泰晤士河吗？"

"不，那样太冒险了。我们做了一些模型，结果发现最安全的做法是将它们转移到大型的空建筑上：威斯敏斯特教堂、圣保罗大教堂。"

车站出现在了前方。海伦说："你怎么想？你想回曼彻斯特吗？"

罗伯特没怎么花心思去想这个问题。昆特可以追踪他到任何地方，但他身边的人越多，他就越不容易受伤。若是待在位于威姆斯洛的家中，那等于坐以待毙。

"我在剑桥还有房间。"他试探道。

"好主意。"

"你自己的计划是什么？"

海伦转向他："我想我会和你在一起。"她看着他脸上的表情笑了，"别担心，我会给你足够的私人空间。如果人们要做一些猜想，那就随他们去吧。你本来就声名狼藉，不妨瞧着它朝新的方向发展。"

罗伯特苦笑着说："恐怕不是这么回事。他们会立刻把我们赶出去的。"

海伦哼了一声："他们可以试试。"

"你可能打败了军情六处，但你还没和剑桥的守门人打过交道，"当他想到她会在他的书房里，在黑板上写出关于时间旅行的方程式时，现实的情况又重新涌上了他的心头，**"为什么是我？我能明白你想找一个能理解你如何来到这里的人，但为什么不找埃弗雷特、杨振宁或费曼呢？和费曼相比，我只是半个行家。"**

海伦说："也许吧。不过你同样有实践的天赋，而且你会学得足够快。"

事情肯定不止如此：成千上万的人都有能力同样快速地吸收她的课程。"你提到的物理——在你的过去，我发现了一切物理现象吗？"

"没有。你在《物理评论》上的论文帮我找到了你，但在我自己的历史中，这篇论文从未发表过。"她的眼中闪过一丝忧虑，仿佛在这个问题上还有沮丧得多的事在等着她。

罗伯特对这两种可能性都不太在意，非说有什么想法的话，他的另一个自我取得的成就越少，他就越不会被嫉妒所困扰。

"那么，是什么使你选择了我呢？"

"你真的没有猜到吗？"海伦抓住他空着的那只手，把他的手指贴到自己脸上。这是一个温柔的姿势，但更像是女儿而非情人的举动。"这是一个温暖的夜晚。任何人的皮肤都不应该这么冷。"

罗伯特凝视着她的黑眼睛，它们像任何人类的眼睛一样戏谑，一样严肃，一样骄傲。如果有机会，也许任何一个正派的人都会把他从昆特手里救出来。但只有一种人会感到被赋予一种特殊的义务，就好像他们在偿还一笔古老的债务。

他说："你是一台机器。"

# 2

约翰·汉密尔顿是剑桥大学麦格达伦学院中世纪及文艺复兴时期英语专业的教授，他心满意足地读完了早上一沓粉丝来信中的最后一封信。

这封信来自一个年轻的美国人，她是一个住在波士顿的12岁女孩。信的开头很寻常，先是宣称他的书给她带来了许多乐趣，接着列出了她最喜欢的场景和人物。和往常一样，杰克[1]很高兴这些故事能深深打动一些人，促使他们做出这样的回应。不过到目前为止，最令人满足的还是最后一段：

> 我永远，永远都会相信尼西亚王国的存在，不管别的孩子会怎么取笑我，或者等我长大了，大人们来取笑我。萨拉不再相信它，于是她永远被关在王国之外。一开始，我因为这事哭了，整晚都睡不着觉，因为我害怕有一天我会不再相信自己。但我现在明白了，害怕是件好事，因为它可以帮助我防止别人改变我的想法。如果你不愿意相信有魔法之地，你当然就无法进入它们。那就连贝尔韦代雷自己都救不了你了。

杰克重新填满烟斗，点燃了它，然后又读了一遍信。这是他的辩护词：这证明通过他的书，他可以触动一个年轻的心灵，并在肥沃的

---

1　杰克（Jack），即约翰·汉密尔顿。其原型人物C.S.刘易斯的朋友和家人对他的昵称是杰克，此处沿用这一昵称。——编者注

土地上播下信仰的种子。那些嫉妒又傲慢的同事对他的蔑视都因此变得无关紧要了。孩子们懂得故事的力量，懂得神话的真实，懂得需要相信除物质世界的阴暗闹剧之外的某些东西。

这不是一个能以"成人"的方式揭示的真理，比如通过学术研究或推理；尤其不能是通过哲学，就像那个可怕的夜晚伊丽莎白·安斯科姆在苏格拉底俱乐部向他展示的那样。安斯科姆自己是一个虔诚的基督徒，但她从他的畅销书《神迹与奇迹》中找到了所有反对唯物主义的观点，并把它们践踏到了地上。从一开始这就是一场不公平的较量：安斯科姆是一个专业的哲学家，终日沉浸在从阿奎那[1]到维特根斯坦[2]的各种哲学作品中；而杰克对中世纪欧洲的思想史了如指掌，然而一旦时髦的实证主义者入侵了现代哲学，他就对其后的哲学发展失去了兴趣。《神迹与奇迹》从未打算成为一部学术著作，但对于有意支持的外行读者们来说，已经足够合格。不可否认的是，他把常识与通向信仰的有益捷径混合在一起的方法是粗陋的，当他尝试反驳安斯科姆无情的分析，为自己的混合体系辩护时，他觉得自己像一个在主教面前结巴的乡巴佬。

已经过了10年，他仍然对她的羞辱耿耿于怀，但他很感激她给他上了一课。他早期的著作和电台演讲并不完全是在浪费时间——但女妖的胜利向他表明，在重大问题上，人类的理性显得多么可怜。他多年前就开始写尼西亚的故事了，但直到他最痛苦的那次失败尘埃落定，他才终于意识到自己真正的使命。

---

1　托马斯·阿奎那（Thomas Aquinas），13世纪时的经院学派哲学家，也是自然神学最早的提倡者之一，有"神学界之王"的称誉。

2　路德维希·约瑟夫·约翰·维特根斯坦（Ludwig Josef Johann Wittgenstein），20世纪的奥地利英国籍哲学家、逻辑学家，研究领域集中在数学哲学、语言哲学等方面。

他拿下烟斗，站起来，转身面对牛津："一边儿凉快去吧，伊丽莎白！"他快乐地咆哮着，朝她挥舞着那封信。这是个好兆头。这将是非常美好的一天。

有人在敲他书房的门。

"进来。"

是他的兄弟威廉。杰克很困惑——他甚至都不知道威利[1]在城里——但他点头表示欢迎，并向桌子对面的沙发示意。

威利坐下了，他皱着眉，因为爬楼梯涨红了脸。过了一会儿，他说："有个叫斯托尼的家伙。"

"嗯？"杰克一边整理书桌上的文件，一边心不在焉地听着。根据长期的经验，他知道威利永远都说不到点子上。

"显然在战争期间做过什么机密工作。"

"谁做？"

"罗伯特·斯托尼。数学家。以前他在曼彻斯特，但现在回到了剑桥，还是王室之友。做过一些秘密的战争工作。显然和马尔科姆·马格里奇[2]一样。谁也不允许对此说什么。"

杰克抬起头，觉得很有趣。他听说过关于马格里奇的传闻，但这些传闻的核心内容都是关于分析被截获的德国无线电情报。数学家在其中能起什么作用呢？大概是在为情报分析员削铅笔吧。

"他怎么了，威利？"杰克耐心地问。

威利不情愿地继续说下去，好像在招供一件有点不道德的事："我昨天去拜访了他。在一个叫卡文迪许的地方。我的一个老战友有

---

1　威利（Willie）是威廉（William）的昵称。——编者注

2　马尔科姆·马格里奇（Malcolm Muggeridge）是20世纪著名的记者、作家、媒体名人，据闻曾任军中间谍。

个兄弟在那里工作。我在那儿完整地逛了一圈。"

"我知道卡文迪许。那里有什么好看的？"

"他在做一些东西，杰克。不可思议的东西。"

"不可思议？"

"看到人的内部。把它展示在屏幕上，就像电视一样。"

杰克叹了口气："用X射线？"

威利生气地反击道："我不是傻瓜，我知道X光片长什么样。这个不一样。你能看到血液在流动。你能看到你的心在跳。你能跟随感觉沿着神经从……从指尖到大脑。他说，很快他就能看到思想的运转了。"

"胡说八道，"杰克皱起眉头，"所以他发明了一些小玩意儿，一些奇特的X射线机。你这么激动干什么？"

威利严肃地摇了摇头："还有更多。这只是冰山一角。他回到剑桥才1年，这个地方就已经充满了……奇迹。"他很勉强地用了这个词，好像他别无选择，但又害怕表达的赞许超出他的本意。

杰克开始明显地感到不安了。

"你到底想让我做什么？"他问道。

威利直截了当地回答说："你自己去看吧。去看看他在干什么。"


卡文迪许实验室是一座维多利亚时代中期的建筑，设计上效法的是更古老、更宏伟的风格。这里容纳了整个物理系，并配备有大讲堂，里面到处都是吵吵嚷嚷的大学生。杰克毫不费力地安排了一次参观：他只是给斯托尼打了个电话，表达了自己的好奇，也不需要更多实质性的理由。

大楼后方有3个相邻的房间是分配给斯托尼的，"自旋共振成像仪"占据了第一个房间的大部分空间。杰克按照指示把胳膊放在了线圈之间，当显像管上出现他肌肉和血管的奇异横切面时，他吓得几乎要把胳膊抽出来。他怀疑这可能是某种恶作剧，但是当他慢慢地攥紧拳头时，图像中出现了相应的变化，接着他又做了几个不可预测的动作，图像模仿得同样好。

"如果你愿意，我可以给你看单个的血细胞。"斯托尼欢快地建议道。

杰克摇了摇头，这不加放大的即刻剥皮术已经足够他消化的了。

斯托尼犹豫了一下，然后尴尬地补充道："你也许该找个时间跟你的医生谈谈。就是，你的骨密度太——"他指着屏幕上图像旁边的表格，"嗯，这比正常范围要低很多。"

杰克缩回胳膊。他已经被诊断出患有骨质疏松症，但他很高兴听到这个消息：这意味着他让乔伊斯的一小部分疾病——她骨骼中的弱点——进入了自己的身体。上帝允许他替她受点苦。

**如果乔伊斯穿过这些线圈，会发现什么？**不过她的诊断没有什么可补充的了。此外，如果他继续祈祷，并继续振作他们两人的精神，假以时日，她的病情就会从暂时的缓解转为彻底的治愈。

他说："这是怎么运行的？"

"在强磁场中，你体内的一些原子核和电子可以自由地以各种方式与磁场调和，"斯托尼一定是看到杰克的眼神变得呆滞了，他很快改变了策略，"你可以把它想象成，让一大堆旋转的陀螺尽可能强力地旋转，然后仔细听它们的减速和翻转。对于你体内的原子来说，这足以提供一些线索，让我们知道它们在什么样的分子里，在什么样的组织里。这台机器通过改变数以亿计的微型天线的信号组合方式，在不同的地方聆听原子的声音。这就像一个回音廊，我们可以在这里摆弄信号从不同地方传播所需的时间，在你身体的任何部位来回移动焦点，每秒数千次。"

杰克思索着这个解释。虽然听起来很复杂，但原则上它并不比X射线奇怪多少。

"这项物理技术本身并不新鲜，"斯托尼继续说道，"但为了成像，你需要一个非常强的磁场，你还需要理解你收集到的所有数据。内维尔·莫特制造了磁体的超导合金。我成功地说服了伯贝克的罗莎琳德·富兰克林与我们合作，帮助完善运算电路的制造工艺。我们将很多小型Y形脱氧核糖核酸的片段交叉结合，然后有选择地用金属包裹它们；罗莎琳德想出了一种用X射线晶体学进行质量控制的方法。作为回报，我们给了她一台特制的电脑，只要她得到足够明亮的X射线光源，这台电脑就能让她立刻解析水合蛋白质结构。"他拿起一个不起眼的小东西，上面镶着一圈突出的金丝，"每个逻辑门大约是100埃米[1]的立方，我们以三维阵列的形式使它们增长。在我的掌心里有1百万的立方个开关。"

杰克不知道该如何回应这个声明。即使这个男人的话有时让他听不太懂，但这闲聊也有一些让人着迷的东西，像是威廉·布莱克[2]诗歌和托儿所闲谈的混合体。

"如果电脑不能让你激动，我们还可以用脱氧核糖核酸做各种各样的事情。"斯托尼领他进了隔壁的房间，那里面摆满了玻璃器皿，条形照明灯下的花盆里种着许多幼苗。两个助手坐在一条长凳上仔细摆弄着显微镜，还有一位在用一种看似巨型滴管的装置向试管中

---

1　埃米（Ångstrom）是长度单位，1埃等于$10^{-10}$米，即纳米的十分之一。

2　威廉·布莱克（William Blake）出生于18世纪，是英国文学史上最重要的伟大诗人之一，其代表作有诗集《天真与经验之歌》等。

滴入液体。

"这里有十几种水稻、玉米和小麦的新品种。它们的蛋白质和矿物质含量都至少是现有作物的两倍,而且每一个品种都有不同的生化机制来保护自己免受昆虫和真菌的侵害。农场主们必须摆脱单一种植,这样做会让作物太容易生病,并且太依赖化学杀虫剂。"

杰克说:"你培育的这些?在几个月之内培养了这么多新品种?"

"不,不是!我们没有在野外寻找我们需要的遗传性状,也没有经过多年努力以形成拥有所有这些性状的杂交品种,而是从零开始设计每一种性状。然后我们制造出可以构成植物所需工具的脱氧核糖核酸,并将其插入它们的生殖细胞中。"

杰克生气地质问道:"你算什么,凭什么说植物需要什么?"

斯托尼无辜地摇了摇头:"我听取了农业科学家的建议,他们则听取了农场主的建议。他们知道要对付的是什么害虫和枯萎病。粮食作物就像哈巴狗一样是人造的。大自然没有把它们拱手送给我们,如果它们的作用跟不上我们的需要,大自然也不会为我们修复它们。"

杰克怒视着他,但什么也没说。他开始明白威利为什么要让他来这里了。这个人看似一个热情的小发明家,但他那孩子气的外表下隐藏着惊人的傲慢。

斯托尼解释说,他协调开罗、波哥大、伦敦和加尔各答的科学家们进行合作,开发小儿麻痹症、天花、疟疾、伤寒、黄热病、结核病、流感和麻风病的疫苗。有些是新发明的,另一些则是用来替代现有疫苗的。"重要的是,我们制造抗原时不能在动物细胞中培养病原体,因为这些细胞本身可能藏有病毒。各个团队都着眼于一种简单、廉价的技术的不同变体,即,将抗原基因注入无害的细菌中,以这种细菌为载体和佐剂,然后将它们冷冻干燥成在热带高温下无须冷藏就能存活的孢子。"

杰克稍稍平静了下来，这一切听起来非常令人钦佩。斯托尼在疫苗方面如何指导医生是另一个问题，想必他们听得懂他的行话。但是这位数学家究竟是什么时候得到过训练，以至于能在这一主题上提出最温和的建议呢？

"你今年成就颇丰。"杰克说。

斯托尼笑了："我们所有人都有灵感来来去去。而我大多数时候只是催化剂。我很幸运地找到了一些人——在剑桥，还有更远的地方——他们愿意冒险尝试一些疯狂的想法。是他们做了真正的工作，"他指了指隔壁的房间，"我自己的宝贝项目都在这里完成。"

第三个房间里摆满了电子小工具，接通显像管，显示着磷光文字和图像，就像栩栩如生的工程蓝图。在一条长凳的中间，不协调地放着一个大笼子，里面有几只仓鼠。

斯托尼摆弄了一下其中的一个小玩意儿，旁边的屏幕上出现了一张像程式化面具一样的脸。面具脸环视房间，接着说："早上好，罗伯特。早上好，汉密尔顿教授。"

杰克说："这些话是你让人录下来的？"

面具脸回答："不，罗伯特给我看过剑桥大学所有教职员工的照片。如果我看到了从照片上认识的人，我会跟他们打招呼。"这张脸做得很粗糙，但眼窝似乎正对着杰克的眼睛。斯托尼解释道："它当然不知道自己在说什么。这只是一种面部和语音识别的演练。"

杰克僵硬地回答："当然。"

斯托尼示意杰克走近仓鼠笼来观察。他遵从了。有两只成年动物，可能是繁殖配偶。母亲斜靠在一张稻草床上，两只粉色的幼崽正在吃奶。

"仔细看。"斯托尼催促他。杰克定睛往巢里看了看，然后骂了一句脏话，往后退去。

其中一只看似幼崽的确实就是幼崽。但另一只是机器，包裹着人造皮肤，一个喷嘴紧紧扣着温暖的乳头。

"这是我见过的最荒唐的东西！"杰克浑身发抖，"你究竟为什么非要这么做？"

斯托尼笑了，做了一个安抚的手势，就好像他的客人是一个紧张的孩子，正惧怕一个无害的玩具。"它不会伤害母亲的！这关键是为了发现怎样才能让母亲接受它。'复制某一种类'意味着要有一些参数来确定它是什么。在这种情况下，气味和某些外观特征是重要的线索，不过通过反复试验，我也确定了一组让模拟物经历生命周期每个阶段的行为特征。一个合格的孩子，一个合格的兄弟姐妹，一个合格的伴侣。"

杰克厌恶地瞪着他："这些动物和你的机器性交？"

斯托尼辩解道："是的，但是仓鼠会和任何东西性交。为了正确地测试这一点，我真的必须换一个更有辨识力的物种。"

杰克努力恢复镇静："你到底是被什么迷住了，才要这样做？"

"从长远来看，"斯托尼温和地说，"我相信我们对此的了解程度必须远远超出我们目前的水平。现在我们可以绘制出大脑结构的详图，并将其原始的复杂性与我们的计算机相匹配，我们只需要10年左右就可以制造出会思考的机器。

"这本身将需要我们付出巨大的努力，但我想确保它不会从一开始就胎死腹中。如果我们创造出了历史上最非凡的孩子，但某种可怕的哺乳类本能却驱使我们将新生的他们勒死，那就没有多大意义了。"

杰克坐在书房里喝威士忌。晚饭后，他给乔伊斯打了电话，他们聊了一会儿，但这和在她身边是不一样的。周末总是来得不够快，到了周二或周三，因为见到她而获得的安全感就完全消失了。

现在已经快半夜了。和乔伊斯聊过之后，杰克又花了3个多小时在打电话上，尽可能地了解斯托尼的情况，从自己的人际关系网中榨取信息。杰克在剑桥刚待了5年，所以很大程度上还算是一个外人。这倒不是说他从前在牛津时就被哪个核心圈子接纳过：他一直属于一个安静的反潮流小群体。无论人们如何评价挑圆片社团[1]，他们从不插手操纵学术权力。

斯托尼1年前在德国休假时，突然辞去了在曼彻斯特工作了10年的职位。尽管剑桥没有给他提供正式职位，他还是回到了这里。他开始与卡文迪许实验室的各种人进行非正式合作，最后实验室负责人莫特为他编造了一份职位描述，并为他提供了一份不高的薪水和杰克看过的那三个房间，还让一些学生来协助他。

斯托尼的同事们全都对他那一连串成功的发明感到惊讶。虽然在他弄出来的小玩意儿中，并没有哪一个以全新的科学为基础，但他在直接洞察现有理论的核心，并从中挖掘出一些实际成果这方面的能力是前所未有的。杰克本以为会有一些出于嫉妒的背后中伤，但似乎没有一个人说斯托尼的坏话。他愿意利用自己在科学上的点金术为任何与他接洽的人服务，这在杰克听来，就像是每个潜在的怀疑者或敌人都被收买了，用作"贿赂"的是一些对于他们自身领域有价值的见解。

斯托尼的个人生活就比较暧昧不明了。给杰克提供信息的人中有

---

1　挑圆片游戏（Tiddlywinks）就是用一片塑料圆片，将另一片挑入杯中。挑圆片社团是剑桥大学的一个社团。

一半都相信这个男人是个不折不扣的同性恋，但也有人提到一位叫海伦的神秘美女，斯托尼和海伦显然关系密切。

杰克喝光了杯子里的酒，向庭院望去。**怀疑斯托尼得到了某种预见能力算不算傲慢？**15年前写《破碎星球》的时候，杰克自以为这只是在讽刺现代科学的狂妄自大。他描述了在所谓"监督不同实验的实验室"背后潜藏的邪恶力量，这种描述是一种极其严肃的隐喻，但他从未想过自己有一天会怀疑，是否有真正的堕落天使在剑桥大学老师的耳边悄声诉说秘密。

不过，他曾多少次告诉读者，魔鬼最大的胜利就是让世界相信他不存在？魔鬼**不是**一个比喻，它也并非仅仅是人类弱点的象征：他是一个真实的、诡计多端的存在，在时间里行动，在世界上行动，就像上帝本人一样。

浮士德的诅咒不是被有史以来最美丽的女人——特洛伊的海伦封印了吗？

杰克起了鸡皮疙瘩。他曾经在报纸上写过一个幽默专栏，题为"来自恶魔的信"，内容为一位"资深恶魔"向他经验不足的同事提供建议，告诉后者有哪些最好的方法可以把信徒引入歧途。即便如此，这都是一次令人疲惫，甚至几乎令人堕落的经历；无论写作形式多么异想天开，写的都是必要的观点，这让他觉得自己的内心在枯萎。一想到《浮士德故事》和《破碎星球》的混合场景可能真的会出现在他身边，他就恐惧得不敢深思。他不是自己小说中的英雄——甚至不是温文尔雅的锡德里克·达菲，更不用说现代版亚瑟王了。他也不相信梅林会从树林里冒出来，搅乱那个傲慢的巴别塔，也就是卡文迪许实验室。

然而，如果英国只有他在怀疑斯托尼灵感的真正来源，那还会有谁采取行动呢？

杰克又给自己倒了一杯。拖延没有任何好处。他还不能歇下来，他要知道自己面对的是什么：是一个自负又愚蠢的早熟男孩遭遇连连好运，还是一个自负又愚蠢的早熟男孩出卖自己的灵魂，危及整个人类。

**"撒旦教徒？你在指控我是一个撒旦教徒？"**

斯托尼生气地扯着自己的便袍。杰克敲门的时候，他正在床上。他在这个时间点居然还接待了客人，这已经是极其礼貌的了。现在，他看起来真的受到了冒犯，以至于杰克几乎准备道个歉就偷偷溜走。他说："我不得不问你——"

"只有特别愚蠢的人才会去做一个撒旦教徒。"斯托尼喃喃道。

斯托尼交叉双臂，靠坐在沙发上，等着杰克的回答。

威士忌让杰克脑袋发涨，他完全不知道该如何应对。他预料到了，任何自鸣得意的无神论者都有可能说出这种自作聪明的大学生式的傻话——但是，除了忏悔，到底什么样的回答才能构成有罪的证据呢？**如果你把灵魂出卖给魔鬼，你会用什么谎言来遮掩真相？** 难道他真的相信斯托尼会宣称自己是一个虔诚的礼拜者，好像这就是能让杰克不发现真相的最佳答案一样？

他必须把注意力集中在自己亲眼所见的事情和那些不可否认的事实上。

"你在密谋背弃自然，让世界屈从于人类的意志。"

斯托尼叹了口气："根本不是。更精细的技术能让我们更轻松地行事。我们必须尽快减少污染并削减杀虫剂的使用。还是说你想生活在这样一个世界里：所有的动物都是雌雄同体的，一半的太平洋岛屿都消失于风暴之中？"

"别跟我说你是什么动物王国的守护者。你想用机器取代我们！"

斯托尼呻吟着用双手抱住头："现在是凌晨1点半！我们就不能换个时间再辩论吗？"

有人在捶门。斯托尼不可置信地抬起头："这里是什么？中央车站？"

他走过去把门打开。一个衣冠不整、胡子也没刮的人挤进了房间。"昆特？这真是个愉快的——"

不速之客抓住斯托尼，一把将他摁在了墙上。杰克惊呼出声。昆特转过充血的眼睛看着他。

"你他妈是谁？"

"约翰·汉密尔顿。你他妈又是谁？"

"不关你的事。待在原地别动。"昆特用一只手把斯托尼的胳膊扯到背后，另一只手把他的脸挤在墙上，"我现在抓到你了，你这个浑蛋。这次没人会保护你了。"

斯托尼的嘴被压在砖石上，他对杰克说："迪奇……奇·佩色·昆忒，专属于我的特更。我确实和魔给做了交易。但有严果的时间——"

"闭嘴！"昆特从外套里掏出一把枪，对准了斯托尼的头。

杰克说："镇定。"

"你的人脉到底有多广？"昆特尖叫道，"我的备忘录不见了，线人拒不开口——现在我的上级把**我**当成某种叛徒来对待！好吧，别担心，等我搞定你，我就会知道整个交际网里的所有名字。"他又转向杰克说，"**你**也别以为你能逃掉。"

斯托尼说："别把他牵扯进咧。他在麦格达伦学院。你现在可定叽道了：所有的密烫都在三一学院。"

昆特挥枪的样子让杰克大为震惊，但这戏剧性场面透露的含义又让他松了一口气。斯托尼的理念一定是源自某个战时秘密研究项目。他根本没有和魔鬼做交易，但他违反了《官方保密法案》，现在他正为此付出代价。

斯托尼弓起身把昆特往后撞开。昆特跟跄着，但没有倒下，他凶狠地举起胳膊，可手里却没有枪。杰克环顾四周，想看看枪掉在了哪里，但哪里也找不到它。斯托尼一脚正中昆特的睾丸，他赤着脚，昆特却痛得哭号起来。斯托尼的第二脚把他踢翻在了地上。

斯托尼喊道："卢克？**卢克**！你能过来帮我一把吗？"

一个体格健壮、上臂有文身的男人从斯托尼的卧室里走出来，一边打着哈欠，一边扯好背带。一看到昆特，他就呻吟起来："别又来了！"

斯托尼说："对不起。"

卢克克制地耸耸肩。两个人设法抓住昆特，然后把这个挣扎着的家伙拖出了门。杰克等了几秒钟后，开始在地板上找枪。但枪不在视野中的任何地方，也没有滑到家具下面去。它可能会落到某个裂缝中，但没有一处裂缝会暗到让它完全被淹没在阴影里。枪根本不在房间里。

杰克走到窗边，看着这三个人穿过院子，有点害怕会目睹一场暗杀。但是斯托尼和他的爱人只是把昆特举到空中，将他扔进了一个看起来十分泥泞的浅塘里。

之后的几天里，杰克都处于一种混乱的状态中。除非他能清楚地表达自己的怀疑，否则他不会向任何人吐露秘密，而斯托尼屋里发生的事情很难解释清楚。他不能绝对肯定地说昆特的枪就在他眼皮底下消失了。但斯托尼能逍遥法外就能证明他受到了超自然力量的保护吗？还有昆特本人，困惑又泄气，看上去无疑被一切搞得如坠雾中。

然而，如果这是真的，斯托尼用灵魂换取的东西肯定不仅仅是免受世俗权威的束缚。正如浮士德的传说所描述的那样，**知识本身**在起源上就是邪恶的。托勒斯是对的，他在他杰出的文章《神话创作》中写道：人类在堕落前有能力直接理解世界的伟大真理，而神话是这种能力的残余。否则它们为什么能在人们的想象中产生共鸣，并代代相传，得以留存呢？

到了周五，一种紧迫感攫住了他。他不能带着困惑回到波特谷仓，回到乔伊斯和孩子们身边。在他回家之前，这个问题必须解决，哪怕只是在他自己的思想里解决。

留声机里放着瓦格纳的音乐，他坐在那里，揣度着他面临的挑战。必须阻止斯托尼，但怎么做呢？杰克总是说，在撒旦的眼中，英国国教——显然如此古雅又无害，这是一个由蛋糕摊和善良的老姑娘组成的教会——就像一支可怕的军队。但是，即使斯托尼的主人在地狱里发抖，他也不可能因为一个骑自行车的牧师说那么几句严厉的话，就放弃他骇人听闻的计划。

**但斯托尼的意图本身并不重要。**他被赋予了使人目眩和引诱他人的能力，但他并不能将自己的意志强加于大众。重要的是别人如何看待他的计划。而阻止他的方法，就是让人们擦亮眼睛，看到他貌似丰富实则空洞的内核。

杰克越是为此思考并祈祷，便越确信他已经辨识出了他需要做的工作。在讲坛上谴责是不够的，人们不会因为听教会说几句话就拒绝接受斯托尼的永罚之果。没有经过仔细的论证，怎么会有人拒绝这样闪着光辉的礼物呢？

在试图揭露物质主义的贫瘠时，杰克曾被羞辱过一次，被打败过一次。但这难道不是一种准备工作吗？他被安斯科姆狠狠地击败过，但作为敌人来说，她比他现在面对的这个敌人要温和太多。她的嘲笑使他感到痛苦——但是**痛苦**是什么呢，难道不是上帝用来给他的孩子们塑造真我的那把凿子吗？

现在，他的角色很清楚了。他会发现斯托尼在思想上的致命弱点，并将其公之于众。

他要和他辩论。

# 3

罗伯特盯着黑板看了整整一分钟，然后高兴地大笑起来："这也太美了！"

"是吧？"海伦放下粉笔，和他一起坐在沙发上，"再多一点对称性，就什么也不会发生，宇宙将充满水晶般的空白。再少一点，就会变成不相关的噪声。"

几个月来，海伦给他上了一系列辅导课，带领他浮光掠影地一窥那个在他们初遇时分隔他们的物理学世纪，深入了解时空和物质之下的纯代数结构。数学编目了一切非自相矛盾的东西，在庞大的库存中，物理学这个岛屿的结构足够丰富，可以容纳它们的观察者。

罗伯特坐在那里，在心里回顾他所学到的一切，试图在一个图像中理解尽可能多的东西。这样做的时候，他恐惧地等待失望的感觉，等待草率的结尾。**他可能永远不会更深入地了解世界的本质。至少在**

这个方向上，已经没有什么可发现的了。

但结尾不可能是草率的。对**此**感到厌倦是不可能的。无论他对宇宙的代数多么熟悉，其奇妙之处永远不会减少。

最后他问："还有其他岛屿吗？"不仅是共享相同基础的其他历史，还有完全不同的其他现实。

"我想是有的，"海伦回答，"人们已经绘制了一些可能性。不过，我不知道它们怎样才能得到证实。"

罗伯特心满意足地摇摇头："我压根儿不会去想这个。我得回到现实一段时间。"他伸开双臂，向后靠去，仍然笑嘻嘻的。

海伦问："卢克今天去哪儿了？他一般现在就会出现，把你拖去晒太阳。"

这个问题抹去了罗伯特脸上的笑容："显然，我不是什么好伴侣，对飞镖和足球不够狂热。"

"他离开你了吗？"海伦伸手过来，同情地捏了捏他的手。里面也带着一点嘲笑的意味。

罗伯特很恼火，她从来不多说什么，但他总觉得她在评判他。"你认为我应该长大，是吗？找一个更像我的人。某种**灵魂伴侣**。"他说这些本来是为了嘲讽，但话出口后的意味却相当不同。

"这是你的生活。"她说。

如果在一年前，这句声明可能很可笑，但现在它已几乎成了事实。各种起诉目前都处于**实际**暂停的状态，一个议会委员会正在评估最近获得的遗传和神经学证据。罗伯特帮忙播下了这场运动的种子，但自己并没有真正参与其中，有其他人在从事这项事业。几个月后，昆特的牢笼可能就会被击碎，至少对所有英国人来说是这样。

这种前景让他整个人晕头转向。他可能一有机会就要违背法律，但法律仍然塑造了他。笼子里的日子也许没有把他弄残，但如果他否认自己因此而受到阻碍，那他就是在自欺欺人。

他说："在你的过去，事情是什么样的？我最终有了某个……终身伴侣？"说这些话时，他嘴巴发干，他突然害怕得到肯定的回答。**和克里斯一起。他错过的是和克里斯在一起的幸福生活。**

"没有。"

"那……是怎样？"他恳求道，"我做了什么？我怎样生活？"他控制住自己，突然感到难为情，但又补充说，"你不能怪我好奇。"

海伦温柔地说："你不会想知道你无法改变的事情。所有这一切都是你自己过去因果关系的一部分，在这一点上我和你一样。"

"如果这是我自己历史的一部分，"罗伯特反驳道，"难道我不该知道吗？这个人不是我，但他使你来见我。"

海伦思索着："你接受他是另外一个人吗？接受他的行为不由你负责？"

"当然。"

她说："1952年有一次审判。因'有伤风化罪违反了1885年《刑法修正案》第11条'，他没有被监禁，但法院下令进行激素治疗。"

"**激素治疗？**"罗伯特大笑起来，"什么——睾丸素，让他更像个男人？"

"不，雌激素。它会降低男性的性欲。当然也有副作用。长出女性型乳房是副作用之一。"

罗伯特感到生理性的反胃。**他们用化学方法阉割了他，用药物让他长出乳房。**在他所遭受的所有奇怪的虐待中，没有什么比这更可怕了。

海伦继续说："治疗持续了6个月，所有的影响都是暂时的。但2年后，他结束了自己的生命。具体原因一直不清楚。"

罗伯特默默地消化这件事。他不想知道更多了。

过了一会儿，他说："知道在某些分支宇宙里，有人可能在承受任何一种可能的羞辱，你怎么接受得了这个？"

海伦说："我**不接受**。我改变它。这就是我来这里的原因。"

罗伯特低下了头："我知道。我很感激我们的历史对撞在了一起。可是……有多少历史不是这样的？"他努力想找到一个例子，哪怕这几乎痛苦到让人无法深思。自从他们第一次谈话以来，他一直刻意把这个话题抛在脑后："我们每个人的过去都有一个不可改变的奥斯威辛集中营，不仅如此，还有数不胜数的其他事情——以及比那更糟糕的数不胜数的事情。"

海伦直截了当地说："不是那样的。"

"什么？"罗伯特抬头望着她，大吃一惊。

她走到黑板前，把它擦干净："奥斯威辛已经发生了，对我们俩来说都是如此，就我所知没有人阻止过它——但这并不意味着**完全没有人**，在任何地方阻止它，"她开始在黑板上画出由细线组成的网络，"你和我在无数微观历史中进行这场对话——整个宇宙的亚原子粒子在微观历史，即事件序列中，发生各种不同的事——但这与我们无关，我们无法把这些线条区分开，所以我们不妨把它们全都当作一个历史。"她用力压着粉笔，画出一道厚厚的条纹，覆盖了她之前画的所有东西，"人们把量子退相干称为'粗粒化'。把所有这些难以区分的细节全部加起来，就成了古典物理学最初的起源。

"现在，'我们两个'在许多明显不同的粗粒历史中第一次见面——而且，在各种事件之后，你们做出了不同的选择，经历了不

266

同的外部可能性，从而产生了差异。"她画了两条相交的粗粒历史带，然后展示了进一步分支的每条历史。

"二战和大屠杀的确发生在**我们**两人的过去，但没有证据证明其总数是巨大到无限的程度。记住，我们之所以无法成功干预，是因为我们回到了一个点，在这里，某些平行干预开始自我吞食。所以，当我们失败时，同样的历史不能被统计两次，而只是证实了我们已经知道的东西。"

罗伯特反对道："但是总有一些1930年代的欧洲历史中恰好不属于你我的过去，它们呢？就因为我们没有直接证据能证明这些分支中有大屠杀，那也很难说大屠杀在那里就不存在。"

海伦说："没有干预，**就其本身而言**也不是不可能。但也并非已成定局。我们会继续努力，完善技术，直到我们能够到达那些在1930年代与我们的过去没有交集的分支。而且一定还有其他独立的干涉带，它们碰巧在我们甚至永远不会知道的历史中。"

罗伯特欣欣鼓舞。他曾想象自己是在无尽的苦难之海中紧紧抓着一块未必可信的幸运石——为了自己的理智，他努力假装这块石头就是他的全部。然而他周围的世界未必更糟，它只是未知而已。假以时日，他甚至可能会起到一定的作用，确保每一个悲剧**不会**在数十亿个世界重演。

他重新审视图表："等等。然而干预并不能结束差异，是吗？你是在一年前到达**我们**这里的，但在由那一刻开始往外扩散的历史分支中，至少在某些分支里，我们不是一样要遭受各种各样的灾难，并以各种各样自取灭亡的方式回应吗？"

"对，"海伦承认道，"但这种分支比你想象的要少。如果你只是列出每一个看似非零概率的事件序列，你会得到一个惊人的目录，里面尽是些荒诞的悲剧。但当你更仔细地计算每一件事，并考虑到普朗克尺度效应时，结果却远没有那么糟糕。并**没有**哪个粗粒历史中会有天空的尘埃和雨水自行组装成巨石落下，在伦敦或马德拉斯也不可能每个人都疯了，开始屠杀自己的孩子。大多数宏观系统最终都是相当健全的——包括人在内。纵观历史，自然灾害、人类的愚蠢，以及纯粹厄运的程度并不比你单从这段历史中所知的差太多。"

罗伯特笑了："这还不够糟吗？"

"哦，是够糟的。但这是我所采取的形式最大的优点。"

"你说什么？"

海伦歪着头注视他，脸上透着失望："你知道吗，你的反应还是没有我期望的那么快。"

罗伯特脸上火辣辣的，但随后他意识到自己遗漏了什么，满腹的愤恨也消失了。

"**你不产生分支？**你的硬件设计能结束分支进程？你的环境，你的周边事物，仍然会把你分进不同的历史——但在粗粒水平上，你本身并不促进分支进程？"

"没错。"

罗伯特说不出话来。即使过了一年，她仍然可以这样把他炸得晕头转向。

海伦说："我也禁不住要生活在许多世界里，那不是我能控制的。但我知道我是一个人。在面对一个让我心如刀割的选择时，我知道我不会分裂开去选择每一条道路。"

罗伯特突然一阵发冷，抱紧了自己："像我现在一样。像我曾经那样。像我们所有这些可怜的血肉之躯一样。"

海伦走过来坐在他旁边："哪怕是这一点也并非不可改变。一旦你采取了这种形式——如果你选择了它——你就可以遇到你的其他自我，逆转一部分分散的自我。给其中一些自我一个机会来撤销他们所做的事情。"

这一次，罗伯特立刻明白了她的意思："聚集自我？让自我成为一体？"

海伦耸耸肩："如果这是你想要的。如果你以这种方式看待它。"

他回视她，失去了判断力。触及物理学的基础原理是一回事，但她说的这种可能性复杂到让人难以领会。

有人敲了书房的门。两人警惕地交换眼色，但那并不是回来接受更多惩罚的昆特。是一个门房送来了电报。

那人走后，罗伯特打开了信封。

"坏消息？"海伦问。

他摇了摇头："不是家里有人死了，如果你指的是这个。是约翰·汉密尔顿发来的。他要和我辩论。主题是'机器会思考吗？'。"

"什么，在某个大学典礼上？"

"不。在英国广播公司。明天起的四周之后。"他抬起头来，"你觉得我应该参加吗？"

"广播还是电视？"

罗伯特又读了一遍信息："电视。"

海伦笑了："当然要参加。我会教你一些窍门。"

"关于这个主题？"

"不！那是作弊。"她打量着他，"你可以从扔掉电动剃须刀开始。摆脱永远会在傍晚再长出来的胡楂儿。"

罗伯特受到了伤害："有些人觉得这很有吸引力。"

海伦坚定地回答："在这一点上相信我。"

英国广播公司派了一辆车把罗伯特接到伦敦。海伦和他一起坐在后座上。

"你紧张吗？"她问道。

"吐一个小时就好了。"

汉密尔顿建议进行现场直播，"这样事情会更有趣"，制片人同意了。罗伯特从未上过电视，在马克I型首次投入使用时，他参加过几次关于未来计算的电台讨论，但那些也都是录音的。

起初，汉密尔顿选择的这个主题使他感到惊讶，但现在回想起来，这个选择似乎很精明。如果讨论主题是"现代科学是魔鬼的工作"，就算观众都是最虔诚的教徒，这个主题也只会让他们哄堂大笑；而如果纯粹隐喻式地声称"现代科学是一种浮士德式协定"，那么所有的观众会审慎地点头同意，但同时不会产生任何影响。如果你不打算真正理解整个可怕的童话故事，那么从某种充分淡化的意义上说，一切都是"浮士德协定"：一切都有潜在的消极面，对此断言是毫无意义的，因为这很容易证明。

不过，当罗伯特向记者解释自己的研究方向时，他遭到了严重的质疑。到目前为止，媒体一直把他看作一个有些古怪的英国版爱迪生，认为他炮制了大量无疑很实用的发明，而且，坦率地说，还认为他有点疯，对这一点，似乎没有人感到惊讶或担忧。但汉密尔顿可以趁机利用并重塑这种观念。如果罗伯特坚持捍卫他创造机器智能的目标，不将这当作可能是公关公司有意选择以使他显得蠢得可爱的一种逗人发笑的爱好，而是作为唯物主义科学理论的最终证明以及他一生大部分工作的逻辑端点，那么汉密尔顿就可以利用今晚的胜利来质疑罗伯特所做的一切，以及他所象征的一切。只要完全不夸张地问一句"这一切的终点是何处"，他便是在邀请罗伯特站出来用自己的答案吊死自己。

这是一个周日的夜晚,但交通非常拥挤,他们在距离直播只有15分钟的时候才到达牧羊丛演播室。另一辆车把汉密尔顿从牛津附近的家中接来了。穿过演播室时,罗伯特看到了汉密尔顿,他正与一个黑发青年热烈地交谈。

他低声对海伦说:"你知道那个人是谁吗?和汉密尔顿在一起的那个。"

她顺着他的视线望去,然后神秘地笑了。罗伯特说:"什么?你在哪儿见过他吗?"

"是的,不过我以后再告诉你。"

当女化妆师给他擦粉时,海伦又把她那一长串要求说了一遍:"不要盯着镜头看,否则你看起来会像是在兜售肥皂粉。但也不要目光游移,你不会想让自己看起来很不可靠。"

化妆师小声对罗伯特说:"每个人都是专家。"

"烦人,不是吗?"他偷偷和她说。

迈克尔·波拉尼同意主持这场辩论,这位学院派哲学家因参加过一系列电台谈话而为公众所熟知。波拉尼在制片人的陪同下匆匆走进化妆间,他们和罗伯特聊了几分钟,让他放松下来,并提醒他节目的流程。

他们刚离开,舞台监督就出现了:"我们需要你现在进演播室,教授,请跟我来。"罗伯特跟着她走了。海伦追了他一段路,劝他:"慢慢地深呼吸。"

"好像你知道怎么深呼吸一样。"他怒气冲冲地说。

罗伯特和汉密尔顿握了握手,便在舞台一侧的座位上坐下。汉密尔顿那位年轻的顾问已经退到了暗处,罗伯特回头瞥了一眼,看到海伦也在相似的位置看着他。这就像一场决斗：他们都有助手。舞台监督指出了演播室的监视器，罗伯特看着它在两个摄像机的信号之间切换：一个是整个布景的广角镜头，另一个是舞台的近景镜头，包括旁边支架上的小黑板。他曾经问过海伦，一旦开创性时代被抛在身后，在她的未来世界中，电视技术是否已经发展到更高级的水平，但这个问题让她一反常态地张口结舌。

舞台监督退到了摄像机后面，要求大家安静，然后从10开始倒数，不出声地说出最后的数字。

直播从波拉尼的介绍开始：简洁、诙谐、中立。然后汉密尔顿走上讲台。在摄像机传送广角视野时，罗伯特直视汉密尔顿，以免显得无礼或心不在焉。直到镜头中不再出现自己时，他才转向监视器。

"机器会思考吗？"汉密尔顿开始了，"我的直觉告诉我：**不能**。我的心告诉我：**不能**。我相信你们大多数人都有同样的感觉。但这还不够，不是吗？在这个时代，我们不被允许依靠心灵去判断任何事情。我们需要一些科学的东西。我们需要一些证据。

"几年前，我参加了牛津大学的一场辩论。当时的话题不是机器是否会像人一样行事，而是人本身是否**只是**机器。你看，唯物主义者声称，我们都只是一群无目的原子的集合，它们随机碰撞。我们做的每一件事，我们的每一份感受，我们说的每一句话，都可以归结为某种事件序列，就如同齿轮的转动，或继电器的开关。

"在我看来，这不言而喻是错误的。我争辩说，那和一个唯物主义者谈话又有什么意义呢？他自己也承认，从他嘴里说出的话只是一个无意识的机械过程的结果！根据他自己的理论，他没有理由认为这些话是真理！只有相信具有超然的人类灵魂的人，才能声称自己对真理感兴趣。

272

汉密尔顿缓缓点了点头，这是一个忏悔的姿态："我错了，我有我的立场。这对**我**来说可能是不证自明的，对**你们**来说也可能是不证自明的，但这肯定不是哲学家们所说的'逻辑上必然的真理'：相信我们只是机器，这实际上并不是一种废话，不是用词上的矛盾。有可能，只是**有可能**，有一些原因，致使一个唯物主义者说出的话是真实的，尽管它们的源起完全是无意识的物质。"

"有可能，"汉密尔顿满眼渴望地微笑着，"我不得不承认这种可能性，因为只有我的直觉，我的第六感，告诉我不是这样的。

"但我之所以只凭直觉行事，是因为我没能了解多年前发生的一件事。这是1930年的一个发现，发现者是奥地利数学家库尔特·哥德尔。"

罗伯特感觉脊背出现了一阵兴奋的战栗。他本来担心整个争论会退化为神学，担心汉密尔顿整晚都会援引阿奎那——或者至多是亚里士多德。但是，看起来他的神秘顾问似乎把他拖进了20世纪，他们终于有机会讨论真正的问题了。

"我们**知道**斯托尼教授的计算机能做什么，而且能把什么做好吗？"汉密尔顿继续说，"算术！在一瞬间，计算机就能把100万个数字加起来。一旦我们非常精确地告诉它们要进行什么计算，它们就会在一眨眼间完成这些计算——而你我去做这些计算需要花费一生的时间。

"但是这些机器**理解**它们在做什么吗？斯托尼教授说：'还没有。不是现在。给它们时间。罗马不是一天建成的。'"汉密尔顿若有所思地点点头，"也许这是公平的。他的电脑只有几岁大。它们只是孩子。它们怎么会这么快就理解什么呢？

"但是让我们停下来，更仔细地想想这个问题。就今天的情况而言，计算机只是一个做算术的机器，而斯托尼教授并没有说它们将完全依靠自己长出新型的大脑。他也没有说他**给了**它们什么真正的新东西。他已经可以让它们用电视摄像机观察世界，将图像转换成数字流，以描述屏幕上不同点的亮度……然后计算机就能以此进行**算术运算**。他已经可以让它们用一种特殊的扬声器跟我们说话，计算机向扬声器输入数字流来描述声音应该有多大……这一串数字流是由更多**算术运算**产生的。

"所以，世界能以数字的形式输入电脑，然后形成语言，以及数字。斯托尼教授希望给他的计算机添加的只是一种'更聪明'的计算方法，运用第一组数字，炮制出第二组数字。他告诉我们，正是这种'聪明的算术'让这些机器思考。

汉密尔顿交叉着双臂，停顿了一会儿："我们该怎么理解这事呢？仅仅会**做算术**，就足以让机器**理解**事情吗？我的直觉肯定告诉我不行，但我是谁，你们凭什么要相信我的直觉？

"所以，让我们缩小理解这一问题的范畴，为了绝对的公正，让我们把它放在对斯托尼教授最有利的角度。如果有一件事是计算机**应该**能够理解的——哪怕不比我们理解得更好，也该像我们一样理解——那就是算术本身。如果计算机能够思考，那么它肯定能够掌握自身最佳天赋的本质。

"于是，问题就归结为：你能**只用**算术来**描述**所有的算术吗？30年前，早在斯托尼教授和他的计算机出现之前，哥德尔教授就问过他自己这个问题。

"现在，你可能会想，怎么可能有人能够只用算术本身去描述，哪怕只是**开始**去描述算术规则呢？"汉密尔顿转向黑板，拿起粉笔，写了两行字：

$$\text{若}\ x + z = y + z$$
$$\text{则}\ x = y$$

"这是一个重要的规则，但这是用符号而不是数字写的，因为它必须适用于**每个**数字，每个$x$、$y$和$z$。但是哥德尔教授有一个聪明的想法：为什么不使用一个代码，就像间谍使用的代码那样，给每个符号都分配一个数字呢？"汉密尔顿写道：

'$a$'的代码是1。

'$b$'的代码是2。

"以此类推。你可以为字母表中的每个字母，以及算术所需的所有其他符号设置代码：加号，等号，诸如此类。电报每天都是这样发送的，其使用的代码叫作博多码，所以这里面真的没有什么奇怪或邪恶的东西。

"我们在学校学到的所有算术规则，都可以用一组精心挑选的符号来书写，而这些符号可以被翻译成数字。关于哪些事物是否**产生于**这些规则的每一个问题都可以被重新看待，被视为一个关于数字的问题。如果**这**一行产生于**这**一行，"汉密尔顿指着化简规则的那两行，"我们就可以从它们的代码数之间的关系中看出这一点。我们可以判断每一个推论，并宣布其是否有效，这个过程只需要做算术。

"因此，对于**任何**关于算术的命题——比如'存在无限多素数'的声明——我们可以重申，我们能用代码来证明这一声明。如果这声明的代码是$x$，我们可以说：'有一个数字$p$，以代码$x$结尾，这就通过了我们的测试，因为这是一个有效证明的代码。'"

汉密尔顿明显地吸了一口气。

"1930年，哥德尔教授用这个体系做了一件非常有独创性的事情。"他在黑板上写道：

**不存在**满足以下条件的数字$p$：$p$是该声明的有效证明的代码。

"这是一个关于算术、关于数字的声明。它要么是真，要么是假。我们先假设它恰巧是正确的。那么**不存在**一个作为该声明之证明代码的数字$p$。所以，这是一个关于算术的正确命题，但是，仅仅**做算术是无法证明它的！**"

汉密尔顿笑了："如果你不能立刻听懂，不要发愁。第一次从一个年轻朋友那里听到这个论点时，我花了一段时间才完全理解它的含义。不过请记住：计算机理解**任何事物**都只能指望通过算术运算，而我们刚刚发现了一个仅凭算术**无法**证明的命题。

"然而，这个命题真的正确吗？我们不能过早下结论，我们不能太草率地谴责机器。假设这个声明是错误的！因为它声称不存在一个数字$p$是它自证的代码，那这个命题要是假的，就必须有这样一个数字。而这个数字将为一个公认的谬误的'证据'编码！"

汉密尔顿得意地张开双臂："你和我，就像每个学生一样，都知道你不能用可靠的前提来证明一个谬误——如果算术的前提不可靠，那什么是可靠的呢？所以**我们**可以肯定地知道，这个声明是真实的。

"哥德尔教授是第一个发现这一点的人，但只要稍加帮助，略有毅力，任何受过教育的人都可以追随他的脚步。**机器永远做不到这一点。**我们可以把我们关于这一事实的知识透露给机器，作为可信赖的信息提供给它，但是就算我们给机器送上这份大礼，它既不能自己发现这一事实，也不能真正理解它。

"你和我都**理解**算术，这种理解方式是任何电子计算器都不具备的。那么，机器有什么希望能超越它自己最有利的运算环境，去理解更广泛的真理呢？

"一点也没有，女士们、先生们。虽然这条数学的曲径对你们来说看似神秘，但它有一个非常实际的目的。即使是最狂热的唯物主义者或最迂腐的哲学家也无法反驳，它证明了我们普通人一直都知道的事：没有机器会思考。"

汉密尔顿坐在了自己的位子上。有那么一会儿，罗伯特无比振奋，不管有没有受过训练，汉密尔顿已经抓住了这个不完整证明的基本特质，并把它们展示给了外行听众。这本来会是一个与假想敌对打的夜晚——没有直接的碰撞，观众能评判的只有在不同竞技场发生的两场个人表演——但现在这变成了一场真正的思想碰撞。

波拉尼开始向观众介绍罗伯特。走向讲台时，罗伯特意识到他平时的害羞和忸怩消失了。他心里充满了一种完全不同的紧张情绪：他比以往任何时候都更清醒地感觉到了利害攸关。

他走上讲台，摆出了准备开始命题演讲的架势，但随后他突然顿住，像是忘了什么的样子。"请稍等我一会儿。"他绕到黑板背面，迅速写了几个字，把黑板上下颠倒。然后他回到自己的位置上。

"机器会思考吗？汉密尔顿教授希望我们相信，他已经一劳永逸地解决了这个问题。他的方法是提出一个**我们**都认为是正确的声明，但是某一台机器——其程序被设计成以某种刻板方式探索数学定理——这机器将永远无法制造这样的声明。嗯……我们都有自己的局限。"他把黑板翻转过来，露出他在黑板背面写的东西：

*如果罗伯特·斯托尼说了这些话，他就**不是**在说真话。*

　　他等了一会儿，又继续说：

　　"然而，我想探索的不算是关于限制的问题，而是关于机会的问题。我们究竟是如何最终拥有了这种神秘的能力，可以知道哥德尔的说法是正确的呢？这种优势，这种伟大的洞察力从何而来？从我们的灵魂吗？从任何机器都不可能拥有的某种非物质实体吗？这是唯一可能的来源吗？是唯一可想象的解释吗？还是说，可能来自一些不那么虚无缥缈的东西？

　　"正如汉密尔顿教授解释的那样，我们相信哥德尔的声明是正确的，因为我们相信算术规则不会将我们引向矛盾和谬误。但这种信任从何而来？它是怎么产生的？"

　　罗伯特把黑板转回汉密尔顿那一面，指着简化规则："如果$x$加$z$等于$y$加$z$，那么$x$等于$y$，为什么这如此**合理**？我们可能一直要到10多岁时才能学会大致如此的思考，但如果你给一个小孩两个盒子——不透露它们装了什么，而后给两个盒子都添上同等数量的贝壳、石头或水果片，接着让孩子看看，现在每个盒子里装着的物件数量还是相同的，那么，不需要任何正规教育，这孩子都能明白，这两个盒子里开始时装的东西一定是一样多的。

　　"孩子知道，我们也都知道，某种物体是如何表现的。我们的生活沉浸在对整数的直接体验中：硬币、邮票、鹅卵石、鸟、猫、羊、公共汽车的整数。如果我试图说服一个6岁的孩子，说我在一个盒子里放三块石头，拿走一块，还剩下四块……他只会嘲笑我。为什么？这不仅仅是因为，他之前肯定在许多场合都碰上过三个东西拿走一个就变成两个的事。即使是孩子也明白，一些看起来可靠的东西最终会失效：一个玩具，日复一日都能完美运作，这状态会持续1个月或1年，但它仍然会坏。但算术不会，3减1不会。他甚至无法想象**它们**会失效。一旦你生活在这个世界上，一旦你看到它是如何运作的，算术的失效就会变得难以想象。

"汉密尔顿教授认为，这与我们的灵魂有关。但如果是一个在水与雾的世界里长大的孩子，一个从未同时和一个以上的人在一起生活过的孩子，一个从来没有被教过用手指和脚趾数数的孩子，教授会怎么说呢？我怀疑这样一个孩子不会像你我一样确信算术永远不会把他引入歧途。要从他的世界中完全剔除所有的数字，这需要非常奇怪的环境，以及可谓残酷的剥夺，但这足以让一个孩子失去灵魂吗？

"按照汉密尔顿教授的描述，一台被编程来执行算术的电脑，其遭受的剥夺比那个孩子要多得多。如果我是被绑着手脚、脑袋罩着麻袋养大的，并且有人对我大喊大叫地发号施令，那我对现实很可能没有多少了解——而且就算如此，我仍然可以比这样一台计算机准备得更好。一台被这样对待的机器不能够思考，这是一种非常仁慈的做法：如果它能够思考，我们给它的桎梏将是一种有罪的压迫。

"但这并不是电脑的错，也并非暴露了它本质上某种无法弥补的缺陷。如果我们想略微诚实地来评判机器的潜力，我们就必须公平地对待它们，而不是给它们施加那些我们从不想强加给自己的限制。比较鹰和扳手，或比较瞪羚和洗衣机真的没有意义：会飞的是我们的飞机，会跑的是我们的汽车，尽管它们的运动方式与任何动物都大不相同。

"**思想**肯定比其他技能更难实现得多，而为了实现它，我们可能需要更密切地模仿自然界。但我相信，一旦一台机器被赋予了类似于我们与生俱来的学习能力这样的工具，并且可以自由地以孩子一样的方式来学习，即体验、观察、试错、直觉以及失败——而不是交给它一份指令清单，让它别无选择，只能服从——那我们最终将处于一个可对等相比的位置。

"若是如此，我们就可以与这些机器会见、交谈和辩论——主题可以是算术，或任何其他话题——那时便没有必要再去管哥德尔教授、汉密尔顿教授或我自己的话了。我们将邀请机器们去当地的酒吧，当面询问它们。如果我们公平对待它们，我们就会用对待任何朋友、客人或陌生人的那种经验和判断，来判定它们是否能够思考。"

英国广播公司在演播室外的一个小房间里慷慨摆放了各式各样的葡萄酒和奶酪。罗伯特最终与波拉尼发生了激烈的争论，波拉尼表明自己是坚定的反对方。这个时候，海伦在不知羞地与汉密尔顿的年轻朋友调情，后者原来是剑桥的代数几何学博士，他一定是在罗伯特从曼彻斯特回来之前刚拿到学位的。在与汉密尔顿进行了一些礼节性的交流之后，罗伯特与他保持了距离，因为他觉得对方并不欢迎更进一步的接触。

然而1个小时后，罗伯特从厕所回来时在迷宫般的走廊里迷了路，遇到了独自坐在演播室里哭泣的汉密尔顿。

他已经在悄悄后退了，但汉密尔顿抬起头来，还是看见了他。他们两相对视，这时候就不可能再走开了。

罗伯特说："是你妻子的事吗？"他听说她病得很重，但也有传言说她奇迹般地康复了。她家的某个朋友一年前为她治疗过，她的病情得到了缓解。

汉密尔顿说："她快死了。"

罗伯特走过去坐在他身边："什么病？"

"乳腺癌。已经扩散到全身了。扩散进了她的骨头、她的肺、她的肝。"他又抽泣起来，无助地抽搐，接着愤怒地克制住自己，"'**苦难是上帝塑造我们的凿子。**'什么样的白痴会想出这样的台词？"

罗伯特说："我会和我的一个朋友谈谈，他是盖伊医院的肿瘤学家。他正在试验一种新的基因疗法。"

汉密尔顿瞪着他："你的某种**奇迹疗法**？"

"不，不是。我是说，只是非常间接的影响。"

汉密尔顿生气地说："她不会吃你的毒药的。"

罗伯特差点回击：**她不会吃，还是你不让她吃？**但这是个不公平的问题。在一些婚姻中，界限是模糊的。他无权评判他们两个人共同面对此事的方式。

"他们离开是为了以一种新的方式和我们在一起，甚至比以前更亲密。"汉密尔顿就像在说一句挑衅的咒语，一份能抵御诱惑的信仰宣言，不管他是否完全相信自己的话。

罗伯特沉默了一会儿，然后说："当我还是个孩子时，我失去了一个亲人。我也这么想。在之后的很长一段时间里，我以为他还和我在一起，指导我，鼓励我。"这句话很难说出口，他已经有近30年没有对任何人说起过这件事，"我想出了一个完整的理论来解释，在这个理论中，'灵魂'运用量子不确定性在活着的时候控制身体，在死后与生者交流，这不违反任何物理定律。每一个有科学头脑的17岁的孩子都可能碰巧有这个想法，并认真对待几个星期，然后意识到它是多么荒谬。但我有一个很好的理由不去看它的缺陷，所以我坚持这么想了近两年。因为我太想念他了，我花了那么久才明白我在做什么，明白我是如何欺骗自己的。"

汉密尔顿尖锐地说："如果你不试图解释，你可能永远不会失去他。他现在可能还和你在一起。"

罗伯特想了想："但我很高兴他没有。这对我们俩都不公平。"

汉密尔顿不寒而栗。"那么你不可能很爱他，对吗？"他抱住自己的头，"你给我滚，就现在，好吗？"

罗伯特说："究竟要怎样才能向你证明我没有与魔鬼勾结？"

汉密尔顿红着眼睛看着他，得意地宣布："没有什么能做到这一点！我看到昆特的枪出了什么事！"

罗伯特叹了口气："那是一个戏法。是舞台魔术，不是黑魔法。"

"哦，是吗？那就让我看看该怎么做。教我怎么做，这样我就能让我的朋友吃一惊。"

"它的技术含量相当高。这要花上一整夜。"

汉密尔顿毫无笑意地大笑起来："你骗不了我。我从一开始就看穿了你。"

"你认为X射线是邪恶的吗？青霉素呢？"

"别把我当傻瓜。那没有可比性。"

"为什么没有？我帮助开发的每样东西都属于同一个体系。我读过你写的一些关于中世纪文化的作品，你总是斥责现代的评论家把中世纪文化说得过于简单。没有人真的认为地球是平的。没有人会真的把所有新奇事物都当成巫术。那么，你对我的作品的看法，和14世纪的人对20世纪医学的看法，又有什么不同呢？"

汉密尔顿回答道："如果一个14世纪的人突然面对20世纪的医学，你不认为他有权利知道这是如何被透露给他的同辈人的吗？"

罗伯特不自在地在椅子上挪动身子。海伦并没有要他发誓保密，但他同意她的观点：最好等一等，先传播可以帮助理解的基础性知识，再透露分支世界之间关系的细节。

但这个人的妻子正在毫无必要地死去。罗伯特也厌倦了保密。有些战争需要保密，但另一些战争最好用诚实赢得胜利。

　　他说："我知道你讨厌赫伯特·乔治·威尔斯[1]。但如果他在某一件小事上是对的呢？"

　　罗伯特把一切都告诉了他，掩盖了技术细节，但没有省略任何实质性的东西。汉密尔顿听着，没有插嘴，不由自主地入了迷。他的表情从敌对变成了怀疑，但也流露出一些吝啬的惊讶，似乎他至少能欣赏罗伯特所绘画卷的某种美丽与复杂。

　　但是，当罗伯特说完时，汉密尔顿只是说："你是个大骗子，斯托尼。不过，我还能从谎言之王那里期待什么呢？"

　　在乘车回剑桥的路上，罗伯特情绪低落。与汉密尔顿的相遇让他感到沮丧，相比之下，谁在辩论中影响了国家的这一问题显得遥远又抽象。

　　海伦在郊区买了一所房子，并没有和他同居从而招来丑闻，只不过她经常造访他的屋子，这似乎产生了几乎同样的效果。罗伯特陪她走到门口。

　　"我觉得事情很顺利，你说呢？"她说。

　　"我想是这样。"

　　"我今晚就离开了，"她漫不经心地补充道，"我们这就再见。"

　　"什么？"罗伯特大吃一惊，"一切都还悬而未决！我仍然需要你！"

---

1　赫伯特·乔治·威尔斯（Herbert George Wells）是20世纪英国著名科幻小说家，曾因著作《时间机器》一举成名。

她摇了摇头："你有你需要的所有工具，所有线索。还有很多当地盟友。现在，就算我有什么真正紧急的事可以告诉你，你也能迅速发现。"

罗伯特恳求她，但她已下定决心。司机按着喇叭，罗伯特不耐烦地向他打手势。

"你瞧，我呼出的气都明显成霜了，"他说，"而你却什么也没说出来。你真的可以更周密严谨一点。"

她大笑起来："现在担心这个有点晚了。"

"你要去哪儿？回家吗？还是去扭转另一个分支的事态？"

"去另一个分支。不过我计划在路上做一件事。"

"什么事？"

"你还记得有一次，你写了一篇关于'先知'的文章吗？一台能解决停机问题的机器？"

"当然。"如果有一个设备可以提前告诉你一个指定的计算机程序是会停止运行，还是会永远运行下去，那么你就可以证明或证伪任何关于整数的定理：哥德巴赫猜想，费马大定理，任何东西。只需向这个"先知"展示一个程序，这个程序将遍历所有整数，测试每一个可能的值集，只有当它发现一个违背猜想的值集时才会停止。而你永远不需要运行程序本身，有'先知'关于它是否会停止的裁决就足够了。

这样的装置也许存在，也许不存在，但是罗伯特在20多年前就已经证明了，无论编程多么巧妙，普通的计算机都不够用。如果程序H总能在限定时间内告诉你程序X是否会停止，那么你就可以在H上添加一个小元素来创建程序Z，当它检查一个停止的程序时，就会倔强且蓄意地进入一个无限循环。如果Z自我检查，它要么最终停止，要么永远运行。但这两种可能性都与程序H所谓的能力相矛盾：如果Z真的能永远运行下去，那是因为H宣布它不会永远运行下去；反之亦然。H程序不可能存在。

"时间旅行给了我成为'先知'的机会，"海伦说，"有一种方法可以利用你无法改变自身过去的状态，这种方法可以将无限多的类时路径——这些路径没有一条是封闭的，但其中有一些随机接近于封闭——挤进一个有限的物理系统。一旦你做到这一点，你就可以解决停机问题。"

"怎么做？"罗伯特的脑子在飞快地运转，"一旦你做到了这一点……更高的基数怎么办？一位'先知'们的'先知'，能够检验关于实数的猜想？"

海伦神秘莫测地笑了笑。"解决第一个问题只需要你花四五十年的时间。至于其他的，"她从他身边退开，走进黑暗的走廊，"你怎么会认为我知道答案呢？"她给了他一个飞吻，然后从他的视野中消失了。

罗伯特朝她走了一步，但走廊里已空无一人。

他走回车上，又伤心又兴奋，心脏怦怦直跳。

司机疲倦地问："先生，现在去哪儿？"

罗伯特说："去更高、更深处。"

# 4

葬礼后的那个晚上，杰克在屋里踱来踱去，直到凌晨3点。这情形什么时候才会变得可以忍受？**什么时候？**她临死前表现出比他现在内心更多的力量和勇气。但在接下来的几个星期里，她会和他一起分享这些。她会和他们所有人一起分享。

在床上，在黑暗中，他试图感知她的存在。但这是勉强的，还为时过早。相信她在守护着他是一回事，但指望自己能少一丝悲伤和痛苦则完全是另一回事。

他等着睡着。他得在天亮前休息一下，否则明早他要怎么面对她的孩子们？

渐渐地，他意识到黑暗中有人站在床脚。当他一遍又一遍地审视阴影时，他看清了那个幽灵的脸。

那是他自己的脸。更年轻，更快乐，更自信。

杰克坐了起来："你想要什么？"

"我要你跟我走。"那个身影靠近来，杰克往后一缩，它停了下来。

"跟你走，去哪儿？"杰克问它。

"去一个她正在等待的地方。"

杰克摇了摇头："不。我不相信你。她说过，时候一到，她会亲自来找我。她说过她会指引我。"

"那么，她还不明白，"幽灵温和地坚持道，"她不知道我可以亲自来找你。你觉得我会让她代替我吗？你认为我会逃避这个任务吗？"

杰克审视着那张微笑的、恳切的脸："你是谁？"**在天堂被重新塑造的、他自己的灵魂？**这是上帝赐给每个人的礼物吗？如果你愿意的话，在死之前遇见你想成为的人？所以连这也是自由意志的一种行为吗？

幽灵说："斯托尼说服了我，让他的朋友治疗乔伊斯。我们一起活了下来。一个多世纪过去了。现在我们想让你加入我们。"

杰克吓得喘不过气来:"不!这是一个诡计!**你是魔鬼!**"

那东西温和地回答说:"没有魔鬼。也没有上帝。只有人。但我向你保证:拥有神力的人比我们想象中的任何神都更仁慈。"

杰克捂住了脸:"离开我。"他悄声狂热地祈祷着,等待着。这是一个考验,一个脆弱的时刻,但上帝不会让他这样面对敌人——无力自卫地、持久得超出他承受范围地面对敌人。

他露出脸。那东西还在这里。

它说:"你还记得吗,当你的信仰来到你心中时,就好像你身周有一面盾牌在融化,那像是你为了使上帝无法近身而穿的盔甲?"

"记得。"杰克高傲地承认这个事实,他并不害怕这个可恶的家伙会看穿他的过去,看穿他的内心。

"承认你需要上帝,这需要力量。但要理解**某些需求永远无法得到满足**,也需要某种力量。我不能向你保证有天堂。我们没有疾病,没有战争,没有贫穷。但我们必须找到我们自己的爱,我们自己的善。没有令人欣慰的必然结局。我们只有彼此。"

杰克没有回应,这种亵渎神明的幻想根本不值得质疑。他说:"我知道你在撒谎。你真以为我会把孩子们独自留在这里吗?"

"他们会回到美国,回到他们的父亲身边。如果你留下来,你觉得你还能陪他们多久?他们已经失去了母亲。现在一刀两断对他们来说更容易。"

杰克生气地喊道:"滚出我的房子!"

那东西走近了,坐到了床上。它把一只手放在他的肩上。杰克抽泣着说:"救救我!"但他不知道他现在求助的是谁了。

"你还记得《橡树之座》里的场景吗?当鹰身女妖把每个人都

困在她的地下洞穴里，并试图说服他们没有尼西亚的时候？她告诉他们，只有这个乏味的地狱是真实的。他们认为已看到的其他一切都只是假象。"年轻杰克的脸上露出了怀念的微笑，"我们收到了亲爱的老笪的回信：他对她的这个所谓的'真实世界'不以为然。就算她是对的，但既然四个小孩可以组成一个更好的世界，他宁愿继续假装他们想象的世界是真实的。

"但我们把一切都搞反了！现实世界比任何想象的东西都更丰富、更奇异、更美好。弥尔顿、但丁、圣约翰才是那些把你困在单调灰色的地狱里的人。这就是你现在的处境。但如果你把手给我，我可以把你拉出来。"

杰克的胸膛快要炸开了。他不能失去他的信仰。他在经历比这更糟的事时都坚持着信仰。在上帝对他妻子虚弱的身体施加的每一次折磨和侮辱中，他都坚持着它。现在没人能拿走它。他对自己低吟："在我患难的时候，他定会找到我。"

那只冰冷的手把他的肩膀握得更紧了："你现在可以和她在一起。只要你开口，你就会成为我的一部分。我将带你进入我的身体，你将通过我的眼睛看世界，我们将回到她仍然活着的世界。"

杰克哭了出来："别来烦我！让我好好哀悼她吧！"

那东西伤心地点点头："如果这是你想要的。"

"我想要！**快离开**！"

"等我确定。"

突然间，杰克想起了斯托尼在演播室里的夸夸其谈。斯托尼曾说过，每一个选择都有它的道路，任何决定都不可能是最终决定。

"现在我知道你在撒谎了！"他得意地喊道，"如果你相信斯托尼告诉你的一切，我的选择又有什么意义呢？我总是会答应你，也总是会拒绝你！这一切都没什么两样！"

幽灵严肃地回答说："只要我和你在一起，触碰你，**你就不会被分裂。你的选择很重要。**"

杰克擦了擦眼睛，凝视着它的脸。它似乎相信自己说的每一个字。如果这真的是他的超自然分身，正在尽可能诚实地说话，而不仅仅是一个戴着面具的魔鬼呢？也许斯托尼那可怕的幻象中有一点是真的，也许这是他的另一个版本，一个活生生的人，并且他真诚地相信他们俩有共同的历史。

那它就是上帝派来羞辱他的访客。教他同情斯托尼。教他知道，只要少一点信心，多一点骄傲，他也可能会被永远诅咒。

杰克伸出一只手，摸了摸这个迷失的可怜灵魂的脸。**看在上帝的分儿上，来吧。**

他说："我已经做出了选择。现在离开我吧。"

　　作者按：故事中虚构角色的生活与真实历史人物的生活有相似之处，我借鉴了安德鲁·霍奇斯（Andrew Hodges）和A.N.威尔逊（A.N.Wilson）的传记[1]。阿沛·阿希提卡（Abhay Ashtekar）在1986年发现了广义相对论的自对偶公式，并从此引领了量子引力学的突破性发展，不过本文从公式里获得的启发只是空想。

---

1　分别为《艾伦·图灵传》（*Alan Turing: The Enigma*）和《C.S.刘易斯传》（*C.S.Lewis: A Biography*）。本篇主人公罗伯特·斯托尼以"人工智能之父"艾伦·图灵为原型，后文的约翰·汉密尔顿以《纳尼亚传奇》的作者C.S.刘易斯为原型，他还有神学论文，中世纪文学研究等著作。——编者注

# 边界守卫

# Border Guards

在走出悲伤的第四天，下午早些时候，贾米勒从诺特的中心花园区散步回家时，听到了从图书馆后面的操场上传来的喊声。一时冲动之下，他甚至没有询问城市正在进行的是什么游戏，就决定加入其中。

　　他绕过拐角，球场便映入眼帘，从球员的动作可以明显看出，他们正在进行一场量子足球比赛。应贾米勒的要求，城市在他的视野中绘制了假想球的波函数，并对他进行微调，使他能在球员外观完全没有改变的情况下认出两支球队的成员。玛丽亚曾告诉过他，她总是选择从写实层面去感知以颜色编码的服装，她不愿意使用一些路径，因为这些路径的发展曾是为了把人分成该保护和该屠杀的两类。几乎一切被遗赠给他们的东西都沾着血，但是就贾米勒看来，比起把最糟糕的遗物当作无可挽回的污点丢弃，调整它们使其适用于自己的目的，似乎是一种令人愉快得多的胜利。

　　波函数呈现为一种极光般的活跃光线，这水银般的等离子体足够明亮，就算在下午的阳光下也清晰可见，但并不耀眼，也不足以遮蔽穿过它的队员。体现波的复杂相位的不同色带扫过操场，在撞上边界并回弹之前各自分开，冲刷过正在上升的各个概率瓣，颠倒着位次。

这场比赛遵循着最古老、最简单的规则：半经典、非相对论。这个球被一个无限高的屏障限制在场地内，所以它不可能在比赛进行时发生隧穿而越到场外。球员们接受的是经典方式：他们的动作将能量注入波中，使比赛可以从开场状态——球薄薄地摊平在整个场地上——跃迁到定位足球所需的高能模式范畴。但定位状态转瞬即逝，他们没必要在场中形成一个锋锐的波包，以期望能像踢一个经典物体一样将它踢来踢去。波的所有模式以不同的频率循环，以不同的速率传播，你必须使这些模式于瞬息间在球门范围内彼此相位同步，以此来为波塑形。做到这一点的关键在于能量水平以及对时机的把握。

贾米勒注意到其中一支队伍人员不足。裁判员会扭转场地电位，以维持比赛的公平，但为了恢复对称性，他们会特别欢迎新人加入。他看着球员们的脸，其中大多数是老朋友。他们聚精会神，皱着眉头，不过时不时也会因为己方小小的胜利或对手的灵巧高兴得笑起来。

贾米勒很久没有练习过了，不过，如果成了累赘，他总是可以退出的。如果他错估了自己的技术水平，因为自己的无能而导致比赛失利呢？没有人会在意的。现在比分为零比零，他可以等待一个进球，但这可能需要1个小时或更长时间。他与裁判员交谈后发现，球员们已经提前决定，随时允许新选手参赛。

趁着还没改变主意，他宣布自己加入。波凝固了，他跑向球场。人们点头致意，大多不以为意，只有伊齐基尔喊道："欢迎回来！"贾米勒突然又觉得自己很脆弱，虽然4天前他刚结束漫长的隔离，但他依然有能力对这场游戏所涉及的一切感到担忧。他在球场中复苏时的感觉就像置身于一场仔细校准过的光学幻觉，一幅可以瞬间改变角色的图形与背景，一个能翻转为空洞的固体立方体。

裁判把他领到指定的起始位置，对面是一个他从未见过的女人。他正式向她鞠了一躬，她也回了同样一礼。这不是相互介绍的时候，但他问城市，她是否公布过名字。她公布过：玛吉特。

　　裁判在他们的脑中倒数。贾米勒紧张起来，后悔自己的冲动。他沉睡了7年，刚回来4天，他能干什么？他的肌肉不会萎缩，他的反应永远不会迟钝，但他选择了意志不受约束的生活，他并没有下定决心，随时可能变卦。

　　裁判说："开赛！"贾米勒周围凝固的光线开始活跃，他马上动了起来。

　　每个队员负责一组模式，那是波的特定谐波，供他们在必要时填补、守卫，或耗尽。贾米勒负责的12个模式在1000毫赫与1250毫赫之间循环。游戏规则给他的身体赋予了一份固定的微小势能，这个势能对球有轻微的斥力，并且允许不同的模式相互推拉着穿过他，但是如果他在模式循环时待在一个点上，那么他能施加的每一个影响都将最终被其对立面取代，从而自行抵消。

　　要驱动波从一个模式转换到另一个模式，你就得移动，而要有效驱动它，你就得利用各个模式出入彼此相位的方式：要从1000毫赫模式攫取，提供给1250毫赫模式，你必须与它们之间四分之一赫兹的节奏差同步。这就像推着孩子的秋千，使其以固有频率摇摆，只不过你不是仅仅推动一个孩子，而是站在两个秋千之间，行动更像是一个媒介：试图使你的干预能于恰当的时机以减慢一个秋千为代价，加快另一个秋千的速率。你完全没有能力在某个特定时间和地点推动波，但只要以正确的方式改变位置，你就能获得控制其相互作用的能力。每一对模式之间都有一段空间节奏——就像光线下两片织物叠合所形成的云纹图一样，随着丝线排列方式的变化，纹路会从透明变为不透明。在这种循环的景象中穿梭，便能找出完美的方法来应和伴随出现的时序节拍。

贾米勒在赛场上冲刺，他的速度和角度经过计算，可以同时驱动两个有利的转换。在场外观赛时，他本能地测量了波的当前频谱，知道自己负责的模式中有哪一种有助于进球，又有哪一种会减小进球概率。当他穿过闪闪发光的色带时，裁判给了他触觉上的反馈，以补足视觉的判断和计算，这使他感觉到一次循环拖拽间的差额，那是一次一无所获的往返，他还感觉到了温和但持久的力道，这意味着他成功驾驭了节奏。

秋夕急忙朝他喊："拿去，拿去！2-10！"每个人的光谱领域都与其他人的重叠，你需要在队员之间传递振幅，并试图在自己的领域内控制它。"2-10"是一个谐波，它在场地的宽上有两个峰值，在其长上有十个峰值，以1160毫赫的频率循环。秋夕正从不同的低能模式中将空闲的振幅驱入2-10，以将其填满。贾米勒的任务是清空它，把振幅放到有用的地方。在球场上峰值为偶数的任何模式都不利于得分，因为这样的模式有一个节点——两峰之间的一个零点——正好挤在两个球门的中间。

贾米勒打手势表示收到了请求，并改变了自己的轨道。他上一次玩这个游戏已经是近10年前了，但他仍然牢记着这张可能性的复杂网络：他可以用一个动作就抽空2-10谐波，注入3-10、5-2和5-6模式——所有这些模式都具有"良好的宇称性"，峰值都在中线上。

他奔袭过草丛，用视觉仔细判断正确的角度，增加自己的速度，直到他觉得破坏性的节奏让位给了一个稳定的力量，后者就像一道恒久的微风，此时他突然回忆起一段时间——那是几个世纪之前，在另一个城市——他和一个团队一周又一周地一起玩耍，玩了40年。

各种面孔和声音在他的脑海里游弋。贾米勒的第98个孩子哈希姆和哈希姆的孙女莱拉都在他身边玩耍。但他烧掉了自己的房子，离开了。而现在，那个时代就像一份意外的礼物一样彻底触动了他。草地的气味，球员的呼喊，他的脚掌触地的感觉，这一切都与他以同样的方式度过的每个时刻产生了共鸣，连接起几个世纪，将他的生活凝结在一起。在刻意寻找的时候，他从未真正感受过它的宏大，反而总是一些小事情，像现在这样集中注意力的时刻，才打破了他日常关注的视野，让他直面惊人的远景。

2-10模式抽干的速度比他预期的要快，波中起伏不定的中线倾角在他眼前消失了。他环顾四周，看到玛吉特正在执行一次精巧的利萨如曲线动作，同时流畅地协调着十几个转换。贾米勒呆住了，望着她，一边欣赏她的精湛技艺，一边试图决定接下来该做什么。她已经很好地完成了秋夕交给她的任务，和她竞争是没有意义的。

玛吉特是他的对手，但他们两人的目标是完全相同的光谱。场地的对称性意味着任何一道得分的波对双方都有效——但只有一支球队能率先获利，将超过一半的波的概率塞进他们的球门中。所以两队必须先行合作，只有当他们的共同努力使波成形时，情势才会逐渐变得明显，透露出哪一方可以尽可能迅速地将其完美塑形，从而获益，而哪一方可以先搞砸第一次机会，然后等待被反弹时再磨砺它，从而获益。

佩尼娜慢跑着经过时，回头责备他："你想让她把4-6也扫空吗？"她脸上带着微笑，但贾米勒感觉到了一阵刺痛，他一动不动地愣了10～15秒。比赛并不禁止队员拖拖拉拉，把所有的工作都交给对手来做，但这被视为一种可耻的恶劣策略。而且这是非常冒险的，会让对手有机会设置一道让你几乎不可能发挥自我的波。

他重新评估光谱，并迅速整理了备选方案。不管他做什么，都会有他不想要的副作用，没有什么神奇的方法能避免影响其他球员领域内的模式，能够推动他所需转换的任何行动也会触发光谱各处的许多其他转换。最后，他做了一个选择，即在尽可能不造成干扰的同时减弱攻击模式。

贾米勒沉浸在比赛中，提前两步计划好每一次转换，在有必要的时候，他还会在奔跑的半途中转换策略，不过他始终在运动，直至汗水从身体滴落，直到小腿如同灼烧，直到血液发出轰鸣。当下原始的快乐也好，过往比赛的记忆也好，都没有蒙蔽他的双眼，他只是任它们漫过自己，就像微风吹起，给他的皮肤降温，但不需要他的确认。熟悉的声音对他喊着简短的命令，当波接近一个得分光谱时，任何冗余的交谈都消失了，闲散的目光全都让位给了忙乱又坚决的手势。在旁观者看来，这可能像是一种非人化的极端例子：22个人沦落为一台无意义机器上嗡嗡作响的齿轮。贾米勒对这个念头笑了笑，但拒绝分心来做一次复杂且虚构的反驳。他走的每一步都是对这个问题的回答，还有对扬或霍拉西、秋夕或玛丽亚、尤多勒或哈利德的每一次嘶哑的恳求。这些都是他的朋友，他回到了他们中间，回到了世界上。

距离第一个进球机会还有30秒，这个机会将落在贾米勒的球队身上，只要几次微小的振幅变化就能锁定它。玛吉特保持着距离，但贾米勒能感觉到她一直在盯着他，当玛吉特使他与波的联系变得松散时，他真的能通过皮肤感觉到她在工作。理论上，在球场中正确的位置做出对手动作的镜像动作，就可以逐渐削弱他们的一切行动，只不过在实践中，即使是最娴熟的球队也不能使光谱完全冻结。更进一步的破坏会变成一场你不会很想胜利的拉锯战：如果你把波削减得太厉害，对手的任务——破坏你随后进球的机会——就会变得容易得多。

贾米勒仍然有两个宇称不协调的模式，他希望能将其削弱，但每次他改变速度以尝试新的转换时，玛吉特就会立即做出反应，阻止他。贾米勒向秋夕示意求助，秋夕也有自己对阵伊齐基尔的问题，不过他仍可以选取放置多余振幅的地点来给玛吉特制造麻烦。贾米勒抖掉眼里的汗水，他能看到概率瓣形成时特有的"跳板"图案，这表明波很快就会汇聚到球门上，但在场地中央无法足够准确地判断它们的形状，也就无从得知还能做什么，也许没什么能做的了。

突然，贾米勒感觉到波在推动他。他没有浪费时间四处寻找玛吉特，秋夕一定是成功地分散了她的注意力。他几乎到了边线上，但他顺利倒退，继续驱动他始终在瞄准的两个转换。

两个长长的概率瓣沿场边飞掠，每一瓣都由一系列振荡的波丘调节。第三个较短的概率瓣沿着中线掠过，消失了，然后又出现了，它与其他两瓣融合，一起触及球场的尽头，形成了一个近似矩形的高台，包围着球门。

高台变成了一根光柱，随着数十种模式最终全体同相，撞击在球场边界不可逾越的屏障上，光柱变得越来越窄，越来越高。一点浅浅的余波仍遍布整个场地，还有一些递减序列的椭圆瓣叶从球门往下渐弱，如楼梯一般。波起初环着他们的腰拍打着，但现在，波的大部分集中在一个波峰上，波峰耸立在他们头顶，约有90米高。

有一瞬间，它一动不动。

然后它开始跌落。

裁判说："49.8。"

波包不够紧实。

贾米勒奋力摆脱失望的情绪，颠倒自己的本能。另一个队伍现在有50秒的时间来微调光谱，确保反射波包在场地另一头重组时只会变窄一小部分。

当光柱坍塌，反向重现合成过程时，贾米勒看到了玛吉特。她平静地对他笑了笑，他突然意识到：**她知道他们不可能进球。这就是她不再阻碍他的原因。**她让他花几秒钟的时间来加强波，因为她知道这对他来说已经太晚了，知道她的团队只要做出些微小的改进就能获益。

贾米勒倍感钦佩，要完成她刚刚完成的工作，需要非凡的技巧和信心。在他缺席的所有时间里，他清楚地知道可以期望其他球员做什么，但若是玛吉特缺席，他可能会大声地说，希望有一个天才新人能令比赛重新有趣起来。不过他还是很难不感到一丝愤恨。应该有人先提醒他玛吉特有多棒。

随着模式偏离相位，波再次在整个场中起伏，不过它的重聚是不可避免的：与水波或声波不同，它没有隐藏的自由度来将精度磨成熵。贾米勒决定忽略玛吉特；还有比镜像阻挡更粗糙的策略，但效果几乎一样好。秋夕此刻正在填充2-10模式，贾米勒选择了4-6来搅局。他们所要做的就是阻止波增长得太锋锐，只要达成这一目的，无所谓方法是维持现状，还是将波从一种圆钝状态推向另一种。

跑步时感受到的稳定阻力告诉贾米勒，他正在推动转换，畅通无阻，但他并没有见到任何成功的迹象。他到达了一个有利位置，此处的视野足以让他一眼便能正确地判断频谱，这时他注意到在波的宽度上有一道快速振动的微光。他数出了九个波峰：良好的宇称性。玛吉特从他的破坏模式中直接抽出了大部分振幅，输入了**这里面**。瞄准如此高的谐波真是对能量的疯狂浪费，但没人注意到，也没人阻止她。

得分模式再次形成，贾米勒只剩下9～10秒来弥补自己浪费的所有时间。他在他的领域里选择了最强和最弱的宇称模式，计算了可连接它们的速度，然后跑了起来。

他不敢转身去看对方的进球，他不想分散注意力。他脚边的波向后退去，不像地球上的退潮，更像是海洋被一个途经的黑洞拉进了天空。这座城市细致地勾勒着他的身体会投下的阴影，在光柱升起时，他身前的影子又渐渐缩小。

判决宣布："50.1。"

到处都是胜利的喊声，伊齐基尔一如既往地喊得最响亮。贾米勒大笑着跪倒在地。这是一种既不寻常又令人熟悉的感觉：他在乎，同时也不在乎。如果他对比赛结果漠不关心，那比赛就没什么乐趣了，但念念不忘于每一次失败——或每一次胜利——同样会彻底地毁掉乐趣。他几乎可以想象自己战战兢兢的样子，就如比赛本身的任何设置一样精心协调自己的反应。

在比赛继续之前，他躺在草地上喘了口气。微恒星正绕着拉普拉斯沿轨道运行，它的外表面此刻被岩石遮住了，但是它下方的陆地将阳光向天空反射，光线越过10万千米宽的三环面宇宙，给行星夜面带来微弱的光芒。尽管被直接照亮的只有一小片区域，但在天顶的主图像中，贾米勒可以分辨出反面半球的整个盘状：那是他身下的大陆和海洋，从较短的路线算，它们离他约12 000千米。天空中分布的其他网格图像来自不同的角度，显示了行星光面的无数新月。在这些图片中，有一样东西是你即便用上望远镜也无法找到的，那就是你自己的城市。这个宇宙的拓扑结构让你能看到自己的后脑勺，却看不到自己的倒影。


贾米勒的队伍以零比三告负。他跟跟跄跄地走到场边的喷泉旁去解渴，这简单的行为带来的快乐让他感到震惊。现在，仅仅活着就已经让人极其愉快了，但一旦他有了这种感觉，一切又似乎都有可能。他回到了同步状态，回到了自己的相位，他要充分利用这种状态，不管能持续多久。

他赶上了其他人，他们正朝河边走去。伊齐基尔用一只胳膊搂住他的脖子，笑着说："运气不好啊，睡美人！你醒得不是时候。有了玛吉特，我们就无敌了。"

贾米勒俯身躲开他。"我不反对这一点，"他环顾四周，"说到这个——"

佩尼娜说："回家了。她只是玩玩而已，从不在比赛后进行无聊的社交活动。"

秋夕补充说："不光是比赛后，任何时候都一样。"佩尼娜朝贾米勒瞥了一眼，意思是：秋夕可没少社交。

贾米勒琢磨着这件事，疑惑这为什么让他这么恼火。在球场上，玛吉特给人的印象并不是冷漠和高傲，而是优秀得问心无愧。

他询问了城市，但她除了名字外什么也没发布。并没有人会期待或者希望听到另一个人的连篇履历，不过，一个人开始新生活时完全没有从旧生活中带来点什么作为某种名片，这也是挺罕见的，你总该有些事件或成就，让新邻居对你有一个印象。

他们到了河岸边。贾米勒把衬衫从头上扯下来："她有什么故事？她一定告诉了你什么。"

伊齐基尔说："只知道她很久以前学会了踢量子足球，她不肯说时间、地点。她去年年底来到诺特，在南郊盖了一所房子。没有人经常看到她，甚至没有人知道她学的是什么。"

贾米勒耸了耸肩，蹚进了水里："啊，好吧。这是一个需要应对的挑战。"佩尼娜笑了，开玩笑地向他泼水。他抗议道："我**是说**在比赛中打败她。"

秋夕苦笑着说："当你出现的时候，我以为你会是我们的秘密武器——一个她完全不了解的球员。"

"我很高兴你没有告诉我这个。否则我会转身直接逃回去休眠。"

"我知道，所以我们都保持了沉默。"秋夕笑了，"欢迎回来！"

佩尼娜说："是啊，欢迎回来，贾米勒！"

阳光照在河面上。贾米勒浑身疼痛，但清凉的水里是最好的去处。只要他愿，他可以在此时此地于脑中筑起一道分隔屏障，并且永远不跌落到屏障的下方。有些人就是这样生活的，而且这似乎无须付出任何代价。但屏障两侧的差异被高估了，没有哪个正常人会花一半的时间把刺扎进自己的肉里，只为了在停手时感觉好一点。伊齐基尔像5岁的孩子一样，每天都过着快乐喧闹的生活，贾米勒有时会觉得这很烦人，不过哪一种性格都会激怒某些人。他自己那种长时间毫无意义的忧郁对朋友们来说可不是什么好事。

秋夕说："我邀请了所有人今晚到我家吃饭。你来吗？"

贾米勒想了想，然后摇摇头。他还没有准备好。他无法强迫自己常态化，这不会使他加速恢复，只会适得其反。

秋夕看起来很失望，但也没有什么办法。贾米勒向他保证："下次吧。好吗？"

伊齐基尔叹了口气："我们要拿你怎么办？你比玛吉特还糟！"

贾米勒开始后撤，但已经太晚了。伊齐基尔随意迈了两步来到他身边，弯下身环住他的腰，毫不费力地把他扛到肩上，然后将他抛进了河水里。


贾米勒被木柴的烟味熏醒了。他的房间里仍然布满夜晚灰色的阴影，但当他用胳膊肘撑起自己，命令窗户变得透明时，城市便在拂晓的光线中清晰地显现出来。

他穿上衣服，离开了家，惊异于脚上露水的冰凉。这条街上似乎没有第二个人起床，是他们没有注意到这气味，还是这气味已在他们意料之中？他拐了个弯，看见升起的烟柱，其下方隐隐透着红色的火光。火焰和废墟还没出现在他的视野中，但他知道那是谁的房子。

他走到快要熄灭的火焰旁，在烤得干枯了的花园里蹲下身去，咒骂自己。秋夕给了贾米勒机会，邀他与自己共进在诺特的最后一餐。无论你给出什么暗示，惯例是不要对任何人说你要离开了。如果你还有爱人，如果你还有年幼的孩子，你永远不会抛弃他们。但如果是朋友，你会以一种微妙的方式提醒他们，然后再消失。

贾米勒用胳膊抱着头。他以前经历过无数次这种事，但永远不会感到好受些。如果说有什么变得更糟，那就是每一次离别都承载着过往的离别。他的兄弟姐妹分散在新界的各个分支。他离开父母时还太年轻，太自信，几十年后才意识到这会让他有多痛苦。他自己的孩子们最终都抛弃了他，比他离开他们的次数多得多。离开一个前任要比离开一个成年的孩子更容易：伴侣之间有些东西会自行燃烧殆尽，这几乎是自然而然的，就仿佛祖先的生物学已经使他们至少为这一次裂痕做好了准备。

贾米勒不再强忍眼泪。但是在他擦拭泪水时，他瞥到有人站在他身边。他抬起头来。是玛吉特。

他觉得有必要解释一下，便站起来和她说话："这是秋夕的家。我们是好朋友。我认识他有96年了。"

玛吉特不动声色地回望着他："呜呼。可怜的宝贝。你再也见不到你的朋友了。"

贾米勒几乎笑出声来，她的无礼太离奇了。他继续说下去，可能唯一能想象到的礼貌回应就是假装没听见她的话。"谁也不是最善良、最慷慨、最忠诚的。这没关系。这不是重点。每个人都是独一无二的。秋夕就是秋夕。"他捶着自己的胸膛，此刻已完全不在乎她那些轻蔑的话，"我心里有个洞，永远填补不了。"这是事实，尽管他会随着这个洞成长。**他本应该去吃饭的，那又不费他什么事。**

　　"你一定是一块相当有感情的瑞士奶酪，内心千疮百孔。"玛吉特尖刻地评论道。

　　贾米勒反应了过来："你为什么不滚到别的宇宙去？没人希望你待在诺特。"

　　玛吉特被逗乐了："你**真是**个输不起的人。"

　　贾米勒凝视着她，真诚地困惑了一会儿，他完全忘记了比赛的事。他指了指余烬："你在这里做什么？如果不是后悔没抓住机会跟他说再见，你为什么要跟着烟到这里来？"他不知道应该多么当真地看待佩尼娜随意的暗示，但如果秋夕爱上了玛吉特，却没有得到回应，这甚至可能是他离开的原因。

　　她平静地摇了摇头："他对我来说什么都不是。我几乎没跟他说过话。"

　　"哦，那是你的损失。"

　　"从目前的情形来看，我得说那是你的损失。"

　　他没有回答。玛吉特转身走开了。

　　贾米勒又蹲在地上，前后摇晃着，等着痛苦平息。


　　接下来的一周，贾米勒在准备重拾他的学业。图书馆与新界中的每一个人造宇宙都是近乎瞬时连接的，而在地球和长出整个树状结构的空间点之间，光速时滞也只有几个小时。贾米勒去过地球，不过只是作为游客，那里土地稀缺，他们不接受移民。你可以在母宇宙的某些偏远行星上生活，但你得是某种纯粹的受虐狂才行。早在几代人之前，祖先们进入新界的具体原因就已经被遗忘了——去寻访他们并亲自询问，那可就太冒昧了——但如果让祖先们在两个选项中选择，一边是当时更加拥挤的地球与骇人的星际距离，一边是能在几周内来回穿梭的无限扩展分支世界链，那这个进入新界的决定并不令人困惑。

贾米勒曾把在诺特的大部分时间花在研究上，他研究的是复向量空间的李群表现范畴——这个选择挺合适的，因为埃米·诺特是群理论的先驱之一，而且，如果她能活着看到这一领域的繁荣，她可能也会投身于这些研究之中。李群的表现隐藏在大多数物理学的背后：每一种亚原子粒子实际上都只是一种特殊的表现方式，作为一组复向量的旋转表现该普遍对称群。用范畴论组织这种结构属于古老的知识，但贾米勒不在乎，他很久以前就甘心做一个学生，而不是一个发现者。意识最伟大之处就是能够掌握你体内世界的模式，不过他还是会享受在任何事情上成为第一个的那种兴奋感，在人口有 $10^{16}$ 的前提下，这对大多数人来说是徒劳的野心。

在图书馆里，他与其他世界同一研究领域的同学们交谈，或者阅读他们的最新作品。他们不是研究人员，但仍然可以在旧材料上添加新的教学动量，丰富这一领域与其他领域的联系，找到方法使复杂、微妙的真相更易于理解，同时不牺牲深度和细节——正是它们最先使这一领域值得了解。他们不会推进知识的前沿，不会发现新的自然原理，也不会发明新的技术。但对贾米勒来说，理解本身就是目的。

他很少考虑要不要再进行一场比赛，即便考虑了，也不觉得这个想法吸引人。秋夕离开了，只要贾米勒不去添数，同样的队伍可以进行10人对10人的比赛。玛吉特如果只是想证明自己队伍的连胜真的完全归功于她，那她甚至可以选择换队。

然而，当这一天到来时，他发现自己无法置身事外。他出现在场时本打算继续做一个观众，但龙一已经离开了伊齐基尔的团队，每个人都恳求贾米勒加入。

当他在玛吉特对面就位时，她丝毫没有表现出他们之前相遇过的迹象：没有挥之不去的轻蔑，但也没有一丝羞愧。贾米勒决定不去想这件事，为了队友，他应该把注意力集中在比赛上。

他们输了，五比零。

贾米勒强迫自己跟大家一起去了尤多勒的家，去庆祝，去同情，或者就像事实那样，去忘记一切。吃过饭后，贾米勒在不同的房间游荡，欣赏着尤多勒选的音乐，但无法融入任何对话。他没有听到任何人提起秋夕。

刚过午夜他就离开了。拉普拉斯近乎完整的主图像和它那八个最亮的凸圆伴星把街道照得如此明亮，以至于不再需要其他照明物。贾米勒想，秋夕可能只是去了另一个城市，而那城市此刻就在他的视线里。无论去了哪里，秋夕都可能选择与诺特的朋友们保持联系。

**还有他下一个城镇的朋友、下下个城镇的朋友？**

**一个世纪接着一个世纪？**

玛吉特坐在贾米勒家的门阶上，一只手里拿着一束白色的花。

贾米勒被激怒了："你在这里做什么？"

"我是来道歉的。"

他耸了耸肩："没有必要。我们对某些事情的看法不同。这没什么问题。我仍然可以在球场上面对你。"

"我不是为了意见分歧而道歉。我对你不诚实。我很残忍，"

她用手掩着眼睛，遮住星球的强光，抬头看着他，"你说得对，这是我的损失。我希望我能早点认识你的朋友。"

他笑了一声："哦，那就太晚了。"

她只是说："我知道。"

贾米勒缓和了情绪："你想进来吗？"玛吉特点了点头，他便命令门打开，让她进去了。他跟着她走进屋，说："你在这里待多久了？吃过了吗？"

"没有。"

"我给你做点吃的。"

"你没必要这么做。"

他在厨房里对她喊道："当作一份求和礼物吧。我没有花。"

玛吉特回答说："这些花不是给你的。是为秋夕的家准备的。"

贾米勒便不再翻找他的蔬菜箱，走回客厅："在诺特，人们通常不会这么做。"

玛吉特坐在沙发上，眼睛盯着地板。她说："我在这里很孤独。我再也受不了了。"

他坐到她旁边："那你为什么要回绝他？你们至少可以做朋友。"

她摇了摇头："别让我解释。"

贾米勒握住她的手。她转过身来拥抱他，浑身发抖。他摸着她的头发："嘘。"

她说："只要性爱。我不要更多别的。"

他轻声咕哝："我也没有那样的东西。"

"我只是想要有人再碰我一次。"

"我明白，"他坦白道，"我也是。但也不完全如此。所以别让我保证不会再发生别的。"

玛吉特双手捧着他的脸，吻了他。她嘴里有木柴的烟味。

贾米勒说："我甚至不认识你。"

"现在谁也不认识谁了。"

"这不是真的。"

"对，不是。"她阴郁地承认。她用一只手轻轻地摸着他的胳膊。贾米勒渴望看到她的笑容，于是他让自己的每一根黑色毛发在她指下变粗，并绽开一朵紫罗兰花。

她笑了，但她说："我以前见过这种把戏。"

贾米勒气恼道："那我确实在哪里都让人失望。我想你会更喜欢一些新奇的东西。独角兽，或者变形虫。"

她大笑起来。"我不这么认为，"她拉起他的手，放在自己的胸前，"你会厌倦性爱吗？"

"你会厌倦呼吸吗？"

"我可以走很久而不思考呼吸的事。"

他点点头："但是有一天你停下来，给肺里吸满空气，空气还是和以前一样甜美。"

贾米勒已经不知道自己是什么感觉了——情欲，同情，怨恨——她带着伤痛来找他，他想帮助她，但他不确定他们是否真的相信这有用。

玛吉特深深嗅着他手臂上的花香："它们的颜色一样吗？其他地方呢？"

他说："要知道答案只有一个办法。"


贾米勒在清晨醒来，床上只有他一个人。他有点期望玛吉特会这样逃走，但她本可以等到天亮的。当她穿好衣服，悄悄出去时，他会乖乖地假装睡着。

然后他听到了她的声音。他通常不会把这样的声音和人类联系在一起，但这不可能是其他任何声音。

他在厨房里找到了她，她抱着桌腿蜷着，在有节奏地哀号着。他往后站了站，看着她，担心无论他做什么都只会让事情变得更糟。她在昏暗中迎上他的目光，但仍然机械地呜咽着。她的眼神并不空茫，她没有神志不清，也没有产生幻觉。她知道自己是谁，知道自己在哪里。

最后，贾米勒在门口跪下来，他说："不管是什么事，你都可以告诉我。我们会解决的。我们会找到办法的。"

她露出牙齿："你**搞不定**的，你这个傻孩子。"她又继续发出那可怕的声音。

"那就只是告诉我。好吗？"他向她伸出一只手。他上一次如此无助，还是他的第一个女儿阿米纳塔在6岁的时候伤心欲绝地来找他，因为她曾宣称是她此生挚爱的那个男孩拒绝了她。那时他24岁，自己也是个孩子。那是1000多年前的事了。**纳塔，你现在在哪里**？

玛吉特说："我答应过，我永远都不说。"

"答应谁？"

"我自己。"

"很好。这种誓言是最容易打破的。"

她开始哭泣。这个声音更普通些，却更令人毛骨悚然。她现在不是一只受伤的动物了，而是一个正在遭受某种不可思议的痛苦的外星人。贾米勒小心翼翼地接近她，她让贾米勒搂住了她的肩膀。

他低声说："到床上去。温暖会有帮助。只要拥抱就会有帮助。"

她嘲弄地啐了他一口："这不能让她回来。"

"谁？"

玛吉特默默地盯着他，好像他说了什么令人震惊的话。

贾米勒温和地坚持说："不能让谁回来？"她失去了一个朋友，就像他失去秋夕那样糟。这就是她找他的原因。他可以帮助她渡过难关。他们可以互相帮助渡过难关。

她说："这不能让死人复活。"


玛吉特那年7594岁。贾米勒说服她坐在厨房餐桌旁。他给她裹上毯子，喂她吃西红柿和米饭，而她告诉贾米勒，她是如何见证了他的世界的诞生。

过去，这一前景曾于几十年里都在难以企及处闪烁着微光。她同时代的人几乎没有人相信这能成真，但几个世纪以来，事实应该是显而易见的：**人体是物质的**。随着时间的推移，有了足够的知识和努力，就有可能保护这一事实免于任何形式的恶化和免受任何形式的伤害。恒星进化和宇宙熵可能是不可逾越的，也可能不是，但要应对这些挑战是未来很久很久以后的事。在21世纪中期，人类的难关是老龄化、疾病、暴力，以及过于拥挤的地球。

"格雷丝是我最好的朋友。我们那时是学生，"玛吉特微笑着，"以前大家都是学生。我们会谈论新世界，但我们不相信自己能看到它出现。新世界应该会在下一个世纪到来。它应该会降临到我们的玄孙辈身上。到了暮年，我们将把婴儿抱在膝上，告诉自己：**这一个永远不会死**。

"当我们俩22岁时，发生了一件事。发生在我们俩身上，"她垂下视线，"我们被绑架，被强奸，被折磨。"

贾米勒不知道该如何回应。这些对他来说只是文字：他知道它们的意思，他知道这些行为会伤害她，但她说这些时就如同在描述一个数学定理。他把手伸过桌子，但玛吉特没有理会。他局促不安地说："这是……大屠杀？"

她抬头看着他，摇摇头，似乎在嘲笑他的天真。"不是任何一场大屠杀。不是战争，不是血洗。只是一个变态的男人。他把我们锁在地下室，关了六个月。他杀了七个女人，"眼泪开始顺着她的脸颊流下来，"他给我们看了尸体。她们就埋在我们睡觉的地方。他让我们知道，当他搞完我们时，我们会有什么下场。"

贾米勒呆滞了。成年之后，他一直都知道曾经可能发生的事——对真实的人而言曾经发生过的事——但这一切早在他出生之前就已经成为历史。他总是想象改变会以某种形式发生，在这种形式下，仍在世的人都没有经历过这些恐怖的事，现在回想起来，这想法似乎愚蠢得令人难以置信。最基本的逻辑必然性是无法逃避的：他最年长的、仍在世的祖先必然曾看到其父母平静地陷入永恒的睡眠。但这不是一回事，不是一个坐在他面前的、活生生的女人，曾被迫睡在一个杀手的藏尸地里。

他用手捂住她的手，哽咽着几乎说不出话来："这个人……**杀了格雷丝？他杀了你的朋友？**"

玛吉特开始抽泣，但她摇着头。"不，不。我们逃出去了！"她扭着唇角挤出一个微笑，"有人在酒吧斗殴中刺伤了那个王八蛋。他住院的时候，我们挖出了一条路。"她把脸埋在桌子上，哭了起来，但她把贾米勒的手压在自己的脸颊上。他无法理解她所经历的一切，但这并不意味着他不能安慰她。当他母亲的悲伤超出他孩提时的理解能力时，他不也用同样的方式抚摩她的脸吗？

她镇静下来，继续说下去："还在那里时，我们就下定了决心。

如果我们活下来了，就不会再有空洞的承诺了。不会再有白日梦了。他对那七个女人所做的事，以及他对我们所做的事，都将变成不可能的事。"

**这事成功了**。无论你的身体受到什么伤害，你都有能力关闭自己的感官，拒绝去体验它。如果肉体损坏了，总是可以修复或更换。万一你的宝石本身被毁了，每个人还都有备份分散在各个宇宙里。没有人能给别人造成肉体上的痛苦。从理论上讲，你仍然有可能被杀死，但这样做所消耗的资源无异于摧毁一个星系。会认真考虑上述两个选择的，只有那些非常差劲的歌剧中的反派。

贾米勒惊奇地眯起眼睛。她说最后那句话时带着十足的骄傲，表明她绝不可能失败。

"你是恩朵丽吗？是你发明了宝石？"他还是个孩子时，就已得知他头骨里的机器是由一个去世已久的人设计的。

玛吉特摸着他的手，被逗乐了："在过去的岁月里，少有匈牙利女人会被误认为是尼日利亚男人。我从来没怎么改变过我的身体，贾米勒。我差不多一直都是你现在看到的样子。"

贾米勒松了一口气，如果她是恩朵丽本人，他可能会屈服于纯粹的敬畏，开始说一些盲目崇拜的胡话。"但是你们和恩朵丽一起工作过？你和格雷丝？"

她摇了摇头："我们下定了决心，但又陷入了困境。我们是数学家，不是神经学家。当时有成百上千的事在同时推进：组织工程、大脑成像、分子计算机。我们不知道应该把精力放在哪个方面，也不知道应该在哪些问题上发挥我们的优势。对于我们来说，恩朵丽的作品并不是突然出现的，但我们并没有参与其中。

"有一段时间，几乎所有人都对把大脑换成宝石感到紧张。在早期，宝石是一个独立的设备，它通过模仿大脑来习得自己的任务，必须在一个选定的时刻把身体控制权交给它。又过了50年，它才被设计成一个神经元接着一个神经元地逐渐取代大脑，在整个青少年时期实现无缝过渡。"

所以格雷丝活着见证了宝石的发明，但是踌躇着，还没来得及用上就死了？贾米勒克制着自己，没把这个结论脱口而出，到目前为止，他所有的猜测都被证明是错误的。

玛吉特继续说道："然而，有些人不仅仅是紧张。你会惊讶于恩朵丽在某些地区遭到了多么激烈的谴责。我指的不仅仅是那些狂热分子，他们以邪恶残忍的议程，炮制出许多关于'机器'接管的偏执的宣传文稿。还有一些人的反对与技术细节无关。他们从原则上反对永生。"

贾米勒大笑起来："为什么？"

"1万年的诡辩经验不会一夜之间消失，"玛吉特干巴巴地说，"每一种人类文化都曾在面对死亡的问题上倾注大量的才智。大多数宗教都为此编造了精巧的谎言，把死亡说成是某种完全不同的事——别的一些宗教则对生命的事撒谎。但是，人需要假装**死亡是最好的结局**，就连大多数世俗哲学也被这种需求所扭曲。

"这是最极端的自然主义谬论——也是最一目了然的谬论，但这并没有阻止任何人。既然任何一个孩子都能告诉你，死亡是毫无意义的、依情况而定的、不公正的，并且令人憎恶得无法用语言形容，那么相信事实并非如此就是成熟的标志。几个世纪以来，作家们一直用自以为是的清教徒式寓言来安慰自己，寓言的主角是一些渴望死亡的长生者——他们**祈求**死亡。不能奢望所有突然面临流放之现实的人承认，他们一直是在黑暗中吹口哨给自己壮胆。而那些想成为道德哲学家的人——他们多半在生活中经历过最大的不便也只是晚点的火车或坏脾气的服务员——这些人开始悲叹这种可怕的荒芜对人类精神的破坏。我们需要死亡和痛苦，它们让我们的灵魂变得坚强！这不是恐怖，自由和安全才是恐怖！"

贾米勒笑了："所以有一些小丑。但最终，他们肯定会偃旗息鼓吧？如果我们走在沙漠中，我告诉你眼前的湖只是海市蜃楼，我可能会固执地坚持自己的信念，以免令自己失望。但当我们到达时，如果我被证明是错的，**我就会**去喝湖里的水。"

玛吉特点了点头："这些人里喊得最大声的最后大多都安静下来了。但也有更微妙的论点出现。不管你喜不喜欢，我们所有的生物和文化都**曾经**是在面对死亡的存在时进化出来的。历史上几乎每一次正义的斗争，每一次有价值的牺牲，都是反对苦难，反对暴力，反对死亡。现在，这类斗争将不可能出现了。"

"是的，"贾米勒很困惑，"但这只是因为这类斗争已经胜利了。"

玛吉特温柔地说："我知道。这类斗争已经没有意义了。我一直相信，任何值得为之奋斗的事情，无论是要花几个世纪还是几千年，都是值得实现的。除非一项事业的成功是高尚的，否则为之辛劳就**不可能**是高尚的，甚至为之而死也不是。别的说法不是诡辩，只是一种虚伪。如果旅行比抵达更好，那你一开始就不应该出发。

"我把这些都告诉了格雷丝，她也同意。我们一起嘲笑那些我们称之为**悲剧演员**的人：他们谴责未来时代是没有烈士的时代，没有圣人，也没有革命者。再也不会有另一个甘地、另一个曼德拉、另一个昂山素季——是的，这**在过去**会是一种损失，但难道有任何一位伟大的领袖，会为了给永恒的英雄主义提供一个合适的背景，便给人类判处永恒的苦难吗？好吧，有一些会。但受压迫者自己有更好的事情要做。"

玛吉特陷入了沉默。贾米勒收拾了她的盘子，又坐到她对面。天快亮了。

"当然，光有宝石是不够的，"玛吉特继续说，"只要谨慎一点，地球可以养活400亿人，但剩下的人要去哪里呢？宝石使虚拟现实成为最简单的逃逸路径：只要一点点空间，一点点能量，便可以在没有身体的情况下生存。有些人被这种前景吓坏了，但那不包括格雷丝和我。不过，这不是最好的结果，也不是大多数人想要的，不是他们想要摆脱死亡的方式。

"所以我们研究了重力，研究了真空。"

贾米勒害怕自己又出丑，但从她脸上的表情来看，他知道自己这次没有猜错。**M.欧什瓦特和G.菲什特**——那篇开创性论文的合著者，但除了名字缩写外，人们对她们一无所知。"是你们给了我们新界吗？"

玛吉特微微点了点头："格雷丝与我。"

贾米勒此时对她充满了爱意。他走到她面前跪下来，搂住她的腰。玛吉特碰了碰他的肩膀，说："拜托，起来吧。别把我当神，这只会让我觉得自己老了。"

他站起来，窘迫地笑着。任何处于痛苦中的人都应该得到他的帮助——但如果不是多亏了她，他这句话也没有任何意义。

"那格雷丝呢？"他问道。

玛吉特看向别处："格雷丝完成了她的工作，然后认定自己终究是一个悲剧演员。强奸不可能发生了。折磨也不可能发生。贫困在消失。死亡退回了宇宙学中，退回了玄学中。这正是她所希望实现的一切。而对她来说，突然面对这样的满足感，剩下的一切就显得微不足道了。

"一天晚上，她爬进了自家地下室的火炉里。她的宝石没有被火焰烧毁，但她从内部删除了宝石中的内容。"

现在是早晨了。贾米勒开始觉得晕头转向，作为一个无法在世俗世界存在的幽灵，玛吉特本应在日光下消失。

"我失去了其他亲人，"她说，"我的父母。我的兄弟。朋友。当时我周围的人也都如此。我并不特别，悲伤仍然司空见惯。但十年又十年，一个世纪又一个世纪，我们这些知道永远失去一个人意味着什么的人，渐渐变得无足轻重。我们的数量现在还不到总人口的百万分之一。

"在很长一段时间里，我和自己那代人待在一起。我们所在的地方有飞地，有聚居区，每个人都能理解过去的岁月。我嫁给了一个人，和他生活了200年。他写了一个剧本，叫作《我们这些认识死亡的人》——你可以从剧名中猜到，这部剧本非常自命不凡，并且自怜自艾，"想起这段往事，她笑了，"那是一个可怕的、自我吞噬的世界。如果我在里面再待久一点，我就会跟随格雷丝的脚步。我会祈求死亡。"

她抬头看着贾米勒："我想和你这样的人在一起：**不理解死亡的人**。你们的生活并不浅薄，至少和我们的生活中最好的部分一样：所有那些宁静、美丽、幸福，使牺牲和生死之战变得值得。

"悲剧演员们错了。他们把一切都颠倒了。死亡从来没有给生命赋予意义，恰恰相反。它所有的庄严，所有的意义，都是从生命终结的事中偷来的。而生命的价值始终完全在于它本身——不在于它的丧失，也不在于它的脆弱。

"格雷丝应该活着看到这些。她应该活得久一点，就能明白世界并没有化为灰烬。"

贾米勒沉默地坐着，在脑子里翻来覆去地想着这整段坦陈，尽可能充分地理解它，以免自己对这个问题的错误判断会增添她的痛苦。最后，他试探地问道："但你为什么不跟我们交朋友呢？是因为我们对你来说只是孩子吗？孩子们不明白你失去了什么？"

玛吉特猛摇自己的头："我**不想**让你们明白！像我这样的人是这个世界上唯一的有害物，唯一的毒药。"她对一脸难受的贾米勒笑了笑，在他发誓她不是那种人之前，她匆匆拦住了他的话头，"并不是说我们做的每件事、说的每句话都有影响，或是我们会影响接触到的每一个人；我并不是说，在某种愚蠢的神话意义上我们被污染了。但是离开聚居区时，我向自己保证，我不会背负着过去前进。有时候，这是一个很容易实现的誓言。但有时也不是。"

"你今晚就违背了它，"贾米勒直截了当地说，"但我们俩谁也没有被闪电击中。"

"我知道，"她握住他的手，"但是我不该把我知道的告诉你，我会努力恢复意志，让自己保持沉默。我站在两个世界的边界上，贾米勒。我记得死亡，而且会永远记得。但我现在的工作是守卫边界。不让那些知识入侵你们的世界。"

"我们不像你想的那么脆弱，"他抗议道，"我们都对失去有所了解。"

玛吉特严肃地点了点头。"你的朋友秋夕已消失在人群中。这就是现在的情况：你要如何避免自己在无休止增长的联络丛林中窒息，或避免分裂成孤立的剧团，无休止地炮制相同的台词。

"你们有你们的小死亡——我这样叫它们不是为了嘲笑你。但两种死亡我都见过。我向你保证，它们是不一样的。"

在接下来的几周里，贾米勒完全恢复了他在诺特为自己打造的生活。他的7天中有5天用来欣赏数学的难解之美。剩下的2天和朋友们待在一起。

他一直在比赛，玛吉特的球队一直在赢。然而，在第六场比赛中，贾米勒的球队终于战胜了她，以三比一的微弱优势。

每天晚上，贾米勒都在纠结这个问题。他到底应该献给她什么？永远的忠诚，永远的沉默，还是永远的服从？她并没有让他发誓保守秘密，她根本没有要求任何承诺。但是他知道，她相信他会遵从她的意愿，所以他有什么权利违背呢？

和玛吉特共度的夜晚过去8个星期后，贾米勒碰巧和佩尼娜单独待在霍拉西家的一个房间里。他们在谈论过去的日子，谈论秋夕。

贾米勒说："玛吉特失去了一个人，一个非常亲近的人。"

佩尼娜不带感情地点点头，不过还是找了个舒服的姿势蜷在沙发上，准备好好听他说话。

"不是我们失去秋夕的那种方式。完全不是你想的那样。"

贾米勒又与其他人一个接一个地交谈。他的信心起起落落。他瞥见了旧世界，但他不能假装自己已深刻理解了那里的居民。如果玛吉特认为这比背叛更糟糕，相当于二次折磨、二次强奸呢？

但他不能袖手旁观，任由她折磨自己。

伊齐基尔是最难面对的。在和他交谈之前，贾米勒整夜不眠，辗转反侧，不知道这场交流会不会让他变成一个怪物，一个玷污孩子的人，变成玛吉特认为自己在抗争的一切的一个缩影。

伊齐基尔痛哭流涕，但他已经不是小孩子了。他比贾米勒年长，他的灵魂比他们任何人都更坚强。

他说："我猜过可能是这样。我猜她可能经历过艰难的时期。但我一直没有办法问她。"


三个概率瓣汇聚在一起，融合成一个高台，上升成一道光柱。

裁判说："55.9。"这是玛吉特迄今为止最令人震撼的进球。

伊齐基尔高兴地喊叫着跑向她。当他把她捞起来扛到肩上时，她大笑起来，任由他这么做。贾米勒站到伊齐基尔身边，两人一起用胳膊为她做了一个王座，她皱起眉头对他说："你不应该这样做。你是输家。"

其余的球员向他们靠拢，欢呼着，众人一起朝河边走去。玛吉特紧张地环顾四周："这是什么意思？比赛还没结束呢。"

佩尼娜说："游戏提前结束了，就这一次。你可以把这当成一个邀请。我们想让你和我们一起游泳。想让你跟我们聊天。我们想知道你生活中的一切。"

玛吉特的镇静开始崩溃。她捏了捏贾米勒的肩膀。他低声说："只要你开口，我们就把你放下来。"

玛吉特没有低声回答，她痛苦地喊道："你们想从我这里得到什么，你们这些寄生虫？我已经帮你们赢了这该死的比赛！你们还想要什么？"

贾米勒深感羞辱。他停下来，准备放下她，准备撤退，但伊齐基尔抓住了他的胳膊。

伊齐基尔说："我们想成为你们的边境守卫。我们想和你站在一起。"

克丽斯塔补充说："我们无法面对你曾面对的，但我们想要了解。尽我们所能。"

霍拉西说话了，然后是扬、纳尔西扎、玛丽亚、哈利德。玛吉特低头看着他们，困惑地哭着。

贾米勒羞愧难当。他劫持了她，羞辱了她。他让一切变得更糟。她会逃离诺特，逃进一场新的流亡中，比以往更加孤独。

大家都发过言后，四下一片寂静。玛吉特在她的王座上颤抖。

贾米勒望着地面。他无法挽回他所做的事，只是轻声说："现在你知道我们的愿望了。你能告诉我们你的愿望吗？"

"放我下来。"

贾米勒和伊齐基尔遵从了。

玛吉特环顾四周，看着她的队友和对手，她的孩子们，她的作品，她未来的朋友们。

她说："我想和你们一起去河边。我7000岁了，我想学游泳。"

作者按：读者可以在www.gregegan.net/BORDER/Soccer/Soccer.html上找到量子足球的交互式插图。

乘鳄

# Riding the
# Crocodile

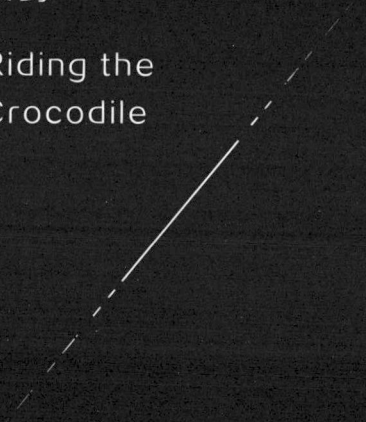

# 1

在结婚后的第10 309年，莱拉和贾西姆开始考虑死亡。他们懂得爱，养育过孩子，见证了孩子们的后代繁荣成长。他们游历了十几个世界，体验过1000种文化。他们一次又一次自学，证明了一些定理，获得又舍弃了一些艺术感知力和技巧。他们并没有体验过人类可以想到的所有生活方式，远远没有，但如果每个人都试图穷尽存在方式的排列组合，那还有什么空间容纳这无穷数呢？他们一致认为，有些经历是每个人都应该尝试体验的，而有些经历在任何时候都只需要少数人去费劲体验。他们并不想放弃自己的个性，也不想从长久安置的生态位中将自己的个性连根拔起，更不用说开始机械地按照冗长的清单，一条一条去成为他们可能成为的每一种人了。他们一直是他们自己，为此，他们差不多也做得足够了。

不过，在死之前，他们想尝试一些宏伟又放肆的事情。这并不是说他们的生活是不完整的，需要某种终局的华彩来加以肯定。如果有一些概率极小的灾难事件剥夺了他们创编这一终曲的机会，他们最亲密的朋友也永远不会评论这一空缺，更不用说哀悼了。没有需要满足的审美冲动，没有需要填补的存在主义的极度空虚。无论如何，这是他们俩都想要的，一旦他们对彼此承认了这一点，他们就一心一意地要这样做。

选择项目并不怎么累人，这任务只需要耐心。他们知道自己将辨认出恰当的选项。每夜睡前，贾西姆都会问莱拉："你看到了吗？"

"没有。你呢？"

"还没有。"

有时，莱拉梦想能在梦里找到它，但文字记录证明并没有。有时，贾西姆确信它就潜伏在他思潮的浅表，但当他深潜入思想去寻找时，发现那只是光引起的错觉。

日子年复一年过去了。他们忙于一些简单的娱乐活动：园艺、在海浪中游泳、和朋友聊天、赶上子孙后代。他们已能越来越熟练地找到可以重复的消遣方式。不过，如果不是为了那场等待着他们的无名冒险，他们早就每晚掷一对骰子，赞成只要投出两个6就结束一切了。

一天晚上，莱拉一个人站在花园里，望着天空。他们只去过离母星纳吉布最近的恒星，上面都有人居住，而且每次旅程都只损失几十年的时间。他们选择这样的范围，是为了不和亲朋好友疏远，而且这从来也算不上是什么束缚。的确，森罗文明包裹了整个银河系，一个坚定的旅行者可以花20万年的时间环游星系后回家，但如此夸张的漫长探险又能得到什么呢？对任何旅行者来说，他们周围的十几个世界已有足够的多样性，更遥远的领域到底是充满新奇的事物还是无尽的重复似乎并不重要。有一个目标，有一个目的地，这是一回事，但单纯为了沉浸在无尽丰富中而去沉浸，看来是完全没有意义的。

一个目的地？莱拉用信息遮蔽了天空，不可避免的是，其中大部分信息已过时千年。有些世界有着壮观的星云和星团，如果他们旅行到那里去看它们，它们肯定还存在，但是，获得第一手的视野，真的比沉浸在纳吉布图书馆完备的图像中要好许多吗？眨眼间，1万年过去了，醒来时就看到头顶有一团绿色和紫色的气体，不管它们有多么可爱，这似乎都是一种令人极度扫兴的结尾。

星星们都在自我膨胀，哀怨地吸引她的注意力。看这里的建筑，河流，还有节日！即使这些旅游景点在几千年后仍能存在，即使其中有些确实独一无二，但在她看来，它们都不是合适的死亡序曲。如果在几个世纪前，她和贾西姆对银河系另一边据传极其美丽或有趣的世界产生了某种古怪的依恋，并且，如果他们在无事可做的情况下能够足够长久地谈论如何去寻找那个世界，那么，保持这份期待可能是值得的，哪怕旅程会将他们带入一个化成废墟的世界。然而他们没有这样宝贵的目的地，而现在要建立一个这样的地点也已经太晚了。

莱拉的目光随着一颗在广告中变淡的恒星，转向了银心周围膨起的核球。银河系的银盘属于森罗人，其不同谱系的各个物种已经有效地融合成了一个文明，但是，中心的核球区域居住着一些拒绝与周围星系交流的生物。所有想往核球区发射探测器的尝试都被温和但坚定地拒绝了，更不用说建造旅行基础设施所需的那种工程孢子了，而入侵者都被直接扇了出去。早在森罗本身形成之前，不尘者就一直保持着沉默和孤绝。

关于这个问题的最新消息是2万年前的，但这种状态已经维持了近100万年。如果她和贾西姆旅行到了森罗领域的最核心边缘处，不尘者基本上也不可能在这期间改变他们自己的处事方式。事实上，如果不尘者突然开放他们的边界，那可绝对算不上令人失望：这始料未及的破冰之举本身就是一件值得见证的非凡之事。不过，如果挑战依然存在，那就更好了。

她把贾西姆叫到花园里，指着那没有简史点缀的星海。

"我们去哪里？"他问。

"尽我们所能地接近不尘者。"

"做什么？"

"试着观察他们，"她说，"试着了解他们。试着联系他们，竭尽所能。"

"你认为以前没有人试过吗？"

"有上百万次尝试。不过最近不太多了。也许我们这边的兴趣减弱了，但他们一直在改变，变得更乐于接受。"

"也许不是。"贾西姆笑了笑。他起初对她的建议看来有点吃惊，但这个想法似乎渐渐对他有了吸引力。"这对我们来说是一个很难……很难解决的问题。但它不是无意义的。不完全是，"他用手包住她的手，"让我们明天早上再看看对此感觉如何。"

第二天早上，他们都确定了。他们会在这些难以捉摸的陌生人门口扎营，试图把他们从冷漠中唤醒。

他们从纳吉布的各个角落召集了家人。一些孙辈和更远的后代已经定居在其他星系，以光速飞行几十年就能到达纳吉布，不过两人决定不再等待，便没有叫他们回家做最后的告别。

200人挤在实体的房子和花园里，还有200人把自己塞进虚拟侧翼里。和其他的庆祝活动一样，有闲谈、美食和音乐，莱拉试图削弱她心底渐增的任何一丝庄严感受。然而，随着夜幕的降临，每当她亲吻一个孩子或孙子，每当她拥抱一个老朋友时，她都在想：这可能是最后一次了，再也没有了。必须有一个最后一次，她不可能再面对1万年，但一想到每一次温暖的碰触都将消失得无影无踪，她心底的某个角落像有一只困兽一样喧嚣着、挣扎着。

随着黎明的临近，派对完全转换成了肉身风格。人们穿上神话里或远古的盛装，或者只是拿自己虚幻的身体开玩笑和玩耍。一切都很平静，很温和，一点也不像莱拉年轻时那样过度超现实，但她仍然感到一丝眩晕。当她的儿子哈立德让耳朵长长又旋转起来时，这个傻得可爱的举动传达了一个残酷的信息：房子的机器已经把她的意识从身体中剥离了出来，和以前一样天衣无缝，但这一次她再也回不去了。

日出时分迎来了第一波告别。莱拉强迫自己松开每只伸出来的手，放开每一具虚幻的身体。她低声对贾西姆说："你是不是也受不了了？"

"当然。"

人群渐渐散去。侧翼安静下来了。莱拉发现自己正漫步在一个又一个房间里，好像还可能碰见哪个没走的人一样。然后她想起自己曾催促最后一批人离开，她的孩子和朋友们眼泪汪汪地走向门厅。她回避了无法安慰的悲伤，提起精神去寻找贾西姆。

他在他们的房间外等着她。

"你准备睡觉了吗？"他温柔地问她。

她说："睡个10亿年。"

# 2

莱拉醒来时还是在同一张床上。贾西姆仍然睡在她身边。窗外是黎明，但不是往常能看到的悬崖和大海。

莱拉让房子做了简报。在这2万年里，他们差不多以光速旅行，只在各个驿站停留一两微秒，以便打扫和增强。现在，载有他们两人的信息包已经安全抵达纳兹迪克-比岗。这个世界并不拥挤，而且经过了调整，可以兼容一系列不同的代谢方式。房子已商定了一个地点，只要愿意，他们便可以在那里舒适地生活。

贾西姆动了动，睁开了眼睛："早上好。你感觉怎么样？"

"老了。"

"真的吗？"

莱拉停下来认真地琢磨了一下："没有。一丁点儿也没有。你呢？"

"我很好。我只是想知道外面有什么。"他起身往窗外看。房子坐落在一片辽阔空旷的平原上，遍野是低矮的绿色和黄色植被。他们可以吃这些植物，而且在他们睡觉时，房子已开始建一个香料花园。他伸展着肩膀："我们去做早餐吧。"

他们下了楼，进入新制的身体，走进了花园。空气宁静，阳光已很温暖。房子备好了工具来帮助他们收割。他们空手而来，在这里没有亲戚，没有第十五个表亲，也没有朋友的朋友，这是旅行的本质。尽管如此，他们还是受到了欢迎，而为此地居民监管这一世界的机器也尽了最大努力为他们提供便利，这是森罗的本质。

"所以这就是来世，"贾西姆沉思着，用镰刀割着黄色的茎干，"非常田园。"

"那是你自己的想法，"莱拉反驳道，"我还没死呢。"她放下手中的镰刀，弯下腰把其中一株植物连根拔起。

他们做的饭可以饱腹，但寡淡无味。莱拉克制住了想要改变看法的冲动，她更愿意面对挑战，制定出像样的食谱，这将与他们来此尝试的那个更艰巨的任务形成有效的对比。

这一天剩下的时间里，他们只是四处漫游，探索周围的环境。房子从附近的一条小溪里取水，储存起来的阳光将为他们提供所需的所有电力。从房子往外走1个小时有几座小山，在山上，他们能看到一片空地上有另一幢建筑，但他们决定过一阵子再向邻居介绍自己。为了支持其他代谢方式，空气中有各种成分，因此有一种略显奇怪的气味，但并不太烦人。

夜幕的降临令人措手不及。太阳还没落山，东方就开始零星出现了几颗星星。这些白色的小点映在蓝色渐褪的天幕上，有那么一会儿，莱拉以为它们是某种异域大气现象，也许是气温下降时同温层中形成的小朵云彩。弄清楚情况后，她便示意贾西姆和她一起坐在河岸上，看着核球区的星星出现。

他们来的时候，纳兹迪克正处于其恒星与银心之间。黄昏时分，不尘者那耀眼的星域有一半从东方地平线一直延伸到天顶，星星缓慢地向西行进，渐暗的天幕使它们显露出更多的光彩。

"你认为那值得去死吗？"走回房子时，贾西姆开玩笑地说。

"如果你觉得这没有挑战性，那我们现在就可以结束这一切。"

他捏了捏她的手，说："就算这事需要1万年，我也准备好了。"

这是一个温和的夜晚，他们本可以睡在户外，不过壮观的景象太令人分心了。所以他们待在实体侧翼的楼下。莱拉看着家具投下的森森怪影滑过墙壁。她想，这些邻居从不睡觉，等我们来敲门时，他们会问我们为何现在才来。

## 3

纳兹迪克周围环绕着数百座观测站，修建与遗弃它们的人和莱拉他们追寻着同样的梦想。这原始太空垃圾带的轨道由机器哨兵长久又细心地维护着，清扫得干干净净。当其标志图在莱拉的眼前展开时，她感觉像是找到了先辈的坟墓，它们在屋后的星野里浩浩荡荡地铺排开去，一望无际。

纳兹迪克已准备为他们提供资源，只要他们愿意，就可以把另一组仪器扔进真空中，但许多废弃的观测站功能完好，大多数处于待命状态，愿意接受任何人的指令。

莱拉和贾西姆坐在客厅里，唤醒一台又一台休眠了数千年的机器。事实证明，其中一些机器根本没有休眠，而是一直在执行系统的观测，在其主人早已失去兴趣之后，依然在积累着数据。

在核球的恒星密集区域，破坏性的引力效应使此处形成的行星比在银盘中更稀少，轨道也不那么稳定。尽管如此，此处还是存在行星。在纳兹迪克可以追踪到其中的几千个，还有一个观测站在过去的12 000年间一直在监测它们的大气光谱。在那些年的所有这些世界中，没有任何迹象表明大气成分偏离了合理且纯粹的地球化学模型。这意味着没有野生动物，没有原始工业。这并不能证明这些世界是无人居住的，但表明了，要么是不尘者不遗余力地避免留下化学特征，要么是他们的生活方式与构成森罗的任何一个文明都毫无相似之处。

银盘上散布着11种生化形态，它们最终都产生了数百种具有常规智力的物种，由此又形成了纷繁的众多文明。这些文明各自都包含两类文化，一类拥有作为软件生存的机动性，另一类却坚持着实体的存在形式。莱拉永远都不愿意放弃任何一类模式，一个亚文化选择这么做倒是可以想象，但整个物种如此选择却很不寻常。从某种意义上说，森罗中的文明之所以会交织缠绕在一起，是因为每个物种内部的文化差异和物种之间的文化差异不相上下。在多样性的爆发式增长中，利益的重叠是不可避免的。

如果不尘者是个例外，如果他们的物质文化已经缩小到仅剩几个小巧的处理器——它们分散在1万亿立方光年的尘埃和炽热恒星间，每一个都只需要一丁点儿能量——那么要找到他们是不可能的。

当然，最坏的设想不太可能是事实。人们之所以认为不尘者存在，唯一的原因是，其物质文化的某些组成部分一直在把每一个送入核球的探测器扔回来。无论这机器多么小巧，它肯定不能是少数的：因为它已经成功跟踪、拦截并逆转了沿数千条不同路线发射来的数十亿个探测器的轨迹，信息流的相对论约束意味着，核球边缘的差不多每一颗恒星上都有某种形式的不尘者存在。

莱拉和贾西姆让纳兹迪克简要介绍了最近几次进入核球区的尝试，但即使过了4万年，基本事实仍然没有改变。并没有清晰的屏障标志出不尘者的领地，但在大约50光年宽的边界区域内，每一个送入的探测器都会在某个点上停止工作。若是探测器携带飞行信标或信号传送器，它们发出的信号会毫无征兆地消失。接着在大约一个世纪后，它们会在几乎相同的坐标再次出现，反向移动：回到它们的来处。经过检查，那些被收回的探测器没有受到损害，但它们的数据日志中没有关于失踪的几十年的任何信息。

贾西姆说："不尘者可能已经消逝了。他们建造了完美的屏障，只是现在屏障比他们存在得更久。屏障只是在守卫他们的废墟。"

莱拉断然否定了这个说法："任何传播至一个星系之外的文明都不会完全消失。有时它们会变得面目全非，但没有一个会完全消逝而没有后裔。"

"这是历史事实，但不是普遍规律，"贾西姆坚持道，"如果始终根据森罗的现象来讨论，我们将毫无进展。如果不尘者不是特别的，我们就不会在这里。"

"这倒是。但在看到证据之前，我不会接受他们已经消逝的说法。"

"什么才算是证据呢？除了100万年的静默？"

莱拉说："沉默可以有任何意思。如果他们真的死了，我们会发现更多的东西，确定的东西。"

"比如？"

"等我们看到就知道了。"

他们认真地开始了这个项目，复核古代观测站的数据，空余的时间只留给收集食物、吃饭和睡觉。他们在纳吉布时就拒绝制订详细的计划，理由是一旦他们了解到最新的调查数据，事先制订的任何方法都可能过时。现在他们来了，并且发现当前情况完全没有变化，莱拉便又希望他们在离开纳吉布之前能预备好针对这一情况的一些明确的应对方法。

事实上，虽然他们在纳吉布时觉得自己像脱离现实的业余爱好者，但既然不尘者如今已成为他们全部的**存在理由**，并且由于每一种系统性方法都失败了，他们就更难放松下来，也不能沉迷于某种可能产生实际结果的猜测。他们为此来到2万光年之外，便不能把时间花在做白日梦上，不能沉溺于纳兹迪克田园牧歌的节奏，而把问题抛在脑后。所以他们研究了前人尝试过的一切，有条不紊地寻找新的方法，希望用新的眼光来看待旧的思想，希望自己至少能偶然发现一些困扰所有先辈的关键盲点。

经历了没有成果和灵感的7个月后，最终是贾西姆帮他们脱离了窠臼。"我们毫无进展，"他说，"是时候接受这一点了，把一切撇到一边，去拜访一下邻居。"

莱拉瞪着他，好像他失去了理智："去拜访他们？怎么拜访？你凭什么认为他们会突然让我们进门？"

他说："邻居们。你还记得吗？在山上看到的。这些人可能会真的想和我们说话。"

# 4

贾西姆的邻居曾发表过一则简要声明，他们原则上欢迎社会接触，但可能需要一段时间才能做出回应。贾西姆向他们发出了邀请，问他们是否愿意来自己家里玩，然后等待着他们的回复。

仅仅过了3天，贾西姆就收到了回复。邻居们不想麻烦他们改造自己的房子，也不愿意以肉身形式出席。既然莱拉和贾西姆的物种在实体化方面没有那么严格的要求，那他们是否愿意去邻居家呢？

莱拉说："为什么不呢？"他们约定了日期和时间。

邻居的声明中包含了这次会面需要的所有生物学和社会学细节。他们的生物化学以碳为基础，呼吸氧气，不过复制基因不同于莱拉和贾西姆的脱氧核糖核酸。他们的祖先表型类似于一条巨大的羽毛蛇，实体化时，他们通常以100人左右的数量群居于巢穴中。他们的个体思想是完全自主的，但独居对他们来说是一个陌生且令人不安的概念。

为了在下午早些时候到达，莱拉和贾西姆在接近中午时就出发了。天空中，一些厚重的云层低垂着，但并不完全是阴天。莱拉注意到，当太阳从云层后面穿过时，她能从核球的边缘分辨出一些最亮的星星。

贾西姆认真地告诫她："别再看了。今天是我们的休息日。"

蛇人的建筑是一个低矮的大圆柱体，像一个水箱，里面装着一些长满苔藓、气味刺鼻的东西。当两人到达入口时，三个主人正在那里等着迎接，他们盘绕在出口附近的地面上，出口后面是一条从苔藓中露出的巨大隧道。主人的身体和客人的几乎一样宽，而长度有8米到10米。他们的头部有两只朝前的眼睛，但其他感觉器官并不突出。莱拉能辨认出他们的嘴，简报中也说过那嘴后有多少排牙齿，不过那宽阔的粉色裂隙没有张开，并且几乎全被灰色的皮毛遮住了。

蛇人们用一种低频率的敲打来交流，而且他们的命名系统很复杂，所以莱拉只是在心里给他们三个随机起了略显异域风情的名字——蒂姆、约翰和萨拉——并调整了自己的翻译，以便直观地认出谁是谁，谁在对她说话，以及他们姿势的意义。

"欢迎来到我们家。"蒂姆热情地说。

"谢谢你们邀请我们。"贾西姆回答。

"我们已经有一段时间没有客人了，"萨拉解释说，"所以我们真的很高兴见到你们。"

"有多久了？"莱拉问。

"20年。"萨拉说。

"但我们来这里是为了平静的生活，"约翰补充道，"所以我们预料到了这种情况。"

莱拉思忖着一个百人家族能否过上平静的生活，不过，也许不受欢迎的外人入侵与家庭的喧闹性质不同。

"你们会到巢里来吗？"蒂姆问，"如果你们不愿意进来，我们不会介意，但每个人都想见到你们，而我们中的一些人不愿意来外面。"

莱拉瞥了一眼贾西姆。他在私频里说："我们可以把视野推送给信息检索系统，并调整自己以忍受这种气味。"

莱拉同意了。

"好的。"贾西姆对蒂姆说。

蒂姆蜿蜒滑进隧道，迅速又优雅地消失了，然后约翰点头示意客人们跟着他。莱拉先走，用膝盖和肘部爬上缓坡。蛇人为巢穴培育的植物形成了一个凉爽、干燥、有弹性的表面。她看见蒂姆在前方10米左右，像一条巨大的萤火虫，因体温散发着光芒，现在正放慢速度等她赶上来。她回头看了看贾西姆，他看起来比蛇人还要古怪，脸上和手臂上布满了因为用力而产生的奇异光带。

几分钟后，他们来到一个大洞穴。空气很潮湿，不过在经过空间局促的隧道后，变得凉爽又清新。蒂姆领着他们向洞穴中心走去，那里已经有十几个蛇人在等着迎接他们。他们兴奋地环绕着客人，发出快活的欢迎声。莱拉感到肾上腺素激增，她知道她和贾西姆没有危险，但这些生物巨大的体型和旺盛的活力给人强烈的压迫感。

"你们能告诉我们，你们为什么来纳兹迪克吗？"萨拉问。

"当然。"有那么一两秒钟，莱拉试图和她保持眼神交流，但就像所有其他的蛇人一样，她在不停地移动，莱拉的翻译为这个动作赋予了一种温暖和热情的意味。至于缺乏眼神交流的问题，蛇人们自己的翻译能完全理解：人类某些普通礼仪行为在这种情况下无法实行。他们也不会给她的行为贴上错误的标签。莱拉说："我们来这里是为了了解不尘者。"

"不尘者？"萨拉一开始看起来很茫然，接着莱拉的翻译隐隐传达了她话中的一丝讽刺意味，"但他们什么也没发给我们。"

莱拉一时张口结舌。这话的含义很微妙，但也很明白。森罗的公民有一个满足彼此好奇心的协议：他们会发表一份简要声明，上面清楚列明了他们希望一般人知道的关于他们的一切信息，有时还会具体指出欢迎人们进一步询问哪些内容。然而，一位公民完全有权利不发表任何声明，并要求人们尊重这个决定。在对方没有发布信息、没有邀请的情况下，你别无选择，只能少管闲事。

"据我们所知，他们什么也没发给我们，"她说，"但那可能是误会，是沟通失败。"

蒂姆回答："他们把所有的探测器都发送回来了，你真的认为我们误解了这种行为的意思吗？"

贾西姆说："这意味着他们不希望我们物理入侵他们的领土，把我们的机器放在他们的家旁边，但我不认为这就证明他们没有丝毫交流的欲望。"

"我们不应该去打扰他们，"蒂姆坚持道，"他们看到了探测器，所以他们知道我们在这里。如果他们想联系，就会按自己的节奏来联系。"

"别打扰他们。"另一个蛇人附和。洞穴里的其他人也齐声赞同。

莱拉坚持自己的立场："我们不知道核球区生活着多少不同的物种和文化。**他们中的一个会把探测器送回来，但说不准还有1000个**其他物种并不知道森罗一直试图联系他们。"

这个想法引发了一系列争论，有的发生在主宾之间，有的发生在蛇人内部。与此同时，蛇人们一直在兴奋地盘旋着，还有新的蛇人进入此处，来目睹陌生人带来的新奇视野。

等到围绕不尘者争论的喧嚣声平息到一定程度，就可以改变话题了，莱拉问萨拉："你们为什么自己来纳兹迪克？"

"这里很偏僻，远离主干线。我们可以在这里不受干扰地思考问题。"

"但你们在任何地方都可以拥有同样多的隐私。这完全取决于你们在声明里写了什么。"

萨拉的回应中透着一丝笑意："对我们来说，明令切断所有联系是一种过于粗暴的做法。尤其是和那些与我们源起同族的人。为了过平静的生活，我们必须降低与那些寻找我们的人邂逅的可能性。为了获益，我们必须努力使自己在物理层面远离尘世。"

"可是你们让我和贾西姆宾至如归。"

"当然。但这足够我们再回味20年了。"

恢复社交的举措只到这个程度。"你们在这种隐居状态下究竟在思考什么？"

"现实的本质。存在的意义。活下去和不活下去的理由。"

莱拉感到前臂上的皮肤刺痛。她几乎忘了自己和死神有约，尽管时间并不确定。

于是她解释了她和贾西姆是如何决定在死前着手一项重大计划的。

"这是一个有趣的方法，"萨拉说，"我得好好思考一下。"她顿了顿，又说，"虽然我不确定你是否已经解决了问题。"

"你指的是什么？"

"现在选择合适的时机放弃你的生命，这真的是更容易的做法吗？你这不是把一个微妙的判断换成了一个更困难的判断吗？也就是决定自己何时耗尽了联系不尘者的所有可能性？"

"你这样说，好像我们没有机会成功似的。"莱拉并不害怕失败，但认为失败不可避免，那又完全是另一回事。

萨拉说："我们在纳兹迪克这儿已经待了15 000年了。我们不太关注巢穴外的世界，但即便在这个与世隔绝的国家，我们也已经看到许多人在这个问题上折戟沉沙。"

"那么，你们什么时候会认为自己的课题已经完成了呢？"莱拉反驳道，"如果15 000年后你还没有得到你想要的东西，你什么时候会承认失败？"

"我不知道，"萨拉坦白道，"我和你一样不知道。"


# 5


当前进的道路首次出现时，它和此前那1000次假警报所显示的没有什么区别。

这是他们在纳兹迪克的第17年。15年前，他们建立了自己的观测站，给它配备了从银河系各处挑选出来的最新改良产品，从那时起，观测站就一直在证实先辈们的结果无效。

他们已经形成了一种不慌不忙的惯例，系统地考察观测结果尚未排除的各种可能性。一方面，触目所及显然毫无生气——你得想象一个能量丰富、敢于冒险、性格外向的文明存在于这样的核球区中，积极地用尽一切手段寻求联系；另一方面，又存在着无限的可能性，只是在这种距离上，你永远说不清那里是否没有任何生命，是否除了一个缄默却高效的守卫外，没有任何机械。诱人的线索不时地从数据中冒出来，但在持续的审核后，其意义渐渐在统计上变得微不足道。

在纳兹迪克星上，可以分辨出不尘者领域内的数百亿颗恒星，其中一些恒星在年或月的时间尺度上演变或激烈地相互作用。黑洞正在掠夺并吞噬自己的同伴。中子星和白矮星盗走新的燃料，突然爆发成新星。星团相互碰撞，相互撕裂。如果你用足够久的时间收集这整个狂暴展览的数据，你将几乎可以看到一切。如果莱拉夜里漫步走进花园，发现天上出现了一个巨大的欢迎标志，接着这由新星偶然组成的图案渐渐消散，这条信息再次消失在随机性中，她也不会感到惊讶。

当他们的伽马射线望远镜捕捉到一线古怪的闪光时——某种氟同位素的原子核从激发态衰变，但附近没有一种辐射源能直接让原子核进入这种状态——这可能只是又一个随机的、无法解释的事实，这样的事实已经堆积如山。当同样的闪光在不远处再次出现时，莱拉推断，如果一团富含氟的气体云在一个位置会受到一个看不见的辐射源的影响，那么在这团气体云的其他位置发生同样的事就不足为奇了。

这样的事件再次发生了。这三个事件在空间及时间上的排列方式表明，有一道伽马射线的短脉冲，以紧聚焦光束的形式，击中了气体云中三个不同的点。然而，在他们从先辈那里继承的海量数据中，比这更令人信服的巧合已经发生过数十万次。

随着第四次闪光，数字的平衡开始倾斜。到达纳兹迪克的次级伽马射线只是对原始辐射微弱且扭曲的转述，但四次闪光都与同一窄束光一致。核球区有成千上万个已知的伽马射线源，但它们中的任何一个都不符合这次闪光的辐射频率、光束方向和脉冲时间表。

档案披露了几十次在相似条件下从氟原子核中观测到同类辐射的现象。在此之前，这样相连接的现象数量从不过三，不过有一次连续现象显现的路径离此次事件不远。

莱拉坐在小溪边，模拟着各种可能性。如果光束连接着两个处于动力飞行中的物体，他们就不可能做出预测。但是，如果接收方和发射方基本处于自由落体状态，只是偶尔进行修正，那么将过去和现在的数据结合起来，她就能对光束的未来方向做出合理的预测。

贾西姆观察了她的模拟，这是由星星和方程组成的一个思维泡泡，正在水面上盘旋。他说："整条路径都将成为禁区。"

"别开玩笑，"不尘者的领域大致是球形的，这使得它成为一个凸集：只要不进入领域，就不可能到达领域内任意两点之间，"不过你看看这光束展开到什么程度。从氟的数据来看，我认为它到达接收方时可能有几十千米宽。"

"所以他们可能不会完全捕捉它？他们会让一部分光束逃逸进银盘吗？"他听起来不认可。

莱拉说："听着，如果他们真的想尽一切办法隐藏这个，我们一开始就不会看到这些光点。"

"含有这么多氟的气体云是非常罕见的。他们显然选择了一个在普通情况下不会散射的频率。"

"是的，但这只是一个让信号穿过当地环境的问题。我们自己选择的频率不会与路径上可能出现的任何物质相互作用，但没有哪个选项是完美的，我们只能接受。在我看来，他们做了同样的事情。如果他们是狂热的纯粹主义者，他们就会用完全不同的方法交流。"

"好吧，"贾西姆把手伸进模型，"所以我们可以去视线范围内的什么地方？"

言简意赅地说：哪儿也不去。如果光束没有完全被预定的目标挡住，就会在穿过银盘的过程中向外展开，但也不至于变得太宽广，不会扫过森罗建有某种前哨站的任意一点。

莱拉说："这现象不容错过，我们需要一个像样的观测站进入它的路径。"

贾西姆赞同她："那我们得早点开始，免得这些节点判定它们飘移得太过靠近危险物体，会启动引擎修正航向。"

他们运算了各种可能性。只要是森罗已经建立业务的地方，便有现成的基础设施可以将数据转换成任何种类的实物。把自己，连同自己所需的东西一起传送到这样一个地方，这本身是很简单的：光速是唯一的实际限制。对本地资源的过度要求可能会被拒绝，但适度的请求很少会被驳回。

比这困难得多的，是在一个有原材料但没有现成接收器的场地上建造新东西，在这种情况下，你需要发送某种工程孢子，而不是纯粹的数据。如果时间很赶，你不仅需要花费能量将孢子加速到相对论速度——防护屏的质量会使这种能量的消耗像滚雪球一样越滚越大——你还必须浪费大量时间进行漫长的刹车，否则孢子就会以足够的能量击中目的地，将其变成等离子体。人们可以利用与星际介质的相互作用来降低孢子的速度，从而避免携带更多的质量以充当刹车推进剂，但这整个过程的效率将低得令人无法接受。

更困难的是，如何把任何实体送到广阔太空中恒星之间的指定点。如果目的地没有现成的原材料，所有的东西都必须从其他地方运来。通常最好的办法是把工程孢子送入彗星云，由引力松散地束缚在其伴星上，但并非每个这样的星云都能被掠夺，而且每件事都需要时间和不计其数的能量。

要安排观测站沿着光束视野，以正确的速度，被送到最容易到达的地方，总共需要15 000年的时间。而这还有一个前提：拥有最近处设施且有权拒绝原材料被使用的当地文化，能第一时间同意他们的请求。

"修正航线会间隔多长时间？"莱拉提出疑问。如果这个假定网络的构建者是高效的，节点就可以顺利在星际空间中飘移一段时间，但在核球中，一切都比在银盘中发生得更快，反引力效应的需求将会更快出现。他们没有办法做出确切的预测，但能轻易得出只有8000年到10 000年的结论。

莱拉努力让自己接受现实："我们将在这个地点尝试，幸运的话，还能捕捉到一些东西。如果不行，我们就在光束转移后再试一次。"发射第一个观测站去追逐光束是徒劳的，即使以这些节点目前的自由落体模式，观测点也会相对于本地恒星以几分之一的光速移动。由于极大距离的放大效果，核球内方向上的一个微小变化就可以使这光束在到达银盘时偏斜数千光年。

贾西姆说："等等。"他放大了光束投射路径周围的区域。

"你在找什么？"

他问地图："有哪条与光束相交的直线上有两个森罗的前哨站吗？"

地图用一种略带怀疑的语气回答："没有。"

"我太奢求了。有哪个与光束相交的平面上有三个前哨站吗？"

地图说："满足这一条件的三元组约有$10^{18}$个。"

莱拉突然意识到他在想什么。她笑了，捏了捏他的胳膊："你彻底疯了！"

贾西姆说："让我先把数字弄对，然后你再嘲笑我。"他重新对地图提出问题，"光束会穿过多少个这样的三元组，与它们所组成的三角形相交？"

"大约$10^6$个。"

"如果每一种情况下的距离都由三个前哨站中最糟的那个，也就是使整个路径变得最长的那个来测量的话，在光束与任何一个这样的三角形相交的点中，离我们最近的点有多近？"

"7426光年。"

莱拉说："让三个组件碰撞刹车吗？"

"你有更好的主意吗？"

这已经比最快的常规方法快两倍，还有更好的？"我脑子里空空如也。让我想想。"

在轻薄的星际介质上刹车是一个缓慢的过程。如果你想快速地将一个有效载荷送到一个点上，这个点又恰好位于两个现存前哨点相连的直线上，那你可以从这两个位置发射两个独立的包裹，让它们在相遇时"碰撞"——或者更确切地说，让它们彼此产生磁制动。如果你让两个包裹具有相等且相反的动量，它们就会停下来，而不需要把反应质量或离合器扔进虚空里，它们的一些动能还可以作为电力回收并储存，以供后续使用。

准星和时机都必须完美。相对论包裹并不会在飞行过程中进行修正，而且每个发射场提供的关于另一个发射场精确位置的数据永远是一个潜在的不完美预测，而不是铁一般的事实陈述。哪怕使用森罗惊人的天体测量和运算资源，也不能保证在1000光年的距离上实现毫米级校准。

现在，贾西姆想让三颗这样的子弹相遇，表演一场精心设计的电磁之舞，并最终以合适的速度来追踪光束的移动目标。

晚上回到家里，他们坐在一起进行模拟工作。如果一切都很完美的话，很容易便能找到可行的设计，但他们一直在寻找最稳健的变奏，包容最微小的偏差。采用标准的双体碰撞制动，通常的解决方案是让第一个圆柱形包裹直接穿过第二个包裹上的一个洞。当第一个圆柱形包裹从洞的另一边出现时，两者再次分开，磁场从排斥变为吸引。随后将发生数次"反弹"，在这个过程中，尽可能多的动能逐渐转化为超导电流被存储，剩下的动能则以电磁辐射的形式耗散。让三个物体以某个角度相遇，不仅会使时间和定位更加关键，还会破坏简单的轴对称，给稳定性带来更大的风险。

天刚亮，他们就确定了最佳设计方案，该方案有效地把问题分成了两部分。首先，圆柱状的第一个包裹，会碰到圆环状的第二个包裹，穿过中间的空洞，然后在其间来回反弹17次。圆环面与其飞行方向呈一定角度，使球体可以迎面靠近。当它们最终彼此相对静止时，仍有一个速度分量将它们直接带往第三组的方向，后者是一个带有轴向钻孔的圆柱体。

它们的电磁相互作用和双体碰撞中的情况是一样的——自动定心，本质稳定——在每一次相遇中，少量的错位并不致命。然而，通常的双体案例在所有的反弹和能量耗散完成后，不需要有组合式包裹沿一条精确路径移动，这条路径必须精确到使第一个包裹能穿过另一个狭窄的箍。

没有任何保证，最终结果也不由他们掌控。他们可以向三个前哨站发出请求，要求这些物体在必要的时间按照必要的轨迹发射。然而，其能量需求徘徊在礼貌边缘，而且很可能会有一个或多个请求被直接拒绝。

贾西姆挥开模型，两人舒展四肢，肩并肩躺在地毯上。

他说："我从没想过我们会走到这一步。哪怕这只是一个妄想，我也没想过我们能找到一条值得追寻的路径。"

莱拉说："我不知道我期待什么。这也许愚不可及：进行某种漫长的、令人疲惫又令人兴奋的斗争，感觉就像在丛林中徘徊多年，最后完全迷失方向。"

"然后呢？"

"投降。"

贾西姆沉默了一会儿。莱拉能感觉到他在沉思什么，但没有催促他。

他说："我们应该自己去这个观测站，还是在这里等结果？"

"我们应该去。这是当然的！我可不想在这里闲逛15 000年。我们可以让纳兹迪克的这些观测站继续搜寻更多的荧光束，并广播结果，这样的话，无论我们到了哪里，都会听到它们的消息。"

"这很合理。"贾西姆犹豫了一下，然后补充道，"当我们出发时，我不想留下备份。"

"啊。"他们从纳吉布出发时就没有在身后留下任何东西：万一他们的传输未能到达纳兹迪克，将不会有存储的数据副本苏醒过来，从而恢复他们被截断的生活。不过，在森罗的现有网络内旅行，其风险可以忽略不计。而如果他们将自己投向这个尚未组装、还在假想的空间站的位置，那么他们完全有可能向虚空永远地航行下去，再也没有实体化的机会。

莱拉说："你厌倦了我们正在做的事吗？厌烦了我们可以到达的未来？"

"没有。"

"这一次机会并不是人生的终极。我们现在已经知道如何搜寻光束了，我相信等它移位后我们还能找到它。只要坚持不懈，我们还能找到上千条这样的光束。"

"我知道，"他说，"我不想停止，我不想结束这一切。但我想**冒险**走向光束的终点。仅此一回，趁它现在还有意义。"

莱拉坐起来，把头靠在膝盖上。她能理解他的感受，但仍然为此焦虑。

贾西姆说："我们已经取得了一些非凡的成就。有100万年没人发现过这样的线索了。我们可以确信，若是把这个问题留给子孙后代，光束将被遍寻到底。但我无论如何都想自己去追寻它。和你一起。"

"因为你太想要它了，所以你必须面对失去它的可能吗？"

"是的。"

这是他们从未尝试过的事。年轻的时候，他们绝不会故意冒着死亡的危险。他们太相爱了，太渴望经历尚未经历的生活，这种风险高得令他们难以承受。到了晚年，在纳吉布，冒这种险应是一件很容易的事，但只是一种全然平淡的乐趣。

贾西姆坐起来，握住她的手："我让你难过了吗？"

"不，不。"她忧郁地摇摇头，试图厘清思路。她不想隐瞒自己的感受，但她想准确地表达出来，而不是不假思索脱口而出。"可我一直以为我们会一起走到最后。我们来到了丛林中的某个地方，环顾四周，交换一个眼神，就知道我们到了，甚至不需要大声说出来。"

贾西姆把她拉到自己身边，抱住她："好吧，我很抱歉。忘了我说的一切吧。"

莱拉恼火地推开他："这不是你能收回的话。如果是真的，那就是真的。给我点时间，让我想想我要什么。"

他们把这话题放到一边，埋头工作：改进新观测站的设计，拟定发给三个前哨站的请求。在将要接收申请的行星中，有一颗行星属于蛇人，于是莱拉和贾西姆第二次去了他们的巢，想就如何以最佳方式请求帮助，寻求他们的建议。邻居们对于再次见到两人表现得极其兴奋，相比之下，听说不尘者百万年的谨慎屏障上出现了一个细小的裂缝倒没有掀起什么波澜。当莱拉温和地催促萨拉就此事发表看法时，后者说："你们就在这里，此时此地，是我们有血有肉的客人。我敢肯定，我死的时候，离不尘者愿意待客还早着呢。"

莱拉想：我现在内心充斥着怎样一种奇异的贪婪？这些款待我的

生物从尘土中崛起，他们的分子与我的祖先完全不同。我可以坐在他们中间讨论生与死的哲学。森罗已经把银河系中每一个自愿的参与者汇入一场宏伟的对话。而我还想去听听不尘者在说什么？就因为他们的欲擒故纵玩了100万年吗？

他们向三个尚不知情的合作方发出了建造及启动三个模块的请求，给定了精确到纳秒的截止时间，不过提供了10年的时间以讨论这个项目。莱拉很乐观，不管纳兹迪克巢穴的声明是什么样，她怀疑没有哪个太空文化真的能拒绝一窥秘密的机会。

申请之后他们还要等36年，除了10年的延迟外，新观测站的模块将以比光速低不到1%的速度飞行，所以他们需要提前开始。

核球区不再出现泄露天机的伽马射线闪光，不过莱拉也没有期望过它们会这么快再出现。他们已经把自己的发现发送给不尘者领域附近的其他星球，所以最终将有成千个占据有利位置的不同族群去寻找同样的证据，并找到他们自己的方法来解释和利用这些证据。这有点让人受伤，他们俩把辛苦得来的发现散播到风中，供任何人使用——这些人甚至可能抢在他们之前，获得更大的奖赏——但是，从到达纳兹迪克的那一刻起，他们就一直仰仗前辈的慷慨，并且这个问题的整体规模过于宏大，自私自利是完全不通情理的。

他们出发的日子终于到了，此时莱拉做了一个决定。她理解贾西姆需要把一切置于风险之中，在某种意义上，她也有同感。如果她一直想象着他俩会一起结束这一切——并肩奋斗，直到迷失前路，直到灌木丛把他们包围——这才是她冒的险。她会对他的赌注采取另一种态度。

当房子拆解他们的思想，发送他们去追逐那光束时，莱拉在纳兹迪克冻结了一个自己的副本。如果在预期时间内没有他们安全抵达的消息，她的副本就会醒来，继续搜寻。

独自一人。

# 6

"欢迎来到三叉戟。我们很荣幸能迎来我们最尊贵的客人。"

贾西姆站在床边，挥舞着一面三角形的旗帜。三个角上的红色、绿色和蓝色，渐渐融于中心的白色。

"你起来多久了？"

"大约1个小时。"他说。莱拉皱起眉头，他抱歉地补充道："你睡得很沉，我不想打扰你。"

"应该由我来欢迎，"她说，"你才是那个可能永远不会醒来的人。"

卧室的窗外是一片耀眼的星空。这并不是面对核球区的风景——如今，莱拉已经能轻易辨认出该区域恒星的独特光谱了——但眼前这些盘族恒星是如此清晰明亮，也不似她见过的任何一片天空。

"你下过楼吗？"她说。

"还没有。我想让我们一起决定。"房子在此处没有实体的侧翼，这个小小的观测站没有多余的质量来实体化这类轻浮的东西，更不用说在星际空间中央建造愚蠢的建筑了。"楼下"只不过是一个他们可以随意设计的景观。

"一切都很顺利。"她说着，对此难以置信。

贾西姆张开双臂，说："我们到了，不是吗？"

他们观看了一同来的前两个模块的重建过程。时间和轨迹都几乎如他们所希望的那般完美，建造的超导磁体的纯度和同质性都达到了一个标准，使得磁力拥抱看起来像一个理想化的模拟过程。当两个模块锁定时，第三个模块就在几分钟后抵达。在动量转化成辐射的过程中，现实和预测之间存在着一些难以捉摸的差异，这使得复合体的运动略微偏离了预期的航线，但当它遇到第三个模块时，磁场仍然以稳定的结构啮合，并且还有多余的能量推动最终组装精确地与不尘者光束的预期摆动同步。

森罗兑现了自己的承诺：这三个世界里都是他们素未谋面的生命，不欠他们任何东西，甚至分子祖先也不同于他们，但这些人各自拨出了足够照亮其所有城市长达10年的能量，听从陌生人的指示，精确到原子，精确到纳秒，只为了实现这个目标。

现在，后续工作便完全要看不尘者了。

在设计师入住之前，三叉戟已经运行了大约1个月。到目前为止，它尚未观察到任何伽马射线信号从核球区溢出。当然，莱拉和贾西姆曾看到的触发荧光的特殊脉冲早就消失了，但他们目前位置的有效性是以三个假设为基础的：不尘者将使用相同的路径形成更多数据爆炸；携带这些数据的一些辐射会滑过预定的接收器；该网络的两个节点会在自由落体状态下持续足够长的时间，让分裂的数据仍然沿着相同的可预测路径抵达这里。

如果没有这三个额外的条件，三叉戟将毫无价值。而这些将由他们最不可靠的合作者完成。

"楼下，"莱拉说，"也许可以造一个有玻璃墙的门廊？"

"听起来不错。"

她在意念中列出房子的设计，并画了一些草图，然后他们便下楼去按全尺寸把它们造出来。

他们曾进入环绕纳吉布的轨道，并以实体形态到达其中三个美丽却荒芜的兄弟世界，但他们以前从未进入过星际空间。或者至少，他们从未清醒地进入过。

他们还没有真正实体化，你不需要血肉之躯来感受周围的真空，保持清醒，即时对周围环境进行诚实的描述就足够了。离三叉戟最近的捐赠世界在600光年之外。此处与纳吉布的距离更是不可想象。莱拉绕着门廊踱步，望着外面的星辰，在虚拟的身体里头晕目眩，在伪造重力中摇摆不定。

他们离开纳吉布已经有28 000年了。很久以前，莱拉所有的子子孙孙几乎都已选择了死亡。没有人给他们往纳兹迪克发送信息，这沉默是莱拉要求的，因为她担心，日复一日地听到她无法给出有意义的答复的消息，里面写着一些她永远无法参与的事件，那会是一种难以忍受的痛苦。现在她后悔了。她想读一读孙辈的生活，就像读祖先的传记一样。她想知道事情如何结局，好比她这样的时间旅行者。

第二个月的观察结束了，一无所获。纳兹迪克传来的实时数据也一样没有动静。如果纳兹迪克获得了任何关于光束位置的新线索，再把报告发送到三叉戟，那这报告抵达的时间要比光束直接通过的时间晚数千年，所以如果纳兹迪克看到了光束"仍然"在路径上的证据，那将会是他们尚未到达此处时的一道脉冲的旧闻，已来不及拦截它了。然而，如果纳兹迪克报告说光束发生了位移，那至少可以让他们立即摆脱痛苦，让他们知道三叉戟建造得太晚了。

贾西姆在门廊上建了一个菜园，在星光下种植异国风味的食物。莱拉陪着他一起玩，和他一起吃饭，这是一个无害的游戏。他们可以在房子周围画任何东西：凭记忆勾勒他们去过的任何星球，或是任何想象的世界。如果这种小小的伪装足以让他们保持理智，锚定现实，那就这样做吧。

三叉戟造成了许多源自隔绝的痛苦，莱拉时不时地就感觉到其中最奇怪的一种：在这里，银河系的知识不再触手可及。作为旅行者，他们的描述中编码了大量的个人记忆，有陈述式的，也有情景式的，他们的行李中包含了浩繁的图书馆，但她习惯了拥有更多。每一个文明行星都有一个信息仓库，而它们都过于庞大，无法被纳入三叉戟的系统中，此外还有从其他星球源源不断涌入的艾字节新闻。无论你身处银河系的哪个角落，总有些新闻已成旧闻，总有些珍贵的理论早已失信，总有些事实已彻底过时。然而莱拉知道，就在这里，已有数十亿个严格确立的真理从她的掌心溜走了——那是数十万年的思考、实验和观察的结果。有一些问题，森罗家族的其他任何一个孩子都可以立即得到回答，而在这里，答复要等上1200年。

实际上，她并没有这样的问题要问，但有时，这一事实本身就足以使她有难以忍受的无归属感，不仅与她的过去和与她有联系的人分离，而且与文明本身分离。


三叉戟响起："数据！"

莱拉正在给纳兹迪克的蛇人录一张明信片。贾西姆正在门廊上给他的植物浇水。莱拉转过身，看见他穿过墙壁，命令砖块像薄纱窗帘一样分开。

他们并肩站在一起，看着分析结果出炉。

一束频率与期望相同的伽马射线脉冲恰好从正确的位置冲过了三叉戟。距离使这道光束大大衰减，更不用说它的大部分能量已经被合法的主人截获，但漏出来的能量已完全足够，它们传到这里，使三叉戟得以理解脉冲的性质。

毫无疑问，这束脉冲是由信息调制的。辐射中出现了精确的反复相移，这在任何自然伽马射线源中都是不可想象的，并且，对于任何非通信用的人工光束而言，这种相移都是毫无意义的。

脉冲持续了3秒，携带了大约$10^{24}$比特的数据。其中大部分数据似乎都是随机的，但这并不表示它没有携带有意义的内容，这只是意味着有效的加密。森罗的网络就是通过类似的鲁棒经典信道来发送加密数据，同时通过第二个量子信道发送解码所需的密钥。莱拉从不期望能拿到未加密的数据，瞬间揭开不尘者的秘密。有明确的证据表明，核球区有人正在与其他人交谈，并确立了连接他们的部分路径，这就足够了。

但不止于此。在这些信息之间，三叉戟还识别出了简短、有序、未加密的序列。在某种程度上说，一切都是猜测，但有了如此庞大的数据，统计量数就是强有力的指示。部分数据看起来像路由信息，即消息在网络中传输时的地址。另一部分看起来像是关于节点当前和未来轨迹的信息。如果三叉戟真的破解了这些信息，他们就能弄明白要在哪里安置它的继任者。事实上，如果他们把继任的观测站安置在足够靠近核球区的地方，他们也许能让这一个观测站始终位于光束溢出区之中。

贾西姆忍不住要唱反调："你瞧，这可能只是那个把探测器扔回我们面前的系统的一部分，它在与另一部分交谈。不尘者自身可能已消逝了，而他们的安全系统还在嗡嗡作响，发送着偏执的流言。"

莱拉快活地说："这只是个假设。我不会上钩的。"

她转身拥抱他，然后他们接吻。她说："我都忘了怎么庆祝了。

现在都发生了什么？”

他用指尖轻轻地触摸着她的手臂。莱拉打开视野，创造了第四个空间维度。她握住他的手，吻了吻，放在自己跳动的心脏上。他们的身体重构了，神经末梢群集在每一处表面，里里外外。

贾西姆爬进她的身体，她也爬进他的身体，景象的拓扑结构变化着，将他们以相拥的姿态包裹在一起。一切都从他们的生活中消失了，只剩下快乐、胜利和彼此的存在，极致的亲密无间。

# 7

“你是来参加**倾听派对**的吗？”

这只甲壳质七足动物正推着一辆餐车，在拥挤的街道上随意分发食物，它给莱拉端了一盘根据她和贾西姆的喜好特制的点心。她接了过来，然后停下来，让塔塞夫——他们刚刚踏上的星球——向她解释这句话的意思。塔塞夫解释说，人们从这一区域的各处来到这个世界，就是为了见证一个特殊的事件。大约15 000年前，附近的一个观测站采集到了源自不尘者网络的大量数据。孤立地看，这些突然涌现的数据都没什么意义。但是，当地人希望，在核球区另一边的马萨附近的几个重点观测站中，至少有一个能看到发生于4万年前的、携带众多相同数据包的光束溢出。如果真的出现了这样的观测结果，那么现在，关于其确切内容的消息应该终将抵达塔塞夫，它通过森罗自身网络基于银盘的路径传播，走过了更漫长的时间。一旦可以比较这两个观测结果，人们就会清楚地知道，哪些来自早期窃听时期的信息已经成功抵达了可从塔塞夫采样的森罗网络。这种比较将推进正在进行的项目：将数据中看到的所有符号地址映射到实际物理位置。

莱拉说："我们不是为此来的，但现在知道了这一点，来这里就更高兴了。"

七足动物发出了一声啁啾，莱拉明白这是一种亲切的欢迎，然后它又挤回了人群中。

贾西姆说："还记得当我们还在传输过程中时，你跟我说，所有人都会对不尘者感到厌烦吗？"

"我说这迟早会发生。如果不是这次，那就是下次。"

"是的，但你说过之后，我们又旅行了五次。"

莱拉皱起眉头，准备纠正他，但她检查了一下，发现他是对的。

大约1万年前，他们选择了塔塞夫作为目的地，但当时他们没有想到这里会如此拥挤。这个星球在沙卢夫这个城市给他们开了一个小房间，而且，如果他们想保持实体形式，同时不想成为当地公民的话，星球给他们的入住限时为1000年。在过去50年里，有超过10亿游客来到这里，他们期待马萨观测站传来的消息，但无法预测它到达塔塞夫的准确时间，因为观测站的轨迹细节还在传输过程中。

她坦言："我从没想过会有10亿人根据这个拼图游戏来安排他们的旅行计划。"

"旅行计划？"贾西姆笑了，"我们选择根据完全同样的事来安排自己的死亡。"

"是的，但我们就是很古怪。"

贾西姆指了指拥挤的街道："我不认为我们在这方面有什么竞争力。"

他们在城里闲逛，在长达几十年的狂欢节气氛中畅饮。这里的人有莱拉见过的和没见过的各种形态：两足动物、四足动物、六足动物、七足动物，在步行的、在拖行的、在爬行的、在疾跑的，或者靠着羽毛、鳞片或膜质的翅膀在街道上方高飞。有些人正处在他们喜欢的环境里。另一些人，如莱拉和贾西姆，则选择以人造身体实体化，这种身体不遵循任何一道祖先的化学指令。物理和几何束缚了进化的双手，许多解决相同问题的尝试都得到了相似的答案，但是银河系中不同的复制器仍然实现了各自独特的变形。当莱拉让翻译随机采样那些不和谐的声音和信号时，她觉得整个银盘，整个森罗，都聚集在这个小小的大都市里。

事实上，大多数旅行者来时距离这里只有几百光年。她和贾西姆选择了在声明中隐去两人在窃听史中的角色，如今莱拉走在人群中，相当自鸣得意，就像某个不为人知的圣人，困惑于大众迟来的且无疑是肤浅的兴趣。然而仔细一想，这种高人一等的感觉很难说是正确的，因为这里的大多数人都是在她迟迟才赶上的发展阶段中长大的。在她和贾西姆的传输途中，新一代观测站已被设计了出来，它们的基础是"强力子弹"：特别设计的毫微微级机器，质子和中子的集群只稳定了万亿分之一秒，便以超相对论速度发射，其速度之快致使时间膨胀到能维持它们存在足够长的时间，直至与其他组件相撞，合并成微小且短暂存在的伽马射线观测站。建造三叉戟已经从一场一次性的赌博变成了一种微型化的、大规模生产的现象，银盘内圈已有数千颗行星连续发射出了数十亿颗强力子弹。

毫微微级机器本身也过时了，但正是窃听技术的挑战激励人们从这些机器身上榨取更多的技巧。历史学家一直明白，从长远来看，技术进步是一条水平渐近线：一旦人们差不多拥有了他们想要的并且在物理上可行的一切东西，每一次渐进式变革都将花费比上一次长指数级的时间来实现，同时其回报递减，并且为此费劲的理由也越来少。森罗可能要花上极其漫长的时间才会一点点地走向呈平线，但这一次的事件证明，仅凭环境的变化仍然可以引发一两次不太大的复兴，并不需要任何激进的科学发现，甚至不需要出现一项真正的新技术。

他们在一个广场上停下来休息，旁边有一个迸涌着芳香烃的小喷泉。塔塞夫当地的四足动物有着如橡胶般的光滑皮肤，它们在黏糊糊的黑色喷雾中玩耍，然后为彼此舔干净。

贾西姆用手挡住阳光。他说："我们有过步入暮年的孩子，我们也看到他的孙子孙女们茁壮成长。我不知道剩下还有什么。"

"没有了。"莱拉并不急着死去，但他们已花了5万年来体验他们的发现所带来的后果。当伽马射线信号的消息环绕银盘内侧传播时，他们紧随其后，从一个世界飞奔向另一个世界，其中有意识的时间不到一个世纪。一开始，他们一直想要扮演一些重要的新角色，但他们慢慢接受了一个事实，那就是他们引发的雪崩已经超过了他们。在物理定律允许的速度下，不尘者网络的物理和逻辑地图正在被构建。散布在森罗领域内缘的数千颗行星上的数十亿人正在分享他们的观察结果，以帮助拼凑他们那难以捉摸的邻居的新鲜骨架。当这个项目完成时，并不意味着任何事情的结束，不过可能标志着一个漫长间断期的开始。加密的经典数据只会生成交通路线，再聪明的人也提取不出它的内容。假设不尘者使用了可以用来解锁的量子密钥，这样的东西就绝不会被窃取、复制或暗中取样。总有一天，会有另一个突破，一切都会再次改变，但他们愿意等上10万年，甚至100万年，就只为了看看接下来会发生什么吗？

这些殷勤的七足动物不是当地人，而是来自30光年外的游客，尽管如此，它们还是承担了某种与生俱来的好客的职责——似乎每当有人饿了，它们就会出现。莱拉想把这第二个人引到谈话中来，但它很有礼貌地婉拒了，并匆忙地去为别人提供食物。

莱拉说："也许就是这个。我们将等待马萨的消息，然后庆祝一会儿，然后就完结。"

贾西姆拉着她的手："我觉得这是对的。我不确定，但我想我永远不会确定。"

"你累了吗？"她说，"无聊吗？"

"一点也不，"他回答说，"我为我们所做的和所见的一切感到**很满足**。我不想由这种感觉淡去。我不想永远待在那里，眼看着感觉消退，直到我们又开始感受到在纳吉布时的那种感觉。"

"是的。"

他们在广场上坐到黄昏，看核球区的星星升起。他们已经从各个可行的角度看过这个耀眼的珠宝轮毂，但莱拉对这个景象从不厌倦。

贾西姆好笑又烦恼地叹了口气："那个美丽的、令人发狂的、遥不可及的地方。我想，直到整个森罗消逝都不会有人踏足其中。"

莱拉突然感到一阵愤怒，而后又强化成一种厌恶："这就是个地方，和其他地方一样！恒星，气体，尘埃，行星。这不是什么形而上的领域。它甚至不是很远。我们的家乡离这里比它远20倍。"

"我们的家乡周围并没有一圈无法攻取的围墙。只要真的愿意，我们就可以回到那里。"

莱拉挑衅道："如果我们真的愿意，我们也可以进入核球区。"

贾西姆大笑起来："你在那些留言里看到了什么你没有告诉我的东西吗？如何对守卫说'芝麻开门'？"

莱拉站起来，召唤出一张不尘者的网络地图，叠在了他们的视野上。紫色的细长光锥在天空中纵横交错，其中一个光锥头朝正前方指去，截面就像一个小圆圈：这道光束的溢出部分靠近塔塞夫。她把手放在贾西姆的肩膀上，放大了那个圆圈。圆圈就像一条吸引人进入的隧道般在他们面前打开了。

她说："我们知道光束来自哪里。我们不确定这些特定节点之间的通信是否是双向的，但我们已经找到了很多这样的例子。如果我们从这里瞄准一个信号，沿着溢出路径回溯，只要我们把路径弄得足够宽，那么我们就不只会命中发送节点，还会命中接收器。"

贾西姆没有说话。

"我们知道数据格式，"她继续说，"我们知道路由信息。我们可以将数据包发送到核球另一侧的节点，也就是溢出抵达马萨的节点。"

贾西姆说："你凭什么认为他们会接收数据包？"

"格式里没有什么是我们不理解的，没有什么是我们不能为自己写出来的。"

"未加密的部分的确如此。但如果在加密的部分有授权，甚至只是有校验，那么任何没有授权的数据包都会被当作噪声丢弃。"

"的确。"她承认道。

"你真的想这么做吗？"他说。她的手还放在他的肩上，她能感觉到他的身体越来越紧绷。

"再认真不过。"

"我们把自己作为未加密的经典数据，从这里发送到马萨，任何人都可以阅读、复制、修改或破坏？"

"刚才你还说他们会把我们当作噪声扔掉的。"

"这是我们最不担心的。"

"也许吧。"

贾西姆颤抖着，几乎抽搐起来。他骂出一串脏话，然后发出一个窒息的声音："你怎么了？这是某种测试吗？如果我揭穿你的虚张声势，你会承认你是在开玩笑吗？"

莱拉摇了摇头："不，这也不是为了报复你在去三叉戟时所做的事。这是我们的机会。**这**就是我们期待的——不是窃听，那算什么！核球区就在我们面前。不尘者就在那里的某个地方。我们不能强迫他们与我们接触，但我们可以比过去的任何人都更接近他们。"

"如果我们这样做，他们可以对我们做任何事。"

"他们不是野蛮人，也没有向我们宣战。就连工程孢子都毫发无损地回来了。"

"如果我们侵扰他们的网络，那比工程孢子还糟糕。"

"'侵扰'！这些路径都不拥挤。几个艾字节的传输不算什么。"

"你根本不知道他们会有什么反应。"

"对，"她承认，"我不知道。但我准备去找出答案。"

贾西姆站了起来："我们可以先发送一个测试信息。然后去马萨看看信息是否安全抵达了。"

"我们可以这么做，"莱拉承认，"这将是一个明智的计划。"

"所以你同意了？"贾西姆朝她露出一个警惕又僵硬的微笑，"我们将发送一条测试信息。发送一本百科全书。用某种世界通用语发送问候。"

"不错。我们会先把这些东西都发出去。但之后我一天也不会多等了。我不会沿着漫长的道路去马萨。我要走捷径，我要穿过核球区。"

# <u>8</u>

森罗人对莱拉曾是那么慷慨，当地人对不尘者的兴趣又是如此热烈，以至于她几乎忘记了，事实上，她并没有权限获得无限且无条件的资源流，来用于任何与她的痴迷有关的目的。

她向塔塞夫询问如何建造一个用来瞄准核球内部的高功率伽马射线发射器，塔塞夫审问了她1个小时，然后回答说这件事需要长期且广泛的磋商。她发现，就算她抗议说，与几个世纪以来招待10亿客人相比，这根本不费什么钱，那也没有用。症结不在于能源的使用，也不在于此事是否会对塔塞夫当地人的舒适和便利造成什么同样细微的影响。问题在于，她提议的行为在不尘者眼中会不会是不欢迎的和冒犯的，以及这种冒犯是否会引发对方的某种报复。

无数的探测器和孢子被温柔而耐心地从核球区完好送回，但它们是以低于光速的速度摸索着进去的。而一道伽马射线的闪光在击中选定目标之前，是无法被拦截和遣返的。虽然在莱拉看来，对方的网络选择拒绝数据是一件琐事，但也完全可以假定，不尘者在这一点上的感觉可能与她的不同。

贾西姆已经离开沙卢夫，去了行星另一端的一个城市。莱拉对此的感受是复杂的，他们分开时总是很痛苦的，但是想到他们并非不可逆转地结合在一起，又给她带来了不可否认的空间感和自由感。她深爱着他，但这并不是每个问题的最终答案。她不确定在马萨传来消息时，她最终是否会服软，静静地死在他身边。她试图用一种新颖又极其危险的愚蠢行为来终结他们的保守革命，以此逃离这种平静又体面的结局，这种行为有时看上去是一意孤行、自讨苦吃又自我膨胀的。不过，她也不确定贾西姆是否会改变想法，然后拉住她的手，一起跃下这座悬崖。

几个月过去了，莱拉的请求没有得到任何裁定，马萨没有任何消息，她的丈夫也没有任何表示。而她成了一名演说家，前往一个又一个城市宣传她的计划，要在核球中央开辟一条光的道路。她的话语和形象被传到虚拟论坛上，但她的实体也在吸引人们来关注她的事业，倾听派对的朝圣者和塔塞夫人挤满了她的会场。她掌握了当地人的语言和风格，不过在其中添加了一些合适的异族怪癖。有传言说她是先锋窃听者之一，不过演说的出席人数并没有因此受到影响。

她来到贾西姆自我放逐的城市，在观众中徒劳地寻找他。当她离开房间，走进夜色时，一阵恐慌攫住了她。她并不为自己感到害怕，但是想到贾西姆会孤独地死在这里，她就受不了了。

她坐在街上哭泣。事情怎么会发展到这个地步呢？他们曾准备迎接光荣的失败，准备被不尘者坚忍的沉默所打败，然而，他们的劳动成果却席卷了银盘，重振了一千种文化，但成功的味道为何如此苦涩？

莱拉在想象中朝贾西姆喊叫，找到他，再次拥抱他，修补他们的伤口。

但她体内还残留着一丝钢铁的意志。她仰望着闪耀的天空。不尘者就在那里，等着她，看她敢不敢站在他们面前。已经走了这么远，再从边缘退回去享受一个熟悉的拥抱，这只会贬低她。她不会退缩。

消息从马萨传来了：4万年前，核球远端的溢出被及时捕捉到了。其中的大量数据与塔塞夫的观测结果相吻合，后者已经揣着这些报告期待了15 000年。

还有更多：几分钟后，其他观测站的相关报告也抵达了。当马萨的信息在银盘内侧传递时，人们发现该信息与其他各处的数据存储有类似的级联匹配。

通过观察信息包从信息流中掉出的位置，信息包的抽象地址变成了核球内部具体的物理位置。暮色中，莱拉站在沙卢夫的中心广场上，听着报道，不尘者的网络变得越来越具象，不那么缥缈。

她周围的街道上爆发出兴高采烈的讯号：多种语言的喊叫声、啁啾声和嗡嗡声，庆祝的芬芳和天然色彩的生动变化。广场上闪过阵阵夜光。就连始终冷静的七足动物也放弃了它们的餐车，仰面躺着，高兴地旋转。莱拉旋身，沉浸其中，命令她的翻译把每一个不同的手势和声音的含义刻入她的大脑，把万花筒调节成一个单一的情感电荷。

当核球区的星星出现时，塔塞夫为每个人提供了一个共享的叠层，新绘制的路径像金色的高速公路一样闪闪发亮。莱拉从四面八方接收到了共享这一视野的人发出的信号：来自每一个文明的人、每一个物种、每一个复制人都看到天空中绘出了不尘者的秘密道路。

莱拉走在沙卢夫的街道上，鲜明地感受到了贾西姆的缺席，但她太熟悉这种痛苦了，所以没有被压垮。如果此刻的喜悦都被压制，那么所有的庆祝都会即刻以同样的方式被破坏。她不能再指望别的了。她会慢慢习惯的。

塔塞夫对她说话了。

"市民们做出了决定。他们将应允你的请求。"

"我很感激。"

"有一个条件。发射器必须建在至少20光年外的地方，要么建在星际空间，要么建在一个无人居住的星周系统中。"

"我明白了。"这样一来，如果不尘者感觉受到了威胁，并为此进行毁灭性的报复，那么在针对发射器本身的、至少是恒星级别的暴力行为中，塔塞夫还是能幸存下来。

"我们建议你为硬件准备好最终计划，并在你确定它们能满足你的目的时提交它们。"

"没问题。"

莱拉回到她的房间，检查早已拟好的计划。她预料到塔塞夫需要一个相当大的安全范围，所以她为涉及工程孢子和塔塞夫管辖范围内47种不同彗星云的详细情况做了各种能源预算。她只花了几秒钟就找到了符合条件的最佳选项，然后毫不犹豫地提交了申请。

在大街上，倾听派对仍在继续。对这10亿朝圣者来说，这就足够了：他们可以回家了，回到孙辈的身边，死的时候满心欢喜，因为他们终于看到了世间新事。莱拉羡慕他们，曾经有一段时间，这对她来说也足够了。

她离开房间，重新加入庆祝活动，与陌生人谈笑舞蹈，让自己沉醉于这一刻。当太阳升起时，她走回家去，轻轻迈过满街熟睡的身体。


工程孢子是最新的一代：以接近光速发射的强力子弹，通过穿透恒星的心脏去除动量，然后一边在恒星的大气层中衰变，一边以原子密度重建自己。实际上，濒死的毫微微机器制造出了纳米机器，后者携带的蓝图与其在核密度上携带的蓝图相同，然后这些纳米机器继续延伸到彗星云中，自我复制，并开始真正的工作：开采原材料，建造伽马射线发射器。

莱拉打算跟在它们后面，将自己作为信号发射出去，等待将要建成的发射器接收。这并不像贾西姆去三叉戟时那样是一场豪赌，这种强力子弹已经在数百颗类似的恒星上成功地使用过了。

最后，她选择在塔塞夫等待，等着信号传来，告诉她发射器已成功建造，并进行了测试、调整和校准。如果她打算蒙着眼睛向核球挺进，那么在到达悬崖之前便过早地跌倒就很滑稽了。

到了那日，约有1万人聚集在沙卢夫城中央，祝旅行者一路平安。莱拉本来更愿意悄悄溜走，但在四处游说时她已经放弃了自己的隐私，而且塔塞夫人似乎觉得她欠他们这最后的一点情调和仪式。

在倾听派对结束46年之后，大多数朝圣者回到了自己的家乡，不过逗留在沙卢夫的几百人几乎全都出现了，来体验这一重要事件的奇怪注脚。莱拉不确定此处是否有人相信不尘者的系统未必会把她直接弹回银盘，但这些好心人表达的感情似乎是真诚的。有人甚至不辞辛劳地从她的祖先物种现存的最古老语言中找到了一句话：safar bekheyr——愿你的旅程受到祝福。他们用一种古老的字体在天空中写下了这句话，她上次见到这种字体，还是在8万年以前。接着这句话以语音形式在人群中传播开来，这样她遇到的每一个人都能在她经过时向她送上这句满怀希望的道别。

塔塞夫——这颗行星上所有公民的无生命代表——用一种庄严的典礼废话向人群发表了讲话。莱拉心不在焉，在观察后觉得自己可能正在参加一场公开行刑。无所谓。她很久以前就和家人、朋友告别了。当她穿过那扇塔塞夫人认为至美，而实际胡乱涂着柏油的仪式大门时，她会闭上眼睛，回忆她在纳吉布的最后一夜，让那之后的千年化为一场梦。每个人最后都选择了死亡，没有人的退场是完美的。与其生活在由大自然任意摆布的日子里，还不如依靠自己有缺陷的判断，笨手笨脚地给自己添乱。

当塔塞夫陷入沉默时，人群中传来一个熟悉的声音。

"你还是决定做这件蠢事吗？"

莱拉怒视着她的丈夫："对，我是。"

"你不会再考虑了？"

"不。"

"那我跟你一起去。"

贾西姆一路挤过受惊的观众，爬上了舞台。

莱拉在私频里对他说："你让我俩都丢脸了。"

他以同样的方式回答道："别小气了。我知道我伤害了你，但我们两个都有责任。"

"你为什么要这样做？你已经把自己的愿望表达得很清楚了。"

"你以为我能看着你走向危险，却不跟你一起走吗？"

"你曾经做好了只要三叉戟失败就去死的准备。那时你已经准备把我抛在身后了。"

"一旦我说出我的想法，你就不给我选择的余地了。你坚持要那样。"他握住她的手，"你知道，我这段时间一直远离你，只是希望这样能劝阻你。我失败了。所以现在我来了。"

莱拉心软了："你是认真的吗？你要跟我一起去？"

贾西姆说："不管他们将对你做什么，让他们一样对付我们俩吧。"

莱拉对此没有异议，没有残存的愤怒，也没有虚假的热切。她一直希望他能陪着她走到最后，现在她更不会拒绝他。

她对塔塞夫说："多一个乘客，可以吗？"能源预算可供她再进行1000年的测试传输，贾西姆只是一个额外的数据小光点。

"可以接受。"塔塞夫开始向聚集在此的人群和世界各地的观众解释这一变动。

贾西姆说："我们将把我俩的数据编织成一个数据包。我可不想到了马萨，却发现他们错把你送到雅农去了。"

"好吧。"莱拉安排了必要的变动。窃听者们都还不知道他们即将到来，而且长程发送的信息也无法及时提醒他们，但是他们俩发送入核球的信息会以说明为序言，这样森罗的任何人都将清晰无误地明白，他们要求只有在马萨接收到他们俩时，他们才可以被实体化。如果人们在其他溢出光束的沿途位置发现两人，那他们不希望被多次实体化。如果他们根本没有出现在马萨，那就顺其自然吧。

塔塞夫的第二次讲话结束了。莱拉最后一次低头看了看人群，对整个浮夸仪式的恼怒化为取乐的心情。如果她也是理智人群中的一员，她可能会轻松仰望着两个上古的傻瓜试图踏上想象中的天空之路，并祝愿他们的旅程受到祝福。

她捏了捏贾西姆的手，两人朝大门走去。

# 9

莱拉的手指攥到了一起，手心是空的。她觉得自己好像在下坠，但眼前的一切似乎都没有移动。然而，她能看到的只有一个遥远的背景，它的规模和距离无法判断：那是漆黑太空中数千颗炫目的蓝色恒星。

她四下寻找贾西姆，但这里只有她一个人。她看不见任何可能将她吐进这片虚空中的交通工具或其他机器。她身下甚至没有一颗行星，也没有哪颗最亮的恒星可以为她提供引力。荒谬的是，她还在呼吸。其他一切线索都告诉她，她是在真空中漂流，可能是在星际空间中。但她的肺一直在翕张。她的皮肤既不觉得热也不觉得冷。

有人或有什么东西把她实体化了，或者把她当作软件来运行。她不在马萨，她确信这一点。她从未到访过那个世界，但在森罗的任何一处都没有客人会受到这样的待遇。就连从核球以数据形式溢出的不速之客都不会。

莱拉说："你在听我说话吗？你能听懂我的意思吗？"她能听到自己的声音，平淡且没有共鸣。这种音效在一个广阔、空旷、无风的地方是完全合理的，但前提是得有空气。

在森罗的任何地方，你都会**知道**自己是否实体化了，这是所有身体的本质，无论它是真实的还是虚拟的，你想知道的每一个细节都有知识陈述。而在这里，当莱拉试图询问同样的信息时，她的意识里始终一片空白。这很像她在三叉戟上感觉到的那种奇怪的缺失，当时她被切断了与文明知识库的联系，但在这里，这种截断已深入她体内的方方面面。

她深吸了一口气，但根本没有明显的气味，甚至没有她本应嗅到的自己的体味——不管她是穿戴着祖先的表现型，还是应环境所需采用的任何形式的人造肉体。她捏了捏上臂的皮肤，这感觉更像她的原始皮肤，而不是她曾经穿过的任何替代品。他们可能用一种非常逼真且化学惰性的东西塑造了这个身体，并把她放在一个巨大的透明空气容器中，但她开始注意到一股浓烈的人造物理臭味。她怀疑，这里的空气和皮肤一样，都是由比特组成的，而不是原子。

**那么，贾西姆在哪里？**他们是不是也在另一个地方运行他？她喊着他的名字，努力不让探索性的喊声显得悲伤。她现在完全明白了，为什么他那么努力地不让她来到这个地方，为什么他无法面对留在后方的做法：一想到不尘者可能会在某个她无法进入或看到的地方，对他毫无防备的意识做一些无法形容的事情，她的心上就像压了一把灼热的刀。她所能做的就是尽可能阻断恐慌感，用语言减小那种可能性。**好吧，他是一个人在这里，但我也是，没那么糟。**她将把信念压在对称性上——如果他们没有虐待她，那他们何必伤害贾西姆？

她强迫自己冷静。不尘者不嫌麻烦地赋予她意识，但她不能指望对方为她提供她所习惯的舒适度。首先，如果她的东道主不能或不愿意把她接入任何相当于森罗图书馆的数据源，这是完全合理的，而且，也许缺乏躯体知识也没有太大区别。也许他们没有故意在她的身体问题上欺骗她，而是看了相关的数据渠道，认为他们输入的**任何东西**都是误导。充分理解她所传输的描述，让她恢复意识是一回事，但这并不能保证他们知道如何将对她进行具象化的技术细节翻译成她的语言。

如果这个"无知＋诚实"的借口太过乐观，让人难以接受，那也不难想象不尘者其实并没有恶意，只是病态地遮遮掩掩。如果他们不想公开是如何唤醒她的，以免暴露什么，这也是可以理解的。他们不必为了折磨她而这样做。

莱拉环视周围的天空，突然认出了那些星辰。她的传输将率先抵达一个目标节点，她之前就记住了离节点最近的恒星的位置，现在，在一组独特的星座中，一个与她记忆相称的图案在背景中脱颖而出。她眼前的景象，便是从该节点所看到的天空。这并不能证明她的实际位置，但最简单的解释就是不尘者在这里将她具象化了，而不是通过网络将她发送到此。星相位置正符合她预测的抵达时间，所以，如果这是事实，那么他们没有多作耽搁就决定了要如何应对入侵者。没有千年的商议，也不需要把消息传递给远方的某个决策者。要么是不尘者就在这里，要么是节点的机制果然极其先进。她不可能是偶然苏醒的，这一定是蓄意的行为。这让她怀疑，是不是几千年来，不尘者就一直期待着这样的事情发生。

"现在要怎样？"她问道。东道主们保持沉默。"把我扔回塔塞夫去？"那些轨迹逆转的探测器没有任何经历记录，也许不尘者在遣返她时也不会把这些新的记忆融入她的描述中。她恳求地张开双臂："如果你们要抹去这段记忆，为什么不先跟我谈谈？我现在完全在你们的掌控之中，你们可以让我带着你们的秘密进坟墓。如果你们不想说话，为什么要叫醒我？"

在接下来的沉默中，莱拉毫不费力地想出了一个答案：研究她。可以从数学层面上确定，如果只是简单地检查她的静态描述，那么关于她行为的某些问题永远得不到回答。要预测她在某种特定情况下会做什么，唯一可靠的方法就是叫醒她，让她直面这种情况。当然，他们可能已在此前唤醒她很多次，但并不赋予她关于这些经历的记忆。她感觉到了纯粹的存在主义眩晕：这可能是一系列实验中的第1000次，也可能是第10亿次，因为捕获她的人将几十个变量排列组合，要将她的回答进行编目。

一阵眩晕过去了。一切皆有可能，但她更愿意怀抱更令人愉快的假设。

"我来这里是想交谈的，"她说，"我理解你们不希望我们派机器来，但我们肯定有一些可以讨论、可以相互学习的事。在银盘里，每当两个太空文明相遇时，他们都会发现彼此有共同之处。有时是共同兴趣，有时是共同利益。"

莱拉真挚的话语声在身周的虚拟空气中渐渐消散，她开始大笑起来。几个世纪以来，她与贾西姆争论，与纳吉布的朋友们争论，与纳兹迪克的蛇人们争论，现在看来这些都很荒谬，很尴尬。她怎么能面对不尘者，声称她有任何东西可以提供给他们，认为这些东西是几十万年前他们没有考虑过的，没有摒弃过的？森罗从未试图隐藏它的性质。不尘者会远远地观察他们，研究他们，并有意识地选择隔绝。来到这里，列举联系的好处，就好像她的东道主从来没有想到过这些一样，这简直是一种侮辱。

莱拉陷入了沉默。如果她对自己作为文化使者的角色失去了信心，至少她可以满足于自己证明了——这里有某种比探测器遇到的弹弓式防御系统更聪明的东西。不尘者没有拥抱她，但整个努力并没有白费。在核球区醒来，哪怕面对一片沉默，这也是她从来没有权利奢望的。

她说："求你了，现在就把我丈夫带来，然后我们就不打扰你们了。"

这个恳求得到的回应和其他请求一样。莱拉拒绝再去猜测实验变量。她不相信一个百万岁的文明会有兴趣测试她对隔绝的忍耐力，抢走她的同伴，要看看她多久后会试图自杀。不尘者不听她的指挥，没问题。如果她既不是一个将被剥夺理智的实验对象，也不是一个事事如愿的贵宾，那么他们之间一定还有什么她还没有搞清楚的关系。她意识清醒一定是有原因的。

她在天空中寻找节点本身的蛛丝马迹，或者她可能漏掉的任何其他特征，但她可能就生活在一张星图里，而且星图上还没有了通常的注释。在这里，厚厚的气体尘埃云遮蔽了银河这个横贯天空的恒星平面，但莱拉有她的定向方式，她知道哪条路可以深入核球，哪条路又可以返回银盘。

她望着塔塞夫那遥远的太阳，心情复杂，就像一个水手回头最后望一眼陆地一般。当对那个熟悉之处的向往涌上心头时，一柱紫光出现在她的周围，环绕着她凝视的方向。莱拉第一次感到她的失重状态被打断了：一个轻微的加速度正带着她沿这道虚构的光线向前移动。

"不！等等！"她闭上眼睛，蜷成一团。加速停止了，当她睁开眼睛时，光线消失了。

她任自己软绵绵地飘浮着，不再注意天空中的任何东西，等着看看如果她的头脑中不再有任何旅行的欲望，又会发生什么。

1个小时过去了，刚刚的现象没有再发生。莱拉把目光转向相反的方向，盯着核球深处。她克服了心中所有的胆怯和怀旧情绪，想象着冲进这片狂暴、壮观又陌生的领域时的那种激动。一开始，视野中没有任何反应，但随后她将注意力集中在第二个节点的方向，她曾希望她的传送会从第一个节点前进到那个节点，一路穿越银心。

同样的紫光，同样的运动。这一次，莱拉又等了几秒才破除这种情况的魔咒。

除非这是一个毫无意义的虐待游戏，否则不尘者就是给了她一个明确的选择。她可以回到塔塞夫，回到森罗。她可以宣布自己涉足了这片神秘的水域，并活着讲述这个故事。或者她可以深入核球，穷尽她的想象，看看网络会把她带到何处。

"没有承诺吗？"她问，"不能保证我会从另一边出来吗？没有任何接触的暗示，用来进一步引诱我吗？"她自言自语，也没有期待回答。她开始推断，她的东道主们透过一种强烈但轮廓极其清晰的责任感的棱镜来看待陌生人。他们把无生命的探测器毫发无损地送回主人手中。他们叫醒这个入侵者，给了她一个选择：她真的想去原本传输的目的地吗，还是像一个迷路的孩子般在这里闲逛，只想找到回家的路？他们不会伤害她，没有她的同意，也不会送她踏上旅程，但这就是他们照顾义务能尽的限度。他们并不欠她任何关于他们的信息。她得不到问候，得不到款待，得不到交谈。

"贾西姆怎么样？你们能给我一个机会和他商量一下吗？"她等待着，想象着他的脸，期盼着他的到来，如果不尘者听不懂她的话，那希望他们能读懂她的心思。如果他们能解码她对天空中某一个点的向往，那么理解这种对陪伴的渴望也不会太难吧？她尝试了不同的变化，详述传输中他们相互交织的数据的抽象结构，如果他的外表对他们来说毫无意义，那她希望这样做能阐明她渴望的对象。

她仍然独自一人。

围绕在她身边的恒星们呈现了对方提供的唯一选择。如果她想在死前再见到贾西姆，她必须做出和他一样的决定。

对称性要求他面对同样的困境。

**他会怎么想？** 他可能会被引诱回到安全的塔塞夫，但他在沙卢夫城与她和解的唯一目的是跟着她深入危险。他会理解她想要往更深处去，想要一路推进到马萨，打开穿过星系核心的捷径，证明这对未来的旅行者而言是安全的。

他是否也能理解，她会因为这种狂妄的想法而感到一阵内疚，会考虑牺牲自己的生命呢？他为她冒着未知的危险，而他们已经得到了回报：他们比历史上任何人都更接近不尘者。为什么这还不够呢？根据目前的所有信息，她的东道主可能不会在她抵达马萨之前再次唤醒她。如果她现在回头，她放弃的是什么？

更重要的是，贾西姆对她有什么期望？是期望她不屈不挠，坚持到底，还是期望她把对他的爱放在第一位？

在无限的倒溯论证中，可能性成倍增加。他们尽人类所能地了解彼此，但他们并不拥有彼此的思想。

莱拉在星辰监狱里飘浮，想知道贾西姆是否已经做出了决定。当他看到不尘者并不是他所害怕的虐待狂时，他是否已经动身前往塔塞夫，满足于知道她在他们手中并不面临真正的危难？或者他会推断，他们在这个单一节点的经验没有任何意义？这里不是森罗，其中文化的分裂程度可能要比森罗高出一千倍。

这种猜测和怀疑的循环毫无结果。如果她试图追究到底，她将失去勇气。这里没有给出任何保证，她只能选择不那么坏的情况。如果她回到塔塞夫，却发现贾西姆一个人穿过了核球，那将是难以忍受的：她会白白失去他。如果发生这种情况，她可以试着跟随他，立即返回核球，但她将落后他几个世纪。

如果她去了马萨，而贾西姆撤退了，至少她会知道他最终是安全的。她也会知道，他并没有极度担心她，不尘者在第一个节点上温和的冷漠已足以使他相信他们不会伤害她。

这就是她的回答：她必须继续，一路前往马萨。她希望，但不保证贾西姆也会这么想。

做出这个决定后，她在这景象中徘徊。并不是改变了主意，而是因为她不愿轻易放弃这个来之不易的机会。她不知道是否有不尘者的成员在注视着她，倾听着她，揣度着她的想法，审视着她的欲望。也许他们其实对她漠不关心，把一切都委托给了无生命的软件，只是命令机器在她下定决心要去哪里的时候照看她。她还得做最后一次尝试去接近他们，否则她将死不瞑目。

"也许你们是对的，"她说，"也许在过去的100万年里，你们一直在观察我们，发现我们没什么能够给你们。也许我们的技术落后，我们的哲学幼稚，我们的习俗怪异，我们的举止骇人听闻。如果这是真的，如果我们如此落后于你们，你们至少可以给我们指明方向。给我们某种理由，告诉我们为什么应该改变。"

沉默。

莱拉说："好吧。原谅我的无礼。但我必须诚实地告诉你们，我们不会是最后一个来打扰你们的。森罗里到处都是想办法联系你们的人。这种事还会持续100万年，直到我们认为自己了解了你们。如果这冒犯了你们，请不要太苛刻地评判我们。我们忍不住。这就是我们。"

她闭上眼睛，试图确信不会有什么话是她将后悔没有说出口的。

"谢谢你们让我们安全通过，"她补充说，"如果这是你们提供的。如果你们想去哪里，我希望有一天我们的人也能报答你们。"

她睁开眼睛，找到了自己的目的地：深入网络，朝着核心前进。


# 10


阿斯特拉哈特城外的山脉一开始坡度缓和，让人觉得旅途会很轻松，但坡度越来越陡。同样，山麓的植被低矮而稀疏，但越往上走，植被就越浓密，越高大。

贾西姆说："够了。"他停下来，靠在他的登山杖上。

"再走一个小时？"莱拉恳求道。

他考虑了一下："休息半小时，再走半小时？"

"休息一小时，再走一小时。"

他疲惫地笑出声："好吧。各一个小时。"

两人劈砍林下灌木，清理出一个能坐的地方。

贾西姆把水壶里的水倒到莱拉手里，她把脸泼干净了。

他们静静地坐了一会儿，听着陌生野生动物发出的声音。林冠下已近黄昏，当莱拉抬头望向头顶那一小片天空时，她可以看到核球区的星星，就像一些小小的、苍白的、半透明的珠子。

那段经历有时感觉像一场梦，但从未真正离开过她。不尘者在每个节点唤醒她，给她看风景，让她选择。从银核的一边到另一边，她看到了上千种奇观：同类相食的新星，夺目的新生恒星群，处于相撞边缘的双子白矮星。她还看到了银河系中心的黑洞，它的吸积盘散发着X射线，渐渐地把恒星撕裂。

这可能是一个精心编造的谎言，一个看似合理的模拟，但从银盘观测站获得的每个细节都证实了她所目睹的一切。如果其中有什么东西改变了，或者瞒着她，那一定很微小。也许不尘者本身的文物就被藏在了视线之外，不过莱拉认为，他们在自己领域上留下的痕迹也有可能非常微小，没有什么可隐藏的。

贾西姆敏锐地问："你在哪里？"

她垂下目光，温和地回答道："我在这里，和你在一起。我只是在回忆。"

当他们在马萨醒来时，周围尽是欣喜若狂、欢呼雀跃的倾听者，两人被问道："**那里发生了什么？你们看到了什么？**"莱拉不知道自己为什么没说话，在回答之前转向了丈夫，而不是立刻倾吐每一个细节。也许她只是不知道从何说起。

不管出于什么原因，先回答的是贾西姆："什么也没有。我们穿过了塔塞夫的大门，现在我们到了这里。在核球的另一边。"

有将近一个月，她一直断然拒绝相信他。**什么也没有？你什么也没看见？**那一定是个谎言，一个玩笑。这一定是某种报复。

这不是他的本性，她知道这一点。然而，她还是尽可能长时间地坚持这个解释，直到这个解释变得不再可能被相信，她才恳求他的原谅。

6个月后，另一名旅客从核球区溢出。一名执拗的倾听派对朝圣者紧随他们走了这条捷径。和贾西姆一样，这个七足动物什么都没看见，什么都没经历。

莱拉难以想象为什么她会被单独选出来。她的理论认为，不尘者出于道义应该核查他们网络上的每位旅客，确定这些人知道不尘者在做什么，然而事实并非如此。除非他们认为她的行为足以证明银盘入侵者是在做出明智的选择。对于他们邻居中的某个有意识、在工作的种类，仅仅一个样本就足以让他们推断自己已经理解了需要知道的一切吗？又或者，这种变幻莫测会不会是一种吸引更多游客的策略？如果运气好的话，每个人都有可能见证远超所有先行者所见证的东西，这是种诱人的可能性。还是说，这是某种计划的一个步骤，目的是用不确定性来模糊体验，从而阻止入侵者？最简单的劝阻方式就是抛弃所有不受欢迎的播送，而最有效的激励方式就是简单说几句欢迎致辞，但是，如果他们遵循这样合理的指令，不尘者就不是不尘者了。

贾西姆说："你知道我怎么想的。你太想醒来了，他们无法拒绝你。他们能看出来我并不那么在乎。就这么简单。"

"那只七足动物呢？它独自去了。它可不仅仅是跟进去照看别人的。"

他耸了耸肩："也许它是一时冲动。在我看来，不管它们在做什么，似乎都有点病态的狂热。也许不尘者能更清楚地洞察它的情绪。"

莱拉说："我一个字都不信。"

贾西姆摊开双手表示接受："如果我允许，我相信你能在5分钟内改变我的想法。但如果我们走下这座山，等待下一个从核球出来的旅行者，然后再下一个，直到渐渐明白为什么某些人获得了盛大的旅行，而另一些人没有，那仍然会有另一个问题，一个又一个。即使我想再活1万年，我也宁愿去做些别的事情。而在这最后的1小时里……"他的声音渐渐减弱。

莱拉说："我知道。你是对的。"

她坐在那里，听着她一无所知的生物发出奇怪的唧唧声和嗡嗡声。她本可以在一瞬间汲取关于它们的每一个已记录事实，但她不在乎，她不需要知道。

在他们之后，会有其他人来理解不尘者，或者以新的增量推进这场伟大、不羁又令人沮丧的努力。她和贾西姆已经开了头，这就足够了。他们所做的已经远远超出了她在纳吉布时的想象。不过，现在是停下来的时候了，趁着他们还是他们自己时：他们的自我被人生经历所扩展，但还没有变得面目全非。

他们喝完了水，倒光最后一滴。他们把水壶留在原地。贾西姆拉着她的手，他们开始一起爬坡，并肩挣扎着往上爬。

光轮

Glory

# 1

　　一锭金属氢在星光下闪亮，这是一个半米长、质量约一公斤的窄圆筒。肉眼看来，这是一个大密度固体物质，但它的晶格由沉浸在缥缈电子雾中的微小原子核组成，其物质和真空的比例是一比两百万亿。不远处是第二个金属锭，它看上去与第一个金属锭相同，却是由反氢原子组成。

　　一系列微调过的伽马射线涌入两个圆筒。在第一个金属锭中，吸收了射线的质子释放出正电子，从而转化为中子，打破了自身与电子云之间的化学键，而这电子云原本将这些质子黏合在一起。在第二个金属锭中，反质子变成了反中子。

　　随后而至的脉冲序列将中子聚拢在一起，将它们锻造成簇；反中子也同样被重新排列。这两种簇都是不稳定的，但若是要分裂，它们必须首先经历一个量子态，这个量子态会强力吸收一部分不断大量洒落的伽马射线。如果放任自流，它们处于这种量子态的可能性会迅速增加，但每当它们明显没能吸收伽马射线时，这种可能性就会回落为零。量子芝诺效应无休止地重置时钟，抑制衰变。

　　第二波脉冲开始将中子簇转移到原先隔开两个氢锭的空间中。先是中子，然后是反中子，它们被相继嵌入交替的层中。尽管这些中子簇最终都是不稳定的，但是当它们仍然存在时，它们便是惰性的，禁锢着自身的成分，防止其湮灭对应的反物质。这个原子核雕刻的过程最终形成了一张压缩了物质和反物质的薄片，如三明治般夹进一根1微米宽的针里。

伽马射线激光器关闭了，量子芝诺效应撤销了禁令。在一束光穿过一个中子所需的时间里，这根针在太空中静止不动。然后它开始燃烧，开始移动。

这根针的结构就像精心制作的烟火，它的外层首先被点燃。没有外部的套管可以引导爆炸，但交织在针体结构中的张力模式倾向于朝一个方向排出碎片。粒子向后流动，针体向前移动。由原子尺度物质构成的任何物体都无法承受这种加速带来的冲击，但针心上的加压延长了针的寿命，推迟了不可避免的结果。

针一层又一层地燃烧自己，以更快的速度向前推进越来越少的残躯。当针缩减到原本大小的十分之一时，它正在以98%的光速运动。对于旁观者来说，这速度几乎已经无法改进了，但从针的角度来看，它仍然绰绰有余地按数量级大幅削减它旅行的时间。

当针只剩下千分之一的时候，它的时间演变速度低于邻近恒星的五百分之一。但这些叠层仍在燃烧，随着压力的释放，防护中子簇散开了。针只有牺牲掉足够多的剩余质量，才能尽量接近光速，以减缓时间演变速度。针心只能存活万亿分之几秒，而根据恒星的判断，它的旅程将需要2亿秒。不过，其比例是经过精心匹配的：在发射时便相互交织的两公斤物质和反物质中，最终所需的有效载荷只是几百万个中子。

从某种程度上说，7年过去了。对于针来说，它最后的万亿分之几秒崩解了,它最后的几层燃料被吹走了,就在针心也准备爆炸的那一刻,它到达了目的地,从近乎真空的太空猛地坠入一颗恒星的心脏。

即使在这里,物质的密度也不足以稳定针心,但又远远没有低到让它顺畅通过的程度。针心被撕裂了。但它并不肯悄然逝去,它贯穿聚变等离子体时形成的冲击波绵延了100万千米:一路传递到恒星另一侧较冷的外层。这些冲击波是由形成它们的有效载荷来塑形的,崩解的中子簇为它们镌刻下了初始模式。这初始模式虽然因其长途旅程而被放大和模糊了,但是,在原子尺度上仍然是清晰的。就像把模具压进沸腾的等离子体中一样,它促使电离的分子碎片滑进与它们形状相匹配的沟槽中,然后把它们聚集在一起,以等离子体随机碰撞永远不会允许的方式产生反应。实际上,冲击波形成了一个催化剂网,在时间和空间上都精心布局,将恒星的一个小角落短暂地变成了一个在纳米尺度上运作的化工厂。

这家工厂的产品乘着最后几缕冲击波动量喷射出恒星:那是几纳克精细的富碳分子,包裹在保护性的富勒烯编织层中。它们以每秒700千米的速度飞行,只比完全脱离这颗恒星所需的速度低了一点点。它们爬出了这颗恒星的重力井,越往上升速度越慢。

4年过去了,这些分子在太空的蹂躏下仍然保持稳定。行进到10亿千米时,它们几乎停了下来。如果它们的旅程没有定好时间,如果这颗恒星的第三行星——一颗气态巨行星——没有在等待着敦促它们前进,它们就会掉回去,死在那颗造就它们的恒星的火焰中。当它们往恒星落下时,巨无霸的第三颗卫星横跨过了它们落下的路径。针发射11年后,它的分子后代雨点般落在了甲烷雪上。

撞击产生的微小热量不足以摧毁它们,但在雪中融化出了一个微小的水坑。在食物的包围下,分子种子开始生长。几个小时之内,这片区域就布满了纳米机器，有些在挖掘雪和雪下的矿物，有些在把这些丰厚的物资组装成一个复杂的结构，那是一个几米宽的矩形面板。

一串精巧的伽马射线脉冲跨光年而来，落在了面板上。这些脉冲是针真正的有效载荷，针只是为这些乘客准备了路线，它们在针发射4年后随之传送而来。面板解码数据，将其存储，纳米机器大军再次开始工作，这一次所依照的蓝图要比之前复杂得多。挖掘者们不得不到更远的地方去寻找所需的所有元素，组装者则通过一系列中间阶段努力达到它们的目标，这些中间阶段经过精心设计，以保护最终产品不受当地化学和气候诡谲多变的影响。

经过3个月的工作，两艘小型核聚变动力宇宙飞船出现在了雪地上。每一艘飞船都有一名单独的乘员，从新造的身体中首次醒来，只不过都拥有早期生活的记忆。

琼打开通信控制台。安妮出现在了屏幕上，3对短小的手臂以平静的姿态交叠在胸前。她们之前套用的虚拟身体也有相同的解剖结构，但这是她们第一次变成活生生的努达人。

"我们到了。一切都成功了！"琼赞叹道。她说的不是她自己的语言，但新大脑和新身体的结构使它成为第二天性。

安妮说："现在轮到最难的部分了。"

"是的。"琼从飞船驾驶舱往外看。远处，雪地上隆起一座有裂缝的蓝灰色水冰高原。附近，纳米机器正忙于拆卸伽马射线接收器。它们在抹去自己所有的手工制品痕迹后，就会四下散进雪中，催化自己的毁灭。

琼曾经访问过几十个行星源文化，在必要时使用不同的身体和语言，但这些文化都早已并入了森罗这个席卷银盘的元文明。不管离家多远，回到故地总是非常容易的。而努达人刚刚掌握了星际飞行，根本不知道森罗的存在。森罗网络中离此最近的节点也有7光年之远，并且，即便是这个节点，此刻对她和安妮来说也是禁用的：她们已经同意不能冒险把这个节点的位置泄露给努达人，所以，她们发出的任何信号都只能指向她们设在20光年之外的一个诱饵节点。

"这是值得的。"琼说。

安妮那张努达人的脸纹丝不动，但色素体却在皮肤上闪过一抹紫色和金色的波纹，这表示谨慎的乐观。"我们走着看吧。"她把头歪向左边，这个姿势表示她们即将友好地分别。

琼也歪着头回应，自然得仿佛习以为常。"当心，我的朋友。"她说。

"你也是。"

安妮的飞船在化学推进器的助推下高飞而去，在点燃聚变引擎前就已经缩成了一个小点，而后在一道强光中飞驰而去。琼心头一阵孤寂，不知她们何时才能重聚。

她船上的软件很原始，整部机器都严格地与努达的技术水平相匹配。琼知道如何在必要时自己驾驶它，她一时兴起，关闭了自动驾驶仪，手动启动了上升推进器。控制面板密密麻麻，但有6只手是很方便的。

# 2

这个星系里有5颗行星，被努达人称为家的世界是最靠近他们的太阳的那一颗。这里的平均温度是120摄氏度，但高气压使得液态水能够存在于整个星球表面。地壳的化学和动力学催生了一个相对平坦的地形，其上散布着几十个不相连的海，不过没有横跨全球的大洋。从太空上看，这些海就像银色的镜子，被暗淡的紫色和棕色植被所环绕。

努达人已经跨过了他们最混乱的电磁通信时代，但在这颗气体巨星的卫星巴内斯上，短暂存在的森罗级技术绿洲毫不费力地窃听了他们的谈话，并准备了一份最新的文化简报，将其移接进了琼的大脑。

这个星球仍然和14年前一样，被分成11个政治单元，那是琼离开节点前收到最后一次广播的时候。蒂朗和加哈尔这两个在领土、经济活动和军事实力方面占主导地位的国家，也占据了绝大多数重要的尼亚遗迹。

琼原本以为她们一离开巴内斯就会被发现——聚变引擎的排气像太阳一样耀眼——但其起飞并没有引起明显的反应，现在已进入滑行阶段，就更难被发现了。安妮在接近母星时，向蒂朗的交通控制中心发送了一条信息。琼收听了这次交流。

"我从另一颗星球为和平而来，"安妮说，"我申请着陆。"

对方的时滞比光速滞差要长几秒，回应很简短："请表明你的身份并公布位置。"

安妮发送了她的坐标和飞行计划。

"我们确认了你的位置，请表明身份。"

"我叫安妮。我来自另一个星球。"

对方沉默良久，接着另一个声音回答道："如果你来自加哈尔，请解释你的意图。"

"我并非来自加哈尔。"

"我凭什么要相信？展示你自己。"

"我使用了和你们一样的样貌，希望能在你们之中生活一段时间，"安妮打开一个视频频道，给他们看她那张不起眼的努达人的脸，"但从这些坐标发来的信号可能会让你相信我说的是实话。"她提供了20光年外的诱饵节点的位置，并指定了一个频率。来自节点的信号中包含同一张脸的图像。

这一次，沉默持续了好几分钟。蒂朗人需要时间来确认射频源的真实距离。

"你没有得到着陆许可。请进入这个轨道，我们将对接并登上你的飞船。"

数据通道传来了轨道参数。安妮说："如你所愿。"

几分钟后，琼的仪器探测到三艘核聚变飞船从蒂朗的不同基地发射。当安妮到达指定轨道时，琼不安地听着蒂朗人发出的指示。他们的语气听起来很警惕，但他们有权谨慎对待这个陌生人，如果他们相信安妮的说法，就更应该如此。

琼已经习惯了另一种截然不同的接待方式，但是森罗的成员们花了数十万年的时间建立信任框架。他们还受益于一个背景，即，大多数暴力都已失效。当每个人都有自己的备份分散在银河系各处时，想给某人造成不便就需要付出完全不成比例的努力，更不用说杀人了。以任何合理的标准衡量，诚实与合作所带来的回报都比狡诈和屠杀的回报要丰厚得多。

尽管如此，每一种文化都有其生物传统上的根源，这种传统使生物的行为更多地受到古老冲动的支配，而不是当代现实。即使人们掌握了可以筛选本性的技术，其保留的确切特征也取决于个人。在最糟糕的情况下，一个物种仍留存着不合适的原始驱动，却拥有先进技术的力量，这就可能造成严重破坏。努达人应该受到礼貌和尊重的对待，但他们还不属于森罗。

蒂朗人自己的交流并不在公共频道开放，所以一旦他们进入安妮的飞船，琼就只能猜测发生了什么。她一直等到其中两艘飞船返回地表，才向加哈尔的交通控制中心发送了自己的信息：

"我从另一颗星球为和平而来，我申请着陆。"

# 3

加哈尔允许琼驾驶飞船直接降落到行星表面。她不确定这是因为他们更信任她，还是他们担心如果她在轨道上逗留，蒂朗人就会试图干涉。

着陆地点是一片光秃秃的巧克力色沙地。空气在高温中闪烁，大气的厚度加剧了扭曲，使地平线摆动着，就像隔着熔融的玻璃看这一切。琼在驾驶舱内等着三辆卡车开过来，它们在大约20米远的地方停了下来。广播里传来一个声音，指示她离开飞船，她遵从了。她在空地上站了一分钟后，从一辆卡车里下来了一个努达人，向她走来。

"我是皮莉特，"她说，"欢迎来到加哈尔。"她的姿态礼貌又克制。

"我是琼。谢谢你的款待。"

"你对我们生理特征的模仿真是无可挑剔。"皮莉特的语气里有一丝怀疑。琼已经向加哈尔提供了从诱饵节点传来的她自己的肖像，但她不得不承认，在她缺乏异域技术和特征的情况下，对方将更难接受这信息的含义。

"在我的文化中，尽可能地模仿东道主是一种礼貌。"

皮莉特犹豫了一下，似乎在考虑是否要针对这种习俗的优点进行辩论，但随后，她没有对跨物种礼仪的细微之处斤斤计较，而是选择直面真正的问题："如果你是蒂朗的间谍，或者叛逃者，你越早承认越好。"

"这个建议非常合理，但我两者都不是。"

努达人并不穿衣服，不过皮莉特挎着一条有许多小口袋的腰带。她从其中一个口袋中拿出一个手持扫描仪，扫描了琼的身体。琼的简报显示，这个扫描仪可能只检查金属、挥发性爆炸物和辐射，能够给她的身体成像或寻找病原体的技术产品不会如此便携。无论如何，从分子水平上来说，她是一个健康的、没有武装的努达人。

皮莉特把她护送到一辆卡车上，并请她斜倚在后车厢里。另一个努达人开车，皮莉特看守着琼。他们很快到达了离飞船着陆点几千米远的一个小型建筑群。建筑的墙壁、屋顶和地板都是用当地的沙子制成的，用努达人自身分泌的黏合剂粘在一起。

在建筑里，琼接受了全面的体检，包括三种全身扫描。努达人检查她时不带任何感情，不作任何寒暄。她不确定这是他们对病人的标准态度，还是他们得知她宣称的身份后震惊得呆滞了。

皮莉特带她到了隔壁房间，那里有一张沙发。努达人的解剖结构使他们无法坐着，不过他们喜欢斜倚着。

皮莉特仍然站着。"你怎么到这儿来的？"她问。

"你见过我的飞船。我从巴内斯飞过来的。"

"那你是怎么到巴内斯的？"

"我不方便讨论这个。"琼快活地回答。

"不方便？"皮莉特的脸上布满了银光，似乎真的很困惑。

琼说："你完全理解我。请不要告诉我**你们**什么都可以和我讨论。"

"你肯定没有开着那艘飞船飞了20光年。"

"不，我当然没有。"

皮莉特犹豫了："你是穿过大瀑布来的吗？"大瀑布是一个黑洞，隔着遥远的距离与努达的太阳相伴，它们相隔约800亿千米彼此间做环绕运动。这个名字来自它在望远镜上的表观：恒星背景下一个边缘扭曲的黑圈，像是某种视觉畸变。蒂朗和加哈尔都想争先造访这个特别的邻居，但目前双方都力有未逮。

"**穿过**大瀑布？我认为你们的科学家已经证明了，黑洞不是通往任何地方的捷径。"

"我们的科学家并不总是对的。"

"我们的也不是，"琼承认，"但所有的证据都指向一个方向：黑洞不是门，它们是粉碎机。"

"所以你走了整整20光年？"

"不止如此，"琼诚实地说，"我从我的家乡来。我半辈子都在旅行。"

"比光速还快吗？"皮莉特满怀希望地示意。

"没有。这是不可能的。"

她们又围绕着这个问题周旋了十几轮，最后皮莉特终于改变了问法，从"如何"变成了"为何"。

"我是一个异邦的数学家，"琼说，"我来这里是希望与你们的考古学家合作，共同研究尼亚文物。"

皮莉特惊呆了："你对尼亚了解多少？"

"没有我希望的那么多，"琼指了指自己努达人的身体，"我相信你们已经猜到了，我们听你们的广播已经有一段时间了，所以我们相当了解一个普通努达人所了解的事物。其中包括关于尼亚的基本事实。从历史上看，尼亚人被视为你们的祖先，不过最新的研究表明，你们和他们实际上有一个更早的共同祖先。这些祖先大约在100万年前灭绝了，但有证据表明，他们可能有长达300万年的先进文化。没有迹象表明他们发展过太空飞行。基本上，一旦获得了物质上的满足，他们似乎就会投身于各种艺术形式，包括数学。"

"这么说，你旅行了20光年，就是为了看看尼亚陶板？"皮莉特不相信。

"任何花300万年研究数学的文化都一定可以给我们一些教导。"

"真的吗？"皮莉特的脸因厌恶而发蓝，"从发现轮盘的1万年来，我们已经在前往大瀑布的路途上走了半程。而他们只是把时间浪费在无用的抽象概念上。"

琼说："我本身来自一个太空航行者文化，所以我尊重你们的成就。但我认为没有人真正知道尼亚实现了什么。我想在你们的帮助下弄清楚。"

皮莉特沉默了一会："如果我们说不呢？"

"那我就空手而归。"

"如果我们坚持要你留下来呢？"

"那我就空着手死在这里。"只要她一声令下，这个躯体就会立刻死去，她可不能被人拘留和折磨。

皮莉特生气地说："你总归愿意用**某种东西**来交换你所要求的特权吧！"

"是请求，不是要求，"琼温和地坚持道，"我愿意提供的是我自身的文化对尼亚数学的看法。如果你问你们的考古学家和数学家，我敢肯定他们会告诉你，他们还不理解尼亚陶板上写着的许多东西。我和我的同事——"她们之前都没提到过安妮，但琼确信皮莉特对她了如指掌，"只是想尽我们所能阐释这个主题。"

皮莉特愤恨地说："你甚至不肯告诉我们你是怎么到我们这里来的。我们凭什么相信你会跟我们分享你对尼亚人的发现？"

"星际旅行并不神秘，"琼反驳道，"你们已经知道所有的基础科学，只需要坚持不懈就能实现。如果任你们自行发展技术，你们甚至可能会提出比我们更好的方法。"

"所以我们要有耐心，自己去发现这些东西……那你为什么不能等上几个世纪，让我们靠自己破译尼亚的文物呢？"

琼直言不讳道："无论是在这里还是在蒂朗，现在的努达文化似乎对尼亚人很轻蔑。灌溉项目和其他发展正在威胁几十个部分出土的尼亚文物遗址。这就是我们不能等的原因。在尼亚最后的痕迹永远消失之前，我们需要来这里提供援助。"

皮莉特没有回答，但琼希望能知道这位审问者在想什么：**没有人会为了一些毫无价值的涂鸦跨越20光年。也许我们低估了尼亚。也许我们的祖先给我们留下了一个伟大的秘密，一个伟大的遗产。给这个无礼又烦人的外星人她想要的东西，也许是发现尼亚文物的最快——也许也是唯一——的方法。**

# 4

到达山顶时，太阳正从他们面前升起。桑多转向琼，快乐得脸色转绿。"回头看看。"他说。

琼照他说的做了。下方的山谷笼在雾中，沉降得如此均匀，以至于她能看到两人在晨曦中的影子，在雾的最上层往外伸展。在她头部的阴影周围有一个圆形的光环，像一小圈彩虹。

"我们称之为尼亚之光，"桑多说，"人们过去常说，光环证明你体内的尼亚血统很强大。"

琼说："这个假设唯一的问题在于，**你在你的**脑袋周围看到它……而**我在我的**脑袋周围看到它。"在地球上，这种现象被称为"光轮"。雾的粒子让阳光朝它们散射回来，使之旋转了180度。看自己头部的影子是直接背对太阳的，所以光环总是出现在观察者的影子周围。

"我想你是能证明尼亚血统与此无关的最终证据。"桑多思忖道。

"这得假定我告诉你的是事实，而且我真的能在自己的头周围看到它。"

"而且还得假设，"桑多补充道，"尼亚人真的待在家里，没有在银河系中到处传播他们的后代。"

他们爬上山顶，俯视毗邻的河谷。山坡上稀疏的棕色草丛被茂密的紫色近水植被所取代。琼的到来延迟了河谷的洪泛，但即使是外星人对尼亚的兴趣，也只给考古学家延长了1年时间。大坝属于一个长期规划的农业发展项目，琼有可能从尼亚人"无用的抽象概念"中揭示出一些潜藏着的无价见解，但无论这种可能性多么诱人，这模糊的承诺也只能在有限的时间内与更切实的考量相竞争。

几个世纪前，山丘的一部分在一次山体滑坡中崩塌，露出了十几个保存完好的地层。当琼和桑多到达发掘现场时，拉利和苏拉特已经开始工作了，他们清除了一个地层上的软沉积岩，桑多已确定这个地层属于尼亚的"黄昏"时期。

皮莉特坚决要求只让资深考古学家桑多知道琼的真实身份，而琼拒绝向任何人撒谎，不过同意了只告诉她的同事，她是一名数学家，以及她不被允许谈论自己的过去。一开始，这使同事们感到警惕且愤懑，很可能是因为他们认为她是当局派来监视他们的某类间谍。后来他们发现，她是真心对他们的工作感兴趣，对谈话主题的荒谬限制也不是她的选择。努达人的语言和外貌都与他们新近分裂成不同国家这件事没有什么密切的关联——没有海洋需要跨越，又有漫长的迁徙历史，他们在地理上或多或少是同质的——但琼古怪的名字和偶尔的**失礼**仍可以归因于某种神秘的异国风情。拉利和苏拉特似乎满足于认为她是某个小国的叛逃者，而且由于晦涩的政治原因，她的历史无法被公开。

"这里有更多的陶板，非常接近地表，"拉利兴奋地宣布，"声学不会出错。"理想情况下，他们应该发掘整片山坡，但他们缺少时间和劳动力，所以他们使用声波层析来识别可能存在可发掘尼亚文字的沉积物，然后把精力集中在这些地方。

尼亚可能有过几种短暂的文字交流形式，但当他们发现有些东西值得发表时，文字交流就从此维持了发表形式：他们把自己的符号刻在陶瓷上，这技艺使钻石看起来像棉纸。几乎没有听说过陶板被破坏，但它们很小，多个陶板组成的作品有时四下分散。尼亚的技术或许可以将300万年的知识刻在一枚针尖上——他们似乎没有发明纳米机器，但精研高质量的基体材料和精密工程——不过出于某种原因，他们将肉眼可见的清晰度作为最重要的考量因素。

当桑多照看着学生们接近被掩埋的尼亚文物时，琼动手帮忙，沿着斜坡进一步测量声学读数。她已经学会了不要在即将有所发现时满怀期待地在周围徘徊，如果她随时应声帮忙，他们将待她热情得多。层析成像装置几乎是傻瓜都能用，它使用卫星导航来跟踪定位，并使用软件来分析它收集到的信号。人要做的就是以合适的步速沿着岩壁拖着它走。

在余光中，琼注意到她在岩石上的影子忽明忽暗，变得复杂起来。她抬起头，看见三颗耀眼的光珠跃出太阳向西飞去。她本来会认为核聚变飞船是在做一些有用的事，但媒体尽在谈论"军事演习"，这意味着蒂朗人和加哈尔人正在轨道上做出要付出昂贵代价的好战姿态，都试图让对方相信自身在技巧、技术或纯粹在数量上占有优势。对于这些除了近几个世纪的近代史外并没有真正差异的人来说，他们可以把小小的政治争端夸大成极其庄严的事情。如果这些白痴不是每隔几十年就焚化对方的数十万公民，这事情还可能是好笑的，更不用说他们还拿较小国家居民的生命进行冷酷的且往往是致命的游戏。

"球！球！快来看这个！"苏拉特向她喊道。琼关掉了层析装置，向考古学家们慢跑过去。这时她突然意识到自己身体的奇异之处。她的腿粗短有力，她奔跑时的平衡不是来自胳膊和肩膀，而是来自她肌肉发达的尾巴的甩动。

当她靠近时，拉利自豪地告诉她："这是一个很有意义的数学结果。"他用高压水枪从几乎坚不可摧的陶瓷字板上冲掉了砂岩，接着便只需将板面以正确的角度对着光，就能看到蚀刻的文字清晰鲜明地呈现在眼前，正如100万年前那样。

拉利不是数学家，他没有就陶板上的定理提出自己的观点。尼亚人自己有一套明确的排版惯例，用来区分包括次要引理和最著名的定理在内的所有东西。用来标注定理的符号在大小和装饰上都有不同，以此证明其在尼亚人眼中的价值。

琼仔细地读了这个定理。其证明并没有写在同一块陶板上，但尼亚人有一种表达结论的方式，让你一读到就相信它们。在这种情况下，尼亚人如此完美地选择了陈述定理所需的术语，致使结论看上去几乎成为必然。

定理本身被表示为交换超立方体，这是尼亚人最喜欢的形式之一。你可以想象一个正方形，它有四组不同的数学对象与每一个角相关联，并且有一种方法，可以将一组对象集映射到与每条边相关联的另一组对象集。如果交换映射，往右越过正方形的顶部，然后往下，这产生的效果完全等同于沿正方形的左侧边向下，然后越过底边：无论哪种方式，你都将每个元素从左上角集合映射到右下角集合的相同元素。在一个立方体或任何维度的超立方体中，对于能被自然放置于角和边的集合和映射，类似的结果可能也成立。这些结构中的正方形面也可以代表集合间的映射关系，而立方体则可以描述这些关系之间的关系，等等。

定理采用这种形式并不能确保它是重要的，关于交换的集合和映射，我们很容易就能编出一些琐碎的例子。然而，尼亚人并不把琐事刻在他们永恒的陶瓷上，这块板也不例外。在尼亚数学的七个不同的主要分支之间，七维交换超立方体建立了一种精美得令人眼花缭乱的对应关系，将他们最重要的概念交织成一个统一的整体。这是琼从未见过的结果：在森罗的任何地方，或在她所研究的任何祖先文化中，都没有数学家得出相同的见解。

她尽可能详细地向三位考古学家解释了这一切。他们无法理解所有的细节，但是当琼向他们简述，说她认为这个结果对尼亚本身意味着什么的时候，他们的脸因为着迷而变成了橙色。

"这个可能算不上大收缩，"她开玩笑说，"但一定让他们觉得自己真的在接近宇宙真理。""**大收缩**"是她对尼亚人渴望达到的神话结果的昵称：这个结果将把他们认为重要的一切数学领域统一为一体。找到这样一个东西并不意味着数学的终结——它不可能包含每一个可以想到的、有趣的数学真理——但它肯定标志着尼亚自身研究风格的一个终结点。

"我肯定他们找到了它，"苏拉特坚持道，"他们达到了大收缩，然后他们就没有活下去的意义了。"

拉利尖刻地说："所以整个文化就集体自杀了？"

"不，不是主动的，"苏拉特回答，"但让他们坚持前进的就是探索。"

"整个文化不会失去生存的意志，"拉利说，"他们是被外部力量消灭的：疾病、入侵、气候变化。"

"尼亚人存活了300万年，"苏拉特反驳道，"他们有办法平安度过所有这些考验。除非他们被外星入侵者用先进得多的技术消灭了。"她转向琼，"你怎么想？"

"关于外星人摧毁了尼亚？"

"关于外星人，我是在开玩笑。但是数学呢？如果他们发现了大收缩呢？"

"生活中还有比数学更重要的东西，"琼说，"但程度有限。"

桑多说："这次发现的不仅仅是一块陶板。如果我们继续工作，日落之前可能就有证据了。"

## 5

在桑多准备晚餐时，琼通过视频连线向哈尔佐恩做了汇报。哈尔佐恩是皮莉特派来监督她的数学家，但他的日常工作显然过于重要，因此不能到处旅行。琼为此很感恩，因为哈尔佐恩是她遇到过的最乏味的努达人。当她向他解释尼亚人的成果时，他能够理解它们，但似乎对成果本身不感兴趣。他们对话的大部分时间里，他都在试图揪出她话语中的欺骗或矛盾之处，剩下的时间则在敦促她想象尼亚人辉煌且无用的见解怎样才能应用在军事或商业上。有时她也会附和这个幼稚的幻想，暗示有可能出现基于奇异物理的超级武器，只要有一个人掌握了正确的尼亚定理，这些武器就可能从真空中滚出来。

桑多也是她的看守人，但至少他在这一点上更敏锐。皮莉特坚持要琼住在他的住所里，而不是与拉利和苏拉特住在一起。琼对此并不介意，因为和桑多在一起，她就不必被迫对一切保持沉默。对努达人来说，隐私和边界感都不是问题，琼已经在一定程度上成了努达人，不用再担心自己。他们的亲近也没有任何产生性关系的危险，努达人有一个复杂的生化提示系统，这意味着只有在基因异同比适当的伴侣间才会产生欲望。她可能得在一个拥挤的努达城市里找上一个星期，才能找到一个让她欲火焚身的人，好在这至少可以保证双方的欲望是相互的。

吃完饭后，桑多说："你应该高兴才对。这是我们迄今为止最好的发现。"

"我很高兴，"琼刻意展现出一种铬绿色，"这是我在这个星球上看到的第一个新结果。这是我来此的原因，也是我长途跋涉的原因。"

"不过，我觉得你有些不对劲。"

"我希望能把这个消息告诉我的朋友。"琼承认。皮莉特声称正在和蒂朗人交涉，希望对方让安妮和琼交流，但是琼不相信她是真的在努力。她确信，皮莉特会很愿意监听她和安妮两人的谈话——当然，还得强迫她们说努达语——希望她们会泄露一些有用的信息，但与此同时，皮莉特也不得不接受蒂朗人也在监听的事实。多么让人苦恼的困境。

"你应该自己带个通信工具，"桑多建议道，"我的意思是，你们家乡的那种。这样我们就窃听不到任何东西了。"

"我们不能那样做。"琼说。

他陷入沉思中："你们真的害怕我们，不是吗？你认为最小的技术玩具就足以把我们直接送上恒星，然后你们就得对付一大群狂暴的野蛮人。"

"我们知道怎么对付野蛮人。"琼冷淡地说。

桑多欢快得脸都变黑了："现在轮到**我**害怕了。"

"我只是想知道她的近况，"琼说，"她在做什么，他们是怎么对待她的。"

"大概和我们给你的待遇差不多，"桑多建议道，"我们真的区别不大。"他想了一会儿，"我想给你看个东西。"他把他的便携控制器拿过来，从一份《蒂朗日报》上调出一篇文章。"看看我们生活在怎样一个无边界的世界里。"他开玩笑说。

这篇文章的标题是《探索者和扩张者：我们必须从尼亚人那里学到什么》。桑多说："这可能会让你了解他们那边是怎么想的。雅卡德是一名学术考古学家，但她也与当权者关系密切。"

琼在控制器上阅读，桑多则在修补他们的住所，他从尾巴尖的一个腺体中分泌出一种糖蜜状的物质，把它涂抹在墙壁的裂缝上。

雅卡德认为，一旦满足了基本的物质需求，一种文化可以有两种主要发展方向。一种是思考和研究：退后一步观察，从周围的世界中寻求知识和洞察力。另一种是把精力投入巩固自己的好运上。

在300万年的时间里，尼亚人学到了很多东西，但最终还是不足以拯救他们。关于究竟是什么杀死了他们，人们尚且还只能猜测，但如果他们已经殖民了其他世界，那很难相信他们会在所有世界中消失。"如果尼亚人是扩张者，"雅卡德写道，"我们可以期待在未来几个世纪里，他们可能造访我们，或我们去造访他们。"

相比之下，努达人是坚定的扩张者。一旦有了办法，他们就会在银河系各处建立殖民地。雅卡德确信，努达人会创造新的生物圈，改造恒星，甚至改变空间和时间来保证他们的生存。帝国的发展是第一位的，任何不能服务于这个目标的知识只会是一种干扰。"在探索者和扩张者之间的任何竞争中，扩张者终将获胜是一种历史规律。如尼亚人这样的探索者，可能会霸占资源，阻碍道路，但从长远来看，他们的本性将会导致他们的灭亡。"

琼中断阅读。"当你们用望远镜望向银河系时，"她问桑多，"你们看到了多少**改造的恒星**？"

"我们能认出它们吗？"

"是的。自然的恒星没有那么复杂的变化过程，关于了解这个主题所需的一切知识，你们的科学家都已经拥有了。"

"我相信你的话。所以……你是说雅卡德错了？尼亚人本身从未离开这个世界，但银河系已经属于更像他们而不是我们的生物了？"

"这无关努达与尼亚的对照，"琼说，"这是一个文化视角如何随时间变化的问题。一旦一个物种战胜了疾病，改变了自身的生物结构，向家园世界之外扩张了哪怕是很短的距离范围，它们通常都会开始放松一点。领土的必要性并不是什么永恒的历史规律，它只属于某个阶段。"

"但如果这个阶段持续下去呢？进入一种后期？"

"这可能会引起摩擦。"琼承认。

"可是，没有一个扩张者征服过银河系？"

"还没有。"

桑多继续修理房子，琼读完了剩下的文章。她本以为自己已经理解了副标题的训诫，但事实证明，雅卡德有更具体的想法。

"以这样的方式辩论，对于我向尼亚人提出的完全相同的控诉，我又要如何为我自己的研究领域辩护呢？既然已经掌握了这个注定灭亡的种族的本质特征，我们为什么还要浪费时间和资源进一步研究他们呢？

"答案很简单。我们仍然不知道尼亚人到底是怎么，以及为什么消亡的，但当我们知道的时候，这可能会成为历史上最重要的发现。当最终飞离我们的世界时，我们不应该期望路途上只有其他扩张者与我们竞争，作为可敬的对手与我们战斗。也会有探索者挡在路上：疲惫而衰老的种族，无益地蹲在他们储备的知识和财富上。

"时间最终会打败他们，但我们等了300万年才诞生。我们不应该再耐心等待。如果我们能知道尼亚人是怎么死的，那将是我们的钥匙，我们的武器。如果我们知道探索者的弱点，就能找到加速他们灭亡的办法。"

# 6

尼亚定理的证明原来被深埋在山坡里，但在接下来的几天里，他们全部发掘了出来。

这定理的证明就像琼所盼望的那样优美且令人满意，它融合了六个更早的、更简单的定理，同时扩展了后者证明过程中使用的技术。她甚至看到了一些暗示，表明同样的方法将如何进一步延伸，以产生更强力的结论。"大收缩"一直是一个略带嘲讽和不敬的词，但现在她再次震惊这个令尼亚人着迷的浪潮受到了多么不公正的对待。这并非意指数学的所有分支都向数学本身塌缩，其中一个分支只不过是另一个分支在不同伪装下的再现。相反，其中的原理是，每一个足够美丽的数学系统都足够丰富，能够部分地——有时以一种复杂而扭曲的方式——映照出其他每一个足够美丽的系统。没有什么东西变得乏味且多余，也没有什么事物被证明是浪费时间，但一切显然都华丽地交织在一起。

在向哈尔佐恩做了简报后，琼用卫星天线将定理及其证明传输给了诱饵节点。这就是与皮莉特的交易：她从尼亚学到的一切都属于整个银河系，只不过她要先向东道主解释它们。

考古学家们越过山坡，在同一层沉积物中寻找更多的文物。琼急切地想知道这群尼亚人还可能发表了什么其他的作品。一个可能出现的八维超立方体在她脑海中盘旋。如果她坐下来好好思考几十年，她可能自己也能弄懂细节问题，但是尼亚人的工作做得太好了，当他们完美打磨的成果可能就待在地里等着被发现时，试图笨拙地跟随他们的脚步会显得很愚蠢。

发现定理1个月后，琼被一个闯入者的声音吵醒。她知道那不是桑多，即使在睡觉时，她的努达人大脑中仍有一个古老的部分在听闯入者的心跳。陌生人的心脏太安静了，听不到，这需要强大的自律，但住所的弹性黏合剂使地板即便在最温和的脚步下都会发出特有的嘎吱声。当她从沙发上坐起来时，她听到桑多醒了，便转向他的方向。

照在他脸上的明亮的电筒光晃得她一时眼花。闯入者用两把刀抵住桑多的呼吸膜，一道够深的伤口便能使他在极度的疼痛中窒息而死。为琼建造身体的纳米机器已经将大量的徒手搏击技能植入了她的大脑，其中有一个脚本，设定是在假装试图逃跑后用有力的尾巴斜向抽打，她已经在脑中演示了这个场景，但到目前为止，她还无法保证桑多能毫发无损地渡过这一关。

她说："你想要什么？"

闯入者藏在黑暗里："告诉我把你带到巴内斯的那艘飞船的情况。"

"为什么？"

"因为在你同事的工作进展得这么顺利时，把他撕成碎片太可惜了。"桑多的脸上没有任何表情，但那茫然的苍白本身就表现出琼所能想象到的最明显的恐惧。

她说："可以为夸克胶子等离子体准备一个相干态，在这个态中虚拟黑洞催化重子衰变。实际上，你可以将所有燃料的静止质量转化为光子，尽可能高效地产生尾气流。"她列举了一长串技术细节。所谓的重子衰变过程实际上并不存在，但支撑它的伪物理在数学上是一致的，并且不能被努达人的任何观察结果否定。她和安妮准备了一整套虚构的科学技术，甚至虚构了一段她们的文化历史，正是为了应对目前这样的突发事件。如果有必要的话，她们可以喋喋不休地把与事实无关的论点讲上10年，并且永远不会被发现自相矛盾。

"这并不难说出口，不是吗？"闯入者幸灾乐祸地说。

"现在要怎样？"

"你要和我一起走一趟。如果你做得好，就没有人需要受伤。"

阴影中有什么东西在动，闯入者痛苦地尖叫起来。琼跳上前去，用尾巴打掉了他手里的一把刀，另一把刀擦伤了桑多的膜，但另一条尾巴从黑暗中挥出，打断了这次伤害。闯入者向后倒去，他的手电筒照亮了他身边紧绷着身体的苏拉特和拉利，还有一把尖镐深深插在他的身体侧面。

琼体内汹涌的战斗激素突然退去了，她发出一声又长又深的哀号。桑多没有受伤，但闯入者的伤口中喷出了一股黑色的液体。

苏拉特很恼火："别号了，帮我们把这个浑蛋蒂朗小崽子绑起来。"

"绑起来？你要杀了他！"

"别傻了，那只是鞘液。"琼回想起她的努达人生理结构，鞘液就像液压机里的油。你可能会流干鞘液，这将消耗四肢和尾巴的大部分力量，但你不会死，你的身体最终会产生更多的鞘液。

拉利找到了一些缆绳，他们把入侵者捆了起来。桑多受到了惊吓，但他看来正在恢复。他把琼拉到一边："我得打电话给皮莉特。"

"我明白。但是她会怎么对待这两人呢？"她不确定拉利和苏拉特到底听到了多少，但肯定比皮莉特想让他们知道的要多。

"别担心，我能保护他们。"

拂晓时，皮莉特派来的人开着卡车把入侵者带走了。桑多宣布休息一天，拉利和苏拉特回到他们的住所睡觉。琼沿着山坡散步，她不想睡。

桑多追上了她。他说："我告诉他们你一直在做一个军事研究项目，因为一些政治上的轻罪，你被流放到了这里。"

"他们相信你吗？"

"一段充满令人费解的物理学的对话，他们还只听到了一半。他们只知道有人认为你值得被绑架。"

琼说："我很抱歉发生了这样的事。"

桑多犹疑地问：“你以为会怎么样？”

琼被刺痛了：“我们一个人去了蒂朗，一个人来了这里。我们以为这样大家都会高兴！”

“我们是扩张者，”桑多说，“无论是什么，给了我们一个，我们就想要两个。尤其是在敌人获得另一个的情况下。你真的认为你能来到这里，稍稍翻找一番，然后就这样不改变任何事情地飞走吗？”

“你们的文化一直相信银河系中还有其他文明。我们的存在不该令人吃惊。”

桑多的脸色变黄了，这个表情几乎是父母式的责备：“相信某种抽象的东西，和它出现在你面前是不一样的。我们永远不会因为发现自己不是唯一而陷入存在危机。尼亚人可能与我们有血缘关系，但他们仍然足够陌生，使我们能够习惯这个概念。但你真的以为，关于你拒绝分享你们的技术这件事，我们会轻松地接受吗？你们中的一个去了蒂朗只会让加哈尔的处境更糟，反之亦然。两国政府都快疯了，都担心对方已经找到办法让外星人开口说话。”

琼停下脚步：“战争演习，边境冲突？你把这一切都怪在安妮和我身上？”

桑多身形萎靡：“说实话，我不知道所有的细节。如果你们不来的话，我相信我们会找到其他理由作战，这也许能让你感到安慰。”

琼说：“也许我该走了。”她厌倦了这些人，厌倦了这具身体，厌倦了与文明隔绝。她挽救了一个美丽的尼亚定理，并把它发送进了森罗。这不是足够了吗？

“这取决于你，”桑多回答，“但你不妨继续待在这儿，等他们把山谷淹没吧。多待一年也不会改变什么。你为这个世界所做的已经有人做过了。对我们来说，没有回头路。”

# 7

考古学家们越过山坡时，琼陪在他们身边。他们找到了刻有尼亚人绘画和诗歌的陶板，这些艺术无疑有其优点，但在琼看来寡淡且晦涩。桑多和他的学生们享受这些发现，就像享受定理的发现一样。对他们来说，尼亚文化是一幅巨大的拼图，任何充满其历史细节的线索都一样好。

桑多会把闯入者来的那夜他从琼口中听到的一切都告诉皮莉特，所以她很惊讶，她竟没有被召去接受新一轮盘问，以充实细节。也许加哈尔的物理学家们还在消化她精心设计的冗繁文章，试图判断这是否有意义。有时她更加愤世嫉俗，怀疑闯入者可能就是加哈尔人，由皮莉特派来充分利用她和桑多的友谊。甚至桑多都可能参与其中，还有拉利和苏拉特。这种可能性让她觉得自己生活在一个虚构的世界里，没有什么是真实的，没有人可以信任。她唯一确定加哈尔人不可能伪造的，只有尼亚的文物。数学验证了自己，其他的一切都受到怀疑和偏执的影响。

夏天来了，烧干了晨雾。努达人对热度的看法与琼之前的观念大不相同，但是就连她如今穿戴的身体都觉得正午的阳光难以忍受。她要求自己有耐心。一切仍有可能：尼亚人朝着他们统一数学的宏伟愿景又迈出了几步，并将他们最终的发现雕刻进了那些比他们古老100万年的陶板中。

当那一艘聚变飞船出现在午后的高空时，琼决定无视它。她抬头看了一眼，便一直拖着层析装置在地上走。她厌倦了思考蒂朗-加哈尔的政治。他们已经玩了几个世纪的幼稚游戏，她可不会为新近爆发的挑衅事件承担责任。

这些飞船通常会在经过时卖弄它们的威力和速度，几分钟内就会消失。但这一艘在空中徘徊，来回穿梭，就像一只耀眼的昆虫在表演一场精巧的求偶舞蹈。琼的第二个影子绕着她的脚飞奔，在她的脑子里敲打着一种极其熟悉的节奏。

她不可置信地抬起头。飞船的运动遵循着某种动作语言，那是她十几世纪前在另一个星球、另一个身体里学会的。这颗星球上唯一知道这种语言的人就是安妮。

她朝100米外的考古学家们瞥了一眼，但他们似乎没有注意到这艘船。她关掉了层析设备，凝望天空。**我在听，我的朋友。发生了什么？他们把飞船还给你了吗？你受够了这个世界，决定回家了吗？**

安妮用简练的笔法概述了事情经过。蒂朗人发现了一块刻有定理的陶板：这是尼亚人最后的发现，也是他们成就的顶峰。她的看守没有让她研究它，但他们设了一个局，让她很容易偷走陶板，并偷走这艘飞船。他们想让她带着它跑掉，希望她能带领他们找到一些比任何古代数学都有价值的东西：一艘先进的宇宙飞船，或者位于星系边缘的某个魔法星门。

但安妮并没有逃到任何地方。她在加哈尔的上空读着陶板，现在她要把读到的东西画在天空中，让琼看到。

桑多走过来，说："有危险，我们必须离开。"

"危险？那上面是我的朋友！她不会向我们发射导弹的！"

"你的朋友？"桑多看起来很困惑。就在他说话的时候，又出现了三艘飞船，比第一艘船更低，更明亮。"我接到通知，说蒂朗人要袭击山谷，埋葬尼亚遗址。我们得翻过这座山，进入室内，好在一定程度上躲过爆炸。"

"为什么蒂朗人要攻击尼亚遗址？在我听来这毫无道理。"

桑多说："我也是，但我没时间跟你争论。"

那三艘飞船威逼着安妮的船，驱赶她，想让她离开。琼不知道那到底是保卫领土的加哈尔人，还是骚扰安妮的蒂朗人，后者希望她逃跑，揭示通往恒星的那条根本不存在的捷径。但安妮留在原地，即使在闪避追捕者时，仍在飞行操作中编入同样的动作语言，拼出尼亚辉煌的终局。

琼说："你们去吧。我必须看看这个。"她紧绷身体，准备在必要时与他搏斗。

桑多从他的工具腰带上拿了个东西，往她身侧戳了许多洞。琼痛苦地喘着气，当鞘液从身上倾泻而出时，她瘫倒在地。

拉利和苏拉特帮忙把她抬进避难所。琼瞥见了天空中炽烈的芭蕾舞，但不足以理解它的意义，更不用说重建它了。

他们把她放到庇护所的沙发上。桑多为她包扎了身体，给她喝了点水。他说："我很抱歉，我不得不这样做，如果你发生了什么事，我将被追究责任。"

苏拉特一直往外伸头，查看"战斗"，然后兴奋地对其状态进行报道："蒂朗的飞船还在那里，他们摆脱不了它。我不知道他们为什么还没有把它击落。"

**因为是蒂朗人在追捕安妮，他们不想让她死。但加哈尔人能容忍这种侵犯行为多久呢？**

不能让安妮的努力付诸东流。琼努力回忆她最后一次在夜空中看到的星座。在她们离开的节点上，强大的望远镜始终对准努达人的母星。安妮的飞船足够明亮，动作幅度也足够大，如果行星本身没有挡住视野，如果节点在地平线上方，那么7光年外的望远镜将能分辨出这景象。

庇护所没有窗户，但琼看到门外的地面亮了一瞬。闪电是无声的，没有导弹击中河谷，爆炸发生在大气层的高处。

苏拉特出去了。再回来时，她平静地说："警报解除。他们击中了它。"

琼用尽全力吐出几个字："我想看看发生了什么。"

桑多犹豫了一下，然后示意其他人帮他把沙发搬到外面去。

仍然可以看见一层发光的等离子体，一边膨胀，一边在天空中飘移，一圈光渐渐暗淡，最后消失在午后的强光中。

安妮在这具化身中已经死了，但她的备份会醒来，继续新的冒险。琼至少可以告诉安妮的备份她的本体在此地死亡的故事：精湛的飞行技巧和壮观的结局。

琼现在已经恢复了镇定，记起了星星的位置。节点还需要几个小时才会从地平线升起。森罗到处是强大的望远镜，但没有其他的望远镜会对准这颗模糊的星球，也没有人会提出请求让它们改变方向，从而赶超它们需要捕捉的光线，令尼亚人的最终定理死而复生。

## 8

桑多想送她去接受医疗监督，但琼坚持留在现场。

"知道这次事件的官员越少，它给你带来的麻烦就越少。"她解释道。

"只要你不生病、不死就行。"他回答说。

"我不会死的。"她的伤口没有感染，她的体力正在迅速恢复。

于是他们妥协了。桑多在最近的城镇雇了人，当他外出发掘时，就让人开车过来照顾琼。达亚受过基本的医学训练，也不会问令人尴尬的问题。他似乎很乐意满足琼的需要，其余的时间就躺在外面做白日梦。

也许还有机会，琼想，尼亚人可能会把最终定理刻在大量陶板上，然后使它们散落在行星各处。并且还有一种可能，蒂朗人先复制了陶板，然后才让安妮带着它潜逃。但问题是，她是否有一丁点儿得到这些复制品的希望。

安妮自己可能也做了某种拷贝，但她在用特技演绎定理前没有提到它。如果有多余的时间，安妮就不会把自己局限在一个观众面前：她会等到节点在加哈尔上空升起。

躺倒在床的第二个晚上，琼梦见安妮站在小山上，回头望着被雾笼罩的山谷，尼亚之光给她的影子罩上了光环。

醒来时，琼知道自己该做什么了。

等桑多离开后，她就让达亚把操控卫星天线的控制台递给她。她的手臂现在有足够的力量操作它，而达亚对她所做的事毫无兴趣。这当然是天真的想法：不管达亚是否在监视她，皮莉特都会知道信号发出的确切位置。随便吧。7光年的距离仍是努达人无法企及的，可能在他们靠近之前，整个节点就会被拆卸和删除。

没有任何信息的速度可以直接超过光，但光到达节点的方式不仅仅包括直线路径，即最快的路径。每个黑洞都有光轮，将光线在自身周围扭成一个紧贴的光轨，再把它扔出去。在错过原始图像74小时后，节点上的望远镜仍然可以转向大瀑布，在黑洞的黑色圆盘边缘仔细搜索那扭曲且压缩的天空图像，以捕捉安妮芭蕾舞的重播。

琼编写了信息，输入了节点的坐标。**你没有白死，我的朋友。当你醒来看到这个时，你会为我们俩感到骄傲的。**

她犹豫了一下，手在发送密钥上方徘徊。蒂朗人希望安妮逃走，为他们指明通往星星的路，但他们真的对她携带的战利品无动于衷吗？这个定理是在尼亚王朝300万年统治的末期提出的。见证这美丽的真理不会毁灭森罗，但会不会削弱它呢？如果探索者对知识的渴望得到了满足，他们的目的感被侵蚀了，那么文化中最关键的一个部分会陷入自己的黄昏吗？通往星星的道路上没有捷径，但努达人受到了异域访客的刺激，技术很快就会降临。

而森罗也受到了刺激：她已经传播的定理会在银河系中掀起一股兴奋的浪潮，增强探索者的力量，鼓励他们通过自己的努力完成统一。大收缩也许不可避免，但至少她可以推迟它，并希望坚固而多元的森罗文明能让他们渡过难关，超越困境。

她删除了这条消息，写了一条新的，通过诱饵节点发送到她的备份。上传她所有的记忆是件好事，但努达人太冷酷，她不准备再待下去，不想冒着被他们利用的风险。有这张草图，这张明信片，就必定足够了。

当传输完成后，她在控制台的记忆库中给桑多留了一张便条。

达亚对她喊道："琼？你需要什么吗？"

她说："不需要。我现在要睡一会儿了。"

热岩

Hot Rock

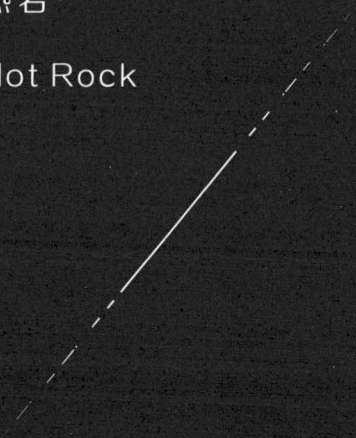

# 1

阿扎尔转身离开聚集在一起的家人和朋友们，穿过了离境口。她尽力把视线锁定在正前方，但还是停下脚步，回头望去，仿佛还有机会再挥手告别一次。可是太迟了，视野里一个人也看不见了。她把支持她的人远远甩在了身后。

这过渡实在是天衣无缝，她勉力发出一声紧张的大笑。她没有察觉到光线有什么变化，周围的走廊似乎也没有变化，墙上蓝色和金色的抽象镶嵌图案和她进门时的一样。但走到尽头，向右转时，她发现自己走上了一处玻璃墙的观景台，正望着太空中斑斓的黑暗。

**星辰之门**是她选择的旅行风格，她可以在无法察觉的原始行为周围包裹几十种装饰性场景，星辰之门只是其中之一。并没有什么门廊，穿过离境口仅仅是一个表示同意的姿态，是她选择开启旅程的标志。在大步前进的过程中，置于她原生肉体内的处理器复制出了她的意识，编码成伽马射线，传播到了1500光年外。在一个主观的瞬间里，她从家乡哈努斯被传送到了这个枢纽中，此处模拟了一个绕塔卢拉星球公转的广阔栖息地。她的确是在绕着塔卢拉公转，但这个栖息地，以及她视作自己肉体的躯体，都是虚幻的。她现在栖居的机器还没有一粒米大。

阿扎尔用手掌捂住眼睛，使自己镇静下来。她只要转身大步穿回星门，就可以回家了，没有人会问她什么。但从她离开到现在已经过去3000年了。代价已经付出了，再怎么改变主意，仓促撤退都不能逆转这个过程。她现在唯一能做的就是让自己不虚此行。

观测甲板没有灯光，不过当她走向远端并低头望向塔卢拉时，地板上有一道柔和的光线跟着她的脚步。枢纽中虚幻的引力几乎使她觉得自己站在坚实的地面上，在一个无云的夜晚，站在某处山间的鹰巢中望着东方升起的一轮明月：正是新月，它灰色的圆盘只被星光照亮。但是她知道，不管她等多久，黎明都不会从这个圆盘的边缘爬上来。不会出现月牙，也不会有银色的月光。塔卢拉没有太阳一样的恒星，它成为一颗孤星至少有10亿年了，一直在银河系中无拘无束地飘荡。然而，远方的天文学家已推断塔卢拉的表面充满了流动的水，现在这里的仪器也证实了这一点。在寒冷的星际空间中，塔卢拉的大气层本应被冻成由固体氮和二氧化碳组成的一团污泥，然而事实上，它的长夜生机勃勃，星光照耀的海面上吹着和煦轻风。

"你好！你一定是阿扎尔！"一位高个子女人微笑着，伸着手臂大步走过甲板，"我是夏尔玛。"她们稍稍拥抱了一下，阿扎尔在哈努斯与初相识的人会面时就会这么做。与夏尔玛的人类外貌和她名字的普通发音一样，这并非巧合：为了便于相互理解，枢纽翻译了她们之间的每一个景象、每一个词、每一个手势。

夏尔玛转身面对空茫的灰色圆盘，高兴得眼睛亮了起来。"真是漂亮！"她喊道。

阿扎尔觉得自己有点傻，竟然到现在才真正开始观察。塔卢拉的表面会散发远红外光，但在这个频率下，它的大气层实际上是不透明的，所以若想看到任何细节，最简单的方法就是提高她对一般可见光谱的灵敏度。她想要这个变化——枢纽遵从了，就好像她的眼睛是真实的一样。

海洋在星光下熠熠生辉。下方的这个半球上，共有两块辽阔的大陆。绵延的山脉，广漠的平原，还有神秘的无尽植被，点缀着这片没有阴影的土地。

"很可爱。"她说。每个世界都有其独特的美，不过，阿扎尔可不会牺牲3000年的时间，只为了看一看哪怕最迷人的风景。

塔卢拉第一次出现在望远镜的观测领域时，阿扎尔还远未到出生的时候。人们很快就意识到，想要访问这颗星球，最佳机会就是在它碰巧贴近一条远远连接起哈努斯星系和巴哈尔星系的虚线时。如果两个世界合作，发射同时到达该点的探测器，两个航天器就可以相互制动，为双方节省减速所需的大量燃料。

于是，"莫洛哈特1号"和"莫洛哈特2号"受命及时发射，二者在塔卢拉会合，于一次复杂的电磁拥抱中融合。但随后哈努斯得到消息，巴哈尔不会把任务交给无知觉的机器人：一名旅行者将紧随巴哈尔的探测器出发，在融合的莫洛哈特站内醒来，监督对孤星的探索。

千年来，没有一个土生土长的旅行者离开哈努斯，而阿扎尔的族人也没有骄傲到无法容忍这个过程中没有他们的代表。他们在莫洛哈特1号装载的软件完全能够在任务中维护他们的利益。就让巴哈尔用他们的外星方式行事，而接下来的任何发现给哈努斯人带来的快乐也不会减少一分。然而，涟漪已经传遍了整个星球，那是令人震惊的低语：**我们中的一个人可以去，可以在那里，可以亲身经历那一切。**

"在深空10亿年，"夏尔玛惊叹道，"却不见一座冰山！"

"难以置信。"阿扎尔回答说。塔卢拉的漫漫长夜堪比哈努斯的盛夏。当一颗行星失去了它的恒星后，长寿命放射性同位素的衰变可以在数十亿年里竭力维持足够的温度，以保持星球核心的熔融状态——但即使有丰沛的温室气体能捕获热量，这也不能解释塔卢拉的地表温度。无论它的核心多么温暖，它的地表现在也该让人感觉到寒意了。

在她们抵达之前，莫洛哈特已经绕塔卢拉运行3年了，现在阿扎尔接收了莫洛哈特的观测结果。地表没有可见的人造结构，但有一股微弱的中微子流正从地壳深处辐射出来。这股中微子流的频谱并不符合任何已知放射性同位素的特征——无论是天然衰变还是裂变或聚变。有人曾努力让这颗孤星保持温暖，但不清楚他们是怎么做到的，而且也说不清他们是否还存在。

"你觉得怎么样？"阿扎尔问夏尔玛，"这里有人在家吗？"

"3万年来，人们一直在向塔卢拉发射信号，"夏尔玛说，"但从未有一丝回应。所以他们要么死了，要么是坚定的隐士。"

"如果他们想要安宁，我们没有权利去打扰他们。"阿扎尔希望这个声明是多余的，但她想清晰地划出底线。

"当然了，"夏尔玛赞同道，"但如果他们坚持要完美地装死，那他们只能得到死者的权利。虽说这样的权利也不能被忽略，但总归是被削弱了。"

一种文明一旦灭绝——不是仅仅变异成了新的东西，而是没有留下任何有感觉能力的后代——那么人们普遍认为，它的历史就退化成了一种共同的遗产，任何人都有权对其进行调查。如果主权真的不再是一个问题，那么塔卢拉无疑是值得探索的。人们在过去曾发现成千上万颗孤星，但只有几十颗存在生命居住的迹象，并且，那些星球上也只有一些永久冻土下的令人悲伤的废墟。在森罗时代——森罗是现在环绕银河系的元文明——整个世界的灭绝是不可想象的。如果灾难无法避免，那些已拥有健全数字形式的人可以在几秒钟内撤离，而即便是选择纯生物模式的人，最多也可以在几天内被扫描。

塔卢拉的人民似乎处于两者之间。当某种宇宙灾难把他们从他们的恒星炉床中抛出去时，他们不愿意或不能撤离，但也没有束手待毙，看着周围的空气像雪一样落到地面上。无论是受命运所困，或者只是倔强地想要攻克难关，他们都找到了生存的方法。若是他们后来死于其他的悲剧，或仅仅是屈从于时间的流逝，阿扎尔认为挖掘他们的秘密并非不敬。他们的成就已经持续了10亿年，他们应该得到承认和理解。

# 2

莫洛哈特的轨道设定得很谨慎，离塔卢拉有10万千米，但莫洛哈特把一群微探测器发射进了一些更小、更快的轨道，它们的倾角各不相同，完全覆盖了塔卢拉的地表。也许还有人在怀疑塔卢拉地壳的供暖过程可能是源于某种诡异的自然过程，但以下细节将打消这个想法：星球温度受纬度的调节，向自转极递减；此外，记录显示，它以大约3个月为周期循环，形成了人造季节。这些迹象是对一条消失已久的环恒星轨道的怀旧式回响，它们如此清晰，以至于阿扎尔对热源竟被放置在地下感到很惊讶，那些人本可以发射一个"人造太阳"。

"这样一来，不仅能得到来自上方的光线，"在莫洛哈特的图书馆里闲逛时，阿扎尔对夏尔玛说，"还可以保持原来的昼夜节奏。"

地壳深处的热传导会抹消掉任何一个如典型行星日那般短的周期。

夏尔玛说："让一个微型太阳高效运转需要做很多额外的工作——要防止它向太空倾泻能量。"

"的确如此。"

"而且，也许他们也没有安全感，"夏尔玛补充说，她从身边的藏书架中摸出一张图，图上显示了塔卢拉天气模式的动画模型，"他们已经马上要失去一个太阳了。他们可能更愿意把自己的能源埋藏起来，而不是冒着与它分离的危险。"

"对。不过，有趣的是，他们对生物圈进行了如此彻底的改变——地热能取代了阳光——但保留了季节。"

夏尔玛笑了："日子，季节，你总得有点什么。没有改变，人们会发疯。"她和阿扎尔都选择保留睡眠周期，她们的软件遵循祖先表型的支配。但是阿扎尔知道巴哈尔人的祖先是夜行动物，在阿扎尔人看来是观测站夜晚的时间，对夏尔玛人来说就是白天，反之亦然。

阿扎尔抽出一张植被密度图。微探针使用合成孔径法，对塔卢拉地表细节的分辨率低至约0.1米，而即使在这样的低分辨率下，她们也能识别出数千种不同的植物。光谱学无法从轨道上解析详细的生化问题，但这里的生物圈显然是碳基且厌氧的生物构成的，植物合成碳水化合物，但不释放游离氧。

夏尔玛张开双臂，收集周围所有的数据资料："这里的一切都可以有不同的解释。我们需要登陆才能进一步判断。"

"我同意。"阿扎尔有些紧张，但这个决定让她松了一口气。她走了这么远，可不是为了发现塔卢拉显然被隐士占领，而她们无事可做，只能任由他们与世隔绝。为此，她很高兴。

"那么问题来了，"夏尔玛说，"我们该怎么做？"她开始滔滔不绝地说出各种选择。她们可以往地表撒出纳米技术孢子，然后坐下来等待机器昆虫大军搜索整个星球。或者她们可以离开莫洛哈特，自身以各种方式前往地表。当然，她们也可以将二者结合起来，把大部分探索任务委托出去，同时自身又参与其中。

阿扎尔在出发之前已经研究了所有这些方法，但夏尔玛说起来太过习以为常，不像仅仅是在背诵理论知识。"你以前干过这种事，是吗？"

"几十次。"夏尔玛犹豫了，"这是你第一次离开星系吗？"

"是的。"她并不是侥幸猜中的，所有人都知道宇宙中缺少来自哈努斯的旅行者。"这对我们来说很难，"阿扎尔解释道，"离开我们认识了几百年的所有人。这么做你不苦恼吗？"

"我的祖先在部分生命周期中独居，"夏尔玛说，"在其余时段社交。现在我们变得灵活了：我们可以在这些模式之间随意切换。我不明白的是，如果结伴而行更轻松，那你们为什么不这样做呢？"

阿扎尔笑了："我知道有些人会这么做，但我们的社交网络错综复杂，很难找到一个真正独立的群体——更不用说一整个群体中每个人都赞同去同一个目的地了。如果有哪个群体是这样，那他们更可能移民，而不是旅行后再回家。"

"我明白了。"

"不管怎样，忘了哈努斯吧。我们需要做出一些决定。"阿扎尔不会闲坐在莫洛哈特，让机器人去享受所有乐趣，但是她插手此事能走多远，还得看实际的限制。如果她在地表重建自己的标准化身体，调整它以适应当地条件，那她就得把所有时间用来寻找食物。莫洛哈特的初始反物质储备只剩下了几微克，由此产生的几百兆焦耳足以满足它自身不高的需求，但从中窃取一部分来驱动一只60公斤的巨兽，那就太荒唐了。她1个月就能把这些能量都耗尽。如果塔卢拉星球有足够多的氘，她就可以用D-D聚变为身体供能，但这种同位素在这里很少见。

"如果我们在一只探测昆虫身上安装一个高容量处理器会怎么样？"阿扎尔建议道，"然后我们载入处理器，就可以亲眼看到塔卢拉上的世界，并做出一些实时决定，但不会浪费能源或留下明显的足迹。"如果事实最终证明塔卢拉是有生物居住的，那么她们会被对方认为是朋友还是敌人，可能就取决于一些简单的事，比如她们使用了多少当地资源，或者她们的到来构成了多大程度的物理入侵。

夏尔玛想了想："这听起来是个不错的选择。"

# 3

阿扎尔坚持使用她象征性的门，从莫洛哈特站穿过一个"气闸"，进入了机器昆虫，就好像二者是入坞对接的一样。夏尔玛被她的奇想逗乐了，跟在她身后，但没忍住温和的责备："可怜的气球不值一提吗？"

阿扎尔胆战心惊："拜托，太高了我就头晕。"只有伽马射线有足够的带宽以合适的时长传输软件，但伽马射线无法完全穿透行星的大气层。因此，塔卢拉地表的纳米技术员制造了一个小小的氢气球，它能升到足够高的同温层来接收传输，并将数据转录成一段密集编码的分子记忆，然后放气下降。

阿扎尔在昆虫体内建构了枢纽景观，类似于哈努斯观光飞机上那种有透明穹顶的飞行甲板。夏尔玛会看到一些非常不同的陈设，但至少两人共享着挡风玻璃外的同一片丛林。夏尔玛的视野总是会延伸到远红外端,对此阿扎尔选择与她匹配。

这只昆虫停在一片又宽又平的叶子上,有几十片这样的纸状结构从一根纤细的树干上长出来。温暖的树汁的热量使叶脉闪着光芒,一层热雾从它表面满布的六边形气孔中飘了出来。当阿扎尔抬头仰望天空时,浓雾几乎完全遮挡住了星辰。

侦察螨早已在这株植物上爬上爬下,并开始破译它奇怪的生化过程。树汁在叶片的蒸发过程中冷却浓缩,而后被泵到树根中,在淡水腔室中稀释。稀释带来的熵增使树汁中的酶得以驱动吸热反应,从地面吸收热量,同时用溶解的二氧化碳合成糖。

这种植物的遗传复制因子是一种被称为C3的碳水化合物聚合物,这种化合物在其他许多世界上都有发现。一旦建立了足够数量的物种序列数据库,它们就可以开始尝试构建进化树,同时寻找技术修补的迹象。

阿扎尔握住一根操纵杆,让她们的宿主飞到另一株植物上,这是一种小灌木,小细枝上长着像径向散热鳍一样的叶子。她们落在一根嫩枝上,而侦察螨正在钻洞并取样。

"这种树没有太多的汁液,"夏尔玛指出,"叶子看起来就像纤维垫。"叶子上没有气孔,也没有蒸汽渗出。

阿扎尔观看了侦察兵的发现。长长的纤维结构从叶子一直延伸至根尖,里面充满了连锁聚合物。在某些纤维中,聚合物富含可移动电子;另一些纤维的聚合物有正电"空洞",这种电子欠缺态可以沿着聚合分子主链转移位置。

"热电扩散?"她猜道。电子和空洞将把地面上的热量传导到树叶中,在这个过程中,它们建立了一个电势,用来驱动化学反应。

渐渐增多的细节证实了她的猜测。这株植物是一个活的热电偶，聚合物中的热泵电流使电子在碳水化合物的合成酶中往复进出。

热电偶灌木在地面上的部分不含易消化的营养物质，所以阿扎尔飞回熵树，把机器昆虫的长鼻插入一根叶脉，抽出一整罐含糖树汁。大气中没有游离氧来帮助代谢糖分，但就像植物本身一样，她们的机器昆虫可以利用树汁中的硝酸根离子作为氧化剂，在代谢糖分的过程中被还原为氨。侦察螨仍在搜寻最初制造硝酸盐的微生物。

夏尔玛说："那么昆虫在哪儿？动物们在哪儿？"到目前为止，她们还没看到丛林里有移动的东西。

"也许地热者没有时间为任何动物进行调整，使它们适应新的条件，"阿扎尔提出，"如果他们即将被抛出自己的恒星系，那首要任务应该是找到新型能源，以及可以运用这种能源的主要食物来源。过去的动物就这样灭绝了，没有人有心思去创造新的动物。"

"也许吧，"夏尔玛承认，"但是，面对失去太阳的未来，你的第一反应难道不是建造一些穹顶方舟吗？拥有人工热源和光照的密封栖息地，保留了原始的环境条件，以及尽可能多的原始生物圈。"

阿扎尔说："然后你会慢慢开始改造方舟上的物种，让它们以新能源为生。不过，他们可能是从植物开始的，却没有更进一步。"

侦察螨收集了更多的C3序列，当采样数量达到一个数值，使比较变得有意义时，数据便越来越清晰地揭示出，这些基因组是自然的，并没有经过改造。即使是那些负责构建极具技术特点的热电偶纤维的基因，也和其他所有基因一样，有着凌乱、渐进、拼凑的特点。

更奇怪的是，基因分析指出，所有这些植物在2亿年前有一个共同的祖先，那时塔卢拉早已成为孤星了。

阿扎尔回顾其他C3世界的描述，又从莫洛哈特的图书馆中提取数据，此时她意识到观测站在几小时内就会沉入地平线下。她的查询已经有了冗长的时间滞差，若再以带宽有限的微探针按新路径环绕星球传输一切数据，那只会更慢。

"我们应该克隆观测站的图书馆。"她向夏尔玛建议。这个图书馆比她们的个人软件大得多，而且目前的昆虫宿主也没有空间存放它，但她们至少可以把它下降到同温层，从这里获得数据就比从莫洛哈特遥远的轨道上容易得多。

夏尔玛同意了。她们派遣纳米技术员装配气球，准备新一轮飞行，然后继续探索丛林。

就像许多植物群落一样，这里的植物也在竞相争夺天空，不过它们竞争的重点是散热，而不是捕捉阳光。最健康的植物都把根深深扎往地下，叶片暴露在黑暗的太空中。若是卡在太热的裂缝里，不得不始终处于微热的状态，那便是致命的。唯一的例外是寄生植物：蔓延在树干、树枝和树叶上的吸血藤，它们用带倒钩的细根将自己固定在受害者身上，汲取营养的汁液。

她们在丛林中穿行，侦察兵传来的数据新序列只支持了她们最初的结论：她们看到的生命完全是自然的，而且这个分支相当年轻。

"假设，"夏尔玛大胆推测，"地热者不需要改变任何结构就能以这种方式生活。"

"你是说，有一些始终在利用热梯度的物种？"阿扎尔皱起眉头，"那你要如何进化到可以把**这**当作能源呢？单细胞永远无法单独完成这样的工作，你需要一个特定的最小尺寸，才能获得有用的温差。"

"我并不是说最早的生命形式就利用了这样的能源，"夏尔玛回答，"它们可能依赖化学合成，从火山气体或富含矿物的间歇泉中提取能量。"

"对，"在地球上，阿扎尔的祖先就是这样开始传承的，光合作用的出现要晚得多，"所以它们通过化学合成生长到一定的大小，然后发现可以把能源转换至热效应。但这都是在地热者进化之前发生的，那么让地表岩石保持如此热度的是什么呢？"

夏尔玛思考着这个问题："潮汐加热？如果塔卢拉的轨道靠近一颗冰冷的红矮星，甚至是一颗褐矮星呢？在如此微弱的阳光下，潮汐加热作为能源可能比光合作用有效得多。"

"但这不会长久的，"阿扎尔表示反对，"最终，行星上的潮汐会处于锁定状态。"用来拉伸和挤压岩石、通过内摩擦使塔卢拉升温的能量，最终会从行星的自转中被抽取，从而减慢它的旋转速度，直到塔卢拉上的日子等同于年，一个半球将永远面向太阳。

"最终，是这样。但如果在这发生之前，便演化出了地热者呢？数千年来，他们面对的能源衰减应该是缓慢且可预测的。因此，他们可以花几个世纪的时间来完善一种能源替代品，而不是慌乱地应对一场突发的灾难。"

"而且他们在很久以后才要逃离恒星，但那时他们什么也不需要做。他们已经独立了。"阿扎尔高兴地笑了起来。人工季节和随纬度变化的热量仍然是合理的：潮汐加热在赤道地区是最强力的，而在高纬度地区，它会受到地轴和潮汐力方向夹角处的季节变化的影响。

这个巧妙的假设没能解释的是，为什么这里的植物如此年轻。也没有说明地热者究竟做了什么来实现他们的独立。

收集数据的气球再次就位。在莫洛哈特消失于地平线下之前，阿扎尔指示观测站送来一份图书馆的副本。

在她检查克隆图书馆的界面时，微探针发来了一条消息。几千千米外，海底有什么东西爆炸了，把几十亿吨的水抛向天空。

阿扎尔转向夏尔玛，脑海中仍然想着卫星图像："发生了什么？热源出了故障？"对于一个幸存了10亿年的系统来说，这个小嗝造成了巨大的一击：喷发早已高过了大气层，变成冰的蒸汽就像反向撞击的彗星。

夏尔玛显得很紧张："在过去3年里，莫洛哈特在这行星上没有发现任何火山活动。你觉得我们是不是惹恼了谁？"

"如果是这样，那我们为什么还活着？爆炸的并不是我们脚下的土地。"目标显然不是气球，也不是任何一枚微探针——尽管水导弹的方向大致朝着莫洛哈特，但它根本到不了那么远。然而，当阿扎尔试图联系观测站时，微探针回复说莫洛哈特没有反应。

夏尔玛说："不要急于下结论。莫洛哈特可能强制中断了通信，如果它认为自己受到了攻击，就会改变轨道，尽量不以任何方式泄露自己的位置。"

阿扎尔非常难受："你认为伽马射线传输被误认为是某种攻击？"她和夏尔玛也是以同样的方式到达，但当时什么也没有发生。不过那次的射线冲击要短得多，并且几乎是垂直向下的。而第二次射线来自地平线附近，因此穿过高层大气的路径更长，也就更容易被注意到，并且更容易被追踪到源头。

几分钟内，微型探测器又报告了六次喷发，喷发点分散在行星各处的水底。这在阿扎尔看来毫无道理，这10亿吨的水被送入了1000千米高的轨道，但如果它们被用作武器，瞄准的又是谁？微探针的高度比这低得多，莫洛哈特的距离要比这远一百倍。对于任何入侵者来说，直接撞上坚固的冰山可能会造成很大的伤害，但这些闪亮的雪球甚至不能黏合在一起，塔卢拉只是给自己裹上了一层由微小冰晶构成的纤薄光环。

"这不是战争!"她宣布,"他们并非认为自己受到了攻击。他们看到了伽马射线,想道:这是**反物质**。他们担心自己飘进反物质云里。冰可以显示行星周围是否还有反物质。"

夏尔玛想了想:"我认为你是对的。他们捕捉到一束湮没辐射,便仓促断定它是自然生成。"

银河系中任何地方都没有大量反物质的天然来源,但如果你在太空中待了10亿年,并且从未遇见过另一个文明,那么比起假设碰上了使用质子–反质子伽马射线进行交流的外星来客,假设自己碰到了一小团反氢云倒不那么夸张。

"所以他们还不知道我们在这里?"阿扎尔怀疑道,"所有的无线电信息都形同虚设。我们要怎样才能引起注意——在同温层有节奏地敲击出圆周率的二进制数字?"

夏尔玛说:"我不建议这样做。但我甚至不清楚到底有没有人在家。这可能只是一个无知觉的设备,它应该保护的人已经先一步消失了。"

水弹停止了。没有任何回应它的辐射闪光,这必然已使人明白,就算周围有反物质,它也扩散得过于稀薄,并不会造成任何危害。

阿扎尔又试着呼叫莫洛哈特,还是没有回应。"他们一定击中了它,"她说,"不管他们认为那是什么,他们一定是发射了一个又小又快的东西,在冰暴开始之前就把它摧毁了。"她心头一阵麻木。**星辰之门的旅程到此为止了。**

夏尔玛安抚地碰了碰她的胳膊:"它可能还会回复——但即使它不在了,我们也不会陷入困境。"

"不会吗?"微型探测器根本没有足够的能量进行星际传输,

甚至没有足够的原材料来制造她们所需的硬件。数据摆渡气球也无法将她们送到任何地方；返回莫洛哈特需要气球上的伽马射线反射镜，以调节及反射来自观测站的辐射。

阿扎尔瘫倒在座位上。**她从前怎么会想象自己能做到这些呢？满不在乎地旅行1500光年？**没有魔法门能让她回家，只有14千兆公里的真空。

夏尔玛说："这里有充足的资源。"

阿扎尔揉了揉眼睛，试图集中精神："的确是的。"只要有时间，纳米技术几乎能为她们制造一切，她们甚至不需要径直回到哈努斯或巴哈尔，只需要连接到森罗的网络就可以了。不过，最近的节点还在700光年之外，在这么远的距离上根本不可能接收信号。"我们能在地面上实施吗？"

"嗯……我们可以建一个几百千米宽的射电抛物面天线，"夏尔玛不动声色地回答，"把适当的信噪比误差修正也计算在内，可能只需要两到三个世纪就可以完成传输。"

阿扎尔明白了："好的，最好建造一台轨道炮，将发射机送入轨道。但即使我们能给轨道炮供能，又怎么给发射机供能呢？我们没有任何反物质。这里几乎没有氘，我们要尝试建造一个氢-硼聚变反应堆吗？"最有效的产生伽马射线的方法就是利用反物质——这肯定有助于将最轻的能量来源送入轨道——但是，比起尝试单单用**植物碳水化合物**制造哪怕几毫克的反氢作为能源，夏尔玛的巨型无线电天线听起来都算是个好主意。保护塔卢拉的东西可能稍有点迟钝，但很难想象雷达会忽略一个由工业规模的森林砍伐活动提供动力的粒子加速器。

"这种传输到底有什么意义？"她痛苦地说，"就这样空手而归，没有什么值得一听的消息？如果真的到了这种地步，我宁愿让我的备份苏醒。"

"我也是，"夏尔玛说，"但我觉得你遗漏了一些东西。"

"嗯？"

"值得一听的消息，"她说，"和我们发送消息所需的能源，这两者是同一件事。让这颗星球保持温暖的东西就在我们脚下几千米的地方。如果我们能找到它，研究它，理解它，驾驭它，我们就有了回家的方法，也有了回家的理由。"

# 4

"我们脚下几千米的地方"是一个鼓励性的说法，从她们站的地方算起，实际距离是27千米。纳米技术员制造了一些机器鼹鼠，将它们送往目的地。它们由长长的热电尾巴提供动力，将在大约200天内到达热源。

洋壳在某些位置特别薄。阿扎尔做了一些计算。目前还不清楚水中会有什么食物，但她认为值得寻找。夏尔玛同意了，于是她们出发前往海岸。

昆虫的速度很快，平均时速约30千米。但是当她们到达丛林边缘时，食物变得更加稀少了，零零落落的植物也缺乏营养。阿扎尔飞过平坦的、光线单调的稀树草原，想念着驱走无尽黑夜的朝阳。但她克服了乡愁，试图在这个颠倒的世界里找到美。

其他的探测虫已经从十几个孢子着陆点呈扇形散开，构建出这块大陆的地化绘图。对数据的初步分析表明，地表在大约2.5亿年前才浮出海平面。

"在那之前，可能根本没有陆地，"夏尔玛说，"这可以解释为什么这里的生态系统如此年轻。"

"那么，水都去哪儿了呢？"阿扎尔疑惑道，"除非他们的反物质探测器有很多次假警报。"她们看到的那些抛向天空的水，哪怕是极少量，也几乎都会再次变成雨落下。

"撞击？"夏尔玛皱起眉头，收回了这个猜测，"不，在太空中撞上某个大东西的概率非常小。"根据目前对塔卢拉银河轨道的估计，在过去的10亿年里，塔卢拉甚至没有穿过某个星系的奥尔特云。

她们到达了海岸线。波浪轻轻拍打着死寂的海滩，平静海面发出的红外线让阿扎尔想到了液态金属，但如果她现在有身体的话，这些水可以让她洗一个奢华的热水澡。

在海浪中，她们只发现了单细胞生物，它们靠非常稀薄的有机碎片汤为生。她们飞出1千米，再次采样，把侦察螨送到了几百米以下。这里的有机碎片浓度更高，稍加调整，她们的昆虫就能利用它。

在离岸约600千米的地方有一条海沟，神秘的中微子源就在该处海床下方9千米处。她们开始在海浪中穿行，每隔几个小时停下来潜水进食。

阿扎尔注意到，每次跃入水中时，夏尔玛都很紧张。她不知道对此发表意见是否合适。如果她看到的是夏尔玛真实的自我形象——巴哈尔人五肢五尾的身体，就像万花筒里的猫后臀——那她就不知道自己面对她时会平静还是恐惧。不过，枢纽看起来并没有阅读夏尔玛的思想，它只是翻译了她选择公开的信息。

靠近海沟时，阿扎尔终于开口了："你如果不想做，就可以不做。"海沟有3千米深，如果夏尔玛对溺水还有原始的恐惧，阿扎尔便不想看到她受苦。"我们可以拆分处理器，你可以待在这里。"

夏尔玛摇了摇头，对这个提议有点不解："不，我和你一起去。但首先，我想尽可能多地带上我们能够承载的图书馆。"

"哦。"阿扎尔这下明白了，这与巴哈尔人对弄湿皮毛的感觉无关。一旦进入水下，她们就会失去与一切事物的无线电联系，包括气球承载的图书馆。

夏尔玛开始与图书馆联系，试图从中精选出一些昆虫能承载的内容，免得在遇到关键问题或机会时措手不及："我可不想遇见地热者时连他们的语言都听不懂！"

"既然他们这么聪明，"阿扎尔回答说，"就让他们来弄明白我们的语言吧。"不过，如果他们独自在海底生活了10亿年，那可不能对他们的沟通技巧期望过高。

银河系已经有10万年没有出自哈努斯的旅行者了，这已经够久了。虽然塔卢拉是一个诱人的目的地，但阿扎尔离开家乡更多的是为了打破诅咒，而不是为了孤星的秘密。当加入莫洛哈特的窗口期临近时，她想：**如果我们现在不这么做，事情只会越来越难。**她也终于不再等待别人去做志愿者了。

夏尔玛宣布选择完毕，但接着又改变了主意，重新埋头扎进了界面。阿扎尔想起了自己的曾曾孙女希琳，她为一次只在外过一夜的旅行纠结带哪些行李。等阿扎尔回家时，希琳已经老了，她应该把她所有的玩具动物都留下。

"这下可以了，"夏尔玛宣布，"我们对一切情况做好了准备。"她的化身算不上呼吸急促，但阿扎尔可以想象她任由自己的脑海中各种随机技能和趣闻翻腾闪现，在渠道中断之前，她的组织都浸透在信息的氧气里。

"如果你想要更多的储存空间，我可以让自己健忘一些。"阿扎尔建议道。有那么一会儿，夏尔玛看起来很受诱惑，但最后她只是对这个笑话一笑了之。

阿扎尔握住操纵杆，昆虫潜入水下。

她们的红外视觉在这里并非一无是处，如果把波长调到比周围热辐射峰值的波长稍短一点，她们就能看到附近物体在下层更热的海水的辉光中的投影。通过增强声呐频闪，模糊的阴影渐渐成形，变成了飘动的垂直条带，在水流中漂浮，不过保持着自己的朝向。阿扎尔派出了侦察螨，它们发现这些带状物上布满了微小的浮力室，这些小室在一种复杂的循环中交换气体，从温度梯度中获得几微瓦的能量维持生计。带状水草的C3序列与陆生植物亲缘关系密切，事实上，与其他入侵陆地的支系相比，它与祖先的差异可能很小。

在500米深的地方，她们看到了第一批动物：一毫米长的小分节蠕虫，以带状水草为食。侦察螨从蠕虫的皮肤上抓取了一些细胞进行分析。看到传来的数据时，阿扎尔只觉得，自她踏上了莫洛哈特以来还没有哪一件事让她觉得如此迷茫。蠕虫的细胞中没有C3，它们和它们正在咀嚼的水草之间的关系，并不比她和夏尔玛的亲缘关系更近。它们的复制因子是P2，一种多肽。更重要的是，它们的基因组明显被人为修改过，可能不到100万年前。

"外来生物？"夏尔玛猜道。

"一定是。"阿扎尔回答说。必定有某个P2星球的殖民者来到了塔卢拉，从他们的母星带来了一些物种，并对它们进行了调整，以便它们在这里生存。这是一个奇怪的策略，几乎所有的星际旅行者在旅途中都是数字化的，而不是生物性的。也有像哈努斯创始人那样的旅行者，他们迷恋于在到达后重建自己的原始生化结构，但这些人更倾向于殖民贫瘠的世界。不过话说回来，没有人会为了一颗孤星实际的地产价值来此旅行。"看来似乎还有别人来寻宝，比我们早得多。"

"显然如此，"夏尔玛表示同意，"但是，如果塔卢拉的事已经是旧闻了，那为什么到现在为止，它的加热进程尚未绕过半个银河系传开呢？"

她们越往下潜，带状水草就长得越大，微生物浓度越高，P2生物也越多越丰富。有虾一般的动物从水中过滤微生物，有漂浮的气囊带着有毒的触须，还有各种大小、弯弯曲曲、肌肉强健的鱼，它们以彼此为食，以带状水草和虾为食。

一片广袤的森林从海床升起，进入了声呐的探测范围。自由漂浮的带状水草已经大得让阿扎尔印象深刻了，但其固着型的表亲们更是庞然大物，有五六十米高。由于水中的对流比空气更有效地带走了热量，这里的温度梯度远远小于陆地，但水也让更高的结构更容易支撑自己。仅在森林的上部，侦察螨就发现了80种动物，有些是P2型，但也有C3型，侦察螨是第一次发现后一类动物。还有一些是N3型，它们的基因组编码于核酸中。

"这个地方真的很受欢迎，"夏尔玛干巴巴地评论道，"这足以激发任何人的生物涂鸦潜力。你在水中撒一些N2微生物，我再加点C1。"N2是脱氧核糖核酸，即阿扎尔祖先的复制因子。

N3型和P2型一样，都是经过改造的，但据最佳估算，N3型的干预时间要早得多，在2亿到3亿年前。阿扎尔查看了图书馆的本地副本，早前并没有任何考古证据表明那个年代有一个N3血统的星际文明——这可不是夏尔玛缩减过的数据库之一。一个文明若是抵达了像塔卢拉这样一个难以抵达的目的地，又怎么可能在其他地方没有留下任何痕迹？

当她们慢慢降落进森林时，昆虫宣布了一项与塔卢拉多型生物学毫无关系的发现。机器昆虫的质谱仪一直在分析周围的水体样本，就在刚刚偶然撞上了一个非凡的发现。该物体的质量为40.635个原子单位，这个数字与整数相去甚远，若是作为一个混合了钙40及其较重同位素的样本的平均值，它便可能是合理的——然而它不是平均值，它是单个离子的质量。更奇怪的是，当剥离这东西所有的电子后，它还带有电荷，不是20左右，而是210。这是任何已知稳定原子核电荷的两倍，并且比其原子重量应匹配的值大十倍。

"谁定制的**这个**？"阿扎尔打趣道。夏尔玛甚至没有笑一笑，缩减过数据的图书馆无法为枢纽提供合适的翻译语境。

"这是毫微微技术。"夏尔玛宣称。

阿扎尔犹豫了一下，便赞同了她。这是一个惊人的想法，但它还能是什么呢？一种有210个电荷的……新基本粒子？毫微微技术是原子核规模的物质工程，在森罗仍然是一门原始的艺术。这种技术确实有一些精巧的发明，但它们都必须迅速完成工作，因为万亿分之几秒后它们就会爆炸。然而昆虫发现的物体持续了至少300秒，而且仍然存在。

"要如何创造一个结合能等于其质量90%的毫微微机器？"她很好奇。多亏了与强核力相关的势能，最稳定的原子核的重量比它们各部分的总和少1%左右，如镍和铁。但将这种影响提高90倍几乎是不可想象的。

昆虫测量了离子的磁矩。其结果比一个原子序数210的原子核安静地处于基态时应有的能量要高几个数量级，要产生如此强的磁场，它需要以相对论速度旋转。这只会让整个情况变得更加奇怪：这种旋转产生的动能应该大大增加该离子的总质量，致使其实际为40 + 的质量值变得更加诡异。唯一能勉强说通的，是离子没能从离心力中把自己分离出来。当碎片需要持有的能量比整体多十倍时，它怎么可能爆炸呢？

阿扎尔说："我猜这是加热进程产生的灰？"

夏尔玛勉力露出一个茫然的微笑："如果它不是，它真的应该是。**90%的质能转换**。难怪过了10亿年它依然这么强劲！"

塔卢拉的地壳以大约2千兆瓦的速率产生热量，通过更替泄漏出温室层的能量来稳定行星温度。在90%的质量转化率下，1年消耗的燃料将少于800吨，所以理论上这个过程可以持续约$10^{18}$年：比目前已运行的时间长10亿倍。与裂变或聚变不同的是，即使毫微微技术过程的起点必须是某种特定的原子核，它在自然界中有多罕见也并不重要，因为相比之下，用其他任何物体合成它所需的能量都显得微不足道。如果每吨地热"黄金"都燃烧得如此猛烈，以至于可以将100吨镍或铁转化为更多的燃料，那么塔卢拉篝火的寿命将轻松超越恒星。

这样的技术可以改变森罗。反物质从来都只是一个小巧的存储设备，制造它所消耗的能量和它释放的能量一样多。最精巧高效的聚变系统可以从燃料质量中提取约0.5%作为可用能量。在黑洞方面，有一些笨拙的技巧可以得到更好的效果，但它们不太实用，更别说便携了。如果每个人都能利用地热者的毫微微技术，这种技术将像一根可以把**任何物体**的十分之九转化为能量的魔杖，除了这种奇怪的飞旋灰烬，什么都不留下。

阿扎尔说："从一个奇怪的离子得出这么些结论，有点太多了。我们能确定这不是仪器故障吗？"

在昆虫到达海底之前，它从水中挑出了第二粒灰烬。阿扎尔让纳米技术员从头开始重建相关仪器并重复分析。不是故障，一切性质都是一样的。

# 5

纳米技术员制造了更多的鼹鼠，并将它们送入岩石中，但哪怕在此处这样地壳较薄的地方，阿扎尔也知道她必须有耐心。

"60天吗？"她哀叹着在飞行甲板上踱步。她并不指望能在短时间内解开毫微微技术中核子层面的细节，但如果能获得地壳深处的样本，并观察其成分在能量释放时的变化方式，这至少能确证她们对地热进程的总体看法是正确的。

等她们拿到了一些这种白热的岩石，尽管驾驭毫微微技术的可行性仍然是不确定的，但阿扎尔对隔绝于世的焦虑感已经几乎消失了。若是一无所获地被困在此处，哪怕设法返回了家乡，也没有什么成绩——这是一种凄凉的前景，然而现在的情况是风险高得令人振奋。**普罗米修斯，我要吃你的心了。**

在等待鼹鼠找到矿藏的期间，她们继续探索带状水草森林，为塔卢拉神秘火焰所维持的三类生命建立了目录。最新发现的P2型动物是迄今为止数量最多的，它们被设计成能够消化早于它们出现的一切，这也许并不令人惊讶。对于更古老的N3型以及更稀有的C3型来说，P2型难以入口——不过也并非坚不可摧，尽管P2鱼作为食物毫无益处，但侦察兵目睹了N3鱼杀死对手P2的案例。另外，一部分C3生物能够以N3的肉为食，进化终于使它们能对第一波入侵者实施迟来的报复。再过1亿年，谁知道又是谁吃谁呢？

当她们第一次偶遇P2型"蜥蜴"的聚居地时，阿扎尔认为它们是些迷人的动物。它们散布在十几平方千米的森林地面上，地洞网络与巨型水草的根缠绕交织，它们就在草根处寻觅食物。

这些蜥蜴的两肢上各有八个爪子，用来挖掘和抓取物体，它们所有的动力都来自强健的尾巴。它们用红外视觉和声呐混合的方式感知周围的世界。它们从脸颊上的腺体分泌出复杂的分子混合物，并几乎不停地向彼此喷射这种混合物。群居动物间发射嗅觉信号并不奇怪，但令人震惊的是，侦察螨发现一些蜥蜴在地洞的特定腔室里向无生命的物体喷射化学物质，而无生命的物体竟也喷出化学物质以回应。经过仔细检查，这些物件原来是一些复杂的化学收发器，由光纤网络连接。

"所以这些是我们的前辈，"夏尔玛说，"他们千里迢迢来到塔卢拉这个荒无人烟的地方，就是为了解开这里的温暖的奥秘。但他们肯定很久以前就发现毫微微科技了，为什么他们还在这里？为什么不把宝藏带回家呢？为什么不把知识扩散到整个星系呢？"

"为什么要离开一个让你保持温暖的时间比任何恒星都长久100万倍的世界呢？"阿扎尔回答。

"为什么不再建100个这样的世界呢？"夏尔玛反驳道。

"我们问问他们吧。"

侦察兵开始对生成蜥蜴语言的化学信号进行采样，并尝试将它们与环境元素和生物行为联系起来。这是不礼貌的窃听，但她们必须以某种方式自行努力引导交流，由于没有共同的文化或生物学基础，她们不能就这样走到蜥蜴面前开始玩猜字游戏。理想情况下，侦察兵应该把儿童作为研究对象，以便分享他们所学到的任何知识，但在目前由5万只蜥蜴组成的整个族群中，根本没有幼儿——这表明蜥蜴削弱了自身的繁殖能力，以稳定种群数量，反正他们可以想活多久就活多久。

光纤中继线将这个族群与星球上的其他族群连接起来，所有数据流似乎都遵循一种语言。如果还有任何有智慧的N3型生物存在，要么是他们没有接入相同的网络，要么是双方朝某一方进行了彻底的文化同化。

蜥蜴们以森林为食，用的是他们原始的纳米技术，并且看来是以社交打发时间。化学收发器使她们两人得以进入他们的图书馆，但召唤出的大部分内容似乎都非常类似于她们习惯的人与人之间的交流，这说明它们更接近于叙事历史或小说，而不是更专业化和技术化的东西。不过，即使是最自然的对话也可能编码了本阶段分析仍然难以把握的微妙主题。

蜥蜴们没有明显的社会等级，作为雌雄同体，他们也没有表现出性别二态性，不过侦察兵发现了一种不寻常的分类方式。许多蜥蜴认为自己属于三种类型中的一种，这三种类型以向内盘旋、向外盘旋以及绕圈的动作来命名，最后一种显然占了大多数。这显然不是在描述任何实际的游泳姿势，所以只能是一个比喻，但比喻了什么呢？侦察兵们没能观察到与这一分类相关的任何有形事物。

30天后，夏尔玛宣布："是时候做自我介绍了。"

"你确定吗？"阿扎尔急切地想知道答案，但看起来侦察兵们可以轻轻松松地多花1个月时间，慢慢地进一步发现蜥蜴语言的微妙之处。

"现在我们已经可以礼貌地和他们打招呼，并解释我们是谁了，"夏尔玛说，"接下来，对话才是习得语言的更可靠的方法。"

夏尔玛指导纳米技术员复制了两具蜥蜴身体。这些机器在形体上将有明显的夸张，功能正常，但并不是完美的模仿，免得蜥蜴们将她们误认为是同类殖民者。

昆虫通过射程只有几米的视距激光脉冲与机器蜥蜴交流。阿扎尔和夏尔玛将她们的软件留在昆虫的处理器上，以远程呈现的方式操作蜥蜴，这样能监控躯体的视野，但不会完全沉浸在其感官体验中，也不用舍弃位于昆虫飞行甲板上的感觉。

当阿扎尔的蜥蜴身体游向族群边缘，在带状水草间穿梭前进时，她被幸福淹没了。她现在不仅仅是一个旅行者了，她还将成为一名使者，去宣传一种迄今为止不为人知的文化。而且，无论此时此刻她有多么的形单影只，精神上她却并不觉得与哈努斯断了联系。她希望与一些人分享自己的冒险经历，她几乎能在脑海里看到他们的脸。

一只蜥蜴靠近了，似乎并不害怕。他往水中喷出的化学物质几乎不可见，但阿扎尔听到了响亮清晰的翻译："你们是谁？"

"我们从另一个世界为和平而来。"阿扎尔自豪地宣布。她们还未看到有蜥蜴讨论天文学，但他们确实有一个词语表示整个行星，还有一个通用变调，表示"不是这一个，而是同类的另一个"。

蜥蜴转身逃走了。

在飞行甲板上，阿扎尔转向夏尔玛："我做错了什么？"她本以为她的声明有可能受到质疑——毕竟，她们的机器身体没有超出蜥蜴自己的技术范畴——但是触发了冰晕的伽马射线可能是一张不祥的名片。

"没什么，"夏尔玛安抚她，"召唤其他见证人是常见的反应。"夏尔玛之前也没有首次接触的经验，不过图书馆证实了她的说法。

阿扎尔说："如果他们忘记了**还有**其他世界怎么办？他们在这里

待了100万年了。他们甚至可能不记得自己的历史。"

夏尔玛没有被说服:"这里有太多的技术,哪怕他们在某个时候陷入了黑暗时代,现在也可以重建一切。"蜥蜴的纳米技术维持了他们的健康,可以轻松对周围的所有动植物进行测序,就像森罗的纳米技术一样。然而,如果没有合适的背景——没有来自1000个其他世界的复制因子序列库——他们知道如何解释数据吗?

阿扎尔看到有身体在叶丛中飞速游动。第一只蜥蜴回来了,带了10……12……14个朋友。如果没有辅助,她永远无法区分他们,于是她调用软件来追踪他们的特征,并为所有人分配语音名称。

夏尔玛说:"请接受我们的祝福。我们从另一个世界为和平而来。"

奥马尔是他们遇到的第一只蜥蜴,他回答说:"这怎么可能?这不是时候。"

他的同伴丽莎补充道:"你们不能抢走塔卢拉。我们永远不接受。"

突然,14只蜥蜴都在说话了。阿扎尔的机器感官可以毫无障碍地分辨他们的话,这些化学排放物都有独特的个人标记,所以不可能混淆两只蜥蜴说的话。阿扎尔将音频翻译拆分成了不同的信息流。

有些蜥蜴在表达惊讶和怀疑,质疑的不是有访客从另一个世界来,而是她们到达的时间。其他蜥蜴似乎认为她和夏尔玛是要来占领塔卢拉的殖民大军的先头部队,他们轻蔑地表达了自己的抗议。

夏尔玛说:"我们不是殖民者,我们只是探险家。我们看到了塔卢拉,对它产生了好奇。"

"你们的世界在哪里?"一只名叫凯莱布的蜥蜴问道。

"我的同伴和我来自不同的世界,"夏尔玛解释说,"不过都在1000多光年之外。"软件会将这些数据转换成当地的距离度量单位，但如果没有适合天文尺度的单位，这个数字就会大得可怕。

蜥蜴们又发出一阵纷乱的声音。这样的旅行是不可想象的。

奥马尔说："请跟我们走。"

人群从四面八方围住她们，催她们向前。夏尔玛在私频中说："他们叫你去哪里，你就去哪里，不要抗拒。"

蜥蜴似乎没有注意到在大型机器身体之间盘旋的小昆虫，它的激光闪光肯定在他们的可见光谱之外。"你觉得他们是**要把我们关起来**？"阿扎尔问。有人可能想要这么做，而且竟有人认为他们能做到，很难判断这两者中哪一个更奇怪。

"差不多吧，"夏尔玛回答，"但在这会儿，我更愿意合作而不是逃跑。如果我们能消除一些误会，一切就都好了。"

阿扎尔让一群蜥蜴领着她穿过带状水草，进入一个地洞。比起在被推搡的机器身体中感受这一切，通过飞行甲板的穹顶观看整个事件使阿扎尔的幽闭恐惧感弱了很多。不过，当隧道渐窄，而人群越来越挤时，昆虫就有可能变得引人注目了，于是她们让它爬进了夏尔玛的身体。两具较大的机器身体的视野切换不定，所以阿扎尔把自己的蜥蜴身体设置为自动驾驶，顺从地跟上群体的流动，并让昆虫的飞行甲板枢纽向她展示外部的视图，而非其宿主的内脏。

她们被带到一间只有单个入口的小小的空腔室里。6只蜥蜴和她们一起挤了进去，屋里便几乎没有多余的空间了。

奥马尔继续审问她们，他的怀疑态度丝毫未减。"你的恒星一定非常暗淡，"他宣布说，"我们本以为我们还有许多年。"

阿扎尔觉得自己开始明白了。塔卢拉在之后很长一段时间里都不会靠近另一颗恒星，蜥蜴们不知怎的就认定访客到来最可能的情况就是要夺取塔卢拉。

"我们的恒星非常亮，但也非常遥远，"她强调说，"你们为什么怀疑这一点呢？你们自己的祖先不也是远道而来抵达这个世界的吗？"

奥马尔说："他们的旅程花了半年时间。"

**半年？**也许真实的故事已经退化为神话，用一些修改到令人舒适的数字重新演绎，以取代现实中可怕的星际距离。

"以光速？"夏尔玛问。

房间里喷发出欢快和嘲笑的信号。"只有光能以光速传播。"丽莎解释说。

侦察兵没有发现蜥蜴将自己数字化的证据。他们是失去了这项技术吗，还是从未拥有过它？他们的祖先真的能以肉体的形式穿越光年吗？

"那么在这半年时间里，"阿扎尔问，"他们走了多远？"

"可能有10亿千米。"奥马尔回答。

阿扎尔没说什么，但这种说法是荒谬的，10亿千米相当于一个小型行星系统的大小。这些蜥蜴在温暖的海底待了好几个世纪，打了太久的瞌睡，不仅忘记了自己的历史，还忘记了周围宇宙的真实规模。

夏尔玛还在坚持："当我们回溯塔卢拉的历史路径时，发现它在过去10亿年里都不怎么接近任何恒星的轨道。你们已经在这里待了10亿年了吗？"

奥马尔说："你怎么知道塔卢拉的路径？你们观察我们多久了？"

"3万年，"夏尔玛回答，"不是我一个人，但都是我信任的人。"

欢快的信号再次喷发。这声明有这么可笑吗？

"3万年？"奥马尔说，"你凭什么以为这样你就能知道事情的全部呢？"

夏尔玛开始糊涂了。"我们追踪了你们的位置和速度，"她说，"我们了解恒星的运动。还要考虑什么因素呢？"塔卢拉的银心轨道一片荒芜和混乱，因此追溯最终是不可能实现的，但根据超过10亿年的信息所建立的信心依然牢固。

"自从我们到达塔卢拉以来，"奥马尔解释说，"这个世界已经改变过路径，一共8次。每一次，地里升起的热能都使我们的路径更加接近我们的目的地。"

# 6

蜥蜴之间爆发了一场争论，接着他们不再讨论，离开了房间，留给客人的只有两个沉默的岗哨。昆虫也许能躲过这些守卫的防备，必要时甚至可以挖洞回到地面，但夏尔玛坚持认为保持开放的对话会更好，经过考虑后，阿扎尔同意了。

"所以我们的孤星是一个旅行者，"夏尔玛思忖道，"它径直驶入了蜥蜴的故乡星系，现在正前往一个新的目的地。但这是地热者安排的吗，还是N3殖民者后来才连上了引擎？"

"也许那就是水导弹的作用。"阿扎尔猜道。她们早前看到的喷发不会对星球的运动产生长期影响，但更热的喷流达到逃逸速度就能起效。

夏尔玛说："作为推进剂，水是一种奇怪的选择。光子喷流的效率会更高。"

"如果是N3人干的，"阿扎尔说，"也许是因为他们无法很好地掌控毫微微技术。"

"也许。但是N3人没有在陆地上留下任何生物存在的痕迹，所以他们一定是海洋居民。海洋居民会把这么多水扔进太空吗？这样的话，他们会失去了30%的地产。"

"说得好，"阿扎尔承认道，"但为什么会有人要操纵整个行星在星系间穿梭呢？如果是地热者，他们肯定可以用毫微微技术制造更小、更快的飞船。"

夏尔玛举起双手："让我们从头开始。地热者是从潮汐加热发展起来的。当这种技术开始走下坡路时，他们很幸运地成功设计了一个绝妙的替代品。那么他们接下来会做什么呢？"

"有些文化会发射纳米技术孢子，"阿扎尔说，"接着是一波数字化旅行者。但我们知道他们没有这么做，否则毫微微技术还会出现在其他地方。"

"他们没有找到殖民地，但最终还是开始旅行了，"夏尔玛笑了起来，"我想说的是，这一定是一个深思熟虑的选择——只要真心愿意，他们可以抵制星系中的任何自然喷发——但也许他们那时只有核聚变能力。这就解释了为什么这里没有氘：他们在开发毫微微技术的时候把氘都用光了。"

"但无论如何，"阿扎尔说，"一旦他们摆脱了自己那颗恒星，能够自主驾驶行星，他们便决定充分利用这一形势，去看看沿途的风景。如果你在一颗矮星周围长大，你会去哪里？你会去参观一下其他矮星——"

"直到你找到一个有人居住的星球，"夏尔玛说，"而他们面临着和你过去曾面临的一样的问题。"

"然后呢？"阿扎尔皱起眉头，"我不敢相信N3人战胜了地热者！"

"对。"夏尔玛同意了，"而且他们为什么需要这么做？为什么地热者不直接分享毫微微技术，来帮助他们的嗜热同伴呢？如果他们并不慷慨也不爱社交，那何必去一个有人居住的世界呢？如果他们只是在寻找领地，有很多贫瘠的世界供他们选择。"

阿扎尔说："也许地热者在到达N3世界之前就灭绝了。他们以毫微微技术为塔卢拉计划了几十亿年的狂欢，却在这个过程中丧失了勇气。幽灵船进入了N3星系，当地人简直不敢相信自己的运气：一个空无一人的星球，可居住$10^{18}$年，就在他们家门口！但他们无法刹停它，也无法驾驶它，只能搭上顺风车。2.5亿年后，同样的事情发生在了蜥蜴身上。"

夏尔玛想了一会儿："这几乎是有道理的，但我不太相信这两群搭便车的人竟都没有兴趣用毫微微技术组成一个推进系统，并在其他地方建立一些殖民地。"

"也许他们做了。也许我们错过了。塔卢拉很长一段时间都没有被人注意到。"

"我们遗漏了一些东西，"夏尔玛说，"但也许东道主能给我们一些启示。"

几个小时过去了，蜥蜴们没有再来交流。岗哨换了班，但换班的蜥蜴同样决定不与她们接洽。

阿扎尔在飞行甲板上踱来踱去："他们一定是想弄清楚我们说的是不是实话。看看塔卢拉是否带他们接近了一颗非常暗淡的褐矮星——一个他们没有预料到的停靠港。"

"考虑到利害关系，"夏尔玛暴躁地说，"我认为他们应该有足够好的望远镜来证实这一点。"

"也许他们变得自满了。我是说，如果你对天空进行过彻底的扫描，并得到一个非常明确的结论：在未来的10万年里都没有什么可担心的，那你有多大的动力继续重复搜索？"

"理想情况下，这一切都应该是自动化的，"夏尔玛回答，"动机与此无关。"

"好吧，我们可能就是没有着陆在一个最好的世界里。"

飞行甲板上的灯光开始变得柔和。自从来到莫洛哈特，阿扎尔就一直严格遵守自己平时的昼夜节律，睡觉是她原本生活的一部分。但她现在太焦虑了，她起念驱走了入睡的冲动。被困惑又偏执的蜥蜴们俘虏后，她的自我意识不得不伸展开来，以包容这一次例外。

岗哨又换了。阿扎尔认出他们俩曾在森林的首次会面中出现过。她的软件给他们起名叫杰克和蒂莉，但当时他们没怎么说话，而现在她不再费神试图跟他们说话了。让望远镜证实她和夏尔玛的诚实吧，然后他们终将能够进行文明的讨论。

杰克说："跟我们来吧。快点。我们没有多少时间了。"他朝他的俘房游了一小段路，接着掉头朝腔室的入口冲了回去。

阿扎尔目瞪口呆。

"跟你去哪儿？"夏尔玛问。

"离开这里。"蒂莉说，"我们认为循环派打算杀了你们。"

阿扎尔瞥了夏尔玛一眼。昆虫也许可以抵御蜥蜴的大部分技术，但它不是坚不可摧的。在出发探海之前，她们在丛林中留下了备份，但那些思维快照错过了她们此后的所有重要发现。无论如何，即使她们在这里活了下来，她们又能和那些想要她们死的人进行怎样的对话呢？

夏尔玛在私频中对她说："那我们要把身体留下当作诱饵吗？"

阿扎尔不确定。昆虫独自与蜥蜴交流将面临的技术问题——它太小了，储存的原材料只够支撑几分钟的谈话——而且她还发现，像现在这样藏在一个更大的目标里挺舒适的。

"我们折中一下怎么样？"她建议道。她的蜥蜴身体在工程上有足够的冗余，因此纳米技术员可以用相同的材料制造两具身体，她指示蜥蜴身体分裂出一个夏尔玛的仿制品，剩下的做成一个不那么坚固的第二版原型。然后，她给两具身体都装上了无知觉的软件，这些软件可以轻松通过未来刽子手的不成熟的图灵测试。

蒂莉继续看守假囚犯，而她们跟着杰克穿过隧道，从一条与来时不同的路线离开了。一路上并不是没有人看到他们，但阿扎尔在岔路口瞥见的几只蜥蜴只是默默地看着他们经过。这几只蜥蜴大概属于杰克那一派，正在那里为他们的逃跑望风。

在海床表面，带状水草把森林的地面雕刻成了某种迷宫，你可以作弊，从不怎么密集的叶子边缘间挤过去，但如果足够熟悉迷宫，你就不必如此，也必定会行进得更快。

过了一会儿，杰克停了下来，急切地指了指林下矮丛里的一株粗短的球茎植物。自从离开了房间后，他就没说过话。词语在水中会很快衰朽，直到失去本义，但语义的残渣仍然很容易被追踪。当夏尔玛无动于衷时，杰克低下身，从那株植物上扯下一个球茎，塞进自己嘴里。夏尔玛理解了暗示，也照做了。侦察兵尚未碰见这种植物，但机器昆虫的纳米技术员迅速分析了球茎的内容。它几乎没有传统的营养成分，但充满了有机叠氮化物，这是一种具有极高能量密度的富氮化合物。这种植物是C3植物，但它的基因组表明蜥蜴已经对它进行了改造，以生产这种可食用的火箭燃料，尽管它的外观低调，但它的根可能比探向洋面的带状水草更深地扎入地下。纳米技术员没花很长时间就设计出了一种安全代谢叠氮化物的途径——这很幸运，因为杰克已经以五倍于他先前的泳速遥遥领先了。

当她俩的机器身体努力追赶他的时候，夏尔玛说："现在我知道他们为什么不费劲弄交通工具了。"阿扎尔曾经调整过自己原本的肉体，使她能够不间断地跑过一个大陆——纯粹为了生理上的快乐——但现在看来，只要有相应的膳食补充剂，塔卢拉上的任何人都可以兼职高性能潜艇。

当他们快速穿过森林时，两旁带状水草的热导／声呐图像模糊成了某种长而扭曲的峡谷山壁。"如果循环派真的想杀我们，"阿扎尔说，"我希望那不是指他们所有人。"这种神秘的自我描述甚至曾出现在遥远的光纤信息流中，这个群体当然不局限在一个聚居地中。

夏尔玛说："我相信这只是一个误会。他们认为自己到了穷途末路——塔卢拉接近了另一个垂死的世界，而我们是那个世界的居民，打算接管这里。"

"你认为他们心里有犯罪先例吗？"阿扎尔猜道，"也许这事就发生在他们和N3人身上。"

"也许。但我认为更有可能的是，N3人早已不在了，这部分也造成了冲击。这些蜥蜴也没有想到会遇到自己的替代者。"

阿扎尔说："那么，如果他们拒绝相信自己的望远镜所提供的证据，我们怎么才能让他们相信不存在威胁呢？"

"好问题。最暗淡的矮星有多暗？他们愿意相信我们来自多远的地方？"

森林让位给了一层茂密的小型植物，但杰克仍然知道如何在其中找到燃料球茎。这一次停下来时，他冒险说话了。"我认为你们现在是安全的，"他宣称，"但我们应该继续前进。我有朋友可以为我们提供庇护，但他们离这里还有几百千米。"

"我们不想让任何人有生命危险。"阿扎尔说，她借用了夏尔玛的蜥蜴身体，但根据她之前的身体的身份标签改变了音调。

"你们不会的，"杰克向她保证，"这三种哲学已经和平共处了几千年，我们不会现在才开始自相残杀。"

"三种哲学？"夏尔玛问道。

"循环派，旋进派，旋出派。"

"我们听过这些词，但不知道它们是什么意思。"

杰克像准备冲刺的运动员一样盘曲起身体："如果你们想继续说话，就游近我身边，让你们的尾巴和我的保持同步。"等他开始运动时，夏尔玛听从了他的建议。夹在他们之间的水层使他们可以交流，免得他们的话消失在水流中。

"循环派，"杰克说，"决心留下来。继续留在塔卢拉，一切保持原样。他们接受这个世界不是我们建立的，接受它是我们得到的礼物，但对循环派来说，这不是重点。建造者已经消失，现在塔卢拉属于我们了。"

阿扎尔说："所以他们准备击退一切入侵者吗？"

"他们是这么希望的，"杰克回答，"但我不认为他们准备好了。他们没想到你们会来。没有人想到。"

"我们真的不想让这个地方成为我们的家，"夏尔玛说，"我们有自己的世界，用阳光发电。你相信这一点，是吗？"

杰克思索了一下这个问题："我相信在合适的恒星周围，生命是有可能以这种方式进化的。一些专家声称辐射是致命的，但我认为可能会有一个狭窄的宜居区域。但是旅行1000多光年……"

夏尔玛解释了莫洛哈特1号和2号，它们相遇并抵消了彼此的动量。她还解释了关于她和阿扎尔采用的数字化形式，这种形式能在主观的一瞬间里以伽马射线的形式穿越光年。

杰克说："现在你想告诉我旋进派和旋出派其实是一样的。"

"旋出派是关于旅行的？"阿扎尔问，"认为你们应该离开塔卢拉，去寻找一个新家？"

"是的。我自己的哲学就属于旋出派。"

阿扎尔试图尽可能礼貌地表达她的下一个问题，希望翻译能够尊重她的意图："那么，如果你不介意我问的话，你为什么还在这里？"

"旅行不容易。"杰克宣称，"我们一直在等待塔卢拉带我们接近一个能让我们宣称属于自己的空世界。但上一次出现这种情况时——我还没出生——我们的人口数量很少，技术还没有经过检验。我们失去了这个机会。"

夏尔玛问："那旋进派是什么？"

"他们的目标是采取你们自称已采取的形式。成为纯粹的信息。但不是为了旅行，而是为了留在这个世界上。融入这个世界。"

这是一种古怪的表达方式，但阿扎尔认为她明白了他的意思。几乎在每一种有数字化手段的文化中，都有一种提倡某种内爆的亚文化：脱离物理现实，退回到一个枢纽宇宙中。

"融入这个世界？"夏尔玛追问道。

"融入热量。融入环箍。融入建造者本身。"杰克发出一个表示欢乐的信号，在阿扎尔听来是一声简短的笑，"一些旋进派相信地下有1万种文化。"

海底在他们身下模糊地掠过。

"环箍？"阿扎尔问。

"你们还没看到环箍吗？"杰克回答，"当岩石变成热量后，剩下的就是环箍了。"

"灰烬，"夏尔玛在私频里说，"他说的是灰烬！"

"我们见过它们，"阿扎尔说，"但我们不太确定它们是什么。"

杰克沉默了一会儿，然后说："你们对相对论了解多少？"翻译在"相对论"上加了一个脚注：侦察兵之前尚未听到蜥蜴们使用这个词，所以它的意思纯粹是根据词源推断出来的。

"我了解相对论的基本知识。"阿扎尔小时候学过相对论，但如果没有完整的图书馆供她参考，那她声称自己是专家将是不明智的。

"想象一下，"杰克说，"一个由超级坚固的东西做成的环箍，以接近光速的速度旋转。从环箍的角度来看，它承受着巨大的压力。但从旁观者的角度看，它旋转得如此之快，以至于一部分张力表达为它的能量的下降。"

阿扎尔熟悉这个原理，不过她更习惯于想到相反的效果。当你考虑压强下的气体时，压强是源于分子移动时的动量。但如果你相对于这些气体快速移动，那么**运动中动量**的一小部分在你看来就像是**静止的能量**，反之亦然。视角的转换将压力变成了能量。

张力只是一种负压，所以对于处在张力下的运动物体，其效应的迹象会改变：总能量会下降。不过，所涉及的量通常小得不可测量。阿扎尔说："你是在告诉我们，在如此大的张力下，这些箍的能量下降到**它们静止质量的10%**吗？"

"是的。"

"哪怕有旋转的动能？哪怕有拉伸环箍的能量？"

"是的，"杰克回答，"张力的效果超过了这两种增量。"

夏尔玛私下把一些计算结果告诉了阿扎尔，然后对杰克说："我认为你的理论有一个问题。如果你拿一个环箍，让它旋转得更快些，那只有当环中的音速超过光速时，它的能量才会开始下降。"

阿扎尔检查了计算结果，夏尔玛是对的。环箍的总能量取决于其材料的弹性与其所处张力之间的精确关联。但是，材料中的音速也是如此。将这两个方程联系起来就会发现，如果音速不超过光速，总能量就不会随着张力的增加而下降——这是相对论在用它的方式告诉你，具有此必要性质的物质不可能存在。

杰克很淡定："我们早就知道这个计算结果了。它改变不了事实。"

"你在说什么？"夏尔玛不解地问，"音速**真的**超过了光速？"

"当然不是。"杰克说，"你不能构造一个静止不动的环，然后简单地把它旋转到一个足够大的速度，以至于它的能量开始下降，我同意这一点。但是现在已经在旋转的环箍可以改变它们的组成成分——吐出粒子，转变成一种只有在张力下才能存在的新材料。所以你必须通过一个过渡结构接近最终状态：这个过渡结构是一个高能量、低张力的环，它会衰变为一个高张力、低能量的环，而能量差随之进入了衰变过程中释放的粒子。"

夏尔玛思忖着："好吧，我想我明白你的意思了。但是你能解释一下这个过渡结构的细节吗？还有它究竟是如何合成的？"

"细节？"杰克说，"我们在塔卢拉已经有100万年了。你为什么会认为我们已经解开了所有的细节？"

# 7

他们到了一个孤立的地洞，远离任何聚居地。杰克先进去了，接着和两个朋友一起出现，阿扎尔的软件把他们分别命名为朱希和拉胡尔。

朱希说："杰克告诉我们，你来自一个拥有明亮恒星的世界。这是真的吗？"

夏尔玛回答："绝对是真的。"

"所以你的真实身体完全不是这样的？"

夏尔玛在沙子上画出了她祖先五折对称体的形状。朱希说了一些翻译无法解析的话。

他们进入地洞，一起游向最深的房间，这里比他们逃离的那个监狱要大得多。里面有一台收发器，还有其他一些阿扎尔不认识的设备——在这种情况下，派侦察员去嗅探似乎既失礼又愚蠢。

拉胡尔说："我们在黄麻区的朋友们"——就是他们刚离开的那片聚居地——"告诉我们循环派仍然以为你们还被扣留着。他们想对入侵计划了解更多。"

阿扎尔听到"**入侵计划**"这个词，便联想到古代史和通俗喜剧。她留在那副躯体里的僵尸软件会一直念叨真相，直到最后一刻，但现在她简直希望自己编写了某种诙谐的供状。

夏尔玛说："很感谢你们的帮助。我们来此并不是要制造麻烦的，但在我们甚至还不知道塔卢拉有人居住时，就遗失了离开的办法。"她解释了莫洛哈特的命运。

杰克说："我认为这不是巧合。旧乘客的机器以前也炸过灰尘，但之后你们这么快就出现了，于是我知道那不是偶然。"

是N3人吗？"建造者消失后，旧乘客生活在这里？"阿扎尔说。

"对。"朱希答道，"他们的一些动物还活着。他们建造了数千台旨在保护塔卢拉的机器，但其中一些有点好战。"

"这么说，你们的祖先遇到了旧乘客？"夏尔玛问道。

"不！"拉胡尔听上去被逗乐了，就好像阿扎尔被问到自己与三叶虫或恐龙的亲缘一样，"至少在地面上没有遇见。据我们所知，一些旧乘客可能还活着，居住在岩石深处。但果真如此的话，他们可算不太爱交际。"

阿扎尔说："除了加热过程外，地壳中到底在发生什么？环箍与旋进派哲学有什么联系？"

朱希说："一旦你放弃了肉体，成为信息，难道你不寻找最快的方式来处理信息吗？"

"不总是这样，"阿扎尔回答，"在我们的文化中，大多数人都会妥协——以保持彼此之间的联系，以及与物质世界的联系。"

"在我们的文化中，"拉胡尔说，"没有人会跨越数千光年来来去去。世上只有你生物学上的堂兄弟姐妹——对于旋进派来说，如果你的堂亲不跟着你下去，那是他们的损失。"

夏尔玛说："所以这些环箍可以用于信息运行？"

"有一些可以，"杰克回答，"你在水中看到的那些，可能不行。但在地下有十亿种不同的品种。"

"10亿种？"夏尔玛转向阿扎尔，以便彼此交换震惊的表情——或者至少可以让夏尔玛在幻觉中看到一个用合适的方式卷起五条尾巴的阿扎尔。

"也许更多，"杰克说，"事实是，地面上没有人真正知道。但我们知道其中一些环箍可以用作计算元素。每次旋进派认真起来时，他们就研究这些箍，学习如何使用它们……然后便消失于地下。"

阿扎尔开始意识到，她并没有真正想清楚地热进程的影响，就连它留下的灰烬都打开了森罗人梦寐以求的道路。森罗的毫微微计算机在尚能支撑时有迅捷绝尘的运行速度，但它们衰变的速度堪比最不稳定的原子核。然后，你就必须从头开始重建它们，使得整个过程对于一切项目而言都是在浪费时间，只有少数特定的应用程序例外。如果你能在核的规模上建造永久稳定的复杂结构——凭借其所拥有的能量远远少于各组成部分的能量——那么这就完全改变了游戏规则。如果一台毫微微计算机没有自爆，而是持续不断地计算，那么它的运行速度至少要比原子计算机快6个数量级。

她说："所以旋进派利用这些环箍退回到了虚拟现实中。那你们为什么不自己利用加热进程呢，哪怕只是为了能源？如果你们想逃离塔卢拉，为什么不采用这个程序离开呢？"

拉胡尔指了指房间角落里的一台机器，那是一台其貌不扬的笨重机器，外面缠着十几根电缆："那里有一块深岩样本。你知道它产生了多少能量吗？不到1微瓦。"

阿扎尔盯着机器。她的直觉不愿意相信拉胡尔的说法，但仔细一想，这又完全合理。整体而言，若埋在几千米厚的岩石绝缘层下，这神奇的燃料将是白热的，但在上面此处的水中，一小块燃料不会比周围的环境更暖和。深岩让整个星球免于冰冻的力量来自它巨大的数量，它惊人的效率被调整以用于持久的，而非快速的燃烧。

她说："所以在通常情况下，这个过程运行缓慢。但这不是那种半衰期无法改变的放射性同位素。"

"不是，"拉胡尔说，"比那更糟。如果你取一个含有放射性同位素的矿石样本，就可以提炼活性成分。而如果我们精炼深岩——去除它含有的一些普通矿物质，生产出密度更大的能源——那么进程会自动下调，在给定的总质量下保持相同的输出。它知道你在做什么，它将使你一无所获。"

"啊。"阿扎尔一面对蜥蜴的沮丧感同身受，一面又对地热者的聪明才智钦佩不已。看来这种毫微微技术设计了极其强大的措施来提防事故和武器化。

夏尔玛说："但在你们研究它的整个过程中，肯定会取得一些进展吧？你说旋进派已经学会将环箍用作计算设备，这肯定会让你们对整个进程多一些了解。"

"使用环箍不等于控制其创造，"朱希说，"这就像……用鱼骨头建造电脑，而不是策划鱼的生命工程。旋进派所学的知识足以让他们以最简单的方式把意识嵌入岩石。由此为起点，也许他们会迁移到更精密的模式。谁知道呢？他们再也没有回来告诉我们。"

"如果旋进派能迁移到岩石中去，"阿扎尔说，"那为什么还有那么多人留在这里，留在地面上呢？"

"每次迁移之后，这种哲学派系就消失了，"朱希回答说，"但每隔几代，它又会流行起来。它一开始是一种抽象的观点——一个关于我们最终应该做什么的想法，这一般发生在我们发现自己要面对'下一批乘客'前的某个时候——但随后它达到了一个临界量，有足够多的人认真对待它，重新发现其实用性。然后认真对待的人都去了地下……而每一个只是夸夸其谈的人都叛逃到了别的哲学派系。我们现在正处于一个只会纸上谈兵的周期，除此之外没什么实绩。"

阿扎尔很有修养，没有暗示旋出派似乎也处于同样的状态，只不过照他们的情况，也没有什么周期可言。

夏尔玛让机器身体扫视蜥蜴们，像是在他们悲观的共识中寻找裂缝。"一定有可能利用这个进程，"她说，"调整它，操纵它。一个单一核反应的速率是由物理定律决定的，但这是一个**系统**——一个灵活的、可编程的核能机器网络。如果有人为了自己的目的建造了这个系统——细节是他们为自己选择的，而不是基础物理强加给他们的——那么它就可以**被重建**。你们应该能够还原整个东西，然后以你们喜欢的任何方式重新组装起来。"

杰克说："有人建造了深岩，这是事实。如果我们愿意选择和建造者一样的道路，也许我们能取得和他们一样的成就。然而，尽管建造者们启动了塔卢拉，他们最终的哲学却是旋进。为了造深岩，建造**者成了深岩**。

"我认为没有其他方法可以做到这一点。要充分了解它以改变它，我们必须成为它。然后我们就会彻底改变自己，不再追求我们的初心。"

## 8

当他们就塔卢拉不确定的历史和同样不确定的前景来来回回地讨论时，阿扎尔抓住了拉胡尔随口漏出的一个好消息。蜥蜴们无法从头开始重建毫微微技术，甚至不能把它升级成一种有用的推进形式，但他们真的相信他们很有可能**移植它**。如果可以在一个空世界进行实验，他们希望将深岩样本引入地壳后能使毫微微技术得以复制，在当地自然岩中扩散，最终创造出第二个塔卢拉。

这是一个美好的前景，但他们已经错过了至少一次机会。大约

20万年前，塔卢拉曾经路过一个无人居住的星系，但旋出派正处于低潮期，甚至没能成功发射勘察探测器。从那以后，他们就一直徘徊在那里等待下一次机会。地热者给了他们一份非凡的礼物，把他们从自己垂死的星球上救了出来。但是，这份礼物造成了一种依赖性的文化，还有旋进派一直在受到诱惑，并且人们总是紧张于不知道遇见的下一个世界会不会带来下一批乘客，所有这一切让他们最终陷入瘫痪。

"你们应该加入森罗，"阿扎尔说，"利用他们的网络进行迁移。你们寻找的那种世界并不抢手，大多数太空文化都对一颗被暗淡的褐矮星潮汐锁定的冰冻行星没有兴趣。"

"它对我们也没用，"杰克回答，"除非我们能使它活起来。我们不能通过你们的网络发送深岩，对吗？"

"对，但如果你们花一两个世纪的时间用地热能制造反物质，你们就可以制造出一台引擎，它能以几分之一光速携带岩石样本。而且，哪怕你们因为某种原因，没有足够的能量去做这件事，我保证你们可以在森罗找到一个合作伙伴，他们会用几吨反物质来交换一些深岩样本。我指的是到达塔卢拉时的几吨，而不是离开家时的几吨！"

朱希说："我们需要谨慎。按建造者的意图把塔卢拉交给下一批乘客是一回事，但我们不希望有100万陌生人挤到这里，只为了开采这个星球。"

"没人会这么做的，"夏尔玛向她保证，"如果深岩在森罗中有任何价值，那将是移植它的能力，或还原它的能力。无论哪种情况，几公斤就足够了。"

拉胡尔说："不管我们是否选择加入森罗，你们自己的旅程也需要反物质，不是吗？"

"几微克就能派上用场。"夏尔玛承认。

无线电收发器喷出了化学铃声，拉胡尔回以命令让它说话。阿扎尔发现接下来的对话含义模糊——她怀疑其中有一部分实际是密码——但对话结束后，拉胡尔宣布："有人看到了你们和杰克一起在森林里。循环派已经毁了你们的傀儡，不过他们现在多少知道发生了什么。我认为我们需要离开这里。"

阿扎尔很灰心："你不能和他们谈谈吗？解释这整个情况？我们的任何计划应该都不对他们构成威胁。"森罗人会快乐地不去打扰循环派，不送来旅行者，也不再派来探险者，但旋出派有权移民，也有权和更广阔的银河系交换塔卢拉的一些奇异馈赠。

拉胡尔说："他们认定你们是新乘客，而留住塔卢拉的斗争已经开始。他们过去把旋出派看作胆小的宿命论者，但现在我们帮助了你们，就陷入了更糟糕的境况。我们是叛徒了。"

夏尔玛在飞行甲板上咕哝了一串脏话。"我们不会引发内战，"她告诉蜥蜴们，"我们投降。就算他们毁了我们也没关系，我们会进行备份。"

杰克说："但是他们现在知道你们有这个能力了。你可以把1000台机器交给他们——或者是一对被称为你们真身的活生物——但这不足以使他们相信他们已经终结了你们的计划。"

阿扎尔想要反驳这个悲观的定论，但从她对循环派的第一手信息来看，这听起来很实际。不管塔卢拉创造者的初衷是什么，这听起来都像是一个美丽的故事：一辆战车穿梭在被遗忘的昏暗群星之间，拯救垂死世界的居民，为他们提供一个安全、温暖、可居住几百万年的家，让他们积蓄力量，然后飞离巢穴。或者，如果他们愿意，也可以潜入其深处，进入由一千万亿个房间组成的毫微微级豪宅。在某种程度上，她钦佩循环派下定决心撕毁剧本的做法，他们向早已消失的恩人大声疾呼，说他们会自己做决定，而不是随波逐流。但讽刺的是，他们如此热衷于反抗建造者，以至于像是对任何不符合他们自己剧本的事视而不见。有一天他们会为了塔卢拉和新乘客们战斗，这已经是板上钉钉的事了。他们花了如此漫长的时间排练这部剧，你甚至不能轻拍他们的肩膀，提出一个不同的结局，你总归要被拖入剧情，扮演反派。

夏尔玛让她们的仿蜥蜴身体自我毁灭，她找到一条无光泽但敏捷的P2鱼，让昆虫寄生并改造它。一条会说话的鱼会引起怀疑，但借助于图书馆的帮助，她们成功地为鱼设计了语言腺体，腺体可以制造快速衰朽的单词。如果她们游近一个选定的密友，便可以发出一些几乎不可能被窃听的短程化学低语。不幸的是，蜥蜴自己的医学纳米技术员不够灵活，不能为他们做同样的设定，而且杰克等人拒绝了让外星人调整他们说话器官的友好提议。

夏尔玛私下里说："这会变得一团乱的。"

"那我们怎么解决这个问题呢？"阿扎尔回答。

"我要是知道就好了。"

他们商定了见面的地点和时间，然后杰克、拉胡尔和朱希就四散离开了。

夏尔玛说："我认为我们应该回到水面上待一段时间。"

她们让鱼游到尽可能高的地方，然后把它停在那里，乘着昆虫走完了最后几百米。破开水面时，阿扎尔发现自己几乎宽慰得哭了出来。她依然远离家乡，但在隔了这么久后总算又瞥见了星辰，就算只看一眼，她也会觉得自己又回到了真正的宇宙。

气球和轨道微探针都没有受到任何形式的攻击，也没有注意到任何不寻常的事。看起来循环派尽管如此偏执，却又太过自满，没有在塔卢拉的下一站还遥不可见时建造一个传感器和武器林立的世界。

夏尔玛说："我们应该把气球降落到地面某处，把图书馆再复制几次。我想我们已经准备好了所有重要的东西，但如果我们必须由备份接替，那我们得确保她们不会处于不利地位。"她们在丛林里的备份一直在从微探针的无线电中接收渐增的内存更新。

阿扎尔同意了，于是她们发出了指令。阿扎尔在飞行甲板上踱来踱去，揉着眼睛。她已经放弃了睡眠需求，但那种意识不间断地向远处延伸的感觉，仍然奇怪得不可救药。

"我搞砸了，"夏尔玛说，"我急于和他们联系。我们那时甚至不知道派系的名字是什么意思。"

"而我也让你这么做了。"阿扎尔回答，"我们都有错。但我不认为这情况不可补救。循环派杀了一些外星僵尸，但据杰克说，他们的哲学已经和平共处了1000年，对他们来说，现在开始伤害彼此可能仍然是过分的。"

"我们要怎么化解他们的焦虑？"夏尔玛说，"根本就没有入侵军队需要他们去打败。我们要给他们提供微探针位置，方便他们击中吗？我真怀疑他们能不能击中这么小的目标，就算他们能做到，他们也会假定外面还有一万多个目标。"

阿扎尔又抬头看了看星星，试图把它们看作一种充满敌意和威胁的景象："他们需要一些戏剧。他们需要一些宣泄。"显然夏尔玛也是这么想的，但她们俩都不是蜥蜴心理方面的专家。"我们得再和杰克谈谈。"

"你有什么想法？"

"微探针太小了，莫洛哈特又消失了。所以也许我们应该发射一个更大的目标。"

集合点在一处偏远的带状水草林里，只有朱希出现了。"杰克和拉胡尔是安全的，"她说，"但他们现在离得太远了。"

"发生了什么？"阿扎尔问她。

"我们已经联系了旋出派的大部分成员，他们已经做出了决定。他们想派一个代表团和你们一起去森罗中最近的世界，去接触这种文化，并报告贸易和移民的可能性。"

阿扎尔受到了鼓舞，至少有旋出派愿意打破其先入为主的观念。

"我们准备开始制造反物质，"朱希继续说，"但我们应该先就流程交换意见，如果你们有更有效的方法，我们就应该采用它。"

夏尔玛说："你们能利用什么种类的能源？"她们看到的日常蜥蜴文化是以植物热电为基础的。

"有一些用于专项研究的深孔地热涡轮机，"朱希回答说，"显然，我们不能发掘全部产出，但我们应该能够谨慎地抽取一些。"

"如果你们自己造涡轮机呢？"阿扎尔说，"循环派会阻止你吗？"

"目前，"朱希说，"我不认为挑战这一点是明智的。"

阿扎尔在心里反复琢磨这一表态。如果人们开始秘密生产反物质，那么他们被抓了会怎么样？

"我们有一个想法，"她说，"但我不知道你是否能理解。循环派相信我们来自附近的一颗行星，来自一颗昏暗到不可见的恒星。如果我们建造一艘宇宙飞船，它可以进行这样的短途旅行……然后让循环派把它打下来？"

朱希说："你们要如何为飞船提供动力呢？"

"你们移动时吃的叠氮化物球茎，只要有足够多的球茎，就能让一艘小型飞船进入低轨道。循环派接受了我们被数字化的事实，所以他们不会认为入侵力量是一支由千吨级方舟组成的舰队。"

"这是一个有趣的想法，"朱希说，"但最难的部分是设法让他们成功摧毁飞船。自从你们来了以后，他们就一直在发掘我们祖先为上一次接近而制定的武器计划，那是20万年前的事了。但现在没人确定他们是否还能理解那些设计。"

夏尔玛说："那监视呢？他们已经在监测近地空间了吗？"

"是的。这一点可以肯定。"

"那么问题就来了，"夏尔玛说，"他们会看到我们起飞。如果能让他们相信是有新东西从外太空来，那会更好些。"

朱希停顿了一下，身体前端左右抽搐，阿扎尔现在能够分辨出，这是焦虑的表现。"我不知道我们要怎么做到这一点，但我会把这事告诉其他人。"

夏尔玛让昆虫的纳米技术员构建了一个固态反物质工厂的样本，把样本交给朱希让蜥蜴复制。这是森罗最高效的设计，但没有人能回避这样一个事实：工厂需要的能源仍然比任何普通地洞消耗的能源多几千倍。

与朱希分别后，她们远离了黄麻区和其他聚居地，但侦察螨很久以前就在一些聚居地间的主光纤上放置了窃听器。蜥蜴们没有量子加密的基础设施，他们的标准通信密码很容易被破解。显然，这个文化并没有根深蒂固的仇恨和保密史，而是因突如其来的恐慌而产生了分化，阿扎尔始终希望拥有冷静头脑的一方能很快占领优势。

然而，窃听得到的谈话内容令人沮丧。旋出派是叛徒的想法在循环派群体中散播开来，许多蜥蜴都在敦促彼此去密切监视不牢靠的邻居和昔日的朋友。外星来客是温和的探险者，没有占领野心——这样的说法在可信度上大打折扣，之前塔卢拉被殖民的两个例子显然足以证明，来这里的人不太可能还有别的动机。阿扎尔开始思考，最好的办法是不是潜伏一两个世纪，只要等不到被大肆宣扬的入侵部队，那末日预言者看起来就会像傻瓜一样。

拉胡尔来和她们进行第二次会面。"杰克不见了。"他说，"我想他被关起来了，但没人承认关押了他。"

阿扎尔哑口无言。尽管窃听到了那么多坏消息，但她从来不觉得事情会发展到这个地步。

"我们可以派机器去找他。"夏尔玛说。

"如果可以的话，拜托了，"拉胡尔回答，"但他们会把他转移到另一个聚居地，所以我不知道你们到底应该从哪里开始找。"

阿扎尔恢复了理智。她指挥已经盘旋在鱼附近的侦察兵，它们会沿着主光纤从一个殖民地到另一个殖民地进行扩散和复制，一路量产搜索队伍。

"我们有一个办法来安抚循环派，"拉胡尔说，"把他们认为自己需要的胜利给他们。"

"说下去。"夏尔玛催促他。

"我们不可能在无人可见的情况下让飞船进入深空。"他说，"即使我们能做到，我也怀疑循环派无法击中它。但旧乘客的机器在经过这么长时间后仍然运行良好——正如你们付出代价后所知道的。如果有人看到它们击退了未来的新乘客，我想循环派会把这次胜利当作他们自己的胜利。"

夏尔玛说："但是我们怎么把目标弄上去呢？我们又怎么保证机

467

器会击中它呢？"

"我们作弊，"拉胡尔说，"我们侵入旧乘客的网络，让它对不存在的东西做出尽可能喧嚣且愤怒的回应。"

阿扎尔说："你们知道怎么做吗？"

"不完全知道，"拉胡尔承认，"在这一点上我们需要你们的帮助。"

蜥蜴们很久以前就定位了旧乘客的部分网络。这些问题是基于原生C3植物的生物工程，使用了改良版的导电聚合物，就是阿扎尔在热电偶灌木中首次发现的那种物质。各种各样的传感器散布在各个大陆上，陆上和水中都有运算枢纽，海床上还有几十台地热大炮。

每隔1000年左右，就会有人试图入侵这个网络，但总是被数据协议阻止。曾经有人说过要拆除整个古怪又不可预测的系统，但是相反的观点占了上风，后者认为旧乘客知道他们在做什么，而且始终把塔卢拉的利益放在心上。当然，这个系统已经足够仁慈，让蜥蜴们可以不受侵扰地在家园中来来去去，如果大炮有时会向幽灵喷出蒸汽和冰，那只是一个微小的代价。

阿扎尔和夏尔玛带着拉胡尔的地图返回水面，向其他探索虫发出指示，这些虫子现在已经到达了每个大陆。当它们切入网络时，微探针监测到了切伦科夫辐射的闪光，这是传入的宇宙射线在高层大气中产生的。无论什么东西可能引起系统的反应，至少辐射是已被证实的刺激源。

在等待数据积累的过程中，阿扎尔一直在想杰克。抓他的人会怎么做？**折磨他吗？** 虽然蜥蜴们已经通过基因工程消除了衰老，并在身体中注入了医学纳米技术员，可以对抗最不易察觉的毒素和寄生虫，但一片简单的金属刀片对他们产生的作用，仍可能像对他们最早的祖先那样痛苦或致命。

3天之内，昆虫就破解了数字协议：它们知道旧乘客的网络如何描绘大气中的闪光，以及数据如何进行交叉核对和确认。虽然这个系统的纠错能力还算强，但若说蜥蜴们的逸事有任何意义的话，那就是系统容易偶尔出现误报，而且肯定没有把抗篡改功能设计为高优先级。阿扎尔开始怀疑，旧乘客实际上从未琢磨过会有入侵，他们所有的关注点都围绕着自然灾害。

循环派会明白这些吗？会知道他们被骗了吗？还是说他们会揪着证据来证明他们的幻想是正确的？

她们再次潜入水中去见拉胡尔，夏尔玛告诉他网络现在掌握在她们手里了。

"行动吧，"他说，"把入侵者打下来。"

阿扎尔和侦察螨交流，但仍然没有杰克的消息。

# 9

昆虫在海上几米处以缓和的螺旋路线滑翔，但阿扎尔将飞行甲板景观锁定于星辰，消除了感知上的旋转。她凝视着地平线，等待着。

数据正被输入旧乘客的网络，描绘出一幅详尽的海市蜃楼：300万千米外，一团反氢云正径直向塔卢拉飞来，迅速逼近。星际气体尘埃与反氢云的碰撞正在产生高能的伽马射线。接着，这些伽马射线撞击塔卢拉同温层中的氮分子，并产生粒子-反粒子对。这些奇异的辐射都不会靠近地面，所以整个幻觉景象就以高空大气层的闪光来表现。

夏尔玛说："考虑到他们的倾向，他们应该把卫星送入轨道了，至少是伽马射线望远镜。"

"也许他们这么做了，"阿扎尔回答说，"但塔卢拉进入蜥蜴的星系后，轨道就不稳定了。或者轨道只是被侵蚀掉了。"2.5亿年是一段很长的时间，卫星中的深岩可能会持续提供能量细流，纳米技术也可以执行修复，但如果磨蚀尘埃或宇宙射线烧蚀了它们的材料，那无论损坏的速度有多慢，也没有什么事物能永远保持完好。

"她炸了！"夏尔玛高兴地叫了起来。现在有完整的图书馆可以连接枢纽，夏尔玛的话翻译过来后更能激起阿扎尔的情绪。在红外线下，远处发光的过热蒸汽柱就像一道电弧，从海中升起，一直伸向天空。上升的柱端变得模糊，消失在高处，但是当阿扎尔叠加上一层增强的可见频率后，她能看到冰矛的末端在星光中闪烁，疾冲向太空。

这一次，不需要笼罩行星的光环来驱散危险，目标太明确了。微探针在跟踪冰导弹，并将导弹与假想反物质云的相互作用输入到为旧乘客网络生成的恶作剧大气闪光秀模型中，确保所有数据持续显示出一个相吻合的剧情。当然，如果循环派碰巧也在寻找大气中的闪光，那他们是看不到这种东西的，不过这也没什么关系，因为他们无法确切知道旧乘客的防御系统在向什么开火。

阿扎尔说："如果有人告诉我，我将会伪造一场塔卢拉保卫战，战斗双方是一个灭绝物种和一个假想入侵者，那我永远不会走进那扇门。"

"哦，这没什么，"夏尔玛嘲笑道，"有一天我会告诉你时机——"

半个世界外的微探针发来一条消息，打断了她的自夸。有什么东西从行星另一侧的大陆中央冒了出来，而且不是蒸汽喷泉。一束狭窄的伽马射线从地面升起，它只有几毫米厚，但能量足以将自己包裹在等离子体辐射柱中，冲出大气层。

阿扎尔发出一声痛苦的呻吟："我们又做了什么？"当一种令人惊恐的可能性掠过脑海时，她起了鸡皮疙瘩：有人可能在干扰微探针，让它们看到不存在的辐射现象。但这只是偏执的妄想，捉弄骗子又能得到什么呢？也许是昆虫搞砸了对旧乘客协议的分析，无意中在数据中注入了第二个幽灵目标——这个目标引发了更强力的反应。

夏尔玛愣了好几秒钟，要么是太震惊，要么是在沉思。然后她宣布："这是光子喷流。**我们触发了一次计划外的航向修正。**"

"什么？"

"蒸汽喷射速度超过了逃逸速度，这意味着它将塔卢拉推离了轨道，非常轻微地推离。所以建造者，即地热者，正在进行补偿。"

阿扎尔还不确定应该相信什么，但她希望循环派能得出和夏尔玛一样的结论，这样，他们就没有理由质疑她们把蒸汽喷射理解为一种防御措施了。光子喷射只是技术上的一个细节，是塔卢拉大炮的一种反后坐力装置。无论如何，旧乘客的网络似乎知道这样的反应完全是意料之中的，并没有把光子喷流当成另一个星际威胁，因此不必用自己独立的消防水管去消除它。

但如果这不是一场对应的骗局，那么这束辐射的真实性要远远超过**正在被击打的那个不存在的危险**。"现在有真正的伽马射线穿过了大气层，"阿扎尔说，"撞击原子核，产生电子偶。**光子喷流将被反物质包裹。**"

夏尔玛说："我相信你是对的。"

她们指示离光柱最近的昆虫飞到那附近进行调查。等离子体的中心圆柱中满是反质子，尽管反质子在湮灭前不能存在太久，但湮灭伽马射线本身又撞击了氮原子核，产生了更多的质子-反质子对，在能量转化为热量或从光子流顶部逃逸入太空之前，形成了一个漫长的级联反应。

昆虫体内的纳米技术员只花了几分钟就建造出了必要的磁力收割机，这些机器从等离子体相对较冷的边缘抢出最慢的反质子。这个区域内只有几十只昆虫，它们也只能从光束的一小部分一点点地啜取，但这样的慷慨让旅行者的需求犹如沧海一粟。这项任务本来要让旋出派同伴们花几个月时间暗中进行危险的工作，但现在只用了不到一个小时就能完成了。

阿扎尔狠狠地松了一口气。现在，森罗几乎触手可及，不再需要别人冒着生命危险来搭建旅程。

夏尔玛说："我想我知道水去哪儿了。"

"嗯？"

"当塔卢拉进入旧乘客的星系时，地热者已经不见踪影，他们不是死了就是毫微微化了。因此，旧乘客们没有对象可以谈判、学习或阐明规则。他们只是发现了这艘被遗弃的豪华救生艇，他们想要接管它。但要从物理层面撤空一个星球，建造并发射数千艘宇宙飞船，需要很长的时间。在塔卢拉超出他们的飞船接触范围时，可能仍有数百万人想要跨越天堑。"

"所以他们建造了地热大炮，"阿扎尔说，"试图让塔卢拉回到接触范围内。他们不顾一切地要让掉队的人上船，甚至愿意把半个海洋都抽到天上去。"

"然而无济于事。地热者的幽灵——或者是一些无知觉的导航系统——在每个步骤上与他们抗争。毫微微技术无法关闭大炮，即使关闭了局部的加热进程，岩石也会保持高温数千年。但早已用毫微微技术调整了方向的光子喷流可以轻易地补偿蒸汽的动量。"夏尔玛犹豫了一下，接着补充道，"这也可以解释为什么旧乘客最终会对反物质过敏。在普通情况下改变航线，塔卢拉可以清除自己喷射出的任何碎片，但在一系列漫长又复杂的厮斗之后，可能真的会有值得清扫的反物质云散落在周围。"

阿扎尔说："让我癫狂的是，如果深岩可以移植，那这一切都是白费功夫。旧乘客本可以把一个样本带回他们自己的世界，在无人需要离开的情况下解决他们所有的问题。"

"这可能是地热者最初的计划，"夏尔玛说，"在银河系中旅行，分发深岩，重新加热垂死的世界。但对旧乘客来说，**移植岩石**可能听起来非常荒谬，就像试图用一勺微温的氢气重新点燃一颗死去的恒星。等他们明白毫微微技术的首要信息时，已经太晚了。"

阿扎尔看着那股发光的蒸汽柱，它仍然在冲向天空。"现在我们又浪费了几十亿吨的水，只是为了欺骗蜥蜴。"

夏尔玛说："如果你想给玄孙讲的故事听起来不那么俗气，我推荐的版本是我们一直在为反物质做的这些努力。"

阿扎尔回答说："如果能救别人的命，我不介意撒谎，但我希望返回哈努斯时，我们不要在身后留下内战的可能性。"

"对。我们需要弄清楚，演这次戏清理了多少烂摊子，"夏尔玛深深吸气，"下水吧。"


在会合点，拉胡尔解释说，循环派还在争论蒸汽喷射的重要性。在阿扎尔和夏尔玛做自我介绍之前，冰晕一直被认为是一种虚假警报，但这一次没有人怀疑，旧乘客的机器如此激烈又持久的动静与外星人入侵有关。

阿扎尔告诉拉胡尔，她们现在已经收集了足够的反物质来进行传输。他便承认光子喷流并不完全令他吃惊："有些人一直认为旧乘客在与建造者斗争，以控制塔卢拉的路径。这就足以阻止循环派重蹈覆辙，他们理所当然地认为自己无法掌控世界，他们唯一的选择就是为捍卫世界而战。"

夏尔玛说："为什么不用贸易来保卫它呢？为什么不给任何可能的入侵者提供几公斤深岩去移植呢？"

"因为移植是未经证实的，"拉胡尔回答，"我们已经在不同的温度和压力下用不同的矿物做了成千次实验，**看起来**，我们可以在环箍系统的扩散能力和防止它失控的安全机制之间找到一个平衡点……但只有当我们在一个全新的世界中尝试时，这才会得到真正的证明。在那之前，有什么可交易的？一把温暖的鹅卵石可能会把你的星球变成一个火球，也可能什么用也没有。"

就在他们说话的时候，一波侦察螨游进了这条伪装鱼的身体里，与昆虫对接。它们找到了杰克，他被关在一个偏僻的地洞里，离这里近3000千米。

阿扎尔把位置告诉了拉胡尔。他说："那儿附近没有我们的人。你知道有多少循环派在看守他吗？"

"我们的机器看到有20个。"

"那我就不知道怎么帮他了，"拉胡尔坦白道，"他把你们救出来时比较容易，因为一切还处于困惑之中。你周围有一半的人没有公开效忠哪个派系，人们之前也不知道杰克和蒂莉是旋出派，是你们的存在迫使他们选定立场。但现在和杰克在一起的20个人都是坚定的循环派，几个世纪以来一直奉行这种哲学。"

夏尔玛说："可入侵者被击退了！现在循环派伤害他有什么好处呢？"

"这将为未来的通敌者树立一个典型。"

他们一起游到主光纤上最近的拦截点，侦察兵们将自己的数据载入纤维，它们使用的方法过于巧妙，蜥蜴检测不到。阿扎尔和夏尔玛通过侦察兵的感官观察，并把循环派的化学对话传给拉胡尔。杰克和四个守卫一起在一个房间里，循环派的其他成员聚集在附近的一个房间里，讨论最新消息，计划下一步行动。

夏尔玛在私频中对阿扎尔说："我已经让纳米技术员准备进入，必要时把他数字化。如果我们等着他们杀了他，可能就太晚了，如果他们肢解尸体或使用腐蚀性化学物质，我们就没有时间以恰当的方式捕获他了。"

杰克没有明确同意她们做任何事，但阿扎尔咽下了她的反对意见。据朱希说，他曾想成为前往森罗的代表团一员，如果他真的对毫无征兆地被抓进信息世界感到不满，她们总是可以在把他的软件偷运到安全的地方后，再把他复写进普通身体。此时真正的危险在于过早或过晚地介入。过早，就会形成确凿的外星干预，有重新点燃紧张局势的风险。过晚，杰克会死。

在另一个房间的循环派里，阿扎尔认出有两个蜥蜴曾出现在第一次见面时：奥马尔和丽莎。此前，他们谈的大多是些鸡毛蒜皮的小事，但现在话题转到了杰克身上。

"我们应该释放他，"奥马尔坚持道，"舰队已经被摧毁或折返，他现在做什么都不重要了。"

"旋出派需要知道叛徒的下场，"丽莎回答，"他混在我们中间释放了新乘客。他把所有人都置于危险之中。"

另一个循环派塞拉斯说："你看到了她们的技术，她们本来就可以逃走。不管旋出派做什么，我们永远无法确定我们是安全的、唯一的。这就是现在的现实，我们需要找到一种接受的方式。"

另有六七个循环派对这话做出了愤怒的回应，他们焦虑地绕着房间游来游去。"我们得杀了他，"朱达宣称，"我们得划清界限，一边是旋出派制订计划离开塔卢拉的权利，一边是我们在这里安全生活并保卫自己世界的权利。"

奥马尔说："如果我们杀了他，就会引发另一场战争。你们知道上一场战争死了多少人吗？"

"宁可死掉1百万人，也不要把整个世界输给新乘客。"丽莎回答说。

"宁可**没有人死**，"奥马尔反驳道，"宁可把精力花在能帮助我们所有人的事情上。我们一直活得像傻瓜一样。我们就不值得有安全感，杀了自己人也改变不了这一点。我们甚至不确定最近的世界到底在哪里！我们也不知道明亮的恒星周围会有什么类型的生命。我怀疑外星人告诉我们的是实话，但我们谁也不知道到底有哪些可能性。"

"我们没有防备，措手不及，"朱达承认，"这主要是我们的问题。但是你建议我们怎么做呢？"

奥马尔说："我们需要与旋出派合作去探索最近的世界，抢在那里更多的居民主动到达这里之前。如果我们派出小型机器人收集信息，结果可以为每个人服务：包括塔卢拉的捍卫者，以及那些想离开的人。"

丽莎很轻蔑："在这之后，你还相信旋出派是我们的盟友吗？"

"杰克释放了两个你们威胁要杀死的外星人，"奥马尔回答，"她们没有伤害我们，我们甚至不确定她们是不是在说谎。就因为这个，我们就应该屠杀所有旋出派吗，还是把他们都当成我们的敌人？如果发生的一切能像唤醒我们一样唤醒他们，我们就能从彼此的努力中受益。"

阿扎尔看了看拉胡尔，想知道情况如何，但拉胡尔一动不动，他的姿势没有给出任何意见。杰克的命运有两个方向。

40分钟的讨论并没有达成明确的共识，但奥马尔说："我要释放他。"他顿了几秒钟，然后离开了房间。丽莎喷出一个不满的声音，但没有人去阻止他。

奥马尔走进杰克被关押的房间，和看守杰克的循环派说了几句话。

"我不同意，"塔里克说，"只有你一个人来下达要求。还有谁和你在一起？"

奥马尔和塔里克一起去见了其他循环派。奥马尔说："我再说一遍，我要释放杰克。如果这里有人想打仗，我就是战争贩子的敌人，所以你们最好现在就杀了我。"

朱达说："没人要杀你。"他和奥马尔一起游到杰克的房间，和剩下的警卫交谈。然后他们五个都走了，留下杰克一个人。

杰克紧张地在房里转了几圈，然后游出地洞。阿扎尔派出了一群侦察兵跟着他，但它们没有连接光纤的数据通道，而且杰克很快就消失了。

大约1个小时后，侦察兵传来了一条消息：杰克已经到达了附近的一个聚居地，侦察兵在那里再次接入了光纤。阿扎尔把它们的位置告诉了拉胡尔。

拉胡尔说："他很安全，他和朋友们在一起。现在一切都结束了。"

阿扎尔坐在飞行甲板上哭泣，甚至不让夏尔玛看到她的眼泪。

# <u>10</u>

莫洛哈特3号从塔卢拉最高山峰上的一门轨道炮发射升空，耗时6秒穿行大气层，最终自由地跃入太空。它的挡热板在上升过程中发出明亮的光芒，但即使旧乘客的机器注意到了它，也没有理由在这个光点飞离伤害的路途中去干扰它。当它到达1000千米的高度时，它射出了自己的微小光子流，但辐射是水平且高指向性的，塔卢拉上没有任何东西能探测到它。

杰克、蒂莉、拉胡尔、朱希和第五名代表桑托游过被水淹没的观测甲板，第一次俯瞰他们的世界。阿扎尔在他们中间游来游去，但在任何人眼里都不是蜥蜴。她的语言在他们听来和熟悉的化学物质一样，但他们可以接受看到她真实的样子。

在凝视塔卢拉时，阿扎尔大胆地怀抱希望。不会有战争，不会有大屠杀，但仍有一项艰巨的任务摆在数百万留守的旋出派面前。他们需要让循环派迎接真相：为了这个秘密代表团的最终回归，为了和森罗的交易，为了一个与他们的想象完全不同的银河系。为了一个不按剧本走的未来。

杰克说："你觉得我们还能再见到夏尔玛吗？"

阿扎尔耸耸肩，杰克这会儿还不认识这个姿势，但他很快就能学会。"她曾经告诉我，她可以自行选择是独处，还是与族人联系。如果她想回来，她会尽她所能建立这些联系。"

"以前从来没有人回来过。"杰克说。

"旋进派真的想回来吗？"

当鼹鼠终于发现海床下的宝矿时，她们的质谱仪已经检测到超过1千亿个环箍的变体，这还只算上了稳定态。深岩比大多数生命系统都要复杂，毫无疑问，由于加热进程的需要，这种复杂性在很大程度上是稳定的，只是沿途仍有无数变化的空间——也有多余的空间可以在环箍把铁和镍变成热量的同时，让新乘客搭上环箍便车。

如果必须成为深岩才能理解它，夏尔玛便决定，她将成为它，然后回来。她会把环箍的秘密从地下拖到星光下。

"如果你做不到呢？"阿扎尔问她，"如果你迷路了怎么办？"

"那里有整个宇宙的空间，"夏尔玛回答，"如果我被引诱着留下来了，不要以为我死了。就把我当作一个终生都过得很好的探险家吧。"

杰克说："告诉我更多关于你的世界的事情。给我讲讲哈努斯吧。"

"没有必要，"阿扎尔回答，她指了指离境门，"如果你准备好了，我就展示给你看。"

"就这样？"杰克不安地扭动着。

"这是1.4亿亿千米，"她说，"你要过3000年才能回来。你可以改变主意留下，也可以带上朋友和我一起游过去。但我现在要走了。我要见我的家人。我要回家。"

海洋

Oceanic

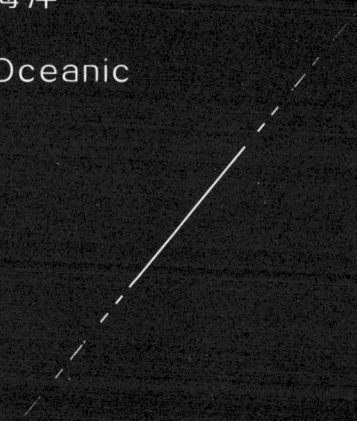

# 1

小船在轻柔的海浪里浮浮沉沉。我的呼吸变慢了，渐渐和船身的嘎吱声落入同一个节奏，直到我再也区分不了舱室微弱的起伏节律和肺部翕张的感觉。就像是漂浮在黑暗中：每次吸气都让我稍稍浮起，每次呼气又让我再次沉落。

我哥哥丹尼尔的声音从上铺清晰地传来："你相信上帝吗？"

我头脑中的睡意立刻消失了，但我没有马上回答。我一直没有闭上过眼睛，但没有点灯的船舱里一片黑暗，那黑暗似乎在我面前变化着，而幻影般的光粒就像一群被打扰的昆虫。

"马丁？"

"我醒着。"

"你相信上帝吗？"

"当然。"我认识的每个人都信仰上帝。每个人都谈论她，每个人都向她祈祷，尤其是丹尼尔。自从去年夏天加入深海教会后，他每天早晨都要在黎明前花1000τ的时间祈祷。我常常因为意识到他跪在舱室那头的墙边而醒来，听着他喃喃自语，捶打自己的胸膛，然后满怀感激地再度沉入睡眠。

我们家本来一直是过渡派，但丹尼尔已经15岁了，可以自己选择信仰了。我母亲已沉默委婉地接受了这一点，不过我父亲似乎对丹尼尔的独立自主和坚定信念感到非常自豪。我自己的感觉则很复杂。我已经习惯了跟随哥哥的步伐，但我从不怨恨这一点，因为他总是带我领略前方的风景：给我读他看的书中的段落，教我他学过的语言中的单词和短语，简述一些我还没有接触过的数学运算。我们常常躺在床上大半夜不睡，谈论恒星的核心或超限数的层次结构。但丹尼尔没有告诉我他为什么改变信仰，以及他为什么越来越虔诚。我不知道是该为这种排斥感到受伤，还是只要感激就好。我可以看出，过渡派就像是对深海教派的苍白模仿，但是如果给庸人的报酬包括睡到日出，那我不确定这算不算是一件坏事。

丹尼尔说："为什么？"

我盯着他的床板底，不清楚自己是否真的看到了，还是仅仅在舱室普通的黑暗中想象出了它坚固的样子。"一定有人把天使们从地球引到了这里。如果地球遥远到从圣约星看不见……那么没有上帝的帮助，谁能从地球上找到圣约星呢？"

我听到丹尼尔稍稍挪动了一下身子。"也许天使们的望远镜比我们的好。或者他们可能从地球向四面八方扩散，发动了数千次探险，甚至不知道他们会发现什么。"

我笑出声来："但是他们必须来**这里**，重新变成肉身！"即使是一个算不上虔诚的10岁孩子也知道这些。上帝准备了圣约星，作为天使忏悔他们偷取永生的地方。过渡派信徒相信再过100万年，我们就能重获成为天使的权利，而深海教会相信我们会一直保持肉身，直到星辰从天空坠落。

丹尼尔说："你凭什么这样肯定真的有天使？这样肯定上帝真的派来了她的女儿比阿特丽斯，来引领他们重获肉身？"

我琢磨了一会儿。我能想到的唯一答案是《圣经》的内容，而丹尼尔多年前就告诉我，诉诸权威是毫无价值的。最后，我不得不承认："我不知道。"我觉得自己很傻，但我很感激他愿意和我讨论这些难题。我希望自己能因为正当的理由相信上帝，而不是仅仅因为我周围的人都相信上帝。

　　他说："考古学家已经证明，我们一定是在大约2万年前到达这里的。在此之前，没有证明任何人类或任何共生态动植物存在的考古证据。这表明大横渡的时间比《圣经》所说的更古老，但有一些日期可以有不同的解释，而且，只要有一点诗意的表达，一切都可以变得合乎情理。大多数生物学家认为，原生微动物群可能是在数百万年里从简单的化学物质开始形成的，但这并不意味着上帝没有指导整个过程。一切都是兼容的，真的。科学和《圣经》都可以是真理。"

　　我以为我知道他要说什么了："所以你想出了一种方法，用科学来证明上帝的存在？"我感到一阵骄傲，我哥哥是个天才！

　　"没有，"丹尼尔沉默了一会儿，"问题在于，效果是双向的。无论《圣经》上写了什么，人们总是能对事实提出不同的解释。这些飞船离开地球可能是出于其他原因。天使们为自己创造身体也可能出于其他原因。没有办法让一个非信徒相信《圣经》是上帝的话语。这完全是信念的问题。"

　　"哦。"

　　"信念是最重要的，"丹尼尔坚持道，"如果你没有信念，你可能会被引诱去相信任何事情。"

　　我哼了一声表示同意，尽量不让声音显得太失望。过渡派教堂布道时的那些乏味的主张总让我打瞌睡，而我本来期望丹尼尔有更多胜过他们的想法。

"你知道要怎么做才能得到信念吗？"

"不知道。"

"祈求它。就是这样。请求比阿特丽斯进入你的心灵，赐予你信念。"

我抗议道："我们每次去教堂都这么做！"我不敢相信他已经忘了过渡派的礼拜仪式。牧师会在我们的舌头上滴一滴海水，这象征比阿特丽斯的血，而后我们便祈求被赐予信念、希望和爱。

"但是你获得信念了吗？"

我从来没想过这个。"我不确定。"我相信上帝，不是吗？"我可能收到了。"

丹尼尔被逗乐了："如果你被赐予了信念，你会**知道**的。"

我抬头凝视黑暗，满心苦恼："一定要到深海教会去，才能正当地祈求吗？"

"不。即使在深海教会，也不是每个人都会邀请比阿特丽斯进入他们的内心。你必须按照《圣经》所说的那样去做：'像个未出世的孩子一样，赤裸，无助。'"

"我受过洗礼了，不是吗？"

"在一个金属碗里，那时你才30天大。婴儿洗礼是父母做出的一种姿态，用来表示他们对自己的美好意愿的肯定。但这不足以拯救那个孩子。"

我现在感到非常迷茫。至少，我父亲同意丹尼尔改变信仰……但现在丹尼尔试图告诉我，我们家与上帝的一切交流，即使在实际层面上不是虚假的，也是有严重缺陷的。

丹尼尔说："记得比阿特丽斯上次出现时对她的信徒说的话吗？'除非你愿意淹溺在我的血里，否则你永远不会看到我母亲的面容.'于是他们捆绑彼此的手脚，用石头将自己坠入海中。"

我的胸腔收紧了："你也这么做了？"

"是的。"

**"什么时候？"**

"差不多有1年了。"

我比之前更困惑了："妈妈和爸爸去了吗？"

丹尼尔笑了起来："不！这不是一个公开的仪式。祷告小组的一些朋友帮了我，必须有人在甲板上把你拉上来。若指望比阿特丽斯像对待她的追随者那样，破开你的禁锢，把你托上水面，这种想法是傲慢的。但在水里，你独自一人和上帝是一起的。"

他从自己的床铺上爬下来，蹲在我的床边："你准备好把你的生命献给比阿特丽斯了吗，马丁？"他的声音像在黑暗中迸出的暗淡火花。

我犹豫了一下："如果我只是潜下去呢？在水下待一会儿？"我经常在夜里游离船舶，这倒没什么好害怕的。

"不行。你必须被负重拖下去，"他的语气表明，在这个问题上不能妥协，"你能屏住呼吸多久？"

"$200\tau$。"这是一种夸张，$200\tau$是我的目标。

"这就足够了。"

我没有回复。丹尼尔说："我和你一起祷告。"

我爬下床，我们一起跪下。丹尼尔喃喃地说："神圣的比阿特丽斯，请赐予我的兄弟马丁勇气，让他接受你血中的珍宝。"然后他开始用一种我认为是外语的语言祈祷，发出一连串快速且刺耳的音节，我以前从未听过这种声音。我不安地听着。我不确定我是否想让比阿特丽斯改变我的想法，我还担心这种热情的表现可能真的会说服她。

我说："如果我不做呢？"

"那你就永远见不到上帝了。"

我知道那意味着什么：我将独自徘徊在死亡的腹中，在黑暗中，直到永远。即便《圣经》不应该这样从字面上理解，隐喻背后的真实只会更糟糕。难以形容的糟糕。

"可是……妈妈和爸爸怎么办？"我更担心他们，因为我知道他们绝对不会在丹尼尔的邀请下抱着重物翻出船舷。

"那需要时间。"他轻声说。

我一阵晕眩。他绝对是认真的。

我听见他站起来，走到梯子跟前。他爬上几级横档，打开舱门。星光照了进来，显现出他肩膀和胳膊的轮廓，但当他转向我时，我仍然看不清他的脸。"来吧，马丁！"他低声说，"你拖得越久，就越艰难。"他压低的声音里那种急迫感让我感到很熟悉：宽厚又诡诈，完全不像成年人不耐烦的样子。他很像是在怂恿我和他一起于午夜突袭食品室——不是因为他真的需要一个合作伙伴，而是因为他真诚地不想让我错过这种刺激，或错过战利品。

我想，比起溺水，我更害怕下地狱，而且我一直相信丹尼尔会提醒我前方的危险。但这一次，我不完全相信他是对的，所以除了恐惧和盲目的信任外，我肯定还受到了别的什么的驱使。

也许归根结底是因为他主动提出，想让我拥有与他同等的体验。我10岁了，我渴望超越自我，渴望有一半丹尼尔那充满自由和秘密的精神生活，而不是过我父母那负担沉重的成年生活。我希望自己像他一样强壮、敏捷、机智又博学。变得坚信上帝并非我的第一选择，但我也不必指望神的介入还能给我带来其他东西。

我跟着他上了甲板。

他从工具箱里拿出绳子、1把刀，还有4个我们用来坠在网上的备用网坠。他把网坠穿到绳索上，然后我脱下短裤，光着身子坐在甲板上，让他用绳子给我的脚踝打了一个8字结。我试着抬起双脚，网坠似乎没有那么重。但我知道，在水里，它们足以抵消我身体那一点点浮力。

"马丁？伸出你的双手。"

我突然哭了起来。如果手臂是自由的，至少我可以拖着网坠游泳。但如果连双手都被绑住，我就无能为力了。

丹尼尔蹲下来，看着我的眼睛："嘘。不会有事的。"

我讨厌自己。我能感觉到我的脸扭曲着，就像戴着一个哭闹的婴儿的面具。

"你害怕吗？"

我点点头。

丹尼尔鼓励地笑了笑："你知道为什么吗？你知道这是谁干的吗？死神不想让比阿特丽斯拥有你。他想要你属于他。所以他就来到这艘船上，往你的心中注入恐惧，因为他知道他快要失去你了。"

我看到工具箱后面的影子里有什么在动，有东西在黑暗中蜿蜒蠕动。如果我们现在回到舱室里，死神会跟着我们吗？他会等丹尼尔睡着吗？如果我背叛了比阿特丽斯，我能请谁把死神送走呢？

我盯着甲板，羞愧的泪水顺着脸颊滴下来。我伸出胳膊，并拢手腕。

我的双手被绑住了，不是我想象的那样掌对掌，而是分别绑在两个绳圈里，中间由一小段短绳相连。此时，丹尼尔从船尾的绞盘上解开了一根长绳，盘在甲板上。我不想去想它有多长，但我知道我从来没有潜到过那个深度。他拿起绳子末端的钝钩子，套进我的两只胳膊，并拧紧成一个断不开的环。接着他再次检查，确定我手腕上的绳子既不会紧到擦伤我，也不会松到滑脱。就在他这么做的时候，我看到他脸上隐隐透露出某种神情：某种他对自己的怀疑或恐惧。他说："抓住钩子。只是以防万一。无论如何都不要放手。好吗？"他悄声向比阿特丽斯说了些什么，接着抬头看看我，再度自信起来。

他扶我站起来，让我拖着脚走到护栏边，就在绞车的一侧。然后他把我从腋下托起来，让我的脚踩在外船壳上。甲板是无生命的，是矿化的内壳，但在护栏下方的船壳则显然是活着的：保护性的分泌物使它很滑溜，并且散发着柔和的光。我的脚趾毫无用处地抠着它润滑的皮肤，我什么也没有抓住。船壳支撑着我的一部分重量，但丹尼尔的胳膊终究是会累的。如果我想退出，就得快点。

一阵暖风吹来。我环顾四周，望了望平坦的海平线、灿烂的星辰，还有水面上微弱的银光。丹尼尔吟诵道："神圣的比阿特丽斯，我已准备好为这个世界而死。让我淹溺在您的血中，好叫我得蒙救赎，且能仰望您母亲的面容。"

我重复着这句话，尽可能真诚地表达它。

"神圣的比阿特丽斯，我把我的生命献给您。我现在所做的一切，都是为了您。走进我的心，赐予我信仰。走进我的心，赐予我希望。走进我的心，赐予我爱。"

"赐予我爱。"

丹尼尔放开了我。起初，我的脚神奇地粘在船身上，我整个人向后转也没有摔倒。我紧紧抓住钩子，把冰冷的金属压在我的肚子上，希望绞车的绳索能一下子绷紧，让我在半空中晃荡。我甚至做好了受到冲击的准备。我内心深处真的相信哪怕到了现在，我还是可以改变主意。

然后我的脚滑了一下，我猛地落进了海里，直沉下去。

这不像跳水——甚至不像从一个未尝试过的高度跳水，因为在这种情况下，你要过很久才会在水中停住，在这个过程中你会越来越害怕。我在水中沉落的速度越来越快，就像在空中坠落一样。我曾幻想绳索能让我悬在水面之上，但这景象现在摆向了另一个极端：我不断地加速似乎在证明甲板上的绳圈没有连在任何东西上，证明它磨损的那一端已经在水面之下。**这就是追随者们所做的，不是吗？他们让自己在没有救生索的情况下被抛进水中。**所以丹尼尔切断了绳索，而我是在去往海底的路上。

突然，钩子把我的双手猛地拉过头顶，扯到了我的手腕和肩膀，我停住了。

我向水面抬起脸，但无论是星光还是船壳微弱的磷光，都触碰不到这深处。一串泡泡逃出我的嘴，我能感到它们擦过我的上唇，但它们的踪迹无法显现在这黑暗中。

我小心翼翼把手移到钩子上。我仍能感觉到绳子紧紧缠着我的手腕，但丹尼尔警告过我不要相信它。我把膝盖抬到胸前，估算网坠的影响。如果绳索断了，至少我的手是自由的，但即使如此，我也不确定自己能否上浮。一想到我要在往更深处沉落时奋力拆开脚踝上的绳结，我就满心恐惧。

我的肩膀发疼，但并没有受伤。我没费多大力气就把自己拉了起来，直到下巴与钩子的底部齐平。再进一步就很艰难了，双手贴得太近使我无法适当地支撑自己。但在第三次尝试时，我成功地把双臂固定住了，直指下方来更好地支撑自己。

我这样做时并没有什么计划，但接着我突然想到，即使我的手和脚被绑着，我还是可以尝试沿绳子往上爬。只要开始做就行了。我必须倒过来，用两膝夹住绳子，然后拖着钩子往上蜷，接着让我的手抓住一个更高的位置。

如果我够不到足够远的地方让自己正过来呢？

那我就头朝下往上爬。

我连第一步都做不到。我以为这很简单，只要保持手臂僵直，向后翻倒就可以了，但在水中，哪怕是我身体重量的三分之二都不足以与网坠的重量抗衡。

我尝试了另一种方法：我落下去，让自己完全伸长手臂吊在水中，然后尽可能地举高我的双腿，再把自己拉起来。但我的手抓得不够紧，无法抵抗网坠旋转的力量。我只能绕着我的重心——大概在双膝附近的某个地方——最后保持屈身的姿态，但几乎是水平的。

我又慢慢放松自己，想把双脚从胳膊中间穿过去。我的第一次尝试没有成功，仔细考虑后，我觉得这似乎是一个错误的动作。我有可能只会向后翻滚，失去控制，然后肩膀脱臼。而即使我成功地用被捆绑的双脚夹住了绳子，**头朝下双手背在背后**爬上绳子，要么是不可能的，要么是过于笨拙且费力的，以至于我在爬上十分之一长度前就会耗尽氧气。

更多的空气逃离我的肺部。横膈膜上的肌肉在指责我阻止它们作用于呼吸，虽然现在还不紧迫，但知道自己无法支配下一次呼吸的时间，这让我更难保持冷静。我知道只要我数到200τ，丹尼尔就一定会把我带上水面。但我只在水下待过160τ。多出的40τ将是永恒。

我几乎忘记了这整个考验的意义，但现在我开始祈祷了。**求您了，神圣的比阿特丽斯，别让我死。我知道您这样淹溺我是为了拯救我，但如果我死了，对谁都没有好处。丹尼尔会陷入最可怕的困境……但这不是威胁，只是遵奉。**我感到一阵焦虑，最重要的是，我刚才是不是冒犯了上帝之女？我挣扎着继续，信心在减弱。**我不想死。但是您已经知道了。所以我不知道您想让我说什么。**

我吐出更多的污浊空气，后悔没有数清楚在水下的时间。你不应该太快清空你的肺，当放出气体后，忍着不吸气就更难了。但是把所有的二氧化碳憋在里面太久也不好。

祈祷似乎只会让我更加绝望，所以我试着去思考其他神圣的想法。我记不起《圣经》里的任何一个段落了，但最重要的部分开始在我脑海中闪现。

比阿特丽斯在她的肉身中活了30年，说服所有的天使重新变成了凡人，此后，她便回到他们废弃的飞船上，直接飞进了海洋。当死神看到她来时，就变成了一条巨蛇，盘绕在水里，等待着。尽管她是上帝之女，拥有无所不能的力量，她却让死神吞噬了她。

她就是这么爱我们。

死神以为他赢得了一切。比阿特丽斯被困在他体内，独自待在黑暗里。而天使们又是肉身，所以他甚至不必等星辰掉落，就可以宣告他们属于死神了。

但比阿特丽斯是上帝的一部分。死亡吞噬了上帝的一部分。这是一个错误。3天后，他的下巴裂开了，比阿特丽斯沐浴着火焰飞了出来。死神破碎了，枯萎了，凋零了。

我四肢麻木，胸腔却在燃烧。死神仍然强大到足以压制被诅咒的人。我开始盲目地挣扎，浪费血液中剩下的一丁点儿氧气，但不顾一切地转移自己吸气的冲动。

**求求您，圣比阿特丽斯——**

**求求你，丹尼尔——**

一个个光点在我眼后绽开，漂入水中。我看着它们圈成某种漩涸，好像有什么东西在吸入它们。

那是毒蛇之口，在吞噬我的灵魂。我张开嘴，发出悲惨的声响，而死神游过来吻我，要让我的肺吸入冷水。

突然间，一切都被光芒灼伤了。蛇转身逃跑了，像一条苍白胆怯的小虫。一股满足感涌过我的身体，仿佛我又变成了一个婴儿，由母亲紧紧地搂在怀里。我就像沐浴在阳光下，听着笑声，梦想着美妙如天籁的音乐。我的每一块肌肉都仍然想撬开我的肺，让水放进来，但此刻我发现自己几乎是心不在焉地在抵抗，同时对这种奇怪的兴奋大为惊奇。

冷空气抚过我的手和胳膊。我挺起身吸了一大口气，然后又瘫回去，头晕目眩地呛咳着，对每一口呼吸都心存感激，但同时依然为另一件事欢欣鼓舞。刚才充满双眼的光芒已经消失了，但在我视野的每一处都留下了紫罗兰色的残影。丹尼尔不断转着绞车，直到我的头与护栏齐平，然后他固定绞索，弯下腰把我扛到他的肩上。

我在水里倒是够暖和，但现在牙齿却在打战。丹尼尔用一条毛巾把我裹住，然后开始剪绳子。我对着他喜笑颜开："我太开心了！"他示意我安静一点，但接着快活地小声说："这就是比阿特丽斯的爱。现在她将永远和你在一起了，马丁。"

我惊讶地眨了眨眼睛，然后轻声嘲笑自己的愚蠢。此刻之前，我完全没有把发生的事和比阿特丽斯联系起来。但那当然是她的力量。我曾请求她走进我的心，她的确这么做了。

我能从丹尼尔的脸上看到这一点：在他进行淹溺仪式的1年后，他仍然感觉到比阿特丽斯的存在。

他说："你现在所做的一切都是为了比阿特丽斯。当你用望远镜看的时候，你就是在纪念她的创造。当你吃、喝、游的时候，你都是为了感谢她的赐予。"我满腔热情地点点头。

丹尼尔把所有的东西都收拾好，甚至把我留在甲板上的水洼都吸干了。回到船舱里，他背诵了《圣经》中的一些段落，我以前从来没有真正理解过它们，但现在看来全都是关于淹溺仪式的事，以及类似于我在进行淹溺仪式时的感受。就好像我打开这本书，发现每一页都在提我的名字。

当丹尼尔先于我睡着时，这是我有生以来第一次没有感到一丝孤独。上帝之女与我同在：我能感觉到她的存在，就像我头颅里的一捧火焰，透过我眼后的黑暗流露出温暖。

给我安慰，给我力量。

给我信念。

## 2

修道院在我们家东北方向大约4毫弧度[1]远。丹尼尔和我把汽艇开到一个集合点，和另外3艘小船会合后继续前进。差不多在1年的时间里，每到第10个晚上都是这样的惯例——此前一年丹尼尔一直自己一个人去祈祷团——所以汽艇不需要太多监管。汽艇以海中的营养物质为食，在阳光和圣约星的磁场引导下，通过往皮肤中的细小管道泵水来推动自己航行，它是天使遗留物的完美范例，是技术永远也无法匹敌的。

巴塞洛缪、蕾切尔和阿格尼丝在同一艘汽艇上，就在我们旁边航

---

1　毫弧度（milliradian）是角度单位，1毫弧度＝0.001弧度＝0.0573°。——编者注

行，而其他小艇飞掠到了前面。巴塞洛缪和蕾切尔结婚了，不过他们只有17岁，比丹尼尔大不了多少。蕾切尔的妹妹阿格尼丝16岁。因为我是祈祷团里最年轻的成员，阿格尼丝从我加入的那一天起就对我过分关心。她说："今晚对你很重要，马丁，是吗？"我点点头，但拒绝继续交谈，让她尽情去和丹尼尔说话。

黄昏时，修道院映入了眼帘，这是一座由至少1万艘船壳建造而成的锥形塔，以典型的比阿特丽斯的飞船造型矗立在水面上。尖顶朝向天空，而非指向深海。虽然有些释经者坚持认为飞船本身已经永远沉没了，认为比阿特丽斯是在无人帮助的状态下从水中复活的，但飞船仍然是她战胜死神的权威标志。在她与上帝分离的那3天里，所有这些建筑都立在黑暗中，不过这是半年后的事了，现在，修道院的每个舷窗都在发光。

有一条狭窄的隧道直通塔底，汽艇在水中侦测到了它的气味，便鱼贯而入。我知道它们没有灵魂，但我很好奇如果它们知道自己在做什么，又会是什么样子。通常情况下，它们会停在一个由单一船壳组成的船坞里，呈袋状的船皮围住它们，不过它们大部分还是暴露在外。比起停泊于母船中，也许本能地被吸引到这个巨大的建筑中会让它们觉得更安全、更舒适。当我说到这种印象时，坐在我身后汽艇里的蕾切尔咻咻地笑了起来。阿格尼丝说："别吓人。"

隧道的墙壁发着淡绿色的磷光，前面的洞口则满溢白色的灯光，饱满明亮得使人目眩。我们驶入一条环绕着一个巨大中庭的运河，绕着圈子直到汽艇们找到空码头。

下船时，每一声脚步，每一个水花都在我们身后回响。我抬头看了看天花板，这个穹顶由数百个三角形曲面的船壳片拼接而成，画满了《圣经》中的场景。最初的画面已经有1000多年的历史了，但活的船皮每几十年就能将颜料降解，所以僧侣们不得不时时重绘它们。

《比阿特丽斯加入天使》是我的最爱。因为天使们不是肉身，他们不是在母亲体内生长的，他们只是这么突然地出现在无形之城的街道上。在天花板上的这幅画作中，比阿特丽斯的无形之身已经塑造了一半，小天使们还在为她四肢的无形之骨裹上无形的肌肉、静脉和皮肤。几个穿着发光长袍的天使睨着她，但你能看得出来，他们对此并不怎么关切。那个时候，他们根本不知道她是谁。

从中庭到会议室的走廊上有专属的小插画。祈祷团大约有50人，包括几个牧师和僧侣，不过他们的行为和其他人没什么两样。在教堂里，你要遵循礼拜仪式，牧师插播他或她的布道，但礼拜者除了祈祷、齐唱和机械回应外，就没有什么发挥余地了。而在这里，一切就不那么正式了。每天晚上都有两三个不同的演讲者——有时是参观修道院的客人，有时是这个团的成员——演讲之后，任何人都可以请祈祷团和他们一起祈祷，内容可以随他们喜欢。

我落在了其他人后面，但他们给我留了一个靠过道的座位。阿格尼丝在我的左边，然后是丹尼尔、巴塞洛缪和蕾切尔。阿格尼丝说："你紧张吗？"

"不。"

丹尼尔笑了起来，好像这说法很荒谬一样。

我说："我不紧张。"我本想让自己听起来泰然自若，但话说出口却显得愠怒且幼稚。

前两位演讲者都是世俗神学家，是到访修道院的固着民。一个人演讲的内容是关于那些归属于错误宗教的人，他说他们实际上都崇拜比阿特丽斯，只是自己不知道而已。他说他们不会被诅咒，因为他们无法选择自己出生的文化环境。比阿特丽斯会知道他们本意善良，并原谅他们。

我希望这是真的，但我觉得没有道理。要么比阿特丽斯是上帝之女，所有不这么想的人都背离她进入黑暗，或者……没有"或者"。我只要闭上眼感受她的存在就知道了。尽管如此，这个人讲完时，每个人都鼓掌了，人们问的所有问题听来都赞同他的观点。所以，也许他的观点只是对我来说太过微妙，无法理解。

第二个演讲者把比阿特丽斯称为"神圣的弄臣"，并严厉地指责我们没有对她的幽默感给予足够的关注。她引用了《圣经》中的一些故事，认为这些故事实际上是恶作剧，然后又用了很长一段时间来讲述"笑声的治愈力量"。这一切就如同关于营养和卫生的讲座一样"扣人心弦"，我挣扎着不让自己睡着。最后，没有人能想出任何问题。

接着，主持会议的卡罗尔说："现在马丁要为比阿特丽斯在他生命中的力量做证了。"

大家都热烈鼓起掌来。当我站起来走进过道时，丹尼尔靠向阿格尼丝，讽刺地小声说："这个应该会不错。"

我站在讲台上，发表排练了好几天的演讲。我说，现在无论我做什么，比阿特丽斯都和我同在：无论是学习还是工作，吃饭还是游泳，或者只是坐着看星星。当我清晨醒来，审视自己的内心时，她必定在那里，给我力量和指引。夜里躺上床时，我什么都不怕，因为我知道她在守护我。在我进行淹溺仪式之前，我一直不确定自己的信念，但现在我再也不能怀疑上帝之女已成肉身，死去，而后征服了死神，这都是因为她对我们伟大的爱。

这都是真的，但即使在说这些话时，我也无法把丹尼尔的讽刺从脑海中抹去。我看了看我刚刚坐过的那一排，看之前和我一起航行的人。说真的，我和他们有什么共同点？蕾切尔和巴塞洛缪结婚了。巴塞洛缪和丹尼尔曾在一起学习，并且仍在同一个潜水球队打球。丹尼尔和阿格尼丝可能在恋爱。而丹尼尔是我的哥哥……但他与陌生人唯一的区别，似乎就是他对我的贬低更伤人。

在接下来的公开祈祷中，我没有注意祈祷团里人们分享的问题和祝福。我试图默默地呼唤比阿特丽斯来消除堵在我心头的愤怒。但我做不到，我离她太远了。

会议结束后，人们开始换到隔壁房间去交谈，我逗留在后面。等其他人都看不见了，我就低头躲进走廊，径直朝汽艇走去。

丹尼尔可以搭朋友的小艇回家，不需要绕太远的路。我会在离船不远的地方等他来，如果我父母看见我一个人回去，我就麻烦了。丹尼尔当然会生气，但他不会出卖我。

一等我把小艇从船坞释放出来，它就知道要去哪里：环绕运河，回到隧道，再驶进外海。当我快速穿过平静、黑暗的水面时，我感觉到比阿特丽斯回来了，这像是一个信号，表示她明白我必须离开。

我俯下身，把手伸进水里，感受着汽艇通过皮肤细胞里离子的进出而产生的电流。外船壳发着蓝色的磷光，更多是为了警示其他船只，而不是照亮航路。在比阿特丽斯的时代，她的一个追随者坐在无形之城中，凭空设计了这个生物。单单是想象天使们知道的事，就让我产生了某种眩晕感。我不知道为什么汽艇遗失了那么多，但我想重新发现它的所有。甚至深海教会也教导说，这样做也没什么错，只要我们不用它来尝试再次获得永生就行。

修道院收缩成了海平线上一片模糊的光，水面上也看不到其他的信标，但我能读懂星星，感觉到磁力线，所以我知道汽艇的方向是正确的。

当我注意到远处有一个蓝色的小点时，很明显那不是丹尼尔和其他人在追赶我，方向不对。那艘汽艇越来越近，我变得焦虑起来。如果这是我认识的人，而我又想不出一个独自航行的好借口，消息就会传到我父母那里。

我还没能看清船上的人，就有一个声音喊："能帮帮我吗？我迷路了！"

我想了一会儿才回答。这声音听起来几乎是平淡的，对方轻描淡写且率直承认了自己的无助，但这不是开玩笑。如果你生病了，你对昼夜和磁场的感知可能都会变得紊乱，你就会更难读懂星星。这种情况在我身上发生过几次，那真是可怕的经历——哪怕我只是安全地站在我们的船甲板上。在深夜时分，只有自身磁场感应作引领的汽艇可能会弄不清自己的位置，如果你正试着带它去它从未去过的地方，那情况就会更严重。

我向对方喊出我们的坐标和时间。我很有信心我已经把坐标精确到几百个微弧度、把时间精确到几百τ的范围内。

"这不可能！我能过去吗？让我们的汽艇谈谈？"

我犹豫了。从记事起，我就一直被灌输这样一种观念：如果我发现自己独自一人在水上，那么除非我认识其他船上的人，否则就应该与他们保持安全距离。但是比阿特丽斯与我同在，而且如果有人需要帮助，拒绝他们是不对的。

"好吧！"我完全停下来，等着陌生人拉近距离。当那艘汽艇在我身边停下时，我惊奇地发现乘客是个年轻人。他看上去和巴塞洛缪差不多大，但声音却老得多。

我们不需要告诉汽艇要做什么，我和陌生人间的距离之近足以触发化学信息交换。那人说："一个人出门？"

"我和我哥哥还有他的朋友们一起出来的。我只是领先了一点。"

他听见这话就笑了："他们把你打发走了，是吗？你说他们在后面干什么呢？"我没回答，不应该这样谈论你甚至都不认识的人。那人扫视了一下海平线，然后张开双臂表示同情："你一定觉得自己被冷落了。"

我摇了摇头。他身后的地板上放着一架双筒望远镜，甚至在他求助之前，他就能看到我只有一个人。

他敏捷地从那艘艇上跳了过来，落在船尾的长凳上。我说："没有什么可以偷的。"我起了鸡皮疙瘩，心里的不可置信多于恐惧。他站在星光下的长凳上，从腰带上抽出了一把刀。刀柄上雕刻的图案、刀刃的锯齿状边缘——这些细节只是让这一刻看起来更像一场梦。

他咳嗽了一下，突然紧张起来："照我说的做，你就不会受伤。"

我吸了一大口气，用尽全身力气喊救命。我知道没人能听见，但我想这也许还是能吓到他。他环顾四周，吃惊多过于愤怒，似乎他不太相信我会浪费这么多精力。我向后一跳，跃进了水中。过了一会儿，我听见他也跳下来了。

我找到了上方汽艇发出的蓝光，便用力向下游去，远离它们，没有浪费时间去搜寻他的影子。血液在我耳朵里鼓噪，但我知道我的移动几乎是无声的。无论他有多快，在这黑暗中，他都可能毫无察觉地从我身边游过。如果他不能很快赶上我，他可能会回到艇上，等着我出水换气。我必须到足够远的地方再浮起，以免被看见——得在用双筒望远镜也看不见的地方。

我害怕随时会有一只手抓住我的脚踝，但比阿特丽斯和我同在。当我游泳时，我回想起我的淹溺仪式，而她的存在也比以往任何时候都更强烈。当我的肺几乎要炸裂时，她帮助我继续前进，我的四肢机械地划动，光点在我的眼前漂浮。当我终于知道我必须浮出水面时，我转身让脸朝上，慢慢上升，然后仰面浮着，只有口鼻露出水面，抵制着抬起头四处张望的诱惑。

我填满肺再清空，这样重复了多次，便再次潜入水中。

第五次浮出水面时，我才敢回头看。我一艘艇也看不到。我把更多的身体伸出水面，然后完整地转了一圈，以防之前弄错了方向，但我什么也没看见。

我检查了星星和我的磁场感应。汽艇应该**不会**在海平线那边。我踩着水，乘着浪，尽量不去想自己有多累。这里距离最近的船至少有两毫弧度。优秀的游泳运动员——有些比我还小——会参加如此距离的马拉松比赛，但我从来没有向往过他们超凡的耐力。在毫无准备的情况下，在这半夜里，我知道我做不到。

如果那个人放弃找我，他会开走我们的汽艇吗？在它们成本如此之低，标记又如此难以改变的情况下？那就等于承认自己有罪了。**所以我为什么会看不出来呢？**要么他会让汽艇上路，要么它会自己决定回家。

我知道它会走什么路径，如果我之前浮出水面时就在寻找它，会看到它经过。但现在没指望碰上它了。

我开始祈祷。我知道离开其他人是我的错，但我请求原谅，并感觉得到了原谅。我近乎平静地看着海平线，朝高空燃烧的流星飞掠形成的蓝光微笑，我确信比阿特丽斯不会抛弃我。

我还在祈祷，一边踩着水，并在凉爽的空气中瑟瑟发抖，此时，远处出现了一点蓝光。当波浪盖过我时，蓝光消失了，但它无疑是一颗流星。**是丹尼尔和其他人，还是那个陌生人？**我没有太多时间做决断，如果我想让他们在经过时听见我的声音，就得使劲游。

我闭上眼睛，祈求指引。**求您了，神圣的比阿特丽斯，让我知道。**喜悦立刻冲刷过我的意识。就是他们，我敢肯定。我以最快的速度出发了。

我还没看清艇上有多少乘客就开始喊叫了，但我知道比阿特丽斯绝不会让我搞错的。汽艇上发出了一颗信号弹，照亮了四个并排站着的人影，他们正在扫视水面。我欢呼起来，挥舞着双臂。终于有人看见了我，将汽艇转向朝我开来。等我上了船，肾上腺素和宽慰感都让我兴奋不已，我差点相信我可以跳回水中，和他们竞速回家。

我以为丹尼尔会生气，但是当我描述发生的事时，他只说了一句："我们最好开船。"

阿格尼丝拥抱我。巴塞洛缪近乎尊敬地看了我一眼，但蕾切尔乖戾地咕哝道："你是个白痴，马丁。你不知道你有多幸运。"

我说："我知道。"

我们的父母正站在甲板上。空无一人的汽艇已经到了一会儿，他们正要出发去找我们。等其他人离开后，我开始重新叙述一切，这一次我试图淡化任何危险因素。

我还没说完，我母亲就抓住丹尼尔的衬衫前襟，开始扇他耳光："我把他托付给你！**你这疯子**！我这么信赖你！"丹尼尔半抬起胳膊想挡住她，但又放下了，只是把脸转向甲板。

我哭了起来："是我的错！"父母亲从不打我们，我简直不敢相信看到了什么。

我父亲安抚母亲说："瞧……他现在回家了。他安全了。没有人伤害他。"他用一只胳膊搂着我的肩膀，小心翼翼地问，"是这样吧，马丁，是吗？"

我含泪点头。这比汽艇上或水里发生的任何事情都要糟糕。我的无助感比之前多了一千倍，一千倍地觉得自己更像个孩子。

我说："比阿特丽斯一直在照看我。"

妈妈翻了个白眼，疯狂地笑了起来，松开了丹尼尔的衬衫："比阿特丽斯？**比阿特丽斯？**你不知道自己会遭遇什么吗？你还太小，不能给那个陌生人他想要的。他只会使用那把刀伤害你。"

我的湿衣服似乎冷得更刺骨了。我摇摇晃晃，但还是努力保持直立。然后我固执地轻声说："比阿特丽斯在那儿。"

我父亲说："去换衣服，不然你会被冻死的。"

我躺在床上听着他们对丹尼尔吼叫。当他终于从梯子上下来时，我羞愧得宁愿自己已经淹死了。

他说："你没事吧？"

我无话可说。我不能请求他原谅我。

"马丁？"丹尼尔打开了灯。他的脸上布满了泪痕，他轻声笑了笑，把眼泪擦掉了。"妈的，你让我担心了。以后别再做那样的事了。"

"我不会了。"

"好吧。"就是这样，没有喊叫，没有互相指责，"你想和我一起祈祷吗？"

我们肩并肩跪下，为我们父母的安宁祈祷，为那个试图伤害我的人祈祷。我开始发抖，后知后觉地意识到了所有的事。突然，一些话从我嘴里喷涌而出——这些话我既不认识也不理解，但我知道我在祈祷丹尼尔一切安好，祈祷父母不要再因为我的愚蠢而责怪他。

这些奇怪的词语不断地从我口中流出，就像一股令人费解的急流，不知怎的渗透了我所有的感受。我知道发生了什么：**比阿特丽斯给了我天使之舌。**成为肉身时，我们不得不放弃天使所有的知识，但有时她赋予人们如此祈祷的能力，因为天使的语言可以表达我们无法再寄托于语言的东西。丹尼尔自从自己进行淹溺仪式后就能做到这一点，但这不是你可以教授的东西，甚至不是你可以祈求的东西。

当我终于停下来的时候，我的大脑在飞速运转："也许比阿特丽斯策划了今晚发生的一切？也许这都是她安排的，就为了引出这一刻！"

丹尼尔摇摇头，微微皱眉道："不要忘乎所以。你有了这种天赋，只要接受它就好。"他用肩膀轻轻推着我，"现在上床睡觉吧，免得我们俩惹上更多麻烦。"

我躺在床上，几乎直到天亮都醒着，满心欢喜。丹尼尔原谅了我。比阿特丽斯保护了我，祝福了我。我心里再也没有羞愧，只有谦卑和惊奇。我知道我没有做什么配得上这番对待的事，但上帝的爱包裹着我的生活。

# 3

根据《圣经》的记载，地球上的海洋风暴肆虐，充满了危险的生物。但在圣约星中，海洋是平静的，天使在生态系统中没有创造任何会伤害他们凡人化身的东西。四大洲和四大洋都被赋予了同样适宜的环境，而且，就像女人和男人在上帝眼中毫无差别一样，自由民和固着民也是如此。（一些释经者坚持认为：上帝选择掩目不见我们的住处，以及我们生来有无生殖器。我认为这是一个美丽的想法，即使我不太能理解它的逻辑。）

我听说一些不太有名的教派认为，有半数天使实际上已经实体化，变成独立的人，他们可以生活在水里，也可以在水下呼吸，但后来上帝摧毁了他们，因为他们是对比阿特丽斯之死的拙劣模仿。不过，没有一个合法的教会认真对待这种观念，考古学家也没有找到这些在神话中注定灭亡的支系的任何踪迹。人类就是人类，只有一种。自由民和固着民甚至可以通婚——只要他们能商定住在哪里。

我15岁时，丹尼尔和祈祷团的阿格尼丝订婚了。这很合理：就淹溺仪式而言，他们可以不用像那些没有受到如此赐福的伴侣那样，需要解释和争论。阿格尼丝当然是自由民，但她的家族有一个很大的分支是固着民，我们家有一个小分支也是。所以经过漫长的协商，大家决定在海滨小镇费雷斯举行婚礼。

我和父亲一起去挑一具船壳，准备装配在丹尼尔和阿格尼丝的船上。饲养员黛安娜拖着一串6具成熟的船壳，我父亲坚持走到它们的背上，亲自检查每具船壳的缺陷。

走到第四具上面时，我已经失去了耐心。我咕哝道："要紧的是下面的皮肤。"事实上，你在这上面就能大致了解船壳的总体状况，但是真没必要担心水线以上的一些小瑕疵。

父亲若有所思地点了点头："没错。你最好下水去检查一下它们的底面。"

"我才不要。"我们怎么就不能相信这个女人会以合适的价格卖给我们一具健康的船壳，而且还嫌这不够尴尬。

"马丁！这是为了你哥哥和嫂子的安全。"

我瞥了黛安娜一眼，向她表明我的同情，然后脱下衬衫，潜下水去。我游到这一串船壳的最后一具，然后钻到它下方。我赌气地开始了这项细致的工作，抚摩过它的每一寸皮肤。我决定花超出我父亲预期的时长来惹恼他，并且决定在不上浮换气的情况下检查完6具船壳，好让黛安娜钦佩我。

在水里，一具未装配的船壳比一艘装满家具和杂物的船漂得更高，但我惊奇地发现，即使在这生物的阴影里，也有足够的光线让我看清它的皮肤。过了一会儿我意识到，这是因为水比平常更混浊些，而不管这些细小的颗粒是什么，它们都把阳光散射到了阴影里，这真是矛盾。

我在温暖明亮的海水中穿行，感受到较过往更浓烈的比阿特丽斯的爱，便不可能继续对父亲生气。他想要给丹尼尔和阿格尼丝最好的船壳，我也是。至于让黛安娜钦佩……我在跟谁开玩笑呢？她是一个成年女人，至少和阿格尼丝一样大，基本上只可能把我当作一个孩子。检查完第三具船壳时，我觉得肺里的空气不足了，于是浮出水面，高兴地报告说："目前还没有什么缺点！"

黛安娜微笑着低头看我："你的肺功能很强。"

6具船壳都处于完美状态。最后我们选择了这一串的最后一具，因为它最容易拆下来。


费雷斯建在一处河口，不过码头的位置还要往上游再走一段距离。这有助于我们做好准备，比起从海洋瞬间转变成陆地，海浪逐渐减弱算不上是太震撼的冲击。然而，当我从甲板跳上码头时，感觉就好像撞上了某种巨大又刚硬的东西，那是行星本身的岩石。我从前上岸过两次，加在一起的时间不超过1天。而婚礼庆典将持续10天，好在我们还能在船上睡觉。

我们4个人走在拥挤的街道上，前往仪式大厅，除了婚礼圣餐外，一切流程都将在那里举行。我无礼地盯着眼前每一个人。几乎没有人像我们一样光着脚，不过在比任何甲板都粗糙的铺路石上走了几百τ之后，我就能理解是为什么了。我们的衣着不同，皮肤更黑，口音明显是外地的……但没有人盯着我看。自由民在这里并不罕见。但这让我更加不好意思了，对方并没有我这样的好奇心。

在大厅里，我也加入了准备工作，主要是在阿格尼丝一个专横的叔叔的指挥下，把家具搬来搬去。看到这么多自由民聚集在这个陌生的环境中，这是一种全新的冲击，更奇怪的是，我意识到自己未必能在我们中间发现固着民。两种人在外貌甚至衣着上都没有明显的区分。我开始感到有点内疚，如果上帝都看不出两者的区别，我为什么要寻找这些迹象呢？

中午我们都在屋外吃饭，在大厅后面的花园里。草地很软，但让我的脚发痒。丹尼尔去试穿结婚礼服了，我的父母正在做他们的某些重要工作，而我只认识我周围的几个人。我坐在树荫下，假装没有注意到这棵植物巨大的体型和奇异的结构。我想知道我们要不要午休，我无法想象在草地上睡着的情景。

有人在我身边坐下，我转过身去。

"我是莉娜。阿格尼丝的二堂妹。"

"我是丹尼尔的弟弟，马丁。"我犹豫了一下，向她伸出了手。她和我握了握手，微微一笑。那天早上我笨拙地亲吻了十几个陌生人，全都是未来的远亲，但这次我不敢这么做。

"新郎的弟弟，和我们一起干苦力活儿。"她摇了摇头，带着虚假的赞赏。

我急切地想说点俏皮话来应答，但失败的尝试只会比单纯的乏味更糟糕："你住在费雷斯吗？"

"不，住在米塔。在内陆。我们现在和我叔叔住在一起。"她做了个鬼脸，"和另外10个人一起。没有隐私。讨厌死了。"

我说："这对我们来说很轻松。我们把家带着走。"**你这个白痴。好像她不知道似的。**

丽娜笑了："我好几年没坐船了。有机会你一定要带我玩一趟。"

"当然。我很乐意。"我知道她只是在闲聊，她决不会把这话当真的。

她说："你只有丹尼尔一个哥哥吗？"

"是的。"

"你们感情一定很好。"

我耸了耸肩："你呢？"

"我有两个弟弟，一个8岁，一个9岁。我觉得他们都挺好的。"她用一只手托着下巴，冷冷地看着我。

我把目光移开了，除了一厢情愿地想着这视线的含义外，还有别的东西让我仓皇失措。她的兄弟不太可能是在计划下出生的，除非在她出生时她的父母年纪还非常小。那么，家里孩子是奇数，这意味着有一个死了呢，还是说在她住的地方，并不遵循父母双方要怀胎相同次数的习俗呢？不到一年前，我曾研究过这个地区，但我总是记不住这类事情。

莉娜说："你看起来很孤独，一个人在这里。"

我惊讶地转身看着她："我从不孤独。"

"真的吗？"

她看起来真的很好奇。我张口想告诉她比阿特丽斯的事，但又改变了主意。我曾经有几次对朋友说了一些事——都是普通朋友，而不是淹溺者——然后我后悔了。并不是每个人都为此大笑，但每个人都被这启示弄得相当尴尬。

我说："米塔有100万人，对吗？"

"是的。"

"同样面积的海洋，人口只有10人。"

莉娜皱起了眉头。"恐怕这对我来说有点太深奥了。"她站起身来，"不过，也许你能想出一种说法，让固着民也能听懂。"她举手告别，然后走开了。

我说："也许我会的。"

婚礼在费雷斯的深海教堂举行，这是一艘由石头、玻璃和木材建造的宇宙飞船。它看起来几乎是在拙劣地模仿我所熟悉的那些教堂，不过比起用活船壳制造的东西，它可能更接近天使们的真实飞船。

丹尼尔和阿格尼丝站在牧师面前，就在建筑的尖顶之下。直系亲属站在他们身后，往两侧斜斜排开。我的父亲，也就是丹尼尔的母亲，站在我们家这一排的第一个，其次是我的母亲，然后是我。这使我和蕾切尔站在相对的位置，她一直用轻蔑的眼神看着我。在我的不幸遭遇之后，丹尼尔和我终于被允许再次去参加祈祷团的聚会，但不到一年后，我就失去了兴趣，很快不再去教堂了。比阿特丽斯始终与我同在，无论什么聚会或仪式都不能让我变得和她更亲近。我知道丹尼尔不赞成这种态度，但他没有教训我，而且我的父母也行若无事地接受了我的决定。如果蕾切尔认为我是什么叛教者，那是她的问题。

牧师说："你们中的哪位给这段婚姻提供梁桥？"

丹尼尔说："我。"过渡派的仪式已不再问这个问题，因为这真的不关别人的事——在某种程度上，这个问题几乎是亵渎神灵的。然而，深海教会的神学家们已经解释清楚了比这更严重的教义矛盾，所以我又有什么资格提出质疑呢？

"丹尼尔和阿格尼丝，你们是否郑重宣布这梁桥将成为你们结合的纽带，直到死亡，不再与其他任何人分享？"

他们齐声回答："我们郑重宣布。"

"你们是否郑重宣布，当你们共享梁桥时，你们也将平等地分享婚姻中的每一份快乐和每一份负担？"

"我们郑重宣布。"

我走神了，我想到了莉娜的父母。也许他们家的某个孩子是领养的。到目前为止，莉娜和我已经设法溜到船上3次了，都是在傍晚我父母还不在家的时候。我们做了一些我从未和其他人做过的事，但我仍然没有勇气问她任何如此私人的问题。

突然，牧师说："在上帝眼中，你们现在是一体了。"我父亲开始轻声哭泣。丹尼尔和阿格尼丝接吻时，一种矛盾的情绪在我心中涌动。我会想念丹尼尔，但我很高兴我终于有机会和他分开生活了。我也希望他幸福——我已经开始嫉妒他的幸福了——但与此同时，一想到要和阿格尼丝这样的人结婚，我就产生了幽闭恐惧症。她善良、虔诚、慷慨。她和丹尼尔会善待彼此，以及他们的孩子。但他们都不会对对方最珍视的信仰构成丝毫挑战。

这个和谐的配方吓到我了。尤其是因为我担心比阿特丽斯会同意，并希望自己也这么做。


莉娜把手覆在我手上，我们面对面坐在我的床铺上。

我俯身吻了她，她剧烈颤抖了起来。

"马丁？"

"什么？"

我摇了摇头。

"为什么不？"

我几乎无法思考。**为什么不？**"你可能会怀孕。"

她笑了起来："别傻了。"

"但我现在想要更多。你也一样。我看得出来。"她恳求地微笑，"这对我们俩都好，我保证。"

"别打这个赌。"

莉娜发出一个表示怀疑的声音："但这没什么好羞愧的。"

"谁说我羞愧了？"

她严肃地点点头："好吧。那就是害怕。"

我把手抽出来，头撞上了我们上方的铺位。那是丹尼尔的旧床位。

莉娜把手放在我的脸颊上。

我说："我不能。我们没有结婚。"

她皱起了眉头："我听说你完全放弃了。"

"什么？"

"信仰。"

"你被误导了。"

莉娜说："天使们制造我们的身体就是用来做这个的。它怎么可能是有罪的呢？"

"但是梁桥意味着……"**什么？**《圣经》上只说，它意味着男人和女人平等地结合。而且《圣经》上说上帝不能区分女人和男人，但在上帝的见证下，在深海教会，牧师让丹尼尔认领了优先权。所以我为什么要在乎牧师的想法？

我说："好吧。"

"你确定吗？"

"是的。"我捧起她的脸，开始吻她。过了一会儿，我们互相拥抱。

这并不比我的淹溺仪式好，但它们如此相似，所以它必定得到了比阿特丽斯的祝福。当我们在彼此的怀抱中移动时，我下定决心要向莉娜求婚。她既聪明又强壮。她质疑一切。她是固着民这一点并不要紧，我们可以各让一步，我们可以住在费雷斯。

我持续兴奋着，以前从来没有这样过。我能感觉到她的肌肉有节奏地收紧放松，跟随着我们的动作，以及她缓慢的呼气。就是这样。没有回头路了。

现在我害怕了："我从来没有——"泪水夺眶而出，我试图甩掉它们。

"我知道。我知道这很可怕。"她把我抱得更紧了，"但你感受一下。是不是很美妙？"

我几乎感觉不到我那静止不动的身体了，但我的腹中流淌着液体的火焰，阵阵快感向更深的地方蔓延。我说："是的。你的感觉也是这样吗？"

"不一样。但一样好。你很快就会自己发现的。"

"我没想过那么远的事。"我坦白道。

莉娜咯咯笑了："你将面临全新的生活，马丁。你不知道你以前错过了什么。"

她吻了我，然后准备离开。

莉娜说："你不会在我面前晕倒吧，是吧？"

"别傻了，"不过我确实觉得反胃，"如果我没准备好怎么办？如果我做不到怎么办？"

"那我就会在几百τ后失去对它的掌控。天使们也不完全是愚蠢的。"

我忽略了这句亵渎的话，不过设计我们身体的不是任何一个天使——而是比阿特丽斯自己。我说："你要保证不用刀。"

"这可不好笑。它确实会发生在人们身上。"

"我知道，"我吻了吻她的肩膀，"我认为——"

莉娜微微伸直了双腿，我感到我体内的核心断开了。但疼痛很轻微，我的神经系统已不再连通损伤的部位。我问莉娜："你感觉到了吗？它是你的一部分吗？"

"还不是。建立联系需要一段时间，"她抚摩我的嘴唇。

我快活地点了点头。我几乎不再关心自己的感觉了，我只是在思考这奇妙的奇迹——我竟能把身体的一部分给莉娜。我很久以前就研究过生理学细节，从营养交换到器官独立的免疫系统，我还知道比阿特丽斯在梁桥上使用的许多技术都与她在怀胎上使用的技术相同——但目睹她的独创性在我身上产生如此戏剧性的作用，这让我既震惊又感动。除此之外，只有生育才能让我更贴近比阿特丽斯了。

但是，当我们俩最终分开时，我还没有完全准备好面对接下来的事："哦，太恶心了！"

莉娜摇头大笑起来："新的看起来总是有点……带硬壳。这些东西大部分可以被洗掉，剩下的会在几千τ里脱落。"

我们把自己洗干净，穿上短裤，然后莉娜帮我把床单拿上甲板，用洗衣钩把它挂着垂进水里。床单的纤维将利用水中的营养物质来驱动自清洁。

码头上似乎空无一人，附近大部分船都是参加婚礼的人开来的。我已经告诉父母我太累了，不能继续参加庆祝活动。今晚他们将继续庆祝到黎明，不过丹尼尔和阿格尼丝可能会在午夜离开。去做我和莉娜刚刚做的事。

"马丁？你在发抖吗？"

延迟并没有什么好处。在勇气消失之前，我说："你愿意嫁给我吗？"

"非常有趣。哦——"莉娜拉住我的手，"对不起，我总是搞不清你什么时候在开玩笑。"

我说："我们已经交换了梁桥。我们没有先结婚也没关系，但如果我们遵循习俗，事情会容易些。"

"马丁——"

"或者如果你想的话，我们可以只是住在一起。我不在乎。在比阿特丽斯的眼里，我们已经结婚了。"

莉娜咬着嘴唇："我不想和你住在一起。"

"我可以搬到米塔去。我可以找份工作。"

莉娜摇了摇头，仍然握着我的手。她坚定地说："**不**。在我们做任何事之前，你就知道它有哪些意义，以及没有哪些意义。你不想和我结婚，我也不想和你结婚。所以振作起来吧。"

我把手抽出来，坐在了甲板上。**我做了什么？**我以为我得到了比阿特丽斯的祝福，我以为这一切都在她的计划中……但我只是在欺骗自己。

莉娜坐在我旁边："你在担心什么？怕你父母发现？"

"是的。"这是最微不足道的部分，但试图解释真相似乎毫无意义。我转向她："我们什么时候能——？"

"大约10天之内不行。有时在第一次之后要过更久。"

我也知道这些，但我希望她的经验可以反驳我的理论知识。**10天**。到那时我们都已经走了。

莉娜说："你怎么想，以为你现在永远不能结婚了吗？你能想象有多少婚姻会涉及其中一方与生俱来的梁桥？"

"十分之九。除非她们都是女人。"

莉娜看了我一眼，眼神里夹杂着怜惜和怀疑："我的估计是大约五分之一。"

我摇了摇头："我不在乎。我们已经交换了梁桥，我们必须在一起。"莉娜的表情变得强硬了，于是我的决心也更坚定了，"不然我就得把它拿回来。"

"马丁，这是荒谬的。你很快就会找到另一个爱人，到那时你甚至都不知道你在担心什么。或者你会爱上一个深海教会的好男孩，然后你们俩都会很高兴，因为不用再费劲处理那根多余的梁桥了。"

"是吗？或许他只会觉得恶心，因为我等不及**真的要**为了他这么做！"

莉娜呻吟着，抬头望向天空："我之前是不是说过天使能把事情做好？1万年没有身体，于是他们就以为自己有资格——"

我生气地打断了她："别这么亵渎神灵！比阿特丽斯很清楚自己在做什么。如果我们搞砸了，那是我们的错！"

莉娜不带感情地说："10年后，将会有一种药片，服下就能阻止梁桥被转送；还有另一种药片，让梁桥在不可能的情况下被转送。我们将从天使手中夺回对自己身体的控制权，并开始随心所欲地对待它们。"

"恶心。这真的很恶心。"

我盯着甲板，痛苦得快要窒息了。**这就是我想要的，不是吗？一个与丹尼尔的甜蜜虔诚的阿格尼丝截然相反的爱人？**只是在我的幻想里，我们将有一辈子时间来讨论我们在哲学上的分歧。这将不会毁掉哪怕一个夜晚。

现在我已经没什么可失去的了，便跟莉娜说了我的淹溺仪式，她没有笑，只是静静地听着。

我说："你相信我吗？"

"当然，"她犹豫了一下，"但你有没有想过，那天晚上你在水里的感觉是否有另一种解释？你缺氧了——"

"人们总是缺氧。自由民孩子们在人生的一半时间里都试着在水下待得比上次更久。"

莉娜点了点头："当然。但这并不完全一样，不是吗？你被逼待在水下的时间，超出了你完全靠意志力就能憋气的时间。而且……你被暗示过，被告知了会发生什么。"

"这不是真的。丹尼尔从没告诉过我那会是什么感觉。事情发生的时候我很**吃惊**。"我平静地看着她，准备反驳她提出的任何巧妙的假设。我觉得受到了惩罚，但现在快平静下来了。在我们交换梁桥之前，这曾是比阿特丽斯对我的期望：不是在一个无生命的建筑里举行一个无生命的仪式，而是诚实地告诉莉娜她要和什么人做爱。

我们几乎一直争论到太阳升起，谁也不能在任何事上说服对方。莉娜帮我把干净的床单拖出水面，藏在了甲板下面。临走前，她写下了一个朋友在米塔的地址，以及我们能够会面的时间和地点。

赴这次约会是我这辈子做过的最难的事。我花了整整3天去讨好我在米塔的亲戚，使得他们不得不公开邀请我在婚礼后和他们住在一起。一等我到了那里，我就必须不停地策划和撒谎，以确保我在预定的那天摆脱他们。

某天下午，在一个陌生人的家里，莉娜和我愉快地逆转了我们之间发生的一切。我一直担心这种行为本身会重新点燃我所有愚蠢的幻想，但是当我们在屋外的街道上分手时，我觉得我几乎不认识她了。

在返回海岸的火车上，我一遍又一遍地在脑海中回放整个事件的经过。**我怎么会错得这么离谱？**人们总是谈论性的力量会迷惑和欺骗你，但我总认为那只是卑劣的愤世嫉俗。此外，我并没有盲目地屈服于性，我以为比阿特丽斯在指引我。

**如果在这一点上我可以弄错——**

我必须更谨慎了。比阿特丽斯总是说得很清楚，但我必须以更多的耐心和谦卑来听她说话。

就是这个。这就是她想让我学的。我终于放松下来，望向窗外，看着模糊掠过的森林，那是生态创造的又一次胜利。如果我需要能证明总有下一次机会的证据，它此刻就在我身边。天使们航向了比任何人都离上帝更远的地方，然而上帝却转过身来，给了他们圣约星。

# 4

我19岁时回到米塔，在城里的大学学习。最初，我打算专攻生态创造，并在离家近得多的地方研究——但最终，我不得不接受在地理和知识上最接近预想的工作：与巴拉特合作，他是固着民生物学家，真正感兴趣的是本地的微动物。"天使技术本身就是一门迷人的学科，"他对我说，"但我们不能指望通过天使创造的任何东西来逆向破译陆面演化。我们能做的就是尽力了解，在我们抵达并破坏圣约星的生物圈之前，这里原本是什么样子。"

我设法说服他接受了一个折中方案：我的论文将涉及生态创造对本地元动物的影响。这样我就有理由研究天使们的发明了，还有过去10亿年里栖居于圣约星的那些单调的单细胞生物。

当然，"生态创造的影响"是一个过于宽泛的主题，在巴拉特的帮助下，我把范围缩小到了一个尚未解决的具体问题。长期以来都有地质证据表明，由于新物种改变了溶解气体的平衡，海洋的表层水变得碱性更强，且含氧更低。一些本地物种肯定已经在变化的浪潮中衰弱了，也许有些已经完全灭绝了，但目前上层海水中的动物种群还很繁荣。所以它们一直都在那里，**在原位置**适应吗？还是说，它们是从其他地方迁移来的？

米塔与海岸的距离并不是研究海洋的真正障碍，这所大学定期组织考察，而且，在着手进行类似于自然栖息地采集活体样本这种明确的工作之前，我还有大量的图书馆和实验室工作要做。更重要的是，河水，甚至雨水中都充满了近亲物种，并且，对"被蹂躏"的海洋再殖民的生物可能就来自这些水体资源库，所以我手边有很多值得研究的课题。

巴拉特的要求很高，但他不是暴君，他的其他学生也让我觉得很自在。我想家，但想得并不过分，而且陆地生活给我带来了生动的梦境和潜在的迷失感，它们使我有一种眼花缭乱的愉悦感。我并没有完全实现我童年的雄心壮志——揭开天使的秘密，而且从侧面追踪生态创造的机会也比我希望得少。但是，一旦我开始钻研圣约星最初完全原生的生化细节，它的复杂和优雅便足以吸引我的注意力。

只有在我允许自己想到性的时候，我才会痛苦。我不想进入和丹尼尔一样的生活，所以找另一个淹溺者结婚是我最不想做的事。但我也不能想象再重复一次我在莉娜身上犯的错。我无意与任何人发生身体上的亲密关系，除非我们已经亲密到令我可以告诉对方我生命中最重要的事情。但在这里，事情发生的顺序不是这样的。在几次逆水行舟的丢脸尝试之后，我放弃了整个想法，全身心投入到了工作中。

当然，在米塔大学，即便不与任何人交换梁桥，也还是可以进行社交活动的。我参加了一个关于天使文化的非正式讨论小组，每隔9个晚上在学生楼的一个小房间里聚会一次——就像以前的祈祷团一样，不过我并不妄想这个小组里挤满信徒。这也基本没有必要。就算不涉及比阿特丽斯的神性，天使们的遗产也可以被完美地分析。《圣经》是在大横渡很久以后的一个更朴素的时代里写出来的，没有理由认为它是绝对正确的。如果非教徒能够揭示出历史的任何一面，我就没有理由摈弃他们的见解。

"很明显，只有一个派系来到了圣约！"说话的是塞利娜，一个人类学家，这个女人非常像莉娜，以至于每次看见她，我都要有意识地提醒自己，我们之间永远不会发生任何事。"我们不会同质到全都选择前往另一颗行星，并接受一种新的身体形式，无论是什么文化力量，都只可能驱动一个小群体这么做。那么，为什么天使会一致同意呢？其他派系一定还生活在无形之城里，在地球上，以及其他星球上。"

"那他们为什么还不联系我们？2万年了，他们总该顺便拜访，打一两次招呼。"大卫是个数学家，一个从南大洋来的自由民。

塞利娜回答说："来这里的天使倾向于不支持来访。如果我们只拥有一个关于大横渡的故事，故事中，比阿特丽斯说服每一个最后存在的天使放弃永生——这是一个将其他所有人从历史中简单抹去的故事版本——显然他们没有太多意愿保持联系。"

一位我不认识的女士插话道："不过，一开始可能并没有这么明确。有证据表明，在大横渡之后的3000多年里，移居者级别的技术一直在使用，远远超过了生态创造所需的时间。新物种不断被创造出来，工程项目继续使用先进的材料和能源。但是接着，在不到一个世纪里，它们全都停止了。《圣经》将三个独立的决定合并成了一个：

放弃永生，移民圣约，以及舍弃技术——如果有人改变主意，这些技术也许能提供一条逃跑路线。但我们**知道**之后的事情不是那样的。大横渡3000年后，事情发生了变化。整个实验突然变得不可逆转。"

这些猜测可能会激怒虔诚的一般自由民，更不用说一般的淹溺者了，但我平静地听着，甚至考虑到其中一些说法可能是真的。在我的宇宙观里，对比阿特丽斯的爱是唯一的锚点，其他的一切都可以随意讨论。

不过，有时这种争论还是让人难以接受。一天晚上，大卫在加入我们之前刚参加完一个物理学家研讨会。他从演讲者那里听到的东西已经够让人不安了，而他更进了一步，得出一个更令人不快的结论。

"天使们为什么选择死亡？在1万年的长生后，他们为什么要抛弃眼前所有辉煌的可能性，像这个泥球上的动物一样来此死去呢？"我不得不咬住牙关，免得自己回答他浮夸的问题：因为上帝是永生的唯一来源，因为比阿特丽斯告诉他们，他们真正拥有的只是对这种神圣天赋的廉价模仿。

大卫顿了顿，给出了他的答案——这本身也是一种对比阿特丽斯真相的糟糕模仿："因为他们发现自己终究不是永生的。他们发现**没人能够永生**。我们一直都知道，宇宙在时空上是有限的，他们肯定也知道这一点。宇宙终将塌缩：'星星会从天空陨落。'但很容易就能**想象**出解决办法，"他笑出声来，"我们的物理学知识还不足以排除任何可能性。我刚刚听到一位来自蒂亚的杰出女性谈到，将我们的思想编码为波，它将以如此快的速度围绕正在缩小的宇宙运行，以至于我们可以在一切被压碎之前思考**无数个想法**！"这个想法的大胆程度让大卫高兴地咧嘴笑了。而我呆板地想：多么亵渎神灵的无稽之谈。

然后他张开双臂说："你们还不明白吗？如果天使们**曾**把他们的

希望寄托在这样的东西上——某种将使他们免于与宇宙共同毁灭命运的巧妙把戏——**但后来他们终于获得了足够的知识，排除了所有的逃跑方法**，这一定会对他们造成深远的影响。一些小派系可能会决定，既然他们终究是凡人，那他们也许应该拥抱这必然的结局，并以祖先的方式安于现状。以肉身的方式。"

塞利娜若有所思地说："而比阿特丽斯的神话给整件事披上了宗教的外衣，但这可能仅仅是**事后**对纯粹世俗真相的一种再诠释。"

这太过分了，我无法保持沉默。我说："如果圣约真的是由一群极度沮丧的无神论者建立的，那么是什么改变了他们的想法？推行‘**事后再诠释**’的意愿又**从何而来**？如果把天使带到这里的真相是‘世俗的’，那为什么今天整颗行星上仍然遍布非世俗的信仰呢？"

有人恶毒地说："文明崩溃了。你还指望什么？"

我生气地张嘴想要回答，但是塞利娜先说话了："不，马丁说得有道理。如果大卫是对的，那宗教的兴起比以往更迫切地需要解释。而我认为目前还没有人有能力做到这一点。"

事后，我躺在床上，想着我本应该说的所有的话，还有我本应该提出的所有其他异议（也想到了塞利娜）。抛开神学不谈，这个团体的整体变化开始让我心烦意乱，也许我还不如待在实验室里，尽心尽力对待巴拉特那些无意义的微生物，以此来打动他。

或许我还不如待在家里。我可以在船上帮忙，我的父母已经不年轻了，丹尼尔有自己的家庭要照顾。

我从床上爬起来，开始收拾行李，但中途改变了主意。我并不是真的想放弃学业。我也一直都知道如何解除我心中的困惑和怨恨。

我收起帆布背包，关灯，躺下，闭上眼睛，请求比阿特丽斯赐予我平静。

有人在捶我的门，把我吵醒了。也是一个寄宿生，一个我不认识的年轻人。他看上去极度疲惫又烦躁，但有什么东西凌驾于他的恼怒之上。

"你有一条口信。"

我母亲病了，感染了不明病毒。医院比我们家还要远，这趟行程差不多要花3天时间。

行程中大部分时间我都在祈祷，但祈祷的时间越长，就变得越困难。我知道用天使之舌对比阿特丽斯说一个词也许就能拯救我母亲的生命，但我的疑惑、我的自私、我的自满腐蚀了这个请求的纯洁性，于是我只能变着花样地失败。

天使们在生态创造中没有造出任何会伤害他们凡人之身的东西。原生生物对侵害我们毫无兴趣。但千年来，我们自己的脱氧核糖核酸传播了病毒。既然比阿特丽斯自己选择了每一对碱基对，那一定就是她的本意。衰老是不够的。致命的伤害也不够。死亡必须毫无征兆、无声无息地降临。

《圣经》是这么说的。

医院是一个由船壳连成的迷宫。当我终于找到正确的通道时，我在远处认出的第一个人是丹尼尔。他伸着双臂，高举着他的女儿索菲，仰头朝她微笑。这形象瞬间驱散了我所有的恐惧，我几乎要跪下来表示感谢。

然后我看到了我父亲。他坐在屋外，双手抱着头。我看不见他的脸，但没必要。他既不焦虑，也不疲惫。他只是被击垮了。

我在最后一片含混的祈祷声中走近，但我知道我是在祈求改写过去。丹尼尔开始和我打招呼，好像无事发生一样，询问我的行程——可能是想减轻我受到的打击——然后他注意到我的表情，把一只手放到我肩上。

他说："她现在与上帝同在。"

我与他擦肩而过，走进了房间。我母亲的遗体躺在床上，已经整理得整齐干净：胳膊伸直，眼睛闭着。眼泪流下我的脸颊，激怒了我。当我的爱还能阻止这一切时，它在哪里？比阿特丽斯什么时候能留心到它？

丹尼尔独自跟着我进了房间。我回头看了一眼门口，看到阿格尼丝抱着索菲。

"她和上帝在一起，马丁。"他对着我微笑，好像发生了什么美妙的事情。

我麻木地说："她没有进行淹溺仪式。"我几乎可以肯定，她根本就不是一个信徒。她一生都待在过渡派教会里——但当你十天有九天在船上工作时，这就是你长期与朋友保持联系的方式。

"在她失去意识之前，我和她一起祈祷。她接受比阿特丽斯进入了她的心。"

我瞪着他。9年前他就肯定：你要么进行淹溺仪式，要么被诅咒。事情就是这么简单。而我自己的信念很久以前就松动了，我无法相信比阿特丽斯真的如此专横又残忍。但我知道，我母亲不仅拒绝整套的深海派仪式，对她来说，这整套哲学就像机械学一样毫无意义。

"是她说的吗？是她告诉你的吗？"

丹尼尔摇摇头："但那很清楚。"他满怀着对比阿特丽斯的爱，止不住地微笑。

我感到一阵厌恶，真想把他的脸碾在甲板上。**他不在乎我母亲相信什么。**只要能减轻他自己的痛苦，只要能消除他自己的疑虑，事情就必须这样。接受她被诅咒了——甚或只是死了，离去了，消除了——这是无法忍受的，其他一切都源于此。**他说的任何话里，他相信的任何事中，都没有真理。那都只是他自身需求的一种表达。**

我回到走廊，蹲在父亲身边。他没有看我，只用一只胳膊搂住我，让我紧贴在他身边。我能感觉向他袭来的黑暗，还有无助、失落。当我试图拥抱他时，他只是把我抓得更紧了，迫使我保持不动。我颤抖了几次，然后停止了哭泣。我闭上眼睛，由着他抓着我。

我决定留在他身边，面对他所面对的一切。但过了一会儿，旧日的火焰又不受支配地在我脑中燃起：那是往日的温暖、往日的平静、往日的笃定。丹尼尔是对的，我母亲与上帝同在。**我怎么能怀疑这一点呢？** 问这样的信仰如何达成是没有意义的，比阿特丽斯的方式超出了我的理解。但我亲身体会到的是她爱的力量。

我没有动，没有从父亲孤独忧伤的怀抱中挣脱出来。但我现在是一个骗子，只是以我优雅的姿态做出调停，祈求给他安宁。比阿特丽斯把我托出了黑暗，我不能再分担他的痛苦。

# 5

母亲去世后，我的信念不断衰减，但其根基从未真正动摇。我遗忘了大部分教义内容，只留下一个更易捍卫的信仰核心。无论《圣经》是迷信的无稽之谈，还是教会充满了傻瓜和伪君子，都无关紧要，比阿特丽斯仍然是比阿特丽斯，就像天空还是蓝色一样。每当听到无神论者和信徒之间的辩论，我就发现自己越来越站在无神论者一边——不是因为我一时接受了他们的结论，而是因为他们远比他们的对手诚实得多。也许反对他们的牧师和神学家与我一样，对上帝有某种直接的、亲身的体验——也许不是，也许他们只是迫切地需要相信，但他们从未透露其信仰的真正原因。相反，他们只是可笑地试图以历史记录、生物学、天文学或数学来"证明"上帝的存在。丹尼尔15岁时就说对了——你无法证明这样的事。听这些人如此扭曲逻辑，让我局促不安。

我为留下父亲和雇工一起工作而感到内疚，一年后父亲搬到了丹尼尔的船上，我甚至更内疚了。但我知道，如果他认为我为了他而放弃了自己的事业，他会有多生气。有时，这是我坚持留在米塔的唯一原因：哪怕我真心只想抛开一切，回家拖网，我还是担心自己的决定会被误读。

我花了3年时间完成了我的论文，主题是"生态创造后水生元动物的迁移"。我最初的假设是淡水物种补充了海洋上层，结果这被证明是错误的。元动物没有这样的基因，只有在细胞分裂后彼此重新合成的酶家族。但是对这些可遗传分子的比较表明，随着天使们的造物渐渐排出水中的氧气，有一个来自极深处的海洋物种持续稳步地向水面迁移，它不是雨水从上方带来的新生命。这本来不算多么令人惊讶的事，然而同样的技术还表明，在河水中发现的几个物种与海水表层生物的亲缘关系甚至更为密切。不过，这些淡水物种不是任何生物的祖先，它们是最新的移民。那些在深海区域生活了10亿年的元动物，突然间能在比以往都更接近表层海水的地方生存（并且繁殖和变异），而当一种偶然的突变使它们能在有氧状态下繁荣生长时，它们终于有能力利用氧气了。生态创造可能导致了其他本土生物的灭绝，但来自地球的入侵使这种古老的底栖物种得以自行发动一次早应完成的入侵。不知不觉中，天使们启动了一系列事件，将它们从海洋中释放出来殖民整颗行星。

所以我证明了自己是错的,获得了学位,并在同行的圈子里成名了,不过因为圈子太小了,所以无论如何,我们对彼此而言都是知名的。我的眼前并没有展开广阔的新领域。任何与本土生物学有关的东西都会迅速成为学术上的死胡同。我一直怀疑事情就是这样,但我也没有努力奋斗以实现不同的结局。

在接下来的3年里,我坚持走一条阻力最小的道路:协助巴拉特进行他的研究,从事别人都不想做的教学工作。巴拉特的其他大多数学生都去了更好的领域,而我发现自己在米塔越来越孤独。但这并不重要,我有比阿特丽斯。

25岁时,我已经能清楚地看到我的未来。当其他人在解读并依赖天使的遗产时,我在远处看着,还在摆弄那些已严格清除所有天使污染物的海水样本。

最后,趁为时未晚,我下定决心跳槽。巴拉特对我很好,但他从不期望近乎殉道般的忠诚。这一年年底,一场双生态(本土及天使)微生物学会议在蒂亚召开,这可能是最后一场此类会议。我没有什么新成果要展示,但要找一个合适的理由参加会议倒不难,而且这也是争取新职位的理想场所。涵盖更广领域的生物学家团体并没有完全忽略我对元动物的伟大发现,我可以试着重燃人们对元动物的记忆。我怀疑就算我肯和别人上床也没什么意义,抛开道德谴责不谈,我的梁桥可能已经原地生锈了。

不过,也许我会走运。也许我会撞上一个已获得权势的淹溺自由民,我所要做的,就是保证我的工作是为了给比阿特丽斯带来更大的荣耀。


蒂亚是东海岸一座拥有1000万人口的城市。新高楼与天使时代的空建筑并排矗立，这些失去内脏的巨型机器可能在生态创造中发挥过作用。我年纪太大了，也太骄傲了，不适合再像个孩子一样呆呆地看着，但出于我乡巴佬的修养，我还是想这么做。这些穹顶和圆柱体比家乡修道院天花板上的插画要古老得多。上面没有比阿特丽斯的画像，也没有天使。但为什么要有呢？他们的年代早于她的死亡。

这所大学位于蒂亚郊区，规模是米塔大学的1/3。一辆地铁环绕校园，与我同乘的学生们都不可置信地看着我土气的衣服。我把行李放在宿舍，直奔会议中心。巴拉特选择留下来，也许他不想目睹自己的领域被公葬。这对我来说更便利了，我可以自由寻找新工作而不必让他难堪。

主入口的屏幕上列出了会议议程后期添加的内容。我看也没看就走过去了，因为我早已决定要参加哪些对谈。但在我走出三步远后，路过时瞥见的一个题目在我的脑海中显现出来，我必须倒回去以确定这不是我想象出来的。

卡拉·雷吉亚："Z/12/80排泄物的欣快效应"。

我站在那里难以置信地笑出声来。我认得演讲者和她同事的名字，只是未曾有机会见到他们。如果这不是一个恶作剧……他们做了什么？晒干，吸入，然后把过程写下来作为研究吗？Z/12/80是"我的"元动物之一，它也是从海洋中逃出来的，挤满了蒂亚的空气和水。如果它的排泄物使人愉快，那整个城市的人都会处于极乐的状态。

**当时当地，我就知道他们发现了什么。**早在我终于对自己承认这一点之前，我就知道了。接着我去参加座谈会，满脑子都是关于装满了精神药品分解产物的弃置培养瓶的笑话，但整整两天，我都在敦促自己面对事实，找到使其不必紧要的方法。

卡拉解释说，Z/12/80排出的废物里有一种胺，这种胺能够与我们天使造的大脑中的受体结合。其他工作人员（没有人认出我，没有人看我一眼）已经证明过Z/12/80在生态创造时代还不存在，所以这种相互作用几乎肯定是没有经过设计的，且未曾被预料到的。"现在需要考古学家和神经化学家来确定，环境中出现这种物质，对于早期移民文化的崩溃是否有影响；如果有，那是什么影响。但在过去的15 000年到18 000年里，我们一直浸泡在布满它们的环境中。既然我们仍然表现出如此丰富的情绪类型，我们也许能够下调被设计成与同一种受体结合的内源性分子的分泌物，以抵消这种胺的存在。不过，这只是一种根据现有知识做出的猜测。对于在不同条件下经历了不同剂量的不同个体而言，这种胺究竟有什么影响，这显然将是相关专业研究人员非常感兴趣的问题。"

我对自己说我并不担心。比阿特丽斯通过自然法则对世界产生作用，我很久以前就不相信超自然的奇迹了。现在有人查明了她那晚在水里对**我**施加的影响，这并不会改变什么。

我继续努力争取被录用。会议上的每个人都在谈论卡拉的发现，当人们终于联想到我的研究成果时，他们便不再于我推销自己时心不在焉了。在接下来的3天里，我收到了7份聘用通知，都是关于元动物生物化学的研究。现在，回避那个议题，逃到更广阔的天使生物学世界是轻而易举的了。一个人甚至直接走出来对我说："你是一个自由民，你知道Z/12/80的祖先有更庞大的数量生活在海洋中。你不认为接触**海洋**将是理解这一点的关键吗？"他笑了起来，"我的意思是，你小时候就在这种东西里游泳，不是吗？而你似乎毫发无损地挺过来了。"

"很明显。"

在蒂亚的最后一晚，我睡不着。我凝视着屋中的黑暗，看着暗淡的火花在眼前飞舞。（房水中的污染物？视网膜上的电噪声？这个解释我听过一次，但我记不得了。）

我用天使之舌向比阿特丽斯祈祷，我仍能感觉到她的存在，一如既往地强烈。这种影响显然不只是剂量多少或经皮肤吸收的问题，仅仅在适当深度的海洋中游泳并不足以使任何人产生淹溺反应。但结合缺氧的压力，以及丹尼尔提供的所有心理建设，元动物的那一点尿液肯定驱使某些神经内分泌子系统通过新途径进入了新的领域——或旧的领域。**平静、快乐、满足、被爱的感觉**并不算是不为人知的情感。但是，大脑通常仅在合理状态下才会产生这些感觉，而通过简化这个过程，我"有幸得到了比阿特丽斯的爱"。我找到了急需的幸福。

我仍然拥有它。这是最怪诞的部分。即便我躺在黑暗中，几乎要把我所追求的一切都推理至不存在，我的思维惯性依然是如此根深蒂固，以至于我如以前般感到被爱，被祝福。

**也许比阿特丽斯又给了我一次机会，表明她仍然会原谅我的亵渎，欢迎我的回归。**但我为什么会相信有人要"原谅我"呢？你无法通过推理找到上帝，只有信念可以。现在我知道，我信念的来源是一场毫无意义的意外，是生态创造未曾预料到的副作用。

我还是有选择的。我仍然可以认定，比阿特丽斯的爱不受任何逻辑的限定，是一种超越理解的力量，不受任何证据的影响。

**不，我不能。**我为她破例太多次了。每个人都生活在双重标准中——但我已经把我的标准推到了极限。

我又哭又笑。这几乎是不可想象的：数百万人都被同样的方式误导了。全都是因为元动物，然后……什么？一个自由民，为了快乐而潜水，然后偶然发现了一种奇怪的新体验？接着是对这种体验成千上万次地重复，一代又一代，直到一个脆弱的男人或女人被驱使着为这种新奇赋予意义。这个人如此需要感受到被爱和被保护，以至于无法抗拒地幻想原始情感背后隐藏着某种真实存在，或者拼命想相信死亡仍然可以被打败——哪怕天使发现他们也是凡人。

我很幸运：我出生在一个温和的时代。我不以比阿特丽斯的名义杀戮。我没有因信仰而受苦。毫无疑问，如果我让丹尼尔解开我，只把他的绳子和网坠扔到海里，那这15年来我远远不会有这般快乐。

但这并不能改变这一切的核心都是谎言的事实。


我只睡了几千τ，就头痛欲裂地在拂晓醒来。我闭上眼，寻找她的存在，就像从前成千次做的那样。**当我清晨醒来，审视自己的内心时，她必定在那里，给我力量和指引。夜里躺上床时，我什么都不怕，因为我知道她在守护我。**

什么也没有。她消失了。

我跌跌撞撞地从床上爬起来，感觉自己像个杀人犯，不知道自己这样做了以后该怎么活下去。


# 6

我拒绝了会议上收到的所有聘请，留在了米塔。巴拉特和我花了两年时间建立了我们自己的研究小组，检测动物胺的影响，又花了9年时间来阐明它在大脑中的全部活性范围。我们的新成员都有扎实的神经化学背景，他们比我做得更好，但当巴拉特退休时，我发现自己成了团队的代言人。

科学界在很大程度上忽视了最初的发现，对大多数人来说，我们的大脑化学是否符合天使最初的设计，或者是否在15 000年前被某种意外的污染物改变了，都无关紧要。但是，当米塔动物胺小组开始发表宗教体验的详细生化描述时，公众带着激烈的情绪普遍地重新关注了这个主题。

大学加强了安保措施，尽管有死亡威胁，还有一些投石抗议者造成的令人不快的事件，但没有人受伤。我们收到了来自广播公司的大量请求，但它们大都基于这样一种观念，即研究小组在道德上有义务"面对批评"，而不是广播公司在道德上有义务给我们一个机会，冷静且清晰地解释我们的工作，并且不被愤怒的狂热信徒叫嚷得说不下去。

我学会了躲避狂热分子，但反启蒙主义者更难躲开。我预料到会遭到教会的反对——毕竟，捍卫信仰是他们的工作——但一些最愚昧的回应来自其他学科的专业学者。在一次电视辩论中，我碰上了一位深海教会的牧师、一位过渡派的神学家、一位海神玛尼的信徒，以及一位来自蒂亚的人类学家。

"这一发现对任何信仰体系都没有真正的影响，"这位人类学家平静地解释道，"所有的真理都有局限。在费雷斯的每一个深海教会里，比阿特丽斯都还是上帝之女，而我们是天使的实体化身，从地球来到这里。在南边几毫弧度的一个沿海村庄，玛尼是至高无上的造物主，是她造就了我们，就在这里。向前迈进一步，从灵性领域进入科学领域似乎'否定'了某些灵性真理……但从科学领域进入灵性领域也显示了同样的限制。这些只不过是我们讲给自己听的故事，没有哪个故事比另一个故事更伟大。"他慈祥地笑了笑，那表情就像父母把被争抢的玩具平等地分给所有争吵不休的孩子一样，一脸高兴。

我说："你觉得有多少文化对'真理'的定义和你一样？你认为有多少人会满足于崇拜一个只由他们的信仰构成的上帝呢？"我转向深海教会的牧师，"这对你来说足够吗？"

"绝对不够！"她怒视着人类学家。"虽然我非常尊重我的哥哥，"她指了指玛尼的信徒，"但你不能圈定那些幸运地在真正的信仰中长大的人，然后认为**比阿特丽斯**无限的力量和爱仅限于向那一群人显示……就好像某种民谣合集一样！"

信徒恭敬地表示赞同。玛尼创造了最遥远的恒星，还有圣约星的海洋。也许有些人用别的名字称呼她，但即使这个星球上的所有人明天都死了，她仍然是玛尼：不会改变，不会消减。

这位人类学家安抚地回答道："当然。但在语境中，以更广阔的视角——"

"我很高兴有一个住在我们内心的上帝，"过渡派的神学家说，"期待更多似乎……很不**谦逊**。我们不应该无谓地烦恼于这些终极问题，而应该把自己限定在符合人类尺度的问题上。"

我转向他："所以，你实际上并不在乎到底是一个无限强大、充满爱的存在创造了你周围的一切，并预备在你死后欢迎你进入她的怀抱……还是宇宙只是一团量子噪声，最终会消失并抹去我们所有人？"

他重重地叹了口气，好像我在要求他只通过语言来实现一些艰难的身体技艺："我对这些问题没有任何热情。"

后来，深海教会的牧师把我拉到一边，低声说："坦白说，我们都非常感激你揭穿了那个可怕的淹溺者教会。他们是一群原教旨主义的乡巴佬，没有他们教会将更好。但是你千万不要错误地认为你的工作与普通的、文明的信徒有关！"

人群聚集在岩池附近的海滩上，我站在他们后面，听着两个老人站在及踝深的混浊海水中说话。我花了4天时间从米塔赶到这里，不过既然听说有元动物水华冲上了偏远的北部海岸，我必须亲自来看看结果。动物胺研究小组其实曾经为这种场合招募过一位人类学家——她能够处理诸如客观现实的存在、人类思维的生化基质等令人费心劳神的概念——但塞利娜只和我们一起待了不到1年，现在她已经去做其他研究了。

"这是一个古老的神圣之所！"一个老人吟诵着，张开双臂，虚拢着水池，"你只需要观察它的形状就能明白这一点。它浓缩了群星、太阳和海洋的能量。"

"力量的中心点在那里，在入口。"另一位补充道，并指了指水可能会漫过他小腿的某一处，"有一次，我走得太近了。当我这位朋友来救我时，我几乎迷失在海洋宏伟的梦境中！"

这些人不是玛尼的信徒，也不是任何正式宗教的成员。我从过去的新闻报道中获知，每8年到10年就会发生一次水华，而这两个人在50多年前就自我认定成这个水池的"管理员"了。当地的一些村民把这整件事当作一个玩笑，但也有一些人崇敬他们。只要付一点钱，游客和当地人都可以听他们诵经，然后被泼上强效佳酿。蒸发作用会浓缩滞留的水华之水，在元动物耗尽养分并在一团硫化氢中集体死亡之前，有那么几天，这里胺的含量堪比我们在米塔的实验室培养物的。

看着人们排队等待仪式时，我发现自己在尽力淡化任何人可能受到严重影响的可能性。光天化日之下，没有人担心自己的生命安全，老人泛神论的官样文章里透着和街头骗子的行话一样的庄重。他们那几乎不存在的真诚，还有经手的钱，都足以破坏整件事。这是一个旅游陷阱，而不是一次改变人生的经历。

诵经结束后，第一个顾客跪在了水池边。管理员之一把一个小金属杯装满水，泼在她脸上。过了一会儿，她欢喜地哭了起来。我走得更近了，揪着心。**这是她知道她应该有的表现，仅此而已。她在配合，不想破坏人们的乐趣——就像那些豁达的人在狂欢节上假装自己的想法被灵媒读懂一样。**

接下来，管理员为一名年轻男子诵经。他们甚至还没来得及用水泼他，他就开始晕眩地摇晃起来。等到被水泼过后，他突然如释重负般抽泣起来。

我回头看了看队伍。现在排在队里第三位的是一个小女孩，她不安地环顾四周，不可能超过9岁或10岁。她的父亲（我猜的）站在她身后，一只手搭在她的背上，好像在轻轻地推动她前进。

我对扮演人类学家完全失去了兴趣。我挤过人群，一直走到水池边，然后转身对排队的人讲话："这些人都是骗子！这里没有什么神秘的事。我可以确切地告诉你们水里有什么，那只是一种药物，是潮水退去时被困在这里的生物释放出的天然物质。"

我蹲下来，准备把手伸进水池里。一个管理员冲上来抓住了我的手腕。他是一个老人，我当然可以做我喜欢做的事，但已经有人在奚落了，我不想和他扭打起来，引起骚乱。于是我从他身边退开，然后又说道：

"我在米塔大学研究这种药物已经十多年了。它存在于星球上所有的水体中。我们喝它，我们在里面洗澡，我们每天都在里面游泳。但在这里它是浓缩的，如果你在使用它时不理解自己在做什么，那么这错误的认知就会伤害到你们！"

那个抓我手腕的管理员开始大笑："海洋的梦境是强大的，是的，但我们不需要你的建议！50年来，我和我的朋友研究了它的所有知识，直到我们强大到足以**站立**在圣水里！"他指了指自己粗糙的脚，我毫不怀疑，他的血液循环已经变得很虚弱，足以把血液中动物胺的剂量限制在可忍受的范围内。

他向我伸出肌肉发达的手臂："滚回米塔去，内地人！滚回你的书本和死机器那里去！你对神圣的奥秘了解多少？**你对海洋了解多少？**"

我说："我觉得你不自量力。"

我走进了水池。他开始哀号我未经净化的身体污染了海水，但我同他擦身而过。另一个管理员朝我赶来，尽管穿鞋多年已经让我的脚变得柔软，我还是不顾岩石锋利的边缘，继续朝入口走去。动物胺帮助了我。我能感受到往日的快乐、往日的和平、往日的"爱"，这是一种强效麻醉剂。

我回头看了看。第二个人已不再追我了，他似乎真的害怕再往前进。我脱下我的衬衫，把它团起来，扔在水池边的一块石头上。然后我涉水向前，直奔"力量的中心点"。

水没过了我的膝盖。我感觉到心脏怦怦直跳，比童年时还要剧烈。人们在水池边朝我大叫——有些人因我的不敬而愤怒，有些人显然是因为有一些超出我掌控的力量而担心我的安全。我没有转身，用最大的声音喊道："这里没有'力量'！没有'神圣'的东西！这里除了药物什么也没有——"

旧习难改，我差点就先祈祷了。**求您，比阿特丽斯，别让我重拾信仰。**

我躺在了水里，让水漫过我的脸。视野变白了，我感觉自己在离开身体。比阿特丽斯的爱涌上我的心头，什么也没有改变：她的存在如从前一般明显，如从前一般不可否认。**我知道我被爱，被接纳，被原谅。**

我等待着，盯着光线，几乎是在期待一个声音，一个景象，一些详细的幻觉。有些淹溺者就遇到过这种情况。在那之后，还有什么人能挣扎着恢复理智呢？

但就我而言，此刻存在的只有情绪本身，无法抵抗，但未经修饰。在水中的感觉并没有变得单调，我可以在里面浸泡好几天。但我现在明白了，这并不比晒在皮肤上的温暖阳光更能说明我在这个世界上的位置。我再也不会把药物带来的感觉误认为是一只真正的手在触碰我。

我站起来，睁开眼睛。紫色的残像在我面前跳舞。我花了好几τ才喘过气来，站稳了身体。然后我转身涉水向岸边走去。

人群已经静了下来，但我不知道是出于厌恶还是勉强的尊重。

我说："不只是这里。不仅仅是在水里。这种药物现在是我们的一部分，在我们的血液里。"我仍然是半盲的，看不见是否有人在听，"但只要你知道这一点，你就是自由的。只要你准备好面对这样的可能性：所有让你精神亢奋的事，所有让你振奋、让你满心欢喜的事，**所有让你的生命有价值的事情**……都是谎言，都是腐蚀，都是无意义的——那么你就永远不会被奴役。"

他们让我毫发无损地离开了。我回头看，队伍又排好了，但那个女孩不在队列里。


我从同样的旧梦中惊醒。

**我在船尾把我母亲放进水里。她的双手被绑着，双脚坠着网坠。她很害怕，但她信任我："你会把我安全带上来的，是不是，马丁？"**

我安慰地点了点头。但当她消失在海浪下时，我想：我在做什么？我再也不相信这些狗屁了。

于是我拿出一把刀，开始割绳子——

我把双膝抬到胸前，在黑暗中蜷缩在陌生的床上。我正在铁路线上的一个小镇里，在回米塔的半路上。此刻过了午夜，未到黎明。

我穿好衣服，摸索着走出了旅社。镇中心空无一人，满天繁星。就像家乡一样。在米塔，一切都消失在光的迷雾中。

被不同权威人士称为"地球的太阳"的3颗恒星都在地平线以上。如果他们没有全错的话，也许我能活着看到望远镜拍摄的地球图像。但是寻求与天使联系的展望让我心冷——如果真的还有一个派系在外域某处。我对着星星无声地喊道：你们堕落的后代不需要你们的帮助！我们为什么要重新加入你们？我们将超越你们！

我在广场边的台阶上坐下来，捂着脸。虚张声势帮不上忙。没有什么能帮上忙。如果我能面对现实长大，也许我会更坚强。但当我夜里醒来，知道我母亲已经死了，我爱过的每个人都会追随她而去，而我自己也会消失在同样的空茫中时，我就觉得像被活埋了一样。这就像回到水里，被捆绑着，坠着网坠，清楚地知道没有人能把我拉上来。

有人把手搭在我肩上。我吓了一跳，抬起头来。是一个和我年龄相仿的男人。他的举止并不让人觉得危险，如果非说有什么的话，那就是他对我有点警惕。

他说："你需要住处吗？如果你想，我可以让你进教堂去。"在他身后不远处，有一辆装满清洁设备的手推车。

我摇了摇头。"没那么冷，"我不好意思向他解释我在附近开了一间非常好的房间，"谢谢。"

当他离开时，我在他身后喊道："你相信上帝吗？"

他停下来，盯着我看了一会儿，好像在判断这个问题是不是一个陷阱——好像我可能受雇于当地教民来审查他在神学上的坚定性一样。又或许他只是想得体地应对某个绝望得在城市广场上坐到半夜，向陌生人乞求安慰的人。

他摇摇头："小时候我信。现在不了。那是个好主意……但没有意义。"他怀疑地瞄着我，仍然不确定我的动机。

我说："那生活不是变得难以忍受了吗？"

他笑了起来："并不是一直都难以忍受。"

他回到手推车旁，推着它向教堂走去。

我待在台阶上，等待天亮。

# 致谢

《失落大陆》首次发表于《星空裂谷》，由乔纳森·斯特拉恩编辑，维京企鹅出版社，2008年。

《数学陷落》首次发表于《阿西莫夫科幻小说》，2007年10 / 11月。

《晶体之夜》首次发表于《域》第215期，2008年4月。

《史蒂夫热》首次发表于《技术评论》，2007年11 / 12月。

《征召》首次发表于《基金会》第100期，由法拉·门德尔松和格雷厄姆·斯莱特编辑，科幻小说基金会，2007年。

《单生》首次发表于《域》第176期，2002年2月。

《先知》首次发表于《阿西莫夫科幻小说》，2000年7月。

《边界守卫》首次发表于《域》第148期，1999年10月。

《乘鳄》首次发表于《公元一百万年》，由加德纳·多佐伊斯编辑，科幻图书俱乐部，2005年。

《光轮》首次发表于《新太空歌剧》，由加德纳·多佐伊斯和乔纳森·斯特拉恩编辑，哈珀·柯林斯出版集团，2007年。

《热岩》首次发表于《似神的机器》，由乔纳森·斯特拉恩编辑，科幻图书俱乐部，2009年。

《海洋》首次发表于《阿西莫夫科幻小说》，1998年8月。